# CRIME

BAND 12

**Die Reihe FESTA CRIME:**

Michael Slade: *Der Kopfjäger*
Dan Simmons: *Eiskalt erwischt*
Michael Slade: *Der Ghoul*
Dan Simmons: *Bitterkalt*
Gordon Ferris: *Galgenfrist für einen Toten*
Dan Simmons: *Kalt wie Stahl*
Gordon Ferris: *Mord ist nur ein Spiel*
Ben Coes: *Power Down – Zielscheibe USA*
Stephen Hunter: *Shooter*
Bracken MacLeod: *Mountain Home*
Ben Coes: *Coup d'État – Der Staatsstreich*
Stephen Hunter: *Nachtsicht*
Michael Slade: *Der Gnadenlose*

STEPHEN HUNTER

# NACHTSICHT

Aus dem Amerikanischen von Patrick Baumann

FESTA

Die amerikanische Originalausgabe *Black Light*
erschien 1996 im Verlag Island Books.


1. Auflage November 2014

Titelbild: Clinton Lofthouse
Lektorat: Alexander Rösch


ISBN 978-3-86552-337-2
eBook 978-3-86552-338-9

FÜR MEINEN SOHN JAKE.

»And it's old and old it's sad and old and weary I go back to you, my cold father, my cold mad father ...«

– James Joyce, *Finnegans Wake*

# KAPITEL 1

Heutzutage braucht man etwa eine Stunde, um von Fort Smith über den Harry Etheridge Memorial Parkway in südlicher Richtung nach Blue Eye in Polk County zu fahren. Dieser Parkway zählt zu den schönsten Straßen in ganz Amerika. Leider erzielte er nicht ganz die erwünschte Wirkung, Polk County in das Branson von West Arkansas zu verwandeln, zumal manche Zyniker aus der Gegend ihn statt als Parkway lieber als *Porkway* bezeichnen, weil auf ihm ständig Laster mit Schweinefleisch entlangrollen. An seinen Abfahrten reihen sich dicht an dicht Fast-Food-Restaurants und Großtankstellen mit im Wind flatternden Wimpeln. Die riesigen Schilder nationaler Motel-Ketten – Days Inn, Holiday Inn, Ramada Inn – kann man schon von Weitem sehen, obwohl die Motels nie mehr als halb ausgebucht sind und der erhoffte Aufschwung für Polk County nie so recht in Gang gekommen ist. Sobald man sich Blue Eye nähert, der Hauptstadt des Landkreises, verwandelt der Gebirgskamm der Ouachita Mountains die Landschaft auf eindrucksvolle Weise. Die Ouachitas sind die einzige von Osten nach Westen verlaufende Bergkette in Amerika, ein wogendes Meer aus mit Kiefernnadeln übersäter Erde und Felsen.

Die Schnellstraße wurde 1995 fertiggestellt, finanziert von Boss Harrys Sohn Hollis Etheridge, zu dieser Zeit Mitglied des US-Senats und später Präsidentschaftskandidat. Der Sohn wollte durch den Bau der Straße seinem Vater eine Art Denkmal setzen. Dieser war bettelarm in Polk County zur Welt gekommen und hatte sein Glück zuerst in der erbittert ausgefochtenen Bezirkspolitik von Fort Smith, danach im wahren Zentrum der Macht in Washington gesucht, wo er sich 15 Amtszeiten lang als Kongressabgeordneter und schließlich als Vorsitzender des Haushaltsausschusses für das Verteidigungsministerium abmühte. Es schien nur passend, dass Polk County und Fort Smith einen Mann ehrten, dem sie so viel Ruhm – und so großzügige finanzielle Unterstützung – verdankten.

Im Jahr 1955 gab es noch keinen Parkway, man konnte ihn sich zu dieser Zeit noch nicht einmal vorstellen. Man gelangte auf dem gleichen Weg von Blue Eye in die große Stadt, den schon Harry genommen hatte, als er nach dem Ersten Weltkrieg hierhergezogen war: über die gewundene, langsame Route 71, den beschissen armseligsten Witz von einer Schotterpiste, den man sich vorstellen konnte. Zwei Spuren schäbiger Asphalt, die sich durch Berge und Ackerland schlängelten. Alle zehn Meilen verbreiterte sie sich kurzfristig für kleine Kuhkäffer wie Huntington, Mansfield, Needmore, Boles oder das ärmlichste und erbärmlichste von allen: Y City. Insgesamt typisch für die ertragsarme Landschaft eines der elendsten Bundesstaaten der USA: Hügel, zu schroff, um sie zu bewirtschaften, Täler, in denen verzweifelte Männer sich am Rande des Existenzminimums durchschlugen und hier und da etwas Kulturland – doch in der Regel gab es nur die trostlosen Hütten von Farmpächtern zu entdecken.

An einem heißen Samstagmorgen im Juli dieses Jahres hielt ein schwarz-weißer Ford der Landespolizei am Straßenrand, nahe der Grenze zwischen den Landkreisen Polk und Scott auf der US 71, etwa zwölf Meilen nördlich von Blue Eye. Ein hochgewachsener Polizeibeamter stieg aus, nahm seinen Stetson ab und wischte sich mit dem Ärmel den Schweiß von der Stirn. Er trug die drei gelben Streifen eines Sergeants auf der Schulter und unter seinem grauen Bürstenschnitt besaß er den unbeirrten Blick und das unbeeindruckbare Gesicht eines Unteroffiziers, der in jeder Armee oder Polizei der letzten 4000 Jahre gedient haben könnte. Eine ganze Phalanx von Falten breitete sich in seinem wettergegerbten Gesicht aus, dessen Haut so viele Jahre in der Sonne gebraten hatte, dass sie einem Stück uraltem Leder ähnelte. Seine Augen hatte er zu Schlitzen zusammengekniffen. Scharfe Augen, denen nichts entging und die nichts verrieten. Seine Stimme klang so tief und rau, als ob jemand eine 300 Jahre alte Kiefer mit einer 300 Jahre alten Säge fällte. Sein Name lautete Earl Swagger, und er war 45 Jahre alt.

Earl sah sich um. Die Straße verlief hier an einem Hang entlang, sodass auf der einen Seite eine hohe Böschung aufragte, während das Land zur anderen Seite hin steil abfiel. Viel gab es nicht zu sehen, außer einer gottverdammten Reklametafel für Texaco-Benzin: nur ein dicht gewachsener Wald am Südhang, schwer zu durchqueren, ein dorniger Irrgarten aus Fichtenkiefern, Schwarzeichen, schwarzen Hickorybäumen und einem wirren Unterholz mit Dornbüschen und Arkansas-Yuccas. Staub schien in der Luft zu hängen; es gab keinen Wind, nicht den geringsten Hauch klarer Bergluft. Wenn man zurück in Richtung Blue Eye blickte, wurde einem die Sicht vom Buckel des Fourche Mountain versperrt, der wie eine riesige, grüne Wand wirkte. Auf der Straße war ein Gürteltier vom Sattelschlepper eines Holzfällers zu einer Mischung aus Fleisch, Blut und abgebrochenen Schuppen zerquetscht worden. Zikaden sangen in der stillen Hitze und klangen wie ein Quartett betrunkener Maultrommelspieler. Es hatte seit Wochen nicht geregnet: Waldbrandwetter. Das erinnerte Earl an andere heiße, staubige Orte, an denen er sich schon aufgehalten hatte: Tarawa, Saipan und Iwojima.

Er spähte auf seine Bulova. Er war früh dran, doch das traf auf den Großteil seines Lebens zu. 9:45 Uhr. Die anderen trafen erst in einer Viertelstunde ein. Earl setzte seinen Stetson wieder auf. Ein Colt Trooper Kaliber 357 steckte unter einer Lasche in einem Holster an der rechten Hüfte; er zog ihn hoch, weil das Gewicht der großen Pistole seinen Gürtel ständig nach unten rutschen ließ. Er empfand es als ständigen Kampf, die Waffe dort zu behalten, wo sie hingehörte. 30 glänzende Hochgeschwindigkeits-Teilmantelgeschosse steckten in den Gürtelschlaufen. Sie glänzten, weil er sie im Gegensatz zu anderen Cops jeden Abend aus den Schlaufen zog und abwischte, um zu vermeiden, dass die vom Leder angezogene Feuchtigkeit sie zum Rosten brachte. In seinen 15 Jahren beim Marine Corps hatte Earl zahlreiche Lektionen gelernt, die wichtigste: Halte deine Ausrüstung immer in Schuss.

Es wurde ein melancholischer Tag, obwohl er am Vorabend noch so viel Freude versprochen hatte: der 23. Juli 1955. Nach 90 Tagen entließ man Jimmy Pye aus dem Sebastian-County-Gefängnis bei Fort Smith. Jimmys Cousin Bub wollte sich mit ihm am Gefängnistor treffen, um mit ihm gemeinsam den Bus nach Polk County zu nehmen. Earl hatte angekündigt, sie dort um 16:30 Uhr abzuholen und Jimmy zu Mike Logans Sägewerk in Nunley zu bringen. Mike wollte Jimmy dort einen Job besorgen. Das war wichtig: Jimmy musste sich die Chance auf einen guten Neuanfang sichern, wenn er es schaffen wollte, und bei Gott, Earl hatte Jimmys Frau Edie versprochen, dafür zu sorgen, dass Jimmy diesmal auf der richtigen Seite des Gesetzes blieb.

1950, Jimmy feierte damals gerade seinen 16. Geburtstag, hatte Earl ihn zum ersten Mal widerwillig festgenommen, wegen eines gewöhnlichen Einbruchs. Das nächste Mal hatte er ihn 1952 erwischt, dann noch zweimal im Jahr 1953. Jedes Mal hatte Jimmy sich aus der Sache rausreden können, denn das zählte zu seinen Talenten: Er war nicht nur gut aussehend und der beste High-School-Sportler, den Polk County je gesehen hatte, sondern er verfügte auch über jede Menge Charme. Er brachte die Leute dazu, dass man ihn mochte. Hinter ihm lag eine wilde Jugend: Sein Vater war in Iwojima ums Leben gekommen und Earl hatte dem Sterbenden geschworen, sich um Jimmy zu kümmern. Auf einem Schlachtfeld geleistete Schwüre gewannen nach der Rückkehr in die Normalität zunehmend an Bedeutung. Earls Frau June hatte sogar einmal gesagt: »Earl, ich möchte wetten, dass du dich um diesen wilden Proletenjungen besser kümmerst als um deinen eigenen Sohn.« Earl wusste, dass das nicht stimmte, aber er wusste auch, dass es den Leuten wohl so vorkommen musste.

Wenn man Jimmy so ansah, wusste man einfach, dass er alles werden konnte, wovon sein Vater geträumt hatte: Er war klug genug, um aufs College zu gehen, und mit der richtigen Führung konnte er danach ein wunderbares Leben beginnen. Gerade vor vier Monaten hatte er mit 21 Jahren das hübscheste Mädchen in ganz Polk County geheiratet. Doch es war, als trage er irgendeine verdorbene Ader in sich: Immer wenn er etwas bekam, das für andere – Edie White zum Beispiel – unerreichbar schien, warf er es einfach weg.

Es versprach also ein feierlicher Tag zu werden, denn schließlich konnte man getrost annehmen, dass 90 lange Tage im Knast einfach *jeden* wieder zur Vernunft brachten: Jimmy und Edie konnten ein neues Leben anfangen, Earl kam all seinen Verpflichtungen gegenüber Jimmys Dad nach und sie alle konnten endlich wieder optimistisch nach vorne schauen.

Dann bemerkte Earl, wie ein anderes Fahrzeug in Sichtweite geriet: ein schwarzer Streifenwagen, der aus Blue Eye kommend die 71 entlangfuhr. Er hielt am Straßenrand. Ein Hilfssheriff aus Blue Eye, ein hagerer Mann namens Lem Tolliver, stieg aus und Earl erinnerte sich wieder, weshalb er hier war.

»Howdy, Earl«, rief der Deputy. »Sind wir zu spät oder bist du zu früh?«

»Ich bin zu früh. Außerdem sind die verdammten Hunde noch nicht hier. Ich hoffe, dass dieser gottverdammte alte Mann es nicht vergisst.«

»Wird er nicht«, entgegnete Tolliver. Dann wandte er sich um und öffnete die Hintertür. »Okay, Jungs, raus mit euch. Sind da.«

Zwei sonnenverbrannte Kerle in Häftlingskleidung kletterten heraus. Earl kannte sie: Lum und Jed Posey hatten mehr Zeit im Knast von Blue Eye verbracht als in Freiheit. Sie gerieten andauernd wegen irgendwelchem läppischen Kram mit dem Gesetz in Konflikt, für jede dumme Kleinigkeit, die man sich vorstellen konnte – meistens Whiskey-Schmuggel, für den die Jungs von der Bundespolizei zuständig waren, aber auch Bagatellgaunereien: Autodiebstahl, Ladendiebstahl – alles, womit sie sich etwas zu beißen verschaffen konnten. Doch Earl hatte sie bislang im Großen und Ganzen für harmlos gehalten.

»Sicher, dass ihr euch all den Aufwand für ein Niggermädchen machen wollt?«, fragte Jed Posey. »Was macht's denn für 'n Unterschied? Sollen sich doch die Nigger selbst drum kümmern.«

»Halt die Klappe, Jed«, sagte Earl. »Verpass ihm eins, Lem, wenn er dir noch mal dumm kommt. Er ist zum Arbeiten hier, nicht zum Reden.«

»Ihr geht mit den Niggern immer lascher um«, moserte Jed. »Jeder weiß das. Überall werden die Nigger aufmüpfig. Man sagt, dass aus dem Norden Kommunistennigger hier runterkommen, um unsere eigenen aufzustacheln. Ist so 'ne Judensache. Diese Hebräer ham 'nen großen Plan, sich alles unter 'n Nagel zu reißen, werdet schon sehn, und den großen Niggern geben sie dann unsere Mädchen. Werdet schon sehn.«

»Jetzt halt aber den Rand, Jed«, sagte Earl. »Ich hab dich gewarnt. Normalerweise warne ich einen Mann nur einmal. Du bist's, mit dem ich zu lasch umgehe.«

Earl war für seinen Mut und seine Zähigkeit bekannt; in einem fairen Kampf, selbst in einem unfairen, hätte er Jed Posey sämtliche Knochen gebrochen und sich mit dem Rest von ihm die Schuhe abgeputzt. Als Jed die Wut in Earls Augen aufflackern sah, wusste er, dass er sich besser zurückhalten sollte. Niemand legte sich mit Earl Swagger an.

»Ich quatsch doch bloß so daher, Earl. Hör gar nicht hin.«

Lem benutzte sein Taschenmesser, um ein Stück von einem Riegel Brown Mule abzusäbeln. Er steckte es sich auf der linken Seite in den Mund, wo es seine Wange ausbeulte wie ein Sack voller Goldstücke, und bot den Priem auch Earl an.

»Nein, danke«, sagte Earl, »das ist wenigstens mal *eine* gottverdammte schlechte Angewohnheit, die ich mir noch nicht zugelegt hab.«

»Du weißt nicht, was du verpasst, Earl«, grinste Lem mit aufgeblasener Backe und spuckte einen Spritzer von dem süßen braunen Saft aus, der am Straßenrand in einer Staubwolke landete.

In diesem Moment kam in einiger Entfernung das dritte und letzte Fahrzeug in Sicht. Eine Spur aus blauem Qualm hinter sich herziehend und mit seinem uralten Getriebe kämpfend, tuckerte ein 20 Jahre alter Nash den Hang hinauf, schien ein- oder zweimal schlappzumachen, bog aber schließlich von der Straße ab und kam neben den ersten beiden Wagen zum Stehen. Der Großteil des Dachs war mit einem Schneidbrenner entfernt worden, was dem Fahrzeug das Aussehen eines Pick-ups verlieh. Heraus sprang ein lebhafter, alter Kerl, dessen genaues Alter sich schwer einschätzen ließ. Sein Gesicht wurde von einem buschigen Bart und einer alten Lokführermütze halb verdeckt, dazu trug er einen schmutzigen Overall. Man konnte Pop Dwyer meilenweit gegen den Wind riechen, sagten die Leute, und an diesem Tag gab es keinen Wind, sodass Pops Körpergeruch Earl mit der Wucht eines Vorschlaghammers traf. Aber es waren nicht nur die Ausdünstungen eines ungewaschenen Mannes, sondern auch die von Hunden.

»Haltet mir diesen Alten vom Leib«, sagte Jed Posey. »Er stinkt wie ein elender Schweinestall.«

»Du riechst aber auch nicht mehr besonders gut seit der Sache letzte Nacht«, murmelte Lem Tolliver an seinem Priem vorbei. »Howdy, Pop.«

»Howdy, Leute«, sagte Pop und ließ sein verrücktes Grinsen durch den Bart blitzen. »Hab meine besten Jungs mitgebracht, Mr. Earl, genau wie Sie gesagt haben.«

»Gut«, meinte Earl und beobachtete, wie Pop zur Hinterseite des Trucks ging, sich dort an den Zwingern zu schaffen machte und drei sabbernde, zappelnde Hunde an die Leine nahm. Bei zwei davon handelte es sich um Bluetick Coonhounds, glatt, geschmeidig und muskulös unter ihrem hell schimmernden Fell, mit dunklem Zahnfleisch und voller

Jagdeifer. Der dritte schien eine Art Beagle zu sein, die Schnauze war in schlabbrige Fleischfalten gehüllt.

»Mr. Mollie ist der Beste«, sagte Pop. »Wenn sich etwas finden lässt, wird der alte Mollie es finden. Diese anderen Welpen sind bloß dabei, um das verdammte Handwerk zu lernen. Mr. Mollie wird langsam alt.«

Die beiden Coons kläfften, zeigten ihre weißen Zähne und rosa Zungen und brachten dichten, schaumigen Speichel zum Vorschein. Sie konnten die Posey-Jungs auf Anhieb nicht leiden, weil sie Jeds Verachtung für Pop spüren konnten. Jed Posey wich zurück.

»Bleib mir bloß mit diesem verfluchten Luder vom Hals.«

»Ist gar kein Luder. Der hat 'n Schwengel so groß wie 'n Maiskolben, du Bauerntölpel«, erwiderte Pop. »Und ich selbst lass mich auch nicht an die Kette nehmen. Ich bin 'n freier Mann im Auftrag der Polizei.«

Die Hunde bellten in die träge, heiße Luft, wirbelten ihre Energie gegen die quälende Hitze und die Trockenheit des Holzes. Tatsächlich beunruhigten sie Earl ein wenig, obwohl er sonst dazu neigte, böse Vorahnungen einfach zu ignorieren. Doch während der Säuberungsaktionen auf Tarawa hatten Hundeteams aus dem zweiten Marine Corps die bombardierten Bunker und Unterstände durchkämmt und Jagd auf die wenigen noch lebenden Japsen zwischen all den toten gemacht. Um sie zu retten? Oh nein. Wenn die Hunde heulten und hastig aus einem Bunker herauskamen, hieß das, dass drinnen noch ein Japse atmete oder stöhnte. Dann wurden zwei oder drei Handgranaten hineingeworfen, gefolgt von dem Ruf »Volle Deckung!«. Nach den Explosionen sprühte ein Marine mit einem Flammenwerfer zehn Sekunden lang brennendes Benzin in den kleinen Raum, um ihn auszuräuchern. Das alles lag zwölf Jahre zurück, doch Earl würde es nie vergessen: das Gekläff der Hunde, den dumpfen Nachhall der Granaten, den Gestank von Benzin und Fleisch, das Summen der Fliegen.

»Haben Sie was, womit Mr. Mollie arbeiten kann?«, fragte

Pop und schielte zu ihm hinauf. »Es klappt nicht, wenn er nichts hat, mit dem er anfangen kann!«

Earl nickte; nun verspürte er einen Anflug von Traurigkeit. Er griff auf den Rücksitz seines Streifenwagens und brachte den rosa Wollpullover zum Vorschein.

»Schauen wir mal, ob sie damit Witterung aufnehmen können«, meinte er und sah zu, wie Pop das zierliche rosa Kleidungsstück in seine riesige, schmutzige Pranke nahm und es den Hunden hinhielt, die es beschnüffelten und damit herumtobten. Einer der Coons bekam es zu fassen und verscheuchte die anderen beiden Hunde, doch beide zitterten und drängten sich erneut heran, bearbeiteten den Stoff mit Nasen und Zähnen, schienen ihn förmlich zu absorbieren oder aufzusaugen. Dann war es genauso schnell vorbei, wie es angefangen hatte: Die Hunde hatten den Duft irgendwie in ihr scharfes, aber beschränktes Hundebewusstsein eingebrannt. Das Objekt selbst interessierte sie nicht länger. Feucht und zerfleddert fiel es zu Boden.

»Sie wollten es doch nicht zurückhaben, oder, Mr. Earl?«, fragte Pop.

»Nein, nein, ist schon in Ordnung. Legen wir los.«

»Sicher, dass es die richtige Stelle ist?«

»Ich bin mir sicher«, bestätigte Earl. Er blickte über die Schulter: Dort, fast fünf Meter über der Erde, prangte der Slogan ›Texaco mit Anti-Klopf-Kraft und der Sky-Chief-Geheimzutat Petro X‹ über einem farbenfrohen Gemälde mit fünf tanzenden Tankstellenbediensteten. Momentan das ganz große Ding bei irgend so einer Show im verdammten Fernsehen, von der Earl zwar eigentlich nie gehört hatte und die ihn auch nicht juckte, von der er aber irgendwie doch wusste.

Auf die seltsame Art, wie der Verstand eines Polizisten manchmal funktioniert, war ihm ein Eintrag im Ereignisprotokoll des Polk County Sheriff Department aufgefallen, in das er aus Gewohnheit ein- bis zweimal die Woche einen Blick warf, obwohl er eigentlich nicht dafür zuständig war. Der schlichte Wortlaut: »Weiße Dame rief an, um zu sagen, dass sie gestern spätnachts in Richtung County-Grenze gefahren ist, als sie im Scheinwerferlicht einen sich seltsam benehmenden schwarzen Jungen direkt am Texaco-Schild bemerkt hat. Sie dachte sich, dass sie das besser meldet, weil sie viel über gefährliches und aufmüpfiges Verhalten von Schwarzen weiter im Süden gehört hat.«

Das war hängengeblieben, hatte sich in seinem Gedächtnis breitgemacht, auch wenn es an sich bedeutungslos zu sein schien. Doch dann war er in der vorigen Nacht spät nach Hause gekommen und hatte zu seiner Überraschung seinen Sohn Bob Lee allein im Mondlicht vor dem Farmhaus stehen sehen, mit der Davy-Crockett-Waschbärkappe auf dem Kopf, die er ständig trug. Bob Lee zählte zu den stillen, kopflastigen Jungen, ließ sich aber in der Regel nicht so schnell in Panik versetzen oder Angst einjagen.

»Was ist los, Sohn?«, hatte er gefragt.

»Da sind ’n paar Leute, die dich sehen wollen, Daddy«, erwiderte der Neunjährige. »Die woll’n aber nicht ins Haus gehen, obwohl Mommy sie drum gebeten hat.«

Etwas in der Stimme des Jungen verriet ihm sofort, dass etwas Merkwürdiges vor sich ging, und so war es auch: Ein schwarzer Mann und eine schwarze Frau standen stocksteif auf der Veranda und hatten offenbar Angst, Junes Gastfreundschaft anzunehmen.

Earl ging zu ihnen hinüber.

»Kann ich was für Sie tun?«

Es war für Schwarze extrem ungewöhnlich, Weiße zu Hause aufzusuchen – besonders, wenn es Fremde waren, besonders nach Einbruch der Dunkelheit. Daher wusste Earl in Sekundenschnelle, dass etwas nicht stimmte. Obwohl es ihm lächerlich vorkam, strich er beim Näherkommen mit der rechten Hand über die Holsterlasche, unter der sein Colt Trooper steckte, um für den Fall, dass er seine Waffe ziehen musste, schnellen Zugriff zu haben.

Doch schon im nächsten Moment wurde ihm klar, dass er überreagiert hatte.

»Mr. Earl, ich bin Reverend Percy Hairston von der Aurora-Baptistenkirche. Es ist mir wirklich unangenehm, Sie zu Hause zu belästigen, Sir, aber diese arme Dame hier ist so aufgewühlt und bei der Stadtpolizei hat man sie gar nicht richtig beachtet.«

»Ist schon in Ordnung, Percy. Schwester, wollen Sie sich nicht setzen und Ihre Sachen abstellen?« Er rief durch die Fliegengittertür: »June, kannst du diesen Leuten etwas Limonade bringen?« Dann wandte er sich erneut dem Paar zu. »Erzählen Sie mir einfach, worum es geht. Ich kann zwar nichts versprechen, aber ich werde mich damit befassen.«

Doch ein Teil von ihm schreckte davor zurück: Die Probleme der Schwarzen waren nicht gerade sein Spezialgebiet. Er hatte keine Ahnung, wie Neger lebten oder dachten; sie schienen sich damit zu begnügen, in einer Parallelwelt zu leben. Außerdem wusste er, dass sie dazu neigten, in heikle Schwierigkeiten von der Sorte zu geraten, in die sonst nur die absolute Unterschicht der Weißen geriet. Scheinbar stachen bei ihnen ständig Leute aufeinander ein, oder der Bruder des einen rannte mit der Frau des anderen in die nächstgrößere Stadt und ließ zu Hause zehn dürre Kinder und einen arbeitslosen Daddy zurück. Nichts davon ergab je einen Sinn, jedenfalls nicht für einen Weißen. Wenn man zuließ, da hineingezogen zu werden, kam man vielleicht nie mehr heraus. Eine Lebensweisheit des Polizisten lautete: Lass die Nigger ihre eigenen Wege gehen, solange sie uns nicht in die Quere kommen.

»Mr. Earl«, setzte die Frau an, die etwa 40 zu sein schien und einen großen Hut und ihre beste Sonntagskleidung trug, um bei ihrem Besuch bei einem weißen Polizeibeamten einen möglichst guten Eindruck zu hinterlassen. »Mr. Earl, es geht um mein Mädchen Shirelle. Sie ist am Dienstagabend ausgegangen und nie zurückgekommen. Oh, Mr. Earl, ich hab so eine Angst, dass Shirelle was passiert ist.«

»Wie alt ist Shirelle?«, wollte Earl wissen.

»Sie ist 15«, antwortete die Mutter. »Das hübscheste kleine Ding in der ganzen Stadt. Meine süße, kleine Tochter.«

Earl nickte. Es klang nach einer typischen Niggertown-Sache: Das Mädchen wurde von einem adretten Kerl in einem schicken Anzug aufgegabelt, und er rauschte mit ihr davon zu dem, was sie ihre ›Buden‹ nannten, an der Westseite der Stadt, wo Musik und Tanz nie endeten und der Alkohol und Gott weiß was noch kostenlos die Runde machten, trotz der Tatsache, dass Polk County ein trockener Landkreis war. Dann machte sich der Kerl über das Mädchen her und setzte sie hinterher am Straßenrand aus. Vielleicht packte das Mädchen die Scham, nachdem sie aufwachte, und sie verließ die Stadt oder lebte fortan mit dem Kerl zusammen. Das konnte man nie so genau wissen; jedes Mal lief es ein bisschen anders ab und war doch immer dasselbe.

»Nun, meine Liebe«, sagte Earl, »möglicherweise hat sie einen jungen Mann getroffen und ist auf eine Party gegangen. Sie wissen doch, wie die jungen Leute heutzutage sind.«

»Mr. Earl«, meldete sich der Reverend zu Wort, »ich kenne Schwester Parker und ihre Familie jetzt schon seit fast zwei Jahrzehnten. Ich kenne Shirelle, seit ich sie getauft habe. Sie ist ein Kind des Herrn.«

»Halleluja und Amen, Jesus«, stimmte Shirelles Mama ein. »Meine kleine Tochter ist eine brave kleine Tochter.«

»Ja, Ma'am«, sagte Earl. Jetzt, wo sie ihm mit diesem ganzen Kirchenzeug kamen, begann er allmählich die Geduld zu verlieren.

»Wissen Sie, diese weißen Polizisten in der Stadt, diesen Jungs ist völlig gleichgültig, was einem Negermädchen passiert, selbst einem so kultivierten Negermädchen wie Shirelle«, meinte der Pfarrer erbittert.

Earl war überrascht, dass Percy es wagte, sich so deutlich auszudrücken; doch er wusste, dass es stimmte. Das Sheriff's Department rührte keinen Finger, um die Probleme von Negern zu lösen oder ein Verbrechen unter Negern aufzuklären.

Und dann stellte Earl die Verbindung her: dieser merkwürdige schwarze Junge dort am Straßenrand, an einem Ort, an dem er nichts verloren hatte, spät in der Nacht, zu einer Zeit, zu der er dort ebenfalls nichts verloren hatte. Das Mädchen, das in derselben Nacht verschwunden war. *Wer weiß?*

»Ihr trinkt jetzt alle erst mal einen Schluck Limonade«, verkündete June, als sie mit einem Krug und zwei Gläsern auf einem Tablett aus dem Haus kam.

»Also gut«, sagte Earl. »Wie schon gesagt, ich werd mir die Sache mal ansehen. Ich kenne ein paar Jungs, die mir sicher das ein oder andere erzählen können. Und – nun ja, das ist alles, was ich momentan für Sie tun kann. Aber ich werde ihr eine faire Chance geben.«

»Oh, Mr. Earl, das ist so nett von Ihnen. Oh danke, danke, danke Jesus, du hast meine Gebete erhört«, stammelte die Dame, während Reverend Hairston versuchte, sie zu beruhigen.

Earl begleitete die beiden zurück zum alten Auto des Pfarrers, einem DeSoto aus der Vorkriegszeit, der schon unzählige Meilen auf dem Buckel hatte. Nachdem die Dame eingestiegen war, folgte er dem alten Mann und zog ihn beiseite.

»Percy, ich werde vielleicht etwas von Shirelle brauchen, falls es so weit kommt«, sagte er und spielte seine letzte Karte aus. »Sie wissen schon, ein Kleidungsstück, etwas, das sie dicht am Körper getragen hat. Können Sie sich darum kümmern, wenn Sie Mrs. Parker nach Hause fahren? Ich werde heute Nacht ein paar Anrufe machen, um ein paar Sachen zu klären und ein paar Leute zusammentrommeln, die ich kenne. Ich komme dann morgen früh bei der Kirche vorbei, sagen wir, gegen neun.«

»Ja, Sir. Wozu brauchen Sie denn die Sachen –«

Doch dann hielt der Alte inne und sah ihn an.

»Ich will damit nichts Bestimmtes sagen«, erwiderte Earl, »aber ja, wir müssen eventuell die Hunde einsetzen. Fahren Sie jetzt nach Hause und beten Sie, dass die Hunde morgen früh nichts finden.«

Earl gehörte zu den Menschen, die immer systematisch vorgingen. Bevor sie sich ans Werk machten, notierte er zuerst sorgfältig die Namen aller anwesenden Männer in großen, klobigen Buchstaben auf den Innenumschlag seines Notizblocks.

›Jed Posey‹, schrieb er. ›Lem Tolliver. Lum Posey. Pop Dwyer‹, und darunter: ›Suchteam 7-23-55.‹

»Earl?«

»Schon gut, schon gut«, sagte er, als er die Ungeduld in Lems Stimme hörte. »Okay, dann legen wir mal los.«

Der alte Mann hatte eine wunderbare Art, mit den Hunden zu arbeiten. Es hörte sich an, als ob er in einer geheimen Sprache mit ihnen redete, in einem leisen, sanften Vokabular aus Gemurmel, Flüstern, Schnalz- und Krächzlauten und dem prägnantesten Geräusch, einer Art Knutschlaut. Der kleine, dicke Beagle schien zu begreifen, dass er etwas Besonderes war; er gebärdete sich wie ein Filmstar, arbeitete nicht viel und beschnupperte den Boden mit affektierter Gleichgültigkeit, von allem unbeeindruckt. Die jüngeren, größeren Hunde tobten wilder und überschwänglicher herum; sie schäumten vor Ungeduld und Unreife. Pop lief mit ihnen die Straße etwa 800 Meter in jede Richtung ab. Keiner von ihnen reagierte auf irgendetwas; bloß einmal verstieß einer der Blueticks gegen die Jagddisziplin und hielt auf einen Waschbär zu, der in Panik über den Asphalt davonhuschte. Pop verpasste ihm einen heftigen Schlag und er reihte sich wieder hinter dem lässigen Oberspürhund ein.

Zur gleichen Zeit beäugten Earl, Deputy Tolliver und die Posey-Brüder das Buschwerk und suchten nach – nun, wer wusste schon so genau, wonach sie suchten? Anzeichen von Beschädigung? Spuren? Kleidungsstücke, Schuhe, Socken, Haarbänder? Aber sie entdecken nichts, abgesehen von einer Colaflasche, auf die Lum Posey stieß. Er säuberte sie sorgfältig und verstaute sie wegen des Pennys, die sie ihm einbrachte, in der Tasche seines Overalls.

Die Sonne stieg den Himmel hinauf und brannte noch

unbarmherziger herab. Jed Posey murmelte etwas über Niggermädchen und darüber, für wie sinnlos er dies alles hielt, laut genug, dass man es hörte, jedoch nicht laut genug, um Earl damit zu provozieren. Earl spürte, wie der Schweiß sein Baumwollhemd durchtränkte und bemerkte, dass die anderen ebenfalls ihre Hemden durchschwitzten. Es herrschte eine fürchterliche Hitze.

»Tja, Earl«, erkundigte sich Lem, als sie jede Richtung abgeschritten hatten, »was willst du jetzt tun? Willst du in den Wald und den verdammten Hügel rauf? Deine Entscheidung.«

»Gottverdammt«, sagte Earl. Er schaute auf die Uhr. Bald Mittag. Jimmy Pye war jetzt frei. Er wartete sicher mit Bub an der Fort-Smith-Haltestelle. Earl kannte den Fahrplan auswendig. Der Bus nach Blue Eye fuhr erst um halb zwei ab.

»Äh, vielleicht geben wir der Sache noch 'ne Stunde oder so. Dann kann zumindest keiner behaupten, dass ich's nicht versucht hätte.«

»Mr. Earl?«

»Was ist denn, Pop?«

»Meinen Hunden wird heiß. Die können bei diesem Wetter nicht mehr viel länger arbeiten.«

»Pop, du wirst schon deine verfluchten 75 Cent die Stunde vom Staat kriegen, aber du bist erst dann fertig, wenn ich sage, dass du's bist.«

*Scheiße!* Earl wollte auch nicht länger bleiben. Er musste noch ein paar Nachforschungen anstellen. Ihm kam die Idee, mit einem Nigger zu reden, den er kannte und dem eine Billardhalle im Westen Blue Eyes gehörte. Das könnte vielleicht einen Versuch wert sein. Ihm blieb immer noch genug Zeit, bis Jimmys Bus eintraf.

»Lasst uns noch ungefähr 100 Meter durch diese verfluchten Bäume laufen und diesen elenden Wald durchkämmen«, rief er. »Haltet die Augen offen, Jungs.«

Jed Posey rotzte als Kommentar zu dieser Entscheidung einen dicken, gelben Klumpen in den Dreck, wagte es aber nicht, Earls stechendem Blick zu begegnen. Der alte Mann zerrte hart an den Leinen der drei Tiere und der kleine Trupp machte sich zu den Bäumen auf.

Als sie in den Wald eindrangen, schien sich das Land gegen sie zu wehren. Der Hang wurde steiler und das Gehen mühselig; kein klarer Weg führte zwischen den dicht stehenden Kiefern hindurch und die Dornensträucher zerkratzten ihnen die Beine. Das Sonnenlicht fiel in schrägen Garben durch die Dunkelheit, doch es war kein kühles Dunkel, sondern ein heißes, beengtes. Schweiß brannte Earl in den Augen.

»Gottverdammt!«, fluchte Jed Posey, als er zum zehnten Mal in ein Dornengestrüpp stolperte und seine Frustration wuchs. »Das ist hier kein verdammtes Picknick, Earl. Das ist keine Arbeit für Weiße. Hol dir ein paar Nigger, wenn du dich durch diese Scheiße hier kämpfen willst.«

Earl konnte nicht anders, als ihm zuzustimmen. Es hatte keinen Zweck. Man konnte kaum drei Meter weit sehen. Überall wirbelte Staub auf.

»In Ordnung«, gab sich Earl geschlagen. »Hauen wir hier ab.«

»Mr. Earl?« Pops Stimme.

»Wir gehen, Pop. Hier draußen ist nichts.«

»Mr. Earl, Mollie hat was gewittert.«

Earl sah genauer hin. Die zwei dümmeren, jungen Hunde waren zusammengebrochen, hatten die Köpfe auf den Boden gelegt und ließen ihre nassen rosa Zungen aus halb geöffneten Mäulern hängen. Ihre Körper bebten vor Anstrengung und Enttäuschung. Aber Mollie hockte still da, den Kopf geneigt, sein Blick fragend und sehr ruhig. Dann fing das Tier an zu jaulen. Der Klang schien aus irgendeiner anderen Öffnung als der Kehle zu kommen: durch und durch animalisch, ein einzelnes, kehliges Aufheulen unterschiedlicher Klangfarben und Bedeutungen. Dann sprang er auf, drehte sich im Kreis, wedelte aufgeweckt mit dem Schwanz und reckte die Nase vor.

»Er hat sie, Mr. Earl«, sagte Pop. »Sie ist hier.«

»Verflucht«, rief Jimmy Pye. »Gott im Himmel, Junge, dreh an diesem verflixten Rädchen! Ich brauch was auf die Ohren!«

Jimmys Haar war blond, ziemlich lang und mit Pomade geglättet, die es in der Sonne glänzen ließ wie eine Platte aus Blattgold über seinem schönen, fein geschnittenen Gesicht.

Bubs dicke Finger drehten am Regler, aber die Musik, von der Jimmy behauptete, sie gehört zu haben, während Bub die Sender durchging, schien verschwunden zu sein.

»J-j-Jimmy, ich kann ihn nicht f-f-f…«

»Spuck's aus, Junge. Mach schon, spuck's aus.«

Aber Bub konnte nicht. Das Wort blieb irgendwo zwischen Hirn und Zunge hängen, klebte in einem Sirup aus Frustration und Schmerz fest. Herrgott noch mal, wann lernte er endlich zu sprechen wie ein normaler Mensch?

Bub war 20 Jahre alt, ein dicklicher, schwerfälliger Kerl, der als Schreinergeselle bei Wilton's Construction in Blue Eye gearbeitet hatte – bis zu seiner vorzeitigen Entlassung, weil er den Dreh bei der Sache nie so ganz herausbekam. Er war mit einer absoluten Bewunderung für seinen älteren Cousin aufgewachsen, dem besten Runningback, den Polk County je hervorgebracht hatte, mit einem Batting Average von .368 in seinem letzten Schuljahr an der Polk High. Jimmy hätte entweder in die Minor Leagues oder an die University of Arkansas gehen können. Dummerweise landete er stattdessen im Gefängnis.

In diesem Moment empfand Bub mehr als Bewunderung, vielleicht sogar Liebe. Denn Jimmys goldene Macht schien in der Luft zu hängen und die magische Versprechung ungeahnter Möglichkeiten mit sich zu bringen.

»Na los, Junge«, johlte Jimmy mit fröhlich leuchtendem Gesicht. »Such mir ein bisschen Musik. Nichts von diesem Nigger-Scheiß. Auch keinen Hillbilly-Scheiß. Nein, Sir, ich will Rock-and-Roll hören, ich will *Rock around the Clock* von Mr. Bill Haley und seinen gottverdammten Comets hören.«

Bub jagte den Sendern hinterher, ging die Frequenzskala

nach links und rechts auf der Suche nach einem starken Signal von einer Station in Memphis oder St. Louis durch, doch aus unerfindlichen Gründen spielten die Götter nicht mit und genau der ›Scheiß‹, den Jimmy nicht wollte, ertönte laut und deutlich, sei es KWIN aus Little Rock oder dieser Schwarzensender KGOD aus Texarkana. Aber Jimmy wurde nicht wütend. Er fand Gefallen an Bubs Bemühungen und verpasste ihm einen kleinen Klaps auf die Schulter.

Jimmy saß am Steuer. Wo zur Hölle hatte er ein Auto herbekommen? Tja, verflucht noch mal, Bub war derart von Liebe überwältigt gewesen, als er beim Gefängnis im westlichen Fort Smith ankam, dass er einfach nicht danach gefragt hatte, und Jimmy hatte es ihm nicht erklärt. Das Auto war eine gottverdammte Schönheit, ein schnittiger, weißer Fairlane mit Fordomatic-Schaltung, ein Cabrio obendrein. Es wirkte funkelnagelneu, als sei es gerade eben aus einem Autosalon gefahren worden. Jimmy fuhr den Wagen wie ein Gott. Er sauste über die Rogers Avenue, scherte aus und fädelte sich wieder ein, donnerte an den langsameren Fahrzeugen vorbei, hupte fröhlich und winkte mit dem sexy Selbstbewusstsein eines Filmstars, wann immer weibliche Teenager in Sicht kamen.

Jedes Mal winkten die Mädchen zurück, und das gehörte zu den Sachen, die Bub ein wenig verwirrten. Jimmy war verheiratet. Mit Edie White, der Tochter der Witwe von Jeff White. Eine legendäre Schönheit. Warum winkte Jimmy trotzdem fremden Mädchen zu? Bei ihm war doch alles in trockenen Tüchern, geradezu perfekt. Mr. Earl hatte Jimmy eine Arbeit im Sägewerk in Nunley besorgt und er konnte gemeinsam mit Edie in einem Häuschen am Rand von Nunley leben, auf der Rinderfarm des verstorbenen Rance Longacre. Connie Longacre, Rances Witwe, hatte gesagt, sie könnten es umsonst haben, wenn Jimmy beim Viehtrieb mit anpackte. Währenddessen konnte er im Sägewerk ein Handwerk lernen. Vielleicht schaffte er es sogar, später einen leitenden Posten zu übernehmen. Alle wünschten sich, dass es klappte.

»Schau dir die Mädels an«, sagte Jimmy, als das Auto an einem Pontiac-Kombi vorbeiraste. Vier hübsche blonde Mädchen, die aussahen wie Cheerleader, lächelten, als Jimmy rief: »Hey, ihr Hübschen, wollt ihr mit uns ein Eis essen?«

Die Mädchen prusteten los, denn Jimmy sah so gut aus und flirtete so unverschämt, dass sie wussten, dass er es nicht ernst meinen konnte. Doch Bub war derjenige, der bemerkte, dass sie die Mittellinie überquert hatten und ein Lastwagen genau auf sie zukam.

»J-j-j-j...«

»Oder wie wär's mit Autokino, wir könnten zum Sky-Vue fahren und uns *Jail Bait* anschauen«, brüllte Jimmy.

Der Lastwagen war –

Der Lastwagen hupte.

Die Mädchen schrien.

Jimmy lachte.

»J-j-j-j...«

Mit einer schnellen Bewegung aus dem Handgelenk riss Jimmy das Steuer herum, trat aufs Gas und ließ den Wagen mit athletischem Geschick in den winzigen Zwischenraum zwischen dem Kombi auf der rechten Seite und dem auf sie zurasenden, quietschend bremsenden, hupenden Lastwagen schießen. Er kam wieder in die Spur und preschte weiter.

»Wuuuuuuui!«, machte Jimmy. »Ich bin endlich ein freier Mann!«

Er nahm die nächste Abfahrt links, schlitterte über den aufgewirbelten Schotter und fuhr in Richtung Innenstadt zurück.

»Jetzt such mir schon ein bisschen Musik, Bub Pye, du alter Hund, du.«

Bub fand etwas, das ihm bekannt vorkam und zumindest den hämmernden Rhythmus besaß, den sein Cousin jetzt brauchte.

»Das is 'n Nigger«, sagte Jimmy.

»N-n-n-n-nein«, brachte Bub hervor. »Der Kerl ist weiß. Er klingt aber wie ein Nigger.«

Jimmy hörte zu. Es *war* ein Weißer. Ein Weißer mit

Rhythmusgefühl. Ein Weißer, der einen Nigger in sich trug, voller Pisse und Wichse, heiß und gefährlich.

»Wie heißt dieser weiße Junge?«, wollte er wissen.

Bub konnte sich nicht erinnern. Es war etwas Neues, irgendein Name, den er sich nicht merken konnte.

»Weiß nich mehr.«

»Tja, du bist eben zu nichts zu gebrauchen«, entgegnete Jimmy mit einem dicken, fetten Grinsen und gab ihm damit indirekt zu verstehen, dass es ihn nicht störte.

Jimmy schielte auf seine Armbanduhr. Er schien genau zu wissen, wo er hinfuhr. Bub war vorher nur ein paarmal in Fort Smith gewesen. Er hatte keine Ahnung.

Nach kurzer Zeit hielt Jimmy an.

»Ist fast Mittag«, sagte er. Sie befanden sich auf einer viel befahrenen Straße, dem Midland Boulevard, gegenüber von einem großen Lebensmittelladen. ›IGA Food Line‹ stand auf dem Schild. Es musste das größte Lebensmittelgeschäft sein, das Bub je gesehen hatte.

»Meine Fresse«, sagte Jimmy. »Siehste das, Bub? Guck dir an, wie viele Leute bei so einem Laden rein- und rausgehen. Und die haben alle gerade ihr Geld für Essen ausgegeben. Zur Hölle noch mal, Junge, da drin müssen 50 ... na, eher 60.000 Dollar liegen.«

Bub fragte sich, wovon zum Teufel Jimmy redete. Irgendetwas daran gefiel ihm nicht.

»J-j-j-j-j...«

Aber verdammt, was hatte Jimmy für ein Glück!

*One, two, three o'clock, four o'clock ROCK,*
*five, six, seven o'clock, eight o'clock ROCK,*
*nine, ten, eleven o'clock, twelve o'clock ROCK,*
*We're gonna ROCK around the clock tonight!*
*We're gonna ROCK ROCK ROCK till broad daylight!*

Die freigelassenen Hunde fanden sie. Earl hörte ihr wildes Gebell, ihre sich vor Aufregung überschlagenden Stimmen.

»Die Hunde werden doch nicht ...«

»Die werden nichts anrühren«, versicherte Pop.

»Hier drüben, hier drüben«, rief Jed Posey. »Himmel, Arsch und Zwirn, hier drüben!«

Earl kämpfte sich schwer atmend den Hügel hinauf, durch die Bäume und Dornensträucher, und brach auf eine Art Lichtung durch. Hier gab es keinen Schatten mehr, weshalb die Hitze ihn mit ihrer vollen, mörderischen Wucht traf.

Er sah Jed keuchend vor einem Bachbett mit Schiefergestein stehen. Die Erde war steinig und zerklüftet, die Sonne brannte unerbittlich. Die Hunde saßen gehorsam auf der anderen Seite des Bachbetts und bellten, als wollten sie den Teufel vertreiben. Aber der Teufel war bereits hier gewesen und hatte sein Werk verrichtet.

Shirelle lag auf der Seite. Ihr rosafarbenes Gingham-Kleid war über ihre Hüften hochgestreift, ihr Slip fehlte und man hatte ihr die Bluse vom Leib gerissen. Aber sie konnte sich nicht mehr für ihren Aufzug schämen. Ihre Augen waren weit aufgerissen und erloschen. Ihre Haut wirkte grau, fast farblos, mit Staub überzogen. Ihr Körper war stark aufgedunsen, aufgebläht wie ein Ballon. Die linke Seite ihres Gesichts hatte sich zu einem gewaltigen, gelblichen Wulst verformt, mit einem blutverkrusteten Riss bedeckt, dort, wo jemand sie mit einem Stein erwischt hatte. Einen Meter von ihr entfernt lag dieser Stein. Etwas Schwarzes klebte daran.

»Man kann ihre Möse sehen«, sagte Jed. »Kommt her, schaut euch das an, man kann ihre Möse sehen.«

Das konnte man natürlich. Earl sah etwas, das er für eine schwarze Blutspur hielt, sowie Prellungen und Schürfwunden am Geschlecht der Kleinen. Das Summen von Fliegen. Verwesungsgestank.

Bei drei großen Inselinvasionen hatte Earl den Tod in all seinen Formen zu Gesicht bekommen. Mehr als nur einmal hatte er ihn auch selbst gebracht. Doch das Mädchen sah so zerstört und weggeworfen aus, so entstellt von den Gasen, die sich in ihr gesammelt hatten, zurückgelassen am Hang eines rauen Berges. Es brach ihm das Herz, obwohl er geglaubt hatte, nichts könne es ihm mehr brechen nach dem langen Marsch durch das seichte Meerwasser vor Tarawa, den Flammenwerfer-Angriffen auf Saipan und dem Töten aus nächster Nähe mit der Tommy Gun auf Iwo – es waren viele, so viele gewesen. Kein Japse und kein toter amerikanischer Junge hatte je so sinn- und nutzlos dahingeschlachtet ausgesehen.

Lem Tolliver spuckte geräuschvoll seinen Priem aus.

»Diese Nigger«, fluchte er. »Was die mit ihren eigenen Leuten anstellen! Wir hätten sie nie hier rüberbringen sollen. Die gehören zurück in den afrikanischen Dschungel.«

»Lem«, sagte Earl, »du bringst diese Jungs hier weg und gehst dann zu meinem Auto. Ich will, dass du ...«

»Hey, Earl«, unterbrach Jed Posey. Jeds Bruder lachte.

»Hey, Earl, was dagegen, wenn ich noch schnell meinen Spaß mit ihr habe? Ich meine, ich könnte ja noch kurz drübersteigen, bevor du sie einpacken lässt. Ihr wird's nichts mehr ausmachen. Und 'ne Jungfrau ist sie ja sicher auch nicht mehr.«

Earl traf Jed mit der geballten Faust kurz unter dem Ohr, am Kieferansatz; ein kurzer, brutaler, vollkommen befriedigender Schlag. Er traf den Kerl so hart, dass er nach hinten geschleudert wurde und sich auf die Zunge biss, was eine furchtbare Wunde verursachte. Blut begann aus Jeds Mund zu strömen und dunkle Flecken auf seinem Overall zu hinterlassen. Eine Staubwolke stieg auf, als er noch etwas zappelte und dann still liegen blieb. Er hatte eine Hand zu einer Geste des Aufgebens erhoben. Earl trat auf ihn zu, als ob er ihn noch weiter in die Mangel nehmen wollte. Jed wich auf allen vieren hastig zurück. In seinem Gesicht zeichnete sich die Angst eines Mannes ab, der weiß, dass er klar unterlegen ist.

»Hör auf, ihn zu schlagen, Earl«, flehte Lum Posey.

»Schaff dieses Stück Scheiße hier weg«, sagte Earl zu Lem. »Ich will, dass er verschwindet. Du gehst zu meinem Auto, rufst über das verdammte Funkgerät die Polizeikaserne in

Greenwood und sagst ihnen, dass es ein sehr schlimmer Zehn-39 ist. Ich will, dass das Ermittlungsteam so schnell wie möglich herkommt. Und die Spurensicherung, nur für den Fall, dass unser Mann Fingerabdrücke oder so was hinterlassen hat. Lass sie Sam Vincent benachrichtigen. Ich will ihn als Repräsentanten der Staatsanwaltschaft hier haben. Er wird derjenige sein, der mir hilft, diesen Drecksack auf den Stuhl zu bringen. Ruf deinen Sheriff und sag ihm, dass ich seine Leute hier draußen haben will, um den Tatort abzusperren und nach Beweismaterial zu suchen. Ruf den Gerichtsmediziner, die Leiche muss gründlich untersucht werden. Hast du verstanden, Lem?«

»Hab ich, Earl.«

»Pop, du lässt deine Hunde jetzt ausruhen und fressen. Bring sie in den Schatten. Wir brauchen sie vielleicht noch mal, um die Witterung von dem Kerl aufzunehmen, der das getan hat. Verstanden, Pop?«

»Ja, Sir.«

»Dann los, auf geht's.«

Die Männer liefen den Hügel hinab. Lum Posey half seinem blutenden Bruder.

Dann war Earl mit der Leiche allein.

*Okay, kleines Mädchen,* dachte er. *Wird Zeit, dass du mir etwas verrätst, damit ich den finden kann, der dir das angetan hat. Ich schwör dir: Ich werd ihn erwischen, und ich werd zusehen, wie er auf dem Stuhl schmort.*

Earl war weder Sherlock Holmes, noch einer von diesen Großstadtcops von der Mordkommission. Er hatte bislang noch nie einen Mordfall bearbeitet, bloß Tötungsdelikte, bei denen die Identität des Täters anhand von Zeugenaussagen oder bekannten Motiven bereits feststand. Dies war anders: eine Leiche, die seit fast einer Woche hier gelegen hatte. Ein echtes Rätsel. Es ging über alles hinaus, womit Earl sich bisher auseinandergesetzt hatte. Doch Earl Swagger war ein ernsthafter, professioneller Polizeibeamter. Er hatte sich den

Prinzipien von Pflicht und Gerechtigkeit verschrieben, war regelrecht besessen von ihnen. Sein konsequenter Verstand sah nur eine einzige Möglichkeit, wie diese Sache ausgehen konnte: mit der Hinrichtung des Mörders. Bis dahin würde er das Gefühl haben, dass ein großes Loch im Mauerwerk des Universums klaffte. Und es lag an ihm, dieses Loch zu stopfen.

Er ging methodisch vor, achtete weder auf den Geruch des Todes, der in der Luft hing, noch auf die summenden Fliegen, noch auf die Obszönität der Tat selbst. Als Erstes: eine Zeichnung des Tatorts. Später rückten die Polizeifotografen an, um zu tun, was sie zu tun hatten, aber er wollte den allgemeinen Zustand des Körpers und die genaue Position zur Umgebung für seine eigenen Ermittlungen festhalten. Er benutzte die Methode der Triangulation, die sich bei Tatorten unter freiem Himmel stets als hilfreich erwies, wenn keine Grundlinie wie etwa eine Straße existierte, an der man sich orientieren konnte. Als drei Punkte wählte er den am nächsten stehenden Baum, etwa siebeneinhalb Meter oberhalb vom Kopf des Mädchens, den Rand des unbewachsenen Bachbetts, in dem sie lag, und einen Stein, der ein Stück weiter rechts aus dem Erdboden ragte. In groben Zügen skizzierte er eine Strichmännchenversion ihres geschändeten Körpers und verortete ihn zwischen diesen Orientierungspunkten.

Anschließend suchte er die unmittelbare Umgebung nach Fußabdrücken oder anderen Spuren am Boden ab, außerdem nach Beweisstücken, die Rückschlüsse auf den oder die Täter zuließen, die das Mädchen hergebracht oder hier liegen gelassen hatten. Doch der Boden erwies sich an dieser Stelle als so hart und trocken, dass er keine Abdrücke fand. Stattdessen wehte eine Brise, die Shirelles Kleid lüftete und Staubwolken aufsteigen ließ. Dann verschwand sie ebenso schnell, wie sie gekommen war.

Earl trat an den Leichnam heran. Später würde das Ermittlungsteam, die Profis, eine gründlichere Untersuchung auf mikroskopische Informationen vornehmen: Stofffasern,

Körperflüssigkeiten, möglicherweise Fingerabdrücke, Blutflecken – solche Sachen. Aber vorher wollte er von dem armen Kind so viel in Erfahrung bringen, wie er konnte.

*Sprich mit mir, Kleine,* dachte er und spürte, wie ihn eine Welle so schmerzhafter Zärtlichkeit überkam, dass er es kaum aushielt. Etwas in ihm sehnte sich danach, sie aufzuheben und in seinen Armen zu wiegen, um ihren Schmerz zu vertreiben. Doch es gab keinen Schmerz, es gab nicht einmal mehr *sie,* nur ihre aufgeblähten Überreste. Ihre Seele befand sich bei Gott. Er schüttelte den Kopf, um die Gedanken zu verscheuchen, und sprach noch einmal im Geiste mit ihr: *Komm jetzt, verrat dem alten Earl, wer dir das angetan hat.*

Er sah in ihre leeren, ausdruckslosen Augen, wie sie dort auf so brutale Weise hingestreckt lag, registrierte die Blutflecken an ihrem Körper, die Prellungen und Hautabschürfungen und etwas Heißes, hoffnungslos Unprofessionelles schlich sich in seinen Verstand ein: Er sah sein eigenes Kind, diesen ernsten, düsteren, fleißigen kleinen Jungen, der fast nie zu lachen schien, sah Bob Lee, auf die gleiche Weise entführt und zugerichtet und liegen gelassen, bis die Verwesung ihn dermaßen anschwellen ließ, dass seine Gesichtszüge in die Breite gezerrt wurden. Für eine Sekunde hörte Earl auf, ein Polizist zu sein, und war nur noch ein Rache suchender Vater. Wie durch einen roten Nebel nahm er wahr, wie er demjenigen, der diese Tat begangen hatte, im Namen aller Väter der Welt eine Ladung Schrot ins Herz verpasste.

Doch dann kam er wieder zu sich und beruhigte sich, stellte sich trockene, professionelle Fragen, konzentrierte sich auf Details, die man leicht messen, schnell in Erfahrung bringen konnte. Ihr Körper war ziemlich staubig. Etwa deshalb, weil sie hier schon so viele Tage lag? Möglich, aber wahrscheinlicher erschien es ihm, dass sie an einem anderen Ort ermordet und dann hier abgelegt worden war. Wenn es sich bei diesem Stein wirklich um die Mordwaffe handelte, hätte es viel mehr Blut geben müssen.

Er bückte sich und betrachtete das geronnene Blut unter

ihrem Kopf. Das Fließmuster verlief regelmäßig und es gab keinerlei Spritzer, nur eine Lache. Das wies darauf hin, dass das Blut geronnen und nur langsam aus der Wunde ausgetreten war. Hätte das Mädchen bei ihrer Ermordung gezappelt, wäre es viel weiter verteilt worden. Also ging er davon aus, wer immer dies getan hatte, musste ihr nach dem Tod den Schädel mit einem Stein eingeschlagen haben, um es so hinzustellen, als habe er sie hier getötet. Aber warum? Welchen Unterschied machte das? Er beugte sich dicht an ihre Kehle heran: Ja, unter der grauen, gedunsenen Haut waren Quetschungen sichtbar. Hatte man sie etwa erwürgt und nicht erschlagen? Er hielt diese Vermutung in seinem Notizbuch fest.

Dann sah er, wo ihre verrutschte Bluse ein Stück ihrer Schulter freigab, eine rote Schliere, die nicht von etwas Feuchtem herrührte, sondern von etwas Trockenem. Er berührte ihn. Staub, roter Staub. *Hmmm?* Er betrachtete ihre Hand und öffnete sie vorsichtig. Er beugte sich hinunter, um ihre Nägel zu untersuchen: Unter allen vier Fingern fand sich eine halbmondförmige Ansammlung von etwas, das Blut hätte sein können, aber eher wie der gleiche rote Staub aussah, den er an ihrer Schulter gefunden hatte. Die Leute von der Spurensicherung konnten das sicherlich genauer bestimmen.

Roter Staub? Roter Lehm vielleicht? Es ging ihm nicht aus dem Kopf, erinnerte ihn an etwas. Dann fiel es ihm ein: Etwa zehn Minuten außerhalb von Blue Eye gab es in der Nähe eines Örtchens namens Ink einen verlassenen Steinbruch, der für seine Vorkommen von rotem Lehm bekannt war. Er wurde zwar auf keiner Karte so bezeichnet, doch aufgrund übereinstimmender mündlicher Überlieferung hatten die Leute ihn Little Georgia getauft – eine Hommage an den ›Red Clay State‹ Georgia.

Er notierte sich ›Little Georgia‹, widmete sich dann der anderen Hand, die verdreht unter dem Körper des Mädchens lag, im Todeskampf zur Faust geballt. Er glaubte, etwas darin zu erkennen, einen Papierschnipsel vielleicht. Er wusste, dass er ihn besser an Ort und Stelle lassen sollte, doch die Versuchung, mehr zu erfahren, gewann die Oberhand. Er benutzte seinen Bleistift als eine Art Tastinstrument und bog sanft ihre Finger nach oben, wobei er versuchte, möglichst nichts zu verändern.

Ein Schatz fiel heraus. Shirelle hatte ein Stoffknäuel in der linken Hand, zerknittert und erbärmlich, etwas, das sie ihrem Mörder entrissen haben musste, während er sie umbrachte. Earl schob das Knäuel mit seinem Stift auseinander. Es schien eine Tasche aus einem Baumwollhemd zu sein. Und sie war mit einem Monogramm versehen!

Drei Buchstaben, klar und deutlich lesbar: RGF.

*Ist es wirklich so einfach?,* fragte sich Earl. Mein Gott, konnte das schon alles sein? Musste er jetzt bloß noch einen Herrn RGF finden, an dessen Hemd eine Tasche fehlte?

»Lawdie, lawdie, lawdie«, sang jemand vor sich hin.

Earl sah auf. Lem Tolliver stapfte mit seiner beachtlichen Körpermasse durch den Wald, offenbar von großer Aufregung getrieben.

»Earl, Earl, Earl!«

»Was ist denn, Lem?«, fragte Earl, während er aufstand.

»Ich hab sie gerufen, Earl, und sie werden kommen, sobald sie können.«

»Wieso, was ist ...«

»Earl, Jimmy Pye und sein Cousin Bubba haben einen Lebensmittelladen in Fort Smith zusammengeschossen. Oh Earl, die haben vier Leute umgebracht, sogar einen Cop! Earl, der ganze Bundesstaat ist jetzt hinter dem Jungen her!«

# KAPITEL 2

Jimmy griff über die Rückenlehne nach hinten und zog eine Einkaufstüte aus Papier hervor, deren schwerer Inhalt sie ausbeulte, als er sie auf seinen Schoß hob. Sie riss nicht, aber als er sie auf seinen Oberschenkeln absetzte, hörte Bub das dumpfe Klappern schwerer Metallgegenstände, die aneinanderschlugen.

»Bitte schön.« Jimmy zog einen großen Revolver mit langem Lauf aus der Tüte und reichte ihn Bub. »Das ist ein .44 Smith & Wesson Special. Ein ganz schön dicker Brocken von einer Pistole.«

Bub betrachtete das Ding. Es fühlte sich unglaublich schwer in seinen Händen an, ölig, dicht, auf seltsame Weise energiegeladen. Eine Waffe. Eine Pistole. Er hatte noch nie eine Pistole besessen. Nur Polizisten trugen sie mit sich herum, das war alles. Er sah zu Jimmy hinüber und spürte, wie sein Unterkiefer absackte und sein Gesicht einen Ausdruck glotzäugiger Dummheit annahm, weil ihm die Worte fehlten.

Währenddessen hatte Jimmy eine automatische Waffe mit rauem Horngriff hervorgezogen und fing an, klappernd mit ihr zu hantieren, etwas in den Griff zu schieben, an einem kleinen Hebel herumzufummeln.

»'ne .38 Super«, meinte er zufrieden. »Von Colt. Und die Knarre tritt ordentlich Arsch. Hat jede Menge Wucht, obwohl sie so klein daherkommt. Eine Waffe für Profis.«

Doch dann bemerkte er den Ausdruck äußerster Verwirrung im Gesicht seines jungen Cousins.

»Na, was macht dir denn so zu schaffen, Bub? Wo drückt der Schuh?«

Bub fiel beim besten Willen nicht ein, was er sagen sollte. Dann platzte er heraus: »I-i-i-ich hab … *Angst.*«

»Ach, jetzt komm aber, Bub. Da ist doch überhaupt nichts dabei. Wir gehen rein, präsentieren ihnen unsere Waffen, die geben uns das Geld und wir machen uns vom Acker. So einfach ist das. Ein Typ im Knast hat mir erklärt, wie man sich ’nen großen Lebensmittelladen vornimmt. Schau, die legen jede gottverdammte Stunde ihre Kohle in den Safe. Also ist um diese Zeit, nachdem die Leute alle ihre Morgeneinkäufe erledigt haben, alles im Bürosafe, gleich da vorne. Bei jedem verdammten IGA-Supermarkt ist das so. Er hat’s mir gesagt: Da ist nix dabei. Der einfachste Coup, den es gibt.«

Bub bekam einen trockenen Hals und hatte Schwierigkeiten zu atmen. Er hätte am liebsten losgeheult. Er liebte Jimmy so sehr, aber … er glaubte nicht, dass er den Mut hatte, so eine Sache durchzuziehen. Er wollte bloß seinen alten Job zurück. Er wollte einfach nur Nägel klopfen für Mr. Wilton, jeden Tag aufs Neue, egal ob es regnete, kalt war, schneite oder ob es Frost gab. Einfach nur Nägel klopfen. Das reichte ihm.

»Hör mal, Bubba«, sagte Jimmy, beugte sich zu Bub und zog ihn verschwörerisch zu sich heran. »Ich weiß ja nicht, wie’s dir geht, aber ich fang nicht einen gottverdammten Job in einem Sägewerk an, bloß um den gottverdammten Mr. Earl Gottverdammter Swagger zu einem glücklichen Mann zu machen. Ich arbeite da nicht. Früher oder später verlierst du da ’nen Finger, ’nen Arm, ’n Bein. Man sieht die doch ständig rumlaufen, gottverflucht, haben keine Arme mehr, und die Leute sagen: ›Oh, der hat früher unten im Sägewerk gearbeitet.‹ Oh nein, ohne mich.«

Er lehnte sich zurück, atmete schwer und sah auf die Uhr.

»Jetzt ist der richtige Zeitpunkt. Wir gehen da rüber, rein und wieder raus. Keiner rechnet damit. Dann haben wir was in der Hand, unseren *Einsatz.* Ja, ganz genau. Dann können wir aus diesem verarmten West Arkansas abhauen und uns auf den Weg nach Kalifornien machen. Schaust du mich an? Bub, schau mich an!«

Bub sah auf und starrte seinen Cousin an.

»Also, seh ich etwa wie ein gottverdammter Sägewerkarbeiter aus, der 1000 Dollar im Jahr verdient und in einer

Hütte von der Mildtätigkeit irgendeiner alten Schachtel lebt? Oh nein, ich seh wie dieser gottverdammte Kerl James Dean aus, ich weiß das. Ich seh so gut aus wie er. Ich geh nach Kalifornien, und ich hab vor, dort ein großer Filmschauspieler zu werden. Du kannst auch mitkommen, Bubba. Ein Star, weißt du, ein Star hat immer eine rechte Hand, du weißt schon, einen, der für ihn Anrufe und Reservierungen macht und die Flugtickets abholt. Dafür hab ich dich eingeplant. Du sollst meine rechte Hand sein.«

»A-aber Edie *liebt* dich.« Wie so viele andere hatte sich Bub selbst halb verliebt in Jimmys junge Frau.

»Für Edie gibt's dort eine ganze Menge. Wirst sehen, da gibt's *'ne Menge* für das Mädchen. Wir nehmen sie auch mit. Sie kommt mit nach Kalifornien! Ich hab dort Freunde, die auf mich aufpassen. Oh, wir werden eine tolle Zeit haben, du, ich, Edie, in L.A. Wir werden *Stars* sein!«

Er sprach mit einer solchen Inbrunst, dass Bub die Augen schloss und es für einen kurzen Moment wirklich vor Augen hatte: Seine Vorstellung vom Leben eines Filmstars umfasste Swimmingpools, schicke Klamotten, kleine Schnurrbärte und schnittige Autos, alles unter der Sonne Kaliforniens. Bis gerade eben hätte er von alldem nicht einmal zu träumen gewagt.

»Ich schwör dir, es wird keiner verletzt. Halt mir dort im Büro einfach den Rücken frei. Du zeigst ihnen die Waffe, ich zeig ihnen die Waffe. Niemand wird sich für ein bisschen gottverdammtes Geld, das einer Lebensmittelfirma gehört, auf einen Kampf mit uns einlassen. Und dann sind wir auch schon wieder draußen. Wir legen noch einen Zwischenstopp ein, um Edie einzusammeln, und weg sind wir. Keiner wird verletzt. Jetzt komm schon, Bub, ich brauch dich. Wir müssen los.«

Jimmy stieg aus dem Wagen und stopfte die Automatik in den Bund seiner Chinohose. Er rückte die Sonnenbrille in seinem hübschen Gesicht zurecht, dann griff er in seine Tasche und zog eine Packung Luckys hervor. Mit einem

Schwung aus dem Handgelenk ließ er eine Zigarette hervorschnellen, zog sie mit den Lippen aus der Schachtel und zündete sie mit einem Zippo-Feuerzeug an, das wie durch Zauberkraft in seiner Hand aufgetaucht war. Er drehte sich um und zwinkerte dem armen Bub zu, der ihn bloß angaffte. In seinem Verstand bildete sich ohne das geringste Stottern der Gedanke: *Wir sind jetzt schon in einem Film.*

Jimmy geht vor. Jimmy läuft selbstbewusst, ein Bebop-Rhythmus schwingt in seinem Gang mit, er hat ein Lächeln im Gesicht. Bub ist hinter ihm. Bub ist verängstigt und verwirrt. Auch er hat sich die Pistole in den Hosenbund gesteckt, aber sie ist schwer und sitzt schlecht, und ihr Lauf ist so lang, dass er sich in seinen Schenkel bohrt. Deshalb geht er steifbeinig wie ein Krüppel, tollpatschig hüpfend, um nicht den Anschluss zu verlieren.

*Sollten wir nicht Masken tragen?*

*Was, wenn uns jemand erkennt?*

*Meine Mama wird* sooooo *wütend sein.*

*Warum tue ich das?*

*Warum passiert das hier?*

*Jimmy ... Jimmy ...* Hilf *mir!*

Jimmy stolziert einfach drauflos; sein aufgewecktes Gesicht leuchtet vor Freude. Er unterbricht seinen Vormarsch kurz für eine höfliche Geste in Richtung einer Frau, die sich gerade mit dem Beladen ihres Kofferraums abmüht. Er bückt sich schnell und reicht ihr die letzte Tüte, damit sie diese verstauen kann.

»Oh, Danke schön«, sagt sie.

»Bitte sehr, Ma'am«, trällert er so charmant, dass sie die Pistole, die in seinem Hosenbund steckt, gar nicht bemerkt. Das nimmt etwa eine Sekunde in Anspruch. Bub schließt zu ihm auf und sie betreten den Laden als Duo. Das Geschäft ist merkwürdig dunkel und weitläufig; Bub fühlt sich an eine Kirche erinnert. An sechs Theken machen sich sechs Frauen mit großem *Klackerdiklack* an Registrierkassen zu schaffen und reichen die Einkäufe Stück für Stück an Einpacker weiter, während sie die Kasse die Beträge aufaddieren lassen.

Es ist der größte Lebensmittelladen, den Bub je gesehen hat! Die Flächen kommen ihm riesig vor, er sieht Gänge, die zu weiteren Gängen führen, stapelweise Güter und Nahrungsmittel. Es ist ein Amerika, wie er es noch nie gesehen hat. Etwas an der Ordnung, die an diesem Ort herrscht, an der Größe und der sorgfältigen Planung, mit der er angelegt wurde, macht ihm Angst. Er hat das Gefühl, dass er kurz davor steht, ein Heiligtum zu entweihen. Eine leise Stimme beginnt zu wimmern. In seinen Knien pocht es. Er wünschte, er hätte den Mut, zu schreien: *Nein! Nein! Jimmy, nein!* Doch Jimmy ist da vorne so selbstsicher, dass Bub weder die Chance noch die Nerven hat, sich ihm in den Weg zu stellen. Außerdem geht es bereits los, so schnell.

Jimmy ist an einer Art Büro hinter der letzten Kasse angekommen, einer hohen, von einer Mauer umgebenen Konstruktion mit einer Tür inmitten all der weiten Flächen. Davor befindet sich eine Theke, hinter der eine freundliche, rothaarige Frau steht und sich mit einer schwarzen Dame unterhält. ›Virginia‹ steht auf ihrer Bluse, ›Assistentin der Geschäftsleitung‹.

Sie sieht Jimmy an, reagiert, wie alle es tun, auf seinen Charme und sein gutes Aussehen und schenkt ihm ein strahlendes Lächeln, bis sie erkennt, dass das, was er ihr vors Gesicht hält, eine Waffe ist. Ihr Strahlen weicht einem ängstlichen Ausdruck. Jimmy stößt die farbige Lady zu Boden, hält Virginia die Pistole mitten ins Gesicht und schreit: »Geh ins Büro und mach den Safe auf!«

Nach Luft schnappend wie ein Fisch, der sterbend auf einem Pier liegt, drückt Virginia auf einen Summer. Die Tür zum Büro öffnet sich und ein junger Mann beugt sich heraus. Bub ist nicht sicher, was als Nächstes passiert. Er hört ein *Bamm!,* das er nicht zuordnen kann, das überhaupt nicht dorthin zu gehören scheint, deplatziert wirkt. Dann liegt der junge Mann auch schon auf den Knien, schließlich am Boden.

Er ist nass. Irgendetwas Nasses kommt aus ihm heraus und verteilt sich überall. Bub hört Schreie, Rufe, Kreischen. Er zieht langsam die eigene Pistole. Einen Augenblick später sind sie im Büro, aber Jimmy stößt ihn zurück und schreit: »Du passt draußen auf.« Also steht Bub Wache. Er sieht und bemerkt nicht, was in dem kleinen Büro vor sich geht, nur, dass es einen furchtbaren Tumult gibt.

*Bamm!*

Da ist es wieder, und Bub zuckt vor Schreck zusammen. Er mag dieses Geräusch überhaupt nicht. Er weiß, dass es ein Schuss ist, und er hofft, dass Jimmy in die Luft oder in den Boden schießt, um ihnen Angst einzujagen. Doch das schiere Entsetzen, das in ihren Schreien liegt, macht ihm langsam deutlich, dass Jimmy tatsächlich auf Menschen schießt. Warum sollte er das tun? Warum sollte Jimmy auf jemanden schießen? Wenn man Jimmy gesehen hat, wie er mit einem Football rennt, Gegenspielern ausweicht, sich zur Seite bewegt, freiläuft und mit langen, anmutigen Schritten unter dem Gejubel der Menge davonsaust, kann man sich nie und nimmer vorstellen, dass so ein Junge auf Menschen schießen könnte.

Bub fängt an zu weinen. Das hier gefällt ihm nicht im Geringsten. Er ist krank vor Angst. Er sollte jetzt mit Jimmy in einem Bus zurück nach Blue Eye sitzen. Jimmy wird mit Edie zusammenleben und in Nunley in einem Sägewerk für Mike Logan arbeiten. Mr. Earl hat es doch gesagt! Mr. Earl hat gesagt, dass es so passiert! Warum kommt alles ganz anders? Warum sitzt er nicht in dem Bus?

Jemand kommt auf Bub zu, so ein großer Neger, und drückt Bub gegen den Verkaufstresen, hält seine Arme fest. Er verpasst Bub einen harten Schlag auf den Mund und die Welt verschwimmt vor seinen Augen. Warum? Warum hat er Bub geschlagen? Bub wirft sich mit der Schulter voran nach vorne und der Mann rutscht zu Boden. Bub richtet die Pistole auf ihn.

»Warum?«, will er wissen.

Jimmy steht neben ihm.

»Tu es«, befiehlt er. »Tu es!«

*Ich kann nicht,* denkt Bub. *Bitte zwing mich nicht dazu.*

Aber der Neger rappelt sich auf, kommt auf ihn zu und die Waffe geht los. Er hat nicht gewollt, dass sie losgeht. Das hat er nicht gewollt! Es ist nicht seine Idee gewesen! Es ist nicht seine Schuld! Der Nigger hat Schuld!

»Huuuiiii, gut so, Junge«, kreischt Jimmy voller Entzücken. »Komm schon, hauen wir ab.« Jimmy, der eine große Tasche hinter sich herzieht, führt ihn hinaus. Er bleibt einmal stehen, dreht sich um, ruft: »Lauft, Leute!« und feuert fünfmal schnell nacheinander seine Waffe über die Köpfe der Leute ab, die sich hinter die Kassen geduckt haben. Sie purzeln rückwärts übereinander bei dem Versuch, davonzukommen, und sie schreien.

Plötzlich wird es hell. Sie sind draußen und der Midland Boulevard ist menschenleer, obwohl Bub das Gefühl hat, dass da Leute sind, die sich hinter geparkten Autos und in den Eingängen von Geschäften verstecken. Auf einmal gefällt ihm das alles irgendwie. Es ist aufregend. Er kommt sich wichtig vor.

»Komm schon, Bub, lass uns die Kurve kratzen, verflucht noch mal!«

Jimmy zieht ihn mit sich über die Straße, als ein schwarzweißer Polizeiwagen mit heulender Sirene in der Ferne auftaucht und so schnell auf sie zufährt, dass er sich innerhalb einer Sekunde von einem kleinen Auto in ein großes zu verwandeln scheint.

Bub hat solche Angst. Der Wagen wird sie rammen. Doch Jimmy bleibt ganz ruhig, zielt sorgfältig und fängt an, zu schießen.

*Bammbammbammbammbammbamm!*

Er schießt schnell und Bub sieht, wie seine Kugeln die Windschutzscheibe des Polizeiwagens zerschmettern. Der Wagen bricht abrupt nach links aus und kracht in ein geparktes Auto. Der Lärm ist sagenhaft! Überall fliegen Glassplitter herum.

»Voll ins Schwarze!«, ruft Jimmy johlend. »Komm, Bub, wir müssen hier verschwinden. Die werden uns gleich auf den Fersen sein!«

Sie donnerten die Straße entlang, bogen dann in eine Gasse ein, wandten sich nach links und fuhren durch Colored Town, wo sie sahen, wie die Farbigen Reißaus nahmen. Hinter ihnen erhob sich Sirenengeheul.

»Ich hab jemand umgebracht«, jammerte Bub.

»Du hast niemanden umgebracht«, erwiderte Jimmy. »Ich schwör's bei Gott. Hast diesem alten Knaben bloß den größten Schreck seines Lebens eingejagt. Davon wird er noch seinen Enkelkindern erzählen.«

»Bist du sicher?«

»Natürlich bin ich sicher, Mann. Ich hab keine echten Kugeln in die Waffen getan. Diese Leute haben sich bloß hingelegt, weil sie *dachten,* jemand habe sie angeschossen. Das ist alles ein großer Witz. In einer Stunde werden die sich die gottverdammten Bäuche halten vor Lachen. Und jetzt hab ich Hunger. Wie wär's mit ein paar Hamburgern?«

Bub schluckte bloß. Er war sich nicht sicher, ob er Jimmy glaubte. Er erinnerte sich an das Zeug, das aus dem Kerl herausgeflossen war, der aus dem Büro gestürzt kam. An dem schwarzen Mann, auf den er geschossen hatte, hatte er nichts gesehen, aber es herrschte so ein Chaos in seinem Kopf, dass er sicher alles durcheinanderbrachte. Er wusste jedenfalls, dass das Polizeiauto in einen anderen Wagen gekracht und die Windschutzscheibe zerbrochen war.

»Da sind wir«, sagte Jimmy. »Hast du Geld? Ich bin komplett blank.«

Er hielt vor einem Gebäudekomplex aus Glas und Chrom, der etwas Buck-Rogers-Mäßiges an sich hatte. Eine ganze Flotte von Wagen stand dort bereits auf schräg angeordneten Parkplätzen vor dem Hauptgebäude.

Bub las das Schild, wobei er mit den Lippen jede Silbe formte: *Tastee-Freez.*

»Hab gehört, dass es in dem Laden die gottverdammt besten Burger auf der ganzen Welt gibt. Lass uns mal schauen, was die so haben.«

»Äh, Jimmy, g-g-g-g...«

»Spuck's aus, Junge.«

»...g-glaubst du, dass das so eine gute Idee ist? Ich meine, wird die Polizei nicht nach diesem Auto suchen?«

»Na ja, die werden wohl kaum damit rechnen, dass wir gerade jetzt anhalten, um uns Burger zu kaufen, oder?«

Und tatsächlich rauschten in diesem Moment ein paar schwarzweiße Wagen mit heulenden Sirenen und flackernden Signallampen vorbei.

»Weißt du, das, was ich mache, ist was Neues«, erklärte Jimmy. »Man nennt es *cool sein.* Ich bin ein richtig cooler Hund.«

»Ein Hund?«, fragte Bub. Er begriff nicht.

»Ja. Ein cooler Hund ist ein richtig cleverer Kerl. Ihm bricht nicht der Schweiß aus und er wird nicht nervös. Er hat immer ein Lächeln auf den Lippen. Und er ist ein Rebell. Er rebelliert gegen alles, weil er weiß, dass seine Lage beschissen ist. Aber er bleibt immer cool. Nichts kann ihn aufregen.«

Bub dachte über dieses neue Konzept nach. Direkt vor ihm tauchte eine Drive-in-Kellnerin auf.

»Was ist denn da für ein Krawall, Schätzchen?«, fragte Jimmy sie.

»Ein paar Kerle haben den IGA ausgeraubt«, antwortete sie. »Die haben ein paar Leute umgebracht und auch einen Nigger.«

»Ach, warte mal ab«, verkündete Jimmy mit einem Augenzwinkern in Richtung Bub, »ich wette, dass das bald vorbei ist, und dann wird man erfahren, dass niemand wirklich erschossen worden ist.«

»Ich weiß nicht«, erwiderte das Mädchen.

»Welcher ist euer bester Burger?«

»Wir haben alle möglichen. Der Bacon Supreme wird oft verkauft. Da hat man Speck und Käse und Salat und Tomaten.

Den müssen sie mit Zahnstochern zusammenhalten. Sie tun ein kleines Fähnchen obendrauf. Sieht echt süß aus.«

»Was meinst du dazu, Bub?«

Bub nickte. Er *war* hungrig.

»Ja«, sagte Jimmy, »zwei von diesen Bacon Supremes, zwei Portionen Pommes, und gibt's bei euch einen guten Milchshake? Ich meine, einen aus *echtem* Eis und Milch, superdick und mit einem von diesen Quirlen gemixt?«

»Ja, Sir. Die besten Shakes der Stadt.«

»Bring uns zwei. Schokolade.«

»Erdbeer«, sagte Bub.

»Einmal Schoko, einmal Erdbeer«, bestätigte das Mädchen.

Jimmy lehnte sich zurück. Er zündete sich noch eine Lucky an, atmete tief ein und blickte dann auf seine Armbanduhr. Er wirkte wie ein Mann, der keine Sorgen kannte.

»Jetzt entspann dich einfach«, flötete er. »Es wird schon alles in Ordnung kommen. Es wird cool sein. Wir sind die coolsten Hunde, die's gibt.«

Das Mädchen brachte die Hamburger und es war der beste Hamburger, den Bub je gegessen hatte. In Blue Eye hatte ein Laden namens Check's Check-Out Burger im Angebot, aber das waren fettige Klumpen aus zu lange gebratenem Rindfleisch auf einem pappigen, winzigen Brötchen, nicht so etwas wie das hier. Himmlisch: Das Fleisch war so verdammt zart, der Käse würzig, doch was die Sache wirklich abrundete, war der Speck. Wer hatte bloß die geniale Idee gehabt, ein Stück Speck auf einen Burger zu legen?

»Verdammt«, sagte Bub, »ist das nicht mal ein verflucht guter Burger?«

»Das ist ein königlicher Burger«, erwiderte Jimmy. »Der König aller Burger. Okay, also, komm einfach mit.« Er stieg aus dem Auto, nahm die Tüte mit der Aufschrift *IGA* ganz beiläufig mit und schlenderte los, so lässig, wie man nur sein konnte.

»Mittlerweile haben sie sicher unseren Wagen identifiziert«, sagte er. »Damit kommen wir nicht mal mehr zwei verdammte Blocks weit. Also besorgen wir uns eine andere Karre, genau da, wo ich die letzte herhab. Siehst du, läuft doch alles wie am Schnürchen.«

Sie verließen die Hauptstraße und gingen einen oder zwei Blocks weit in eine hübsche, kleine Wohngegend voller sorgfältig gepflegter, kleiner Häuser. Durch die mächtigen, grünen Bäume, die alles abschirmten, spürte man die Sommerhitze hier nicht so stark. Das Viertel machte einen zauberhaften Eindruck. Auf einigen Grünflächen bewegten sich Rasensprenger hin und her wie riesige Fächer und ein paar junge Männer mähten das Gras. Die Rasenmäher verursachten klappernde, mechanische Geräusche. Sie kamen an einer alten Dame vorbei.

»Howdy, Ma'am«, grüßte Jimmy. »Schönen Tag noch.«

»*Ihnen* noch einen schönen Tag, junger Mann«, antwortete sie mit einem Lächeln.

Nach kurzer Zeit gelangte Jimmy zu einem Oldsmobile, das unbeaufsichtigt in einer Einfahrt stand. Er wandte sich um und grinste Bub an.

»Siehst du, wenn du nervös wirst, kannst du nichts machen. Die Leute merken, dass du was im Schilde führst. Bist du cool und lächelst einfach, als läge dir die ganze Welt zu Füßen, lassen sie dich in Ruhe und geben dir so viel Spielraum, wie du brauchst. Wirst schon sehen, wie verdammt einfach das wird.«

Damit schlenderte er die Einfahrt hinauf, öffnete die Wagentür und hatte einen Augenblick später den Motor gestartet. Er setzte zurück.

»*Komm schon,* Bub. Oder wartest du auf 'ne Einladung von Mr. Earl Swagger persönlich?«

Bub stieg ein.

Sie brausten davon, wieder in einem schicken Auto, fuhren ganz sachte die Straßen der Vorstadt entlang. Jimmy sah noch einmal auf die Uhr, als hätte er einen Zeitplan, den er einhalten musste.

»Mach mal das Radio an, such uns gute Musik«, forderte er Bub auf.

Diese Bitte kam Bub seltsam bekannt vor. Er beugte sich herüber und machte sich an den Reglern und Knöpfen zu schaffen. Knisternde Laute waren zu hören. Aber nichts von diesem treibenden, ausgeflippten Hillbilly-Zeug, das Jimmy mochte. Er fand etwas Country, Patsy Cline; er bekam diesen Perry Como rein, der darüber sang, wie einem der Mond ins Auge flog wie ein großes Stück Pizza; er bekam Miss Day, die *Que Sera, Sera* trällerte, und dann ...

»Die Behörden in Fort Smith haben eine Großfahndung im Umkreis von zwei Bundesstaaten eingeleitet, um den Aufenthaltsort zweier bewaffneter und gefährlicher Männer zu ermitteln, die einen Lebensmittelladen in der Innenstadt ausgeraubt und vier Männer, darunter einen Polizeibeamten, getötet haben.«

Bub blieb stumm, als er die Nachricht über die Toten hörte.

»Die Polizei ließ verlauten, dass der vor Kurzem aus dem Gefängnis entlassene Autodieb Jimmy M. Pye aus Blue Eye und sein Cousin Buford ›Bub‹ Pye, ebenfalls aus Blue Eye, für den Gewaltausbruch auf dem friedlichen Midland Boulevard verantwortlich sind. Sie geht davon aus, dass die zwei Mörder versuchen, sich ins Hinterland von Polk County zurückzuziehen. Mit den Worten von State Police Colonel Timothy C. Evers« – an dieser Stelle ertönte eine vollere, tiefere Stimme aus dem Radio – »Wenn mich meine Erfahrung mit solchen Leuten nicht täuscht, werden sie ein Gebiet ansteuern, das sie kennen. Nun, da werden sie auf unsere Straßenblockaden treffen und wir geben ihnen das, was sie verdient haben.«

»Der alte Knabe klingt ja richtig *angefressen*«, sagte Jimmy. »Er klingt, als hätten wir ihn gerade aus dem Bett geholt oder so. Meine Güte.«

»J-J-J-Jimmy?«

»Ja, Cousin?«

»Er hat gesagt, dass wir die Kerle getötet haben.«

»Na ja, eventuell waren die Kugeln in *meiner* Pistole doch echt. Aber da haben keine echten in *deiner* gesteckt. Dir können die nichts. Du bist bloß mit dabei gewesen, Bub. Dein Cousin Jimmy reitet dich nicht in die Scheiße, das schwör ich dir. Das wäre doch überhaupt nicht cool. Also, wir fahren jetzt einfach nach Blue Eye, holen Edie ab und weg sind wir. Ich hab mir gedacht, wir kommen bei einem Onkel von mir in Anadarko, Oklahoma unter. Er wird ...«

Doch Bub weinte.

»Bub, was hast du denn, Junge?«

»Jimmy, ich will zu meiner Mama. Ich will in kein Gefängnis. Ich wollte niemanden umbringen. Oh, Jimmy, warum passiert das alles? Das ist nicht fair. Ich hab doch nie was falsch gemacht, gar nichts. Ich will bloß ...«

»Schon gut, schon gut, Bub, mach dir mal keine Sorgen. Ich schwör dir, vor dir liegt 'ne tolle Zeit: Kalifornien, ein Job als rechte Hand eines Stars. Du kannst deine Mama auch dorthin bringen und ihr ein hübsches, kleines Häuschen kaufen. Es ist alles schon vorbereitet. Ich schwör dir, alles schon vorbereitet.«

Bub schniefte. Der Kummer überwältigte ihn. Er schleuderte die Pistole auf den Boden. Er wollte einfach, dass das alles aufhörte.

»Na, sieh mal einer an«, meinte Jimmy.

Bub blickte auf und bemerkte ein knallbuntes Neonschild, das sich vor dem hellen, blauen Himmel abzeichnete, doch da es Mittag war, brannte die Beleuchtung nicht. Dort stand ›Nancy's Flamingo Lounge‹, und Bub fiel auf, dass es überall in dieser Straße weitere Häuser mit der Bezeichnung *Club* gab, alle mit nicht eingeschalteten Leuchtreklamen und der verruchten Optik von Nachtlokalen. Jimmy fuhr von der Straße ab und bog in eine kleine Einfahrt ein. Durch sie gelangten sie auf einen Parkplatz an der Rückseite des Hauses, der von einer großen, leeren Garage dominiert wurde.

Es herrschte völlige Stille.

»Hey«, sagte Jimmy. »Weißt du was? Wir sind da. Wir haben's geschafft. Jetzt wird alles gut.«

Bub sah, wie die großen Garagentore des Gebäudes nach oben glitten. Jimmy ließ den Wagen vorwärts rollen. Dunkelheit und Stille verschluckten sie, lediglich unterbrochen durch eine plärrende Musik, die weit entfernt erklang, als ob sie aus einem kleinen, billigen Radio kam.

*ROCK ROCK ROCK around the clock tonight*
*ROCK ROCK ROCK till broad daylight!*

»Cool«, freute sich Jimmy.

# KAPITEL 3

Als er dort ankam, glaubte er, dass sich nun alles aufklärte, doch stattdessen wurde alles – natürlich – noch komplizierter. Er nahm sich ein Zimmer in einem billigen Motel in der Nähe des mexikanischen Viertels der Stadt und verbrachte den Morgen damit, in seinem Zimmer über den nächsten Schritt nachzugrübeln. Folgendes kam dabei heraus: Kein nächster Schritt.

Schließlich beschloss er, einen Spaziergang zu unternehmen, in der dumpfen Hoffnung, dass er vielleicht einfach Glück hatte, dass sich die Dinge irgendwie ergaben. Doch eines wusste er definitiv. Nämlich, dass sich die Dinge im echten Leben nie wie von selbst ergaben. Das klappte nur im Film. Deshalb befand er sich überhaupt erst hier: Sachen gingen manchmal schief, Gewalt und Irrsinn brachen aus, Menschen starben, Leben wurden zerstört.

Es war so viel wärmer und heller. Er befand sich schließlich in der Wüste, doch irgendwie hatte er sie sich ganz anders vorgestellt. Vor ihm erblickte er ein Rückgrat aus violetten Bergen, eigentlich eher Hügel, die den Blick zum Horizont in der einen Richtung versperrten. In allen anderen Richtungen gab es bloß flachere, mit dorniger, schuppiger Vegetation bedeckte Hügelketten. Seltsame Kakteen ragten aus dem Wüstenboden wie krumme Vorboten des Todes. Die Farbe Grün fehlte weitgehend in dieser von Braun-, Ocker- und Zinntönen beherrschten Welt.

Die Stadt entpuppte sich als das allerletzte Kaff. Sie lag an einer einzigen Hauptstraße mit Fast-Food-Restaurants an einem Ende und Campingplätzen und Wohngebieten, wie man sie eher in der Vorstadt erwartet hätte, unter nachträglich hingepflanzten Palmen ein Stück weiter. Der Rest bestand aus schäbigen, kleinen Geschäften, viele davon mit Brettern vernagelt, Gemischtwarenläden, ein winziger Supermarkt, eine Reinigung und Souvenirshops mit Cowboy- und Indianerkram für die wenigen Touristen, die sich ab und zu hierher verirrten. Eine typische Kleinstadt weitab von der Interstate. Der Bundesstaat hieß zufällig Arizona und der Name der Stadt lautete zufällig Ajo.

Russ schlenderte die Straße entlang, sah nichts, was ihm gefiel, und fühlte sich vom Glück verlassen. Er fand schließlich ein Bar-Café und aß zu Mittag, während er zuhörte, wie Cowboys sich mit tiefen, gedämpften Stimmen über wenig Aufsehenerregendes unterhielten. Niemand nahm Notiz von ihm. Als er dem Barkeeper fünf Dollar für das Sandwich bezahlte, quittierte dieser es mit einem Lächeln, das ihm immerhin beinahe menschlich vorkam.

»Sagen Sie mal«, sprach er ihn an, »ich hab mich gefragt, ob Sie mir helfen können.«

»Oh, ich schätze, ich weiß schon, was Sie wollen, Junge.«

»Ist das so offensichtlich?«

»Es ist schon verdammt offensichtlich.«

»Haben Sie hier öfter Typen wie mich?«

»Manchmal welche wie Sie. Und auch andere. Ein deutsches Fernsehteam war fast einen Monat lang in der Stadt. Haben bei mir für vielleicht 1000 Dollar Gegrilltes gekauft. Der Tonmann, Franz, hat 'ne echte Vorliebe für die Steaks von meiner Frau entwickelt.«

»Aber die hatten keinen Erfolg?«

»Nee. Die nicht. Und auch sonst niemand. Einmal war so ein ganz schlauer Kerl aus New York hier. Hat sich aufgeführt, als ob die Welt ihm gehört und wir alle seine Angestellten wären. Er muss etwa sechs Wochen da gewesen sein. Ein erfolgreicher Typ. Hatte unter anderem einen Deal mit diesem Kerl abgeschlossen, den sie in Utah hingerichtet haben, und sogar einen mit O. J. persönlich. Aber hier hat er nichts erreicht. Dann noch einer von einer französischen Zeitschrift. Und so eine Tussi. Hätte mir gewünscht, dass die über *mich* schreiben will. Der hätt ich all meine Geheimnisse anvertraut, selbst das, wie meine Frau ihre Steaks so perfekt hinbekommt.«

»Kriegt man ihn denn je zu Gesicht? Verlässt er das Haus?«

»Oh, das tut er. Großer, stiller Kerl, kümmert sich meist um seinen eigenen Kram. Hat eine verflucht schöne Frau geheiratet. Sie haben jetzt eine kleine Tochter. Er lebt ein normales Leben. Er hat Hobbys, sieht sich die Gegend an, geht unter Leute.«

»Können Sie mir sagen, wo er wohnt?«

»Das kann ich nicht, Junge. Das will er nämlich nicht. Ich respektier ihn. Man muss ihn respektieren. Ich glaube, er will einfach nur von der Welt in Ruhe gelassen werden.«

»Ich respektiere ihn auch«, versicherte Russ. »Deshalb bin ich hier.«

»Sie werden wahrscheinlich keinen Erfolg haben. So wie alle anderen. Warum sollte es bei Ihnen anders sein?«

*Warum* sollte *es bei mir anders sein?,* überlegte Russ. *Ja, das ist die große Frage.*

»Nun«, sagte Russ, »ich wette, es ist etwas, mit dem ihm noch keiner gekommen ist. Es geht dabei nicht mal um ihn.«

»Dann haben Sie einfach Geduld, Junge. Er wird erfahren, dass Sie hier sind. Weiß es wahrscheinlich jetzt schon. Die Leute erzählen ihm, was in der Stadt vor sich geht, wissen Sie.«

»Ja, ich weiß. Na, danke. Ich werde am Ende wahrscheinlich auch 1000 Dollar für Essen bei Ihnen lassen. Ich hab einen langen Atem.«

Russ ging hinaus – *autsch!* Diese grelle Sonne! – und suchte nach seiner Sonnenbrille. Als er sie aufgesetzt hatte, fuhr auf der Straße ein Pick-up-Truck vorbei und Russ glaubte, ihn gefunden zu haben: einen schlanken Mann mit sonnengebräunter, ledriger Haut und ruhigen, zusammengekniffenen Augen. Aber nein, hinter dem Steuer hockte doch bloß ein fetter Cowboy.

Er schlenderte die Straße entlang, suchte Blickkontakt mit den Einheimischen, doch alles, was er zurückbekam, war das grimmige Starren amerikanischer Kleinstädter, das verkündete: Zutritt verboten. Schließlich ging er zurück ins Motel und holte noch einmal seine Akte hervor.

Die Dokumente waren durch die häufige Betrachtung ramponiert und an vielen Stellen mit Fettflecken verziert. Hätte man allein durch Lesen dem Papier die Farbe entziehen können, wären sie auch ausgebleicht gewesen; doch das konnte man nicht und sie waren es nicht. Es handelte sich um moderne Druckerzeugnisse: kräftig, farbenfroh, unverwüstlich.

Das berühmteste der Dokumente war das *Newsweek*-Titelblatt aus diesem Monat im Jahr 1992, als er der meistgesuchte Mann Amerikas gewesen war. ›Bob Lee Swagger‹, stand dort, ›der Held, der zum Attentäter wurde.‹ Das *Time Magazine,* das er nicht besaß, hatte in die gleiche Kerbe geschlagen: ›Bob Lee Swagger, das tragische Erbe Vietnams‹. *Newsweek* hatte eine alte Aufnahme aus seiner Zeit in Vietnam verwendet. Es verriet alles und nichts: ein Südstaatengesicht, ein Mann Mitte 20, der ebenso gut Mitte 40 hätte sein können, mit einem so grimmigen Mund und so straffer Haut, dass es ein wenig an einen Totenschädel erinnerte, was auf eine gewisse Weise zutraf.

Swagger trug auf dem Bild einen gestreiften Tarnanzug und einen Boonie Hat der Marines. Seine schmalen Augen lagen tief in den Höhlen. Sie ließen keinen Kontakt mit der Welt zu, der nicht mit den Bedingungen im Einklang lag, die ihr Besitzer stellte. Sie lauerten über stark ausgeprägten Wangenknochen. Es wirkte fast wie ein Gesicht aus dem 19. Jahrhundert: ein Kavallerist unter Mosby, einer von Quantrills Partisanen oder jemand, der mit einem Colt zum O. K. Corral ging und fünf Minuten später erfolgreich zurückkehrte. Auf dem Titelbild der Zeitschrift trug er ein elegantes Gewehr mit etwa einem Meter Zielfernrohr in der Armbeuge, und es galt als wohlbekannte Tatsache, dass er mit diesem Werkzeug in Händen zu den führenden Scharfschützen der Erde gehörte.

Russ legte das Titelfoto beiseite und sah sich die anderen Bilder an, die das Archiv seines jüngsten Arbeitgebers, des *Daily Oklahoman* in Oklahoma City, zutage gefördert hatte. Aufnahmen, die bei der mysteriösen Anhörung von 1992 entstanden waren, die Bob Lee Swaggers zweimonatige Phase der Berühmtheit jäh beendet und seine Rückkehr in die vollständige, freiwillige Zurückgezogenheit eingeleitet hatte. Er ähnelte in dieser Hinsicht T. E. Lawrence, der sich unter dem Namen Shaw als einfacher Soldat der britischen Luftwaffe getarnt hatte – ein Mann, der ein fast physisches Bedürfnis nach Anonymität besaß.

Swagger war einfach verschwunden. Ein erstaunliches Verhalten in einem Amerika, das Berühmtheit in ziemlicher Regelmäßigkeit mit riesigen Geldmengen belohnte. Aber nein: keine Buchverträge, keine Filme, keine Fernsehreportagen, keine Antworten auf die provokanten Fragen, die einige Beobachter gestellt hatten und die suggerierten, dass er Sachen wusste, die sonst niemand wusste. Es gab einen Roman von einem uneingeweihten Trittbrettfahrer und eine Anzahl zusammengestückelter Artikel in den Zeitschriften der Überlebenskünstler und Waffennarren, allesamt irreführend, vage und spekulativ. Allesamt, wie Russ wusste, *falsch.* Doch einer von ihnen hatte eine wertvolle Information enthalten: dass Swagger sich offenbar in Ajo, Arizona mit seiner neuen Frau zur Ruhe gesetzt hatte, der bildschönen Lady, die bei der explosiven Anhörung zugegen gewesen war.

*Deshalb,* dachte Russ*, stecke ich in Ajo, Arizona, in einem billigen Motel fest und mir gehen Geld, Zeit und Glück aus.*

Schließlich, am fünften Tag, als Russ auf seinem letzten Bissen Steak herumkaute und die Gewissheit verdrängte, dass es um seine Finanzen gefährlich schlecht bestellt war, kam der Barkeeper zu ihm.

»Sagen Sie mal«, flüsterte der Mann, »wussten Sie, dass ein gewisser Jemand an diesem Tag manchmal in die Stadt kommt?«

Russ schluckte.

»Ja, Sir. Es ist Freitag. Er kommt, um sich beim Southern States mit Vorräten einzudecken. Also, möglicherweise bring ich da was durcheinander, aber ich glaube, ich hab gerade gesehen, wie ein gewisser Pick-up in diese Richtung fuhr. An Ihrer Stelle wär das der Ort, den ich jetzt aufsuchen würde.«

»Großartig!«, stieß Russ hervor.

»Von mir haben Sie nichts gehört.«

»Kein Wort.«

Russ fummelte an seiner Sonnenbrille herum und rannte hinaus. *Southern States, Southern States?* Ja, Russ erinnerte sich, das musste zwei Straßen weiter sein, wo sich die Rancher in den Morgenstunden vor der Arbeit versammelten und wohin sie nach der Arbeit zurückkehrten. Dort konnte man alles von Getreidesäcken bis hin zu eine halbe Million Dollar teuren International-Harvester-Mähdreschern kaufen. Russ fühlte sich so aufgeregt, dass er ein wenig durcheinander kam, doch dann hatte er sich wieder unter Kontrolle und beschloss, lieber zu Fuß zu gehen als hinzufahren.

Er sprintete los, so schnell, dass seine Füße kaum den Boden berührten, den überdachten Bürgersteig entlang, um die seltsamen Touristengrüppchen herum und an ein paar herumhängenden Teenagern vorbei. Er kam sich wie ein Volltrottel vor. Nein: Irgendwie war er freudig erregt. Einmal hatte er während seiner Laufbahn beim *Oklahoman* für den Filmkritiker einspringen müssen, der sich im Urlaub befand. Er brach zu einer sogenannten Geschäftsreise auf, bei der man ihn nach New Orleans einflog und in den Bankettsaal eines Hotels setzte, während Kevin Costner und Clint Eastwood im Raum herumgeführt wurden und für eine halbe Stunde an jedem Tisch halt machten. Eigentlich völlig absurd, doch als er die zwei Männer das erste Mal zu Gesicht bekam, wie sie den großen Hotelraum betraten, hatte er sich so gefühlt wie jetzt: etwas schwindlig, tollpatschig, unvorbereitet, unreif wie ein Welpe, vollkommen unwürdig. Und sie waren bloß Filmstars und erwiesen sich, zumindest soweit er das anhand der Zeit sagen konnte, die er mit ihnen an den großen Tischen verbrachte, als relativ anständige Leute, wenn sie auch die Helden bloß mimten.

Dieser Kerl jedoch war ein *echter* Held: Sowohl in Kriegs- wie auch in Friedenszeiten hatte er Außergewöhnliches vollbracht. Während Russ rannte und seine Aufregung wuchs, löste seine Konzentration sich auf. Sein Geist schien voller glitzernder Seifenblasen zu sein.

*Ein Plan,* dachte er, *du brauchst einen Plan.*

Doch bevor er sich eine Strategie zurechtlegen konnte, trugen seine Füße ihn schon um eine Ecke und auf den Parkplatz vor der Southern-States-Filiale. Durch den Schotterbelag hing eine dicke Staubwolke in der Luft. Russ machte halt und ließ die Szenerie auf sich wirken, die geradewegs einer Dokumentation über amerikanische Arbeiter entsprungen zu sein schien. Das hier war das Landleben, wie es sich jemand vorstellen musste, der über die beißende Schadenfreude eines Hieronymus Bosch und Norman Rockwells Auge für Details verfügte: Scheinbar überall auf dem Platz schlenderten Farmer, Rancher oder Cowboys umher, tauschten in der Nähe ihrer Pick-ups den neuesten Klatsch aus oder standen in kleinen Grüppchen beieinander, klopften sich auf die Schultern und alberten herum. Im Hintergrund befanden sich Rinderpferche, aus denen man etwas Geblöke von den eingesperrten Tieren hörte. Hier sah es aus wie an einem Samstagabend am Verladebahnhof nach erfolgreicher Ablieferung der Herde. Wo steckte John Wayne? Tja, verflucht noch eins, John Wayne war *überall.*

All diese Männer hatten versteinerte, braune Gesichter und wirkten wie aus Rohleder und Pemmikan gemacht. Sie steckten von Kopf bis Fuß in verstaubten Jeans und Leder in einem Dutzend unterschiedlicher Schattierungen; alle trugen ziemlich ramponierte Stiefel, doch die Kopfbedeckungen fielen unterschiedlich aus: Strohhüte, gewölbte ebenso wie flache Stetsons mit geradem oder gebogenem Rand, Baseball-Caps, Lokführermützen, selbst ein oder zwei Fischerkappen.

Russ konnte dem ganzen Durcheinander keinen tieferen Sinn abgewinnen. Er fühlte sich ähnlich ausgeschlossen wie ein Afroamerikaner bei einer Versammlung des örtlichen Ku-Klux-Klans. Doch sie schienen sich so gut zu unterhalten, dass sie ihm überhaupt keine Beachtung schenkten. Er pirschte zwischen ihnen umher und hielt Ausschau nach den Gesichtszügen, die er sich vom Titelbild der Zeitschrift und den neueren Fotos eingeprägt hatte. Er nahm an, dass ein Mann wie Bob viele Bewunderer hatte, die sich um ihn scharten, daher hielt er nach einem König unter all diesen Prinzen Ausschau. Aber er konnte keinen finden, und jetzt verabschiedeten sich die meisten voneinander und brachen auf, immer einer oder zwei auf einmal.

»Was ist hier los?«, fragte er einen alten Mann.

»Freitag Mittag trudeln sie hier ein, um ihre Vorräte aufzufrischen. Hier gibt's eine Menge abgelegene Orte. Mehr, als Sie wahrscheinlich annehmen. Aber an Freitagmittagen kommen die Jungs alle zusammen, um ein bisschen Spaß zu haben.«

»Verstehe«, gab er zurück.

Er wanderte durch die sich langsam zerstreuende Menge, ohne dass es ihm im Geringsten gelang, irgendeinen dieser sandfarbenen, alterslosen Männer, die einer anderen Rasse zu entstammen schienen, mit seinem Bild von Bob Lee Swagger in Übereinstimmung zu bringen.

Schließlich erreichte er das Warenhaus, wo irgendein Arbeiter Futtersäcke auf die Ladefläche eines verwitterten, grünen Pick-ups warf.

Russ erstarrte, konnte sich dann wieder rühren und gaffte den Mann einfach an.

Der Typ war hochgewachsen und verschwitzt. Er hatte sich ein rotes Halstuch umgebunden, um den Schweiß aufzufangen. Er trug die ausgebleichte Jeans und das Hemd eines Cowboys, außerdem eine abgewetzte, ausgebleichte Basecap mit dem Logo der Razorbacks.

Der Mann spürte, dass er beobachtet wurde, und schaute ihm direkt in die Augen. Ja, ja, er musste es sein: älter, als Russ ihn sich vorgestellt hatte, und brauner, beinahe die Farbe von Navajo-Töpferwaren, das Gesicht ohne ein überflüssiges Gramm Fett. Seine Haut bildete ein Netz aus Falten und Furchen, straff und doch äußerst verbraucht. Der Blick der zinnfarbenen Augen schien so stechend, dass er brannte wie ein Laserstrahl. Er sah kein bisschen romantisch oder heroisch aus, eher wie ein müder, abgekämpfter, verschwitzter Mann, vor dem noch eine Menge Arbeit lag. Höllisch mürrisch und sogar eine Spur bösartig. Er machte den Eindruck, als könne er Russ ohne Weiteres eine Abreibung verpassen.

»Was starren Sie mich denn so an, Junge?«

Russ fühlte sich von einer Welle der Scham überrollt. Doch auch von Aufregung, und er rannte zu ihm und platzte heraus: »Mr. Swagger? Mr. Bob Lee Swagger. Ich habe einen weiten Weg auf mich genommen, um Sie zu sehen.«

»Tja, dann haben Sie Ihre gottverdammte Zeit verschwendet«, erwiderte Swagger. »Gehen Sie und schreiben Sie Ihr gottverdammtes Buch allein. Ich erkläre mich weder einem Grünschnabel wie Ihnen noch dem besten Schriftsteller der Welt. Ich hasse Schriftsteller. Ich hasse Schriftsteller *wirklich.* Und jetzt gehen Sie mir aus dem Weg.«

Damit setzte er sich ans Steuer seines Trucks und fuhr davon.

Bob ließ das Pferd gehen. Das Tier plagte sich mit einem Augenleiden ab, einer vereiterten Pupille, die sich infiziert hatte, möglicherweise aufgrund einer Verkeimung durch Fliegen. Die Infektion hatte sich auf mysteriöse und monströse Weise verbreitet, wodurch das Auge nun aussah wie eine mit Schimmel überzogene Billardkugel. Eine schreckliche Akne zog sich bis zum Ohr hinauf und halb bis zu den Nüstern. Ein schöner, grauer Wallach namens Billy. Das Mädchen, dem er gehörte, hatte bei seiner Aufzucht gute Arbeit geleistet und ihn regelmäßig vorbeigebracht, bis die Sache mit dem Auge passiert war.

»Das ist die schlimmste Krankheit, die es in unserer Familie je gegeben hat«, hatte die Mutter des Mädchens gesagt. »Er könnte daran *sterben.*«

»Aber, aber«, sagte Bob zu ihr, doch hauptsächlich zu dem ernsten, kleinen Mädchen, das noch kein Wort von sich gegeben hatte. »Der Tierarzt hat getan, was er konnte. Sie müssen Vertrauen in die Medizin haben. Wir werden keinen Abend auslassen, und Sie müssen auch Vertrauen in uns haben. Wir werden uns so gut um Billy kümmern, wie es nur möglich ist.«

Bob Lee Swagger, der auf beinahe 50 Jahre eines Lebens zurückblicken konnte, das von diversen Abenteuern beim Marine Corps (drei Ausflüge zu den südostasiatischen Kriegsspielen, leider nur zweiter Platz) und einem erstaunlich komplexen Privatleben geprägt wurde, war genau dort angekommen, wo er es nie erwartet hatte: mitten im Glück.

Tja, wer zum Teufel hätte das gedacht?

Zum einen wirkte sich das trockene Klima in Arizona wunderbar heilsam auf seine lädierte linke Hüfte aus – dort, wo ihn ein 9,6 Gramm schweres Vollmantelgeschoss im Kaliber 7,62 x 54 Millimeter mit einer Geschwindigkeit von über 790 Meter pro Sekunde getroffen und eine grässlich große Menge Knochen und Knorpelgewebe herausgerissen hatte. Es hatte die Regierung ein langes Jahr in einem Veteranenkrankenhaus gekostet, sie mit Drähten wieder zusammenzuflicken, und selbst dann, nach all dieser Zeit, wachte er noch jeden Morgen mit der Gewissheit auf, dass das Jagen von Menschen dazu führte, dass sie einen ebenfalls jagten.

Die Schmerzen hatten ihn möglicherweise zum Trinken gebracht, möglicherweise aber auch nicht. Er war fast ein Jahrzehnt lang betrunken und bösartig gewesen, um Schmerzen zu begraben, die nichts mit seiner Hüfte zu tun hatten und nicht anders behandelt werden konnten. Erinnerungen an junge Männer, deren Leben man für nichts und wieder nichts weggeworfen hatte, abgesehen von dem wenig tröstlichen Umstand, dass ihr Name jetzt auf einer schwarzen Gedenkmauer prangte. Er hatte Zeit gebraucht, um damit fertig zu werden und Frieden zu schließen, und jetzt empfand er die segensreiche Abwesenheit von Schmerz da unten, wo man ihn neu zusammengesetzt hatte, als Sahnehäubchen auf jedem gottverdammten Tag. Doch das steuerte bloß einen Teil zum Ganzen bei.

Den anderen Teil des Ganzen bildete seine Ehefrau. Julie Fenn, staatlich geprüfte Krankenschwester. Früher mal ein Foto, das zwischen Außen- und Innenschale des Helms seines Aufklärers gesteckt hatte, einem der großartigen jungen Männer, die in einem Gummisack in einer Holzkiste aus dem Land des Bösen heimgekehrt waren. Irgendein Kurzschluss im Universum hatte dazu geführt, dass Bob Julie viele Jahre später begegnete. Schon bei ihrer ersten Begegnung spürte er: *Das ist die Richtige. Sie und keine andere.* Und sie hatte ebenso für ihn empfunden. Jetzt waren sie verheiratet und hatten eine kleine Tochter namens Nicki, die all ihre Pferdezeichnungen mit ihrem Namen – rückwärts, codiert und um ihr Alter ergänzt – mit *YKN4* signierte.

Es fühlte sich gut an. Es gab nun so vieles in seinem Leben, von dem er gedacht hatte, dass er es nie bekam – weil die Gesellschaft ihn ausgeschlossen hatte, nachdem er seinem Land mit dem Gewehr gedient und offiziell 87 feindliche Soldaten getötet hatte, einen nach dem anderen, aus großer Entfernung. Er wusste natürlich, dass er in Wirklichkeit 341 getötet hatte. Aber all das gehörte nun der Vergangenheit an.

Und dann noch die letzte Sache, der gottverdammte Zuckerguss auf der gottverdammten Torte: die Pferde. Diese Arbeit war die beste, die er sich vorstellen konnte. Pferde hatten etwas an sich, das er liebte. Sie logen einen nie an, und wenn man sie gut behandelte, sprachen sie darauf an. Ihm war noch keins untergekommen, das ehrgeizig, eifersüchtig oder heuchlerisch gewesen wäre. Sie waren auf ehrliche Weise dumme Wesen, stark und dumm wie Ochsen, doch mit dieser Komponente gesegnet, die er an Tieren so liebte, selbst wenn er sie jagte, was er nicht mehr tat: Irgendeine Art von Magie überkam sie, und blitzartig verwandelten sie sich von grasenden Pflanzenfressern in tanzende Schönheiten.

Die Tiere laufen zu sehen – besonders unter der Aufsicht

eines kleinen Mädchens wie der Besitzerin von Billy, oder seiner eigenen Tochter, die ganz bestimmt als Erwachsene einmal eine Pferdenärrin sein würde – sie laufen zu sehen, das Spiel all dieser Muskeln unter der Haut, all diesen von ihren kraftvollen Hufen aufgewirbelten Staub, bei Gott, das war eine Form des Glücks, die man in keiner Flasche und in keinem Gewehr finden konnte. Und er hatte an beiden Orten ausgiebig nach dem Glück gesucht.

Er ließ Billy gehen. Es nannte sich Longieren; das Pferd hing dabei an einer Longierleine und man ließ es in etwa sechs Metern Entfernung im Kreis laufen, trieb es mit einer Peitsche an oder, wenn man bereits eine Beziehung zu dem Tier hergestellt hatte, allein mit der Stimme, so wie er es jetzt tat.

»Komm jetzt, Billy«, schnurrte Bob. Billys Muskeln entspannten und strafften sich im Wechsel, während das Pferd im Kreis um Bob herumlief, wenngleich es aus seiner Sicht immer vor ihm blieb, weil er sich mitdrehte. Der Staub wirbelte hoch und blieb an den verschwitzten Schultern des Grauen kleben; er musste hinterher gut abgerieben werden, doch das ging schon in Ordnung, denn an diesem Nachmittag kamen sie ohnehin, um Billy abzuholen.

20 Minuten. Als Billy anfing, sich zu erholen, hatte Bob mit dem Longieren angefangen, um die Schwäche und den Schmerz aus seinen Gliedmaßen zu vertreiben, diese Muskeln wieder stark, geschmeidig und definiert zu bekommen, ihn wieder zu dem zu machen, der er einmal gewesen war. Am Anfang hatte das Tier gescheut, immer noch unsicher, weil die Eiterung seine Sehkraft so geschwächt hatte, dass es mit dem schlechten Auge nur noch auf 60 Prozent kam. Es konnte nur sieben oder acht Minuten lang gehen, bevor es anfing, unruhig zu werden. Jetzt schaffte der Wallach drei Mal am Tag ohne Probleme 20 Minuten und sah aus, als sei er schon bald wieder in vorzeigbarem Zustand.

»Okay, Junge«, rief Bob und begann, die Leine einzuholen, die an einem Halfter befestigt war, das sich Kappzaum nannte. Langsam zog er das Pferd zu sich heran und brachte es schließlich zum Stehen. Er hakte die Leine aus, nahm den Kappzaum ab und warf dem Wallach ein anderes Halfter über. Jetzt wollte er das Tier für weitere 20 Minuten gehen lassen, damit es sich abkühlte; man brachte ein Pferd nie aufgewärmt in den Stall. Danach würde er es waschen. Mrs. Hastings und Suzy kamen gegen 15 Uhr. Alles klappte wie am Schnürchen. Billy konnte bald in sein normales Leben zurückkehren.

Irgendetwas musste ein Mensch tun, und dies war die Arbeit, für die sich Bob entschieden hatte. Er bekam immer noch seine Rente von den Marines; seine Frau Julie arbeitete immer noch drei Tage die Woche in der Navajo-Reservatsklinik, manchmal auch mehr, wenn es nötig wurde. Ihnen blieb gerade genug Geld da, um sich alles leisten zu können, was sie brauchten.

»Daddy?«

Nicki war vier Jahre alt, blond und ein zähes, kleines Ding. Es war gut für Kinder, 20 Meilen außerhalb der Stadt auf einer Ranch aufzuwachsen, dachte er: Man brachte ihnen bei, früh aufzustehen und die Tiere zu füttern, man formte ihren Charakter und gewöhnte sie früh an harte Arbeit und Verantwortung. Das kannte er selbst so von früher. Er war mit einem Vater aufgewachsen, der früh auf groteske und tragische Weise ums Leben kam; seinem eigenen Kind blieb ein solches Schicksal hoffentlich erspart.

»Ja, YKN4?«

»Billy ist verschwitzt.«

»Ja, ist er, Kleines. Wir haben ihn kräftig rangenommen. Ein richtig gutes Training. Jetzt müssen wir ihn abkühlen.«

»Kommen die heute und nehmen Billy wieder mit?«

»Ja, Kleines, das werden sie. Aber er muss in sein eigenes Leben zurückkehren. Dieses Mädchen, Suzy, sie hat ihn in den letzten vier Wochen auch vermisst. Jetzt ist sie an der Reihe, mit ihm glücklich zu sein.«

YKN4 trug Jeans, Keds-Schuhe und ein winziges Polohemd.

Wie alle Kinder, die den Großteil ihrer Zeit in Ställen mit Pferden zubringen, war sie schmutzig und glücklich. Sie hüpfte neben ihrem Vater her, während er Billy zum Abkühlen langsam im Kreis um die Koppel führte, bis sich der Atem des Tiers schließlich beruhigte.

»Willst du ihn waschen, Daddy?«

»Hilfst du mir, Schatz?«

»Ja, Daddy.«

»Bist ein richtig großes Mädchen, YKN4«, sagte Bob, und seine Tochter strahlte und lachte.

YKN4 nahm das Pferd am Zaumzeug und zog es in den Stall, wo sie sich strecken musste, um es an einem Strick festzubinden. Das große Tier gehorchte ihren klaren Anweisungen ohne Zögern. Sie ließ ihm keine Chance für Ungehorsam und gab nicht nach. »Komm schon, du großes, altes, doofes Viech«, rief sie und stieß es gegen die Schulter, damit es rückwärts ging. Sie holte eine weitere Leine und hakte sie am Halfter ein, wodurch sie das Pferd in der Mitte des Stalls fixierte.

»Kann ich ihm eine Karotte geben, Daddy?«

»Lass mich ihn erst fertig machen, Schätzchen.«

Bob nahm den Schlauch und füllte einen Eimer mit Seifenwasser. Er ging zu dem Pferd und rieb es mit rhythmischen Bewegungen vom Hals bis zu den Schultern ab, von den Schultern zur Kruppe und an jedem der muskulösen Beine hinunter.

»Daddy«, sagte das Mädchen.

»Ja, Schatz?«

»Daddy, da war so ein Mann.«

Erst sagte Bob nichts. Eine leichte Wut stieg in ihm auf, ein kleines Feuer brannte hinter seinen Augen. »Ein magerer Mann. Dichtes Haar, dunkel. Sah angespannt aus?«

»Was heißt *angespannt,* Daddy?«

»Äh. Als ob er galoppiert, obwohl er stillsteht. Lächelt kein bisschen. Macht ein ganz ernstes Gesicht.«

»Ja, Daddy. Ja, so war das.«

»Wo war er?«

»Er hat ein Stück weiter die Straße runter geparkt, wo der Bus mich heute Morgen abgesetzt hat. Rosalita hat ihn angeschaut, und er hat weggeguckt.«

»In einem Pick-up-Truck? Einem weißen?«

»Ja, Daddy. Kennst du ihn? Ist er nett? Er hat mich angelächelt. Ich glaube, er ist nett.«

»Das ist nur ein dummer Junge, der glaubt, ich könnte ihn reich und berühmt machen. Aber er wird es bald satt haben. Er wird verschwinden. Ich dachte, er hätte meinen Hinweis verstanden, aber ich schätze, er ist sturer, als ich angenommen habe.«

Ob die ihn jemals in Ruhe ließen? Wenn man einmal sein gottverdammtes Foto auf dem Titelblatt einer Zeitschrift hatte, glaubte gleich die ganze Welt, man schleppte genug Geheimnisse mit sich herum, um einen Bestseller darüber zu schreiben. Im Laufe der Jahre waren schon zahllose Arschlöcher zu ihm gekommen. Wie spürten die ihn bloß immer auf? Tja, scheinbar hatte irgendein Verrückter seine Adresse ins Internet gestellt, und all diese Verlierer und Spinner schnüffelten ihm hinterher. Manche waren nicht mal Amerikaner. Die gottverdammten Deutschen fand er am schlimmsten. Sie boten ihm Geld und alles Mögliche für ein Interview an. Aber damit war er endgültig fertig. Er hatte die denkbar unangenehmste Art von Berühmtheit kennengelernt, und das genügte ihm. Damit wollte er nichts mehr zu tun haben.

»Wollte er etwas von dir, Schatz?«

»Nein, Daddy. Er hat nur gelächelt.«

»Wenn du ihn noch mal siehst, sagst du mir Bescheid. Dann rede ich mit ihm und er wird verschwinden. Sonst warten wir einfach ab, bis er die Nase voll hat.«

Viele von ihnen zogen nach einer Weile von selbst ab. Ihre Vorstellungen waren so absurd und verdreht. Manche von ihnen wollten nicht einmal über ihn schreiben und seine Geschichte zu Geld machen. Sie wollten ihn einfach nur sehen und sich an seiner Gegenwart weiden, an dem, was einmal sein Leben gewesen war. Wie dämlich. Sein Leben war kein Denkmal oder Symbol oder Vorbild, sondern einfach nur sein Leben.

Eine Zeit lang schien es, als sei der Typ von der Bildfläche verschwunden. Dann tauchte er eines Abends wieder auf und saß geduldig in seinem Truck auf der anderen Straßenseite. Julie war von der Arbeit zurück; sie hatten gegessen und hockten auf der Veranda, tranken Eistee und sahen in aller Ruhe zu, wie die Sonne hinter den niedrigen Bergkuppen versank.

»Der ist aber *wirklich* hartnäckig.«

»Dieser verdammte Narr.«

»Wenigstens hält er Abstand. Er hat Manieren.«

Sie hatten schon erlebt, wie Leute auf ihren Hof fuhren, aus dem Wagen sprangen und ihnen sofort Verträge unter die Nase hielten, Kameralichter montierten, sie überschwänglich begrüßten und einfach weitermachten in der Überzeugung, dass sie einer ganz großen Sache auf der Spur waren und ihr persönliches El Dorado gefunden hatten. Bob hatte schon mehrmals im Büro des Sheriffs angerufen, das letzte Mal bei den Deutschen, die sich ausgesprochen unausstehlich benommen hatten.

»Aber er geht nicht nach Hause. Das macht mir so langsam Sorgen. Die arme YKN4. Ich will nicht, dass sie denkt, dass es normal ist, mit so etwas aufzuwachsen.«

»Oh, sie kommt damit schon klar. Es ist gut für sie, zu wissen, dass ihr Vater ein außergewöhnlicher Mann ist. Ich glaube, das gibt ihr Selbstvertrauen.«

Swagger sah seine Gattin an. Eine hübsche, braungebrannte Frau, in deren blondem Haar sich langsam graue Strähnen abzeichneten. Seit er mit ihr nach Ajo zurückgekehrt war, hatte sie nichts anderes als Jeans, Stiefel und T-Shirts getragen. Und sie schuftete wie ein Ackergaul. Bob glaubte, dass sie härter arbeitete als er, und das wollte etwas heißen.

»Was glaubst du, wie alt er ist?«, wollte sie wissen.

»Ungefähr 22 oder so. Wenn er auf der Suche nach Abenteuern ist, sollte er dem Corps beitreten. Ein paar Wochen auf Parris Island täten ihm gut. Er sollte nicht hier rumlungern, dem Kind Angst einjagen und mich noch unleidlicher machen, als ich es eh schon bin.«

»Ich weiß nicht, warum er so anders wirkt.«

»Er erinnert dich ein bisschen an Donny, deshalb«, gab Bob zurück.

»Ja, ich schätze, das tut er. Er hat etwas von Donnys Schüchternheit und Unsicherheit.«

»Donny ist ein guter Junge gewesen«, erwiderte Bob. »Der Beste.« Ihr erster Ehemann war in seinen Armen gestorben, während ein Volltreffer in die Lunge ihn kleine Blutfontänen gurgeln ließ. Seine Augen hatten ins Leere gestarrt, als er sich vor Schmerzen krümmte und seine linke Hand in Bobs Bizeps krallte.

*Halte durch, Donny, oh Gott, Sanitäter,* Sanitäter! Gottverdammt! Sanitäter! *Halt durch, es wird wieder gut, ich schwöre dir, alles wird gut.*

Aber es war nicht wieder gut geworden und es waren auch keine Sanitäter gekommen. Bob hatte an der Böschung gelegen, seine Hüfte von diesem Dreckschwein zu Brei geschossen, als Donny ihm zur Hilfe eilte. Zum Dank kassierte er die nächste Kugel mitten in die Brust. Er erinnerte sich an den verzweifelten Druck von Donnys Fingern, als der Junge sich an ihn klammerte, als ob Bob das Leben selbst sei. Dann waren seine Finger erschlafft und sein Gurgeln hatte aufgehört.

Bob hasste es, wenn diese Erinnerungen in ihm hochkamen. Manchmal konnte er das kontrollieren, manchmal nicht. Schwärze überkam ihn. In früheren Zeiten wäre das der Moment gewesen, in dem er sich einen Drink eingegossen hätte.

»Tut mir leid«, sagte sie. »Ich hätte ihn nicht erwähnen sollen.«

»Ist schon gut. Zum Teufel, ich schätze, ich kann ihm

genauso gut von Angesicht zu Angesicht sagen, dass er abhauen und hier nicht länger seine Zeit verschwenden soll.«

Er stand auf, schenkte ihr ein schmales, kleines Lächeln und ging die Straße hinunter. Der Junge wartete auf der anderen Straßenseite in einem alten Ford F-150, saß einfach nur so da. Er sah Bob kommen, und Bob sah ihn lächeln. Er stieg aus dem Truck.

»Also, was zum Teufel wollen Sie?«, fragte Bob. »Sagen Sie, was Sie zu sagen haben.«

Der Junge stand nun vor ihm. Ja, Anfang 20, schlaksig, dichtes, buschiges Haar, durch und durch das weiche Aussehen eines College-Bubis. Er trug Jeans und ein schickes, kleines, kurzärmliges Hemd mit einer Art Emblem auf der Brust.

»Tut mir leid«, sagte er. »Das war dumm. Aber ich wusste nicht, wie ich sonst mit Ihnen ins Gespräch kommen soll. Also dachte ich, wenn ich Ihnen einfach zeige, dass es mir ernst ist, Sie einfach wissen lasse, dass ich hier bin, Sie nicht zwinge und mich nicht wie ein Idiot aufführe – man sagt ja, dass Sie ein sehr anständiger Kerl sind, na ja, und ich habe gehofft, dann reden Sie irgendwann mit mir.«

»Das hier ist kein Interview. Ich gebe keine Interviews. Was passiert ist, ist passiert, und es geht nur mich was an, niemanden sonst.«

»Ich schwöre Ihnen, ich habe kein Interesse an 1992.«

»Und ich mache keine Bücher darüber, was für ein *Held* ich bin. Keinen Vietnam-Kram. Das ist aus und vorbei, und es wäre auch besser, nicht mehr daran zu denken. Die Toten in Frieden ruhen zu lassen.«

»Es geht nicht um Vietnam. Ich bin nicht wegen Vietnam gekommen. Aber mit den Toten hat es etwas zu tun.«

Für einen langen Augenblick sahen sie sich an. Es dämmerte. Die Sonne versank hinter den Bergen und hinterließ eine leere Welt aus grauem Licht und Stille. Die Toten. Bitte lasst sie in Ruhe. Was soll Gutes dabei herauskommen, was *kann* Gutes dabei herauskommen? Warum kam dieser Junge zu ihm und behauptete, für die Toten zu sprechen. Er kannte so viele, die jetzt nicht mehr lebten.

»Also, gottverdammt, spucken Sie's aus. Ein Buch? Sie wollen doch bestimmt ein Buch schreiben.«

»Ich will ein Buch schreiben, ja. Und ja, es geht um einen großen amerikanischen Helden und ja, er stammt aus Blue Eye, Arkansas, und ja, er ist die Art von Mann, die mittlerweile ausgestorben zu sein scheint.«

»Keine Bücher«, sagte Bob.

»Nun, lassen Sie mich noch ein paar Worte sagen«, fuhr der Junge fort. »Der Name des großen amerikanischen Helden ist – war – Earl Swagger. Er hat sich am 22. Februar 1945 auf Iwojima die Ehrenmedaille verdient, zwei Tage nach dem D-Day. Er kehrte zurück nach Amerika und ging zur Landespolizei von Arkansas. Am 23. Juli 1955 kam es zu einem Schusswechsel mit zwei bewaffneten Räubern namens Jimmy und Bub Pye. Er hat sie beide getötet.«

Bob sah den Jungen scharf an.

»Und sie haben im Gegenzug ihn getötet. Ihren Vater. Ich möchte ein Buch über Ihren Vater schreiben.«

# KAPITEL 4

Earl wies Lem an, bei der Leiche zu bleiben, bis die Ermittler von der Landespolizei und der Leichenbeschauer des Bezirks eintrafen. Als er zum Streifenwagen zurückkehrte, lehnten Jed und Lum Posey an Pop Dwyers Motorhaube und johlten wie alte Saufkumpane. Doch als sie seinen eisigen Blick spürten, verflog ihre gute Laune sofort. Jeds Gesicht war schlimm angeschwollen; es sah aus, als habe er eine Grapefruit verschluckt, gelblich und verfault. Aber Jed gehörte zum abgehärteten Pöbel aus den Bergen; man hätte stundenlang auf ihn einprügeln können, ohne wirklichen Schaden anzurichten.

»Ihr Jungs bleibt hier, bis die Detectives eintreffen. Pop, haben die Hunde sich abgekühlt?«

»Soweit das bei diesem Wetter geht, Mr. Earl«, erwiderte Pop.

»Gut. Du hältst jetzt hier die Stellung, hörst du.«

»Mach ich«, sagte Pop.

Earl stieg in seinen Streifenwagen, warf den Motor an und schaltete das Radio ein. Es kam jede Menge Funkverkehr über den Äther, da der Bundesstaat nun für eine Menschenjagd mobilisiert wurde, angeführt von der Landespolizei. Sämtliche 111 Beamten wurden dafür abkommandiert. Ungläubig hörte er für eine Weile zu, als ob er die Tatsachen durch seinen Unglauben verschwinden lassen konnte. Doch sie verschwanden nicht.

»Äh, Zentrale, hier ist Wagen Nummer Zwo-Neun, äh, wir haben eine Blockade bei 226 errichtet, und ich habe zwei Einheiten, die sich in einem Bogen von 226 nach 271 bewegen, haben Sie das, Zentrale?«

»Roger. Zwo-Neun, die staatliche Piper Cub fliegt Ihr Gebiet ab und überwacht die Landstraßen. Der Pilot sendet auf einer anderen Frequenz, aber wenn wir etwas hören, geben wir Ihnen Bescheid.«

»Verstanden, Zentrale, ich bleibe vor Ort. Habe drei Einheiten hier, weitere sind im Anmarsch.«

»Wally, der Colonel sagt, dass Sie vielleicht eine Ihrer Einheiten rüber nach Lavca schicken sollten. Wir bekommen fähige militärische Hilfe aus Chaffee, und ich glaube, die senden uns auch Verstärkung aus der Luft.«

»Zentrale, eine meiner Einheiten ist unterwegs nach Lavca.«

»Gute Arbeit. Over, Zwo-Neun.«

Earl identifizierte Zwo-Neun als Bill Cole, einen Lieutenant aus dem Polizeirevier in Logan County. In der Zentrale saß Major Don Benteen, stellvertretender Leiter des Einsatzes; Colonel Evers traf seine Anordnungen offenbar von irgendwo in Little Rock aus, und er war wahrscheinlich schon auf dem Weg, um vor Ort das Kommando zu übernehmen.

*Jimmy, du gottverdammter kleiner Narr,* dachte er mit plötzlicher, leidenschaftlicher Erbitterung.

*Was haben wir bei dir falsch gemacht? Was ist in dich gefahren, Junge? Wie bist du so geworden?*

Wie immer bei Jimmy Pye gab es auf diese Fragen keine Antworten. Earl schüttelte den Kopf. Auch ihn traf eine Mitschuld an der Sache, denn auch er hatte Jimmy Pye nicht in die Schranken gewiesen. Er war immer für den Jungen da gewesen, hatte ihn aufgefangen, selbst, als er Jimmys Distanziertheit wahrnahm und sie verdrängte, selbst dann noch, als ihm langsam dämmerte, wie sehr sich Jimmy vom armen alten Lannie Pye unterschied.

Er dachte an Bub Pye, Jimmys Cousin, einen armen, geistig zurückgebliebenen Jungen, dem nie jemand zugetraut hatte, etwas aus sich zu machen, der so normal und langweilig wirkte im Vergleich zu Jimmy. Earl konnte sich nicht einmal mehr Bubs Gesicht in Erinnerung rufen, obwohl er ihn am Vortag zuletzt gesehen hatte. Irgendetwas an Bub führte dazu, dass man ihn schnell vergaß. Was wurde jetzt aus ihm? Bub hatte eine Tischlerlehre angetreten, den Bogen aber einfach nicht herausbekommen, weshalb er kurze Zeit später entlassen wurde. Er hatte nie eine andere Arbeit gefunden. Ein anständiger Kerl eigentlich, doch seine Aussichten standen nicht sonderlich gut. Aber er war kein Krimineller. Dieser gottverdammte Jimmy hatte ihn zu einem gemacht.

Earls Stimmung verfinsterte sich. Erst dieses arme, tote, farbige Kind, dann Jimmy Pye – alles an einem einzigen gottverdammten Tag!

Der wohl schlimmste Tag, den er seit Iwojima erlebte hatte.

Widerstrebend nahm er das Funkgerät und drückte den Sendeknopf.

»Zentrale, hier ist Wagen Eins-Vier, ich bin Zehn-Acht.«

»Earl, wo haben Sie gesteckt?« Es war der Major in der Zentrale.

»Bin an diesem Tatort gewesen, Major, werden Sie Einheiten schicken?«

»Negativ, Eins-Vier. Earl, Sie müssen das mit dem Niggermädchen auf sich beruhen lassen, bis wir Jimmy Pye erwischt haben. Ich habe mir die Akte angesehen. Er ist ein Junge aus Polk County, und Sie waren als Letzter für ihn zuständig.«

»Ich kenne seine Familie.«

»Okay, gut.«

»Wollen Sie, dass ich die Straße blockiere oder die Gegend durchkämme, Major?«

»Negativ, Eins-Vier. Kümmern Sie sich um die Familie. Möglicherweise nimmt er Kontakt zu ihnen auf. Er hat doch eine Frau, jedenfalls steht das so in den Akten.«

»Hat sie eine Woche, bevor er ins Gefängnis musste, geheiratet«, antwortete Earl.

»Dann sehen Sie bei ihr mal nach dem Rechten, Earl. Sie kümmern sich um sie und alle anderen Angehörigen, die er dort in Polk hat. Wenn Sie Hilfe brauchen, schließen Sie sich mit den Jungs vom Sheriff kurz.«

»Verstanden, Major. Aber wann bekomme ich die Spurensicherung hierher? Ich will sie so schnell wie möglich am Tatort haben.«

»Vielleicht am späten Nachmittag, Earl. Diese Jungs haben

immer noch eine Menge beim IGA in Fort Smith zu tun. Es ist ein Blutbad. Er hat zwei Kerle im Büro erschossen, einen Nigger draußen, und er hat einen Stadtpolizisten im Auto erwischt. Mit dem ist nicht zu spaßen, Earl.«

Earl nickte bitter und schielte auf seine Bulova.

Earl fuhr durch Colored Town, das Schwarzenviertel von Blue Eye, das im Westen lag und vom massigen Rich Mountain überragt wurde. Alles wirkte klein und schäbig. Warum konnten diese verlorenen Seelen nicht ihren Müll aufsammeln, den Rasen mähen und die Gärten pflegen? Wohin er auch schaute, bemerkte er Zeichen von Verfall, Trägheit und die Entfremdung von anständigen Lebensweisen. Die Kinder, barfuß und in Lumpen, lungerten auf den Veranden der armseligen Häuschen herum und starrten ihn mit großen Augen und schlaffen Gesichtern an. Sie trugen schmuddelige Kleidung und ihre Augen leuchteten wie riesige, unergründliche Teiche, während sie ihn angafften. Als er um eine Ecke bog und sie ihn nicht länger sehen konnten, spielten sie in ihrer natürlichen Ausgelassenheit Seilhüpfen und Verstecken. Doch sobald sie das große, schwarzweiße Auto und den weißen Mann mit dem Stetson-Hut und dem harschen Blick bemerkten, wurden sie sofort um einiges stiller und begegneten ihm mit diesen ausdruckslosen Mienen.

Pünktlich passierte er das beeindruckendste Gebäude in Colored Town, das Bestattungsinstitut Fuller, ein altes, zwischen Ulmen eingebettetes Herrenhaus aus der Zeit, als Weiße in diesem Teil der Stadt gelebt hatten. Ein kleines Stück weiter stand ein ähnlich beeindruckendes Gebäude, eine Kirche mit weißen Schindeln. Dann fuhr er schließlich eine baumbeschattete Straße entlang, in der die Neger der unteren Mittelschicht wohnten.

Das Haus der Parkers war das dritte auf der linken Seite. Holzverkleidet, mit einer Veranda und einem Rankgitter mit hellem Blauregen. Es machte einen hübschen und gepflegten Eindruck. Mrs. Parker leitete den Kirchenchor; ihr Mann

Ray war ein Angestellter der Gasgesellschaft, der einzige Farbige, der dort arbeitete.

Earl war gleichzeitig froh und beunruhigt darüber, dass er keine anderen Polizeifahrzeuge sah. Das bedeutete, dass er allein mit den Parkers sprechen konnte, ohne dass ihnen ein Haufen massiger, weißer Männer mit Dienstmarken und Pistolen Gesellschaft leistete. Das hätte nur dazu geführt, dass sie weniger redeten und Angst bekamen oder zumindest die reservierte Haltung einnahmen, die Neger in der Gegenwart Weißer stets an den Tag legten. Doch es bedeutete auch, dass er ihnen die traurige Nachricht selbst überbringen musste. Besser, er hätte diesen Pfarrer angerufen.

Er parkte den Wagen und spürte die Blicke, die auf ihm lasteten. Die Mutter des Mädchens stand auf der Veranda. Ihre Haut wirkte kein bisschen braun, sondern aschfarben. Ihre Gesichtszüge schienen zu verkrampfen, als ob sie ein Schlag getroffen hätte, und sie atmete schwer.

Er nahm seinen Hut ab, während er näher trat.

»Mrs. Parker?«

»Haben – haben Sie meine Tochter gefunden?«

»Mrs. Parker, Sie sollten sich setzen. Setzen Sie sich, und vielleicht könnten Sie mich den Pfarrer anrufen lassen, damit er kommt.«

»Mr. Earl, bitte, was ist los? Sagen Sie es mir doch. Oh lieber Gott, so sagen Sie es mir doch.«

»Ma'am, es tut mir leid. Ihre Tochter ist von uns gegangen. Jemand hat sie getötet. Wir fanden sie abseits der Straße, zwölf Meilen außerhalb der Stadt, Ma'am.«

»Oh Herr«, sagte die Frau. »Oh Herr, Herr, Herr. Oh, warum stellt er mich so auf die Probe? Er weiß doch, wie sehr ich ihn liebe. Herr, ich liebe dich, Herr. Amen, ich liebe dich.«

Sie fing an zu schluchzen und wiegte sich auf ihrem Stuhl hin und her. Man erzählte sich – und Earl glaubte es halb, weil er es nicht besser wusste –, dass Neger Trauer oder Schmerz nicht auf die gleiche Weise spürten wie Weiße, dass etwas in ihrem Nervensystem anders entwickelt war. Doch nicht hier:

Das hier wirkte überhaupt nicht typisch. Mrs. Parker ließ sich von der schrecklichen Nachricht mit voller Wucht treffen. Er erinnerte sich an Männer im Pazifikkrieg, die sich auf dieselbe Weise der Trauer hingegeben hatten, einfach zugelassen hatten, dass sie von ihnen Besitz ergriff. Er dachte an seinen eigenen Sohn und daran, wie er sich gefühlt hätte, wenn er ihn für immer verlor. Er wollte die Frau berühren, ihr irgendwie Trost spenden, doch nichts funktionierte so richtig, wenn sich Menschen unterschiedlicher Hautfarben begegneten.

»Es tut mir so leid, Ma'am.«

»Oh Herr«, sagte sie noch einmal.

Er zog den Kopf ein und ging ins Haus, das dunkel und gepflegt vor ihm aufragte. Er fand das Telefon und nahm den Hörer ab.

»Vermittlung.«

»Betty, hier ist Earl Swagger.«

»Earl, was machen Sie denn in Niggertown? Das ist der Apparat von Mrs. Parker.«

»Es gibt hier einige Probleme. Verbinden Sie mich bitte mit Reverend Hairston.«

Betty stellte ihn durch und er erzählte es dem Pfarrer, der zusicherte, Mrs. Parkers Schwester und ihre Tante anzurufen und in wenigen Minuten herzukommen, um sich um alles zu kümmern. Earl ging auf die Veranda hinaus, wo die Frau reglos saß.

»Wie ist meine Tochter gestorben, Mr. Earl?«

»Es war kein schöner Anblick. Für mich sah es so aus, als ob sie jemand gewürgt oder erschlagen hat. Ich glaube nicht, dass sie lange leiden musste.«

»War sie – Sie wissen schon, hat er –«

»Ich fürchte, das hat er, Ma'am. Wissen Sie, wenn solche Bestien erst mal in Wallung geraten, haben die sich einfach nicht mehr unter Kontrolle.«

»Oh Herr«, sagte Mrs. Parker. »Er hat uns noch das Letzte genommen. Alles, was wir hatten.«

»Ihre Kleine ist im Himmel, wo es kein Leid mehr gibt«,

sagte Earl. »Morgen werden ein paar Männer von der Polizei kommen, um mit Ihnen zu sprechen. Sie werden wissen wollen, um welche Zeit sie gegangen ist, mit wem sie das Haus verlassen hat, wer ihre Freunde waren.«

Sie starrte ihn an.

»Mr. Earl, ein Negermädchen ist denen egal. Die werden überhaupt nichts fragen. Für die spielt es keine Rolle.«

Earl entgegnete nichts. Was das Sheriff's Department von Blue Eye betraf, hatte sie vermutlich recht.

»Nun, Ma'am, da dies außerhalb der Stadtgrenze passiert ist, werden die Ermittler von der Landespolizei sich des Falls annehmen müssen. Und ich werde dafür sorgen, dass die Arbeit sorgfältig erledigt wird. Wir werden denjenigen kriegen, der das getan hat, hören Sie? Ich schwöre Ihnen, so wahr ich lebe und atme, wir klären die Sache auf.«

»Oh Herr«, sagte die Frau und drückte sich ein zerknülltes Taschentuch in das verheulte Gesicht.

»Mrs. Parker, ich weiß, das ist jetzt schwer für Sie, doch ich möchte, dass Sie mir zwei oder drei Fragen beantworten, damit ich weiß, wo ich mit meinen Ermittlungen anfangen muss. Konzentrieren Sie sich darauf, mir zu antworten, und helfen Sie Ihrem kleinen Mädchen.«

Sie gab keine Antwort.

»Sagen Ihnen die Initialen RGF irgendetwas?«

»Nein, Sir.«

»Okay. Nun sagen Sie mir: Wann genau ist sie weg und wo wollte sie hin?«

»Das war Dienstag Nacht, vor vier Tagen. Sie ging zum Kirchentreffen, weiter nichts. Sie wird nie mehr zurückkommen.«

»Sind Sie sicher, dass sie dort auch angekommen ist?«

»Der Reverend hat gesagt, sie sei dagewesen.«

»Was für eine Art von Treffen war das?«

Die Frau sah ihn an, und Earl, der für solche Angelegenheiten einen sicheren Instinkt hatte, glaubte, gerade einen wunden Punkt getroffen zu haben.

»Bloß ein Treffen. Sie wissen schon, Mr. Earl, ein Kirchentreffen. Für den Herrn.«

Er schrieb sich auf: ›Kirchentreffen? Was für eins? Wer ist noch dort gewesen?‹

»Und dann ging sie dort weg?«

»Ja, Sir. Und machte sich auf den Heimweg.«

Earl sah die Straße hinunter. Gerade einmal zwei Kreuzungen bis zur Kirche. Gott, man hatte sie von genau dieser Straße hier weggeholt!

»Mr. Earl, wo ist meine Kleine jetzt? Sie liegt nicht mehr dort, oder?«

»Doch, Ma'am, ich fürchte, das tut sie. Wir müssen warten, bis die Ermittler aus Fort Smith kommen. Scheint, als habe sich heute noch ein Verbrechen ereignet. Ein Raubüberfall mit mehreren Toten. Man sagt, ein schwerer Junge hier aus der Gegend habe die Schüsse abgefeuert.«

»Herr, Herr«, sagte die Frau jammernd.

Er wollte sich gerade nach den Freunden ihrer Tochter erkundigen, als Reverend Hairston in seinem alten Auto vorfuhr.

»Oh, Schwester Lucille«, klagte er, »oh Jesus, steh uns bei. Jesus, hilf uns.«

Der Reverend eilte auf sie zu, und mit ihm vier oder fünf vollbusige, in Tränen aufgelöste farbige Frauen. Earl trat beiseite, als das Trauern richtig losging.

Als das volle Gewicht der Melancholie ihn niederdrückte, fuhr Earl gerade in westlicher Richtung aus der Stadt, auf der Route 8 nach Nunley, wo die Landschaft aus hügeligem Weideland bestand, grün und friedlich. Sein Weg führte ihn an Boss Harrys Sommerresidenz vorbei, einem Anwesen namens Mountaintop. Die beiden Steinpfeiler, die das graue, schmiedeeiserne Tor trugen, unterstrichen Boss Harrys Bedeutung für die Welt und seinen Aufstieg in Washington während der vielen Amtszeiten im Parlament. Earl konnte die Straße erkennen, die in Serpentinen zu Boss Harrys Residenz auf der anderen Seite des Hügels führte. Doch alles lag verlassen da; Boss Harry musste nach Washington zurückgekehrt sein, eventuell auch in seine Villa in Fort Smith. Momentan deutete nichts darauf hin, dass das Areal auf der anderen Seite des Zauns bewohnt wurde.

Earl brachte sich über Funk auf den neuesten Stand: In den Lageberichten von den Straßensperren wurden keine besonderen Vorkommnisse erwähnt; niemand hatte Jimmy und Bub gesehen.

»Zentrale«, gab er schließlich durch, »hier ist Eins-Vier, bin auf dem Weg zum Wohnort der Pyes im Osten von Polk.«

»Zehn-vier, Wagen Eins-Vier.«

»Äh, Zentrale, weiß man schon, wann dieses Spurensicherungsteam bei meinem Zehn-39 an der Route 71 eintrifft?«

»Äh, ich glaube, sie sind jetzt dort in Fort Smith fertig und werden etwa um 18 Uhr Zehn-23 sein. Sie sind etwas müde. War ein harter Tag.«

»Kann man laut sagen. Geben Sie mir Bescheid, Zentrale, falls ihr Jimmy schnappt, ich will nämlich zu meinem Zehn-39 zurück.«

»Okay, Earl. Viel Glück.«

»Zehn-vier und Ende, Zentrale.«

Nunley bestand bloß aus ein paar Läden und Mike Logans Sägewerk abseits der Straße, doch hinter diesem lag das Grundstück der Longacres. Er bog nach links ab, kam am großen Hauptgebäude vorbei und nahm einen Feldweg zwischen den Weiden hindurch, auf denen die größte Rinderherde im westlichen Arkansas graste und sich für ihre Schlachtung mästete, die schon in vier Monaten fällig war. Das kleine Landhaus, das Mrs. Longacre für ihren Sohn und ihre Stieftochter gebaut hatte, beide bei einem Verkehrsunfall in New Orleans ums Leben gekommen und deshalb nie eingezogen, wirkte wie ein verträumtes Lebkuchenhäuschen – der Traum einer Mutter von einem wundervollen Haus, in dem ihr geliebter Sohn mit seiner Frau leben konnte, während er sich darauf vorbereitete, den Familienbesitz zu übernehmen. Aber es hatte nicht sein sollen.

Jetzt parkten der Wagen eines Sheriffs und der Cadillac der Dame des Hauses davor. Ein Hilfssheriff namens Buddy Till lehnte am Kotflügel.

»Howdy, Earl.«

»Buddy. Bist ein bisschen außerhalb deines Einsatzgebiets, oder?«

»Der Sheriff hielt es für eine gute Idee, einen Wachposten zu haben, für den Fall, dass Jimmy es bis hierher schafft. Wenn er kommt, werde ich bereit sein, bei Gott.« Er deutete mit dem Daumen auf den Rücksitz. Earl spähte durch die Fensterscheibe und erkannte seinen alten Freund aus dem Krieg wieder: eine Thompson-Maschinenpistole. Das hier war jedoch nicht die Militärversion. Die Waffe besaß ein Trommelmagazin mit 50 Schuss und einen vertikalen Vordergriff unter dem gerippten Kompensatorlauf, genau wie die von Al Capone.

»Manchmal machst du mir Angst, Buddy«, sagte Earl. »Wenn Jimmy es durch 50 Straßensperren schafft und 70 Meilen weit kommt, kreuzt er hier mit Sicherheit nicht schwer bewaffnet auf. Warum packst du das Teil nicht in den Kofferraum, bevor du damit noch jemanden verletzt?«

»Teufel, Earl, seit du diese gottverdammte Medaille bekommen hast, hältst du alle anderen für Deppen und glaubst, du kannst sie rumkommandieren.«

Earl sprach nie über die Medaille und es ärgerte ihn, wenn sie jemand ihm gegenüber erwähnte. Doch er zügelte den aufwallenden Ärger und sprach eindringlich mit seiner rauen, kräftigen Stimme: »Ich hab diese Waffen im Krieg oft genug benutzt, um zu wissen, dass es nicht so einfach ist, damit sauber zu schießen. Die ruckeln verdammt viel herum. Ich will nicht, dass du irgendwen damit verletzt. Und du willst das auch nicht. Jetzt leg sie in den Kofferraum und fahr ein bisschen die Straße runter. Falls Sheriff Jacks dich fragt, warum du das machst, sag ihm, ich hätte dich dazu aufgefordert.«

Verdrießlich tat Buddy, was von ihm verlangt wurde.

Earl stieg die Stufen zur Veranda hinauf und klopfte einmal an die Tür.

Connie öffnete selbst.

»Earl, Gott sei Dank.«

»Hallo, Miss Connie«, sagte er. Connie Longacre stammte ursprünglich aus Baltimore. Sie war Rance Longacre im Osten begegnet, hatte ihn geheiratet und war dann hierhergekommen, um Polk County und seine größten Viehweiden zu ihrer Heimat zu machen. Sie und Rance hatten hier draußen auf dem schönsten Stück Land in ganz Polk County residiert wie Maharadschas, bis Boss Harry vor einigen Jahren den Berg gekauft hatte. Doch Connie Longacre war es nie gelungen, dem Tod zu entkommen, der sie zu verfolgen schien wie ein kleiner, schwarzer Köter. Rance war mit 48 gestorben, und erst im letzten Jahr hatte ihr einziges Kind, Stephen, mit 24 Jahren zusammen mit seiner schwangeren Frau das Leben hinter sich gelassen. So viel Tod. Doch die Frau, die jetzt weit über 50 war, verbreitete immer noch auf eine stolze Oststaaten-Art eine Form von Schönheit, die niemand in Polk County so ganz in Worte zu fassen vermochte.

»Haben Sie diesen grässlichen Troglodyten vertrieben?«

Earl war nicht ganz sicher, was ›Troglodyt‹ bedeutete, aber er konnte sich denken, auf wen sie damit anspielte.

»Ja, Ma'am. Er hat sich ein Stück weiter die Straße hinunter postiert. Wie geht's Edie?«

»Oh«, sagte sie mit leiser werdender Stimme. »Sie ist ziemlich mitgenommen.«

»Ja, kaum verwunderlich.«

»Earl, was *um Himmels willen* ist passiert?«

»Miss Connie, ich kann's nicht genau sagen. Jimmy, der – oh Jimmy, wer weiß schon, was mit ihm gerade los ist, was ihn da geritten hat.«

»Ich habe nie viel von Jimmy gehalten, Earl. Ich bin alt genug, mich nicht von einem hübschen Gesicht blenden zu lassen.«

»Er hatte keinen Vater.«

»Ja, ich weiß, Earl, aber das führen alle immer als *Entschuldigung* für Jimmy an. Viele Jungen hatten keinen Vater und sind trotzdem anständige Leute geworden.«

»Ich hätte mehr für ihn tun sollen. Ich hätte mehr tun können. Aber ich habe selbst einen Sohn.«

»Werden sie ihn kriegen?«

»Ja, sie werden ihn kriegen. Und er wird dafür bezahlen. Er muss bezahlen. Es gibt keine andere Möglichkeit.«

»Das ist nur angemessen. Aber sein armer Cousin tut mir leid.«

»Bub liebt Jimmy zu sehr. Es ist einfach, Jimmy zu lieben, aber es ist auch gefährlich. Arkansas hat keinen besonders guten Tag hinter sich«, sagte er. »Wir haben heute Morgen nördlich der Stadt ein armes, farbiges Mädchen gefunden. Jemand hat sie übel zugerichtet.«

»Oh, mein Gott. Wer denn?«

»Shirelle Parker.«

»Ich kenne Shirelle. Ich kenne ihre Mutter. Oh, Earl, das ist ja schrecklich.«

Die Sache schien Miss Connie sehr mitzunehmen.

»Diese armen Leute«, sagte sie schließlich. »Immer vom Kummer verfolgt.«

»Die haben es nicht leicht, das steht fest.«

»Irgendein schwarzer Junge, nehme ich an?«

»Ich hoffe es. Aber ich weiß es nicht, Miss Connie. Irgendwas Seltsames geht da vor und ich komme noch nicht dahinter, was es ist.«

»Earl ...«

Er wandte sich um.

»Schätzchen, du solltest gar nicht wach sein«, sagte Mrs. Longacre.

Earl sah Edie White Pye an und bemühte sich, seinen Gesichtsausdruck so neutral wie möglich zu halten. Er war kein sonderlich emotionaler Mann, doch auch er besaß Gefühle. Er vergrub sie lediglich in seinem Inneren und nagelte sie fest, damit sie dort blieben.

Edie war seit 1950 Jimmy Pyes Freundin gewesen, als Jimmy der Blue Eye High zu einem zweiten Platz bei den Landesmeisterschaften im Football verholfen hatte. Sie war möglicherweise die schönste junge Frau, die man in Polk County je zu Gesicht bekommen hatte. Ihr Vater war im Krieg gefallen, ein paar Wochen nach der Invasion der Normandie. Ein deutscher Tiger-Panzer hatte ihn in irgendeinem französischen Schützengraben abgeschossen. Ihre Mutter zog sie anschließend allein groß, obwohl bei Edie nicht viel Erziehungsarbeit nötig gewesen war. Sie hatte von Anfang an das Herz am richtigen Fleck getragen. Ihr Spitzname lautete Schneewittchen, denn an diese Figur erinnerte sie viele. Jimmy war ihr Märchenprinz und er konnte sehr charmant sein, wenn er nicht gerade verrücktspielte.

Earl ließ ihren Anblick für einen Augenblick auf sich wirken, vergrub seine Gefühle noch tiefer und hämmerte drei oder vier weitere Nägel hinein.

»Oh, Mr. Earl«, sagte sie. »Es tut mir so leid.«

»Es muss Ihnen nicht leid tun, Edie«, erwiderte er. »Jimmy hat seine eigenen Entscheidungen getroffen. Das hier ist ausschließlich sein verdammtes Problem. Diesmal muss er die Suppe auslöffeln. Ich hoffe bloß, dass dabei niemand mehr erschossen wird.«

Er stellte sich vor, was passierte, falls Jimmy mit jemandem wie Buddy Till mit seiner Maschinenpistole zusammenstieß. Alles wäre voller Blut und Haare, und Gott allein konnte jenen helfen, die in seine Schusslinie gerieten. Er zuckte bei der Vorstellung zusammen.

»Dieser verdammte Junge«, schimpfte Connie Longacre. »Er war schon immer attraktiver, als es gesund für ihn war. Er hat zu viel Zeit vor dem Spiegel verbracht. Ich traue keinem Typen, dem sein Spiegelbild besser gefällt als alles, was er sonst noch sieht. Edie, du brauchst einen soliden Mann, einen echten Mann. Zu schade, dass Earl hier schon verheiratet ist und einen Sohn hat. Rance pflegte zu sagen, Earl Swagger sei der beste Mann, den Polk County je hervorgebracht hat. Und das war noch *vor* dem Krieg!«

»Ach, hören Sie schon auf, Miss Connie«, gab Earl zurück. Sie liebte es, provokante Bemerkungen zu machen, um dann zuzusehen, wie den Leuten die Kinnlade herunterklappte.

»Also wenn *ich* eine junge Frau wär, hätte ich mir Earl längst selbst geschnappt.«

»Edie, ich muss mit Ihnen reden. Ich muss Ihnen ein paar dienstliche Fragen stellen. Sie wollen, dass ich hierbleibe für den Fall, dass Jimmy herkommt.«

»Dieser verrückte Kerl ist längst auf dem Weg nach Hollywood, wenn Sie mich fragen«, erwiderte Connie. »Den sehen wir hier nie wieder. Tja, ich werde euch beide dann mal allein lassen. Hab zu tun. Gehen Sie sanft mit ihr um, Earl.«

»Ja, Ma'am.«

Earl und Edie gingen und setzten sich ans Fenster. Neben ihr fühlte er sich immer schwerfällig und ungeschickt. Er hörte, wie seine Stiefel und der lederne Waffengürtel knirschten. Der Colt Trooper fühlte sich unglaublich schwer an.

Er holte seinen Block hervor und blätterte die zehn Seiten mit Notizen durch, die er sich zu Shirelle Parker gemacht hatte.

»Edie, hat Jimmy sich bei Ihnen gemeldet?«

»Nein, Mr. Earl. Das letzte Mal, dass ich mit ihm geredet habe, liegt drei Wochen zurück. Es schien ihm gut zu gehen. Er freute sich darauf, aus dem Gefängnis zu kommen. Ganz aufgeregt schien er zu sein. Vor einer Woche habe ich einen sehr lieben Brief von ihm bekommen. Er äußerte sich ganz begeistert über den Job im Sägewerk. Schrieb, dass er es sicher noch vor 1960 übernehmen wird!«

»Er hat nichts davon erwähnt, dass er im Knast neue Freunde gefunden hat oder so?«

»Nein, Sir.«

»Manchmal kann ein junger Kerl wie Jimmy da auf ein paar ganz schwere Fälle treffen, und die vernebeln ihm dann den Verstand. Hat er wirklich niemanden erwähnt?«

»Nein, Sir.«

»Wenn, dann sollten Sie es mir sagen. Loyalität ist in dieser Situation fehl am Platz. Er hat ein paar Menschen getötet. Das hat seinen Preis. Den muss er bezahlen wie ein Mann. Das ist jetzt das Beste, worauf er noch hoffen kann. Wenn er sich ohne Widerstand ergibt, bekommt er einen fairen Prozess.«

»Das will ich ja auch, Earl. Ich wollte nie, *nie,* dass jemand verletzt wird. Oh, Earl, ist das wahr? Er hat vier Menschen getötet?«

»Das haben sie gesagt. Mindestens vier Augenzeugen haben ihn identifiziert. Und Bub.«

Edie wandte den Blick ab, spähte über die Felder ins Sonnenlicht.

»Armer Bub«, sagte sie schließlich. »Er konnte keiner Fliege was zuleide tun.«

*Jimmy, Jimmy, Jimmy,* dachte Earl verbittert. *Du Narr. Warum zum Teufel musstest du das tun?*

»Heute haben Sie noch nichts von ihm gehört?«

»Nein, hab ich nicht. Wenn Sie es genau wissen wollen, Mr. Earl, ich will nie wieder etwas von ihm hören. Das wird mir alles zu viel. Es ist zu schrecklich. Ich muss weggehen und neu anfangen.«

Er sah, dass sie weinte.

Sie wandte sich ihm zu.

»Mr. Earl, ich muss Ihnen was sagen. Ich habe Jimmy geheiratet, weil ich was Schlechtes getan hab. Ich habe mit ihm ...«

»Sie müssen mir gar nichts erzählen. Das geht mich alles nichts an.«

»Ich bin schwanger gewesen. Ich hatte keine Wahl, ich habe nicht nachgedacht. Mein Kind musste einen Vater bekommen.«

Ein einzelne Träne lief aus ihrem linken Auge und hinterließ eine feuchte Spur in ihrem Gesicht.

»Niemand weiß es, außer Miss Connie. Es würde meine arme Mutter *umbringen.*«

»Niemand wird es je erfahren«, versicherte Earl.

»Nein. Ich habe das Baby verloren. Ich hatte vor einem Monat eine Fehlgeburt. Das Baby ist weg. Ich hab mein Baby verloren, und jetzt bin ich mit einem Mörder verheiratet. Oh, Earl.«

»Sie müssen sich darüber keine Sorgen machen«, sagte Earl. »Wir kriegen das alles hin.«

Das Telefon klingelte.

»Soll ich rangehen?«

»Wahrscheinlich ist es für mich.«

Sie ging und nahm den Anruf an, und nein, er war nicht für Earl.

»Es ist Jimmy«, sagte sie.

# KAPITEL 5

Der junge Mann saß mit Bob und Julie auf der Veranda.

»Könntest du ihm bitte etwas zu trinken holen?«, fragte Bob. »Er sagt, er will ein Buch über meinen Vater schreiben.«

»Möchten Sie etwas Limonade? Eine Cola Light? Wir haben in diesem Haus keinen Alkohol.«

»Ich bin trockener Alkoholiker«, sagte Bob. »Kann das Zeug nicht in der Nähe haben.«

»Eine Cola Light«, bat der Junge.

Bob starrte ihn an. Was war er, eine Art Abgesandter der Toten? Wer konnte mit ihm über seinen Vater sprechen wollen? Bob fühlte sich merkwürdig beunruhigt, nicht wirklich ängstlich, aber unbehaglich, unsicher. Nicht dass der Junge schwierig oder gar bedrohlich gewirkt hätte. Ganz im Gegenteil: Er trug eine Drahtgestellbrille und machte den Eindruck, als ob ihm ein bisschen mulmig zumute sei. Ein Gesichtsausdruck, den Bob schon bei jungen Rekruten gesehen hatte, die er in die Schlacht hatte führen müssen. *Warum ich? Warum überhaupt irgendjemand? Warum?*

Julie kehrte mit der Cola und einem Glas mit Eis zurück. Der Junge spürte, dass die Dose kalt war, schob das Glas zur Seite und trank einen Schluck.

»Mein Name«, begann er, »ist Russell Pewtie, genauer gesagt: Russell Pewtie junior. Ich bin 22 Jahre alt und studierte zwei Jahre lang an der Princeton University, bevor ich mein Studium abbrach. Könnte es sein, dass Ihnen der Name Pewtie bekannt vorkommt?«

»Noch nicht«, gab Bob zurück.

»Mein Vater ist Russell ›Bud‹ Pewtie senior. Bis vor drei Jahren hat er als Sergeant bei der Autobahnpolizei von Oklahoma gearbeitet. Großer Kerl, ein Kumpeltyp. Jeder konnte ihn gut leiden. Ein anständiger Mann. Er war für kurze Zeit berühmt. Es stand in all den Zeitschriften. Man sagt, dass sie einen Fernsehfilm über ihn drehen wollen, eine dieser Geschichten über pflichtbewusste Polizisten.«

»Muss ich wohl verpasst haben.«

»Tja, wahrscheinlich haben sie den Plan wieder aufgegeben«, fuhr der Junge fort. »Ich rede nicht mehr mit meinem Vater, daher weiß ich das nicht so genau. Folgendes ist damals passiert: Im Juni 1994 war Lamar Pye der Anführer bei einem Ausbruch mit zwei anderen Männern aus dem McAlester-Staatsgefängnis in Oklahoma. Lamar galt als Krimineller mit einnehmender Persönlichkeit, hart, gewalttätig, sehr schlau, äußerst aggressiv. Er hat eine Schneise durch Südwest-Oklahoma geschlagen, über die man heute noch redet: Raub, Mord, Entführung, das Übliche. Und aus irgendeinem Grund waren er und mein Dad – nun, sie hatten irgendwie ein gemeinsames Schicksal, waren dadurch verbunden. Lamar hat meinem Dad aufgelauert, ihn verwundet, wenn auch nur oberflächlich, aber seinen Partner getötet. Das hat mein Dad persönlich genommen. Zweimal hat er Lamar aufgespürt. Insgesamt kam es zu drei Schießereien zwischen ihm und Pye. Er hat seinen Cousin getötet, er hat eine Frau getötet, die sich mit Pye abgegeben hatte, und schließlich tötete er Pye selbst. Hat ihm zuerst ins Gesicht geschossen, dann in den Kopf.«

»Klingt nach einem tapferen Mann«, sagte Bob.

»Na ja«, versetzte Russ, als ob er das lieber dahingestellt ließ. »Er wurde jedenfalls schwer verletzt. Ein Schuss in die Lunge, gebrochenes Schlüsselbein, ein Nervenschaden, der seinen rechten Arm verkrüppelte. Aber er hat sich erholt, und dann sagte er eines Tages zu meiner Mutter: ›Ich liebe dich, ich werde dich immer lieben, Lebewohl‹. Ist einfach so verschwunden an einem Mittwochmorgen. Zog ans andere Ende der Stadt, in ein kleines Haus in der Nähe des Flughafens. Er hatte sich in die Frau seines Partners verliebt und blieb mit ihr zusammen. Die ist alterstechnisch näher an mir als an ihm.«

»Entschuldigen Sie, Russ«, unterbrach ihn Julie, »aber

worauf wollen Sie hinaus? Was hat das mit meinem Mann zu tun?«

»Ich musste daran denken, wie viel wir durch Lamar Pye verloren haben. Und wir hatten noch *Glück.* Wir kamen mit dem Leben davon. Lamar Pye tötete bei dem Ausbruch zwei Männer; er tötete Ted Pepper, den Partner meines Dads; und er hat einen Farmer und seine Frau terrorisiert. Sie ist kurz darauf gestorben; außerdem entführte er eine junge Frau und quälte sie und tötete sieben Menschen bei einem Raubüberfall, bevor mein Dad alldem ein Ende machte. Wir haben noch Glück gehabt. Elf Menschen sind wegen Lamar Pye unter die Erde gekommen. Und das innerhalb von drei Monaten. Aber Lamar hat mir meine Familie genommen. Er hat sie zerstört. Was auch immer passiert ist, er hat meinen Vater in die Lage versetzt, meine Mutter zu verlassen. Es hätte meine Mutter fast umgebracht. Um ganz ehrlich zu sein, muss ich Ihnen sagen, dass ich meinen Vater jetzt wirklich *hasse.* Wie konnte er ihr das antun, nach all den Jahren? Daher: Obwohl sämtliche Pewties Lamar überlebt haben, hat Lamar trotzdem meine Familie auf dem Gewissen. Mit einer Schrotflinte hätte er es kaum besser erledigen können.«

Er schwieg für einen Moment, nahm einen Schluck Cola. Es wurde langsam dunkel.

»Ich war neugierig. Woher stammt jemand wie Lamar? Woher kommt all diese Wut, der Hass, der Zorn, was hat ihn zu dem Mann gemacht, der er ist? Also dachte ich mir: Das ist ein Thema für ein Buch. Das ist ein Thema für ein großartiges Buch. Eine Geschichte nicht nur darüber, wie mein Dad Lamar Pye erwischt hat, sondern auch darüber, was Lamar Pye zu dem gemacht hat, was er war.«

»Russ, wir verstehen immer noch nicht ...«, setzte Julie an.

»Schatz, lass den Jungen ausreden«, sagte Bob. »Ich weiß, worauf er hinauswill.«

»Ich dachte mir schon, dass Sie mich verstehen«, fuhr Russ fort. »Also wandte ich mich an die Leitung des McAlester-

Gefängnisses – ich bin Journalist, hab mal als Redaktionsassistent der Lifestyle-Abteilung des *Daily Oklahoman* in Oklahoma City gearbeitet – und konnte einen Blick auf seine Akten und Hinterlassenschaften werfen. Ich kenne seine Akten aus der Erziehungsanstalt, sein Vorstrafenregister, die Gefängnisakten und – ich habe das hier gefunden.«

Er griff in seine Brieftasche, faltete ein Dokument auseinander und reichte es Bob.

»Was ist das, Schatz?«, fragte Julie.

Bob erkannte es sofort und erschauerte.

Ein Artikel aus der *Arkansas Gazette* vom 24. Juli 1955:

HELDENHAFTER POLIZIST TÖTET ZWEI VERBRECHER UND STIRBT, lautete die Schlagzeile.

*Ein Sergeant der Landespolizei hat gestern Abend auf der Route 71 nördlich von Fort Smith zwei Mordverdächtige erschossen, bevor er selbst den Schussverletzungen erlag, die beide Männer ihm zugefügt hatten.*

*Bei den Toten handelt es sich um Sergeant Earl Lee Swagger, 45, aus Polk County, Mitglied des Marine Corps und ausgezeichnet mit der Ehrenmedaille der Marines für seinen Kriegsdienst im Pazifik sowie Jim M. Pye, 21, aus Fort Smith, und seinen Cousin Buford ›Bub‹ Pye, 20, ebenfalls aus Polk County.*

Bob überflog den Bericht über den lange zurückliegenden Schusswechsel.

Er reichte ihn seiner Frau.

»Siehst du«, sagte er, während sie las, »dieser Lamar Pye, der all diese Leute in Oklahoma erschossen hat. Er war der Sohn ... Das war er doch, oder?«

»Genau«, antwortete Russ.

»... der *Sohn* von dem Mann, der meinen Vater getötet hat.«

»Dann wissen Sie also ...«, setzte Russ an.

»Übrigens«, versetzte Bob trocken, »waren die Zeitungen damals nicht besser als die, die wir heute haben. Die *Gazette* ist ein großes Blatt aus Little Rock: Die wissen einen Scheiß über das westliche Arkansas. Die haben einen Fehler gemacht. Sie haben geschrieben, es sei nördlich von Fort Smith passiert. Tatsächlich war es aber südlich von Fort Smith. Deshalb trau ich denen nicht.«

»Nun ja.« Russ wirkte leicht perplex. »Fehler werden immer gemacht. Aber sehen Sie, wenn ich ein Buch über Lamar Pye schreibe und über das, was er anderen Menschen genommen hat und seinen Werdegang, tja, dann müsste ich mit der Nacht des 23. Juli 1955 anfangen. *Alles* nimmt in dieser Nacht seinen Anfang: Lamars Leben und wohin es ihn geführt hat. Ist es etwa eine genetische Sache? ›Wie der Vater, so der Sohn?‹ Nun, das kann schon sein. Jim Pye war ein Krimineller und ein Mörder: Sein Sohn war ein Krimineller und ein Mörder. Auf der anderen Seite steht Earl Swagger, ein Kriegsheld und ehrenhafter Mann. Und da ist *sein* Sohn. Ein Kriegsheld und ehrenhafter Mann.«

»Mein Vater war ein ehrenhafter Mann«, erwiderte Bob. »Ich bin bloß Soldat.«

»Aber es fängt alles in dieser Nacht an. Alles: Ihr Leben, Lamars Leben, was Sie getan haben, was Lamar getan hat. Was mit diesen Menschen in Oklahoma geschehen ist. Menschen, die vorher noch nie von Jim Pye gehört hatten ...«

»Jimmy Pye«, unterbrach Bob. »Sie nannten ihn Jimmy.«

»Ja, nun, jedenfalls, die Menschen, die dieser Wut in die Quere gekommen sind, die Jimmy an seinen Sohn vererbt hat, und dafür gestorben sind. Das könnte ein tolles Buch abgeben. Schade, dass noch kein guter Schriftsteller auf die Idee gekommen ist. Aber ich bin derjenige, der darauf gekommen ist, also werde ich es auch schreiben. Ich werde es *Söhne Amerikas* nennen. Es ist eine Studie des Lebens von Jimmy Pye und Earl Swagger, und es ist die Geschichte von Jimmys Sohn Lamar und dem armen, alten Bud Pewtie, von dem Polizisten, der mit ihm zusammengestoßen ist und ihn zur Strecke gebracht hat. Die Parallelen sind *unglaublich.* Zwei Schurken, die gerade aus dem Gefängnis gekommen sind, Vater und Sohn. Zwei Sergeants der Landespolizei. Zwei gewalttätige Raubüberfälle. Schießereien aus nächster Nähe, angsteinflößend und gefährlich. Es ... es ist ein toller Stoff.«

Bob starrte ihn bloß an.

»Es wird überhaupt nichts mit 1992, mit dem, was Sie erlebt haben und den Titelbildern von *Time Magazine* und *Newsweek* zu tun haben«, erklärte Russ. »Es geht nicht um Vietnam. Es geht um ein Erbe der Gewalt, das über zwei Generationen weitergegeben wird, und um die zwei Gesetzeshüter, die sie aufgehalten haben, die aufgestanden sind und gesagt haben: Bei Gott, es reicht, die Sache endet hier, heute Nacht. Ihren Dad, der sein Leben dafür geopfert hat, und meinen Dad, der durch die Sache ganz wirr im Kopf geworden ist.«

Bob bezweifelte, dass einer der beiden Sergeants zu irgendeinem Zeitpunkt in diesen langen, brutalen Nächten je gesagt hatte: »Bei Gott, es reicht, die Sache endet hier, heute Nacht.« Das klang zu sehr nach einem Drehbruch. Für viel wahrscheinlicher hielt er, dass beide Männer gedacht hatten: »Lieber Gott, mach, dass ich heute Nacht nicht getötet werde.« Doch das bekamen die in Hollywood nie richtig hin.

»Bob«, sagte Julie, »es wäre so schön, wenn dein Vater endlich bekäme, was ihm zusteht. Man könnte ihm endlich den Respekt und die Ehre erweisen, die ihm zustehen. Selbst jetzt noch, 40 Jahre später.«

»Was wollen Sie von mir?«, wiederholte Bob.

»Ah. Nun, ich schätze, zunächst einmal Ihren Segen. Und Ihre Hilfe bei ein paar Kleinigkeiten. Ich hatte gehofft, mit Ihnen ein Interview über Ihren Vater führen zu können. Ich hoffe, Sie sind bereit, einige Ihrer Erinnerungen an ihn mit mir zu teilen – nicht nur die an diese Nacht, die Zeit danach und was Sie darüber noch wissen, sondern allgemein: was für eine Art Mensch er gewesen ist, solche Sachen. Dann, schätze ich, besitzen Sie eventuell noch einige Dokumente: Fotoalben, ein paar Zeitungsartikel, Briefe, keine Ahnung. Alles, was dabei helfen kann, die Geschichte darzustellen, sie in Erinnerung zu bringen, mir zu helfen, sie nachzuerzählen.«

»Hmm«, knurrte Bob unverbindlich.

»Und schließlich ein bisschen Hilfe dabei, Sie wissen schon, andere zum Reden zu bewegen. Ich weiß, wie störrisch die Leute sein können, wenn es darum geht, sich einem Fremden zu öffnen, besonders gegenüber einem jüngeren Mann aus einem anderen Teil des Landes. Obwohl Lawton, Oklahoma, wo ich herkomme, gar nicht mal so weit von Blue Eye und Fort Smith entfernt ist. Aber hier einen Anruf, da ein Empfehlungsschreiben. Verstehen Sie, es muss alles aus mündlich überlieferten Erinnerungen stammen.

Eine der ersten Sachen, die ich erfahren habe, war, dass 1994 das Nebengebäude des Gerichts von Polk County abgebrannt ist, und dort wurden sämtliche Akten und Aufzeichnungen von der Anhörung aufbewahrt. Die Abschlussberichte, die medizinischen Unterlagen, alles. Ich habe Sekundärquellen bei den Zeitungen, aber ich will selbst mit den Leuten reden. Ich habe sogar den Kongressabgeordneten von Arkansas, beiden Senatoren und noch ein paar anderen Politikern in der Hoffnung geschrieben, damit ein paar Türen zu öffnen. Ich habe bloß vorgefertigte Standardantworten erhalten, aber wenn Bob Lee Swagger mir hilft ...«

Er verstummte. Seine kleine Ansprache war beendet.

»Fertig. Mehr habe ich nicht zu sagen. Äh, warum, Sie wissen schon, warum denken Sie nicht erst mal darüber nach? Lassen Sie es sich durch den Kopf gehen. Ich bin kein Vertreter. Ich hasse es, etwas zu verkaufen. Ich will, dass Sie sich ebenfalls damit wohlfühlen.«

»Also«, sagte Bob. »Hören Sie, ich könnte Sie jetzt anlügen und sagen, jepp, lassen Sie mich darüber nachdenken, und wir könnten dieses ganze Spielchen spielen. Aber hier ist meine Antwort, schlicht und simpel: Nein.«

»Bob ...«

»Julie, nein, lass mich ausreden. Ich kann das nicht. Das ist alles vorbei. Ich habe meinen Daddy begraben, weitergemacht und bin meinen eigenen Weg gegangen. Ich kann darüber nicht in irgendeinen Kassettenrekorder quatschen. Diese Erinnerungen ... die gibt man nicht einfach jemand anderem für sein Buch. Das käme mir ... unanständig vor.«

Der Junge nahm die Entscheidung recht gefasst auf.

»Tja«, meinte er. »Nun, wenigstens sind Sie konsequent. Lassen Sie mich nur sagen, ich täte alles, um Ihrem Vater gerecht zu werden. Für mich ist er ein Held. Er hat nie seine Familie verlassen. Aber in die Vergangenheit zu schauen ist schmerzhaft, und welchen Sinn hätte es für Sie, außer dass Sie dadurch einem jungen Kerl, von dem Sie nie zuvor gehört haben, zu einem Buchvertrag verhelfen? Okay. Äh. Ich werde wahrscheinlich versuchen, es trotzdem irgendwie zu schreiben. Ich fühle mich dazu verpflichtet. Tatsache ist, ich habe meinen Job gekündigt, und ich bin entschlossen, das bis zum bitteren Ende durchzuziehen. Also … hm, tut mir leid. Ich weiß es zu schätzen, dass Sie sich die Zeit genommen haben und ehrlich zu mir gewesen sind.«

»Ich wünsche Ihnen Glück, Russ. Sie scheinen in Ordnung zu sein. Ihr Dad klingt nach einem echten Teufelskerl. Tut mir leid zu hören, dass er getan hat, was er getan hat.«

»Klar. Äh, ich schätze, ich gehe dann mal.«

Er stand auf und streckte zögernd eine Hand aus, die Bob schüttelte. Dann drehte er sich um, verließ die Veranda und lief die Straße entlang zu seinem Truck.

»Bob«, sagte Julie. »Bist du sicher ...«

Bob wandte sich ihr zu und seine Frau sah etwas in seinem Gesicht, das sie noch nie bei ihm gesehen hatte. Ihr wurde klar, dass es Angst sein musste.

»Ich kann nicht mehr daran zurückdenken«, sagte er. »Ich kann mich alldem nicht aussetzen. Es hat mich damals schon fast umgebracht. Meine Mutter *hat* es umgebracht. Es dürfte das Beste sein, es einfach zu vergessen.«

# KAPITEL 6

»Oh Gott, Jimmy«, sagte sie.

Die Stimme drang aus weiter Ferne heran, doch als Earl sich näherte, nahm er sie mit zunehmender Klarheit wahr und machte die vertrauten Sprechrhythmen des jungen Manns aus, den er hatte aufwachsen sehen.

»Schatz, oh Gott, es tut mir so leid«, meinte Jimmy. »Ich habe einen derartigen Schlamassel angerichtet. Es ist einfach außer Kontrolle geraten.«

Earl beugte sich über Edie, fühlte sich hilflos und zornig wegen dem, was Jimmy ihr antat.

»Jimmy, bitte, verletz nicht noch mehr Leute.«

»Ich schwör dir, das werd ich nicht.«

Earl bemühte sich, seine Wut zu unterdrücken. *Was soll ich tun? Was ist jetzt das Klügste?* Sonst war er sich seiner Sache immer sicher, handelte in jeder Situation stets entschlossen und korrekt – sei es in einem Jagdcamp, in einer Schlacht oder bei den Hunderten von Routineaufgaben, die er bei der Polizei erledigte. Aber jetzt fühlte er sich träge, dumm und aufgeschmissen. Er versuchte, seinen Verstand auf Trab zu bringen.

Es handelte sich hier quasi um einen Gefängnisausbruch, und bei fast allen Gefängnisausbrüchen bestand das Standardprozedere darin, die Häuser derjenigen abzuhören, an die die Ausgebrochenen sich wahrscheinlich wandten, und dort zuzuschlagen, wenn der Kontakt zustande kam. Aber hatte die Dienststelle überhaupt genug Zeit gehabt, um eine Wanze zu installieren? Der Überfall hatte sich gegen Mittag ereignet; jetzt war es 16 Uhr. Er glaubte nicht, dass diese wenigen Stunden genügten.

Doch was er noch für viel wichtiger hielt: Betty Hill, die Telefonistin, war dafür bekannt, dass sie manchmal Gespräche belauschte, während sie in der Telefonzentrale von Polk County die Kabel in die passenden Buchsen steckte.

Vielleicht hörte sie jetzt gerade zu. Und falls sie das tat, wen informierte sie dann? Den Sheriff? Vielleicht rief sie sogar ihn selbst an!

»Finden Sie heraus, wo er ist«, gab er Edie mit tonlosen Lippenbewegungen zu verstehen.

»Jimmy, oh mein Gott, wo steckst du?«

»Ich stehe bei irgendeinem Gemischtwarenladen bei Mulberry an einem öffentlichen Telefon. Der Apparat hängt auf der Rückseite des Gebäudes, niemand kann uns sehen. Wir haben uns zwei Fluchtautos vom Hals geschafft und noch ein drittes besorgt.«

»Oh, Jimmy. Die werden dich kriegen. Das weißt du.«

»Schätzchen, hör zu. Es ist alles vorbei für mich. Ich muss den Tatsachen ins Auge sehen. Ich bin fertig, erledigt. Du bist ein freies Mädchen. Ich liebe dich, aber jetzt musst du mich loslassen. Du hast nichts davon. Schatz, ich habe eine Grenze überschritten und kann nicht mehr zurück.«

»Oh, Jimmy, Jim ...«

»Schatz, ich möchte, dass du Mr. Earl holst. Mr. Earl wird wissen, was zu tun ist.«

»Schatz, er ist hier.«

»Oh, Gott sei Dank! Gib ihn mir!«

Earl nahm den Hörer entgegen.

»Jimmy ...«

»Earl, sparen Sie sich Ihre Luft. Sie brauchen mir nicht zu sagen, was für einen Mist ich gebaut hab. Herrgott, Herrgott, ich weiß es.«

»Was zum Teufel ist passiert?«

»Earl, ich wollte ein Startkapital haben. Ich wollte nach L.A. gehen und Filmstar werden. Ich wollte keine Arbeit in einem Sägewerk, ich wollte nicht in einem kleinen Haus leben und von der Mildtätigkeit einer reichen Lady abhängig sein.«

Earl konnte nur bestürzt den Kopf schütteln.

»Jetzt hab ich ein riesiges Durcheinander angerichtet«, sagte Jimmy, »und ich muss es wieder in Ordnung bringen.

Ich muss Bub retten. Können Sie für mich etwas aushandeln?«

»Am besten stellst du dich einfach und stehst dafür gerade.«

»Hier ist mein Angebot, Earl. Ich werde für Mord ersten Grades verurteilt, und wenn der Staat es will, kann er mich rösten. Und das wird er wahrscheinlich tun wollen. Im Gegenzug dafür bekommt Bub Beihilfe zum bewaffneten Raub, im schlimmsten Fall Totschlag zweiten Grades. Nach einem Jahr oder so kommt er raus, und er geht auch in keinen richtigen Knast, sondern auf so eine Arbeitsfarm, wo ihn niemand belästigt.«

»Ich kann so einen Deal nicht für dich aushandeln, bevor ich mit dem Staatsanwalt von Sebastian County gesprochen habe. Das Beste für dich ist, wenn du dich friedlich dem erstbesten Polizeibeamten ergibst, der dir über den Weg läuft, und ihnen dann sagst, dass du für all die Toten verantwortlich bist. Ich werde hier unten Sam Vincent anrufen und ...«

*»Nein!«,* schrie Jimmy. »Gottverdammt, Mr. Earl, diese Jungs sind geladen. Die haben Maschinenpistolen und Schrotflinten und Jagdgewehre und Hunde. Ich habe einen Cop getötet. Die sind auf Blut aus. Wenn ich da mit erhobenen Händen reinlaufe, bei Gott, dann liege ich bald tot auf der Straße mit Münzen auf den Augen, und neben mir steht so ein angeberischer Hilfssheriff, der in die Kameras grinst und sich daran weidet, wie berühmt er jetzt wird. Und der arme Bub erst!«

Jimmy hatte natürlich recht. Earl wusste es. Zu viele Hitzköpfe mit Gewehren, zu viele Möglichkeiten, dass etwas schiefging, dass jemand einen Fehler beging. Er musste an diesen Idioten von Buddy Till mit seiner großen Tommy Gun und dem 50-Schuss-Trommelmagazin denken, den es in den Fingern juckte, loszuballern und sich zum Staatshelden aufzuschwingen. *Der Mann, der Jimmy Pye erwischt hat!* Jimmy käme mit Sicherheit um, der arme Bub wahrscheinlich auch, ebenso wie sämtliche Passanten, die zufällig in der Nähe standen. *Scheiße, Jimmy, warum hast du das getan?*

»Mr. Earl, ich werde mich Ihnen ergeben! Sie können uns beiden Handschellen anlegen. Bitte, bitte, bitte geben Sie mir danach nur eine Minute oder zwei mit Edie, damit ich noch einmal mit ihr zusammen sein kann, und versprechen Sie mir, dass Sie Sam anrufen und sich um Bub kümmern werden. Das ist eine Menge, ich weiß, aber bitte, Mr. Earl, bitte! Ich weiß, dass ich auf Sie zählen kann. Helfen Sie mir, die Sache wieder geradezubiegen!«

»Wie zum Teufel willst du hierherkommen?«

»Ich schaffe es schon da raus. Wir fahren nicht los, bevor es dunkel wird, und ich kenn die Feldwege wie meine Westentasche.«

»Jimmy, es darf niemand mehr sterben! Hast du mich verstanden? Schwörst du es mir?«

»Ich schwör's Ihnen, Earl, ich schwör's Ihnen. Ich hab mir schon überlegt, wie wir's angehen. Ich treffe mich mit Ihnen um zehn. Ich schwör's.«

Earls Gedanken verdüsterten sich. Die Sache gefiel ihm ganz und gar nicht. Jimmy hatte die Grenze überschritten, man durfte ihm gegenüber nicht so nachgiebig sein. Es verstieß gegen so viele Grundsätze. *Bleib hart,* sagte er sich. *Halte dich an deine Regeln. Du hast klare Vorschriften, also halt dich jetzt auch daran.*

Aber Lannie Pye, Jimmys Dad, hatte Earl angefleht, sich um seinen Jungen zu kümmern, seinem Jungen zu helfen. Das ließ ihn nicht kalt. Er hatte auf Iwo sein Wort gegeben, und er wollte verdammt sein, wenn er sich um die Erfüllung seines Versprechens drückte.

»Es gibt ein Maisfeld ein kurzes Stück südlich von Waldron, vielleicht 15 Meilen entfernt«, sagte Jimmy. »Ist in der Nähe der 71.«

»Auf welcher Seite von Boles ist das?«

»Auf der Fort-Smith-Seite. Kurz hinter Boles. Aus Ihrer Sicht auf der rechten Seite. Hinter den Bergen.«

Earl hatte den Großteil der letzten zehn Jahre auf der Route 71 verbracht.

»Ich kenne die Stelle.«

»Da gibt es einen Feldweg zwischen den Maisfeldern. Ich werde etwa 100 Meter weit dort reinfahren.«

»Nein, ich fahr zuerst rein, Jimmy. Ich will sehen, wie du kommst, und meine Scheinwerfer auf dich richten. Du und Bub, ihr steigt beide mit erhobenen Händen aus. Ihr präsentiert mir eure Waffen, dann werft ihr sie auf den Boden.«

»Okay, Mr. Earl. Klingt vernünftig. Also um zehn.«

»Ja, um zehn. Aber wenn du vorher überrumpelt oder verfolgt wirst, nimmst du die Hände hoch, hast du mich verstanden? Es darf niemand mehr sterben!«

»Sagen Sie Edie, dass ich sie liebe.«

»Sie wird in der Stadt auf dich warten. Wir werden euch Jungs nach Blue Eye bringen. Ich werde die ganze Zeit über bei euch sein.«

Jimmy legte auf.

»Es klingt, als ob er probiert, wieder geradezurücken, was er angestellt hat«, meinte Earl.

Er sah Edie an, die wieder ans Fenster getreten war. Weiter entfernt konnten sie Buddy Till erkennen, der mit verschränkten Armen am Kotflügel seines Wagens lehnte und auf einem langen Grashalm kaute.

Earl hob den Hörer ab und drückte ein paarmal auf die Gabel.

»Vermittlung.«

»Betty, hier ist Earl, ich rufe aus dem Haus der Longacres an.«

»Mensch, Earl, Sie kommen ja ganz schön rum.«

»Was haben Sie gehört?«

»Die Farbigen sind alle ganz aufgeregt wegen diesem armen, kleinen Mädchen. Da laufen die Leitungen heiß. Diese Leute reden wirklich eine Menge. Manche reden auch über Jimmy Pye und das, was er getan hat. Aber den Farbigen ist er egal. Die kümmern sich bloß um ihre eigenen Leute, wie's die Menschen eben überall tun.«

»Wird auch über Edie und Miss Connie geredet?«

»Die Leute fragen sich, wie sie es aufnehmen werden, wenn Jimmy bekommt, was er verdient. Mitleid, viel Mitleid. Mitleid und Gerede. Und auch ein bisschen was über Sie, Earl.«

»Mich?«

»Earl, Sie sind ein mächtiger Mann, aber es gibt gewisse Leute, die Sie nicht besonders mögen. Die glauben, dass Sie größenwahnsinnig geworden sind, seit Präsident Truman Ihnen diese Medaille um den Hals gehängt hat. Manche glauben, dass Jimmy nicht so geworden wäre, wie er heute ist, wenn Sie strenger mit ihm umgegangen wären, als er noch jünger war. Man sagt – Earl, wollen Sie das wirklich hören?«

»Ich schätze schon.«

»Man sagt, dass es Ihnen recht geschieht und Sie ein bisschen von Ihrem hohen Ross herunterholt. Dass Sie versucht haben, ein Leben zu *erfinden* für Jimmy und dieses arme Mädchen, die ihn wohl nicht so sehr geliebt hat, wie Sie es allen weisgemacht haben. Sie und Miss Connie, Sie hätten sich zusammengesetzt und ein Märchen erfunden und dabei gar nicht mitbekommen, was wirklich passiert.«

»Und was ist wirklich passiert?«, wollte Earl wissen.

»Die Pyes sind Pöbel und werden es immer bleiben. Es ist genauso falsch, Pöbel und Klasse zu vermischen, wie es falsch ist, Schwarz und Weiß zu mischen. Es soll nicht sein, und es hat Konsequenzen. Earl, so klug Sie auch sind, manchmal können Sie ein ganz schöner Sturkopf sein.«

»In Ordnung, Betty, danke.«

Er legte auf. Das alles war nichts Neues für ihn, nichts, was er nicht vorher schon gespürt oder geahnt hätte. Viel wichtiger fand er, dass Betty kaum so geredet hätte, wenn sie sein Gespräch mit Jimmy gerade eben mitbekommen hätte; sie war also zu sehr damit beschäftigt gewesen, die anderen zu belauschen. Zumindest konnte er sich sicher fühlen. Falls der Sheriff und seine Leute mit Maschinengewehren auftauchten, wenn Jimmy sich stellte, konnte das in einer Katastrophe enden.

Er ging hinüber zu Edie, die einfach nur dasaß und aus dem Fenster starrte.

»Alles in Ordnung mit Ihnen?«

Sie lächelte und legte eine Hand auf sein Handgelenk.

»Ja, Mr. Earl. Mir geht's gut.«

»Manche Leute sagen, dass ich und Miss Connie versucht haben, für Sie und Jimmy ein Leben nach unseren eigenen Vorstellungen einzurichten. So habe ich das noch nie gesehen. Falls das so ist, entschuldige ich mich dafür. Ich wollte nur helfen. Manchmal macht man alles nur noch schlimmer, wenn man helfen will.«

»Mr. Earl, Sie haben getan, was Sie für das Beste hielten.«

»Ich habe Lannie Pye geschworen, dass ich seinem Jungen beistehe. Das ist alles. Ich bin dabei wohl übers Ziel hinausgeschossen.«

»Jimmy ist kein Kind mehr, Mr. Earl. Er ist 21. Er hat seine eigenen Entscheidungen getroffen. Aber er besitzt eindeutig ein Talent dafür, sich zu verkaufen. Ich habe zugeschlagen, weil ich ihn wollte. Von den armen Leuten in dem Laden abgesehen, ist es so wahrscheinlich das Beste für uns alle hier in Polk County. Jetzt haben wir eine Chance, noch einmal von vorn anzufangen.«

»Das ist eine kluge Betrachtungsweise. Okay, Sie kommen also klar? Ich muss los. Ich habe vor heute Nacht noch einiges zu erledigen. Ich werde ...«

»Earl?«

»Ja?«

Ihm war bewusst, dass sie ihn noch nie so genannt hatte. Das bereitete ihm leichtes Unbehagen.

»Earl, an Ihrer Stelle würde ich meine Freunde dazu holen. Und wenn Jimmy auch nur zuckt, sollten sie den Kerl wie einen Hund niederstrecken. Und Bub ebenfalls. Earl, ich trau ihm nicht. So wahr mir Gott helfe, ich trau ihm kein bisschen.«

»Edie, ich muss dem Jungen eine faire Chance geben. Und darüber hinaus traue ich meinen eigenen Leuten nicht. Die schießen vermutlich so oder so. Ich werde diese Sache schon schaukeln, Warten Sie's ab.«

»Earl, Miss Connie würde sagen, ein Versprechen, das man einem Mörder gegeben hat, spielt keine Rolle. Sie sollten zuerst an Mr. Earl denken.«

»So ist es am besten«, widersprach er. »Das spüre ich einfach. Wir können alles wieder so weit in Ordnung bringen, wie es nur geht, und dann ziehen wir los, um denjenigen zu suchen, der dieses arme Negermädchen umgebracht hat.«

In Edies Augen trat ein merkwürdiger Glanz. Er hatte ihn dort noch nie bemerkt. Sie starrte ihn mit eindeutiger Bewunderung an.

»Earl, Miss Connie sagt, dass kein Mann je eine größere Last mit sich herumgeschleppt hat als Sie. Sie schleppen sie so lange mit sich herum, bis Sie alles in Ordnung gebracht haben. Wo gibt es noch Männer wie Sie? Mir ist noch nie so einer begegnet.«

»Wir wachsen auf Bäumen, Tausende von uns. Machen Sie sich deswegen keine Sorgen. Sie sind noch jung. Sie werden noch eine Menge von dieser Sorte treffen. Vor Ihnen liegt noch so viel Schönes.«

Sie sah ihn an, wie sie ihn noch nie angesehen hatte. Es war spät geworden, das Ende eines sehr langen Nachmittags kündigte sich an. Ihr Gesicht wirkte ruhig, ernst, reizend im milden Licht. Sie war so jung. Er hatte sich noch nie erlaubt, sie richtig zu betrachten. Sie war die Tochter eines anderen, die einmal die Frau eines anderen sein würde. Das schönste Mädchen im ganzen Landkreis, aber was spielte das für eine Rolle? Er war mit einer guten Frau verheiratet, hatte einen Sohn und trug einen ganzen Haufen Verantwortung – eine gottverdammte Pflicht, der er sich nie, niemals entziehen konnte.

»Earl«, begann sie.

*Vergrab es,* sagte er sich. *Vergrab es ganz, ganz tief in dir.*

# KAPITEL 7

Manchmal wurde der Durst nach Whiskey so stark, dass es wehtat. Dies war eine dieser Nächte. Er lag im Bett, hörte den warmen Wüstenwind durch die Nacht streichen, hörte den tiefen, gleichmäßigen Atem seiner Frau. Seine Tochter schlief in einem Zimmer am Ende des Flurs.

Er träumte von Whiskey.

Im Whiskey lag das Ende der Schmerzen: Whiskey ließ die Bilder von jungen Männern verschwimmen, die einen Bauchschuss bekommen hatten und nach ihrer Mutter riefen. Doch ihre Mutter war nicht da, nur Sergeant Swagger, der mit aller Kraft »Sanitäter!« rief und mit seinem M16 in die Reisfelder ballerte. Whiskey vertrieb den Gestank der Dörfer, nachdem die Phantoms Napalm abgeworfen hatten, diese merkwürdige Mischung aus verbranntem Fleisch, versengtem Stroh und gegrillter Wasserbüffelscheiße. Im Whiskey verschwand das Gefühl der Leere, wenn man den Rückstoß an der Schulter spürte, das Gewehr zur Ruhe kam und das Fadenkreuz sich über den Mann in weiter Ferne legte, der jetzt auf schreckliche Weise verändert schien, seiner Haltung beraubt durch den Tod, der in Ladungen von 11,2 Gramm mit einer Geschwindigkeit von 800 Metern pro Sekunde heranschoss. Manchmal taumelten sie, manchmal fielen sie sofort zu Boden. Immer blieben sie danach auf ewig still liegen.

Was der Whiskey ebenfalls vertrieb, war folgende Erinnerung: Er wachte spät abends auf, weil er unten eine Menge Lärm hörte. Es klang beinahe, als ob dort eine Party oder irgendein Treffen stattfand. Er blinzelte sich den Schlaf aus den Augen, verwirrt, etwas ängstlich.

»Daddy«, rief er. »Daddy?«

Draußen fuhr ein weiterer Wagen vor, dann noch einer. Er trug seine Unterhose und ein Davy-Crockett-T-Shirt, das er bekommen hatte, indem er 50 Cent und sechs Kronkorken von Mason's Root Beer nach Chicago schickte. Es hatte Wochen gedauert, bis es eintraf, und nun trug er es Tag und Nacht. Damals mit neun. Er hörte seine Mutter unten weinen und dann die Schritte eines Mannes, der die Treppe heraufkam. Er hörte knirschendes Leder, sich biegende Dielenbretter, das Quietschen des Geländers. All dies wirkte durch die Tausende von Tagen vertraut, an denen sein Vater spät heimkam, wie er es eigentlich immer tat. Manchmal dehnte sich sein Arbeitstag über 18 oder 20 Stunden aus. Doch es lag eine Schwere in diesen Schritten, die ihm verriet, dass es nicht sein Vater war. Er setzte sich auf, als der Mann eintrat. Irgendein anderer Beamter von der Landespolizei. Die Grillen zirpten schwermütig in der Dunkelheit direkt vor dem offenen Fenster. Die Nacht draußen präsentierte sich klar, glitzernd im Sternenlicht.

»Du bist Bob Lee, ist das richtig?«, fragte der Mann, der eine Uniform trug wie sein Daddy, den Hut mit flacher Krempe und runder Krone, nicht ganz ein Cowboyhut, und die große Pistole im Holster, nicht ganz eine Cowboypistole. Er stand in der Türöffnung, lediglich eine Silhouette, hinter ihm das strahlende Licht.

»Ja, Sir«, hatte er gesagt.

»Bob Lee, darf ich reinkommen? Ich muss mit dir ein Gespräch von Mann zu Mann führen.«

Bob wusste, dass etwas nicht stimmte. Noch ein Polizeiwagen fuhr draußen vor.

»Ich bin Major Benteen. Du musst jetzt ein Mann sein, Sohn«, verkündete der Mann in der Uniform seines Daddys.

»Was meinen Sie damit?«

»Sohn … Sohn, dein Daddy ist heute Abend in Ausübung seiner Pflicht getötet worden. Er ist jetzt im Himmel, wo all die guten Soldaten und Polizisten sind und wo all die Männer, die ihre Pflicht tun, einmal hingehen müssen.«

»Was heißt Pflicht?«, fragte Bob.

»Ich kann es nicht erklären. Ich weiß es nicht einmal. Es ist das, wofür besondere Männer wie dein Dad leben«, erwiderte der Major. »Es ist das Beste, was einem Mann passieren kann. Es ist der Grund, warum dein Daddy ein Held ist. Es ist ...«

Aber der Mann hielt inne, und Bob sah, dass er weinte.

Bob schüttelte den Kopf über diesen großen Polizisten, der im Dunkeln den Tod seines Vaters beweinte, sich so sehr anstrengte, männlich zu sein, doch von der bitteren Sinnlosigkeit des Geschehens so stark mitgenommen wurde, dass er nicht dagegen ankam.

Eine typische Whiskey-Erinnerung. Man wollte diesen Schwachsinn in bernsteinfarbene Flüssigkeit tunken, die einem auf der Zunge brannte, während sie einem die Kehle hinunterlief und ihre strahlende Botschaft von Hoffnung und Liebe bis in die abgelegensten Bereiche des Körpers trug und einem dabei den Geist mit dem segensreichen Rausch des Alkohols betäubte. Dafür hatte man den Whiskey erfunden: um diese versunkenen, schwarzen Erinnerungen abzutöten, die versuchten einen umzubringen, wenn sie aus ihrem Versteck hervorgekrochen kamen – so wie diese hier jetzt in diesem Moment.

Bob setzte sich im Bett auf. Er war froh, dass er keinen Whiskey im Haus hatte, denn wenn es welchen gegeben hätte, hätte er ihn sich geschnappt und sich darin ertränkt, sich so tief hineingestürzt, dass er nie wieder herauskam. Er konnte kaum noch atmen.

Er stand auf – ein hochgewachsener, dünner, kräftiger Mann, dessen Haar langsam ergraute, der jedoch immer noch eine Gabe dafür besaß, sich lautlos zu bewegen und ein Gesicht, das für seine Verschlossenheit berühmt war. Er hatte so lange allein geschlafen. Jetzt lag er nicht länger allein im Bett. Er sah sie an, wie sie friedlich unter den Laken schlummerte: so eine schöne Frau. Wer hätte das je gedacht?

Er schlich den Flur hinunter und schob die im Schatten liegende Tür zum nächsten Zimmer auf, hörte den Atem des Kindes. Er schaltete das Licht ein. YKN4 hatte sich zusammengerollt; ihre kleinen Nasenflügel bebten ganz leicht. Sie regte sich, weil das Licht sie störte. Sie sah aus, als bestehe sie aus Zucker: ein süßes, perfektes kleines Ding. Ihre großen Lider bedeckten ihre großen Augen. Die gebogenen Wimpern wirkten so vollendet wie die Muster auf einem Zierdeckchen. Die winzig kleine Nase ragte wie ein Höcker über den perfekt versiegelten Lippen auf. Sie rieb sich mit einer Hand über das linke Auge, zuckte in einer Art animalischem Wohlgefühl, schob sich ein paar Haare aus dem Gesicht und zog das Kissen näher an sich heran, wobei sie zweifellos von Pferden träumte.

Er fragte sich, ob er für sie jemals so ein Rätsel bot, wie sein Vater es für ihn getan hatte. Hoffentlich nicht. Bob schaltete das Licht wieder aus, beugte sich über sie und küsste sie sanft auf die weiche Wange. Von ihr ging etwas aus, das ihm viel stärker und viel wahrhaftiger vorkam als der Whiskey.

*Das ist es wert, alles zu überstehen,* dachte er.

Plötzlich fühlte er sich deutlich gestärkt. In ihm regte sich ein Gefühl der Resignation, aber auch der Entschlossenheit. Nun wusste er endlich, was er zu tun hatte.

Er ging den Flur entlang und zog an einer Kordel, sodass ein Teil der Decke mit einem Ächzen nach unten schwenkte und eine hölzerne Leiter zum Vorschein kam. Er stieg auf den Dachboden und knipste die Beleuchtung an. Ein Dachboden wie jeder andere: ein Durcheinander aus Koffern, Ständern mit alten Kleidern, stapelweise alte Fotos; das meiste davon gehörte Julie. Doch ein kleiner Teil stammte von ihm: das, was er in den Wohnwagen geladen hatte, als er vor Jahren seine Waffen vergraben und Blue Eye den Rücken gekehrt hatte. Er ging weiter in den Raum und betrachtete den kleinen Bereich, in dem seine Sachen lagen: ein alter Seesack mit Marine-Utensilien, Stiefel und dergleichen, seine blaue Uniform, die auf einem Kleiderständer hing, eine Schießjacke aus Leder mit vielen Schnallen und Riemen, ein paar alte Koffer.

Und dann fand er schließlich das, wonach er gesucht hatte. Ein alter Schuhkarton, sorgfältig mit einem roten Band umwickelt. Auf dem Etikett des Kartons stand: ›Buster Brown,

Größe C7, dunkelbraune Oxfords‹. Darin hatten sich einst seine Sonntagsschuhe befunden, die er irgendwann in den 50ern getragen hatte. Trotz des Staubs konnte er in der verschnörkelten Handschrift seiner Mutter eine Beschriftung erkennen: ›Daddys Sachen‹.

Er zog an dem alten Band, das ziemlich leicht den Geist aufgab und sich löste. Staub stieg auf wie der Dunst verlorener Erinnerungen. Vorsichtig nahm er den Deckel ab und begann dort im gelben Lichtschein, nur mit einer Jogginghose bekleidet, mit der Erkundung.

Mehr war nicht übrig geblieben von Earl Lee Swagger, US Marine Corps, Arkansas State Police, getötet in Ausübung seiner Pflicht am 23. Juli 1955. Als Erstes stieß Bob auf alte, braune Fotografien auf steifem, etwas verwelktem Papier. Er hob sie auf und betrat damit ein fremdes Universum, das sich um einen kleinen Farmjungen zu drehen schien, dessen pummelige Züge gerade erst eine Spur der Knochenstruktur aufwiesen, aus denen sich eines Tages das Gesicht formen sollte, das er als das seines Vaters kannte. In dieser braunen Welt gab es ein Farmhaus, ein Spalier und einen dürren, alten Bock mit einem Strohhut, einem dreiteiligen Anzug trotz der Sommerhitze, einer Fliege, einem gestärkten Kragen und einem wie aus Granit gemeißelten Gesicht, das nur einem Vater gehören konnte – Bobs Großvater. Außerdem trug Earl einen Stern mit einem Kreis auf der Brust – einen Sheriffstern –, dazu einen breiten, mit Patronen bestückten Gürtel und ein Holster, in dem sein Colt Peacemaker bis zum gebogenen Griff verschwand. Neben ihm stand Bobs Großmutter, eine mürrische Frau in einem unförmigen Kleid mit einem Gesicht, das aussah, als habe sie noch nie gelächelt.

Bob drehte das Foto um und betrachtete die Angaben, die dort in ausgebleichter Tinte vermerkt waren: ›1920, Blue Eye, Arkansas‹. Er stieß noch auf weitere solcher Fotos, verschiedene Anordnungen derselben drei Leute, manchmal zusammen, manchmal allein oder zu zweit. Keiner von ihnen hatte je in Saus und Braus gelebt, wie Bob deutlich sehen konnte. Eine letzte Aufnahme zeigte Earl irgendwann nach seinem 20. Geburtstag. Er trug eine olivbraune Dienstuniform der Marines mit diesem engen Kragen, eine funkelnde Sam-Browne-Schärpe diagonal über der männlichen Brust und die drei Streifen eines Sergeants auf der Schulter. Er wirkte stolz und posierte kerzengerade für die Kamera. 1930, im Alter von 20, war er den Marines beigetreten und hatte sich seinen Rang schnell verdient: Als er das Bild umdrehte, konnte Bob in der blumigen Handschrift seiner Großmutter die Worte ›Earl auf Heimaturlaub, 1934‹ entziffern. Earl hatte sich die Haare über die bleichen Schläfen zurückgegelt und sah so gepflegt aus, wie man nur aussehen konnte.

Als Nächstes stieß er auf die Medaillen. Ein ganzer Haufen von ihnen: Schützenabzeichen von der Polizei (sein Vater war der geborene Schütze gewesen), der Pacific Battle Star sowie Auszeichnungen für die Teilnahme an verschiedenen Feldzügen, das Purple Heart mit vierfachem Eichenlaub, eine Presidential Unit Citation für die zweite Division der Marines, eine weitere für die dritte Division, ein Distinguished Service Cross, ein Silver Star – und natürlich die große Ehrenmedaille, die Medal of Honor, ein sternförmiger Klotz aus Metall an einem nun ausgebleichten Band, das einmal himmelblau gewesen sein musste.

Bob wog das Schmuckstück in der Hand: Es hatte Schwere und Dichte, etwas fast Majestätisches, vielleicht sogar Erhabenes. Jahrelange Vernachlässigung ließ die Goldoberfläche schmierig erscheinen. Ihm wurde bewusst, dass er das Ding selbst noch nie gesehen hatte: Sein Vater hatte es nie offen herumliegen lassen oder gezeigt, und seine Mutter musste es einige Zeit nach dem Begräbnis in diese Schachtel gesteckt, sie verschlossen und damit ihren Schmerz verdrängt haben.

Er hielt die Medaille für einige Sekunden in der Hand und wartete ab, ob sich irgendein Gefühl in ihm regte. Es war doch bloß ein schmutziger Metallklumpen, ein Klunker. Er hatte selbst Medaillen verliehen bekommen und kannte diese merkwürdige Distanz, die ein Mann zu ihnen aufbaute. Man betrachtete sie und dachte bei sich: *Na und?* Sie erklärten so wenig, hatten keinerlei Bezug zur Realität und dem eigentlichen Anlass der Auszeichnung.

Den Begleittext fand er ebenfalls. Auf offiziellem Papier des Marineministeriums gedruckt, dickem Papier, datiert auf den 10. Dezember 1945, mit dem formalen Anstrich, den er so sehr verabscheute. Das Dokument hätte ebenso gut im Sprechzimmer eines Zahnarztes hängen können.

Er las es und stellte sich dabei die Frage, warum er es nie vorher gelesen, sondern immer nur zugehört hatte, wie andere Männer davon erzählten. Sein Vater hatte nie ein Wort über den Krieg verloren.

*Am 21. Februar 1945 geriet die von Platoon Sergeant Swagger geführte Einheit der Easy Company, Zweites Bataillon, Neuntes Regiment, Dritte Marinedivision, auf dem Charlie-Dog-Kamm, zwei Meilen landeinwärts vom Strandabschnitt Red 2, unter schweren Beschuss aus mehreren feindlichen Maschinengewehrstellungen. Als alle seine Flammenwerferschützen tot oder verwundet waren, führte Platoon Sergeant Swagger einen Trupp in ein Flankierungsmanöver, doch nur er selbst erreichte die Kammlinie in der körperlichen Verfassung, den Angriff fortzusetzen. Die übrigen Soldaten waren getötet oder verwundet worden. Trotz drei schwerer Wunden am Körper schlich sich Platoon Sergeant Swagger rückwärtig in das erste Maschinengewehrnest und tötete die feindlichen Soldaten mit seiner Maschinenpistole.*

*Er arbeitete sich weiter an der feindlichen Linie entlang und schaltete zwei weitere Stellungen auf die gleiche Weise aus, indem er sich über die Brustwehr rollte und den Feind mit MP-Salven belegte. Im dritten Nest blockierte seine Maschinenpistole, weshalb er zwei feindliche Soldaten stattdessen mit dem Kolben der Waffe tötete. Als er sich der letzten Stellung, einem Betonbunker, näherte, bemerkte er, dass er keine Munition mehr hatte. Er kehrte zum vorigen*

*Maschinengewehrnest zurück, nahm ein feindliches Gewehr und mehrere Granaten an sich. Im Anschluss sprengte er die Tür der Geschützstellung auf und sprang mit dem leichten Maschinengewehr hinein, wobei er 13 weitere feindliche Soldaten tötete.*

*Im Verlauf des siebenminütigen Gefechts tötete Platoon Sergeant Swagger über 40 feindliche Soldaten, wobei er selbst fünfmal verwundet wurde. Sein Handeln rettete 30 Männern seines Zugs das Leben. Für außerordentliche Tapferkeit im Kampf gegen den Feind, weit über die Erfüllung seiner Pflicht hinaus, wird ihm hiermit die Medal of Honor verliehen.*

Bob glaubte sich an ein dazugehöriges Foto zu erinnern, doch es schien nicht hier zu sein. Einen vergilbten Fetzen Zeitungspapier, der sich in seiner zerknüllten Trockenheit fast zerbrechlich anfühlte und auf dem sich das Bild seines Vaters in jüngeren Jahren abzeichnete, wie er mit flachem Bauch, stoischem Gesichtsausdruck und blauer Uniform vom Präsidenten der Vereinigten Staaten, der eine Bifokalbrille trug und dessen leutseligem Gesicht man seine Herkunft aus Missouri ansah, das Band mit der Medaille um den Hals gehängt bekam. Wie gesagt, es hatte nichts zu bedeuten: Die Feierlichkeiten galten nicht seinem Vater, sondern anderen. Denn Earl Lee Swagger hatte seine Gefühle hinsichtlich dessen, was er tat, ebenso wie seine Beweggründe stets für sich behalten.

Schließlich legte Bob die Medaille zur Seite. Er kannte den Krieg gut genug, um zu wissen, dass diese Beschreibung der Taten seines Vaters sehr steril ausfiel, und das war noch harmlos ausgedrückt. Als er bei den Japsen im Maschinengewehrnest gestanden hatte, um sie mit seiner Tommy Gun unter Beschuss zu nehmen, musste er gesehen haben, wie die wuchtigen Einschläge der 45er-Kugeln sie in Stücke rissen. In schwefliger Luft, von Blei und Rauch geschwängert, während um ihn herum überall Mörsergranaten explodierten und den Sauerstoff von der Erdoberfläche vertilgten. Erschöpfung, Stress, Staub und Schmutz, Ruß, der grobe, vulkanische Boden von Iwojima; Hunderte von Kratzern, Schnitten und Schürfwunden vom Kriechen; das äußerste Entsetzen, sicher auch ein wenig Blutrünstigkeit, ein wenig Freude daran, mit anzusehen, wie Feinden der Kopf weggerissen oder Gliedmaßen abgeschossen wurden; Angst, dass möglicherweise die Waffe klemmte. All diese Aspekte und noch vieles mehr klammerte die Urkunde aus.

*Hast ihnen einen höllischen Kampf geliefert, Daddy!*

Als Nächstes fiel sein Blick auf etwas, das sich ungewöhnlich kompakt anfühlte. Er zog daran und förderte ein dickes Bündel zutage, das sich als ein alter Block mit Strafzetteln für Verkehrsvergehen im Staat Arkansas entpuppte. Ein erstaunlicher Fund! Es gab noch mindestens 20 unbenutzte Verweise; die Formulare mit jeweils drei Durchschlägen lagen flach auf dem Block. Doch über den Rand zurückgeblättert fand er fünf oder sechs Durchschläge von bereits verteilten Strafzetteln. Bob begriff sofort, dass es sich um die Verweise handeln musste, die sein Vater in dieser letzten Woche ausgestellt hatte, bevor der Tod ihn daran gehindert hatte, die entsprechenden Klagen beim Gericht einzureichen.

Er blätterte den Block durch und fand in der Handschrift seines Vaters eine Reihe unbedeutender Verstöße gegen die Straßenverkehrsordnung von Arkansas aufgeführt, begangen in der zweiten und dritten Woche des Juli 1955. ›Fahren mit defektem linkem Rücklicht‹ war auf einem der Strafzettel angekreuzt, gefolgt von Name und Adresse des Fahrers, dem Kennzeichen und darunter, in der Rubrik ›ausstellender Beamter‹ der gekritzelten Unterschrift von E. L. Swagger. Ein paar Geschwindigkeitsüberschreitungen auf den Autobahnen 71 und 88, eine Verwarnung für Trunkenheit im Verkehr – das tägliche Brot eines Verkehrspolizisten auf dem Land. Er spürte die Präsenz seines Vaters so stark, dass es ihm fast den Atem verschlug.

Anschließend fand er ein Notizbuch. Earls Füller musste

zerbrochen sein oder etwas in der Art, denn der Umschlag des Büchleins war mit einer bräunlichen Flüssigkeit bespritzt. Die Farbe hatte das Pappcover durchdrungen und die Seiten verklebt. Bob pellte sie auseinander, eine nach der anderen, und gab sich Mühe, ihren Sinn zu erfassen. Er stolperte über eine Liste nichts sagender Namen auf der Innenseite des Umschlags: Jed Posey, Lum Posey und Pop Dwyer. Es folgte eine grobe Strichmännchenzeichnung und Linien, die von ihr aus zu Orientierungspunkten führten und Entfernungen andeuteten, außerdem einige auf den ersten Blick zusammenhanglose Fakten oder Beobachtungen: ›Wurde sie bewegt?‹, hieß es an einer Stelle. ›Little Georgia‹, an einer anderen. ›Todesursache?‹, fragte sich der Schreiber, ›stumpfe Gewalteinwirkung oder Strangulation?‹ Und: › Kirchentreffen? Was für eins? Wer ist noch dort gewesen?‹ Er konnte keinen Sinn darin ...

Ein spontanes Gefühl tiefen Unbehagens brach über Bob herein. Er blätterte zum Umschlag des Notizbuchs zurück und spürte, wie dieser unter seinen Fingerspitzen brannte. Ihm ging auf, dass es sich bei der bräunlichen Substanz, die hindurchgesickert war und die Seiten verfärbt hatte, um Blut handeln musste. Das Blut seines Vaters. Sein Vater musste das Buch in der Hand gehalten oder in seiner Tasche mit sich herumgetragen haben, als Jimmy Pye die tödliche Kugel abschoss, und das Blut war aus der Wunde über diese Aufzeichnungen gelaufen.

Es hatte fast etwas Religiöses, wie etwas aus dem Reliquienschrein eines uralten Heiligen, ein gesegneter Knochensplitter, ein Haarfragment oder Kleiderfetzen. Die Kraft dieser Entdeckung überwältigte ihn förmlich. Er legte das Buch mit dem Gefühl weg, ein Heiligtum entweiht zu haben. Er konnte es kaum ertragen.

Auf einmal verspürte er den Drang, den Deckel zurück auf den Karton zu legen und ihn an die Stelle zurückzuschieben, wo er so lange mit dem Band unter der Staubschicht gewartet hatte. Er wollte die Flucht zurück in das gute Leben ergreifen, das er sich aufgebaut hatte. Es gab Pferde, um die er sich kümmern musste, eine Tochter, die er großziehen musste, eine Frau, die auf ihn angewiesen war. In der Schachtel befanden sich nur Schmerz und düstere Erinnerungen.

*Nein, mach weiter,* sagte er sich. *Mach weiter, los, nimm dir jedes Detail ganz genau vor.*

Es folgten einige Zeitungsausschnitte, die den Vorfall selbst betrafen, Artikel diverser Schmierblätter über die Ereignisse des 23. Juli 1955. Er überflog sie, ohne auf Einzelheiten zu achten. Nur ein Bericht erregte seine Aufmerksamkeit: HELDENHAFTER POLIZIST BEGRABEN, hieß es da. Die Titelseite des *Fort Smith Southwest Times Record* vom 26. Juli 1955, ebenfalls vergilbt und brüchig vom Alter. Auf dem Foto zum Bericht sah er sich selbst als kleinen, mürrischen Jungen neben seiner armen Mutter stehen, umgeben von einem Meer aus Uniform- und Anzugträgern, unter den ausladenden Ästen einer Ulme. Ein Pfarrer schien die meiste Aufmerksamkeit auf sich zu ziehen; der Sarg stand unter dem Baum neben dem Erdloch, in das man ihn hinunterlassen würde. Wenigstens bekam Daddy etwas Schatten ...

Marines standen auf der rechten Seite Spalier – stocksteife Jungs mit Glatze und schief sitzenden, weißen Uniformmützen, die Schirme tief über die Augen gezogen, ihre Handschuhe weiß und die Fräcke mit den hohen Kragen so streng wie die Gehröcke von Puritanern. Bob betrachtete das, was es von ihm selbst auf dem Bild zu sehen gab. Er entdeckte nichts als Pummeligkeit und Weichheit, als ob er im Moment der Aufnahme verschwommen gewesen sei, was gewissermaßen auch zutraf. Er konnte sich kaum an dieses Ereignis erinnern, obwohl das Foto vage Erinnerungen heraufbeschwor: Seine Mutter, die nicht aufhören konnte zu weinen, während ihm selbst zu diesem Zeitpunkt schon die Tränen ausgegangen waren. Die Hitze und die Ansprachen, die gar nicht mehr aufhören wollten. Eine Frau namens Miss Connie, so etwas wie die Kaiserinmutter der Veranstaltung, die Mutter Courage, welche alles in die Hand nahm und alles organisierte.

Er erinnerte sich an ihren Duft und ihre Schönheit und daran, wie stark sie ihm vorgekommen war. Doch auf dem Bild hatte man sie nicht verewigt.

Bob legte den Zeitungsausschnitt beiseite und ging die wenigen verbleibenden Fundstücke durch. Kondolenzschreiben von offizieller und privater Seite, die bezeugten, was für ein großartiger Mann sein Vater gewesen sein musste, unter anderem vom Kommandanten des United States Marine Corps, von zwei Männern seines Zugs, die nur der Umstand, dass er ihnen das Leben gerettet hatte, in die Lage versetzte, überhaupt etwas zu schreiben, einmal auf Iwo, einmal auf Tarawa. Lobreden in schwülstiger Sprache vom befehlshabenden Offizier der Arkansas State Police und vom Gouverneur von Arkansas und schließlich ein letzter, unbeholfener Brief von einer Frau namens Lucille Parker, die seiner Mutter berichtete, was für ein wunderbarer Weißer Earl Swagger gewesen sei – der einzige Weiße, der sich die Klagen über den Verlust ihrer Tochter Shirelle angehört und ihr Hilfe zugesichert hatte. Was um alles in der Welt mochte das bedeuten?

So viele Rätsel, so viele unzusammenhängende Ereignisse, unerledigte Aufgaben, der Stoff, aus dem das Leben seines Vaters bestand. Er hatte 45 Jahre lang auf dieser Welt gute Arbeit geleistet, und doch blieb nur der Inhalt eines Schuhkartons übrig, um Zeugnis von seiner Existenz abzulegen.

Weiter nichts? Ob der Junge solches Material überhaupt interessant fand? Möglich. Bob hatte inzwischen den Entschluss gefasst, ihn am nächsten Morgen anzurufen und das Zeug ausleihen zu lassen. Vielleicht erfüllte es auf diese Weise ja doch noch einen Zweck.

Es gab noch einen letzten Fetzen Papier. Neugierig hob Bob ihn auf. Es kostete ihn einige Mühe, festzustellen, worum es sich handelte. Die letzte Seite von etwas, das ein Autopsie- oder Polizeibericht gewesen sein musste. Unter der Klammer links oben fanden sich Fetzen der übrigen Seiten, die jemand abgerissen hatte. Bob begriff, dass es sich um die obligatorische klinische, schrecklich emotionslose und äußerst professionelle Beschreibung der Wunden handelte, die sich sein Vater zugezogen hatte. Eine Kopie davon war an seine Mutter geschickt worden, und als sie herausfand, was darin stand – Bob nahm an, dass es etwas wie ›translateraler Wundkanal von unterhalb der linken Brustwarze in einem Winkel von 43 Grad zum Sternum führte zu schwerer und katastrophaler Zerstörung der linken Herzkammer‹ gewesen sein musste –, hatte sie es nicht ertragen können und zerrissen. Doch warum hatte sie diese Seite aufbewahrt? Er konnte es nicht sagen; es gab keine Erklärung dafür. Möglicherweise hatte sie diese später aus der Mülltonne geholt und sie reuevoll in der Schachtel verstaut. Ihr eigener, trauriger Niedergang hatte damals gerade begonnen; gebeugt von Trauer, Reue und schließlich Alkoholismus folgte sie ihrem Mann wenig später in den Tod.

Das war also alles, was von dem Bericht noch blieb. Bob überflog das Blatt. Eine unvollständige Auflistung des ballistischen Beweismaterials. Weil er einiges davon verstand, las er weiter und erfuhr so, was die Polizeiermittler am Tatort sichergestellt hatten.

*1) Colt .38 Super Government, Seriennummer 2645, mit Hirschhorngriff, Magazin mit vier Patronen in der Pistole.* Jimmys Waffe, ein auf Hochglanz polierter, protziger automatischer Colt, der Hochgeschwindigkeitspatronen abfeuerte, die Schutzwesten durchdringen konnten und Schocks herbeiführten, ausschließlich zum Töten gefertigt. Eine äußerst professionelle Wahl.

*2) 14 Patronenhülsen mit Prägung COLT .38 SUPER–WW.* Die leeren Hülsen, die Jimmy während des Kampfes ausgeworfen hatte. Er musste also 14-mal geschossen und einmal nachgeladen, damit sein zweites Magazin halb geleert haben, als Bobs Vater ihn erwischte. Ganz schön schießwütig, der Junge! Bob fragte sich, welche der 14 Kugeln die tödliche gewesen war und ob sie seinen Vater früh oder spät getroffen hatte. Er schüttelte den Kopf. Ihn überkam der flüchtige

Wunsch, zurück durch die Zeit zu greifen und das Geschoss aufzuhalten oder Earls Treffsicherheit bei einer früheren Kugel etwas zu verbessern. Wer weiß, womöglich hätte die Sache dann ein anderes Ende genommen? Aber nein: Jimmy hatte die letzte Kugel abgefeuert und Earl getötet, wobei Earl auch ihn getötet hatte.

*3) Smith & Wesson, Modell .44 Special, 1926, SN 130465, mit sechs nicht abgefeuerten WW-.44-Special-Kugeln im Zylinder.* Bob nahm an, dass dies Bubs Waffe sein musste. Nicht abgefeuert. Der Kerl hatte nicht einen einzigen Schuss abgegeben.

*4) Colt Trooper, .357 Magnum, SN 6351, mit drei scharfen und drei verschossenen Patronen im Zylinder.* Die Waffe seines Vaters. Bob hatte ihn dieses große Gerät einmal in der Woche und nach jeder Übungsrunde reinigen sehen. Tatsächlich hatten die meisten seiner Erinnerungen an seinen Vater mit Schusswaffen zu tun und damit, dass sein Vater ihm beigebracht hatte, wie man schoss, jagte, Waffen reinigte, sich um sie kümmerte, sie respektierte. Lektionen, die er nie vergessen würde.

*5) Sechs Patronenhülsen mit dem Bodenstempel REMINGTON .357.* Sein Vater hatte selbst nachgeladen, ein schnelles Laden unter schwerem Beschuss durch einen Kerl mit einer halbautomatischen Waffe und viel Munition. *Gute Arbeit,* dachte er, *besser kann man's nicht machen.*

Nun enthielt die Seite nur noch einen Abschnitt. Er trug den deprimierenden Titel ›sichergestellte Geschosse‹. Er wusste, dass es sich dabei um sichergestellte Geschosse aus Leichen handelte. Der letzte Anhaltspunkt des Gerichtsmediziners für den Ablauf der Tötung.

Besaß er den Mut, weiterzulesen? Mit einem Seufzen stellte er fest, dass das zutraf. Es gab drei sogenannte Beweisstücke, das hieß, Leichen, und unter jeder wurden die Objekte aufgeführt, die man in ihnen vorgefunden hatte. Nichts davon überraschte ihn, bis auf die Tatsache, dass in Bubs Körper eine Kugel aus Jimmys Pistole steckte. Das musste im Eifer des

Gefechts passiert sein – einer dieser Fälle von Beschuss durch Verbündete, die auf Schlachtfeldern erschreckend häufig vorkamen.

Schließlich las er, welche Kugeln man aus seinem Vater herausgeholt hatte.

Drei an der Zahl.

*Zwei (2) verformte Geschosse (Kaliber unmöglich zu ermitteln), metallummantelt, Gewichte 8,436 Gramm und 8,430 Gramm.*

Dann *ein (1) verformtes Geschoss (Kaliber unmöglich zu ermitteln), metallummantelt, Gewicht 7,115 Gramm.*

Bob starrte auf die Zahlen, war sich nicht sicher, was er da las, las es schließlich ein drittes Mal. Da stand immer noch dasselbe: 7,115 Gramm.

»Hab mir schon gedacht, dass du hier bist«, erklang Julies Stimme.

Erschrocken drehte er sich um.

»Ja, ich bin hier, um mir die alten Sachen noch mal anzusehen.«

»Bob, du solltest diesem Jungen helfen. Vor allem kann *dir* das helfen. All die Zeit seit 1955 bist du immer wütend gewesen. Du solltest dich dem stellen.«

»Ich werde noch mehr als das tun«, erwiderte er.

# KAPITEL 8

In der düsteren Abenddämmerung fuhr Earl schnell die Route 88 entlang, kam an Board Camp vorbei und gelangte zu seinem Briefkasten. Er bog in die Einfahrt ein und folgte der Schotterpiste bis zu seinem Haus. Dann nahm er das Funkgerät und erstattete Meldung.

Die neuesten Nachrichten klangen überhaupt nicht gut. Die Polizeiermittler sahen sich immer noch nicht in der Lage, zum Tatort mit Shirelle Parkers Leiche zu kommen, und sie schafften es wohl auch nicht vor dem nächsten Morgen. Das Sheriffbüro von Polk County konnte nur einen Mann zur Bewachung des Tatorts über Nacht abstellen, doch ein Assistent des Leichenbeschauers war hinausgefahren, um eine vorläufige Untersuchung durchzuführen.

»Wie lange ist er dort gewesen?«, erkundigte Earl sich über Funk.

»Zehn Minuten.«

»Zehn Minuten!«, blaffte Earl den Dienstleiter des Sheriffs an. »Wie zum Teufel hätte er denn in zehn Minuten irgendwas herausfinden können?«

»Ach kommen Sie, Earl, Sie wissen, wir werden morgen in die Niggerstadt fahren, wenn die ganze Sache mit Jimmy erledigt ist, und früher oder später wird jemand reden. So läuft das dort immer. Diese Leute können keine Geheimnisse für sich behalten.«

Earl dachte: *Was, wenn es ein Weißer ist, der Shirelle umgebracht hat?*

»Okay. Sagen Sie denen, ich werde morgen zuallererst dort hinfahren, und sie sollen den Tatort so gut wie möglich schützen. Der Gedanke, dass dieses kleine Mädchen dort noch eine Nacht ganz allein liegen muss, gefällt mir gar nicht.«

»Ihr macht das nichts mehr aus, Earl.«

Earl meldete sich ab.

Alle möglichen Gedanken bedrängten ihn; er versuchte, sie zu vertreiben.

*Du musst auf Zack bleiben,* sagte er sich. *Es gibt eine Menge zu tun.*

Doch mehr als alles andere wollte er schlafen, den Tag hinter sich bringen und darauf hoffen, dass der nächste besser wurde.

Er erreichte das Haus, das einmal seinem Vater gehört hatte. Ein niedriges Gebäude, überraschend anheimelnd, ein weißes Haus mit einer Veranda und grünen Schindeln inmitten eines Ulmenhains. Auf der Rückseite gab es eine Schaukel und einen Bach. Im Stall standen vier gute Reitpferde und 200 Morgen Felder in jeder Richtung gehörten Earl. Sein Sohn kam die vordere Veranda heruntergestürmt.

»Daddy, Daddy, Daddy, Daddy!«

»Na, hallo aber auch, Davy Crockett! Wie geht's denn Daddys Lieblingssohn?«, fragte er. Beim Anblick des auf ihn zurennenden Kindes ging ihm das Herz auf. Auf dem Kopf trug der Junge, wie immer, seine Racoon-Mütze; am Hinterkopf wippte der Waschbärschwanz auf und ab. Die bescheuertste Kopfbedeckung, die Earl je gesehen hatte, aber die Kinder trugen alle so ein Teil.

Bob Lee war neun Jahre alt und hatte noch nie auch nur den geringsten Ärger gemacht. Ganz der Sohn, wie ihn sich jeder Vater wünscht; ein richtiger Junge, der aber auch hart arbeiten konnte und die natürliche Begabung im Umgang mit Schusswaffen von seinem Vater geerbt hatte. Für einen Neunjährigen ging er mit einem Unterhebelrepetierer im Kaliber 30-30 erstaunlich treffsicher um. Im letzten Jahr hatte er ein Reh erlegt, obwohl er es zu weit hinten getroffen hatte und Earl es bis in die Berge von Scott County verfolgen musste, um ihm den Rest zu geben. Earl nahm seinen Sohn und riss ihn hoch in die Luft, als sei er ein Futtersack, wobei seine kleinen Füße nach oben flogen.

»Wuuuuuuuuuuuuuuuui!«, schrie der Junge.

»Hoff mal lieber, dass ich dich festhalte, Bob Lee. Wenn ich dich loslasse, landest du auf dem Mond!«

Der Junge lachte und Earl setzte ihn wieder ab.

»Mama ist ein Stück weiter die Straße rauf«, verkündete er. »Mrs. Fenson hat sich nicht so gut gefühlt und Mama meinte, sie will ihr was zum Abendessen bringen.«

»Mhm«, machte Earl, der in dieser Geste das typische Verhalten seiner Frau wiedererkannte. »Ich werd mir bloß ein Sandwich und einen Eistee schnappen und mich dann wieder auf den Weg machen.«

Die Enttäuschung stand dem Jungen ins Gesicht geschrieben.

»Du gehst weg, Daddy? Du gehst *jede* Nacht weg.«

»Morgen bleib ich hier, das schwör ich dir. Ich hab noch eine Kleinigkeit zu erledigen. Wenn das vorbei ist, ruh ich mich aus. Komm, Junge, schauen wir mal nach, was sie noch so in der Küche hat!«

Sie gingen hinein. Earl legte schnell etwas Schinken auf das gute Brot seiner Frau und öffnete zwei Flaschen Root Beer. Er nahm alles mit hinaus auf die Veranda. Bob begleitete ihn. Sie aßen schweigend. Earl sah auf seine Uhr. Es war jetzt 20:30 Uhr, und vor ihm lag noch fast eine Stunde Fahrt, bis er das Maisfeld in der Nähe von Waldron erreichte. Er aß das Sandwich auf, nahm einen letzten Schluck von dem Root Beer und leerte damit die Flasche.

»Komm mit mir zum Wagen, Bob Lee.«

»Ja, Sir«, erwiderte der Junge, der jede Sekunde zusammen mit seinem Vater genoss.

Sie kamen beim Auto an. Earl öffnete die Wagentür, bereit, einzusteigen und davonzufahren. Die Sonne ging unter. Es herrschte diese ganz spezielle Zeit des Tages, in der eine vollkommene Stille und Klarheit über der Welt hing. Hier, im östlichen Polk County, änderte der Charakter der Ouachitas sich fast unmerklich. Sie verwandelten sich in flachere, rundere Hügelkuppen, kiefernbestanden und vor Jagdwild wimmelnd, wie kleine Inseln, die sich aus einem flachen Meer erhoben. Earl betrieb nicht viel Landwirtschaft, aber er genoss es, ein großes Grundstück zu haben, auf dem man jagen und schießen konnte. Er glaubte, seiner Familie ein gutes Leben zu ermöglichen.

Abrupt überkam ihn eine heftige Melancholie und ein Gefühl von Reue – eine Art Loch in seinem Geist, in das er seine frischesten Erinnerungen verbannt hatte, um sich stattdessen auf die Perfektion dessen konzentrieren zu können, was er hier und jetzt vor Augen hatte. Er beugte sich zu seinem Sohn hinunter und nahm ihn so fest in den Arm, dass er ihn fast erdrückte.

»Du bist jetzt schön brav, Bob Lee«, sagte er. »Du sagst deiner Mama, wie sehr ich sie liebe. Ich hab nur noch eine letzte Kleinigkeit zu erledigen, verstehst du? Dann gönnen wir uns eine Auszeit. Ist ein harter Sommer gewesen. Zeit, angeln zu gehen, hörst du?«

»Ja, Sir.«

»Ich hab 'ne Überraschung für dich. In einem Monat oder so werden die Chicago Bears nach Little Rock kommen und gegen die New York Giants spielen. Hab 'ne Anzeige in der Zeitung gesehen. Die nennen es *das* Football-Meisterschaftsspiel des Südens. Im War Memorial Stadium, am 10. September. Bestell schon mal die Karten. Sind ziemlich teuer ... 3,80 Dollar das Stück, aber sei's drum. Ich dachte mir, du, ich und Mom, wir fahren nach Little Rock, gehen dort schön essen und schauen uns dieses Spiel an. Wie wär das?«

»Ist das abends?«

»Und ob. Die werden diese riesengroßen Scheinwerfer aufstellen, und dann wird's taghell sein.«

»Das wär *toll*«, jubelte der Junge.

Doch ihm entging nicht, dass sein Vater sich irgendwie seltsam verhielt.

»Daddy, ist alles in Ordnung mit dir?«

»Mir geht's gut«, antwortete Earl. »Ich bin ...« Verwirrt brach er ab. Er hatte das Gefühl, seinem Sohn eine Erklärung schuldig zu sein.

»Ich werde einen bösen Buben festnehmen«, sagte er. »Einen, der einen großen Fehler gemacht hat. Aber es gibt zwei Sorten von böse, Bob Lee. Dieser Junge ist böse, weil er sich einfach dafür entschieden hat. Er hat gesagt: *Ich will böse sein,* und er hat böse Sachen getan, und jetzt muss er dafür bezahlen. Verstehst du, das ist die eine Sorte von böse.«

Der Junge sah ihn an.

»Aber so wirst du niemals sein. Kaum jemand ist jemals so. Die andere Sorte von böse, weißt du, die ist so, dass ein guter Junge wie du oder jeder andere gute Junge ihr zum Opfer fallen kann. Das ist die Art von böse, die von sich sagt: *Ich will gut sein.* Aber irgendwie, ohne es zu wollen, ohne dir diese Frage zu stellen, ohne darüber nachzudenken oder indem du dich selbst belügst, findest du dich irgendwie in einer Lage wieder, in der es *einfach* ist, böse zu sein. Und du hast nicht die Nerven, nicht die Zeit oder was auch immer. Wahrscheinlich ist dir nicht einmal *klar,* in welcher Lage du steckst. Du tust es einfach, und schon ist es passiert. Und weißt du, was dann passiert?«

Der verständnislose Blick des Jungen zeigte ihm, dass er den Faden verloren hatte.

»Na, jedenfalls, eines Tages wirst du das alles verstehen. Und dann musst du das, was du angerichtet hast, *wieder in Ordnung bringen.* Du musst es geraderücken. Wenn etwas kaputt ist, musst du es reparieren. Du musst dich den Konsequenzen stellen. Kapierst du?«

Der Junge sah bloß zu ihm auf.

»Tja, anscheinend nicht. Aber das wirst du noch, das weiß ich, und du wirst ein guter Mann sein und nicht die gleichen Fehler machen, die dein armer, dummer, alter Daddy gemacht hat. Ich muss jetzt los. Du sagst deiner Mama, dass ich sie liebe, und wir sehen uns dann heute Nacht, hörst du?«

»Ja, Daddy.«

Earl stieg in den Wagen, legte eine seiner schnellen, geübten 180-Grad-Wenden hin, so, wie ein Mann fuhr, der über viel Geschick und Selbstvertrauen verfügte, und entfernte sich. Beim Fahren sah er seinen Sohn im Rückspiegel, wie er dort im Dämmerlicht stand, einen Arm zum Abschied erhoben. Er streckte eine Hand aus dem Fenster und wackelte damit, erreichte die Hauptstraße und rauschte davon.

»Das ist das Letzte, an das ich mich erinnern kann«, sagte Bob.

»Das Winken?«, fragte Julie.

»Ja. Er hielt einfach seinen großen, alten Arm aus dem Fenster machte so eine kleine ... du weißt schon ... so eine kleine Winkbewegung. Dann wendete er den Wagen und fuhr davon. Als ich ihn das nächste Mal sah, lag er in einem Sarg, hatte ein rosiges Gesicht und ein Lächeln wie eine Schaufensterpuppe, und all diese Erwachsenen sagten traurige Sachen.«

Er hielt inne und dachte an das Winken zurück, nicht an den Mann im Sarg. Es schien so typisch für seinen Vater zu sein: ein beiläufiger männlicher Gruß mit einem muskelbepackten Arm, mit einer großen, lockeren, eckigen Hand, drei gelbe Rangabzeichen, die im Dämmerlicht schimmerten, den Hut kerzengerade auf dem Kopf – so bot sich seine Silhouette dar, als er loszog, um etwas zu tun, das er seine Pflicht nannte, auch wenn Bob nie jemand hatte erklären können, was das eigentlich bedeutete.

»Lässt du mich bitte allein?«, fragte er.

»Ist alles in Ordnung mit dir, Schatz?«

»Mir geht's gut. Ich muss nur mal einen Moment für mich sein, das ist alles.«

»Ich bin unten, wenn du mich brauchst«, antwortete sie und entfernte sich leise.

Als sie weg war, weinte Bob heftig, das erste Mal in seinem Leben seit dem 23. Juli 1955.

# KAPITEL 9

Russ hatte in dieser Nacht wieder seinen Lamar-Pye-Traum gehabt. Wie gewöhnlich fing er ganz friedlich an. Er saß in einem Popeye's-Schnellrestaurant, futterte fettiges Hühnchen mit roten Bohnen, und Lamar kam herein, riesengroß und ausgesprochen freundlich. Die Tatsache, dass er Lamar selbst nie gesehen hatte, sondern nur Fotos von ihm, gab Russ' Unterbewusstsein die Freiheit, interessante Details für ihn zu erfinden. Heute Nacht beispielsweise trug Lamar ein Clownskostüm mit einem hellroten Tischtennisball als Nase. Seine Zähne wirkten glatt und blitzblank. Er strahlte Macht und Ruhm aus.

Als er Russ dort sitzen sah, kam Lamar herüber und fragte: »Bist du ein scharfer Typ oder ein gewöhnlicher Typ?«

Das schien die zentrale Frage zu sein. Ein weiterer Test. Russ wusste, dass er ihn nicht bestand.

Tapfer antwortete er: »Ich bin ein scharfer Typ.«

Lamars gemeine, aber clevere Augen blickten in seine, zusammengekniffen vor lauter intellektueller Anstrengung. Er musterte Russ von oben bis unten, dann meinte er: »Was du nicht sagst, Junge.«

»Nein, es ist wahr«, behauptete Russ, bevor ihm die Lüge im Hals stecken bleiben konnte. »Wirklich, ich bin scharf. Bin mein Leben lang scharf gewesen.«

Hinter Lamars Clownschminke flackerte eine Wut auf, die einem Rhinozeros alle Ehre gemacht hätte. Sein Verlangen, brutal zuzuschlagen, offenbarte sich in der Verkleinerung seiner Pupillen auf die Größe von Stecknadelköpfen, doch er schaffte es, sich zu beherrschen.

»Ich sage, du bist gewöhnlich, und ich sage: zur Hölle damit.« Nur dass er es wie ›gewöhnch‹ aussprach, mit zwei Silben.

Russ ging vor Lamars Kraft in die Knie. Lamar war riesig und stark und wissend und entscheidungskräftig. Kein Zweifel brachte ihn aus dem Tritt, keine Reue wühlte ihn auf. Definitiv einer von der scharfen Sorte.

»In Ordnung«, lenkte er schließlich ein, »wir werden ja sehen, was für ein Typ du bist.«

Mit einem magischen Wink seiner Hand brachte der Clowngott Lamar das Popeye's zum Verschwinden. Stattdessen standen die beiden nun im Vorgarten von Russ' Elternhaus in Lawton, Oklahoma. Ein kleines Ranchhaus auf einem schönen Stück Land, ein abgewohntes Gebäude, in dem Russ und sein Bruder bei ihren Eltern eine sichere, liebevolle Kindheit verbracht hatten. Anhand des Rauchs, der sich über dem Schornstein kräuselte – obwohl in seinem Traum Hochsommer herrschte – erkannte Russ, dass die Familie zu Hause sein musste. Allein durch den Willen Lamars verfügte er im nächsten Moment über eine trashige Art von Röntgenblick, als ob er durch die gute, alte, unsichtbare vierte Wand in ein Haus blickte, das auf einer Bühne stand.

Sein Bruder Jeff stand in seinem Zimmer und schnürte einen Baseball-Handschuh mit einer Hingabe, die ein anderer Junge eher darauf verwendet hätte, sich einen runterzuholen. Doch Jeff zählte nicht zu dieser Sorte. Jeff widmete sich der Sache mit Herz und Seele, strengte sich an, den Sitz des Handschuhs genau richtig hinzubekommen, biegsam, elastisch, locker, aber nicht zu locker. Das gehörte zu den zentralen Herausforderungen seines Lebens.

In der Küche plagten sich Russ und Jeffs Mama Jen, eine hübsche, doch ein wenig stämmige Frau Anfang 50, über einer heißen Herdplatte ab. Mom kochte die ganze Zeit. In seinen Augen war seine Mutter so etwas wie eine Köchin für die ganze Welt. So hatte er sie immer vor Augen – sie schlug alle Aussichten auf Glück und Freiheit in den Wind und verbrachte ihre Zeit stattdessen in der Küche, vertiefte sich in dieses oder jenes Gericht, bereitete raffinierte Abendessen zu und ließ nie auch nur eine Spur von Enttäuschung oder Verzweiflung, Wut oder Groll erkennen. Sie opferte sich für ihre Familie auf.

Unten machte sein Daddy irgendetwas mit einem Gewehr. Sein Vater machte immer irgendetwas mit Gewehren. Er trug seine Polizeiuniform und war ganz in seine eigene Welt versunken, so wie meistens; er werkelte einfach vor sich hin. Bei ihm befand sich eine junge Frau, nackt. Sie sah ihn an und bat ihn, sich zu beeilen, *bitte, verdammt noch mal*. Sie hatte das Warten satt, und er sagte immer bloß: »Sobald ich diesen Bolzen hier eingeölt habe, können wir abhauen.«

Schließlich sah Russ wieder das Obergeschoss vor sich, und da saß er selbst: ein ernster Junge, der wie üblich nichts anderes tat, außer zu lesen. Mit 15 Jahren hatte er bereits alles gelesen, das es zu lesen gab, schon zum zweiten Mal. Er las wie ein Verrückter, saugte den Inhalt der Bücher förmlich in sich auf, versuchte, daraus zu lernen. Er besaß eine außergewöhnliche Begabung für das geschriebene Wort, aus der, nachdem er seinen Lesestoff mehr schlecht als recht verdaut hatte, sein eigenes, krudes Schreibtalent hervorging. Er schrieb nicht sehr gewandt, hatte dafür aber ein großes Vorstellungsvermögen und genug Zweifel, um mit ihnen ein Schiff zu versenken.

Warum feilte er bloß so hart an diesem Talent? Um Oklahoma zu entkommen? Hielt er sich auf irgendeine Weise für zu gut für Oklahoma, für dieses kleine Leben voller heimeliger Plattitüden, kleiner Betrügereien und leicht zugänglicher Freuden? Er, Russ, hielt sich für zu gut dafür? Verdiente er so wundervolle Dinge in seinem Leben? Verdiente er den Osten, helle Lichter, Berühmtheit, Verehrung? Kein Kleinstadtblues für ihn, oh nein.

»Hör mal, das ist doch nicht gesund«, meinte Lamar. »Hockst bloß da oben rum. Du solltest rausgehen und was unternehmen.«

»Mein Bruder ist die Sportskanone«, erwiderte Russ. »Ich hatte was im Kopf. Und das wollte ich nicht verschwenden.«

»Na ja, hier ist das Angebot«, sagte Lamar. Wie aus dem Nichts zog er eine Kettensäge hervor und riss mit einer dramatischen Bewegung am Starterseil. Das Werkzeug erwachte ratternd zum Leben und erfüllte die Luft mit seinem hohen, kreischenden Lärm. »Das Angebot ist, ich geh da rein und bring all diese Leute um. Du gehst und stellst dich dort neben diesen Baum. Ich werd mir deinen armseligen, kleinen Arsch vorknöpfen, wenn ich wieder rauskomme.«

»Bitte tun Sie das nicht«, bat Russ.

»Oh, und wer soll mich davon abhalten?«

»Mein Dad wird Sie aufhalten.«

»Dein Dad. Alles, was diesem alten Bastard was bedeutet, ist dieses Mädchen, mit dem er ficken kann, und seine Gewehre. Du oder deine Mutter, ihr seid ihm egal.«

»Nein, er wird Sie aufhalten. Sie werden sehen. Er ist ein Held.«

»Er ist kein Held, Söhnchen. Pass gut auf.«

Und so ging Lamar ins Haus und beging eine Gräueltat. Tatsächlich handelte es sich um eine Kopie einiger solcher Szenen, die Russ auf der Leinwand gesehen hatte, daher spielte es sich auch nach den Regeln dieser Filme ab. Lamar trat die Tür ein. Die junge Frau schrie auf. Russ' Dad griff nach seiner Waffe, doch diesmal reagierte Lamar zu schnell für ihn. Die Säge fraß sich durch beide hindurch und sie gingen zu Boden. Hinter jedem von ihnen erblühte ein Blutspritzer an der Wand wie eine rote Rose, die sich in der Sonne öffnete, ästhetisch perfekt, ein Zeichen für die Hingabe eines äußerst talentierten Art Directors.

»Siehst du«, rief Lamar zurück, »war gar nicht schwer.«

Er stieg die Treppe hinauf. Jen sah ihn an und sagte: »Tun Sie meinen Jungen nicht weh. Bitte.«

»Lady, ich tue *jedem* weh«, klärte Lamar sie lakonisch auf, einen Moment, bevor er mit der Säge nach ihr ausholte. Er trieb sie rückwärts gegen den Kühlschrank, der so präpariert war, dass er umstürzte, als sie in die Marmeladengläser, Kartons und Dosen krachte. Sie starb in blutiger Pracht inmitten eines Sammelsuriums brillant ausgefeilter Lebensmitteleffekte. Die mahlende Säge ließ Senf, Ketchup und Cola in alle Richtungen fliegen.

Jeff, der ein Held war, hörte den Lärm, nahm einen Baseballschläger und kam angerannt. Doch nur mit einem Schläger und Heldenmut kam man nicht gegen eine Kettensäge an, ausgeschlossen. Lamar erwischte Jeff auf der Treppe und die Kamera, der es am liebsten ist, wenn die Jungen und Zarten zugrunde gehen, zoomte nahe an das Gesicht des armen Jungen heran, mit seinem eigenen Blut befleckt, während das Leben aus seinen Augen wich und lediglich Leere zurückblieb. Jetzt blieb nur noch Russ übrig, der irgendetwas Stumpfsinniges und Bedeutungsloses las, während der Mörder sich ihm näherte. Russ konnte sich nicht wehren, als Lamar sich mit einem Tritt Zugang zu seinem Zimmer verschaffte. Er flehte, er schniefte, er schlotterte, er hob zwei zitternde Hände.

Lamar drehte sich von dem bettelnden, um Gnade winselnden Russ neben seinem Bett zu dem Russ um, der von draußen zuschaute.

»Soll ich dem Knirps den Arsch aufreißen?«

»Bitte bring ihn nicht um, Lamar. Bitte.«

»Kannst du mich aufhalten?«

»Nein, kann ich nicht.«

»Dann bist du weniger wert als ein Haufen Scheiße an einem heißen Tag.«

Er ging mit der Kettensäge in der Hand vorwärts und Russ wachte auf.

Es war wirklich keiner von den richtig schlimmen Träumen, eher ein Ausflug in traumtypische Unlogik und den schädlichen Einfluss von Filmen als in schiere, abscheuliche Gewalt. Auch diese Art von Träumen hatte er gehabt, auch wenn es in letzter Zeit nicht so schlimm gewesen war. Eines Nachts, als er schreiend aufwachte, hatte jemand die Polizei von Princeton gerufen, die ihn mitnahm, um ihn Drogentests zu unterziehen. Ein anderes Mal hatte er sich anscheinend in heller Panik aus dem Bett gerollt und sich dabei eine üble Prellung eingehandelt. Einmal schlug er mitten in der Nacht um sich, schnitt sich dabei und wachte in seinem eigenen Blut auf.

Aber dieser Traum hier war nicht allzu schrecklich gewesen. Zumindest einer, den man überstehen konnte. Wurden sie im Laufe der Zeit etwa sanfter? Er wusste es nicht. Man konnte einfach nicht wissen, wann es einen mit voller Wucht überfiel. Seines Wissens hatte niemand in seiner Familie, nicht einmal sein Vater, diese Träume ertragen müssen.

Denkbar war aber auch, dass er allein die Logik durchschaute, die hinter der Sache steckte: Lamar Pye kam, um sie zu töten. Sie, die Familie. Um Bud Pewtie für seine Vergehen zu bestrafen, brachte er Buds Familie um. Es zählte bloß zu den Wendungen des Schicksals, dass sich das Drama woanders abgespielt hatte und nur Lamar und seine Schergen gestorben waren. Doch das Gewicht dieses Gedankens lastete mit gutem Grund auf Russ: Die Vorstellung, dass Lamar Pye die Pewties nicht willkürlich, nicht versehentlich, nicht bloß aus einer Laune heraus oder aus Bosheit oder durch die schiere Kraft der Irrationalität des Universums zur Auslöschung auserkoren hatte.

Der Gedanke drückte auf Russ' Brust wie eine dicke, schwarze Katze in der Nacht. *Darum verlange nie, zu wissen, zu wem Lamar kommt. Er kommt zu dir.*

Russ blinzelte. Er befand sich immer noch im Motelzimmer. Das Tageslicht schien schwach durch die billigen Vorhänge herein. Er fühlte sich verkatert, obwohl er nichts getrunken hatte. Es lag eher an dem Koffein in der Cola Light, die er bei Bob Lee Swagger getrunken hatte und die ihn bis weit nach vier Uhr morgens wachgehalten hatte, während ihm allerlei Ideen, Theorien und Argumente durch den Kopf schossen, die er vorzubringen versäumt hatte. Irgendwann schlief er schließlich doch noch ein. Er sah auf die Uhr. Fast elf Uhr vormittags.

Er konnte nichts tun. Er versuchte, sich seinen nächsten Schritt zurechtzulegen, doch es gab keinen nächsten Schritt. Er dachte daran, in seine Wohnung in Oklahoma City zurückzukehren und dort eine Lösung auszuarbeiten. Aber diese Vorstellung erfüllte ihn mit Langeweile. Sein großes Buch drohte dann den Weg alles Irdischen zu gehen: in Richtung Trägheit, Mattigkeit und, letzten Endes, Nichtexistenz.

Russ duschte, zog sich an, spähte in seine Brieftasche. Ihm blieben weniger als 50 Dollar. Es war eine etwa zehnstündige Fahrt zurück nach Oklahoma City. Sie führte durch New Mexico, quer durch Texas und durch halb Oklahoma. Die Vorstellung erfüllte ihn mit Verzweiflung und Selbstverachtung.

Er schleuderte seine schmutzigen Klamotten in den Koffer und ging hinaus, um ihn in seinem Wagen zu verstauen. Dann beglich er seine Motelrechnung – seine Kreditkarte ließ ihn noch nicht im Stich, noch nicht ganz – und tankte. Auf der Fahrt nach Ajo machte er an der kleinen Kantine halt, in der er so oft zu Mittag gegessen hatte.

Er ging hinein, setzte sich auf seinen Stammplatz an der Bar und bekam, ohne ihn bestellen zu müssen, seinen üblichen Teller mit exzellentem Steak und ein frisch gezapftes Bier serviert. Russ aß und genoss seine Mahlzeit. Diese Frau konnte wirklich kochen.

»Tja«, sagte er zum Barmann, »ich hab zwar nicht ganz 1000 Dollar für Gegrilltes ausgegeben, aber ich kam verdammt nah ran.«

»Das stimmt, Junge«, bestätigte der Barmann. »Und jetzt müssen Sie weiter, nehm ich an?«

»Japp. Hab getan, was ich konnte. Bin zu dem Mann gegangen, hab ihm die Angelegenheit dargelegt und für den Bruchteil einer Sekunde was in seinen Augen gesehen. Aber nein. Er hat Nein gesagt.«

»Sie haben sich nicht weniger Mühe gegeben als die anderen. Aber der Kerl ist 'ne harte Nuss.«

»Das ist er. Tja, jedenfalls, Ihre Steaks sind wirklich köstlich. Kein Scherz, die besten, die ich je gegessen habe. Ich werde sie vermissen. Ich ...«

Doch dann bemerkte er, wie still es in der Bar geworden war, und dass der Barkeeper mit halb offenem Mund und dümmlichem Gesichtsausdruck dastand. Er schaute nach links und rechts. Nichts als Schweigen und stumm starrende Männer umgaben ihn. Dann blickte er in den Spiegel über der Bar und sah endlich den Mann, der hinter ihm stand, groß und sonnengebräunt, mit einem Schopf gelbbrauner Haare und grauen, zusammengekniffenen Augen.

Swagger setzte sich neben ihn.

»Howdy«, sagte er.

»Äh, howdy«, erwiderte Russ.

»Das Steak soll hier ziemlich gut sein, sagt man.«

»Es ist toll«, sagte Russ.

»Tja, eines Tages muss ich's wohl mal probieren. Haben Sie immer noch Interesse, dieses Buch zu schreiben?«

»Ja, habe ich.«

»Und es wird nichts über Vietnam drinstehen? Nichts über 1992? Gilt diese Abmachung noch?«

»Ja, Sir.«

»Sie haben schon gepackt?«

»Ja, habe ich.«

»Tja, dann«, sagte Bob, »fahren Sie und ich jetzt nach Arkansas.«

# KAPITEL 10

Die Hauptverwaltung sowohl von Redline Trucking als auch von Bama Construction befindet sich in einer Büroetage in einem protzigen, modernen Bau an der Rogers Avenue im Osten von Fort Smith, Arkansas – so, wie es einer Firma entspricht, die jährlich Gewinne von über 50 Millionen Dollar erwirtschaftet. Tatsächlich wurde der Harry Etheridge Parkway, der in Polk County von Fort Smith aus 70 Meilen in südlicher Richtung nach Blue Eye verläuft, im staatlichen Auftrag von Bama Construction gebaut.

Die Büros, die sich in den beiden oberen Etagen des Gebäudes der Superior Bank befinden, direkt gegenüber von der Central Mall, sind genau so, wie man sie sich bei florierenden Regionalunternehmen mit marktbeherrschender Stellung vorstellt – komplett mit eingetopften Palmen, Wandteppichen mit beruhigenden Mustern, Ledermöbeln und freiliegenden Backsteinen in den öffentlichen Bereichen und Präsentationsflächen. All das wurde entworfen und koordiniert von einem der besten – und teuersten – Innenarchitekten in Little Rock. Keine Firma aus Fort Smith konnte dem Geschmack des Besitzers ganz gerecht werden.

In diesen Büros arbeiten Rechtsanwälte, Sekretärinnen und Ingenieure intensiv an den ehrgeizigen Plänen von Bama Construction, etwa für die Van Buren Mall oder das Wohnbauprojekt in der Planters Road. Währenddessen überwachen Speditionsleiter Hunderte von Strecken und Kunden, die Redline abdeckt. Fort Smith ist der ideale Knotenpunkt für den Transport von Ost nach West, weil sich die Stadt in zentraler Lage an der riesigen US 40 zwischen Little Rock und Tulsa befindet. Alles passt also wunderbar zusammen. Das einzig Merkwürdige ist das riesige Eckbüro, vollgestopft mit Antiquitäten und ausgestattet mit zwei Panoramafenstern, die eine lebendige, beeindruckende Aussicht über die Stadt bieten. Von hier kann man die alte Innenstadt sehen, die

Brücke über den mächtigen Arkansas River und sogar einen kleinen Teil von Oklahoma.

Es ist ein schönes Büro, manche finden, es ist das schönste in ganz Fort Smith. An einer Wand hängen Bürgerpreise und Familienandenken, Bilder von Würdenträgern und politischen Akteuren, die zu Besuch gekommen sind – Musterbeispiele für Menschenliebe und bürgerliches Engagement. All dies sind Zeichen einer soliden Karriere und einer noch solideren Verankerung in der Gemeinde. Und doch ist das Büro so gut wie immer leer.

Randall T. ›Red‹ Bama zieht es vor, seine Zeit im Hinterzimmer von Nancy's Flamingo Lounge am Midland Boulevard im nördlichen Teil von Fort Smith zu verbringen. Hier befindet sich eine spannungsreiche Stammesgrenze; hier geht der schwarze Bezirk in einen armen, weißen Bezirk über, hier hat der überraschend große thailändische Bevölkerungsanteil begonnen, sich dem schon länger hier angesiedelten vietnamesischen entgegenzustellen. Hier kann ein Arbeiter eine ehrliche, aber anspruchsvolle Partie Poolbillard spielen, einen Schnaps und ein Bier bekommen und das alles für weniger als fünf Dollar, und hier kann ein Fremder sich einen eiskalten Blick einfangen, der ihm sagt, dass er bloß ganz schnell Leine ziehen soll.

Vielleicht stellen solche Viertel eine unnötige Zügellosigkeit dar. Um sein Imperium am Laufen zu halten – zumindest den Teil davon, über den die Zeitungen so regelmäßig berichten –, muss Red jeden Tag Dutzende von Anrufen mit seiner mittleren Managementebene führen, da er natürlich alle Entscheidungen selbst trifft. Dabei hilft ihm, dass er einen äußerst organisierten Verstand und eine spezielle Gabe für den Umgang mit Zahlen besitzt. Man erzählt sich, dass er acht dreistellige Ziffern in weniger als zehn Sekunden exakt addieren kann. Das macht ihn zwar nicht zu einem Wunderkind, doch sicherlich zu einem Mann mit einem Gespür für Mathematik.

Red trifft um zehn ein und parkt seinen grauen Mercedes

S 600 auf der Straße, wo sich niemand an ihm zu schaffen machen, ihn stehlen, ihm einen Strafzettel anheften oder ihn überhaupt nur anrühren wird. Er fährt immer selbst und genießt die Zeit, die er auf der Fahrt auf dem Cliff Drive vom Anwesen seiner Familie über Fort Smith hierher für sich allein hat, bekommt dabei den Kopf frei für die bevorstehenden Aufgaben des Tages. Doch vor ihm fahren zwei extrem professionelle Männer in einem schwarzen Chevy Caprice. Sie besitzen eine vom Bundesstaat Arkansas ausgestellte Erlaubnis, die halbautomatischen SIG-Sauer-P229-Pistolen im Kaliber 40, die in Schulterholstern unter ihren Jacketts stecken, verdeckt zu tragen. Sie sind hartgesotten, ruhig, entschlossen und ausgezeichnete Schützen. Jeder von ihnen trägt eine Second-Chance-Schutzweste aus Kevlar, die sie vor der Munition sämtlicher Handfeuerwaffen sowie der meisten Schrotflinten schützt. Sie sind nie weit von Red entfernt.

Red sagt nicht Hallo zu Nancy, weil es keine Nancy gibt, und niemand weiß mehr – oder schert sich groß darum –, ob es je eine gegeben hat. Er gelangt in das Hinterzimmer, wo er seine teure Anzugjacke aufhängt, sich an einen Tisch aus Navy-Beständen setzt und schwarzen Kaffee aus Styroporbechern von der Bar trinkt, während ein kontinuierlicher Strom von Bittstellern, Gefolgsleuten, Laufburschen, Sendboten und Herbeizitierten vor ihn tritt, um sein Urteil oder neue Aufträge entgegenzunehmen. Hier erstatten ihm seine 19 Pfandleihhäuser Bericht, seine sieben Pornoläden im weiteren Umfeld von Fort Smith, seine Heroinhändler und die federführenden Kräfte des Crackgeschäfts, das sich meistens im schwarzen Bezirk der Stadt abspielt, seine sechs Bordelle und sieben Provinzspielhallen auf der anderen Seite des Flusses in Oklahoma, sowie das Juwel seines nächtlichen Reiches: der Choctaw Gentleman's Club in Holden, fünf Meilen weiter westlich an der Route 64. Dort zahlen irgendwelche Landeier fünf Dollar Eintritt, um dazusitzen, überteuertes Bier zu nippen und Ein-Dollar-Scheine zwischen die Silikonbrüste der Stripperinnen zu stecken, die von jedem Dollar 45 Cent an den großen Boss abgeben müssen.

Seine Handlanger und Bezirkshauptmänner kommen, um Bericht zu erstatten. Sie bringen gute oder schlechte Nachrichten, für gewöhnlich gute. Gelegentlich muss Red ernsthafte Konsequenzen für einen Verstoß anordnen – keine angenehme Aufgabe, aber eine notwendige, vor der er sich nie gedrückt hat und es auch nie tun wird. Hier hält er, wenn nötig, Treffen mit Armand Gilenti ab, dem Boss der Unterwelt von Little Rock und Hot Springs, oder mit Jack Deegan, der derzeit Kansas City kontrolliert, manchmal auch mit Carmen St. Angelo von der Organisation in New Orleans und manchmal mit Tex Westwood aus Dallas.

Man erzählt sich, dass Red an dem alten Hinterzimmer in der alten Billardbar hängt, weil hier schon sein Vater, Ray Bama, seine Geschäfte abgewickelt und, wenn auch in kleinerem Maßstab, die brillante Organisation aufgebaut hat, die Red bei seinem Tod (Autobombe, nie gefasster Täter, 1975) geerbt und so energisch weiter ausgebaut hat.

Vielleicht stimmt das, vielleicht auch nicht. Ansonsten scheint Red kein sonderlich gefühlsduseliger Mann zu sein. Er ist weithin bekannt für seine Klugheit, seinen Scharfsinn, seine Beharrlichkeit und Zähigkeit, obwohl er drei Kinder aus erster Ehe und zwei Kinder aus der zweiten auf geradezu groteske Weise verwöhnt. Doch sein Vater stellt für ihn eine Art Heiligtum dar – dieser brillante, zähe Mann, der sich im Verlauf einer Generation seinen Weg aus dem Schlamm von Polk County in die Höhen von Fort Smith geebnet und ein ganzes Reich aufgebaut hat. Doch was noch wichtiger ist: Er hat eine Vision erschaffen, um dieses Reich aufrechtzuerhalten. Red hat ihn seinen beiden Frauen gegenüber als die Redneck-Version von Joe Kennedy bezeichnet.

»Tja, ein JFK bist du nicht«, hatte seine erste Frau einmal kampflustig ins Feld geführt, »außer wenn's ums Rumvögeln geht.«

»Hab ich auch nie behauptet«, quittierte Red ihre Anspielung. »Ich wollte damit nur sagen, dass ich meinen Daddy nicht enttäuschen will.«

Mit 51 Jahren ist er klein und etwas korpulent, hat einen leichten Anflug von Sommersprossen, kurze Stummelfinger, tiefblaue Augen, von denen man sagt, dass sie in der Lage sind, jede Lüge zu durchschauen, sowie eine kahle Stelle auf dem Kopf, bei der er sich vergeblich bemüht, sie zu kaschieren, indem er sein rötlich-blondes Haar in einem Bürstenschnitt trägt. Er bevorzugt graue Nadelstreifen-Anzüge, zugeknöpfte blaue Hemden, rote Krawatten (meist von Brooks Brothers) und schwarze, italienische Halbschuhe. Er trägt eine goldene Rolex und hat nie weniger als 5000 Dollar in kleinen Scheinen bei sich, doch abgesehen von der Uhr verzichtet er auf Schmuck. Auf eine Waffe übrigens auch, schon immer.

Seine erste Frau hat er geliebt und liebt sie noch immer, obwohl er sich von ihr hat scheiden lassen, als sie ihm ein wenig zu alt geworden ist. Sie hat bei der Wahl zur Miss Arkansas 1972 seinerzeit den dritten Platz erreicht. Er liebt seine neue Frau, die 37 Jahre alt und blond ist und bei den Miss-Wahlen von Arkansas 1986 verbürgterweise den zweiten Platz erreicht hat. Und das war damals, als Teilnehmerinnen an Schönheitswettbewerben noch echte Titten hatten und es dabei wirklich noch um Schönheit ging und nicht darum, die Wale zu retten, den Schmerz der Obdachlosen nachzuempfinden und um all diese anderen jämmerlichen Gemeinplätze des liberalen Gutmenschentums, die Amerika in den Ruin getrieben haben. Nach dem Thema kann man Red immer fragen: Er wird einem alles darüber erzählen. Das ist sein wunder Punkt.

Er liebt seine Kinder. Er liebt seine Frauen. Er gibt seinen Frauen und seinen Kindern und sich selbst alles, was er will.

Heute sitzt ein mürrischer Mann in der Uniform des Polk County Sheriff's Department vor ihm, während Reds Augen hungrig die Informationen der Glücksspielrechnungen verschlingen, die vor ihm liegen.

Schließlich blickt Red zu ihm hinüber. Was er sieht, ist das, was er einmal gewesen ist, das Schicksal, dem er entkommen ist, das, wogegen sein Vater sich heldenhaft aufgelehnt und es besiegt hat. Aber Red kennt es gut. Manche würden es als weißen Abschaum bezeichnen: tote Augen, ein schmales, frettchenhaftes Gesicht, ein schlaksiger, ruhiger Körper, zu lange Haare. Das Ganze strahlt sowohl Gefahr als auch Gerissenheit aus, und dazu noch das Beste von allem: Dummheit. Red weiß, dass Männer, die Talent für die größeren Aufgaben besitzen, selten dazu taugen, die lästige Drecksarbeit zu erledigen.

»Also, Duane«, sprach er sein Gegenüber schließlich an. »Mir liegen hier sowohl gute als auch schlechte Berichte über dich vor.«

Duane Peck sagte nichts, sondern machte ein leises, klickendes Geräusch, fuhr mit der Zunge so über sein künstliches Gebiss, dass es knisterte und klackte. Eine nervöse Angewohnheit, ekelhaft, doch niemand hatte je die Nerven besessen, ihm das ins Gesicht zu sagen.

»Du spielst gerne, nicht wahr, Duane? Und in letzter Zeit ist dir das Glück nicht gerade hold gewesen.«

»Schätze nicht«, erwiderte Duane.

»Wie ich sehe, hast du Schulden in den meisten Spielhöllen im östlichen Oklahoma. Du schuldest Ben Kelly 22.000. Keno, Duane? Ist es das, wofür du ’ne Schwäche hast?«

»Nein, Sir«, antwortete Duane. »Eher für Kartenspiele.«

»Duane, hast du ein Auge für Karten?«

Duane kniff die schmalen Augen zusammen, während er sich diese Formulierung durch den Kopf gehen ließ und sie nicht begriff. Dann war ihnen keine Regung mehr zu entnehmen, als er jedes weitere Nachdenken über dieses Thema aufgab.

»Ich meine«, fuhr Red fort, »bleiben dir die Zahlen oder die Gesichter im Gedächtnis? Wirken die Kostüme der Figuren für dich sehr plastisch? Hast du ein Gefühl dafür, ob noch gute Karten kommen oder die Sache schon gelaufen ist? Ein Gespür, ob das, was noch kommt, deine Chancen erhöht oder verschlechtert? Ich rede nicht vom Kartenzählen, das machen nur die Profis, ich meine bloß gute Instinkte. Ein Gefühl. Die meisten guten Kartenspieler haben für so etwas ein Talent. Manche besitzen auch bloß ein gutes Zahlengedächtnis. Duane, was ist 153 plus 241 plus 304?«

»Äh ...« Duanes Augen schmälerten sich. Seine Lippen fingen an, sich zu bewegen.

»Egal, Duane. Also, auf der Haben-Seite sehe ich, dass du einigen Geschäftspartnern von mir hier und da mal einen Gefallen getan hast.«

»Ja, Sir«, erwiderte Duane Peck.

»Du hast ein bisschen Geld eingetrieben und ein paar Forderungen durchgesetzt.«

»Ja, Sir.« Manchmal arbeitete Duane nebenbei an der Lösung seines Schuldenproblems, indem er für Ben Kelly, der eine Spielhölle im Hinterzimmer des Pin-Del-Motels in Talihina, Oklahoma, unterhielt, Geld eintrieb.

»Hmmm, das ist gut. Hast du mal jemanden schwer verletzt?«

»Ich hab ein paar Kiefer und Schädel eingeschlagen, aber nichts, wonach einer nicht 'ne Woche später wieder aufstehen konnte. Einem Kerl musste ich das Bein mit nem Axtstiel brechen. Der hatte sich zu viel rausgenommen.«

»Schon mal jemanden getötet?«

Duanes Blick wurde leer.

»Nein, Sir«, antwortete er.

»Ich meine nicht, seit du für den Sheriff arbeitest, Duane, und ich meine keine Kopfnüsse für Leute mit Spielschulden. Nein, ich meine: *jemals?*«

»Nein, Sir«, sagte Duane.

»Nun, Duane, eine Sache solltest du dir merken: Lüg mich niemals an. Nie. Also, ich frage dich ein zweites Mal. Hast du schon mal jemanden getötet?«

Duane murmelte etwas.

»An der Arco-Tankstelle«, fuhr Red fort. »In Pensacola, Juni 1977. Du bist bloß ein junger Hinterwäldler mit einem

Drogenproblem gewesen. Wolltest ein paar schnelle Dinger drehen, um an Kohle zu kommen. Aber an diesem Abend hast du einen Jungen abgeknallt, nicht wahr, Duane?«

Duane blickte schließlich wieder auf.

»Den hab ich vergessen«, meinte er.

»Tja, aber Randy Wilkes hat es nicht vergessen. Er arbeitet jetzt in New Orleans für gewisse Leute. Wenn man so einen Job hat, tut man gut daran, sich mit seinen Partnern zu verständigen. Wenn man das nicht tut, wirkt das schlampig. Du bist schlampig, nicht wahr, Duane?«

»692«, sagte Duane. »Es ist 692.«

»Nein, Duane, aber du bist nah dran. Es ist 698.«

»Verflucht«, schimpfte Duane. »Auf dem Papier kann ich das.«

»Das hier ist kein Mathe-Test, Duane. Bist du jetzt clean? Hast du 'nen klaren Kopf?«

»Nichts, was richtig reinhaut«, antwortete Duane. »Ich trink am Samstagabend gern mal einen Bourbon.«

»Das tu ich auch, Duane. Also dann: Ich hab einen Job für dich. Bist du interessiert?«

»Ja, Sir«, antwortete Duane, der sich schon die ganze Zeit fragte, weshalb jemand, der im Rang so weit unten stand wie er, von einem so mächtigen Mann zu einer persönlichen Vorsprache geladen wurde.

»Ein privater Job, nur für mich. Deshalb redest du mit mir, Duane, nicht mit Ben Kelly oder sonst jemandem, der zwischen dir und mir steht.«

»Ja, Sir.«

»Duane, deine 21.000 könnten sich in Luft auflösen, wenn du das richtig anpackst.«

»Sir«, sagte Duane, der sich nun endlich aus seiner Trägheit befreite, »ich werde es richtig anpacken. Darauf können Sie sich verlassen.«

»Duane, ich will ehrlich zu dir sein. Ich wünschte, ich hätte einen Besseren dafür. Aber du hast eine Sache, die ich brauche und die dich für mich wertvoll macht.«

»Ja, Sir.«

»Nicht dein großer Schwanz, Duane. Nicht dein scharfer Verstand. Nein. Deine Polizeimarke.«

Duane schluckte leicht.

»Ich brauche jemanden auf der anderen Seite, um eine Situation unten in Polk im Auge zu behalten, die sonst möglicherweise bald zu einem Problem wird. Wenn ich einen Fremden in diesen kleinen Bezirk schicke, schöpfen die Leute Verdacht. Ich brauche einen Insider, einen Mann, der die Staatsgewalt vertritt, der Orte betreten und Fragen stellen kann, ohne Aufmerksamkeit zu erregen. Bist du dabei, Duane?«

»Ja, Sir, Mr. Bama. Sagen Sie mir einfach, worum es geht.«

»Die Lage könnte brenzlig werden«, fuhr Red fort. »Es könnte sein, dass du dir für mich die Hände schmutzig machen musst. Ich muss mich auf deine Loyalität absolut verlassen können, wenn ich dir gegenüber loyal sein soll.«

»Ja, Sir«, sagte Duane.

»Verstehst du, ich bin ein fairer Mann. Falls es dazu kommt, dass du in den Knast musst, wird das ein *guter* Knast sein. Du musst nicht das Sexspielzeug irgendeines großen Niggers sein. Du wirst dann beschützt. Klingt das in Ordnung für dich?«

Duane konnte eine Zeit im Gefängnis überstehen, das wusste er. Für die Chance, einen Fuß in die Tür zu bekommen, war er zu beinahe allem bereit.

»Ja, Sir.«

»In Ordnung, Duane, hör gut zu. Vor vielen Jahren hat sich in Polk County eine Tragödie abgespielt. Ein heroischer Polizeisergeant hat sich eine Schießerei mit zwei sehr bösen Jungs geliefert, sie beide getötet. Sie haben ihn dabei auch getötet. Schon mal davon gehört?«

»Nein, Sir.«

»Bist kein Geschichtsfreak, was, Duane?«

Duanes Gesichtsausdruck blieb stumpf: Wie ein Geschichtsfreak sah er nicht gerade aus.

»Na, jedenfalls, ich weiß jetzt aus sicheren Quellen, dass

ein junger Journalist aus Oklahoma beschlossen hat, ein Buch über dieses Ereignis zu schreiben. Du weißt schon, Duane, ›basierend auf einer wahren Geschichte‹, so ein Zeug.«

Duane nickte schwerfällig.

»Äh – und das ist etwas, das man sich mal ansehen sollte.«

»Soll ich ihn kaltmachen?«, wollte Duane wissen.

Interessante Frage. Die entscheidende Frage, und Duane war mit seiner Bauernschläue direkt zu ihr vorgedrungen. Man konnte sich dieses Jungen auf die harte Tour entledigen, ihn umbringen, damit alles so blieb, wie es war. Doch genau diese Tat konnte, nach dem Gesetz der ungewollten Konsequenzen, selbst zur Katastrophe führen – zu einer Untersuchung des Falls und dazu, dass Fragen gestellt wurden, die so lange Zeit niemand gestellt hatte.

»Nein, Duane, aber wir sollten es nicht ausschließen. Belassen wir es dabei. Du hältst mich darüber auf dem Laufenden, was passiert: mit wem er sich trifft, was er sie fragt, was er herausfindet. Vielleicht geht es dabei um Dokumente. Welche Dokumente? Du musst eventuell nur wenig tun, lediglich dafür sorgen, dass bestimmte Dokumente verschwinden. Die Sache könnte aber auch drastischere Gegenmaßnahmen erfordern. Falls es dazu kommt, hab ich genug Leute dafür. Aber aus Gründen, die du nicht kennen musst und von denen ich annehme, Duane, dass du sie ohnehin nicht verstehst, ist es wichtig, dass dieser Junge sehr wenig in Erfahrung bringt und sein Buch nicht geschrieben wird. Hast du mich verstanden?«

»Ja, Sir.«

Red betrachtete den armen Duane. Er fühlte sich wie ein General, der einen Pfadfinder gegen die deutsche Armee ins Feld schickte. Er hatte wesentlich bessere Leute. Er unterhielt Connections zu ehemaligen CIA-Agenten, ehemaligen Green Berets, zu Leuten mit langjähriger Erfahrung in der Unterwelt – extrem kompetenten, aggressiven, erfahrenen Profis. Aber sie waren alle Außenseiter und hatten nicht die leiseste Ahnung von dieser kleinen, engen Welt namens Blue Eye, also wären sie dort gewaltig aufgefallen. Duane, der brutalste und soziopathischste der Hilfssheriffs von Vernon Tell, war zudem noch der korrupteste; man brachte ihm keine besondere Aufmerksamkeit, dafür aber viel Respekt entgegen. Also musste es Duane machen; Duane, der sorgfältig kontrolliert und gelenkt wurde, Duane, der die Chance seines Lebens bekam, und Duane, der, wenn man ihn richtig einsetzte, zu allem fähig war.

»Duane, ich habe hier eine Liste von Leuten, die dieser Junge aller Wahrscheinlichkeit nach befragen wird, und von Büros, die er vermutlich aufsucht. Die wirst du überwachen. Und hier ist eine 800er-Nummer. Du kannst sie gratis von jedem Telefon in den USA anrufen, aber ich werde dir ein sicheres Handy besorgen, in das sie eingespeichert ist, damit du nur noch auf einen Knopf drücken musst. Ich will jeden Tag einen ausführlichen Bericht. Dann bekommst du von mir weitere Anweisungen. Hast du verstanden?«

»Ja, Sir«, antwortete Duane. »Aber ich hab gehört, dass man diese Handys ganz einfach verwanzen kann. Die FBI-Leute machen das ständig.«

Ein gutes Argument. Red war beeindruckt.

»Nein, dieses ist in beide Richtungen sicher und kann ohne Auslesen der verschlüsselten Voreinstellungen und den dazugehörigen Algorithmus nicht abgehört werden. Was sie tun können, ist die Herausgabe der Verbindungsdaten verlangen, damit sie herausfinden, wer mit wem gesprochen hat. Aber ich nehme nicht an, dass die Handyfirma mit ihnen kooperieren wird, jedenfalls in den nächsten Jahren nicht.«

»Warum?«, wollte Duane wissen.

»Weil sie mir gehört«, meinte Red. »Hör zu, Duane, geh feinfühlig vor. Verhalt dich nicht wie ein Rüpel. Man sagt dir nach, du hättest Charme. Kannst du ein Kumpeltyp sein, einer, der mitlacht, einer, der dazugehört? Das ist die Seite von dir, die du in dieser ersten Phase an den Tag legen solltest.«

»Ja, Sir.«

»Du musst jetzt gehen. Ich hänge bei meinem Zeitplan hinterher«, sagte Red Bama mit einem Blick auf seine Rolex. »Und ich will's gern rechtzeitig zum Fußballspiel meines Sohns schaffen.«

# KAPITEL 11

In der zweiten Hälfte des 19. Jahrhunderts galt es für bewaffnete Männer nicht als unüblich, nach Fort Smith, Arkansas, zu reiten, diese derbe, umtriebige Stadt, die sich an die Stelle schmiegte, an der die Flüsse Arkansas und Poteau aufeinandertrafen. Im Jahr 1817 gegründet, wohnten 1875 bereits 30.000 Menschen dort. Fort Smith lag am Schluss des langen Tals zwischen Ozark und den Ouachita Mountains, an der Grenze zwischen Arkansas und dem, was man in jenen Tagen als Indianergebiet bezeichnete und heute Oklahoma nennt.

Damals trug die Stadt den Spitznamen ›die Hölle an der Grenze‹. Fort Smith bildete das Tor in den wilden und ungezähmten Westen. In jenen Tagen versuchte die Zivilisation mit aller Macht, den Gesetzlosen ihren Willen aufzuzwingen, und die Vollstrecker waren die bundesstaatlichen Hilfssheriffs des Henker-Richters Isaiah J. Parker. In der Zeit zwischen 1875 und 1896 schickte der Richter seine Männer ins Indianergebiet, um das Gesetz zu vollstrecken. Sie waren alle vom gleichen Schlag: hartgesotten, die Augen zu Schlitzen zusammengekniffen, außerordentlich praktisch veranlagt und ohne viel Interesse an den größeren Zusammenhängen. Sie alle konnten schießen; sie alle waren bereit, ihre Waffe jederzeit einzusetzen.

Zwei Jahrzehnte lang galt Fort Smith als die Stadt mit den weltweit meisten Schießereien. Die Oberen schickten ihre Männer los, um die Desperados und Gesetzlosen zurückzuholen, die die Indianergebiete durchstreiften. 65 der Marshals wurden in Ausübung ihrer Pflicht getötet. Von den 172 Männern, die sie lebend zurückbrachten, wurden 88 vom Richter gehängt. Niemand weiß, wie viele Outlaws im Indianergebiet durch die Hände der Hilfssheriffs starben. In jenen Tagen schien niemand es für nötig zu halten, solche Fakten schriftlich festzuhalten.

Heute hat sich all das natürlich geändert: Es gibt keine

Revolverhelden, keine Bordelle und keine unbeugsamen Richter mehr. Stattdessen wirkt die zweitgrößte Stadt von Arkansas ein wenig angestaubt. Ihre Innenstadt, einst das am höchsten entwickelte städtische Durchgangsgebiet westlich des Mississippi und östlich von Denver, hat harte und karge Zeiten durchgemacht, weil der Trubel sich in die Vorstädte verlagert hat – dorthin, wo die großen Einkaufszentren und Supermärkte anzutreffen sind. Das Stadtbild wird von zwei großen Getreidesilos dominiert. Die Stadtväter haben mutig versucht, an den Ruhm vergangener Tage anzuknüpfen und ihn wieder aufleben zu lassen.

Das alte Fort, Parkers Gerichtsgebäude, ein Bordell namens Miss Laura's sowie viele schöne viktorianische Villen im stattlichen Belle Grove District hat man zwischenzeitlich restauriert. Doch das kann nicht über die Tatsache hinwegtäuschen, dass sich der Kern des historischen Geschehens an andere Orte verlagert hat. Heute weist die stattlich breite Garrison Street, die an die Tage erinnert, in denen die Stadt ein Armeeposten gewesen ist, den man dort errichtet hat, um die Cherokee und die Osage von einem Stammeskrieg abzuhalten, das Aussehen eines schönen Mundes auf, der durch eine Zahnfleischentzündung zu viele Zähne verloren hat. Das bekannteste Wahrzeichen der Innenstadt ist tatsächlich das Holiday Inn an der Rogers Avenue, eine Nachahmung eines Hyatt-Hotels mit einer neun Stockwerke hohen Vorhalle und einer Disco, die lauten, schlechten Rock in die Nacht hinausplärrt. Es befindet sich zum Teil im Besitz der Bama-Firmengruppe.

Die Männer, die heute aus Indianergebieten nach Fort Smith kommen, sind in den wenigsten Fällen Bundesmarshalls oder Revolverhelden. Doch immer noch befinden sich manche von ihnen auf einer Mission, und manche haben zusammengekniffene Augen, sind hartgesotten und praktisch veranlagt. Zu ihnen gehört auch Bob Lee Swagger, der in Begleitung seines neuen, jungen Partners Russ Pewtie, gerade in Bobs grünem Pick-up-Truck in östlicher Richtung auf der US 40 entlangfuhr. Kurz vor der Abenddämmerung erreichten sie die Stadt. Die Straßenlaternen wurden eingeschaltet, während sie sich ihr durch das sanft gewellte Land von Sequoyah County, Oklahoma, näherten, doch sie konnten den Arkansas River zu ihrer Rechten nicht sehen. Breit, flach und unsichtbar lag er hinter einer Baumreihe verborgen.

»Sehen Sie«, sagte Russ gerade. Der Ordner mit den alten Artikeln aus dem Jahr 1955 lag auf seinem Schoß. »Das zeigt nur, wie mies die Zeitungen damals gewesen sind. Wir sind heute *viel* besser«, beharrte er. Doch Bob grunzte nur unbestimmt.

»Diese Berichte«, behauptete Russ, »die erzählen einem einfach nicht genug. Kein Reporter ist je wirklich an diesen Orten *gewesen,* die haben einfach den Polizeibericht genommen und ihn abgedruckt. Mein Gott, mir fallen *Hunderte* Fragen ein, auf die ich da eine Antwort finden müsste. Wie sind Jimmy und Bub den ganzen Weg von Fort Smith bis nach Blue Eye gekommen, mitten durch die größte Rasterfahndung in der Geschichte von Arkansas? Wie konnten sie dann einfach mit Ihrem Vater *zusammenstoßen?* Ist das Zufall? Und über diese Fragen wird hier überhaupt nicht spekuliert. Und dann gibt es noch die größte Frage von allen: *warum?* Warum ist Jimmy Pye am Morgen seines ersten Tags in Freiheit nach 90 Tagen im Gefängnis losgezogen, um dieses Ding zu drehen, und warum hat der arme Bub ohne jegliche Vorstrafen da mitgemacht? Und diese Stelle hier – sie haben bei einem Drive-in gehalten, einen Burger gegessen und mit der Kellnerin geflirtet? Was hat *das* denn zu bedeuten? Das klingt nach jemandem, der möchte, dass die Welt ihn für cool hält. Außerdem, warum ...«

»Sagen Sie mal, Sie hören sich gerne reden, oder?«, unterbrach ihn Bob.

»Also ...«

»Ist nicht so, dass *ich* nicht auch schon darüber nachgedacht hätte, wissen Sie.«

»In Ordnung«, erwiderte Russ. »Das ist eine meiner am

wenigsten liebenswerten Eigenschaften. Ich bin ein Plappermaul. Ich kann den Mund nicht halten. Ich löse Probleme nicht durch Grübeln, sondern indem ich über sie quatsche. Und Sie sind der einzig wahre Wyatt Earp und müssen mit mir vorliebnehmen.«

»Junge, ich bin kein Wyatt Earp. Ich bin nur ein ramponierter, alter Marine, der sich anstrengt, trocken zu bleiben.«

Russ sagte nichts. Im Dämmerlicht sah Swaggers Gesicht aus, als sei es aus Flintstein gemeißelt; sein Blick verriet nichts. Er hatte seit Stunden kein Wort gesagt, und doch fuhr er mit der perfekten, gewandten Anmut eines Rennfahrers. Er scherte mit dem Truck aus und reihte ihn wieder ein, so sanft und unauffällig, wie es nur ging, wobei er sich kaum zu bewegen schien. Er war der *stillste* Mann, den Russ je erlebt hatte; es schien keinen Mann zu geben, dem es gleichgültiger war, was die Welt von ihm hielt.

»Ich habe mir einen Plan ausgedacht«, sagte Russ. »Ich möchte die Recherche schlüssig und methodisch angehen. Ich weiß, wo wir anfangen werden und ...«

»Der Plan«, sagte Bob, »ist, dass wir ein paar Lebensmittel einkaufen gehen.«

Es war Nacht, als sie ankamen, aber der Laden hatte immer noch geöffnet. Der Laden mochte einmal das Flaggschiff einer nationalen Handelskette gewesen sein, doch diese Auszeichnung war schon seit Langem verblasst. Wenn man genau hinsah, konnte man allerdings im Neonlicht noch die Umrisse der Buchstaben IGA auf dem großen Schild erkennen, von dem man sie entfernt hatte. Jetzt stand dort einfach ›Smitty's‹, handgemalt auf Sperrholz, auf halber Höhe der Balken angenagelt, an denen das alte Schild hing. Die Adresse lautete nach wie vor 222 Midland Boulevard.

Braunes Licht, in dem eine Wolke von Insekten schwirrte, strahlte von den Lichtmasten herab, die man dort zur Abschreckung von Kriminellen aufgestellt hatte. Der Laden wirkte abweisend, sogar ein wenig verrucht. Durch die großen

Fenster konnte Russ ein paar Einkaufende sehen, die zwischen spärlichen, mit Gerümpel vollgestopften Regalen umhereilten. Ihm fiel auf, dass sich die Nachbarschaft in den letzten 40 Jahren verändert hatte: Jeder, den er im Laden sah, jeder, der das Geschäft betrat oder verließ, war schwarz oder asiatisch oder hispanisch.

»Also«, meinte Bob. »Sie sind Schriftsteller. Sie sind für die Kopfarbeit zuständig. Sagen Sie's mir: Warum gerade hier?«

»Hm?«, machte Russ.

»Fangen Sie von vorne an. An dem Tag damals fing alles an diesem Lebensmittelladen an, etwa um elf Uhr morgens. Also: Verraten Sie mir, warum.«

»Ich?«

»Ja, Sie.«

»Äh, vielleicht sind sie einfach gerade dran vorbeigekommen. Sie waren ...«

»Russ, die hatten ein Auto gestohlen und irgendwie zwei Waffen und Munition aufgetrieben. Sie hatten beschlossen, ein Geschäft zu überfallen. Also, wenn sie schon sich all diese Mühe gemacht haben, glauben Sie, dass die dann einfach blind da reinspazieren? In den erstbesten Laden, der ihnen vor die Augen kommt? Das Gefängnis ist in der Stadt. Blue Eye befindet sich in der anderen Richtung, im Süden. Warum sollten sie also ausgerechnet nach Norden fahren, zu diesem Laden?«

»Ääh.« Russ hatte keine Antwort darauf. Ihn erstaunte allerdings, dass sich Bob offenbar viel intensiver als von ihm erwartet mit den Hintergründen beschäftigt hatte – überraschend für einen Mann, der so weit von formaler Intellektualität entfernt zu sein schien, wie er es sich nur vorstellen konnte.

»Betrachten Sie es als ein militärisches Problem. Was ist es, das genau *diesen* Supermarkt zu einem geeigneten Zielobjekt macht?«

Russ blickte nervös umher. Sie befanden sich auf einem langen, gerade verlaufenden Stück Straße, ein Hauptzubringer in die Stadt aus Richtung Norden, doch jetzt kam es ihm hier trostlos vor; drei, vier Meilen von der eigentlichen Innenstadt entfernt. Es gab nicht viel zu sehen. Einen schnurgeraden Asphaltstreifen in beide Richtungen, Bäume, ein Industriegebiet voller Bars, Autohändler und heruntergekommener Einzelhandelsgeschäfte. Dann und wann fuhren Autos an ihnen vorbei, allerdings nicht viele.

»Ich sehe überhaupt nichts«, gab er zu.

»Betrachten Sie es mal so«, sagte Bob. »Es gab 1955 noch zwei *andere* große Lebensmittelläden in Fort Smith: Peerson Brothers an der South 31st Street und Hillcrest Food Market an der Courtland in Hillcrest. Möchten Sie da hinfahren und sich mit den Unterschieden beschäftigen?«

»Ähm«, sagte Russ. Dann fragte er: »Sehen Sie denn was?«

»Ich bin ja nicht auf einem College gewesen oder so was«, erwiderte Bob. »Was weiß ich schon?«

»Aber Sie sehen was?«

»Eine Kleinigkeit.«

»Und zwar?«

Bob blickte links und rechts die Straße hinab.

»Na ja, ich bin kein bewaffneter Räuber. Aber wenn ich ein bewaffneter Räuber *wäre,* dann würde ich mir am meisten Sorgen darüber machen, dass vielleicht ein Polizist vorbeikommt, während ich drin bin, noch bevor überhaupt jemand Alarm gegeben hat.«

Russ nickte. Das erschien ihm logisch.

»Also, was ist anders an *diesem* Häuserblock?«

»Aaaah«, machte Russ und wurde sich seiner Begriffsstutzigkeit bewusst.

»Es ist eine lang gezogene Strecke. Wenn Sie auf die Karte gucken, werden Sie sehen, dass sie sogar ungewöhnlich lang ist. Schauen Sie: keine Seitenstraßen, und in jeder Richtung noch ein ganzes Stück weit keine Ampel.«

Russ sah genauer hin. Tatsächlich: Erst in einiger Distanz bemerkte er in jeder Richtung eine Ampel, die eine grün, die andere rot.

»Wenn Sie sich also in jede Richtung umsehen und wissen, dass kein Polizeiauto unterwegs ist, bleibt Ihnen ungefähr eine Minute, um rein- und wieder rauszurennen, und Sie können ganz sicher sein, dass sich währenddessen kein Cop anschleicht. Tatsächlich *ist* ein Cop vorbeigekommen, aber da sind die Jungs schon draußen gewesen und Jimmy Pye blieb jede Menge Zeit für einen gut gezielten Schuss. Dieser Polizist hatte keine Chance.«

»Wow«, entfuhr es Russ. Dann fügte er hinzu: »Jimmy war schlau. Er hat nicht einfach improvisiert, sondern alles genau geplant. Das ergibt Sinn. Sein Sohn ist auch sehr schlau gewesen. Lamar ging sehr, sehr clever bei der Vorbereitung seiner Coups vor, und er wusste stets, was zu tun war. Das hat er wohl von seinem alten Herrn geerbt.«

»Ja ja, ein richtiges Genie«, gab Bob zurück. »Aber wie hätte er das alles auskundschaften sollen, wenn er seit drei Monaten im Knast hockte?«

»Ähhh ...« Russ ließ ein wenig Luft aus seiner Lunge ab, aber in seinem Hirn formten sich keine Worte.

»Und jetzt denken wir mal über etwas anderes nach: die Waffen. In sämtlichen Zeitungen stand, dass Bub die Waffen mitgebracht hat. Es sei ein Coup geplant gewesen, Bub habe sich um die Pistolen und jede Menge Munition gekümmert, sodass sie direkt loslegen konnten.«

»Genau.«

»Aber Jimmy besaß einen Colt .38 Super – das ist keine gewöhnliche Pistole, sondern eine ziemlich spezielle, von der nur sehr wenige Exemplare hergestellt wurden. Ich möchte liebend gern rausfinden, wo diese Waffe herkam. Die .38 Super hat sich am Markt nie richtig durchgesetzt; sie wurde 1929 von Colt und Winchester für die Strafverfolgungsbehörden erfunden, um Wagentüren und kugelsichere Westen durchdringen zu können. Aber ein paar Jahre später kam die 357er Magnum und konnte alles, was sie konnte, nur besser. Also kam die Super einfach irgendwie aus der Mode.

Dieser Colt war keine gewöhnliche Straßenknarre, die sich so ein kleiner Fisch wie Bub problemlos besorgen konnte. Auch keine Jagdpistole. Er war nie präzise genug, um als Sportwaffe eingesetzt zu werden. Das Kaliber stammt auch nicht aus dem 19. Jahrhundert, so wie, sagen wir mal, eine .38-40 oder eine .32-20, die vielleicht 60 Jahre lang auf irgendeiner Farm herumlag. Nein, diese Waffe gab es erst in den 80ern, als die Jungs von der International Practical Shooting Confederation anfingen, die Ladung zu verändern, um sie in der Wertungsklasse Major einsetzen zu können. Aber Sie können mir glauben, 1955 war das nichts, über das man einfach so stolpern konnte.

Man hätte sich also die Frage stellen müssen, woher dieses Teil aus heiterem Himmel auftauchte. Es ist eine professionelle Waffe mit wirklich guter Geschwindigkeit, neun Schüsse im Magazin, schießt sich leicht. Für einen Polizisten oder einen bewaffneten Räuber genau das Richtige. Woher hat Jimmy das gewusst? War er ein Waffennarr? Kannte er sich mit Waffen aus? War er Jäger, ein Mitglied der NRA, abonnierte er das *Guns*-Magazin? Wie kam er an die genau *richtige* Waffe für diese Art von Job?«

»Äh ...«, machte Russ nur.

»Und wo hat Bub sie aufgetrieben?«

»Gestohlen, schätze ich«, mutmaßte Russ.

»Sie schätzen, richtig. Aber niemand hat sie je als gestohlen gemeldet, nicht soweit ich weiß. Was sagt uns das?«

»Ähm«, machte Russ wieder und wusste nicht genau, was er sagen sollte.

»Es sagt uns, dass da jemand am Werk gewesen ist, der genau wusste, was er tut.«

Russ erwiderte: »Sag ich doch, Jimmy war schlau, genau wie sein Junge Lamar.«

»Nicht *so* schlau«, erwiderte Bob nur.

*Wo soll das alles hinführen? Worauf will dieser Kerl hinaus?,* fragte sich Russ.

Am nächsten Morgen nahmen sie den neuen Harry Etheridge Parkway in Richtung von Bobs Heimatstadt. Eine merkwürdige Erfahrung: Die Straße hatte bei seinem Abschied aus Blue Eye vor drei Jahren, einer gefühlten Ewigkeit, noch gar nicht existiert. Jetzt erschien sie ihm so beständig, dass er sich gar nicht mehr vorstellen konnte, dass sie einmal nicht hier gewesen wären – diese vier breiten Spuren aus Weißzement, die im Sonnenlicht glitzerten. Auf der Straße herrschte allerdings so gut wie kein Verkehr. Wer fuhr schon von Blue Eye nach Fort Smith und zurück? Als touristisches Ziel ließ Blue Eye bislang doch einiges zu wünschen übrig.

Er fand es seltsam, beinahe verwirrend. Er war täglich zu Fuß durch diese Hügel und Berge gestreift in den sieben Jahren, in denen er allein mit seinem Hund Mike in einem Wohnwagen auf einem Berg gelebt und den Rest der Welt einfach ausgeblendet hatte. Er kannte sie aus einem Dutzend Perspektiven, all ihre Trampelpfade und Serpentinen, ihre Flanken und Abkürzungen, die kleinen Geheimnisse des Geländes, die man keiner Karte entnehmen konnte. Doch als sie sich ihnen aus diesem Blickwinkel näherten, erschlossen sich ihm bislang unbekannte Einblicke. Die Autobahn schien die Berge selbst zu verändern, sie auf eine neue Art und Weise anzuordnen. Das beunruhigte ihn und machte ihm bewusst, dass es ein Fehler gewesen war, in der Annahme zurückzukehren, dass sich nichts verändert hatte. Schließlich veränderten sich die Dinge stets und mussten dann neu erlernt werden.

Ein Teil von ihm hasste diese verdammte Straße. Wozu zur Hölle sollte sie überhaupt gut sein? Die Leute sagten, dass Boss Harry Etheridge nie vergessen habe, dass er aus Polk County stammte, und er den Leuten in seiner Heimat etwas zurückgeben wollte, ihnen eine Chance geben wollte, ins 20. Jahrhundert einzusteigen. Sie sagten, dass sein Sohn Hollis, als er im Senat gesessen habe, bevor er dann Präsidentschaftskandidat wurde, seinem Vater ein Denkmal habe setzen wollen. Sie sagten, dass all die Politiker und Geschäftsleute sich auf Kosten der Regierung den Bauch vollschlagen wollten – ein weiterer Grund, weshalb so viele Leute die Straße *Porkway* statt Parkway nannten. Doch im Prinzip handelte es sich um eine Auszeichnung für die Liebe eines Vaters zu seiner Heimat und für die Liebe eines Sohnes zu seinem Vater.

»Dieser Etheridge«, fragte Russ, »ist das der Gleiche, der sich als Präsident bewirbt? Der, der bei allen Vorwahlen Dritter geworden ist?«

»Gleiche Familie«, antwortete Bob. »Der Vater ist ein großes Tier im Kongress gewesen. Der Sohn hat für zwei Amtszeiten den Posten eines Senators bekleidet. Der stattlichste Kerl, den man sich vorstellen kann. Er glaubt, dass er das Zeug zum Präsidenten hat.«

»Dazu braucht man mehr als gutes Aussehen«, gab Russ zurück.

»Mmh«, grunzte Bob, der keine Meinung zu politischen Themen hatte, auch nicht zu Hollis Etheridge, der sich immer nur dann zu Arkansas bekannte, wenn es ihm politisch in den Kram passte. Er war in Washington aufgewachsen und dann und wann zu symbolischen Ausflügen mit seinem Vater zurückgekehrt, während er die Law School in Harvard besuchte. Seine Bekanntheit in Arkansas beschränkte sich auf seinen Namen. In seinen zwei Amtszeiten im Senat hatte er sich durch Regeltreue, Farblosigkeit, Festhalten an der Parteilinie, Gerüchte über seine extravagante Neigung zum Ehebruch (und wenn man seine Frau sah, wusste man auch, warum) sowie durch eine überdurchschnittliche Bereitschaft ausgezeichnet, Gelder für die staatsweite politische Maschinerie abzuzweigen, die ihm zu seinem Amt verholfen hatte.

Wie dem auch sei: Die Straße, die er gebaut hatte, brachte Bob und Russ in weniger als einer Stunde an ihr Ziel, während es über die alte, gewundene Route 71 eine fast dreistündige Fahrt gewesen wäre.

»Das ist mal eine höllisch gute Straße«, sagte Russ. »So

was haben wir in Oklahoma nicht. Schade, dass sie eigentlich nach Nirgendwo führt.«

Am Ende der Strecke kam eine futuristische Abfahrtsrampe zum Vorschein, die sich schnittig und schnell nach unten wand – ehe man das ramponierte, alte Blue Eye erreichte. Die Rampe brachte sie schnurstracks in den Einflussbereich der Fast-Food-Läden: McDonald's und Burger King, aber auch ein paar unbekanntere regionale Varianten. Bob bemerkte, dass es einen neuen Laden namens Sonic gab, ein klassischer Drive-in im Stil der 50er-Jahre, vor dem Wimpel im Wind flatterten. Ganz offensichtlich ein Hotdog-Laden, aber davon abgesehen machte er nicht den Eindruck, dass das Geschäft besonders gut lief.

Der Walmart war auf die andere Straßenseite gewandert und zu einem Walmart Super Saver umfunktioniert worden, was auch immer zur Hölle das sein mochte. Er sah aus wie eine Art flaches Raumschiff, das in der Mitte eines Parkplatzes zur Landung angesetzt hatte. Ein paar Blocks weiter gelangten sie zum alten, schäbigen, einstöckigen Rathaus, und auf der anderen Seite des Platzes standen die kümmerlichen Überreste des alten Gerichtsgebäudes, das 1994 abgebrannt war. Man hatte es vorläufig eingeebnet und zementiert, bis jemandem einfiel, was man mit dem Grundstück anfangen sollte. Irgendein Held der Konföderierten stand von Taubenscheiße und Graffiti bedeckt in der Mitte des Platzes und salutierte in Richtung der Baulücke, in der sich einmal das Gerichtshaus befunden hatte. Bob konnte sich nicht mehr an den Namen des Rebellen erinnern, falls er ihn überhaupt je gekannt hatte.

Noch weiter ab vom Schuss traf man auf die altbekannte schmuddlige Ansammlung von Läden: Ein-Dollar-Shops und Bekleidungsgeschäfte für Männer und Frauen, doch der Walmart hatte ihnen das Leben ausgesaugt. Ein Schönheitssalon, ein Laden für Sportbedarf, das dahinsiechende Büro eines Steuerberaters. Und zur Linken ein Ärztehaus, in dem zwei Allgemeinmediziner, zwei Zahnärzte und ein Chiropraktiker ihre Praxen unterhielten, außerdem ein ortsbekannter Rechtsanwalt.

»Hier fangen wir an«, sagte Bob. »Schön, diesen alten Hund wiederzusehen. Hoffe, er hat seinen Jagdinstinkt noch nicht verloren.«

»Ist das der große Sam?«, erkundigte sich Russ.

»Ja, das ist er. Viele halten ihn für den klügsten Mann im gesamten Landkreis. Sam Vincent hat hier fast 30 Jahre lang den Staatsanwalt gegeben. Damals nannte man ihn Stromschlag-Sam, weil er 23 Männer auf den Stuhl geschickt hat. Er kannte meinen Daddy. Ich glaube, er hat 1955 als beisitzender Staatsanwalt für Polk County gearbeitet. Warten wir mal, was er zu sagen hat. Überlassen Sie mir das Reden.«

»Er muss über 80 sein!«

»Er ist jetzt 86, glaube ich.«

»Sind Sie sicher, dass er überhaupt *da* ist? Er könnte auch in einem Seniorenheim sein oder so.«

»Oh, nein. Sam hat keinen Arbeitstag ausgelassen, seit er 1945 aus dem Krieg zurückgekehrt ist. Er wird hier sterben, glücklicher als die meisten Leute.«

Sie parkten und stiegen aus. Bob bückte sich, griff hinter den Sitz des Pick-ups und zog einen Pappkarton hervor. Dann führte er Russ eine dunkle Treppe zwischen Wally's Men's Store und Milady's Beauty Salon hinauf. An ihrem oberen Ende betraten sie einen klinisch wirkenden Gang, der Russ an irgendeinen Detektivfilm aus den 40ern erinnerte; er hätte schwarz-weiß sein sollen. Die Buchstaben auf dem undurchsichtigen Glas in einer der Türen lauteten: *SAM VINC NT – Rechts nwa t.*

Bob klopfte und trat ein.

Es gab ein Vorzimmer, aber keine Sekretärin. Überall lag Staub; auf einem Tisch zwischen zwei Stühlen für wartende Kunden warteten zwei Ausgaben des *Time Magazine* vom Juni 1981. Cher lächelte ihnen von einem der Cover entgegen.

»Wer zum Teufel ist da?«, dröhnte eine Stimme aus der Dunkelheit des Büroinneren.

»Sam, hier ist Bob Lee Swagger.«

»Wer zum Teufel sind Sie?«

Sie traten in die Dunkelheit und den feuchten Dunst. Nur nach und nach kamen die Umrisse des Sprechers zum Vorschein. Als Russ ihn endlich vollständig mit dem Blick erfasste, hatte er einen Mann vor sich, der aussah, als bestünde er aus vor einem Zaunpfahl aufgestapelten Futtersäcken. Alles an ihm versinnbildlichte den Zusammenbruch des Alten: die Falten in seinem hängebackigen Gesicht verliefen nach unten, unaufhaltsam hinabgezogen von der Schwerkraft, und sein alter, grauer Anzug hatte sowohl seine einstige Passform als auch seinen Glanz verloren. Vincents Zähne waren gelblich und die Augen verloren sich hinter flaschendicken Brillengläsern. Er wirkte barsch und ungepflegt. Seine knorrigen, alten Finger waren geschwärzt vom langjährigen Stopfen von Pfeifen und dem Laden von Schusswaffen. Ein mitgenommener Rehkopf hing über ihm an der Wand, daneben eine Art Stern an einem Bändchen und ein paar Diplome, bedeckt mit so viel Staub, dass Russ die Namen der Ausbildungsstätten nicht mehr entziffern konnte.

Seine schmalen Augen blinzelten.

»Wer zum Teufel sind Sie, Mister? Was haben Sie hier zu suchen?«

»Sam. Ich bin *Bob*. Bob Lee Swagger. Earls Sohn.«

»Earl. Nein, Earl ist nicht hier. Ist schon seit 40 Jahren tot. Irgendwelche weißen Hinterwäldler haben ihn umgebracht, der verdammt schlechteste Tag, den dieses County je erlebt hat. Nein, Earl ist nicht hier.«

»Mein Gott«, flüsterte Russ, »er hat den Verstand verloren.«

»Jungchen«, sagte Sam, »ich hab nichts verloren, was ich nicht schnell genug wiederfinde, um dir damit den dürren Arsch zu versohlen. Los jetzt, raus hier. *Raus hier!*«

Bob starrte ihn bloß an.

»Sam, ich ...«

»*Raus hier!* Was zur Hölle glauben Sie, wer Sie sind? Bob Lee Swagger?«

»Sam, ich *bin* Bob Lee Swagger.«

Der alte Mann kniff wieder die Augen zusammen und bedachte Bob mit einem prüfenden Blick.

»Bei Gott«, sagte er schließlich. »Bob Lee Swagger. *Bob,* gottverdammt, Sohn, es ist toll, dich zu sehen.«

Er kam um den Schreibtisch herum und nahm Bob kräftig in den Arm. Seine Gesichtszüge hatten sich aufgehellt und mit unverstellter Freude belebt.

»Du bist es wirklich, genau vor meiner Nase. Machst du Urlaub, Sohn? Hast du deine Frau mitgebracht? Und das kleine Mädchen?«

Es machte sie ein wenig verlegen, wie der alte Mann von einer Sekunde auf die andere wieder klar im Kopf wurde. Doch Bob tat so, als habe er es nicht bemerkt, während Russ einfach nur auf seine Füße hinabblickte.

»Sie ist gar nicht mehr so klein, Sam«, antwortete Bob. »Nicki ist ganz schön gewachsen. Nein, ich hab sie zu Hause gelassen. Das hier ist so eine Art Geschäftsreise.«

»Wer zum Teufel ist das?«, wollte Sam mit einem Blick auf Russ wissen. »Hast du etwa deinen verlorenen Sohn mitgebracht?«

»Er ist nicht mein Sohn«, erwiderte Bob, »er hat ’nen anderen Vater.«

»Mein Name ist Russ Pewtie«, sagte Russ und streckte eine Hand aus, die der alte Bussard beäugte wie ein Stück Aas und sie dann packte und zusammenquetschte. Gott, er hatte einen ganz schön festen Griff für so einen alten Knacker!

Bob sagte: »Das ist der geschäftliche Aspekt: Dieser junge Mann ist Journalist.«

»Oh, Herrgott«, gab Sam zurück. »Das letzte Mal, als die Leute über dich geschrieben haben, habe ich sie für dich verklagt und wir haben 35.000 herausgeschlagen.«

»Er sagt, er wird nicht über mich schreiben.«

»Wenn du das nicht schwarz auf weiß hast, dann lass es dir besser schnell geben, damit wir ihm die Hammelbeine langziehen können, wenn sein Buch veröffentlicht wird.«

»Es geht dabei nicht um Mr. Swagger«, sagte Russ. »Es geht um seinen Vater. Es geht um den 23. Juli 1955.«

»Oh, Gott«, murmelte Sam. »Das war der längste gottverdammte Tag, den ich je durchlebt habe, und da schließe ich den 6. Juni 1944 mit ein.«

»Ein schrecklicher Tag«, bestätigte Russ. Er versuchte, sein Projekt zu erklären, ohne seine persönliche Verbindung zu den Ereignissen zu erwähnen, aber Bob hatte diesen Vortrag bereits gehört und Sam schien er nicht sonderlich zu interessieren.

»Also, jedenfalls«, schloss er, als ihm klar wurde, dass er niemanden beeindruckt hatte und vom Pflaumenaroma des Tabakrauchs Kopfschmerzen bekam, »ist das der Grund, weswegen wir hier sind.«

»Tja, gottverdammt.« Sam stieß eine Rauchwolke aus, die im Raum umherwaberte und sich kräuselte. »Wahrscheinlich vergeht kein Tag, an dem ich mich nicht frage, warum es dazu kommen musste. So vielen guten Leuten hat es das Leben zerstört. An diesem Tag fing es auch an, mit deiner Mutter bergab zu gehen, glaube ich.«

»Das glaube ich auch«, bestätigte Bob.

»Und die arme Edie White. Edie White *Pye.* Ich vergesse immer, dass sie dieses Stück Dreck geheiratet hat. Auch ihr Niedergang hat damit begonnen. Neun Monate später bekommt sie ein Kind und ein Jahr später ist sie tot. Ich frag mich, was aus Jimmy Pyes Sohn geworden ist.«

»Er ist in die Fußstapfen seines Vaters getreten«, erklärte Russ. »Sie sind aus dem gleichen Holz geschnitzt.«

»Das bezweifle ich nicht. Also, was wollen Sie von mir?«

»Nun, Sir«, sagte Russ. »Ich plane, das, was an diesem Tag geschehen ist, in einer Art dramatischer Erzählung nachzubilden. Aber wie Sie wissen, hat es 1994 ein Feuer gegeben und das alte Gerichtsgebäude ist abgebrannt. Dort wurden sämtliche Dokumente aufbewahrt.«

»Ich habe nichts, soweit ich weiß. Vielleicht den ein oder anderen Fetzen.«

»Und war das, was in den Zeitungen stand, zutreffend?«, wollte Russ wissen, während er mit einem kleinen Kassettenrekorder hantierte. Sam beäugte das kleine Gerät argwöhnisch.

»Bob, bist du damit einverstanden? Lässt du diesen Jungen Fragen stellen, weil du selbst auch die Antworten hören willst?«

»Er sagt, es könnte ein wichtiges Buch werden.«

»Na ja, ich hab genug Bücher gelesen, um zu wissen, dass mir keins davon auch nur einen Klumpen Rotz und ein paar Sägespäne wert ist. Aber nur zu, junger Mann. Sie stellen die Fragen, und wenn ich dabei nicht einschlafe, beantworte ich sie.«

»Danke«, erwiderte Russ. »Ich wollte wissen: Haben die Zeitungen es richtig dargestellt? In ihren Berichten?«

»Da konnte man nicht viel falsch machen«, sagte Sam. »In meinem Metier bekommt man viele Tatorte zu sehen. Oh, ich bin dem Tod in Badezimmern und Küchen und Kellern, in Swimmingpools und sogar auf Plumpsklos begegnet, und manchmal gibt es da Rätsel zu lösen, meistens aber nicht. Rätsel sind was für Romane. Im wahren Leben sieht man sich die Leichen und die Patronenhülsen und die Blutspuren an, oder man nimmt sich das Messer und das Muster der Blutspritzer und die Fingerabdrücke vor, und diese Sachen lügen nicht. Die verraten einem alles, was man wissen muss, oder doch zumindest, wer es getan hat. In diesem Fall war es ziemlich klar. Die andere Frage, die sich stellt: Warum ist es passiert? Das dürfte etwas sein, das niemand je wirklich weiß.«

»Gibt es irgendwo Aufzeichnungen über die verschiedenen Bewegungen an diesem Tag? Ich meine, wie und wann Jim und Bub hierhergekommen sind und wieso Earl mit ihnen in diesem Maisfeld zusammenstoßen konnte?«

»Nein, Sir. Wie ich schon sagte, das Geschehen hat sich

von selbst erklärt. Keine andere Information schien wirklich von Belang.«

»Wurde die Angelegenheit auf irgendeine Art gerichtlich weiterverfolgt?«

»Bei gesetzwidrigen Tötungen, bei denen es keine Überlebenden gibt, überlässt der Staat Arkansas es dem Leichenbeschauer, eine Untersuchung einzuleiten. Ich habe den Staat vertreten, und alle waren mit dem Ergebnis einverstanden: Der Tod von Earl Swagger beruhte auf Mord ersten Grades, die Tode von Jimmy Pye und Bub Pye auf einer gerechtfertigten Tötung durch einen vereidigten Polizeibeamten im Rahmen seiner gesetzlichen Pflichtausübung. So wurde es auch in den Akten festgehalten.«

»Würde es sich lohnen, diese Akte aufzustöbern?«

»Für Ihre Zwecke wahrscheinlich nicht, obwohl ich wetten möchte, dass ich davon eine Kopie zu Hause habe. Sie enthielt ein Diagramm mit den Positionen der Leichen, eine Liste der aufgefundenen Beweisstücke, die Aussage des ersten Beamten am Tatort – das ist alles. Aber ich kann sie für Sie heraussuchen.«

»Das wäre sehr hilfreich. Während ich mich damit befasse, würde ich gern noch Material aus vier anderen Bereichen beschaffen«, sagte Russ, der in seinen Notizen blätterte und sich bemühte, wichtig zu klingen. »Zeugen. Im Idealfall mit den ersten Leuten, die am Tatort eingetroffen sind, *sprechen.* Dann Verwandte aller Betroffenen, also Jimmy und Bub. Als Nächstes dann Darstellungen aus zweiter Hand. Die Berichterstattung in den Medien, aber möglicherweise gab es noch andere Darstellungen, zum Beispiel in True-Crime-Magazinen. Natürlich sollten wir auch den Tatort selbst aufsuchen, meinen Sie nicht, Mr. Swagger?«

»Ha«, sagte Sam. »Den Tatort selbst aufsuchen. Ich glaube, der berühmte Harry Etheridge Memorial Porkway hat ihn unter etwa einer Tonne Beton begraben, zum Andenken an den großartigsten Mann, den Polk County je hervorgebracht hat. Sohn, Sie suchen nach einer Vergangenheit, die kaum existiert. Es gibt keine Pyes mehr in Polk County. Ich erinnere mich vage, dass Jimmys Vater, Lannie, einen Bruder in Oklahoma hatte.«

»In Anadarko«, erwiderte Russ. »Er ist 1970 von Unbekannten ermordet worden.«

»Miss Connie Longacre kannte Edie am besten. Aber sie hat die Stadt verlassen, nachdem Edie starb, und das Kind kam zu irgendwelchen Verwandten der Pyes. Sie versuchte, selbst das Sorgerecht für das Baby zugesprochen zu bekommen, aber man sagte ihr, sie sei zu alt. Das ist 1956 gewesen, glaub ich.«

»Hat es eine Autopsie gegeben?«, fragte Bob.

»Hat es«, antwortete Sam. »Das ist staatliche Vorschrift bei gesetzwidrigen Tötungen. Aber die ganzen Unterlagen sind bei dem Feuer im Gerichtsgebäude verbrannt.«

Bob nickte und grübelte über diese Information nach.

»Ein langer und schrecklicher Tag«, sinnierte Sam. »Ich habe es immer für eine Tragödie gehalten, dass diese Republik keine Männer vom Kaliber Earl Swaggers mehr hervorbringt. Ich hab das schon oft zu dir gesagt, Bob Lee. Auf seine stille Art ist er ein großer Mann gewesen.«

»Er hat seine Pflicht getan«, gab Bob zurück, »und das mehr als genug.«

»Zum Glück hat es in Polk County seitdem nicht noch einmal so einen Tag gegeben. Vier Tote. Das hat die Gemeinde für viele Jahre gezeichnet. An manchen Orten ist der Schmerz noch gar nicht ...«

»Entschuldigen Sie«, unterbrach ihn Russ, »Sie meinen sicher drei Tote. Oder zählen Sie die Opfer in Fort Smith mit? Dann wären es *sieben* Tote. Nur ein kleiner ...«

»Junger Mann, wo sind Sie aufs College gegangen?«

»Äh, Princeton, Sir.«

»Haben Sie Ihren Abschluss gemacht?«

»Ähm, nein. Ich ... nun, ich bin nach zwei Jahren abgegangen. Aber ich werde eventuell dorthin zurückgehen.«

»Tja, egal. Jedenfalls, Princeton? Nun, wenn Sie da hoch

klettern und den Staub von diesem alten Bilderrahmen pusten« – er deutete an die Wand – »dann würden Sie sehen, dass der alte Sam Vincent, dieser Landeier-Anwalt aus Hicksville, Arkansas, dass er *ebenfalls* auf die Princeton University gegangen ist! Und wenn Sie den Staub von dem *anderen* Rahmen pusten, sehen Sie, dass er zur Yale Law School gegangen ist. Und auch, wenn er alt ist, ist er nicht so unterbelichtet, wie Sie zu glauben scheinen, zumindest an guten Tagen. Und wenn er vier *sagt,* dann *meint* er auch vier, gottverflucht noch eins.«

Das brachte Russ zum Verstummen.

»Tut mir leid«, meinte er schließlich. »Ich wollte nicht respektlos sein. Aber wer war der vierte Tote?«

»Earls letzter Fall. Ein armes Mädchen namens Shirelle Parker. Ein Negerkind, 15 Jahre alt. Sie wurde draußen in den Ouachitas vergewaltigt und totgeprügelt, und es war Earl, der sie genau an diesem Morgen fand und die erste Meldung machte. Mir kam dieser Fall wie seine wichtigste Hinterlassenschaft vor, daher habe ich ihn mit besonderem Pflichtbewusstsein weiterverfolgt. Glücklicherweise war der Sachverhalt ähnlich eindeutig. Auch hier wurde der Gerechtigkeit genüge getan.«

»Ich glaube, ich erinnere mich«, sagte Bob. »So ein Negerjunge. Wurde er nicht ...«

»In der Tat, er kam auf den elektrischen Stuhl. Ich habe ihn 1957 oben im Staatsgefängnis in Tucker sterben sehen. Reggie Gerard Fuller. Eine schreckliche Tragödie.«

»Werden Sie darüber auch in Ihrem Buch schreiben?«, fragte Bob.

»Ich weiß nicht … Es ist doch sehr seltsam, oder nicht?«

»Earl verbrachte den Morgen da draußen. Vermutlich dachte er immer noch über diesen Fall nach, als er mit Jimmy und Bub zusammenstieß, und sicher konnten sie ihn deshalb überrumpeln.«

»Der Fall war völlig klar?«

»Wie ein Bergsee. Das arme Mädchen hatte die Brusttasche

seines Hemds mit eingesticktem Monogramm herausgerissen, als er seinen abartigen Spaß mit ihr hatte. Wir haben uns bei den Farbigen nach den entsprechenden Initialen umgesehen, und als wir auf einen Namen stießen, zu dem sie passten, haben wir zugeschlagen. Ich bin froh, sagen zu können, dass ich selbst in diesen finsteren Tagen dafür gesorgt habe, dass die erforderlichen Befugnisse erteilt wurden. Hier in Polk County halten wir uns an die gottverdammten Regeln. Wir fanden das Hemd unter sein Bett gestopft, die Tasche fehlte. Es war mit ihrem Blut verschmiert, der Blutgruppe nach zu urteilen. Sie hatte AB positiv, er A positiv. Der Junge hatte einen Fehler gemacht, hatte die Kontrolle verloren, konnte sich nicht mehr zurückhalten. Sie ist gestorben, er ist gestorben, beide Familien waren am Boden zerstört. Ich halte nichts von der Theorie, dass Neger Schmerz nicht so fühlen, wie Weiße es tun. Die Parkers und die Fullers haben jede Menge Schmerz erlitten, keinen Deut weniger, als ich es zuvor in ähnlichen Fällen erlebt habe.«

Russ schüttelte den Kopf, der ihm jetzt heftig schmerzte. Er hätte sich am liebsten aus dem Staub gemacht. Das hier erinnerte ihn an etwas von Faulkner oder Penn Warren: geschändeter Südstaatenboden, getränkt im Blut einer Generation, weißer und schwarzer Abschaum, weiße und schwarze Unschuld, alles am selben Tag und auf engstem Raum miteinander verflochten.

»Sam, wir haben dich müde gemacht. Es gibt noch ein paar Sachen, um die ich dich bitten wollte. Ich nehme an, du nimmst mein Geld«, schaltete sich Bob ins Gespräch ein.

»Natürlich mach ich das.«

»Ich hab hier eine Schachtel«, sagte er und reichte Sam den Pappbehälter. »Du hast doch bestimmt einen Bürosafe?«

»Ich bin so alt, dass ich wohl die Kombination vergessen hab.«

»Na ja, kannst du das Zeug hierbehalten? Es sind Besitztümer von meinem Vater. Aus irgendeinem Grund dachte ich, dass sie nützlich sein könnten. Ich möchte sie nicht mit mir herumschleppen.«

Sam nahm den Karton entgegen und sie standen auf.

»Morgen«, fuhr Bob fort, »gehen wir dorthin, wo es passiert ist. Sam, könntest du mitkommen? Du bist doch dort gewesen?«

»Oh, ich schätze schon.«

»Und in der Zwischenzeit hältst du nach diesem Dokument und allem anderen Ausschau, was du noch finden kannst?«

»Mach ich.«

»Ich denke, heute Nachmittag gehen wir in die Bibliothek und kümmern uns mal drum, was in den alten Zeitungen stand.«

»Klingt sinnvoll«, warf Russ ein.

Sam schüttelte Bob die Hand, ignorierte Russ und überließ es dem jungen Mann, sich mit der Tatsache abzufinden, dass ihm niemand gesteigerte Aufmerksamkeit entgegenbrachte. Er glaubte, damit leben zu können.

Die beiden gingen hinaus, stiegen die dunkle Treppe hinunter und traten ins helle Tageslicht.

»Er schien mir ja ein bisschen durchgeknallt zu sein am Anfang«, sagte Russ. »Ich hoffe, er ist zu dieser Geschichte in der Lage. Wie hat er sie genannt? *Neger? Farbige?* Gott, aus welcher Ku-Klux-Klan-Höhle ist der denn gekrochen?«

»Dieser alte Mann ist so zäh, wie man es nur sein kann. Er hat nicht nur mir vor ein paar Jahren den Hintern gerettet, er war 1962 auch der erste Staatsanwalt von Arkansas, der versucht hat, einen Weißen für den Mord an einem Schwarzen zu verurteilen, und damals war das noch nicht gerade leicht. Er sagt zwar ›Neger‹, wo Sie ›Afroamerikaner‹ sagen, um der Welt zu zeigen, wie edelmütig Sie sind, aber er hat sein gottverdammtes Leben aufs Spiel gesetzt. Die haben sein Haus zerschossen, seinen Kindern Angst eingejagt und ihn aus dem Amt gewählt. Aber er hat weitergemacht, weil er wusste, dass er das Richtige tat. Also seien Sie ihm gegenüber nicht respektlos. Er ist verlässlich wie ein Uhrwerk.«

»Okay«, erwiderte Russ. »Wenn Sie das sagen.«

Dann bemerkten sie einen großen Hilfssheriff, der durch das Fenster in das Führerhaus von Bobs Wagen spähte.

»Was soll *das* denn werden?«, fragte Russ.

»Ach, bloß ein Kleinstadtpolizist, dem ein Kennzeichen von außerhalb aufgefallen ist.« Bob ging zu dem Polizisten hinüber.

»Howdy«, begrüßte er ihn.

Der Cop wandte sich um und sah Bob aus bleichen Augen an. Dann streiften diese Augen hungrig zu Russ hinüber und verschlangen ihn geradezu. Er war ein schlaksiger, braungebrannter Mann mit einem dichten Haarschopf, auf den er offenbar etwas zu viel Aufmerksamkeit verwendete, schmalhüftig, schlank, mit einem langen Gesicht und einer Glock, die in einem sportlichen Winkel in seinem Gürtel steckte. Er wirkte hundsgemein.

»Ist das Ihr Truck, Junge?«, wollte der Polizist wissen.

»Das ist er ... äh ... Deputy Peck«, antwortete Bob mit einem Blick auf sein Namensschild. »Gibt es ein Problem?«

»Nun, Sir, ich seh mich bloß mal um. Wir haben hier so eine hübsche, kleine Stadt, ich halte einfach gern die Augen offen.«

»Ich bin in dieser Stadt aufgewachsen«, erklärte Bob. »Mein Daddy liegt hier begraben.«

»Bob Lee Swagger«, sagte Peck. »Gottverdammt, ja.«

»Das ist richtig.«

»Ich kann mich erinnern ...«

»Ja, das ist jetzt alles vorbei. Wenn Sie mein Kennzeichen und meinen Namen überprüfen wollen, nur zu. Dann werden Sie sehen, dass ich unbescholten bin. Das war alles ein großer Irrtum.«

»Sind Sie für einen Urlaub zurückgekommen, Mr. Swagger?«

»Oh, das könnte man so sagen. Hab einen jungen Freund mitgebracht. Es ist bloß so eine Art sentimentaler Ausflug. Ich schau mir meine alten Lieblingsplätze an und die Orte, an denen ich mit meinem Vater gewesen bin.«

»Nun, Sir, falls es irgendwelche Schwierigkeiten gibt oder Sie Hilfe brauchen, kommen Sie zu mir. Duane Peck ist mein Name.«

»Ich werd dran denken, Deputy Peck.«

Peck zog sich zurück und ließ sie vorbei, doch Russ hatte das seltsame Gefühl, dass er Maß nahm, ihn prüfend von oben bis unten betrachtete. Das gefiel ihm nicht.

»Der Kerl ist ein bisschen komisch, oder?«, fragte er. »Ich hab mein ganzes Leben in der Nähe von Polizisten verbracht, und dieser Typ konnte uns gar nicht mehr aus den Augen lassen.«

»Meinen Sie?«, gab Bob zurück. »Scheint doch ein ganz netter Kerl zu sein.«

# KAPITEL 12

Es war eine Premiere. Eine fahrende Schauspieltruppe spielte *Cats*. Sie kamen gerade aus Little Rock, wollten in einer Woche in Tulsa sein und hatten in Fort Smith drei Spieltage eingeplant, insgesamt nur fünf Vorstellungen. Es gab noch gute Karten für die folgenden Nächte, doch für den heutigen Abend keine mehr – nur Stehplätze. Im Bürgerzentrum wimmelte es von den verwegensten und selbstbewusstesten Männern der Stadt, dem Club der reichen Jungs, und ihren Familien – der Industrie-, Geflügelzucht- und Maiselite des westlichen Arkansas und östlichen Oklahoma.

Red Bama saß mit seiner schlanken, bildhübschen zweiten Frau, der Miss Zweiter Platz von 1986, seinen zwei neuen Kindern und Nick, dem jüngsten seiner Söhne aus erster Ehe zusammen. Er winkte, plauderte, nahm Huldigungsrufe und Kniefälle von anderen entgegen, während die Spannung wuchs und der Beginn der Vorstellung immer näher rückte. Dann sah er seine erste Frau, immer noch schön, aber nicht mehr ganz so jung und schlank, mit seiner einzigen Tochter in der anderen Reihe sitzen.

»Schatz«, sagte er zu Beth, »da ist Susie. Ich geh mal kurz hin und sag Hallo.«

»Mach nur, Baby«, erwiderte Beth, lächelte und zeigte ihre perfekten Zähne. Bevor sie Miss Zweiter Platz von Arkansas wurde, hatte man sie im Jahr 1985 zur Miss Sebastian County gekürt.

»Ihr Jungs und Mädels, benehmt euch jetzt und macht eurer Mama keinen Ärger«, drohte er mit seiner scherzhaften Tyrannischer-Vater-Stimme.

Er stand auf, grüßte Jerry Flood, dem regionalen Vizepräsidenten von Hoffman-Prieur & Associates, zwängte sich durch zwischen Nick Conway von Harris-Ray Furniture und Bill Donnelly, der die Shelter Insurance Companies leitete, und kam schließlich bei Susie an.

»Hi, Puppe«, grüßte er und beugte sich hinab, um ihr einen Kuss zu geben. Sie trug ein Diamantenhalsband, das ihn 1981 52.000 Dollar gekostet hatte. »Lieber Gott, lass Beth das bloß nicht sehen. Sonst will sie dasselbe verdammte Teil haben. Wie geht's dir, Baby?«, fügte er an sein verwöhntes, ältestes Kind Amy gerichtet hinzu. Sie ging an die Smith und arbeitete während des Sommers als Tennislehrerin im Club.

»Hi, Babe«, erwiderte Susie. »Dieses Mädchen, das du da hast, sieht jedes Mal, wenn ich sie sehe, hübscher aus.«

»Sie ist knackig, da stimme ich zu, aber sie ist nicht halb so gut im Bett, wie du's gewesen bist!«

»Daddy, sei nicht so eklig«, sagte Amy und setzte ein abfälliges Gesicht auf.

»Amy, wann kommst du mal runter zum Lastwagendepot? Wir könnten dir einen schicken Peterbilt 16 besorgen und damit 'nen Ausflug nach Macon machen, zu Tyson's. Würd dir gefallen, zu sehen, wie die Leute sich in die Hose scheißen, wenn du damit ankommst!«

»Daddy!«, rief Amy pikiert.

»Red, du solltest das Mädchen nicht aufziehen.«

»Ich hab sie verwöhnt, so wie ich all meine Kinder verwöhnt habe. Kann ich mir dann nicht 'nen kleinen Spaß draus machen, sie aufzuziehen? Schätzchen, warum hörst du nicht mit diesem albernen Tennisunterricht auf und kommst ins Büro? Dann finden wir was *Nützliches,* das du tun kannst.«

»Nein, danke. Du bist *übereifrig.* Darum hassen dich auch alle.«

»Die hassen mich nicht. Die lieben mich. Die *glauben* nur, dass sie mich hassen. Und sie haben Angst vor mir, was mir sehr gefällt.«

»Red!«

Er hörte auf, die junge Frau zu provozieren, die er so liebte, und wandte sich zurück an Susie.

»Na, jedenfalls, ich glaube, nein, ich *weiß,* dass wir die neue regionale Zentrale von Tyson's bekommen, und ich weiß aus sicherer Quelle, dass General Motors darüber nachdenkt, die neue Blazer-Fabrik in Greenwood zu bauen. Den Auftrag bekämen wir auch.«

»Schatz, das sind tolle Nachrichten. Und sonst, ist alles ...«

»Alles gut, Süße. Oh, es ist einfach ...«

Er spürte etwas wie ein Stechen an seiner Hüfte, zuckte leicht zusammen und bemerkte dann, dass es sich um die Vibration seines Piepsers handelte. Aber nicht der Büropiepser, sondern der neue. Die 800er-Nummer aus Blue Eye.

»Red?«

»Hab grad 'ne Nachricht bekommen, keine große Sache.« Er zog sein kleines Mobiltelefon aus der Tasche. »Ich ruf da gleich an. Amy, Schatz, hast du diese Rolex nicht schon ganze drei Wochen? Die wird doch langsam langweilig, oder? Warum lässt du dir von Daddy nicht eine neue kaufen?«

»Daddy, du nervst.«

Red lachte. Seine Kinder auf gutmütige Weise zu quälen, zählte zu seinen größten Freuden. Amy zog ihr grimmiges, kluges Gesicht in Falten, bis es so bedrohlich wirkte wie eine geballte Faust. Wäre es ihr möglich gewesen, hätte sie ihn wohl auch damit geschlagen. Eine Welle tiefer, unverfälschter Liebe überrollte ihn – die Art von Liebe, die ein Vater für seine Lieblingstochter empfindet, die ihren eigenen Weg geht, sich nichts gefallen lässt und ihr Leben im Griff hat. Die Uhr hatte sie überhaupt nicht von Red bekommen, sondern von der College-Vorstufe in Maryvale, dafür, dass sie mit der höchsten Punktzahl in der Geschichte der Schule abgeschnitten hatte.

Die Lichter wurden gedimmt.

»Okay, ich muss zurück zu Familie Nummer Zwei«, verkündete Red fröhlich in Susies Richtung.

»Bringst du Nick heute Nacht nach Hause?«

»Er kann bei uns bleiben, wenn du möchtest.«

»Nein, ist schon in Ordnung. Er muss früh zur Probestunde. Ich weiß, dass *du* ihn da nicht hinbringst.«

»Wir nehmen ihn nachher mit zum Eisessen und bringen ihn dann vorbei.«

»Super, Schatz.«

»Wir sehen uns«, verabschiedete er sich, während laut und hämmernd die Ouvertüre ertönte.

Aber Red ging nicht sofort zurück. Er zog sich in den hinteren Teil des Saals zurück und achtete nicht auf das Geschehen auf der Bühne, wo der Vorhang sich unter tosendem Applaus öffnete und etwas zum Vorschein brachte, das wie ein Hinterhof aussah, bevölkert von geschmeidigen, katzenhaften Gestalten, die eine nach der anderen schimmernd zum Leben erwachten.

Red wählte die Nummer und hörte zu.

»Hier ist Duane Peck«, erklang die Stimme und sagte ihm damit etwas, das er bereits wusste und das ihn kalt ließ. »Also, äh, dieser Junge ist in der Stadt, und ich hab ihn im Griff und werd ihn nicht aus den Augen lassen. Erster Anlaufpunkt: Sam Vincent. Ist das ein Problem? Soll ich mich darum kümmern? Lassen Sie es mich wissen. Außerdem, äh ...«

Jemand sang:

*Oh ja, wir wissen*
*Nie war ein Kater so sehr gerissen*
*Der magische Mr. Mistoffelees!*

»... äh, er ist nicht allein. So ein großer Kerl, schlaksig, hat mich ziemlich genau gemustert. Ich hab gedacht, er wär's. Und er war's wirklich. Der Sohn. Der Kerl, der in Vietnam gewesen ist. Sie nannten ihn Bob den Henker. Er begleitet den Jungen. Weiß nicht, wieso, aber er ist ebenfalls hier. Bob Lee Swagger, Earls Sohn.«

Reds Gesicht verriet keinerlei Emotionen. Er beendete bloß den Anruf und wählte eine andere Nummer, während er dort hinten im Saal stehen blieb.

»Billy, hier Red.«

»Hey, Red, na, was ist ...«

»Hör mal, ich steck da in einer blöden Situation. Stell mir ein Team zusammen. Sehr zähe Kerle, erfahren, die mit vollautomatischen Waffen umgehen können. Profis. Auf meine Jungs will ich nicht zurückgreifen. Verstanden?«

»Red, was ...«

»Sei still, Billy, und hör mir zu. Ich will nicht weniger als zehn. Ich brauche gute Waffen und ein diszipliniertes Team. Ich will, dass sie alle vorbestraft sind, am besten wegen Drogenhandel. Hol sie aus Dallas, hol sie aus New Orleans, karr sie aus Miami ran. Bloß keine Leute von hier. Ich will, dass sie vorbestraft sind, für den Fall, dass wir ein paar von ihnen verlieren und hier in Polk County Leichen auftauchen. Dann werden die Zeitungen anfangen, die Sache einem Drogenkrieg zuzuschreiben.«

»Wie viel willst du investieren, Red?«

»Ich will die Besten. Die Besten kosten was. Du bringst sie her, und du bringst sie schnell her. Gute Jungs. Schützen. Ich will die besten Schützen. Ich will ein A-Team.«

»Wir machen uns sofort an die Arbeit.«

»Gut, Billy«, sagte Red. Dann ging er zu seinem Platz zurück, um sich den Rest von *Cats* anzusehen.

# KAPITEL 13

Es dauerte drei Stunden, und dass Sams alte Augen nicht mehr so gut funktionierten wie früher und er zweimal eine Pause einlegen musste, um zur Toilette zu gehen, machte die Sache nicht leichter. Dann wurde er reizbar und hungrig, und sie kauften ihm ein paar Pfannkuchen beim Denny's an der Ausfahrt nach Waldron. Aber es gab keine Anflüge von seltsamem Verhalten mehr, während der Sam vergaß, wer sie waren oder wer er war.

Dann rief Sam auf einmal: »Hier, hier, ich glaube, es ist hier!«

»Hier *kann* es nicht sein«, rief Russ, der als Navigator fungierte. »Wir sind gerade an der 23 vorbei, und in den Zeitungen stand, es sei *südlich* der 23 geschehen. Wir fahren jetzt nach Norden in Richtung Fort Smith. Wir sind schon zu weit!«

»Verdammt, Junge, erzähl mir nicht, wo zur Hölle wir sind! Ich bin hier schon in den 30ern auf einem Pferd unterwegs gewesen, dann habe ich 50 Jahre lang hier gejagt. Ich bin hier schon Tausende von Malen gewesen. Sag's ihm, Bob.«

»Das ist die neue Straße«, sagte Bob. »Ich glaube, die bringt uns durcheinander.«

Denn die alte 71 mit ihren Kurven und Serpentinen hatte im Slalom zwischen den massiven Betonpfeilern hindurchgeführt, die diese gerade, helle Linie, den Boss Harry Etheridge Memorial Parkway, stützten. Manchmal tauchte die riesige, neue Piste links von ihnen auf, dann wieder zu ihrer Rechten und manchmal auch über ihren Köpfen. Bisweilen verschwand sie ganz hinter einem Hügel oder einer Sichtblende aus dichtem Wald. Doch sie blieb immer in ihrer Nähe, schien sie irgendwie zu verspotten, ein Symbol dafür, wie zwecklos ihre Suche zu sein schien: Sie versuchten, eine Vergangenheit zu retten, die von der Zukunft längst zerstört worden war.

Doch schließlich ergaben die zwei Punkte ihres eigentümlichen Kompasses eine Art imaginären Pflichtkurs: Die Erinnerungen von Sam und Bob führten zu einer korrigierten Version der Standortbezeichnung aus der *Arkansas Gazette* vom 24. Juli 1955.

Sie hatten gerade einen merkwürdigen kleinen Laden am Straßenrand namens Betty's Lingerie passiert, der in einem maroden Wohnwagen ein paar Meilen außerhalb einer Stadt namens Boles untergebracht war. Sam rief schließlich: »Hier, verflixt, hier!«

Bob hielt am Straßenrand. Ein kleines Stück voraus ragte das Firmenschild einer Exxon-Tankstelle 30 Meter hoch in die Luft, damit man es vom Parkway aus, dieser unentrinnbaren Autobahn, die sich nun zu ihrer Rechten befand, erkennen konnte. Die Fahrbahn befand sich in einer Höhe von neun Metern, ein Wunderwerk der Technik, und selbst hier unten konnten sie deutlich die pochenden Geräusche vorbeifahrender Wagen und Lastwagen hören.

»Suchen wir nicht *Mais?*«, hakte Russ nach. »Ich dachte, es sei ein Maisfeld gewesen.«

»In dieser Gegend gibt's schon seit zwei Jahrzehnten keinen Mais und keine Baumwolle mehr«, antwortete Sam. »Das ganze Land wird inzwischen als Weideland für Vieh oder für Heufelder genutzt. Hier wird sonst nichts mehr angebaut.«

Sie parkten neben einer Sendeanlage der GTE-Telefongesellschaft, einem Betonkasten hinter einem Maschendrahtzaun.

»Da hinten?«, vergewisserte sich Bob.

»Japp.«

Jemand hatte in den 60er-Jahren eine Reihe von Kiefern angepflanzt, die nun fast zehn Meter in den Himmel aufragten, als ob sie den dahinter gelegenen Bereich vor den Blicken der Öffentlichkeit abschirmen sollten. Bob konnte das flache, grasbewachsene Feld jedoch zwischen den Bäumen hindurch ausmachen. Es wurde von ein paar versprengten, kleineren Büschen durchsetzt, die im verfilzten Gras um ihr Überleben kämpften.

»Ja«, sagte Sam. »Mais, damals ist da überall Mais gewesen. Man konnte kaum was erkennen. Ich hab im fünften oder sechsten Wagen gesessen, der herkam, aber das Durcheinander wurde von Sekunde zu Sekunde größer.«

Bob schloss nur für eine Sekunde die Augen und stellte sich diesen Ort nach Einbruch der Dunkelheit vor, erhellt von rotierenden Blaulichtern, die Stille durchbrochen vom Knistern der Funkgeräte und den drängenden, aber vergeblichen Rufen der Sanitäter. Es weckte Erinnerungen an seine erste Dienstzeit in Vietnam, 1965 bis 66. Er war damals ein junger Sergeant der dritten Marinedivision gewesen. Nach irgendeinem vergessenen nächtlichen Feuergefecht passierte etwas Ähnliches: überall herumrennende und schreiende Leute, zitternde und flackernde Leuchtsignale in der Nacht, genau wie die blitzenden Lichter zehn Jahre früher, im Jahr 1955.

»Alles in Ordnung, Bob?«

»Ihm geht's gut«, schnappte Sam. »Sein Vater ist hier gestorben. Was soll er Ihrer Meinung nach tun? Vor Freude herumhüpfen?«

Russ wirkte betroffen.

»Ich meinte nur ...«

»Vergessen Sie's, Junge. Es hat nichts zu bedeuten.«

Sam öffnete einen Flachmann und nahm einen Schluck daraus.

»Glaube, es hat einem Mann namens O'Brian gehört, aber er hat es an ein paar weiße Unterschichtfamilien verpachtet. Da drüben, wo dieser gottverdammte Highway ist, befand sich die Kuppe des Hügelkamms, damals noch mit Wald bewachsen. Hab da 1949 mal ein Reh geschossen. Eine von diesen weißen, zahnlosen Hexen kam raus und hat mir die Hölle heißgemacht, weil ich so nah an ihrer Hütte geschossen hab, wo ihre verfluchten Kinder gespielt haben.«

»Sie hatte recht«, sagte Bob.

»Ja, ich glaube, das hatte sie. Jagdfieber. Ich musste einfach schießen. Das Blödeste, was ich je getan hab – bis heute jedenfalls.«

»Wo waren sie?«

»Die Autos kamen hier lang«, erklärte Sam, hob eine geschwärzte Klaue und zeigte es. »Ich glaube, man kann noch Reste von dem kleinen Feldweg sehen, der zwischen den Maisfeldern hindurchführte. Ungefähr 100 Meter weit rein. Der Streifenwagen von deinem Daddy war schräg zur Straße geparkt, Jimmys Wagen stand 20 Meter weiter vorn.«

»Die Leichen lagen an den Stellen, die wir auf den Skizzen gesehen haben?«, erkundigte sich Russ.

»Ja, das taten sie. Glaube, das hab ich gestern schon beantwortet. Kein ordentlicher Anwalt stellt dieselbe Frage zweimal. Er *merkt* sich die Frage, die er gestellt hat, und die dazugehörige Antwort.«

»Ich wusste es nicht mehr.«

»Also gut«, meldete Bob sich zu Wort. »Ich will mal dort hinten hin, um mir die Umgebung anzusehen.«

»Schätze, ich roste hier weiter vor mich hin«, entgegnete Sam. »Geht ruhig los, Jungs. Ruft mich, wenn ihr euch verlaufen habt oder ich euch aus dem Dreck ziehen soll. Und passt auf Schlangen auf. Mac Jimson hat 'ne große Klapperschlange auf der Straße getötet in der Nacht, in der dein Daddy umgebracht wurde. Hat uns allen 'ne Höllenangst eingejagt. Hat ihr in den Kopf geschossen. Ging nicht anders. Kam einfach so über die Straße. Ich hab vorher noch nie 'ne Schlange gesehen, die so was macht.«

»Eine Klapperschlange?«, fragte Bob.

»'ne große, gottverdammte Wald-Klapperschlange. Das ist 'ne verflucht seltsame Sache. Die ganzen Polizisten, und die Schlange haut ausgerechnet über die Straße ab. Mac musste sie erschießen.«

»Ich hasse Schlangen«, sagte Russ.

»Verdammt, Junge«, versetzte Sam, »das sind doch bloß Eidechsen ohne Beine.«

Bob und Russ ließen den alten Mann zurück, bahnten sich

einen Weg durch die Bäume und liefen über den verwilderten, mit Unkraut überwucherten Boden. Es war jetzt ein Feld; nirgendwo Mais in Sicht, nur ein heruntergekommenes Stück Land, das sich im Schatten des Highways verkroch. Bob stieß auf die Spuren des früheren Feldwegs. Nichts als Rillen, in denen die Pflanzen noch nicht so hoch gewachsen waren, weil sie einen verspäteten Start erwischt hatten. Die Spuren führten auf den großen Highway zu und verschwanden hinter einer Biegung. Bob folgte ihnen etwa 100 Meter weit.

»Hier?«, fragte Russ.

Bob atmete tief durch.

»Ich glaube, ja. Fragen Sie den alten Mann.«

*»Sam! Hier?«,* schrie Russ.

Bob sah den Alten an, der sie eingehend betrachtete und dann nickte.

»Hier«, wiederholte Russ.

Bob war noch nie hier gewesen. Seltsam. Er hatte danach noch acht Jahre in Blue Eye verbracht, und war doch nie hier rausgekommen, hatte nie an dieser Stelle gestanden. Dann war er fortgegangen zu den Marines, anschließend zurückgekehrt und in die Berge gezogen. Und kein einziges Mal, weder davor noch danach, hatte er diese Stelle aufgesucht.

Er hatte nie Blumen hier abgelegt oder die Kraft dieses geschändeten Bodens auf sich wirken lassen. Warum? Zu viel Schmerz? Möglicherweise. Er hatte schon genug Mühe gehabt, sich nicht von seiner armen, betrunkenen Mutter mit in den Abgrund ziehen zu lassen, die es einfach nicht mehr ertrug – das schreckliche Gefühl, dass man ihnen alles genommen hatte. Die Verbitterung. Sie konnte einen umbringen. Man musste die Verbitterung hinter sich lassen, damit sie einem nicht den Rest gab. Doch er wusste, dass er kurz davor gestanden hatte. Er erinnerte sich, wie Sam ihn über die US 71 nach Fort Smith gefahren hatte, um dem United States Marine Corps beizutreten, am 12. Juni 1964, dem Tag nach seinem High-School-Abschluss.

»Hier«, meldete sich Russ, der die Zeitungsskizze zur Hand genommen hatte. »Hier ist die Stelle, an der Jimmy am Ende geparkt hat. Und hier« – er ging an Bob vorbei, konzentriert vornüber gebeugt und den Ausschnitt dicht vor der Nase – »hier ist die Stelle, wo das Auto Ihres Vaters stand. Und Ihr Dad wurde auf der Fahrerseite gefunden, seitlich sitzend, etwas nach rechts gesackt und auf dem Lenkrad liegend, die Füße auf dem Boden und das Funkgerät in der Hand.«

»Ausgeblutet?«, fragte Bob.

»Was?«

»Das war die Todesursache, richtig? Das hat ihn umgebracht. Blutverlust. Kein Schock des Nervensystems oder eine Kugel in ein Hauptblutgefäß?«

»Äh, so steht es jedenfalls hier. Ich ...«

»Russ, wie tötet eine Kugel? Wissen Sie's?«

Russ wusste es nicht. Eine Kugel, na ja, sie *tötete* eben. Sie, äh ...

»Eine Kugel kann einen auf drei verschiedene Weisen umbringen. Sie kann das zentrale Nervensystem zerstören. Das ist der Schuss ins Gehirn, ins Stammhirn, etwa fünf Zentimeter hinter den Augen und zwischen den Ohren. Der Körper erschlafft sofort. Klinischer Tod in weniger als einer Zehntelsekunde. Oder sie kann einem das Kreislaufsystem und die Blutzirkulation zerstören, den Blutdruck absenken. Ein Schuss ins Herz oder in die Aorta. Das sind 15, 20 Sekunden bis zum klinischen Tod, der gute alte Schuss, der auf die Körpermitte zielt. Oder, letzte Möglichkeit, sie kann ein Hauptblutgefäß treffen und man stirbt im Wesentlichen an einer inneren Blutung. Eine große Wunde, viel zerstörtes Gewebe, jede Menge Blut, aber kein sofortiger Tod. Sagen wir, drei, vier, manchmal sogar zehn bis 20 Minuten ohne Hilfe. Welches davon?«

»Ich weiß nicht«, erwiderte Russ. »Das steht nicht wirklich drin. Da steht nur, dass er verblutet ist. Das Letzte, schätze ich.«

»Wäre schön, wenn wir die Ursache wüssten. Das könnte

uns einiges verraten. Notieren Sie sich das unter ›Sachen, die wir noch herausfinden müssen‹.«

»Und wo könnten wir das herausfinden?«

Bob beachtete ihn nicht weiter, stand einfach da und schaute sich um. Er versuchte, das Gelände zu lesen, oder das bisschen, was davon noch übrig blieb. Dies war die Gabe eines Jägers, eines Scharfschützen: Die Mulden, die Steigungen und Senkungen eines Landstrichs zu betrachten und daraus Bedeutungen abzuleiten, auf instinktive Weise Zusammenhänge zu erkennen.

Die erste Frage lautete: Warum hier?

Nun, wo er hier stand, genau am gleichen Platz, an dem sein Vater gestanden hatte, wurde ihm klar, dass diese Stelle im hohen Mais von der Straße aus nicht einsehbar gewesen sein musste. Außerdem hätte man vorsichtig fahren müssen, um den Wagen hierherzunavigieren, ohne die Kontrolle über ihn zu verlieren und ins Maisfeld zu rasen. In den Zeitungen hatte nichts über eine Verfolgungsjagd gestanden. Es konnte keine Verfolgung gegeben haben! Dann wäre das Auto seines Daddys nämlich hinter ihnen gewesen, nicht vor ihnen, es sei denn, Bub und Jimmy hätten *ihn* verfolgt!

Er sah sich um und unternahm einen Versuch, sich das Ganze im hohen Mais vorzustellen.

»Laufen Sie zurück zu Sam«, forderte er Russ auf. »Fragen Sie ihn nach dem Mond. Schien an diesem Abend der Mond? Wir könnten nachsehen, aber ich glaube nicht, soweit ich mich erinnere. Fragen Sie ihn nach der Temperatur, dem Wind, nach solchen Details. Die Luftfeuchtigkeit. Ist sie hoch gewesen?«

Der junge Mann starrte ihn ausdruckslos an. Dann stahl sich Verwirrung in seine feinen Gesichtszüge.

»Was ist ...«

»Ich werd's Ihnen später erklären. Tun Sie's einfach.«

»Okay, okay«, gab Russ zurück und begab sich daran, seinen Botengang zu erledigen.

Wind kam auf. Die Sonne schien hell. Ab und zu raste ein

Auto den Parkway entlang, dessen Stützpfeiler sich etwa 100 Meter weit in ihrem Rücken befanden. Bob wandte sich in jede Richtung, strengte sich an, ein Gefühl für das Gelände zu bekommen. Im Süden gab es eine Steigung. Von dort musste sein Vater gekommen sein. Im Norden befanden sich, jedenfalls heute, die hellen Dächer der Autobahnraststätte, des Motels, der Tankstelle und der Imbisse. Doch damals hatte es hier nichts als wilde Wälder gegeben; die eigentliche Stadt Waldron lag rund zehn Meilen voraus.

Im Westen existierte ebenfalls eine Steigung, auf der anderen Seite der 71 fiel die Straße zur Prärie von Oklahoma hin ab. Er wandte sich um und blickte nach Osten, um den Parkway zu sehen. Aber damals hatte es dort noch keinen Parkway gegeben, sondern einen Hügelkamm, den man beim Bau der Straße eingeebnet hatte. Wie hoch? Wie weit entfernt? Möglicherweise hatten die Straßenbauer die Piste nicht exakt in der Mitte des Kamms verlegt; vielleicht hatte dieser seine maximale Höhe erst in einiger Entfernung erreicht.

»Kein Mond, sagt er.« Russ kehrte schwer atmend von seinem Dauerlauf zurück. »Sterne, ja, aber kein Mond. Keine nennenswerte Feuchtigkeit in der Luft. 24, höchstens 26 Grad. Eine leichte Brise, nicht allzu stark.«

Bob nickte. »In Ordnung. Jetzt stellen Sie ihm noch zwei Fragen. Die erste lautet: Wo standen die Hütten all der Bauern, die hier Land gepachtet hatten? Führte dieser Weg zu ihnen? Oder lagen sie weiter entfernt? Falls ja, wohin führte dann dieser Weg? Und als Zweites: Fragen Sie ihn, in welche Richtung der Wagen meines Vaters geparkt war. Er erwähnte vorhin, er habe schräg zum Weg gestanden und der Körper habe sich hinter dem Lenkrad befunden. Ich will wissen, auf welcher Seite der Straße es gewesen ist, wohin die Kühlerhaube des Autos zeigte.«

Russ atmete tief durch, dann machte er kehrt und rannte zu dem alten Mann zurück.

Als er wieder allein war, wandte sich Bob erneut dem Highway zu, der sich vor ihm auftürmte. Er trat durch das

Unkraut zurück und blieb schließlich neben einem der mächtigen Betonpfeiler stehen, auf denen die Straße thronte. Es war kühl hier im Schatten, doch das Rumpeln der Wagen auf der Straße konnte man trotzdem hören. Jemand hatte ›Polk County - Abschlussklasse von '95‹ an den Pfeiler gepinselt. Bierdosen und Flaschen lagen auf dem Schotter herum. Hinter dem Parkway konnte Bob erkennen, wie der geschätzt zwei Meilen weit vor ihm aufragende Hang in Wald und Farmland überging, hin zu einer kleinen, weißen Farmstraße, die sich zwischen den Bäumen hindurchschlängelte.

Er schaute zurück und entschied, dass sich der Kampf auf halber Höhe eines nur ganz leicht abfallenden Hangs abgespielt haben musste. Und da sah er auch schon Russ, genau da, wo er ihn zurückgelassen hatte. Er ging zurück.

»Okay.« Russ atmete schwer und riss sich mit Mühe zusammen. »Die Straße war offenbar ein alter Holzfällerweg, der über den Bergkamm führte. In diesem Gebiet wurde in den 20er-Jahren Holz gefällt. Die Pächter lebten etwa eine halbe Meile von Waldron entfernt die US 71 hinunter, in Richtung Boles. *Dort* hat Sam sein Reh geschossen und die Dame hat ihn angeschrien.«

»Es ist nicht hier gewesen?«

»Nein, Sir.«

»Okay. Und mein Daddy: Er parkte auf der linken Straßenseite mit Blick nach Osten in Richtung Hügelkamm, richtig? Er saß seitlich auf seinem Sitz, mit den Füßen auf dem Boden, nicht so, als ob er gerade losfahren wollte, stimmt das?«

Erneut machte Russ ein verblüfftes Gesicht.

»Woher wissen Sie das? Es stand in keinem der Zeitungsberichte. Sam sagt, dass der Wagen links von der Straße stand, dass die Tür offen war und Ihr Daddy ...«

Bob nickte.

»Was ist los?«

»Oh, das alles hier zu sehen, bringt mich zum Nachdenken. Ich habe noch die ein oder andere Frage.«

»Was für Fragen?«

»Wie sind sie hergekommen? Mitten durch die größte Fahndungsaktion in Arkansas?«

»Das war *meine* Frage! Wissen Sie noch, *ich* habe diese Frage gestellt. Während der Fahrt, am Tag bevor ...«

»Aber als Sie sie gestellt hatten, war es eine dumme Frage. Sie war dumm, weil wir keine Vorstellung von der Anordnung der Straßen hatten, die zu diesem Ort führten, und von der Beschaffenheit des Geländes. Es hätte auch sein können, dass es 50 unbekannte Landstraßen gibt, die hierherführen, viel zu viele, als dass die Polizisten sie alle überwachen könnten. Aber so ist es nicht. Es gab nur die Route 71, einen großen Highway, gut bewacht, und diesen kleinen Holzfällerpfad, der ins Nirgendwo führt. Also ist es jetzt eine schlaue Frage.«

Russ verstand den Unterschied nicht, aber er ließ die Sache auf sich beruhen.

»Außerdem«, fuhr Bob fort, »warum ausgerechnet hier? Können Sie mir das erklären?«

»Äh ...« Russ hatte keine Antwort parat. »Hier ist er mit ihnen zusammengetroffen. Er hat sie verfolgt, sie sind von der Straße abgefahren, er ist an ihnen vorbeigefahren und hat ihnen den Weg versperrt, und ...«

»Sie glauben, dass diese kleine Straße breit genug war, um an ihnen vorbeizukommen? Es war Nacht, denken Sie dran, und beim Abrutschen von der Straße in die weiche Erde des Maisfelds wäre er angeschissen gewesen. Nein, er muss ihnen aufgelauert haben. Er war bereits hier. Und er wartete bewusst weit abseits der Straße, vor neugierigen Blicken verborgen, damit sie nicht von jemandem überrascht werden konnten, der zufällig vorbeikam. Wie haben sie ihn überrumpelt? Verflucht, er ist nun wirklich kein Anfänger gewesen. Er hatte schon 2000 Festnahmen in der Tasche, in drei großen Inselinvasionen gekämpft. Mein Dad ließ sich von niemandem zum Narren halten. Aber die fangen an zu schießen und erwischen ihn gleich mit den ersten paar Schüssen schwer? Wie kann das sein?«

»Tja ...« Russ verstummte.

»Vielleicht war er derjenige, der den Coup eingefädelt hat. Vielleicht ist er gekommen, um seinen Anteil abzuholen und die Beute aufzuteilen.«

Russ sah ihn entsetzt an. »Ihr Vater war ein *Held*«, sagte er.

»So steht es in den Zeitungen, nicht wahr? Aber er war auch nur ein Mensch, stellen Sie sich ihn nicht als Helden vor, denn sonst haben Sie keinen klaren Blick auf die Sache. Nein, er steckte nicht mit ihnen unter einer Decke. Er traute ihnen nicht. Aber er wusste, dass sie kommen. Und dass er gewendet hat, um mit dem Wagen in dieser Richtung zu stehen, lag daran, dass er so seinen Suchscheinwerfer einsetzen konnte, der draußen an der Fahrerseite hing. Er musste sie im Auge behalten. Zum Teufel, sie wollten sich ihm *stellen,* darum ging es hier. Woher hätte er sonst gewusst, wo er hinfahren musste, wo sie genau hinkamen? Warum hat er ihnen geglaubt? Worum ging es wirklich?«

Russ hatte keine Antworten auf all diese Fragen.

»Kommen Sie«, sagte Bob. »Es gibt nur einen Mann, der uns das verraten kann.«

»Sam?«

»Nein«, erwiderte Bob, der vorausging. »Daddy selbst. Er will mit uns sprechen. Höchste Zeit, ihm zuzuhören.«

Sie kehrten zu Sam zurück, der auf der offenen Ladeklappe des Trucks hockte und an seiner angezündeten Pfeife zog. Es roch wie bei einem Waldbrand.

»Ihr Jungs habt euch nicht verlaufen? Das ist ja eine Überraschung.«

»Sam«, sagte Bob, »lass mich dir eine Frage stellen. Angenommen, ich wollte den Leichnam meines Vaters exhumieren. Was für Papierkram müsste da erledigt werden?«

Sams alte, gerissene Gesichtszüge wurden unter seinem Schlapphut schmaler und spitzer.

»Nanu, warum zur Hölle willst du das denn tun, Junge?«

»Ich will einfach wissen, was passiert ist. Die Skizzen

lügen vielleicht, die Zeitungen vielleicht auch, und all die offiziellen Dokumente sind wohl verloren, aber die Leiche wird uns die Wahrheit verraten.«

»Bob, das ist 40 Jahre her.«

»Ich weiß, dass nicht mehr viel von ihm übrig ist. Deshalb brauchen wir einen guten Mann. Also, was brauchen wir dafür?«

»Tja, ich muss beim Landkreis und beim amtlichen Leichenbeschauer ein Exhumierungsgesuch einreichen, und du musst einen guten Gerichtsmediziner finden. Besorg einen Doktor, nicht bloß einen Bestatter, wie ihn hier unten zu viele Countys haben.«

»Jemanden aus Little Rock?«

»Es gibt jemanden in der medizinischen Fakultät in Fayetteville, der sehr versiert ist. Ich könnte ihn anrufen. Dann, schätze ich, musst du eine Vereinbarung mit einer Leichenhalle treffen, damit sie einen Untersuchungsplatz für ihn freiräumen. Bob, willst du dir das alles wirklich antun? Der Fall ist doch geklärt.«

»Es gibt keinen anderen Weg, wie mein Daddy mit mir sprechen kann. Ich glaube, ich sollte mir anhören, was er zu sagen hat. Ich muss herausfinden, was in dieser Nacht geschehen ist.«

Sam schlief auf dem Rückweg, und als sie vor dem alten Haus eintrafen, wo er gelebt, seine Kinder großgezogen, seine Töchter und Söhne verheiratet und seine Frau begraben hatte, warteten sie darauf, dass die Stille im Wagen ihn aufweckte. Doch das tat sie nicht.

»Sam?«, fragte Bob schließlich leise. Die Abenddämmerung war angebrochen und die Sonne hatte sich hinter dem Rich Mountain verkrochen, der sich im Westen vor Blue Eye auftürmte.

Sam gab ein feuchtes, gurgelndes Geräusch von sich, das anscheinend aus seinen Nebenhöhlen kam, bewegte sich kurz, schien dann aber wieder zu entspannen.

»Sam«, sagte Bob etwas lauter, und der alte Mann riss die Augen auf.

Er starrte sie beide an.

»Wa... wo ... was ist ...«

»Sam, Sam«, sagte Bob und packte ihn an den Schultern. »Sam, du hast geschlafen.«

Doch Sams Augen flackerten in Panik auf und sein Körper versteifte sich vor Anspannung.

»Wer sind Sie?«, fragte er ängstlich flehend. »Was wollen Sie? Tun Sie mir nichts!«

»Sam, Sam«, sagte Bob ruhig, »hier ist *Bob,* Bob Lee Swagger, Earls Sohn. Du hast bloß vergessen, wo du gewesen bist.«

Der alte Mann zitterte erbärmlich.

»Es ist alles in Ordnung, Mr. Vincent«, fügte Russ hinzu. »Wirklich, es ist alles gut, Sie haben es nur vergessen.«

Doch Sams Augen zuckten zwischen ihnen hin und her, geweitet vor Entsetzen.

»Schon gut«, flüsterte Bob. »Schon gut.«

# KAPITEL 14

Earl fuhr vorsichtig auf dem Weg zwischen den Maisfeldern entlang. Der Untergrund fühlte sich weich an, und er kam nur langsam voran. Um ihn herum, beleuchtet von den Strahlen seiner Scheinwerfer, türmten sich die Maisstauden zweieinhalb Meter hoch auf und zitterten leicht im Wind.

Abseits der Straße, im Feld, wirkte die Erde locker, und er hatte Angst, darin stecken zu bleiben, falls er vom Weg abkam. *Das* wäre ein gottverdammter Schlamassel!

Die Straße vollzog eine Biegung nach links, bis sie schließlich parallel zu dem verlief, was von der dunklen Färbung des Nachthimmels her zu urteilen die Erhebung des Ferguson-Kamms sein musste. Er hatte auf diesem Bergkamm einmal ein Reh erlegt, obwohl das mehrere Meilen entfernt gewesen war. Am gleichen Tag hatte irgendeine Pächterin Sam die Leviten gelesen, weil er so nah bei ihren Kindern Schüsse abgegeben hatte. Das geschah ihm ganz recht, auch wenn er bisher noch nie im Leben einen schweren Fehler begangen hatte.

Als er etwa 100 Meter weit gekommen war, so weit, dass er die US 71 durch den dichten Mais nicht mehr ausmachen konnte, hielt er an und versuchte, nachzudenken. Er wollte imstande sein, das Licht auf Jimmy und Bub zu richten. Das bedeutete, dass er den Wagen wenden musste. Er stieg aus, sah sich kurz um, trat nach dem Seitenstreifen und nach der Erde dahinter, um festzustellen, ob sie das Gewicht des Fords trug. Das Ergebnis seiner Prüfung stellte ihn zufrieden. Er stieg wieder ein und kurbelte das Lenkrad mühevoll nach links, lenkte den Wagen scharf herum, bis die Vorderräder beinahe vom Weg abkamen. Schließlich drehte er das Lenkrad in die entgegengesetzte Richtung und setzte langsam zurück.

Nun stand er auf der linken Seite der Straße mit dem Blick nach außen. Er schaltete den Motor ab, lehnte sich aus dem Fenster und testete seinen Suchscheinwerfer. Er warf einen scharfen Kreis aus weißem Licht über den Weg, der sich in 100 Metern Entfernung in einem leuchtenden Oval sammelte. Mit einer Hand schwenkte er das Gehäuse, bewegte es nach oben und unten wie ein Luftabwehr-Suchlicht, um es dann wieder auszuschalten.

Er lugte auf das Radium-Zifferblatt seiner Bulova. 21:50 Uhr. Noch zehn Minuten.

*Warum bin ich so nervös?,* fragte er sich.

Im Krieg war er nervös gewesen, zumindest an den Abenden vor einer amphibischen Operation.

*Das ist ein guter Grund, nervös zu sein. Amphibische Operationen sind tückisch und gefährlich.* Vor Tarawa waren die Traks 1000 Meter weit draußen auf ein Korallenriff gelaufen. Das bürdete ihnen einen langen Marsch durch die Brandung auf, beladen mit Gepäck, während die Japsen die ganze Zeit auf sie schossen. Wenn man so etwas überstand, konnte man alles überstehen.

Aber da war so eine fiese kleine Sache, die an seinen Nerven zerrte. Er fühlte sich wie verflucht. Er hatte heute einen großen Fehler gemacht. Das war nicht geplant gewesen, und doch hatte er es ganz sicher gewollt und auch getan – und was jetzt? Gleich morgen wollte er die Sache in Ordnung bringen. Er würde das Durcheinander beseitigen, das er angerichtet hatte, und sich wie ein Mann seiner Verantwortung stellen. Es gab Möglichkeiten, sich so etwas vom Hals zu schaffen, also zur Hölle damit. Er wusste, dass er es tun würde. Er wusste nur nicht genau, was es war, das er zu tun hatte.

Dieser ganze, gottverdammte, verrückte Tag kam ihm wieder in den Sinn. *Shirelle Parker Jed Posey Pop Dwyer Jimmy Pye Lem Tolliver Bub Pye Miss Connie Longacre Sam Vincent Buddy Till Edie White Pye Edie Edie Edie sein Sohn Bob Lee Shirelle tot vermisst ihre Unterhose ihre Augen für immer offen der bellende Hund Mollie »Er hat sie, Mr. Earl. Sie ist hier.«*

*Denk nicht daran,* appellierte er an sich selbst. *Konzentrier dich auf deinen Job.*

Als er fühlte, wie seine Gliedmaßen langsam einschliefen, stieg er aus dem Auto. Er blieb stehen und atmete die Landluft ein. Es war unglaublich still. Aber nein, das stimmte nicht: So, wie ein Mann im Krieg lernt, dass Dunkelheit nicht gleich Dunkelheit ist, sondern ein Muster aus unterschiedlichen Schattierungen, die verstanden und gelesen werden können, existierten auch unterschiedliche Nuancen von Stille. Er hörte die Maisstauden im Wind rascheln. Er hörte die Grillen an irgendeiner Quelle in der Nähe des Hügelkamms zirpen, auch Ochsenfrösche, tief und klagend. Er glaubte, einen Mann in der Ferne husten zu hören. Nein, ausgeschlossen. Hier draußen gab es niemanden. Irgendein Froschlaut oder so etwas, oder eine Laune der Natur hatte ein Husten meilenweit durch die Luft getragen. So etwas passierte ständig.

Über ihm leuchteten die Sterne – nicht so viele wie im Pazifik, aber doch Türme und Anhäufungen von Sternen, fast schon ein Nebel aus Gestirnen. Sternbilder, die er seinem Sohn gezeigt hatte. Er hatte versucht, sich an die Geschichten zu erinnern, die zu ihnen gehörten, doch dabei das Gefühl gehabt, nicht besonders gut darin zu sein. Es gab hier draußen keine Stadtlichter, die sie verblassen ließen; die nächste größere Ansiedlung war Boles, gut fünf Meilen entfernt, und in Boles begann die Nachtruhe schon etwa um 21 Uhr.

»Was ist das für einer, Daddy?«, fragte jemand.

Nein, niemand fragte. Er hörte die Stimme seines Sohnes, aber nur in seinem Geist; er erinnerte sich daran, wie der Kleine ihm die Frage bei einem gemeinsamen Jagdausflug im letzten Herbst gestellt hatte.

»Das ist der Nordstern, Bob Lee. Mit dem findest du immer deinen Weg nach Hause. Das ist das Geheimnis der Nachtnavigation.«

»Was ist Nacht'gation?«

Der verdammte Junge hatte so viele Fragen!

*Konzentrier dich auf den Job,* ermahnte er sich.

Er schielte auf sein Handgelenk. 22 Uhr durch. Nichts zu sehen.

*The monkey took*
*One look at Jim*
*And threw the peanuts*
*Back at him*

*Burma Shave*

Bub fuhr. Er konnte fast nichts erkennen. Nur Mais auf beiden Seiten der Straße, und hier und da ein paar Werbeschilder für Burma-Rasierwasser mit gereimten Zeilen, Tabakwerbung für Mail Pouch oder Copenhagen auf Scheunen und sogar ein *Jesus rettet dich.* Er fühlte sich verloren. Es war so dunkel. Er hatte große Angst und fühlte sich sehr müde. Er hatte Hunger. Seit dem Burger hatte er nichts mehr gegessen.

Jimmy suchte konzentriert die Umgebung mit Blicken ab.

»Da ist es«, sagte er. »Gleich da vorne, auf der linken Seite, siehst du's?«

»Ja, Sir«, antwortete Bub. Er bemerkte im Schatten eine Lücke zwischen den Maisstauden und etwas, das wie ein schmaler Pfad aussah, der hineinführte. Weiter hinten stieg ein Hügelkamm empor.

»Und du hast nicht vergessen, was du sagen wirst?«, fragte er. Es war ihm sehr wichtig, dass Jimmy es ihm noch einmal sagte. Dann musste er nicht so viel Angst haben.

»Oh nein, ich geb dir mein Wort«, erwiderte Jimmy. »Das hier ist von vornherein meine Idee gewesen. Alles meine Schuld. Der alte Bub hat nichts damit zu tun. Wir bringen dich ruckzuck zurück zu deiner Mama. Möglicherweise kannst du schon heute Nacht nach Hause.«

»Meinst du? Meinst du wirklich? Ich vermiss meine Mama.«

Im Geist sah Bub seine Mama vor sich. Ein Berg von einer Frau, meist etwas genervt, manchmal auch ziemlich gemein, aber er liebte sie trotzdem. Er erinnerte sich, wie er und ein paar andere Jungen einmal eine Katze angezündet hatten, nachdem sie sie mit Kerosin übergossen hatten. Das Tier war nur noch kurz herumgerannt, hatte schrecklich geschrien, um dann zu einem rauchenden Häufchen Asche zusammenzufallen. Er hatte sich so schlecht gefühlt, und seine Mama hatte ihn in ihre Arme genommen und geschaukelt. In ihrer beständigen Wärme und durch die Ruhe, mit der sie ihn getröstet hatte, war er schließlich eingeschlafen. Das zählte zu seinen Lieblingserinnerungen.

»Du tust einfach, was Mr. Earl dir sagt«, wies Jimmy ihn an. »Es wird schon alles in Ordnung kommen.«

Bub bog auf den Feldweg ein. Als er spürte, wie der Wagen in der lockeren Erde etwas ins Rutschen geriet, trat er abrupt auf die Bremse.

»Fahr weiter«, sagte Jimmy. »Nur noch ein bisschen weiter. Ich fürchte, der alte Earl hat es nicht gefunden, verdammt noch mal.«

Sie drangen weiter vor, bis der Mais sie vollständig einschloss. Er schien sich von allen Seiten zu ihnen herabzubeugen, als ob er sie angreifen wollte, und Bub erlitt eine kurze Panikattacke.

»Jimmy?«, fragte er kläglich und spürte, wie sich seine Stimme etwas höher schraubte.

»Schon gut, schon gut«, beruhigte der ihn.

Die Scheinwerfer krochen voran über den Feldweg, und sie langten pünktlich bei dem Streifenwagen der Landespolizei an, der an der Seite des Wegs wartete.

»Da wären wir«, sagte Jimmy.

Earl sah, wie der Wagen langsam in Sicht geriet. Er bog um die Kurve und fuhr dann in etwa 15 Metern Entfernung an den Straßenrand. Wer auch immer der Fahrer war, er stellte den Motor ab. Etwas grauer Dunst hing in der Luft. Der sich abkühlende Wagen tickte und knirschte etwas, doch keiner der beiden Männer im Inneren rührte sich.

Für etwa 30 ausgedehnte Sekunden blieb alles still. Dann schaltete Earl seinen Suchscheinwerfer ein, der einen Lichtkegel auf die Vordersitze des Autos warf. Er erkannte

Jimmy Pye, der eine Hand hob, um das grelle Licht abzuwehren. Jimmy loderte im Strahl der Lampe auf. Seine natürliche Farbe verwandelte sich in ein flammendes Weiß, seine dicken Haarlocken in Gold.

»Ganz schön hell, Earl«, rief er.

*Jimmy!,* dachte Earl. *Gott verfluche dich, Jimmy, warum hast du das nur getan?*

»Also gut, Jimmy«, rief Earl ihnen zu. »Mach jetzt alles schön langsam.«

»Ja, Sir«, gab Jimmy zurück. »Kann Bub seine Mama anrufen? Er ist schrecklich nervös wegen seiner Mama.«

»Wir kümmern uns bald darum. Jetzt will ich, dass du zuerst aussteigst, Jimmy. Ich will sehen, dass du die Pistole am Lauf in der linken Hand hältst und sie wegwirfst. Ich will sehen, wie sie auf dem Boden landet. Dann will ich dich, Bub, will deine Hände sehen, die Waffe in der Linken, am Lauf gehalten, ich will sie auf dem Boden sehen. Habt ihr mich verstanden? Das hier wird alles ganz langsam und ruhig über die Bühne gehen.«

»Ja, Sir, Mr. Earl«, krähte Bub.

»Okay, fangen wir an.«

»Hey, Earl, Sie klingen wie Joe Friday. Wir sind hier doch nicht bei *Dragnet.* Himmel, Earl, es sind doch nur Jimmy Pye und sein kleiner Cousin«, sagte Jimmy. Er entriegelte seine Tür, präsentierte Earl seine Hände, stieß die Tür mit dem Knie auf und stieg aus. Seine Hände hielt er hoch über dem Kopf; sie waren leer.

»Ich werde jetzt die Waffe ziehen, Earl«, rief er, griff mit der linken Hand nach unten und holte eine Pistole aus dem Gürtel. Er warf sie nach vorn, wo sie im Staub landete. Eine kleine Wolke wurde aufgewirbelt.

»Okay, Bub, du rutschst rüber und kommst raus, auf die gleiche Art.«

Bub glitt auf den Beifahrersitz und zog sich aus dem Wagen. Während Jimmys Haltung lässig, fast arrogant gewirkt hatte, war Bub starr vor Anspannung. Absurderweise riss er sofort die Arme nach oben wie ein Grundschüler, der versucht, den

Flügelschlag eines Engels nachzuahmen. Earl konnte sehen, dass seine Knie zitterten.

»Die Waffe, Bub. Hast du die Waffe vergessen, Bub?«

»Oh-mmh.« Der große Kerl stieß einen kurzen, würgenden Laut der Verzweiflung und des Schreckens aus. »Sie ist noch im Auto. Soll ich sie holen?«

»Dreh dich um, damit ich sehe, dass du unbewaffnet bist«, erwiderte Earl.

Gehorsam drehte sich der große Junge um die eigene Achse, und Earl vergewisserte sich, dass nichts in seinem Gürtel steckte.

»Okay, Bub, dreh dich um und leg die Hände neben Jimmy auf das Dach des Wagens.«

»J-ja, Sir«, rief Bub kläglich und tat, wie ihm geheißen.

»Und jetzt bleibt ihr schön stehen, wo ihr seid. Ich komm rüber und ich will keine plötzlichen Bewegungen sehen.«

»Beeil dich, Earl, die verdammten Moskitos fressen mich auf«, rief Jimmy.

Nachdem er den Scheinwerfer auf die beiden Jungs gerichtet hatte, griff Earl nach unten und öffnete die Lasche über seinem Colt Trooper. Dann langte er nach hinten, nahm ein Paar Handschellen aus seiner Gürteltasche und steckte sich ein weiteres Paar in den Hosenbund.

Er ging langsam auf sie zu.

»Verflucht!«, rief Jimmy und schlug sich hektisch in den Nacken, als ob ihn gerade etwas gestochen hatte. »Elende Mistviecher!«

Es geschah so langsam und doch auch so schnell. Earls Augen folgten Jimmys Hand, die sich wieder dem Auto zu nähern schien. Doch gleichzeitig wirbelte er herum in einer Bewegung, die überhaupt keinen Sinn ergab. Er hörte sich »Jim ...« sagen, als auch schon die Waffe in sein Sichtfeld rückte. Er verstand es erst nicht, weil die Waffe doch auf dem Boden lag, er hatte sie dort aufschlagen sehen. Dann sah er auch schon den

BLITZ

bevor er irgendein Geräusch hörte, und er spürte den
SCHLAG
bevor er auch den Knall hörte, und dann hörte er den Knall und sah den Blitz erneut und spürte noch einmal den
SCHLAG
ganz dicht in seiner Nähe, so überaus dicht, und ehe er sich's versah, lag er auf den Knien und jemand rannte auf ihn zu, und er hörte wieder den Knall, und es war Bub.

Bub rannte auf ihn zu und blieb stehen, als eine rote Spinne vorne über sein T-Shirt kroch. Sein Gesicht wirkte verzerrt und schrecklich verkrampft vor Angst. Doch dann kam er weiter wie ein Verrückter auf Earl zugestürmt, wie eine Art Monster mit ausgestreckten Armen, sich unkoordiniert bewegenden Lippen und weit aufgerissenen Augen wie zwei große, weiße Taubeneier. Er kam auf Earl zu, als ob er ihn zerquetschen wollte.

Earl schoss. Er konnte sich nicht einmal daran erinnern, die Waffe gezogen zu haben.

Bub fiel auf die Knie.

BLITZ.

Earl wandte sich um, als Jimmy noch einmal feuerte, und wieder, beide Male daneben, wobei er den Rückzug in das Maisfeld antrat. Earl gewann den Eindruck, ein durchtriebenes Grinsen in seinem Gesicht erhascht zu haben. Mehr, um dieses schreckliche Grinsen wegzuwischen, als aus irgendeinem anderen Grund, betätigte er den Abzug noch viermal. Vier Donnerschläge ertönten. Die Pistole ruckte in seiner Hand; die vier Schüsse kamen so schnell, wie sie damals aus seiner Tommy Gun gekommen waren. Dann ertönte ein Klicken. Die Waffe war leer.

*Was zum Teufel geht hier vor?,* fragte sich Earl, weniger in Worten als vielmehr in hellen Blitzen, Pailletten, Bruchstücken von Licht und heißem Metall, die durch seinen Verstand wirbelten.

Dann bemerkte er, dass er sich immer noch im Scheinwerferlicht befand, immer noch auf dem Boden. Vor und hinter ihm ragten die Autos auf, hinter den Autos der Mais. Er schlitterte rückwärts, aus dem Lichtkegel heraus, und rechnete damit, erschossen zu werden, doch es kam kein Schuss. Er hörte Schritte und das Rascheln von Maisstauden, die rüde zur Seite gebogen wurden, das Seufzen des Windes, sonst nichts.

Er ging hinter seinem Streifenwagen in Deckung. Bub lag auf dem Rücken, voller Blut.

*»Mama!«,* jammerte Bub. »Oh, *Mama,* hilf mir, bitte, oh Jesus, Herr, ich will nicht sterben.«

Von Jimmy war nichts zu sehen.

*Lade nach,* forderte er sich selbst auf, hielt die Waffe ausgestreckt vor sich und griff mit der linken Hand danach, um den Zylinder zu entriegeln und die Munition herauszuholen.

Aber er hatte keine linke Hand. Jedenfalls keine, die funktionierte.

Er sah genauer hin. Sein Blick traf auf ein blutverschmiertes Etwas. Aus einer bösen, schwarzen Wunde knapp unter seinem Ellbogen floss eine schwarze Flüssigkeit. Das Blut lief bis zu seinen Fingern und tropfte von ihnen herab. Er konnte sie nicht bewegen. Der Arm war völlig im Eimer. Auch an seiner linken Körperseite bemerkte er überall Blut. Uniform und Hose wurden davon durchtränkt.

*Werde ich sterben?,* fragte er sich.

*Na, wenn ja, sollte ich verdammt noch mal trotzdem nachladen.*

Mit seinem einsatzfähigen Daumen gelang es ihm, den Riegel am Zylinder zurückzuschieben und ihn herauszuschütteln. Er richtete die Waffe nach oben und schüttelte und schüttelte, bis alle sechs Patronenhülsen, eine nach der anderen, herausfielen. Im Anschluss klemmte er sich die Pistole zwischen die Knie, nahm, wieder eine nach der anderen, Patronen aus seinen Gürtelschlaufen und fummelte sie in den Zylinder hinein. Große 357er-Teilmantelgeschosse. Mit einem Schwung aus dem Handgelenk ließ er den Zylinder zuschnappen.

Nun kam der Schmerz. Er heulte in seinem Arm auf. Seine Seite war taub und nass. Earl wollte schlafen oder schreien. Er wollte nicht ins Maisfeld kriechen, um Jimmy zu verfolgen.

Er schob den geladenen Colt ins Holster, schleifte sich mühsam ins Auto und griff nach dem Funkmikrofon.

Da er sich weit draußen auf dem Land befand, gab es in der Nähe keine Relais-Stationen, doch das Funkgerät gehörte zu den extrem leistungsfähigen Niederfrequenzmodellen. Konnte er damit jemanden erreichen? Er hielt es für durchaus möglich.

»An alle Wagen, an alle Wagen, Polizist verletzt, Zehn-78, ich wiederhole, Zehn-78, an alle Wagen, bitte kommen.«

Doch es herrschte Totenstille.

*Scheiße.*

Ein Funkeln erregte seine Aufmerksamkeit. Er blickte auf und sah sich mit einem Haufen zerbrochenem Glas konfrontiert, dort wo sich einmal die Windschutzscheibe befunden hatte. Eine von Jimmys Kugeln musste hineingeflogen sein. Dahinter erspähte er seine Antenne, von einem Geschoss in zwei Hälften gesplittet.

*Gottverdammt.*

Verfluchter kleiner Glückspilz. Das verringerte die Reichweite des Funkgeräts deutlich. Also konnte er erst einmal keine Verstärkung rufen.

Er schlüpfte aus dem Wagen und suchte die Umgebung ab. Bub war verstummt, obwohl Earl sehen konnte, dass er noch atmete. Er konnte im Moment nichts für ihn tun. Ganz sicher lief er jetzt nicht da raus und trat mitten ins Scheinwerferlicht.

Er nahm an, dass sich Jimmy irgendwo in der Nähe aufhielt, ihn umkreiste, immer näher kam. Denn eine Sache war glasklar: Jimmy wollte ihn umbringen. Darum ging es bei dieser ganzen elenden Aktion.

Jimmy fühlte sich so aufgedreht, dass er kaum stillhalten konnte. Er wusste, dass er ihn erwischt hatte. Er hatte ihn voll erwischt. Earl war wahrscheinlich tot. Er hatte ihn fallen sehen, hatte das ganze Blut gesehen, und als Earl, der für gewöhnlich mit jeder Art von Waffe ins Schwarze traf, auf ihn feuerte, verfehlte er ihn um Längen.

Jimmy kauerte im Maisfeld, still wie eine schlafende Katze, obwohl er schwer atmete. Aus seinem niedrigen Blickwinkel konnte er durch die Stauden, die immer noch in der leichten Brise schwankten und knirschten, nicht viel erkennen. Irgendwo weit voraus befand sich ein helles Licht, das ihn die Position der beiden Wagen erkennen ließ. Er hatte vor, zu warten, um zu Atem zu kommen, und dann langsam dorthin zurückzukriechen. Er wusste, dass er auf Nummer sicher gehen musste, um seinen Hals zu retten. Dann wollte er sich auf und davon machen und eine ganz neue Welt würde sich vor ihm auftun. Er hätte es endlich geschafft!

*We're gonna rock, rock, rock till broad daylight.*

Doch dann verschwand das Licht mit einem Schlag.

Er überlegte, was das zu bedeuten hatte. War das Licht von allein erloschen? Hatte Earl es ausgeschaltet? Waren Leute gekommen, um es auszuschalten? Nein, ausgeschlossen. Dann hätte es Autos, Hunde, Flugzeuge, eventuell sogar Helikopter gegeben, den ganzen verdammten Schützenverein.

Es war der gottverdammte Earl. Earl jagte ihn. Earl schaltete den Scheinwerfer ab, damit es keine Hintergrundbeleuchtung gab, vor der sich seine Silhouette abzeichnen konnte.

Er wusste, dass er einfach noch für ein paar Minuten stillhalten sollte. Earl hatte ihn abhauen sehen. Wenn Earl ihm also folgte, wusste er, auf welcher Seite der Straße er sich näherte, und der andere Mann würde gebückt und schnell herankommen und dabei Krach machen.

*Er* wird *Krach machen,* dachte Jimmy.

Er zweifelte keine Sekunde daran, dass Earl so etwas versuchte; der Mann war zäh wie ein Bluthund. Aber er war alt und verwundet, hatte wahrscheinlich jede Menge Blut verloren.

*Bleib einfach in der Deckung,* sagte Jimmy sich.

Aber dann rief er natürlich doch: »Earl! Earl, bist du hinter mir her? Mann, Earl, es tut mir leid. Ich dachte, du hättest vor, mich abzuknallen, um ein großer Held zu sein!«

Er erhielt keine Antwort.

Dann hörte er Earl rufen.

»Verflucht, Jimmy, du bist ein Narr und du hast mich gut erwischt. Ich werd daran krepieren. Komm jetzt und ergib dich, denn entkommen kannst du nicht. Hilfe ist unterwegs.«

»Keiner kommt so schnell hier raus«, schrie Jimmy lachend, denn er wusste, dass er recht hatte, genauso, wie er wusste, dass Earl nicht so schwer verletzt war, wie er vorgab, sondern log, um ihn hereinzulegen. Earl konnte ein ganz gerissener Hund sein.

Aber das jagte Jimmy keine Angst ein. Tatsächlich gab es nichts, was Jimmy Angst machte. Sein Kopf platzte fast vor lauter Vorstellungen von Ehre und Ruhm, pubertären Ansichten über Härte und Respekt. Er wollte sich dem Mann gegenüber behaupten, der sein halbes Leben lang drohend wie eine dunkle Wolke über ihm aufgeragt hatte. Er liebte Earl. Zugleich hasste er ihn aber auch. Er wollte ihn retten. Er wollte ihn töten. Vor allem aber wollte er ihn beeindrucken.

Er hatte gerade das Magazin mit den Patronen aus der Tasche nachgeladen und schob es zurück in die 38er Super. Sein Trick hatte funktioniert. Earl hatte den weggeworfenen Schraubenschlüssel doch tatsächlich für eine Pistole gehalten. *Ha, Earl, reingelegt!*

Er begann, auf seinen Gegner zuzukriechen. Er wusste, dass der andere ihn bald erreicht hatte. Er kam als Erster zum Zug, konnte den ersten Schuss abgeben, und dann wollte er sagen: *Hey, Earl, bin ich nicht der Beste überhaupt, bin ich nicht* cool? Und dann würde er ihn töten.

Jetzt der Schmerz. Dieser schlimme Schmerz, der in seinem Arm auf und ab wanderte und neue Stellen zum Wehtun suchte. Seine Hand war taub. Er blutete immer noch. Auf einer der

Inseln – er konnte sich nicht erinnern, auf welcher – hatte er beobachtet, wie ein Soldat von einer Granate buchstäblich zerfetzt, in ein Konfetti aus Fleisch und Blut verwandelt worden war – genau so sah sein nutzloser Arm jetzt aus.

Als Nächstes die Erschöpfung. Diese schreckliche Müdigkeit. Warum fühlte er sich so müde? Er wollte schlafen. Verblutete er? Möglich. Er verspürte einfach nur den Drang, sich hinzulegen und zu schlafen, bis die Sache ausgestanden war.

Und schließlich die Melancholie. Warum, oh, warum nur musste das hier passieren? Wieso hatte er es vermasselt? Wer hatte seine Finger im Spiel, dass so etwas geschah? Der gottverdammte Jimmy Pye etwa?

Auch Traurigkeit wegen Bub, der, wie ihm jetzt klar wurde, nicht versucht hatte, ihn zu töten, sondern in Panik zu ihm gerannt war, um seinen Schutz zu suchen. Bub hatte die Kugel aufgehalten, die Earl sonst wahrscheinlich getötet hätte, und zum Dank hatte Earl ihm ein Teilmantelgeschoss aus der 357er Magnum in die Brust gefeuert und ein Loch ins Herz gerissen. Bub war tot, das stand fest, denn niemand lag so da, wie Bub dalag, wenn er noch lebte.

Er spürte das Gewicht des Colt Trooper in seiner Hand, den Finger straff am Abzug. Er sehnte sich danach zu schießen, aber auf was? Er ging einfach weiter vorwärts, ohne zu kriechen, denn Kriechen ging zu langsam und fiel ihm zu schwer mit dem gebrochenen Arm. Stattdessen stakste er im Krebsgang an der Seite der Straße entlang, tiefer und tiefer ins Maisfeld hinein, in die Richtung, aus der Jimmys letzter Ruf gekommen war. Er hatte das Gefühl, dass alles auf einen einzigen Schuss hinauslief. Denkbar, dass Jimmy ihn erwischte – aber er wusste, wenn er nicht schnell etwas unternahm, blutete er einfach aus und das wär's dann für ihn. Und Jimmy machte sich noch mehr zum Mythos, als er es jetzt schon getan hatte.

Earl trug keinen Hut. Er hatte seine Dienstmarke abgelegt. Er war nichts als ein verletzter Mann mit einer Pistole, der einen unverletzten Mann mit einer Pistole jagte. Er war alt, er war langsam, er hatte große Angst. Er rechnete damit, seinen Sohn und seine Frau nie wiederzusehen. Über ihm standen die Sterne am Himmel, fern, ohne zu funkeln, vollkommen gleichgültig. Überall um ihn herum knisterte und raschelte der Mais, und weit weg erklang der Klagegesang der Insekten und Frösche. Warum tat er das hier? Wofür? Für irgendwelche gottverdammten Zivilisten, die ohnehin nie seinen Namen erfuhren oder hinter seinem Rücken von ihm behaupteten, er sei größenwahnsinnig geworden?

Er hatte sich solche ketzerischen Fragen noch nie zuvor gestellt, auf keiner der Inseln und in keiner der misslichen Lagen, in die er als Polizeibeamter geraten war. Warum? Spielte das eine Rolle? Nein, eigentlich nicht.

Er ließ sich auf ein Knie sinken. Die große Waffe lag ihm schwer in der Hand. Er hatte jetzt das Gefühl, dass Jimmy ganz in der Nähe lauerte. Dann wusste er mit einem Mal: Jimmy befand sich nicht vor, sondern hinter ihm. Jimmy ließ ihn bewusst vorbei, um sich anschließend von hinten anzuschleichen. So musste sein Verstand funktionieren, denn Jimmy war ein Sportler, der sich bestens damit auskannte, seinen Gegner zu täuschen.

»Jimmy!«, rief er. »*Jimmy,* jetzt komm schon, Junge, das hier muss doch nicht sein.«

Keine Antwort.

Earl stand am Straßenrand und schien nach vorn zu blicken, ins Maisfeld zu spähen.

Jimmy sah ihn kommen. Earl stand nicht *ganz* im Maisfeld, eher halb. Er hielt sich in Schlagdistanz zum Rand des schmalen Wegs auf und bewegte sich mit grimmiger Entschlossenheit, weder schnell noch langsam. Selbst im Dunkeln konnte Jimmy erkennen, wie angespannt und verbissen Earls Gesicht wirkte. Das Gesicht eines Vaters, das Gesicht eines Mannes, der wusste, was als Nächstes zu tun war, oder auch das eines Mannes, der einem sagte, was mit dem, was man selbst tat, nicht stimmte.

Jimmy hob die Pistole; Earl passierte ihn gleich in wenigen Metern Entfernung. Doch dann zögerte er. Zwischen ihm und Earl befanden sich Tausende Maisstauden. Wer wusste schon, ob diese nicht die Kugeln ablenkten oder er im Dunkeln überhaupt nicht zielgenau schießen konnte? Er könnte sämtliche Kugeln abfeuern und ihn trotzdem verfehlen. Nein. Besser, er ließ Earl an sich vorbei und schlich ihm dann nach, um sich hinter ihn auf den Weg zu schleichen. Nahe herankommen. Darum ging es. Ganz nahe herankommen und dann einfach schießen, schießen, schießen. *Zeig ihm, wer der Beste ist.*

Earl horchte. Nichts. Er schleppte sich weiter vorwärts.

»Jimmy, *komm* schon! Ich will dich nicht verletzen müssen.«

Nichts. Dann hörte er, wie eine Pistole entsichert wurde.

»Ich hab dich besiegt, Earl.«

Earl richtete sich auf und drehte sich um, die Waffe an seiner Seite.

Jimmy stand etwa sechs Meter hinter ihm, hatte den automatischen Colt gezogen und zielte damit direkt auf ihn.

»Ich hab gewonnen, Earl.«

»Jimmy, um Himmels willen. Nimm sie runter. Es ist vorbei.«

»Ja, es *ist* vorbei.«

»Jimmy, das ist es nicht wert.«

»Earl, wirf die Waffe weg, dann lass ich dich am Leben.«

»Das kann ich nicht tun, Jimmy. Das weißt du. Jetzt ist Schluss. Noch ein, zwei Sekunden, dann ist meine Geduld vorbei.«

»Earl, ich hasse dich nicht. Aber du hast es so gewollt.«

Jimmy drückte ab.

Das Mündungsfeuer blitzte, die Waffe zuckte und Pulverdampf stieg auf.

Earl stand immer noch kerzengerade wie ein gottverdammter Fahnenmast.

»Du hast vorbeigeschossen, Jimmy. Es ist zu weit, du kannst

nicht gut genug schießen. Sohn, du hast keine Chance. Nimm sie ru...«

Jimmy feuerte, sicher, dass er diesmal traf und doch verblüfft von der Schnelligkeit des Alten, als dieser blitzschnell in die Knie ging und die Waffe hob, die er nur verschwommen sah. Er war nicht bloß schnell, er war auf eine ganz andere Weise schnell. Earls Arm kam ihm vor wie eine Peitsche, eine Schliere, ein Blitz, und die zwei Schüsse klangen fast wie einer, so rasch folgten sie aufeinander.

Das Nächste, was er sah, war Earl, der in einem Nebel über ihm auftauchte.

»Earl?«, fragte er.

»Ja, Jimmy.«

»Earl, ich kann nichts sehen. Es tut weh.« Irgendetwas musste mit seinem Kopf passiert sein. Er fühlte sich wie in einen Schraubstock eingespannt oder zwischen zerbrochenen Kisten oder Glasscherben. Überall dieser Nebel. So etwas kannte er nicht.

»Ist schon in Ordnung, Jimmy. Alles wird gut.«

Jimmy atmete noch ein letztes Mal und lag dann still. Es gab kein Todesröcheln, kein letztes Gurgeln oder Zucken, wie es manchmal vorkam. Es schien, als ob seine Seele einfach entschwunden sei und nur eine leere Hülle zurückgelassen hätte.

Earl konnte sehen, dass eine Kugel den Jungen ins linke Auge getroffen hatte und seitlich aus seinem hübschen Kopf ausgetreten war, ihn zerstört hatte. Die zweite hatte ihn kurz über dem Herz getroffen. Er lag so still wie ein junger König, vollkommen reglos in seinem eigenen Blut. Das eine Auge strahlte schön und blau mit seinen perfekt gebogenen, blonden Wimpern, das andere bot eine zerschmetterte Masse dar, aus der schwarze Rinnsale in den Boden sickerten.

Earl schaute weg und fand die Kraft, aufzustehen. Er stand auf wackeligen Beinen, benommen und unsicher. Durch reine Willensanstrengung konnte er einen Schritt machen, dann noch einen. Er ging zum Wagen zurück und hatte dabei das

Gefühl, so alt wie die Berge selbst zu sein. Gott, er fühlte sich schrecklich. Kein Mann sollte einen Jungen töten müssen, den er seit 20 Jahren kannte.

Warum hatte Jimmy ihm nicht gesagt, warum er das tat?

*Was ist nur los? Was ist in Jimmy gefahren?*

*Bei Gott, ich werde es herausfinden.*

Sein Arm blutete immer noch. Er schmerzte, als ob der Teufel selbst auf ihm herumhackte. Seine linke Seite war komplett taub, sein Körper vom eigenen Blut komplett durchnässt. Ihm wurde klar, dass er sterben musste, falls nicht schnell genug Hilfe eintraf.

Alles hing jetzt von dem Funkgerät mit der zerbrochenen Antenne ab.

Er beugte sich hinunter, nahm das Mikro und drückte auf den Sendeknopf.

»Alle Wagen, alle Wagen, gottverdammt, Polizist verletzt, Zehn-78, bitte kommen, bitte kommen.«

Schweigen.

Er starrte zum Himmel hinauf. Sterne, ganze Haufen von ihnen, türmten sich vor der Dunkelheit auf. Er fühlte sich unglaublich allein. Er probierte es noch einmal.

»Alle Wagen, alle Wagen, hier ist Wagen Eins-Vier, ist jemand da draußen, Polizist verletzt, Zehn-78, Zehn-78, Herrgott, ich verliere Blut.«

So passierte es nun also. Auf einer Straße in einem Maisfeld. Verbluten. Nach so vielen tödlichen Fallen auf den Inseln. Ausbluten in einem Maisfeld.

»An alle Polizeiwagen, alle Abschleppwagen, alle Mannschaftswagen, bitte helft mir. Polizist verletzt, Zehn-78, bitte kommen.«

Nichts.

*Es geht zu Ende. Es ist vorbei. Ich bin erledigt. Ich hab's nicht geschafft.* Er schloss die Augen. Das Gesicht seines Sohnes schwebte über ihm, und er fühlte, wie er die Hand danach ausstreckte, aber es verschwand direkt wieder.

»Äh, Polizist Eins-Vier, dies ist ein Flug der kommerziellen

Luftfahrt, Delta Eins Neun Null. Wir sind hier oben bei 27 fünf und bewegen uns südwärts nach New Orleans. Ich bin die Frequenzen durchgegangen und habe zufällig Ihr Signal aufgefangen, Sohn, wo zum Teufel stecken Sie?«

»Delta, Delta, ich befinde mich elf Meilen südlich von Waldron, Arkansas, in der Nähe der Route 71, in einem Maisfeld, 100 Meter vom Highway entfernt. Ich bin zweimal angeschossen worden und verliere Blut.«

»Halten Sie durch, mein Junge, ich werde jetzt den Kanal wechseln und es über die Notfallfrequenz von Little Rock senden. Die Jungs unten am Boden werden es so schnell wie möglich an Ihre lokalen Behörden weiterleiten, und Sie bekommen Hilfe. Falls Sie es nicht schaffen, werde ich diese Maschine höchstpersönlich auf dem gottverdammten Highway landen und Sie einsammeln, Trooper.«

»Danke, Delta Eins Neun Null, Sie sind ein guter Samariter.«

»Und Sie haben eine Menge Mumm, Trooper. Viel Glück, mein Junge.« Er meldete sich ab.

Earl legte das Funkmikrofon weg und blieb im Dunkeln sitzen. Mit einem Mal schien die Welt wieder voller Chancen zu sein.

Dann hörte er den Klang des Todes; er ließ sein Blut gefrieren. Es war das trockene, kratzige, krampfhafte Rasseln, das auf die Gegenwart einer Klapperschlange hinwies.

*Na großartig,* dachte er, *du hast mir jetzt gerade noch gefehlt.*

# KAPITEL 15

Richter Myers stand kurz vor einem Sieg gegen ihn. Das empfand Red als äußerst frustrierend, denn Richter Myers hatte ihn noch nie besiegt. Niemand konnte ihn schlagen, verflucht noch eins.

Red war der beste Tontaubenschütze im westlichen Arkansas und vermutlich sogar im gesamten Bundesstaat. Er hatte ausgezeichnete Platzierungen bei mehreren nationalen Meisterschaften errungen, darunter die Big Pig in Maryland, die NSCA-Meisterschaften in San Antonio und der Seminole-Wanderpokal in Orlando. Er besaß eine Begabung für diesen Sport, eine natürliche Eleganz im Umgang mit der Schrotflinte und einen Verstand, der instinktiv geometrische Gegebenheiten erfasste – sicher leistete ihm dabei auch sein Rechentalent gute Dienste. Es ließ ihn komplexe Gleichungen der Geschossablenkung mit geradezu schlafwandlerischer Sicherheit lösen.

Doch selbst gute Schützen erwischten manchmal einen schlechten Tag. Dann kamen die Tontauben nicht so aus der Trapmaschine, wie sie sollten, sondern befanden sich durch irgendeinen absonderlichen Zufall zu nah, zu weit entfernt oder wurden von einer Windböe gepackt, die mit ihnen spielte. Sie wurden auf merkwürdige Weise angehoben oder verformt, kamen schneller, zuweilen auch langsamer. Wenn, aus welchem Grund auch immer, das Auge nicht ganz mit seiner üblichen Klarheit sieht oder das Gehirn den visuellen Input nicht ganz mit der gewohnten Energie verarbeitet, wenn die Hände langsam sind, wird das Gewehr nicht richtig in Anschlag gebracht: Es gibt so viele Kleinigkeiten, die boykottieren können, was notwendig ist, um zu treffen. So geschah es auch heute bei Red.

Der Richter, der noch nie über die 45 hinausgekommen war, lag jetzt am letzten Stand bei 45, Red nur bei 43. Wenn er fünf schaffte, kam er im besten Fall noch auf 48, also konnte der Richter ihn mit einer fünf oder sogar einer lächerlichen vier schlagen. Und der Mann wirkte heute so selbstsicher und überzeugt von sich, dass die fünf möglich und die vier so gut wie sicher schienen.

»Heute ist nicht mein Tag«, fluchte Red.

Nein, wahrhaftig nicht. Er hasste den letzten Stand. Nicht die beiden Scheiben, die schräg und niedrig aus der Trapmaschine kamen und für einen Schützen mit seinen Fähigkeiten leicht zu treffen waren, sondern seinen verdammt noch mal schlechtesten Schuss: Eine Scheibe, die steil aufstieg und weit flog, zunächst nur die eine und dann gottverfluchte zwei Stück gleichzeitig. Er sollte das ändern lassen. Schließlich gehörte ihm der Parcours.

Der Richter trat in den Bunker hinein. Vor ihnen breitete sich die Schönheit der Wildnis dieses Bundesstaates aus. Es war ein guter Parcours, mit Schüssen, die schwer genug waren, um die Sache interessant zu gestalten. Die Trapmaschine befand sich zur Linken. Die ersten zwei Scheiben flogen niedrig und sanken zu Boden, während sie in ein Tal mit Hornsträuchern flogen, einen Teich überquerten und in der Vegetation verschwanden. Wirklich hinterhältig. Man konnte sie nur als Punkte wahrnehmen. Sie wurden per Fernsteuerung von der anderen Seite des Teichs senkrecht nach oben geschossen, hoben sich nur für einen kurzen Augenblick vor dem Himmel ab, so dunkel und so weit entfernt, dass man nicht einmal ihre orangene Farbe erkennen konnte. Man musste sie treffen, sobald sie auf dem Scheitelpunkt ihrer Flugbahn ins Gleichgewicht kamen und in der Luft stillzustehen schienen. Wenn man stattdessen versuchte, sie zu erwischen, während sie sich im Sinkflug befanden, waren sie schon vorbei, ehe man abdrücken konnte.

»Heute fühle ich mich stark, Red«, verkündete Richter Myers von den Myers aus Fort Smith, der auch Vorsitzender der Sebastian-County-Partei war und zu den engen persönlichen Freunden und Kampagnensponsoren von Senator Hollis Etheridge gehörte. Wenn Hollis' Wahlkampagne richtig ins Rollen geriet, konnte der Richter einen hohen Posten in Washington abbekommen, was Red erst so richtig in Rage brachte.

»Tja, Richter, wenn Sie wollen, stell ich Ihnen den Scheck einfach direkt aus. Wir brauchen es nicht mal mehr auszuschießen. Heute hat der Bessere gewonnen.«

»Oh, Red, Sie verdammter, schlauer Hund, Sie sind wahrhaftig Ray Bamas Sohn! Aber diese psychologische Kriegsführung funktioniert bei mir nicht.« Der Richter lachte. Reds Listigkeit im Spiel galt als legendär in Fort Smiths abgezocktesten Poker-, Golf- und Jägerkreisen, in denen im wesentlichen nur ein einziger Zirkel verkehrte: der Club der reichen Jungs.

Red kannte den Richter schon lange. Als ein Anwalt des Justizministeriums, der für die Abteilung zur Bekämpfung des organisierten Verbrechens tätig war, einen Antrag auf Installation einer Abhöreinrichtung gestellt hatte, hatte ein Bekannter ihm einen Tipp gegeben, und es war Richter Myers gewesen, der für Red einen Aufschub erwirkt hatte. Dieser Fall dürfte demnächst neu aufgerollt werden – irgendwann im zweiten oder dritten Jahrzehnt des nächsten Jahrhunderts.

Der Richter stand also in der Schuld von Red, welcher der Partei haufenweise Geld hatte zukommen lassen, und Red stand in der Schuld des Richters. Deshalb liebte es Red, mit dem Richter schießen zu gehen: Sie lieferten sich Duelle auf Augenhöhe.

Der Richter ließ zwei ACTIV-8-Geschosse in die Kammern seiner Perazzi rutschen, rastete die eleganten Läufe seines hübschen Gewehrs mit dem satten Laut eines sich schließenden Banktresors in das Verschlussgehäuse ein und nahm eine entspannte Bereitschaftshaltung ein, das Gewehr unter die rechte Schulter geklemmt und das Gewicht nach vorne auf die Fußballen verlagert.

»Trapper fertig!«, ertönte ein Ruf aus dem Gebüsch.

»Los!«, rief der Richter, und gehorsam schoss der unsichtbare Trapper die Scheiben ab, zwei orangefarbene Untertassen, die wie ein verschwommener Blitz in das Tal sausten, scheinbar gleichzeitig sinkend, gleitend und kleiner werdend. Der Richter ließ zweimal schnell hintereinander sein Gewehr sprechen. Zwei orangene Wölkchen zeigten seine Treffer an, während er die Waffe herumschwenkte.

Er öffnete die Läufe, ließ die leeren Hülsen hinausfallen und schob zwei weitere ACTIVs in die obere und untere Kammer.

»Los!«, rief er, und prompt sauste eine Scheibe von der Größe einer Aspirintablette in den Himmel hinauf und hielt ganz kurz inne. Der Richter behielt sie im Blick, folgte ihrer Bewegung und erledigte sie.

Das dachte er jedenfalls.

»Gottverdammt«, sagte er. »Jetzt krieg ich's aber mit der Angst zu tun.«

»Sie kriegen's doch nicht mit der Angst zu tun«, entgegnete Red. »Sie doch nicht.«

»Verdammt!«, rief der Richter.

Er lud nach für den wirklich schweren Doppelschuss, der jetzt kam: zwei Scheiben, die gleichzeitig abgefeuert wurden und sich in zwei verschiedenen Bögen voneinander entfernten. Man konnte sie auf keinen Fall beide mit einer Patrone erwischen; man musste die eine früh erwischen, wenn sie noch aufstieg, dann zur zweiten herumschwenken, bevor sie zu tief abfiel und man sie im Unterholz verlor. Höllisch schwierig, weil man sich beim Finden der richtigen Höhe allein auf seinen Instinkt verlassen musste, und wenn man nicht richtig ins Zentrum zielte, war nichts mehr zu retten.

Er sammelte seine Kräfte, schluckte, probierte Dutzende von Bereitschaftshaltungen aus, bis er endlich eine fand, die ihm zusagte.

*»Los!«,* rief er.

Und verfehlte alle beide.

»Gottverdammt!«, schrie der Mann. »Verfluchter Mist«, murmelte er, während er auf die Seite trat.

»Tja, tja«, sagte Red. »Da sieh mal einer an.«

»Red, Sie haben diese Station noch nie geschafft, und ich glaube auch nicht, dass Ihnen das jetzt gelingt.«

»Jack Myers, Sie haben wahrscheinlich recht, aber wir werden ja sehen.«

Er trat in den Bunker.

Es kam auf die Konzentration an. Wenn er zu viel über die Tontaube nachdachte, die später kam, konnte ihn das den Abschuss der leichter zu treffenden kosten, um die er sich zuerst kümmern musste. *Stell es dir bildlich vor,* wies er sich an, und vor seinem inneren Auge wurde ein Clip mit ihm selbst in der Hauptrolle abgespult: Geschmeidig hob er das Gewehr, legte ohne jede überflüssige Bewegung auf die zwei Tauben an, auch ohne die Waffe allzu stark zu bewegen, schoss beide rasch ab und erledigte die Angelegenheit blitzsauber.

Er ließ zwei Patronen in die glänzenden Kammern seiner Krieghoff K-80 gleiten, Poesie und Grazie im Wert von 12.000 Dollar, liebevoll zusammengebaut von den besten Gewehrmachern Deutschlands. Er ließ die Läufe einrasten und achtete nur noch darauf, sich ganz langsam nach vorn zu beugen, sich den Schuss geistig zu vergegenwärtigen, seine Emotionen unter Kontrolle zu bekommen, den Pulsschlag zu verlangsamen und sich zu sammeln.

»Los!«

Es war nicht ratsam hinzusehen, wie die Scheiben aus der Trap kamen, denn sie bewegten sich zu schnell. Das führte zwangsläufig dazu, dass man zu langsam reagierte. Als Red das Gewehr langsam anhob und mit einer fließenden, geübten Bewegung an seine Schulter heranzog, bis es sich auf natürliche Weise dorthin richtete, wohin er, ebenfalls durch lange Übung perfektioniert, bereits schaute, tauchten die Tauben in den Bereich seiner größten Sichtschärfe ein. Es gab keine Zeit zum Nachdenken oder Abwägen, denn alles ereignete sich schneller, als es sich in Worte fassen ließ: Die Tauben waren da, fielen, entfernten sich, doch er hatte sie klar im Visier; der Lauf unter ihnen schimmerte verschwommen am Rand seines Blickfelds. Das Gewehr schien wie automatisch zweimal zu schießen, während er der Bewegung folgte. Die orangefarbenen Wölkchen an der Stelle, wo die Keramikscheiben mit der Kraft von 800 Kügelchen Vogelschrot, die durch ihre Mitte fuhren, zerschlagen wurden, zeigten seine Treffer an.

Er warf die Hülsen aus, griff in seine Patronentasche, nahm eine Siebeneinhalber-Heavy-Trap von Winchester heraus und schob sie in den tieferen Lauf, der über den engeren der beiden Chokes verfügte, den *Improved Cylinder*.

Er machte sich erneut bereit. Oh, wie er diese weit entfernten Scheiben hasste. Die Taube konnte so leicht ein Schlupfloch in der Schrotgarbe finden, und sie flog in so großer Entfernung, dass sie manchmal zentral getroffen wurde und trotzdem weder zerbrach noch Schaden nahm. Das passierte eigentlich andauernd.

»Los«, rief er.

Die Taube flog in die Luft, das Gewehr hob sich, und parallel zu diesen zwei Ereignissen passierte noch etwas: Der Vibrationsalarm seines Pagers ging los und brachte ihn für einen Moment aus dem Konzept.

Er verlor eine Zehntelsekunde, und als er zu der Stelle aufsah, an der die Scheibe zur Ruhe kommen sollte, weil die Schwerkraft die Oberhand über ihre Aufstiegsgeschwindigkeit gewann, war er zu spät dran. Sie befand sich bereits im Sinkflug.

Aber Red geriet nicht in Panik.

Er riss die Waffe hart nach unten, holte die fallende orange Scheibe ein und feuerte aus der Bewegung.

Verdammt, er verfehlte sie.

»Nein, Sie haben sie getroffen, Red«, meinte der Richter. »Ich habe eine Ecke abplatzen sehen. Keine große Ecke, aber bei Gott, es war eine. Toller Schuss, verdammt.«

»Macht es Ihnen was aus, wenn ich einen kurzen Notfallanruf mache?«

»Nein, machen Sie nur. Ist ja Ihre Konzentration.«

Red lehnte die Krieghoff an den Bunker, trat heraus und zog die Schutzhülle mit dem Pager vom Gürtel ab. Er drückte den Knopf, der die Verbindung zu Duane Pecks Hotline herstellte, um den aufgezeichneten Lagebericht abzuhören.

»Äh, Sir, hier sind die Neuigkeiten. Gestern bin ich ihnen auf der Route 71 in Richtung Waldron gefolgt und hab sie dann verloren. Ich bin 'n paar Stunden hin und her gefahren und hab sie irgendwann auf so 'nem Feld da draußen in der Nähe von, ähm, Waldron wiedergefunden. Sie haben mich nicht gesehen. Die sind dageblieben, bis es dunkel wurde. Dieser Junge, Sie wissen schon, und dieser Bob-Lee-Typ. Außerdem hatten die den alten Sam Vincent dabei.«

Der Mann hielt inne, schien kurzzeitig den Faden zu verlieren, fing sich aber wieder.

»Also, jedenfalls, heute ... *heute* früh latscht Sam zum vorläufigen Gerichtsgebäude rüber und reicht ein paar Papiere ein. Er reicht einen sogenannten Exhumierungsantrag ein, um die Erlaubnis vom Kreis einzuholen, dass sie Earl Swagger ausbuddeln und irgendeine Art von Autopsie an der Leiche durchführen können. Ähm, was meinen Sie dazu? Die haben keinen Schimmer, dass ich mich für sie interessiere, abgesehen davon, dass der Junge mir einen neunmalklugen Blick zugeworfen hat, als ich ihnen das erste Mal begegnet bin. Ich könnte die Sache jetzt sofort erledigen, bevor es zu kompliziert wird.«

Er hatte dasselbe Gefühl, als wenn an einem bewölkten Tag die Sonne zum Vorschein kam. Als habe er gerade eine Million Dollar gefunden. Es war wie kostenloser Sex mit einer wunderschönen Frau ohne jegliche Konsequenzen.

Red drückte die Taste, um eine Sprachnachricht aufzuzeichnen.

»Peck, unternehmen Sie gar nichts. Ich glaube, die sind ordentlich verwirrt. Mit etwas Glück kommen wir aus der Sache raus, ohne dass überhaupt ein ernsthaftes Problem auftaucht. Die Aussichten stehen sehr, sehr gut.«

Und das stimmte auch. Dafür war gesorgt.

»Sie sehen aus, als ob es extrem gute Nachrichten gibt«, meinte der Richter, als Red zum Bunker zurückkehrte.

»Kennen Sie das, wenn es manchmal so aussieht, als ob Ihnen eine Sache aus den Händen rutscht und alle möglichen Komplikationen auftreten? Doch dann kommt etwas ins Spiel, das Sie schon vor Jahren eingefädelt haben, weil Sie schlau gewesen sind und sich Gedanken drüber gemacht haben. Und auf einmal entwickelt sich alles genau wie vorhergesehen?«

»Tja, ich kann nicht behaupten, dass ich genau *dieses* Vergnügen schon mal gehabt hätte.«

»Nun, es fühlt sich toll an.«

Red hob das Gewehr auf, klappte den Verschluss auf und ließ zwei weitere Siebeneinhalber hineinfallen.

»Los«, sagte er und fühlte sich wunderbar. Die Tauben schossen in den Himmel und er erledigte sie beide.

# KAPITEL 16

Er hatte es irgendwie schöner in Erinnerung. Im Gedächtnis sah er eine leicht hügelige, grüne Wiese vor sich, die sich zum Großteil im Schatten einer stattlichen Färbereiche ausbreitete. Den Grabsteinen haftete etwas Hoheitsvolles an; sie reihten sich wie bei einer Parade der geehrten Toten aneinander. Eine Art Mini-Arlington, wo eine Ehrengarde auf ewig Spalier stand.

Aber ob dieser Veteranenfriedhof von Polk County nun wirklich einmal existiert hatte oder nur in der Vorstellung, so wie ein Zauberreich Oz für Verflossene – die bittere Realität sah jedenfalls anders aus: Der echte Friedhof streckte sich sonnendurchglüht, vertrocknet, baumlos, sehr schäbig, nichts sagend und platt wie ein Pfannkuchen dem leeren Horizont entgegen. Es handelte sich nicht einmal um einen richtigen Veteranenfriedhof, sondern es gab lediglich einen kleinen Sektor für sie. Hinter dessen verbogenem Zaun lagen jedoch auch etliche Zivilisten unter der Erde.

»Sie sind nie hergekommen?«, fragte Russ.

»Oh, ein paarmal. Als kleiner Junge. Bevor meine Mutter das wurde, was wir ›krank‹ nannten, womit wir eigentlich ›Säuferin‹ meinten. Es war besser für sie, nicht herzukommen. Ich kann mich nur erinnern, dass sie wie ein Baby geweint hat. Ihre Schwester musste uns nach Hause fahren. Dann bin ich vor meinem Aufbruch zum Marine Corps noch einmal nachts hergekommen. Bin selbst gefahren. Und einige Jahre später auf Freigang, doch zu der Zeit lebte meine Mutter schon nicht mehr. Es gab also nur wenig, zu dem ich zurückkehren konnte. Nachdem ich aus dem Krieg nach Hause kam, bin ich gar nicht mehr hergefahren, sondern gleich oben auf diesem Berg geblieben.«

»Ist es noch so wie damals?«

»Ich kann mich erinnern, dass es mehr Bäume gab. Aber

zur Hölle, ich bin bloß ein Kind gewesen. Ein Busch sah für mich damals wie ein Baum aus.«

»Ist es der hier, Mr. Swagger?«, rief einer der Totengräber, die sie für diese Angelegenheit angeheuert hatten.

»Na, schauen wir mal.«

Bob ging zu dem schlichten Stein hinüber. Er unterschied sich nicht von den Hunderten von anderen hier, welche die Gefallenen des westlichen Arkansas seit dem Bürgerkrieg ehrten. Er bückte sich, kniff im Sonnenlicht die Augen zusammen und las auf dem beschädigten Kalkstein:

*EARL SWAGGER*
*U. S. M. C.*
*ARKANSAS STATE POLICE*
*1910 – 1955*

Und darunter:

*Ehemann, Vater, Marine, Polizeibeamter*
*Ein außerordentlich tapferer Mann*

»Ja, Sir, Mr. Coggins, das ist er. Wenn dieser verdammte Doktor bloß endlich auftaucht.«

»Wir können genauso gut schon mal anfangen«, erwiderte der alte Mann.

»Na, dann tun Sie das doch.«

Die Mannschaft – drei schwarze Männer, zwei junge und der ältere Mr. Coggins – machte sich schwungvoll an die Arbeit. Bob sah zu, wie sie ihre Spaten in den Boden rammten, den Rasen herausstachen, sich richtig ins Zeug legten. Die Erde begann sich rasch auf der Plane anzuhäufen, die sie zu diesem Zweck ausgelegt hatten.

»Steckt ’ne Menge Dreck in so ’nem Loch«, bemerkte Bob.

Russ fühlte sich etwas unbehaglich, als er den schwarzen Männern beim Graben zusah. Die ganze Sache wirkte so nüchtern. Niemand beim Friedhofsamt hatte irgendetwas

Bemerkenswertes an den Papieren gefunden, die sie eingereicht hatten. Doch es schienen keine Aufzeichnungen mehr zu existieren, da der Friedhof seit 1955 viele Male die Verwaltung gewechselt hatte. Irgendwann im Laufe der Zeit hatte man angefangen, die alten Dokumente stiefmütterlich zu behandeln und die physischen Dokumente waren irgendwie abhanden gekommen. Aber das stellte kein größeres Problem dar: Bob hatte das Grab auch so schnell genug ausfindig gemacht.

»Ich hab ein schlechtes Gewissen, wenn andere die ganze Arbeit machen«, sagte Russ.

»Das sind Profis. Die erledigen ihre Sache gut. Lassen Sie sie ihr Geld verdienen. Mein Vater liebte es, wenn eine Arbeit gut erledigt wurde, und bei Gott, diese Jungs da verstehen was vom Buddeln.«

Die Männer gruben den ganzen Morgen, ohne großartige Pausen einzulegen. Zwei standen unten im Loch, einer assistierte von oben. Die Schaufeln bohrten sich in einem stetigen, maschinellen Rhythmus in die Erde und die Grube wurde immer breiter und tiefer.

Bob schaute einfach zu, stand dabei völlig unbeweglich. Russ schlenderte gelangweilt herum und überlegte, ob er irgendetwas Hilfreiches tun konnte, das nicht seine tatsächliche Anwesenheit erforderte. Doch dann beschloss er: *Das ist meine Party. Ich muss hier sein.*

»Erinnern Sie sich an diesen Polizisten?«, fragte Bob.

»Ja.«

»Sie sagten, dass irgendwas an ihm verdächtig wirkte, oder?«

»Ja.«

»Und was? Sagen Sie es mal genau.«

»Äh ...« Russ' Verstand schien sich mit Licht zu füllen. Schon wieder ein Test, den er nicht bestand. Doch dann fiel es ihm ein.

»Na ja, ich bin schon mein ganzes Leben lang von Polizisten umgeben. Mein Vater, wissen Sie ...«

»Weiter. Kommen Sie auf den Punkt.«

»Also, die Augen eines Polizisten funktionieren folgendermaßen: Er starrt Sie genau an und überprüft Sie. Mustert Sie von oben bis unten. So funktioniert der Verstand eines Cops. Er gleicht Sie mit verschiedenen Schemata ab. Er hat 50 verschiedene Profile von Leuten im Kopf, und drei oder vier davon sind gefährlich. In den ersten paar Sekunden nimmt er einen in Augenschein, um einen dem passenden Profil zuzuordnen. Aber dann, wenn er festgestellt hat, dass Sie nicht gefährlich sind, verliert er das Interesse. Dann sind Sie bloß noch ein lästiges Problem für ihn. Er stellt den Strafzettel aus, gibt Ihnen die Wegbeschreibung, nimmt die Aussage auf, was auch immer: Aber er ist nicht an Ihnen interessiert, schenkt Ihnen keine echte Aufmerksamkeit, sondern hält weiter Ausschau, ob anderswo eine Bedrohung auftaucht.«

»Hmmm«, machte Bob nachdenklich.

»Aber dieser Kerl«, fuhr Russ fort, »der hat uns *weiter* angestarrt. Ungewöhnliches Verhalten für einen Polizisten. Denn jeder Cop weiß innerhalb von einer Sekunde, dass ein Yuppie in den 20ern, der Reeboks und ein Polohemd trägt, nicht gefährlich ist. Aber ich habe ihn irritiert. Merkwürdig.«

»Vielleicht hielt er *mich* für gefährlich.«

»Aber *Sie* hat er nicht gemustert. Er hat *mich* gemustert.«

»Na ja, wir könnten ihn ja danach fragen. Er steht schon seit zehn Minuten hinter den Bäumen da drüben und starrt uns an. Und da kommt er auch schon.«

»Meine Güte«, sagte Russ.

»Und er ist dreimal an uns vorbeigefahren, als wir gestern auf diesem Feld gewesen sind.« Bob lächelte ihn an. »Bleiben Sie jetzt ganz ruhig.«

Der Hilfssheriff kam angeschlendert, schlaksig und blond, die großen Hände hinter seinen Gürtel gehakt, den Hut tief in die Stirn gezogen und eine Sonnenbrille mit hellen, spiegelnden Gläsern im Gesicht, die ihn von der Welt abschotteten.

»Howdy allerseits«, grüßte er lächelnd.

»Deputy Peck.« Bob nickte.

»Na, ihr Jungs erzielt ja gute Fortschritte bei dieser Sache hier, wie ich sehe.«

»Wir glauben, dass wir anhand der Leiche ein bisschen was herausfinden könnten. Auch wenn es mir leidtut, die Totenruhe stören zu müssen.«

»Tja, manchmal muss man eben tun, was man tun muss.«

»Das ist wohl wahr.«

»Wissen Sie, Mr. Swagger, ich hab ein bisschen nachgedacht. Ich könnte Ihnen *helfen.* Zum Beispiel könnt ich diese alten Dokumente aus den Akten des Sheriffs von 1955 rausfischen. Ich glaube, die hat sich seit Jahren keiner mehr angesehen. Vielleicht kann ich Sie dabei unterstützen, Augenzeugen ausfindig zu machen und so weiter. Es gibt möglicherweise noch ein paar alte Leutchen aus dieser Zeit, die Ihnen behilflich sein können. Und ich könnte Sam helfen. Er ist nicht mehr sehr mobil und wäre für zwei zusätzliche Beine sicher dankbar. Es wär mir ein Vergnügen.«

»Tja, das ist verdammt nett von Ihnen, Deputy. Der Punkt ist, im Moment klammern wir uns mehr oder weniger an jedem Strohhalm fest. Wir wissen nicht, ob wir hier genug finden. Die Zeiten ändern sich, die Leute vergessen schnell. Ist nicht mehr viel übrig von 1955. Wir sind vielleicht nicht mehr besonders lange hier, wenn wir nichts Besseres mehr auftreiben.«

»Na ja, dabei könnte ich ja helfen«, sagte Peck. »Lassen Sie mich wissen, wenn Sie was finden, wobei ich Ihnen behilflich sein kann. In der Zwischenzeit schau ich mal nach diesen Akten und gucke, was ich ausgraben kann.«

»Das wäre toll, Deputy Peck.«

»Nennen Sie mich Duane. Das machen alle.«

»Duane, das wäre ...«

»Entschuldigen Sie.«

Das sagte eine neue Stimme. Russ wandte sich um und sah sich einem bärtigen Mann gegenüber, geschätzt 50 Jahre alt, in einem Hemd mit offenem Kragen und langen Hosen. Er hielt eine schwere Ledertasche in der Hand, die wie eine Arzttasche aussah. So langsam schien die Party richtig loszugehen.

»Ist jemand von Ihnen zufällig Mr. Swagger?«, fragte der Neuankömmling.

»Das bin ich«, erwiderte Bob.

»Hi, ich bin Carl Phillips. Dr. Phillips. Ich lehre forensische Pathologie an der medizinischen Fakultät in Fayetteville und bin amtlich zugelassener Pathologe. Sam Vincent hat mich angerufen.«

»Ja, Sir.«

Der Doktor kam auf sie zu und zeigte auf die Gruppe der Arbeiter in ein paar Metern Entfernung.

»Die sterblichen Überreste, nehme ich an?«

»Ja, Sir«, bestätigte Bob.

»In Ordnung, ich habe mit Winslows Leichenhalle eine Vereinbarung getroffen. Sie werden uns einen Arbeitsraum zur Verfügung stellen. Ich nehme an, Sie werden dafür bezahlen müssen.«

»Sicher«, sagte Bob.

»Und ich gehe davon aus, dass die Formalitäten mit der Kreisverwaltung bereits geklärt sind? Sam sagte, er wolle sich darum kümmern.«

»Ja, Sir«, antwortete Bob. »Hier, möchten Sie einen Blick darauf werfen?«

»Ja, möchte ich. Der Staat hat sehr genaue Vorschriften darüber, was mit sterblichen Überresten getan werden darf und was nicht. Es hat mehr mit der Lobby der Bestattungsindustrie zu tun als mit irgendetwas anderem. Beispielsweise müssen die Überreste in einem Leichenwagen transportiert werden, ist Ihnen das bewusst?«

»Sam hat es uns gesagt. Ich habe angerufen und einen bestellt. Er sollte bald eintreffen.«

Der Doktor nahm die Dokumente und begutachtete sie kurz. Das Ergebnis seiner Prüfung schien ihn zufriedenzustellen.

»Nun gut, alles in Ordnung. Ich nehme an, Sie möchten mich in die Leichenhalle begleiten?«

»Ja, Sir. Er ist mein Vater gewesen.«

»Hören Sie, ich will ehrlich zu Ihnen sein. Ich weiß, dass Sie ein erfahrener Mann sind und über Kampferfahrung verfügen.«

»Ein wenig«, sagte Bob.

»Sie haben also gesehen, was Sprengstoff und Maschinengewehrfeuer mit menschlichen Körpern anrichten können?«

»Ja, Sir.«

»Nun, nichts von dem, was Sie gesehen haben, kann Sie auf die Auswirkungen der Zeit auf einen Leichnam vorbereiten. 40 Jahre nach dem Tod ist das, was man aus der Erde hervorholt, nicht mehr erkennbar. Daher können Sie gerne mitkommen, aber ich möchte nicht, dass Sie bei der tatsächlichen Arbeit in der Nähe sind. Ich kann nicht zulassen, dass das, was aus seinem Körper geworden ist, das Bild beeinflusst, das Sie von Ihrem Vater im Gedächtnis haben. Das ist meine Regel, wenn ich solche Privataufträge annehme. So läuft das bei mir. Sie überlassen mir die Führung.«

»Sicher, Doktor«, erwiderte Bob.

»Okay, dann sind wir bereit.«

»Mr. Swagger?«

Mr. Coggins stand neben dem Grab, glänzend vor Schweiß. Er wischte sich die Stirn mit einem roten Kopftuch ab.

»Mr. Swagger, wir sind fertig. Er lag ziemlich tief unten.«

Der Doktor ging an den Rand des Grabes und blickte in die Öffnung im Erdreich.

»Mr. Coggins, machen Sie dann bitte den Flaschenzug bereit?«, fragte er.

»Ja, Sir«, sagte Coggins.

Bob und Russ gingen hin, um ins Grab zu spähen. Die Männer hatten beim Ausgraben exzellente Arbeit geleistet. Die Wände des Grabs waren hart, gerade und schwarz, die Erde daneben zu perfekten Bergen aufgetürmt. Russ blickte nervös hinunter. Aber es war bloß eine lange Holzkiste, schlammverkrustet, vollständig freigelegt, in anderthalb Metern Tiefe.

Der Doktor wandte sich an sie.

»Ein Sarg aus Zedernholz? Das ist sehr interessant. Ich muss Sie bitten zu gehen. Ich will zunächst etwas überprüfen. Mr. Coggins, helfen Sie mir runter.«

Die zwei jungen Schwarzen, die ebenfalls vor Schweiß glänzten, halfen dem Doktor ins Grab. Am einen Ende hatte er eben genug Platz zum Stehen. Er griff in seine Tasche und zog eine Chirurgenmaske heraus, die er sofort anlegte. Er bat die Arbeiter ebenfalls, sich zu entfernen.

Bob und Russ gingen davon. Sie hörten, wie etwas Hölzernes aufgebrochen wurde.

»Mr. Swagger«, rief Dr. Phillips.

»Ja, Sir.«

»Ich fürchte, ich habe eine schlechte Nachricht für Sie.«

Bob und Russ sahen sich an.

»Ja, Sir?«, fragte Bob.

»Dieser Mann ist an einer Schussverletzung gestorben, das kann ich an den Überresten deutlich erkennen. Aber nach seinem Zustand zu urteilen, muss das vor über 100 Jahren passiert sein. Ich gehe von einem Todeszeitpunkt um 1865 aus.«

»Verdammt noch eins!«, rief Duane Peck. »Was sagt man dazu?«

# KAPITEL 17

Der alte Mann tobte wie ein Berserker durch die Gegend. Wo zur Hölle steckte es?

Am Morgen hatte Sam sein Büro auseinandergenommen; jetzt war er zu Hause und nahm sein Haus auseinander.

*Diese gottverdammten, verhurten Drecksäcke haben es schon wieder getan!*

Sie hatten etwas versteckt. Das taten sie in letzter Zeit immer häufiger. Sie schlichen sich herein, während er schlief, und versteckten Sachen, stahlen Sachen, verrückten Möbel. Sie ordneten seine Kommode um, sodass seine Socken an einem Tag in der dritten und am nächsten in der oberen Schublade lagen. Manchmal fand er seine Haarbürste und den Rasierer links auf dem Waschbecken vor, manchmal rechts.

Der Zorn loderte wie Rauch, heiß und hell, und er schien durch seine Adern zu strömen, wodurch ein dickes, blaues Y auf seiner Stirn hervortrat und ein seltsames Pochen in seinen Schläfen auslöste.

Vor Kurzem hatten sie seine Pfeife versteckt. Seine Pfeife, seine Meerschaumpfeife, die er nach dem Krieg in Deutschland aufgetrieben hatte. Er hatte sie fast 50 Jahre lang jeden Abend geraucht, und sie war weg. Von jetzt auf gleich verschwunden. Sie tauschten die Namen seiner Enkel aus und hatten sogar zwei seiner noch lebenden Töchter durcheinandergebracht.

Sie verstellten sein Auto, wenn er zum Einkaufen fuhr. Sie tauschten die rote Ampel gegen eine grüne aus, wenn er über die Kreuzung fuhr, und dann hupten sie oder riefen ihm unhöfliche Dinge zu. Manchmal ließen sie ihn sogar vergessen, auf welcher Straßenseite er fahren musste.

Das alles war schon genug, um einen Mann ernsthaft wütend zu machen – aber das hier, ihren jüngsten Streich, fand er am schlimmsten.

So lange war er ein methodischer Mann gewesen. Die Art von Amerikaner, die nicht bloß an Recht und Ordnung glaubte, sondern daran, dass Ordnung und Recht *identisch* waren. Daher katalogisierte er sein Material sorgfältig oder zeichnete es auf, er machte sich unendlich detaillierte Notizen, ging Zeugenaussagen vorwärts und rückwärts durch. Er kannte die Beweise in- und auswendig und stellte niemals eine Frage zweimal, oder eine, auf die er nicht bereits die Antwort kannte.

Mit Argumenten hatte er sie alle schlagen können, bis diese neuen, unsichtbaren Teufel sich auf ihn eingeschossen hatten.

Aber er würde sie nicht gewinnen lassen – und falls sie durch Glück doch gewannen, wenn ihn schließlich jemand schlug, dann, bei Gott, würden sie zumindest wissen, dass sie einen harten Kampf hinter sich hatten.

Er sah sich in den Trümmern seines Kellers um. Jemand hatte seine Akten in einer Art Anfall aus ihren Pappkartons auf den Boden gekippt. Wer tat so etwas? Dann fiel es ihm ein: *Er selbst* hatte so etwas getan. Erst vor ein paar Minuten.

*Was habe ich noch mal gesucht?*

Ja, eine Kopie des Berichts an den Leichenbeschauer, den er 1955 über eine Anhörung zu einer Verletzung des Lebens im Fall Earl Swagger geschrieben hatte. Er wusste, dass er ihn hier unten aufbewahrte. Er musste ihn haben. Er musste hier irgendwo sein. Aber wo?

Der Karton mit der Zahl 1955 war leer, und er hatte auch die Jahrgänge 1953 bis 1957 ausgeleert, mit dem Gedanken, dass er oder eine seiner Sekretärinnen – von denen er mehr begraben hatte, als er überhaupt noch wusste – den Bericht eventuell falsch eingeordnet haben musste, bevor er die Kisten aus seinem Büro ins Haus geholt hatte.

Oder vielleicht *besaß* er nicht einmal eine Kopie davon. Es war ein Bericht über eine Ermittlung, aber er hatte weder zu einer Strafverfolgung noch zu einer Entscheidung gegen eine Strafverfolgung geführt, sondern in eine Sackgasse im Büro des Leichenbeschauers. Also hatte er den

Bericht möglicherweise selbst damals nicht bei seinen regulären Akten abgelegt, sondern in einer anderen Akte, irgendeinem Anhang oder so etwas.

Nun war es nicht so, dass er sich nicht daran erinnern konnte. Es war nicht sein Gedächtnis, das im Begriff stand, sich zu verabschieden. Oh nein, daran lag es nicht. Er gewann eher das Gefühl, dass eine Art Nebel durch seinen Verstand zog. Die Erinnerungen waren noch da. Es musste sich um ein Sehproblem handeln: In der Bibliothek seines Geistes standen all seine Bücher immer noch geordnet wie eh und je, doch aus irgendeinem Grund hatte er Schwierigkeiten, die Namen auf den Buchrücken zu lesen, und er konnte sie nicht ohne wildes Gezerre aus dem Regal bekommen. Und das machte ihn wütend!

Er hasste die Vorstellung, zu diesem aufgeblasenen Jungen Rusty, oder wie auch immer der Kerl hieß, zu gehen und zu sagen: »Wissen Sie, ich kann dieses Dokument nicht finden. Ich hab Ihnen gesagt, dass ich es habe, aber ich kann's nicht finden. Mein Gedächtnis hat mich wohl getrogen.«

Rusty würde ihn ansehen, wie es ein paar seiner Enkel immer taten: In ihren Augen war er ein Relikt, ein lebendes Fossil, etwas, das hinter eine Glasscheibe in ein Museum gehörte.

*Was soll's, zur Hölle mit ihm!* Sams Zorn wallte so heftig auf, dass er ihn sogar körperlich spürte; seine knotige, alte Hand ballte sich zur Faust. Er stellte sich vor, wie er Rusty, oder wie auch immer er hieß, eine reinhaute. Das dürfte sich großartig anfühlen.

Er bückte sich, doch dann stellte er fest, dass sein Rücken zu steif war, als dass er in dieser Haltung verharren konnte. Stattdessen kniete er sich hin und begann, die Akten einzusammeln, um sie in so etwas wie eine Ordnung zu bringen.

Ein Name sprang ihn an.

Ein Name wie eine Melodie. Sanft und vage, aber seltsam vertraut. Was hatte es damit auf sich? Womit hing es zusammen? Was konnte das bedeuten?

Nichts. Erst hatte er es fast, es reizte und lockte ihn, um dann unvermittelt zu verschwinden.

*Verdammt sollen sie sein, sie tun es schon wieder!*

Er hatte die Akten zusammengesucht und erkannte an den Daten, dass sie alle aus dem Jahr 1955 stammten. Also blätterte er sie ein weiteres Mal durch, und nein, bei Gott, nirgendwo stand ein Wort über Earl Swagger. Wo steckte das blöde Teil? Wo mochte es ...

*Parker!*

Er hielt die Akte über Shirelle Parker in der Hand. Ziemlich dünn, nicht viel zu lesen dafür, dass so ein schreckliches Verbrechen dahintersteckte, auch wenn man den Fall damals schnell aufgeklärt hatte.

Warum war sie wichtig?

Ja: Sie war Earls letzter Fall gewesen. An diesem Tag: dem 23. Juli 1955.

Er schlug die Akte auf und sein Blick fiel auf ein Foto. Shirelle bei ihrer Abschlussfeier nach der achten Klasse. Er erinnerte sich, dass irgendein Polizist ihm das Foto vor der Gerichtsverhandlung in die Hand gedrückt hatte. Als er es jetzt betrachtete, fiel ihm zuerst ihr hübsches Gesicht auf, die Augen so aufgeweckt und voller Hoffnung. Ein farbiges Kind im Arkansas der 50er-Jahre, und sie hatte trotzdem Hoffnung! Na, wenn das nicht erstaunlich war! Sie musste ein wundervolles Kind gewesen sein, aber ihm wurde klar, dass er keinerlei Informationen über sie besaß. Er wusste nichts über sie, abgesehen von den Umständen, die mit ihrem Tod zu tun hatten, denn sie sind das Einzige, was einen Staatsanwalt interessiert. Es spielt keine Rolle, ob die Leute gut, schlecht, heldenhaft oder böse sind: Wenn sie umgebracht werden, bemüht man sich, die Mörder auf den Stuhl oder zumindest hinter Gitter zu bringen.

Das nächste Bild war ihm besser vertraut. EIGENTUM DES SHERIFF'S DEPARTMENT VON POLK COUNTY, 24. JULI 1955 – BEWEISSTÜCK, lautete die Beschriftung. Ein Foto des Tatorts. Shirelle lag auf dem Rücken, auf dem harten Schiefergestein des Bachbetts am Hang, das Kleid hochgeschoben. Ihre Geschlechtsteile kündeten von Misshandlung, ihr Gesicht wirkte reglos und geschwollen, die Augen weit aufgerissen.

Er legte das Foto weg. Er konnte es sich nicht ansehen.

*Ich habe ihn für dich gekriegt, Shirelle,* dachte er. *Ja, das habe ich. Ich habe ihn für dich und Earl gekriegt. Das ist mein Job gewesen.*

Er erinnerte sich. Alles ganz einfach.

Er war spät am nächsten Tag am Tatort eingetroffen, noch ganz mitgenommen von den schrecklichen Ereignissen um Earl Swaggers Tod in dem Maisfeld, von der Trauer, der Wut und all den langen, schrecklichen Zeremonien, die er hatte ertragen müssen.

Jetzt, endlich, um 16 Uhr nachmittags am 24. Juli, traf er dort ein, wo Shirelle lag. Er konnte schon nach einem Augenblick erkennen, dass der Tatort hoffnungslos verunreinigt war. Überall auf dem Boden um sie herum verteilten sich Fußabdrücke, überall lagen Schokoriegelverpackungen und leere Flaschen. Ein fauler Polk-County-Hilfssheriff lungerte unter einem Baum herum und rauchte eine Zigarette.

»Sind die Gerichtsmediziner von der Landespolizei hier gewesen?«, wollte Sam wissen.

»Nein, Sir. Die kommen nicht, hab ich gehört. Sind zu beschäftigt mit Mr. Earl.«

Sam schüttelte den Kopf, doch er wusste, dass es keine große Rolle spielte. Hier gab es keine Beweise mehr, die man sicherstellen konnte.

»Hier sieht's ja aus, als sei die gottverdammte Army eingefallen.«

»Na ja, die Leute haben von dem toten Niggermädchen gehört. Die kommen, um zu schauen. Ich hab versucht, sie von hier fernzuhalten, aber Sie wissen ja, wie schnell sich so was rumspricht.«

Das brachte Sam in Rage, aber er sah ein, dass es sinnlos gewesen wäre, seinen Zorn an diesem unterbelichteten Trottel auszulassen. Stattdessen trat er, immer noch vor Wut schäumend, an die Leiche heran. Mittlerweile hatte sich Shirelles Körper gräulich verfärbt, fast wie Staub. Ihre schwarze Hautfarbe ließ sich nicht länger erkennen. Einfach nur ein totes Kind, aufgebläht von Gasen, durch die sie kaum noch menschlich zu sein schien.

»Haben Sie von der Tasche gehört?«, wollte der Hilfssheriff wissen.

Das hatte Sam nicht.

»Earl hat sie gestern gefunden, hat sie in ’nen Umschlag getan, den Lem den Jungs vonner Landespolizei geben sollte. Aber weil die hier ja nie aufgetaucht sind, hat er ihn im Sheriffsbüro abgegeben.«

»Tasche?«

»Hab ich jedenfalls gehört. Aus einem Hemd rausgerissen. Mit ’nem Monogramm. Stand RGF drauf, deutlicher geht’s nicht.«

*Erstaunlich,* dachte Sam. Seit 30 Jahren arbeitete er als Ermittler und Strafverfolger in Mordfällen, abzüglich seiner fünf Jahre im Krieg, aber so einen Glücksfall hatte er bisher noch nie erlebt. Aber so war Mord: Er entzog sich rationalen Erklärungen und hatte mit einer Menge verrückter Aspekte zu tun, mit Zufällen, ungewöhnlichen Ereignissen, ganz einfach dem freien Spiel der Irrationalität des Universums. Als Baptist hasste er den Mord, weil er ihn immer die Weisheit Gottes und, wenn er sich zu sehr hineinsteigerte, selbst Gottes Existenz infrage stellen ließ, obwohl er so eine ketzerische Bemerkung niemals offen ausgesprochen hätte.

»Ich werde den Leichenbeschauer anrufen«, sagte er zum Deputy. »Es wird Zeit, dieses arme, kleine Mädchen von hier wegzubringen. Jetzt hören Sie mir mal gut zu: Wenn Sie sehen, wie irgendwer angefahren kommt, um einen Gratisblick auf die große Attraktion zu werfen, jagen Sie ihn weg, zum Teufel noch mal, haben Sie verstanden? Ich will nicht mehr zu Ohren kriegen, dass Leute herkommen. Das ist nicht in Ordnung.«

»Sam, sie ist bloß ein Niggermädchen.«

Sam wandte sich ab.

Als er zurückkam, hielt sich der Zugriffstrupp schon bereit. Fünf Hilfssheriffs mit Schrotflinten, Büchsen und Knüppeln, und der Sheriff selbst wartete in den Startlöchern, um das Team anzuführen und Ruhm und Schlagzeilen einzuheimsen.

»Nein«, sagte Sam zu ihnen. »Noch nicht. Ihr Jungs könnt später Cowboys spielen.«

Doch die Beweise waren unwiderlegbar. Eine rasche Überprüfung der Steuerdaten bei der Stadtkanzlei, bereits sehr zuvorkommend nach Hautfarben sortiert, förderte nur einen einzigen Neger mit den Initialen RGF zutage. Sein Name lautete Reggie Gerard Fuller; er war 18 und der zweite Sohn von Davidson Fuller, dem wohlhabendsten Schwarzen in der Stadt und Besitzer des Fuller-Bestattungsinstituts, das ihresgleichen zu beerdigen pflegte. Reggie hatte einen Führerschein und Zugang zu einem Automobil – dem Leichenwagen oder, noch wahrscheinlicher, einem der beiden kleineren, schwarzen Fords, die das Institut zur Beförderung von Trauergästen benutzte. Darüber hinaus war Reggie für seinen Modegeschmack bekannt: Er trug grundsätzlich Hemden mit Monogramm.

Die Aufzeichnungen der High School ließen darauf schließen, dass Reggie ein fleißiger, wenn auch nicht allzu intelligenter Junge war, der gelassen akzeptierte, dass er später irgendwann als Helfer im Geschäft seines Vaters anheuern würde. Um das Geschäft selbst übernehmen zu können, fehlten ihm Mumm und Hirnschmalz. Er war nicht vorbestraft, aber als junger Farbiger unterstellte man ihm automatisch, irgendwann ein Fehlverhalten an den Tag zu legen.

Die meisten vernünftigen Menschen waren sich darüber im Klaren, dass in jedem Neger das geheime Potenzial zu Vergewaltigung und Mord schlummerte; es musste lediglich von Schnaps oder Eifersucht hervorgelockt werden, und schon blitzten die Messer. Die Hilfssheriffs hatten sogar einen Namen für die Verbrechen, die mit solchem Verhalten zusammenhingen. Sie nannten sie ›Hinz haut Kunz‹ etwa so: »Oh, hey, hab gehört, du hattest neulich Abend einen Hinz-haut-Kunz-Fall.« – »Japp, der gottverdammte Mistkerl hat seine Alte mit ’ner zerbrochenen Whiskeyflasche aufgeschlitzt. Die Schlampe ist tot gewesen, noch bevor der verdammte Krankenwagen kam. Ich kann’s dem Rettungsdienst nicht verübeln. Ich würd für nichts auf der Welt da hinfahren.« In diesem Fall waren es eben nicht Hinz und Kunz, sondern Reggie und Shirelle gewesen.

Aber Sam nahm die Sache sehr genau. Nachdem er das Beweismaterial untersucht hatte, rief er persönlich Richter Harrison an und fuhr die 18 Meilen zu dessen Farm hinaus, um ihn den Durchsuchungsbefehl und den Haftbefehl wegen hinreichendem Tatverdacht unterschreiben zu lassen.

»Wir sind hier nicht im verfluchten Mississippi« sagte er. »Oder im verfluchten Alabama. Wir halten uns hier an die Gesetze.«

Und er begleitete die Männer bei der Verhaftung. Er wusste, dass seine Anwesenheit das Ausmaß des Donnerwetters bei diesem Ereignis beträchtlich vermindern würde. Weiße Hilfssheriffs, die mitten in der Nacht Schwarzen die Haustür eintraten? Nein, nicht in seinem Zuständigkeitsbereich.

Anstatt Türen einzutreten, warteten die Deputys also draußen, während Sam und der Sheriff an die Haustür des größten, weißesten Gebäudes in der sogenannten Niggertown klopften, einem etwa sechs mal sechs Häuserblocks umfassenden Stadtviertel im westlichen Blue Eye.

Verschlafen und mit einer Schrotflinte in der Hand öffnete Mr. Fuller um vier Uhr morgens die Tür. Sam verspürte Erleichterung, dass er mitgekommen war; an diesem Punkt hätten die Deputys sonst vermutlich bereits das Feuer eröffnet.

»Mr. Fuller, ich bin Sam Vincent, Staatsanwalt von Polk County, und ich denke, den Sheriff kennen Sie.«

Wie von selbst begann sich in den Gesichtszügen des

Mannes die Angst vor einer rassistischen Behandlung abzuzeichnen: Streng dreinblickende Weiße vor seiner Tür, und hinter ihnen parkten vier Streifenwagen mit flackernden Blinklichtern am Bordstein.

»Was hat das zu bedeuten?«

»Sir, wir sind gekommen, um Ihren Sohn Reggie zu vernehmen. Und wir haben einen Durchsuchungsbefehl dabei. Ich habe die Jungs angewiesen, sich höflich und professionell zu verhalten. Aber wir haben eine Ermittlung durchzuführen. Könnten Sie Reggie bitte zu uns herunterbringen? Sagen wir, ins Wohnzimmer?«

»Was ist ...«

»Mr. Fuller, Sie haben sicher gehört, dass gestern ein schreckliches Verbrechen verübt wurde. An jemandem von Ihrer Rasse. Also haben wir Ermittlungen durchzuführen.«

»Mein Junge hat nichts getan«, sagte Mr. Fuller.

»Sie wissen, dass ich ein fairer Mann bin, und ich schwöre Ihnen, dass hier weder heute Nacht noch sonst irgendwann etwas geschieht, das gegen das Gesetz verstößt. Das ist meine Arbeitsweise. Aber wir müssen unsere Pflicht tun. In der Zwischenzeit werden die Deputys das Haus durchsuchen. Ich habe hier ein offizielles Dokument, das uns dazu berechtigt. Die Deputys werden nichts beschädigen, und falls doch, zahlen sie den Schaden aus eigener Tasche. Aber wir müssen tun, was wir tun müssen.«

Schließlich wurde der schläfrige Reggie zu Sam hinuntergeführt. Er hätte ihn mit aufs Revier nehmen können, um ihn dort zu befragen, doch aus Respekt für Mr. Fullers Position entschied er sich dafür, die Erstbefragung an Ort und Stelle durchzuführen.

»Reggie, wo bist du vor fünf Nächten gewesen, also am 19. Juli?«

»Er ist hier gewesen«, sagte Mrs. Fuller.

»Lassen Sie ihn selbst antworten, Ma'am, sonst muss ich ihn mitnehmen.«

Reggie war ein beinahe dicker Junge mit blasser Haut und

einer etwas fahrigen Art, die nichts mit der späten Stunde zu tun hatte. Seine Augen zuckten ständig hin und her, er zappelte herum. Er lächelte und niemand lächelte zurück. Er blinzelte und schien zeitweilig zu vergessen, wo er sich befand; für eine Weile hörte er gar nicht mehr zu. Er trug einen Schlafanzug mit aufgedruckten Schmetterlingen. Ihm war eher Verwirrung als Angst anzumerken; nichts an ihm ließ auf Aggression oder einen Hang zur Gewalt schließen. Aber die Neger kannte man nun mal als seltsames Völkchen. Im einen Moment wirkten sie ruhig und besonnen, im nächsten liefen sie schon Amok.

»Sir«, sagte Reggie schließlich, »ich weiß nich' mehr. Irgendwo halt. Vielleicht in meinem Zimmer. Ich kann's nicht sagen. Nein, ich glaube, ich hab einen Ausflug mit Daddys altem, großem Wagen gemacht.«

»Dem Leichenwagen?«

»Ja, Sir. Hab 'nen Ausflug gemacht, mehr nicht. Hab 'n bisschen Radio gehört, Sie wissen schon, den Sender aus Memphis.«

»Hat dich jemand gesehen? Gibt es Leute, die bezeugen können, wo du gewesen bist?«

»Nein, Sir.«

»Reggie, bist du in der Nähe der Kirche gewesen? Bist du zu diesem Kirchentreffen gegangen, das da an diesem Abend stattgefunden hat? Sicher so eine Art Gemeindeversammlung?«

»Nein, Sir.«

»Reggie, hör mir gut zu. Wenn du irgendwas gemacht hast, wovon dein Daddy nichts erfahren darf, musst du jetzt ein Mann sein und damit rausrücken. Warst du in so einem Rotlichtschuppen, hast getrunken? Hast du gespielt, warst du mit einer Frau zusammen?«

»Sir, ich ...«

»Mr. Sam, mein Junge Reggie ist ein *guter* Junge. Er ist kein Genie, aber er arbeitet hart und ...«

»Sam.«

Es war der Sheriff.

»Sam, die Jungs haben was gefunden.«

Und damit war die Sache erledigt. Sam ging ins Schlafzimmer und sah einen der Hilfssheriffs auf eine kleine Ecke von einem blauen Hemd deuten, das zwischen der Matratze und den Sprungfedern des nun abgedeckten Betts hervorlugte. Sam nickte und der Deputy hob die Matratze an. Die Ecke führte zu etwas Größerem. Sehr vorsichtig nahm Sam es mit einem Bleistift vom Bett. Ein blaues Baumwollhemd mit einer fehlenden Tasche, verschmiert mit etwas Rostbraunem. Sam wusste, dass es die Farbe von getrocknetem Blut war.

»Schätze, wir haben uns ’nen Nigger gefangen«, bemerkte jemand.

»Okay«, sagte Sam, »markieren Sie es und tüten Sie es ein, ganz vorsichtig. Man wird sich noch für diesen Fall interessieren, und wir können es uns nicht leisten, Fehler zu machen.«

Dann ging er zurück ins Wohnzimmer, um Reggie Fuller wegen Mordes zu verhaften.

Die Gerichtsverhandlung, die drei Monate später stattfand, war schon nach einem Tag zu Ende. Die Fullers zeigten sich gewillt, all ihre Ersparnisse auszugeben, um einen Anwalt aus Little Rock einzuschalten. Doch Sam sah sich die Beweise an und riet ihnen, stattdessen Reggie dazu zu bringen, dass er sich schuldig bekannte und sich der Gnade des Gerichts auslieferte. Ein Anwalt aus Fort Smith sagte ihnen dasselbe: Das Hemd gehörte wirklich Reggie, wie Rückstände von Waschmittel später eindeutig bewiesen, und niemand stellte diese Tatsache infrage. Die Tasche passte perfekt in die Ausrissstelle auf der Brust. Die Blutflecken waren AB positiv, die Blutgruppe von Shirelle. Reggie konnte kein eindeutiges Alibi vorweisen; er hatte sich in dieser Nacht den Leichenwagen genommen und war »einfach herumgefahren«.

Zu keinem Zeitpunkt des Verfahrens wurde eine außergerichtliche Einigung angeboten, da es dafür keinen Grund gab. Die Beweislage präsentierte sich so eindeutig, dass ein Geständnis bedeutungslos gewesen wäre. Sam fasste den melancholischen, aber unumstößlichen Entschluss, dass Reggie, obwohl er jung und ein wenig verwirrt war, sterben musste. Sam war kein grausamer Mann, aber er hatte das Gefühl, dass die simplen Rhythmen des Universums gestört worden waren und gewaltsam wiederhergestellt werden mussten. Auge um Auge: Das beste System, das einzig wahre System. Er sprach für die Toten, und das funktionierte nur, wenn er laut sprach. Außerdem war es Earls letzter Fall gewesen. Earl hätte es ebenfalls so gewollt.

Die Fullers fanden schließlich einen Anwalt, der in Berufung ging, und obwohl Sam sie warnte, nicht ihr Geld aus dem Fenster zu werfen, taten sie es in einem verzweifelt sinnlosen Versuch, ihren Sohn zu retten, trotzdem. Über zwei Jahre lang schrieb Mrs. Fuller Sam einmal die Woche einen Brief, in dem sie ihn um Gnade anflehte, während der Fall die verschiedenen Instanzen durchlief und Reggie auf der Cummings-Farm bei Gould dahinsiechte, wohin man die Neger schickte.

Als den Fullers das Geld ausging, verkauften sie ihr Haus und zogen in ein kleineres um. Als ihnen erneut das Geld ausging, verkaufte Mr. Fuller sein Geschäft an einen Weißen und arbeitete für diesen, der ihn hinter seinem Rücken den ›dümmsten Nigger in Arkansas‹ nannte, weil er ein Geschäft für 60.000 Dollar verkauft hatte, das jedes Jahr locker so viel einbrachte. Dann starb Mrs. Fuller, Jake Fuller, der ältere Sohn, ging zur Navy und die zwei Töchter, Emily und Suzette, zogen mit ihrer Tante nach St. Louis. Aber der alte Davidson Fuller nahm sich der Aufgabe des Briefeschreibens an, schrieb Sam jede Woche und versuchte, mit ihm zu reden, ihn dazu zu bringen, sich die Beweise noch einmal anzusehen.

»Sie sind 'n fairer Mann, Sir. Lassen Sie nicht zu, dass sie meinem Jungen das antun. Er hat es nicht getan.«

»Davidson, sogar Ihre eigenen, schwarzen Leute sagen, dass er es getan hat. Ich habe meine Quellen. Ich weiß, was in den Kirchen und den Häusern geredet wird.«

»Nehmen Sie mir meinen Jungen nicht weg, Mr. Sam.«

»Ich nehme Ihnen Ihren Jungen nicht weg. Das Gesetz nimmt seinen Lauf. Wir sind hier nicht in Mississippi. Ich habe ihm einen fairen Prozess geboten, und Sie hatten gute Anwälte. Der Grund, warum er hingeht, wo er hingeht, ist, dass er für etwas büßen muss. Sie sollten sich damit abfinden, Sir. Ich weiß, dass das für Ihre Familie nicht einfach ist; es war auch für die von Shirelle nicht einfach. Das Gleichgewicht muss hergestellt werden; danach können wir wieder nach vorn blicken.«

»Sagen Sie ihnen, dass ich es gewesen bin, wenn die wollen, dass ein Neger stirbt. Ich werde gehen. Ich werde ein Geständnis ablegen. Nehmen Sie mich. Bitte, bitte, bitte, Mr. Sam, nehmen Sie nicht meinen armen, kleinen Jungen.«

Sam sah ihn bloß an.

»Sie tragen zu viel Liebe für diesen Jungen im Herzen«, sagte er schließlich. »Er ist es nicht wert. Er hat ein unschuldiges Mädchen umgebracht.«

Nun blieb nur noch eine Sache übrig, und diese ereignete sich am 6. Oktober 1957 im Staatsgefängnis von Arkansas bei Tucker, wohin man Reggie von der Cummings-Farm verlegt hatte, als seine letzte Berufungsklage schließlich abgelehnt wurde. Es war der Tag, an dem das vierte Spiel der World Series stattfand, und Sam hörte sich den Bericht an diesem Nachmittag im Radio an, während er die rund 100 Meilen nach Tucker fuhr, das ein kurzes Stück südöstlich von Little Rock lag. Nicht das erste Mal, dass er so eine Reise unternahm, und sicher auch nicht das letzte Mal. Andererseits tat er das nicht immer: Von den 23 Männern, die er auf den elektrischen Stuhl geschickt hatte, sah er nur elf beim Sterben zu. Heute Abend war Reggie an der Reihe.

Was seine Bequemlichkeit betraf, lief alles bestens. Er

bekam ein klares Signal aus Little Rock rein und lauschte während der gesamten Hinfahrt wie betäubt dem Baseballspiel. Warren Spahn war an der Abwurfstelle und machte sie fertig. Sam hasste alles, was das Wort ›Yankee‹ im Titel trug, ebenso, wie er alles hasste, das mit New York zu tun hatte, also vertiefte er sich ganz in das Spiel und hoffte, dass das aufstrebende, entwurzelte Milwaukee-Team – das in Wirklichkeit nur aus den armseligen alten Boston Braves bestand – triumphierte.

Sam blieb während der ganzen Fahrt im Bann dieses Schauspiels – selbst, als das Match in die Verlängerung ging, selbst als den Yankees im neunten Durchgang durch Ellston Howards Three-Run-Homerun der Ausgleich gelang und sie dann auf dem Höhepunkt des zehnten Durchgangs mit einem weiteren Homerun in Führung gingen *(gottverdammt!)*.

Für die Braves sah es so aus, als sei das Spiel gelaufen, aber irgendwie kämpften sie sich zurück, als Logan ein Doubleplay im linken Feld gelang und er Mantilla freispielte, der erneut einen Gleichstand herbeiführte. Sam hatte das Gefühl, dass nun etwas Außergewöhnliches passieren musste. Und so kam es auch kurz darauf: Eddie Matthew schlug einen Two-Run-Homerun über den rechten Zaun und die Braves gewannen mit 7:5.

Sam sah auf: Er hatte das Gefängnis erreicht. Er war quer durch die Stadt gefahren und hatte vor lauter Aufregung das Abendbrot versäumt. Er wendete, fand ein Diner und bestellte Roastbeef mit Kartoffelbrei.

23 Uhr abends. Er bog auf den Gefängnisparkplatz ein, nachdem ein Wachmann ihn mit einem Kopfnicken durchgewinkt hatte. Man kannte sich, also hatte er keinerlei Schwierigkeiten, hinein und an den Checkpoints vorbeizukommen. Schließlich befand er sich mit über 20 anderen in einem kleinen Zuschauerraum, der den Blick auf die Hinrichtungskammer freigab. Er erkannte ein paar Jungs von der Zeitung aus Little Rock, jemanden aus dem Gouverneursbüro, den Assistenten des Gefängnisdirektors und noch einige

weitere. Eine seltsame Gruppe. Die entschlossene Banalität der Unterhaltungen ließ sich kaum überhören. Sie drehten sich jetzt größtenteils um das große Spiel vom Nachmittag und um die Chancen der Braves gegen die Nadelstreifenriesen von Gotham mit gestandenen Spielern wie Mantle, Betta, Larsen, McDougald und Bauer. In der Todeskammer trafen ein paar Wärter letzte Vorbereitungen: Der Elektriker überprüfte die Stromkreise am Stuhl, einer robusten Konstruktion aus Eichenholz, die so solide gebaut und streng wirkte, dass sie ebenso gut in eine Baptistenkirche gepasst hätte.

»Sie müssen sich ja ziemlich gut fühlen, Sam«, meinte Hank Kelly von der *Arkansas Gazette.*

»Eigentlich nicht«, erwiderte Sam. »Man will einfach nur, dass es vorbei ist.«

»Tja, ich bin auch froh, wenn's vorbei ist. Ich meine, er ist bloß ein Nigger und er hat ein Mädchen umgebracht, aber die haben uns jetzt schon so weit, dass wir glauben, dass Nigger auch Menschen sind. Diesen Sommer hatten wir all diese Scherereien mit denen, die gottverdammte Army und das alles. Eins kann ich Ihnen sagen: Das ist erst der Anfang.«

Sam nickte. Hank hatte wahrscheinlich recht, auch wenn der alte Boss Harry Etheridge im Parlament Himmel und Hölle in Bewegung setzte, sich mit den Dixiecrats verbündete und schwor, im nächsten Finanzplan den Etat der Armee zu kürzen, um Dwight Eisenhower dafür bezahlen zu lassen, dass er die 101. Luftlandedivision nach Little Rock geschickt und den großartigen Staat Arkansas vor der Nation zum Gespött gemacht hatte. Doch jeder wusste, dass Boss Harry so etwas nie wirklich tun würde; er lieferte bloß eine Show für die Leute, die ihn alle zwei Jahre mit einem Stimmenanteil von 94 Prozent im Amt bestätigten.

Nichts davon hatte jedoch irgendetwas mit dem Drama zu tun, das sich an diesem Abend abspielte und ganz einfach den erbärmlichen Abschluss einer äußerst erbärmlichen Geschichte bildete, an die niemand außer Sam sich noch wirklich erinnern konnte, an der auch niemand besonderes Interesse zeigte oder sich emotional betroffen fühlte. Als Zeremonie verlief das Ganze platt und banal. Die Freimaurer verstanden sich wesentlich besser auf solche Rituale.

Er entfernte sich von den plaudernden Herrschaften und trat an die Glasscheibe, wo er einen besseren Blick auf die zerstörerischen Gerätschaften hatte: ein Stuhl, robust, aber bei näherer Betrachtung stark abgenutzt, bei all seiner angeblichen Bedeutung ziemlich institutionell und unscheinbar wirkend. Sam starrte ihn an, wie er es immer tat: Dicke Kabel verliefen hinter einem Sichtschirm (wo der Henker seine Arbeit fernab von neugierigen Blicken verrichtete) zu einem Stuhlbein, wo sie festgeschraubt und an einer Strebe des Stuhls festgesteckt waren und zu einer Art Schnittstelle aus Bakelit hinaufführten. Von dort aus zweigten kleinere Drähte ab: zwei vorne hinunter, einer an jeder Armlehne und einer an der Oberkante der Sitzfläche entlang. Dieser endete nicht an einem Band für Hand- oder Fußgelenk, sondern an einer kleinen Kappe. *Sieht ziemlich nach 30ern aus,* dachte Sam und ordnete die Apparatur damit exakt dem Jahrzehnt zu, das sie hervorgebracht hatte.

Ein Telefon klingelte. Der Assistent des Direktors nahm den Hörer ab und hörte zu.

»Meine Herren, bitte nehmen Sie Ihre Plätze ein. Sie holen den Verurteilten nun aus dem Todestrakt.«

Sam schaute auf seine Uhr. Sie waren spät dran. Schon zwei Minuten nach Mitternacht. Er suchte sich einen Sitzplatz, während die Lichter gedimmt wurden. Um ihn herum rutschten die Leute wie in einem Kino auf den Stühlen herum und machten sich bereit; dann verstummten die Gespräche. Die Minuten verstrichen. Der Assistent des Direktors dämpfte das Licht weiter, bis sie im Dunkeln saßen, und nahm ebenfalls Platz.

In der Todeskammer öffnete sich die Tür. Zwei Wärter betraten den Raum, gefolgt vom Gefängnisdirektor, gefolgt von einem Priester, gefolgt schließlich von Reggie Fuller,

19 Jahre alt, aus Blue Eye, Arkansas, ein männlicher Neger, Gewicht 104 Kilogramm, braune Augen und braunes Haar, wenngleich man es ihm komplett abrasiert hatte.

Reggie weinte. Die Tränen strömten ihm über die Wangen und sein Gesicht war verquollen und feucht. Eine kleine Spur aus glänzendem Schleim tropfte ihm aus einem Nasenloch, und Sam sah, wie seine Zunge hervorschoss, um sie abzulecken. Er trug Handfesseln, ging mit kleinen Trippelschritten, hielt in einem verzweifelten Wortschwall mit sich selbst Zwiesprache. Seine Augen zuckten unstet. Er war immer noch dick; das Gefängnis hatte ihn nicht schlanker und offenbar auch nicht härter gemacht.

Sie führten den armen Reggie zum Stuhl und setzten ihn darauf, obwohl sein Körper steif wirkte und er Schwierigkeiten hatte zu verstehen, was sie zu ihm sagten. Schließlich saß er. Dann folgte ein furchtbarer Moment, als einer der Wärter schnell und aus Reflex einen Schritt zurücktrat: Ein dunkler Fleck breitete sich im Schritt von Reggies Gefängnishose aus.

Der Priester flüsterte Reggie etwas zu, doch das schien ihm kein bisschen zu helfen. Das Gesicht des Jungen verkrampfte sich und er schloss die Augen, brabbelte weiter wie irrsinnig vor sich hin. Die Wärter traten heran, um ihn auf dem Stuhl festzuschnallen. Einer der Männer schmierte eine glitschige Kochsalzlösung auf die freiliegenden Fußgelenke, die Handgelenke und das Schädeldach – die Stellen, an denen man die Elektroden befestigen würde. Auf diese Weise wurde die Elektrizität in den Körper geleitet und die Haut vor dem Verbrennen geschützt, obwohl dies nach Sams Erfahrung nicht immer funktionierte. Zwei andere schnallten die Riemen fest, nachdem die Flüssigkeit verteilt worden war. Schließlich befestigten sie die kleine Lederkappe auf Reggies rundem, rasiertem Schädel, aber sie setzten sie etwas schräg auf, was ihr das Aussehen einer Narrenkappe verlieh.

Schnell kam ein kleiner Mann hinter dem Sichtschirm zum Vorschein und prüfte all die Elektroden ein letztes Mal. Mit der Sicherheit eines Profis stellte er ganz sicher, dass alles funktionierte. Er deutete auf eine Problemzone und ein Wärter bückte sich, um Korrekturen vorzunehmen. Dann trat der kleine Mann zurück und verschwand wieder.

Sam kontrollierte die Zeit. 0:08 Uhr, acht Minuten zu spät. Der Direktor schien alles zu koordinieren. Er nickte und die Wärter verließen den Raum, ließen ihn mit Reggie allein. Er nickte erneut, und offenbar wurde ein Mikrofon eingeschaltet, denn nun sprach er mit ernster Stimme und seine Worte wurden durch einen Verstärker in den Zeugenraum übertragen.

»Reginald Gerard Fuller, der Staat Arkansas spricht Sie in voller Übereinstimmung mit den geltenden Gesetzen des Mordes ersten Grades schuldig und verurteilt Sie zum Tode an diesem sechsten, äh, siebten Tag des Oktobers 1957. Reggie Gerard Fuller, haben Sie noch irgendwelche letzten Worte?«

Es war still, obwohl das Mikro Reggies abgehackten Atem auffing. Dann atmete er tief ein und sagte schluchzend: »Sir, ich entschuldige mich, dass ich mich eingenässt habe. Bitte erzählen Sie niemandem, dass ich mir in die Hose gepinkelt habe. Und es tut mir leid, wenn Mr. George Pipi abbekommen hat, weil er immer nett zu mir gewesen ist.«

Er brach ab und seine Worte verschwanden unter einer Folge erstickter Schluchzer. Doch dann atmete er tief durch und kämpfte gegen die Verzweiflung an. Ein Tropfen Rotz lief ihm aus der Nase und kitzelte seine Lippen, doch er konnte nichts dagegen tun. Er sah in Richtung der Männer hinter der Glasscheibe. Er nahm einen weiteren tiefen Atemzug. »Ich vermisse meine Mama und meinen Daddy und liebe sie sehr. Ich hab Shirelle nicht umgebracht. Gott segne all die Leute, die nett zu mir gewesen sind, und ich hoffe, eines Tages wird jemand erzählen können, warum dies passieren musste.«

»Bist du fertig, Reggie?«

»Ja, Sir. Ich bin bereit für Jesus.«

»Aber Jesus wahrscheinlich nicht für ihn«, kommentierte ein Mann neben Sam in der Dunkelheit.

Der Gefängnisdirektor beugte sich über Reggie, entfernte etwas an der Spitze der Kappe und eine ausdruckslose Maske, die seine Gesichtszüge verdeckte, entfaltete sich.

Dann verließ der Direktor die Kammer. Reggie saß still auf dem Stuhl, und für einen Moment geschah nichts. Sam dachte schon fast, dass ... aber nein, da traf ihn der erste Stromstoß.

Sam wusste aus Erfahrung, dass nur in Filmen die Lichter im Gefängnis flackerten, wenn jemand auf dem elektrischen Stuhl hingerichtet wurde: Der Stuhl und das Beleuchtungssystem des Gefängnisses bezogen ihren Strom aus unterschiedlichen Generatoren. Trotzdem zuckten die Zeugen unwillkürlich zusammen, denn es war keine leichte Sache, die kaltblütige Auslöschung eines Menschen mitanzusehen, egal wie böse er sein mochte; und danach erinnerten sie sich an diese kurzzeitige Verminderung des Lichts und schrieben sie dem elektrischen System zu. Aber Sam zuckte nicht zusammen, sah auch nicht weg und hatte keine Illusion von flackerndem Licht; er beobachtete den ganzen Vorgang, weil er es für seine Pflicht hielt. Er fühlte sich als Vertreter von Shirelle und hoffte, dass er dadurch, dass er diesem Moment beiwohnte, auf irgendeine Weise ihre Seele von den Qualen ihres eigenen Todes erlösen konnte.

Reggie verkrampfte sich in den Haltegurten, als ihn 2000 Volt trafen. Der Stromstoß dauerte über 30 Sekunden. Eine Ader an seinem Hals trat hervor. Er kämpfte wie ein Stier. Seine Hände verkrampften sich zu Fäusten, so fest geballt, dass Sam schon glaubte, sie würden explodieren. Der Junge schien sich im Stuhl zu drehen, nur um eine Spur, als ob er einen zaghaften Versuch unternahm, seinem Schicksal zu entgehen. Ein kleines Rauchwölkchen stieg vom Schädel auf, ein weiteres von einem seiner Handgelenke. Sein Kopf sackte nach vorn, hob sich dann irgendwie wieder. Er hustete. Ein Schwall Erbrochenes, größtenteils Flüssigkeit, spritzte unter der Maske hervor und blieb an seiner Brust kleben.

Gewaltige Schweißflecken breiteten sich halbmondförmig unter den Armen aus.

»Noch einen«, sagte der Direktor in den Telefonhörer.

Die zweite Ladung jagte durch Reggie, doch diesmal machte sie ihn fertig. Nach zehn Sekunden erschlaffte er, aber der Henker hielt den Stromkreis noch weitere 20 Sekunden geschlossen. Sam konnte am leichten Vibrieren von Reggies jetzt schlaffen Fingern erkennen, dass er immer noch unter Strom stand. Doch dann ließ es nach.

Der Geruch der Elektrizität erreichte Sam, als der Direktor, zwei Wärter und ein Arzt die Kammer betraten. Nicht der Geruch von verbranntem Fleisch oder Haaren; es hatte mehr mit Sams Erinnerungen an Weihnachtsfeste zu tun, bei denen er mehreren seiner Söhne Lionel-Spielzeugeisenbahnen geschenkt hatte. Für gewöhnlich hatte er sie selbst zusammengebaut und ein bisschen herumfahren lassen, bis sie den Kindern langweilig wurden. Sie verströmten einen ähnlich merkwürdigen, metallischen Duft, gleichzeitig schwer und stechend.

Sam kehrte schlagartig aus seinen Weihnachtserinnerungen in die Wirklichkeit zurück: In der Kammer nahm der Arzt ein Stethoskop und presste das kreisförmige Ende an Reggies Brust, die freilag, weil man die Knöpfe von seinem Hemd gerissen hatte. Er richtete sich auf und schüttelte den Kopf. Die vier zogen sich zurück, damit der Henker Reggie einen weiteren Schlag verpassen konnte. Fünf Stromschläge waren nötig, bis sein Herz schließlich zu schlagen aufhörte.

»Dieser Junge wollte einfach nicht sterben«, sagte jemand.

Das letzte offizielle Dokument in der Akte war der Exekutionsschein, der die Akte als abgeschlossen und das Recht als durchgesetzt kennzeichnen sollte. Sam starrte ihn benommen an.

*Reggie, Junge, warum hast du das getan?*

Das gehörte zu den großen Mysterien des menschlichen Herzens: Warum jemand manchmal dazu in der Lage war, einen anderen umzubringen. Manchmal ging es um Geld, manchmal um Sex, manchmal geschah es aus Wut, manchmal einfach nur aus Gemeinheit. Sam hatte dieses Problem sein Leben lang studiert und kannte die Antwort immer noch nicht. Hier schien es so einfach zu sein: Er nahm an, dass Reggie das Mädchen nach der Veranstaltung in der Kirche abgeholt und sie um einen Kuss gebeten haben musste. Sie hatte ihm den Kuss gegeben.

Ein junger Bock, ein Kuss, vielleicht hatte er in einem Negerbordell in Oklahoma ein wenig getrunken, auch wenn man dafür nie Beweise gefunden hatte, und schon passierte es. Je mehr sie sich wehrte, desto mehr wollte er es. Schließlich tat er es, und als er es getan hatte, bekam er es mit der Angst zu tun, dass sie jemandem davon erzählen könnte. Also fuhr er mit ihr auf die Route 71 und schlug ihr einen Stein über den Schädel, wobei er wohl gar nicht merkte, dass sie an seinem Hemd zerrte, während er sie tötete. So einfach war das. Für gewöhnlich kümmerte es in dieser Zeit niemanden allzu sehr, wenn ein Neger einen anderen Neger tötete. Unter gewöhnlichen Umständen wäre er damit davongekommen. Doch zufällig handelte es sich hier um Earls letzten Fall, und *das* sorgte dafür, dass die Sache Weißen wie Sam wichtig erschien, nichts anderes.

Bei den übrigen Dokumenten in der Akte handelte es sich um die Briefe, welche die verrückte Mrs. Fuller ihm bis zu ihrem Tod geschrieben hatte. Manchmal pro Woche drei oder vier. Die Frau hatte verzweifelt um das Leben ihres Sohnes gekämpft, bis sie einem Gehirnaneurysma erlag. Er hatte schon recht früh aufgehört, sie zu lesen, und offensichtlich ging eine seiner vergessenen Sekretärinnen – er konnte sich nie an ihre Namen erinnern – irgendwann dazu über, sie einfach ungeöffnet in die Akte zu stecken. Dieses dumme Weib! Was hatte das denn für einen Sinn? Wenn sie jetzt hier gewesen wäre und er sich an ihren Namen erinnert hätte, hätte er sie angeschrien, wie er es mit all seinen Sekretärinnen getan hatte! Das war auch der Grund, warum er im Laufe der

Jahre so verdammt viele von ihnen gehabt hatte. Die meisten hielten es kaum ein Jahr bei ihm aus.

Sam betrachtete die Briefe. Jetzt kamen sie ihm merkwürdig vor. Er lag in seinem Keller auf den Knien und blätterte eine alte Akte durch. Warum? Er konnte sich nicht mehr entsinnen. Gottverdammt, es geschah schon wieder!

Er starrte auf das Titelblatt. Parker. Parker. Oh, ja, das Mädchen, Reggie, jetzt fiel es ihm wieder ein. Earls letzter Fall.

All die Briefe von Reggies Mama, auf ihrem rosa Briefpapier. Aber für einen hatte sie blaues Papier benutzt. Warum? Er nahm ihn vom Haufen und sah, dass er in einer anderen Handschrift abgefasst war. Er konnte sich nicht erinnern, ihn jemals zuvor gesehen zu haben. Er war auf den 5. September 1957 datiert.

Er drehte ihn um und betrachtete die Unterschrift.

Lucille Parker.

Er brauchte einen Moment, bis er begriff, dass das die Mutter des toten Mädchens sein musste.

39 Jahre nach seinem Eintreffen öffnete er den Brief schließlich und begann zu lesen.

# KAPITEL 18

»Also, wer hätte die Leiche Ihres Vaters hier wegholen sollen?«, fragte Russ.

»Dumme Frage«, erwiderte Bob.

Er stand auf. Sie hatten sich in Bobs altem Wohnwagen einquartiert, auf dem Grundstück an der US 270, das ihm immer noch gehörte, sieben Meilen außerhalb von Blue Eye und in unmittelbarer Nähe zum Black Fork Mountain. In den Jahren seit seinem Aufbruch hatten die Souvenirjäger ihre Spuren hinterlassen, ebenso die Graffitikünstler, doch seine Schlüssel passten immer noch in die Vorhängeschlösser. Es dauerte nicht lange, bis sie den Trailer wieder bewohnbar gemacht hatten, obwohl es natürlich kein Telefon und keine Elektrizität gab. Doch ein Feuer hielt das Wasser warm und eine Coleman-Laterne sorgte nachts für Licht. Um einiges besser als Zelten und um einiges billiger, als im Days Inn zu wohnen.

Draußen war es dunkel und die Rückfahrt vom Friedhof wurde von Niedergeschlagenheit und Schweigen geprägt. Bob redete nicht. Er hatte die Arbeiter bezahlt, und der Doktor kündigte an, er werde ihm zwar seine Spesen in Rechnung stellen, nicht jedoch seine Dienstleistungen. Sie hatten an einem Diner haltgemacht und vor der Rückkehr noch etwas gegessen.

»Warum ist die Frage dumm?«, wollte Russ wissen.

»Bringen die Ihnen an dieser schicken Universität denn gar nichts bei? Ich bin davon ausgegangen, dass Sie ein schlauer Kerl sind.«

»Ich hab nie behauptet, schlau zu sein«, erwiderte Russ. »Ich habe gesagt, dass ich Schriftsteller werden möchte. Das ist nicht dasselbe.«

»Schätze, das stimmt. Man kann nicht fragen, wer es gewesen ist, bevor man das *ob* und das *wie* geklärt hat. Das *wer* hat keinen Sinn, bevor man überhaupt weiß, ob es da wirklich jemanden gegeben hat. Kapiert?«

»Na ja ...«

»Selber na ja. Denken Sie doch mal drüber nach. Wie könnte die Sache abgelaufen sein?«

»Hätte der Boden sich irgendwie verschieben können?«

»Nein. So funktioniert das mit dem Erdreich nicht. Ich dachte, Sie wären in Oklahoma aufgewachsen, nicht in New York City.«

»Bin ich auch, aber nicht auf einer Farm. Jedenfalls, sie könnten nachts gekommen sein und die Leiche mit einer anderen irgendwo auf dem Friedhof vertauscht haben, und ...«

Russ verstummte.

»Sie haben selbst gesehen, wie schwer es ist, eine Leiche auszugraben«, antwortete Bob. »Drei starke Männer haben den Großteil des Vormittags dafür gebraucht. Und damit wäre noch nicht einmal geklärt, wie sie ihn weggeschafft haben. Dazu braucht man einen Flaschenzug und einen Leichenwagen oder irgendeine Art von Karre. Und dann noch mal dasselbe für die andere Leiche. Danach müsste man die Erde wieder glätten, damit es niemand mitbekommt. Das alles hätte man unmöglich in einer einzigen Nacht geschafft. Also hätten sie es tagsüber tun müssen, unter irgendeinem legalen Vorwand. Aber damit hätten sie sich ebenfalls keinen Gefallen getan. Dafür braucht man Anwälte, man muss sich irgendeine legale Rechtfertigung einfallen lassen – letzten Endes hätte das genau zu dem geführt, was eigentlich vermieden werden soll: viel Aufmerksamkeit auf die Sache zu ziehen.«

Russ nickte.

»Also, was tut man in so einem Fall?«, fragte Bob. »*Denken Sie nach,* Sohn. Wenn Ihnen nichts einfällt, rufen Sie besser mal diesen Laden in Princeton an und verlangen die halbe Million zurück, die Ihr armer Dad in Ihre Bildung investiert hat.«

»Er hat keinen Cent ausgegeben«, gab Russ zurück.

»Ach ja, richtig, hatte ganz vergessen, dass Ihr Vater so ein Drecksack gewesen ist. Egal, *denken Sie nach.* Nachdenken!«

»Ich kann mir nicht ...«

Dann kam es, wie aus dem Nichts. Hurra, er konnte seine Demütigung noch einmal abwenden!

»Die Steine. Sie haben die Grabsteine versetzt! Das hätten zwei Männer in ein paar Stunden in einer dunklen Nacht erledigen können. Kein Problem. Besonders, weil die offiziellen Papiere schon lange verschwunden sind ... wann immer sie es getan haben, es hat niemanden gegeben, der sich darum geschert hätte.«

»Nicht schlecht«, lobte Bob. »Aber machen Sie es sich nicht zu einfach. Möglicherweise haben sich irgendwann in den 60ern ein paar High-School-Kids vollllaufen lassen und sind dann Grabsteine umschubsen gegangen, wobei man sie erwischt hat. Nun stellen wir uns vor, irgendein Richter hat entschieden, dass sie die Steine wieder einsetzen müssen. Aber Jugendliche kümmern sich einen Scheiß um so etwas. Also haben sie die einfach *irgendwo* in die Erde gesteckt. Und was heißt das für uns?«

»Dass wir angeschissen sind«, meinte Russ.

»Ganz genau. Andererseits ... oha, oha, wen haben wir denn da?«

Scheinwerferlicht wanderte über die Fensterscheiben. Russ hörte einen Automotor.

Bob öffnete die Tür.

»Howdy, Deputy«, rief er. »Kommen Sie rein.«

Er trat zurück, und Duane Peck kam in den Wohnwagen. Ohne seine Sonnenbrille wirkten seine Augen klein und dunkel.

»Mr. Swagger, ich wollte Ihnen nur etwas erzählen. Erinnern Sie sich noch, wie ich Ihnen angekündigt habe, die Aufzeichnungen des Sheriffs zu besorgen?«

»Na sicher, Duane. Wollen Sie eine Tasse Kaffee? Russ, setzen Sie mal Kaffee auf.«

»Nein, nein«, antwortete Duane. Dann hielt er kurz inne, um sich umzusehen und das Innere des Trailers genauer in Augenschein zu nehmen. »Ich bin im Dienst, muss ein paar Patrouillenstrecken abfahren. Ich wollte nur sagen, die haben diese Dokumente rüber in den Keller des Gerichtsgebäudes verlegt. Da wurden die meisten Dokumente der Stadtverwaltung aufbewahrt. Sie wissen ja, es ist 1994 abgebrannt.«

»Verflucht!«, sagte Bob. »Ich wusste, dass die Gerichtsdokumente verloren sind, aber ich hatte gehofft, dass es bei den Aufzeichnungen des Sheriffs vielleicht anders aussieht. Verdammt!«

»Tut mir wirklich leid.«

»Duane, machen Sie sich deswegen keine Sorgen. Bisher haben wir so ziemlich gar nichts erreicht. Wenn die Leiche verschwunden ist und es keine Aufzeichnungen des Friedhofs mehr gibt, fällt unser ganzes Vorhaben in sich zusammen. Wir werden es womöglich einfach aufgeben müssen.«

»Okay, ich wollte es Ihnen bloß gesagt haben.«

Er lächelte beide Männer herzlich an, dann verließ er den Wohnwagen.

Sie warteten, bis sie ihn wegfahren hörten.

»Also, wo waren wir stehengeblieben?«

»Sie sagten gerade, dass wir geliefert sind, wenn es irgendwelche Kids waren, die Grabsteine durcheinandergebracht haben. Andererseits …«

»Andererseits, wenn wir spaßeshalber mal annehmen, dass es jemand absichtlich getan hat, folgt daraus dann nicht, dass nur zwei Grabsteine vertauscht wurden?«

»Ja.«

»Und wir wissen, dass der falsche zu einem 25-jährigen Kerl gehört, der im Bürgerkrieg getötet wurde?«

»Ich hab's, ich hab's. Wir versuchen, Dokumente aufzutreiben ... im Gerichtsgebäude, ach verdammt, das ist ja abgebrannt, nein, nein, bei der Historischen Gesellschaft ... über Todesfälle in Polk County während des Bürgerkriegs. Bestimmt können wir die Namen der jungen Männer in Erfahrung bringen, die in diese Kategorie fallen. Damit können wir die Zahl der anderen infrage kommenden Gräber *weit* reduzieren. Aber was dann ... sollen wir zehn oder 20 von ihnen ausgraben? Ich glaube kaum ...«

Aber Bob durchwühlte bereits den vertrauten Aktenordner mit Zeitungsausschnitten, und nach kurzer Zeit brachte er die Titelseite des *Southwest Times Record* vom 26. Juli 1955 zum Vorschein.

HELDENHAFTER POLIZIST BEGRABEN, stand dort.

Unter einer Ulme mit weit ausgreifender Krone auf einer sanft gewellten, baumbestandenen Wiese hatte sich eine Gruppe von Trauernden versammelt. Niedergeschlagene Menschen, die einen guten Mann beerdigten.

»Ich wüsste nicht ...«, setzte Russ an. »Die Bäume sind alle verschwunden. Von dem Foto kann man nicht viel ableiten. Es ist bloß ein Feld.«

»Die Bäume sind weg, aber das Gelände ist noch dasselbe. Sehen Sie sich die Bodenwellen an, die Stellung zur Sonne, die Berge in der Ferne. Ich wette, ich kann das Gelände auf dem Foto studieren und diesen Teil des Friedhofs, soweit es geht, triangulieren. Das bringen wir dann mit einem Namen in Verbindung und ... Bingo!«

»Sie denken nicht daran, aufzugeben?«, fragte Russ.

Swagger fixierte ihn mit dem starren Blick des Scharfschützen.

»Kein bisschen«, erwiderte er.

Duane Peck entfernte sich von Swaggers Grundstück. Dann, nach ungefähr einer Meile, hielt er am Straßenrand. Er holte das kleine Mobiltelefon aus dem Handschuhfach und drückte eine Taste.

Als der Piepton erklang, erstattete er seinen Bericht.

»Swagger und der Junge stecken wohl in einer Sackgasse fest. Ihnen gehen die Optionen aus, weil sie keine Leiche gefunden haben. Ich bin heute Nacht hingefahren, um ihnen einen Besuch abzustatten, und sie wirkten beide ziemlich niedergeschlagen. Ich glauben, sie fahren bald ab oder geben auf. Bisher haben sie nichts in der Hand. Außerdem bin ich bei Sam Vincent gewesen. Hab an die Tür geklopft und er war nicht da. Also bin ich hinten rum gegangen und hab einen

Blick in seinen Keller geworfen. Gottverdammt, da saß er und las irgendeine alte Akte. Konnte nicht erkennen, was es gewesen ist, aber da lag ein Foto von irgendeinem Niggermädchen auf dem Boden. Hab geklopft und geklopft, gerufen, alles Mögliche gemacht. Dieser alte Bock gibt wirklich langsam den Geist auf. Wo immer er gewesen ist, er befand sich todsicher nicht mehr in der Realität. Hat mich nicht mal *gehört,* obwohl ich nicht mehr als drei Meter weit entfernt gewesen bin. Schätze, er wird langsam taub.«

Er legte auf und machte sich auf den Heimweg. Doch nach zehn Minuten klingelte das Telefon. Er nahm ab.

»Duane?«

»Ja, Sir?«

»Duane, behalten Sie Sam Vincent im Auge. Er mag vielleicht alt sein, aber er ist schlau.«

»Ja, Sir.«

»Sie müssen womöglich einbrechen, um herauszufinden, was für eine Akte das gewesen ist, verstehen Sie?«

»Ja, Sir«, antwortete Duane.

Bob stand im Sonnenlicht auf dem Totenacker. Um ihn herum erstreckten sich die Reihen der Grabsteine, säuberlich angeordnet wie Spielsteine. So viele Verstorbene aus so vielen amerikanischen Kriegen.

Er warf einen Blick auf das Foto. In diesem Licht konnte er sich keinen Reim mehr darauf machen. Er hatte diesen Morgen bei einem Fotoladen vorbeigeschaut, um zu fragen, ob man es auf eine brauchbarere Größe bringen könnte, doch der Mann hatte ihm erklärt, dass er ohne das originale Negativ bloß die Punkte vergrößern könnte, aus denen sich das Bild zusammensetzte, in der alten Blei-Tiefdrucktechnik: Je größer man das Foto aufzog, desto größer wurden die Punkte und desto weiter lagen sie auseinander. Am schärfsten war es in der Zeitungsversion.

Russ überlegte, es mithilfe von Computertechnik zu vergrößern und schlug vor, es per FedEx nach Oklahoma City zu schicken, wo ein Freund von ihm, der beim *Oklahoman* arbeitete, vielleicht mehr herausholen konnte. Doch Bob lehnte ab, weil sie das zu viel Zeit kostete und er die Aufnahme nicht aus der Hand geben wollte. Er wollte sich mit dem begnügen, was er hatte. Also schickte er Russ zur Historischen Gesellschaft, um nach Namen zu suchen, die eventuell zu Bobs Erkundigungen auf dem Friedhof passten.

Er wandte sich in die vier Himmelsrichtungen in der Hoffnung, die Bergsilhouette im Bildhintergrund ausmachen zu können, doch sie ließ sich schwer zuordnen, weil nur Fragmente von ihr auf dem Foto aufblitzten. Und selbst da konnte er nicht ganz sicher sein, ob er es wirklich mit Bergen oder nur irgendeiner drucktechnischen Unreinheit zu tun hatte. Außerdem wollte er das Motiv nicht zu lange betrachten. Je länger er das tat, desto mehr verloren sich die Details zwischen den Bildpunkten. Es war wie bei einer optischen Illusion. Sie entfaltete ihre Wirkung nur bei einem kurzen Blick. Wenn man sie studierte, zerstörte man sie.

Er blickte von dem Foto zu den Grabsteinen auf.

Martin.

Feamster.

O'Brian.

Lotsky.

Kummler.

Die Namen junger Leute. Der Tod dieser Jungen – was hatte er gebracht, welchen Unterschied machte er? Eine Düsternis überkam ihn. Er wusste immer noch die Namen der Jungs aus seinem ersten Zug, im Jahr 1965, oder zumindest die derjenigen 13 von 26, die nicht lebend zurückgekehrt waren. Und die der fünf, die ihre Gliedmaßen oder die Fähigkeit, zu laufen, eingebüßt hatten. Und den des einen, den man ins Irrenhaus eingewiesen hatte. Und von dem Kerl, der sich in den Fuß geschossen hatte. Blieben noch sechs übrig, die in unversehrtem Zustand nach Hause zurückgekehrt waren, oder zumindest als brauchbare Kopie ihres früheren Selbst. An diese Namen konnte er sich überhaupt nicht mehr erinnern.

Er sah sich um: so viele von ihnen, wie Sterne am Himmel standen. Zu viele. Vielleicht war es ein Fehler von ihm gewesen, vormittags allein hierherzukommen. Er sehnte sich danach, mit Julie oder mit YKN4 zu sprechen, mit jemandem, der menschlich intakt und normal zu sein schien. *Holt mich weg von diesem Eisplaneten,* dachte er. *Lasst mich zurück auf die Erde.*

Bensen.

Forbes.

Klusewski.

Obermeyer.

Während er lief, veränderte sich seine Perspektive, und es schien fast, als ob die Parade der weißen Grabsteine sich von selbst bewegte. Er dachte an die alten römischen Armeen, Phalanxen nannte man sie, die in festen Formationen gegen Horden von Wilden ins Feld zogen – ruhig, entschlossen, im festen Glauben an das Konzept der Einheit und die Moral der Legion. So fühlte es sich an: Als ob er durch Phalanxen von Toten schritt, die den Lebenden anstarrten und fragten: *Warum bist du nicht bei uns? Hältst du dich für etwas Besonderes?*

Gunning.

Abramowicz.

Benjamin.

Luftman.

*Weil ich Glück hatte,* gab er sich selbst die Antwort. Ihm fiel eine Formulierung aus einem Gedicht ein, das er vor Jahren gelesen hatte, als er versuchte zu begreifen, was ein Krieg war, und jedes gottverdammte Buch darüber las, das existierte: *Der Orient des wilden Ansturms.*

Und genau darum handelte es sich: um einen Orient des wilden Ansturms, eine abgeschlossene Welt, in der eine verdammte Sache nach der anderen geschah, und man mit Glück lebend hinauskam, eher aber nicht. Mit den eigenen Fähigkeiten hatte das nur am Rande zu tun. Sein Daddy, der war definitiv ein fähiger Mann gewesen. Sein Daddy war ein Held gewesen. Sein Daddy hatte auf Iwojima und Tarawa und Saipan Japaner getötet. Sein Daddy musste 200 Männer getötet haben. Er selbst hatte 341 getötet, auch wenn die offizielle, fiktive Zahl deutlich niedriger lag. So viele Tote, ihre Jungs und unsere Jungs, Marines und Japsen, Marines und Schlitzaugen oder Reisfresser – wie auch immer man sie damals genannt hatte. Er erschauerte. So viele Männer, die Kinder bekommen oder Gedichte geschrieben hätten. Möglicherweise sogar Ärzte geworden wären.

Bergman.

Deems.

Ver Coot.

Truely.

Ein riesiges Puzzle. Während er so dastand, wurde ihm bewusst, dass er auf einer kleinen Grasnarbe stand, auf der Erhebung einer der Bodenwellen, die nicht richtig sichtbar wurden, bis man sie zu Fuß überquerte. Er stand da, nunmehr ein wenig erhöht, faltete den Zeitungsausschnitt auseinander und verglich ihn mit dem, was er von seiner Position aus erkennen konnte.

Die Stelle auf dem Foto schien sich ebenfalls auf einer Erhebung zu befinden. Konnte er dahinter andere Erhebungen erkennen, auf der ganzen Strecke bis hin zu den Bäumen? Das konnte er nicht. Der Hintergrund blieb verschwommen, die Bildpunkte ergaben keinen Sinn mehr. Er sah, dass die Bäume, die aus irgendeinem Grund nicht mehr hier waren, den Schlüssel darstellten. Sein Daddy lag unter einem großen Baum begraben. Geschätzte 100 Meter dahinter befand sich ein weiterer. Und dieser Klecks in den Bildpunkten, konnte das ebenfalls ein Baum sein? Falls ja, bedeutete das, dass drei Bäume in einer groben Linie standen, in Richtung – in welcher Richtung? Er konnte es nicht sagen.

*Hey, Jungs, helft mir. Helft dem einen von euch, der nicht bei euch liegt, helft ihm.*

Aber die Toten lagen still.

Mit dem Gefühl von Verlorenheit und komplettem Versagen

machte er einen weiteren Schritt, um die Anhöhe zu verlassen und eine andere zu finden, als er weit am Rand seines peripheren Gesichtsfelds etwas Ungewöhnliches registrierte. Er wandte sich um, um festzustellen, womit genau er es zu tun hatte, und sah nichts. Er drehte sich um, setzte den Weg fort, und erneut signalisierte ihm sein Unterbewusstsein, dass es da etwas gab, das er auf keinen Fall übersehen sollte.

Sprachen die Toten auf diese seltsame Weise mit ihm?

*Kommt schon, Jungs, sagt es mir. Schickt mir eure Botschaft.*

Nein, nichts, nur Schweigen. Weit weg das Geräusch eines motorisierten Rasenmähers. Über ihm funkelte ein Jet am Himmel, eine Linienmaschine, der einen dicken Kondensstreifen zurückließ. In einiger Distanz zog ein weißes Auto vorbei.

Natürlich das Fahrzeug von Duane Peck, der ihn beobachtete.

*Duane, für wen arbeitest du bloß?*

*An einem nicht allzu fernen Tag werden wir uns mal mit dir unterhalten müssen.*

Er sah noch einmal nach vorn: Ein neuerlicher seltsamer Eindruck bestürmte ihn.

Er versuchte, ihn genauer zu analysieren. Was fühlte oder bemerkte er da? Er schien sich nur dann bemerkbar zu machen, wenn er sich bewegte. Etwas am Rand seines Blickfelds, das zu verschwinden schien, sobald er seinen Blick darauf lenkte. Er versuchte, das Phänomen erneut herbeizuführen.

Er ging vorwärts, drehte sich um, versuchte, seine Augen nach vorn gerichtet und seinen Geist neutral zu halten. Nichts. Er probierte es noch einmal. Nichts. Er kam sich wie ein Idiot vor.

Dann tat er es ein drittes Mal.

Jetzt hatte er es. Weit entfernt in der regelmäßigen Reihe der Grabsteine befand sich eine Lücke. Nein, keine Lücke, eine Unregelmäßigkeit. Einer der Steine stand ein klein wenig versetzt. Warum war das so?

Er behielt den Stein im Auge und ging darauf zu. Er stand etwa 150 Meter entfernt.

Mason.

*Mason, was hast du für ein gottverdammtes Problem? Bist du ein Versager, Mason? Bist du ein Muttersöhnchen, glaubst du, dass für dich keine Regeln gelten?* Das war die Art, wie ein Sergeant mit einem Mann gesprochen hätte, der aus der Reihe tanzte. *Warum liegst du ungefähr 30 Zentimeter rechts von Shidlovsky und Donohue begraben? Ist Murphy nicht sauer, dass du ihm so auf die Pelle rückst?*

War es ein Fehler, oder ...

Ein Baum.

Er stand nicht mehr da, aber als der arme Mason damals im Jahr 1899 mit einer Kugel aus einer Mauser M93 im Herzen unter die Erde gekommen war, musste ein riesiger Baum genau an diesem Fleck gestanden haben. Also hatten sie eine kleine Veränderung vorgenommen. Später war der Baum abgestorben, doch Mason störte bis in alle Ewigkeit das Gleichmaß.

Bob nahm das Foto zur Hand.

Wenn er genau hinsah, konnte er sich dazu bringen zu glauben, dass diese Stelle dem Standort des dritten Baums in der Reihe entsprach, da sie sich dicht am Rand des Friedhofs befand.

Er betrachtete das Bild erneut. Zu welcher Tageszeit war es aufgenommen worden? Er durchstöberte seine Erinnerungen aus 40 langen Jahren, schob eine Menge beiseite, das unangenehm war und etwas, das angenehm war. Schließlich fiel ihm eine stattliche Dame namens Miss Connie ein, die ihm ein eiliges Frühstück bereitet und ihn angekleidet hatte, weil seine Mutter immer wieder Zusammenbrüche erlitt. Das bedeutete, dass das Begräbnis am Morgen stattgefunden haben musste, in jedem Fall vormittags. Wenn er darüber hinaus unterstellte, dass der Fotograf sich in Position gebracht hatte, bis die Sonne genau in seinem Rücken stand, und dass sie noch verhältnismäßig niedrig gestanden hatte, konnte Bob daraus ableiten, dass der Fotograf in westliche Richtung gestanden hatte, mit dem Rücken nach Osten. Wenn hier also der letzte Baum gestanden hatte, mussten sich die beiden anderen in der Linie östlich von seinem aktuellen Standort befinden.

Er orientierte sich dorthin und sah nichts als Kreuze. Aber er zog sein blaues Jeanshemd aus und drapierte es auf Masons Grabstein. Er glaubte nicht, dass Mason etwas dagegen gehabt hätte. Dann wandte er sich nach Osten und begann, die Linie abzuschreiten.

50 Meter weiter stieß er auf eine zweite Lücke und bewegte sich rasch voran. Doch dort, wo nach seiner Interpretation des Fotos die erste hätte sein sollen, fand er nichts außer einem verdammten Bürgersteig vor. Dieser führte zu einer kleinen Parkanlage ein kleines Stück voraus, die so etwas wie abstrakte Bildhauerkunst enthielt. Die Grabreihen fielen absolut gleichmäßig aus. Er blickte sich um und konnte nicht begreifen, wie es sein konnte, dass so ein riesiger Baum, wenn er denn existiert hatte, nicht die Grabreihen durcheinanderbrachte. Was zur Hölle stimmte da nicht?

Er untersuchte das Bild noch genauer.

*Ein Bürgersteig,* dachte er. *Wo zum Teufel führt er hin?*

Er fand den Bürgersteig und lief zu dem kleinen Garten. War das irgendeine Konföderierten-Sache? Nein, verdammt, Vietnam. Der Landkreis hatte ein kleine Gedenkstätte für die Jungs in Vietnam errichtet, eine Tafel, die Begriffe wie *Ehre* und *Pflicht* und *Opfer* zierten, und natürlich die Namen. Er sah hin, dann sah er wieder weg. Er hatte Harrison und Marlow gekannt, er hatte auch Jefferson gekannt, obwohl Jefferson ein Schwarzer gewesen war. Jefferson war bei der Luftkavallerie gewesen, ein Bruder von Black Horse, richtig? Und was war mit Simpson? Steifbeiniger Ledernacken, frisch eingezogen, wenige Tage vor der Rückkehr nach Hause in eine Sprengfalle geraten – die Pechvogel-Story, die man sich in der Stadt am häufigsten erzählte.

Jetzt schmerzte Bob der Kopf und er konnte sich nicht länger mit dem Problem befassen. Er wandte sich zum Gehen – und dann, als er gerade aufgeben wollte, hatte er es.

Der Baum war aus irgendeinem Grund gefällt worden, doch er musste so imposant gewesen sein, dass seine bloße Gegenwart die Totengräber eingeschüchtert hatte, sodass sie sich nie an ihn heranwagten. Als er schließlich gefällt wurde, war *das* die Stelle, an der sie ihren Garten für die Gefallenen des Vietnamkriegs errichtet und den Bürgersteig gebaut hatten. Das bedeutete, dass das Grab seines Vaters irgendwo entlang des Bürgersteigs liegen musste, wahrscheinlich rechts davon.

Ihm ging auf, dass das durchaus einen Sinn ergab. Falls irgendwelche Leute spät nachts Grabsteine austauschten, die jeweils über 100 Kilogramm wogen, brauchten sie dafür eine Schubkarre oder etwas Ähnliches, und da kam einem ein Bürgersteig überaus gelegen. Er ging ein Stück, bis er etwa die halbe Distanz zurückgelegt hatte, und hielt sich schnurstracks nach Westen. Erst fiel ihm nichts Besonderes auf, dann lief er den Bürgersteig ab und wieder zurück, schließlich noch mal ein Stück hinauf. Er befand sich nun auf einer Anhöhe. In der Reihe vor sich im Westen konnte er zwei Lücken ausmachen. Einer der Grabsteine neben der breitesten Lücke wies die blaue Färbung seines Hemds auf.

»Hey.«

Er drehte sich um. Russ stand vor ihm.

»Diese alten Aufzeichnungen waren erbärmlich, aber ich habe zumindest 13 Namen gefunden. Mann, es ist erstaunlich, wie viele Dokumente sie dort aufbewahren.«

Bob deutete auf eine Stelle unmittelbar rechts neben sich.

»Ich wette, einer davon ist Jacob Finley.«

Russ kramte seinen Zettel hervor, überflog die Namen und sagte dann: »Ja. Jacob Finley. Fünfte Division, leichte Infanterie Arkansas.«

Bob betrachtete das Grabkreuz: Kalkstein, von der Zeit in Mitleidenschaft gezogen, ungepflegt, ganz leicht nach rechts geneigt.

Er kniete sich hin und presste eine Hand gegen den kalten Stein.

*Hallo, alter Mann,* dachte er. *Ich bin gekommen. Es ist Zeit.*

Diesmal ging es einfach. Sie konsultierten erneut den Leichenbeschauer und füllten die Exhumationspapiere aus, diesmal für den armen Jacob Finley, den Dokumenten nach Bobs lange verschollener Cousin. Es war nicht nötig, eine Lüge zu erfinden, was die Gründe für die Änderung des Antrags betraf: Da die Papiere beim ersten Mal in Ordnung gewesen waren, schenkte niemand im Büro des Leichenbeschauers der Angelegenheit größere Aufmerksamkeit. Es gab nicht einmal die Notwendigkeit, Sam um Hilfe zu bitten. Ein paar Anrufe später war alles wieder so arrangiert wie am Vortag.

Mr. Coggins und seine zwei Jungs hatten diesmal mehr Glück. Die Grabstelle, am hilfreichen Bürgersteig gelegen, ließ sich nun mit einem Bagger erreichen, und Mr. Coggins erwies sich als Experte im Umgang mit der Maschine. In weniger als einer Stunde hatte er den Sarg ausgegraben. Als die Kiste gerade freigelegt wurde, kreuzte Dr. Phillips auf.

»Wie haben Sie ihn gefunden?«

Bob erklärte es ihm.

»Tja, vielleicht haben Sie recht, vielleicht auch nicht.« Er ging und sah zu, wie der schnell aufgebaute Flaschenzug den Sarg aus der Erde holte.

»So viel kann ich schon mal sagen, es ist ein Metallsarg, ungefähr aus den 50er-Jahren. Wissen Sie noch, welches Bestattungsinstitut es gewesen ist?«

Bob verneinte. Dann fiel ihm blitzartig, wie aus dem Nichts, ein Name ein.

»Devilin's«, sagte er.

»Japp«, erwiderte der Doktor. »Und der Name Ihres Vaters war Earl Swagger.«

»Ja, Sir.«

»So steht es auch hier drauf. Das ist er. Okay, Jungs, ladet ihn in den Leichenwagen, dann können wir los.«

In der Leichenhalle dauerte es nicht lange.

Bob und Russ warteten draußen, während ein Trauerzug sich in einem der Abschiedsräume versammelte und Leute der Reihe nach zu ihren Fahrzeugen hinausgingen. Der Leichenwagen, der Earl zum Leichenhaus transportiert hatte, brachte eine halbe Stunde später einen anderen armen Tropf zurück zum Friedhof.

»Ich fühle mich regelrecht durchtränkt vom Tod«, bemerkte Russ.

In diesem Moment kam der Doktor heraus. Sie gingen zu einem kleinen, schattigen Andachtsgarten, den man in der Nähe des Bestattungsinstituts bildhauerisch geschmackvoll angelegt hatte. Es herrschte der späte Nachmittag eines schönen Tages. Die Sonne ging gerade unter.

»Ich kann Ihnen das schriftlich geben, aber das wird einen Tag dauern«, sagte der Doktor und zündete sich eine Zigarette an.

»Schriftlich ist nicht nötig. Der Junge hier wird sich Notizen machen.«

»Schön. Na dann, zunächst einmal: Ich habe die sterblichen Überreste eines Mannes Mitte 40 im Zustand fortgeschrittenen Verfalls gefunden. Das bedeutet, dass wenig Gewebe übrig geblieben ist, was wiederum bedeutet, dass einige pathologische Untersuchungen unmöglich sind. Die Wundkanäle von Schusswunden beispielsweise. Wir können nicht mehr herausfinden, in welche Richtung die Kugeln den Körper durchquert haben und welchen Schaden sie an weichem Gewebe wie den Organen, dem zentralen Nervensystem oder dem Atmungssystem verursacht haben.«

»Verdammt!«, rief Bob.

*Sprich mit mir, Daddy,* dachte er. *Das ist deine einzige Chance.*

»Aber«, fuhr der Doktor fort, »das Skelett befindet sich in gutem Zustand und die Spuren der Verletzungen sind deutlich sichtbar.«

»Okay«, sagte Bob. »Weiter.«

»Zu Anfang sind mir zwei Wunden aufgefallen. Die erste an der linken Elle, dem am weitesten außen liegenden Knochen des Unterarms, kurz unterhalb der Knochenverdickung, die wir den Ellenhaken nennen, zwei oder drei Zentimeter unterhalb des Ellenbogens. An den Abdrücken des Einschlags konnte ich erkennen, dass eine Kugel diesen Knochen getroffen und zerschmettert hat. An einigen der Bruchstücke ließ sich eine ovale Delle erkennen. Das ist typisch für Hochgeschwindigkeits-Vollmantelgeschosse, die aus kurzer Entfernung abgefeuert werden.«

»Eine 38er Super.«

»Eine Vollmantel-38er wäre dafür gut geeignet gewesen, ja. Die zerschmetterten Knochen sind so durcheinander, dass ich sie erst nach einer weiteren, eingehenderen Untersuchung wieder zusammensetzen könnte, um das Kaliber der Waffe zu ermitteln.«

»Nicht nötig«, erwiderte Bob.

»Die zweite Wunde glich der ersten. Die gleichen zerschmetterten Knochen, die gleichen Knochensplitter, die gleiche ovale Einkerbung in manchen der Bruchstücke, einmal mehr typisch für ein Hochgeschwindigkeitsgeschoss mit kleinerem Kaliber. Diese Wunde befand sich an der vorderen Wölbung der dritten Rippe auf der linken Seite des Leichnams.«

Bob ließ sich diese Information durch den Kopf gehen.

»Hätte er sich bewegen können mit diesen Verletzungen?«

»Wenn er es gewollt hätte.«

»Beide Wunden konnte man überleben?«, fragte Bob schließlich.

»Nun, das ist eine subjektive Einschätzung, die auch von

der Widerstandsfähigkeit des Opfers abhängt. Davon ausgehend, dass sich Ihr Vater in robuster Verfassung befand, vorher schon einmal angeschossen wurde und wusste, dass ein Treffer nicht automatisch den Tod bedeutet, und vorausgesetzt, dass er seine Blutung gestillt hätte und Hilfe innerhalb weniger Stunden eingetroffen wäre, außerdem, dass es keine ernsthaften Verletzungen des Weichgewebes gab – dann ja, meiner Meinung nach hätte er diese beiden Wunden überleben können. Aber es gibt noch eine dritte.«

»Sprechen Sie weiter«, bat Bob.

»Ich habe sie zuerst übersehen«, sagte der Doktor. »Es gab noch einige Gewebereste und der Zustand der Knochen ist nicht tadellos. Natürlich bin ich nicht in meinem Labor und arbeite nicht unter optimalen Bedingungen.«

»Aber Sie haben etwas gefunden?«

»Ja, das habe ich letztendlich. Im Sternum, einer frontalen Knochenplatte, die das Herz abschirmt und in dem die Rippen verankert sind. Da gibt es ein sehr schönes, rundes Einschussloch, zumindest beinahe rund. Tatsächlich ist es oval und scheint auf einen Abwärtswinkel hinzudeuten, also auf eine Geschossbahn, die von oben nach unten führte. Der Aufprallwinkel legt nahe, dass es sich um eine Eintrittswunde handelt. Wenn man aus der Position und dem Winkel die weitere Geschossbahn ableitet, erhält man einen ziemlich genauen Schuss ins Herz. Der Geschosspfad führt geradewegs in die rechte Herzkammer, die über die Lungenarterie mit sauerstoffarmem Blut versorgt wird. Diese Arterie und die Herzkammer wären auf der Stelle zerstört gewesen. Der Hirntod wäre nach, sagen wir, zehn bis zwölf Sekunden eingetreten.«

»Er hätte also nicht einen Herzschuss kassieren und anschließend noch 100 Meter weit zurückgehen können – dorthin, wo man ihn damals gefunden hat?«

»Er hätte nicht einen Schritt weit gehen können. Ich bezweifle, dass er nach dem Schuss noch viel länger als drei Sekunden bei Bewusstsein geblieben ist.«

Bob wandte sich Russ zu. »Also, wie kann es sein, dass der

gottverdammte Jimmy Pye ihn 100 Meter weit draußen im Maisfeld erwischt hat und er dann den ganzen Weg zurück zum Auto gelaufen ist?«

Russ starrte ihn bloß an.

»Ich nehme an, Sie haben das Loch vermessen?«, fragte Bob den Doktor.

»Ja, das habe ich.«

»Ich schätze, es sind weder 0,357 noch 0,429 Zoll, richtig? Wie viel sind es? 0,311 oder 0,312 Zoll?«

»Gut. Tatsächlich habe ich 0,3115 Zoll gemessen.«

»Wenn ich es richtig weiß, erweitert der Aufprallwinkel den Durchmesser jeweils um ein paar Tausendstel Zoll, oder?«

»Normalerweise«, bestätigte der Doktor.

»Also wies die Kugel, die meinen Vater getötet hat einen Durchmesser von ... sagen wir ... 0,308 Zoll auf? Demnach also eine Gewehrkugel im Kaliber 30?«

»Alles deutet darauf hin«, erwiderte der Doktor.

»Ich verstehe nicht«, sagte Russ. »Was sollen diese ganzen Zahlen?«

»Sie verraten mir, wer meinen Vater getötet hat«, antwortete Bob und wandte sich um, um ihn anzusehen. »Es ist todsicher nicht Jimmy Pye gewesen.«

»Wer hat Ihren Vater dann umgebracht?«, fragte Russ.

»Ein Scharfschütze«, sagte Bob.

# KAPITEL 19

Wieder rasselte die Schlange im Mais. Sein Arm tat weh. Seine Seite war eingeschlafen. Die Beine schmerzten.

Earl, der seitwärts auf dem Fahrersitz des Streifenwagens saß, streckte die Beine vor sich aus. Alles in Ordnung. Er konnte es schaffen. Ein kleines Lächeln zeichnete sich auf seinen Lippen ab.

*Wenn diese gottverdammte Schlange mich nicht beißt, hab ich es schon wieder geschafft.*

Aus seinem Funkgerät drang ein Knistern.

»Wagen Eins-Vier, hier ist das Blue Eye Sheriff's Department, Earl, halt durch, mein Junge. Wir sind auf dem Weg und kommen schnell zu dir. Etwa eine Minute hinter uns fährt ein Krankenwagen. Halt durch, Sohn, wir sind bald da.«

Auf den Inseln hatte es immer diesen Moment gegeben, wenn einem schließlich klar wurde, dass man es wieder einmal lebend überstanden hatte. Ein Gefühl, als ob sich ein kleines Fenster öffnete und eine Brise schöner, frischer Luft durch den Raum wehte, und man erlebte die einfache, körperliche Freude daran, dem Untergang entkommen zu sein. Später gesellten sich andere Elemente dazu: das Schuldgefühl, das man jedes Mal verspürte, wenn man an die guten Männer dachte, die für immer verloren waren, die sich endlos wiederholenden Träume, in denen die Kugel, die einen verfehlt hatte, traf oder die eigene Waffe klemmte oder die Munition ausging. Aber fürs Erste war alles in Ordnung. Er hielt es für Gottes Geschenk an die Infanteristen: ein Augenblick der Seligkeit zwischen dem totalen Stress der Schlacht und der dunklen Qual der Schuld des Überlebenden. Man bekam nur diesen einen Moment. *Hey, ich hab's geschafft.*

Earl stellte im Kopf eine Liste zusammen, was er als Nächstes tun wollte.

*1. Mit Bob Lee zu diesem Footballspiel gehen.* Der Junge hatte noch nie eins im Stadion erlebt. Er selbst war seit 1951, als er bei einem Abstecher nach Chicago die Bears gegen die Rams hatte antreten sehen, bei keinem Spiel mehr gewesen. Ein schreckliches Spiel. Er wollte, dass Bob Lee ein *gutes* Spiel zu sehen bekam.

*2. Eine Remington-Büchse kaufen, Modell 740 A, der neue Selbstlader, Kaliber 30-06.* Er hatte davon im *Field & Stream* gelesen. Es hieß, dass diese Waffen noch präziser schossen als die Winchester Modell 70 und man den zweiten und dritten Schuss automatisch bekam, ohne neu spannen zu müssen.

*3. Seine Frau küssen.* Ihr sagen, wie sehr er ihren Erdbeerkuchen liebte. Ihr ein Geschenk kaufen. Die Frau brauchte ein Geschenk. Ach, zum Teufel, er würde ihr *zwei* Geschenke kaufen.

*4. Die Sache mit Edie klären.* Das musste erledigt werden. *Tu es, bring dein Heim in Ordnung, beseitige das Chaos, das du angerichtet hast.*

*5. Sam Vincent besuchen.* Als Polizist musste man sein Testament machen. Sam konnte ihm bestimmt einen Anwalt empfehlen. *Mach dein Testament, leg alles fest.*

*6.*

Doch bei Punkt sechs geschah etwas Merkwürdiges. Es schien, als ob die Zeit für eine Sekunde stillstand und Earls Seele aus seinem Körper flog. Er sah sich selbst durch das Weltall schweben. Er schaute von oben zu, wie der schwarze Wald und die Hügel von Arkansas vorbeisegelten. Weit weg, hinter Board Camp, bemerkte er ein gut beleuchtetes, kleines Haus, das einzeln auf einem Grundstück stand. Er sank hinab und flog durch das Fenster. Seine Frau June stand da. Sie erledigte etwas in der Küche. Eine pflichtbewusste, aufrechte, etwas reizbare Frau. Sie trug eine Schürze, sah wie üblich müde aus und sagte nicht viel. Er schwebte an sie heran und berührte ihre Wange, doch seinem Finger fehlte die Festigkeit. Er glitt einfach durch sie hindurch. Er nahm einen weiteren Anlauf, aber er konnte sie nicht berühren.

Verwirrt flog er die Treppe hinauf. Bob Lee saß in seinem

Zimmer und versuchte, ein Revell-Modellflugzeug zusammenzubauen. Eine Bell P-93 Airacobra, die sehr gefährlich wirkte, aber Earl wusste, dass die Piloten sie hassten und sie seit 1943 nicht mehr geflogen wurde. Bob Lee, der immer noch diese dämliche Waschbärmütze und sein geliebtes Crockett-T-Shirt trug, legte sich mächtig ins Zeug und mühte sich mit seinen ungeschickten Kinderfingern ab, die Pilotenkanzel aus durchsichtigem Plastik auf den Flugzeugrumpf zu kleben. Eine heikle Angelegenheit, denn wenn er zu viel Klebstoff benutzte, verschmierte er das Glasimitat so sehr, dass die Durchsichtigkeit verloren ging und damit die ganze Illusion von Realität zum Teufel ging. Für gewöhnlich erledigte Earl solche Aufgaben, obwohl der Junge die größeren Teile zusammenklebte und darin zunehmend geschickter wurde. Earl streckte die Hand aus, um dem Jungen zu helfen, aber wieder schienen seine Finger schwerelos zu sein. Sie griffen ins Nichts.

*Bob Lee,* rief er. *Bob Lee, Bob Lee, Bob Lee!* Doch Bob Lee hörte ihn nicht, mühte sich mit dem Cockpit ab und befestigte es irgendwie. Earl sah, wie der Junge vor Enttäuschung und Wut das Gesicht verzog und sich eine einzelne Träne wegwischte. Auch Earl wusste, dass das Modellflugzeug ruiniert war. Jetzt sehnte er sich danach, den Jungen in seine Arme zu nehmen und zu sagen: *Macht doch nichts. Du magst dich heute nicht so geschickt angestellt haben, aber ein andermal wird es klappen.* Doch als er die Arme ausstreckte, berührte er nur Luft.

*7. Aufhören, Blut zu kotzen.*

Das Blut war überall. Warum passierte das? Es lief über seine Brust und strömte aus dem absoluten Mittelpunkt seines Körpers. Wo kam die Wunde her? Sie musste in dem Sekundenbruchteil entstanden sein, in dem Earl seinen Körper verlassen hatte. Er begriff, dass man ihn angeschossen hatte. Er starrte in die elende Dunkelheit hinaus, hörte nur die Schreie von Eulen und das Geraschel anderer Tiere. Warum wurde es nur so finster?

In ihm regte sich das Gefühl, dass ihm alles entglitt. Er musste an einen Abfluss denken, daran, wie er wirbelnd eine Abwasserleitung hinuntergespült wurde. Sein Verstand wurde schwerfällig und plump. Er sehnte sich danach, seinen Sohn wiederzusehen und seine Frau und seinen Vater. Er sehnte sich danach, doch es half nichts.

# KAPITEL 20

Red saß in einem Management-Meeting für die Redline-Spedition als der Anruf kam, und er war beinahe froh darüber, denn Thewell Blackwell II. von Blackwell, Collins und Bisbee, der eigens aus Little Rock herübergekommen war, steckte mitten in seinem Vortrag. Es ging um potentielle Komplikationen in dem Fall, dass der Gesetzesentwurf H.355 des Handelskommittees den Ausschuss des Repräsentantenhauses ohne eine bedeutende Überarbeitung verließ – nämlich die, dass die Anforderungen für Gewichtskontrollen an den Bundesstaatsgrenzen sowohl an Wochenenden als auch unter der Woche gelockert wurden, was langfristig zu einer Verringerung des Anteils der Routen führte, die für Kunden aus anderen Bundesstaaten gefahren werden konnten.

Das war alles sehr interessant, aber Thewell gehörte nicht gerade zu den begnadetsten Rednern, und irgendwo bei Abschnitt 13, Unterabschnitt II, Unterpunkt C fing Red an, darüber nachzudenken, ob er die achte Bahn mit dem langen Schlag im Cherokee-Ridge-Golfclub spielen sollte, in dem nächstes Jahr die Nationalmeisterschaften stattfanden.

Das Surren an seiner Hüfte riss ihn aus seinem Tagtraum. Er beugte sich zu Brad Pauley hinüber, seinem Abteilungsleiter für Rechtsangelegenheiten sowie Verbindungsmann zu Blackwell, Collins und Bisbee, und flüsterte: »Bin gleich zurück.«

Brad nickte. Red schenkte ihm ein knappes Lächeln, schlich aus dem Konferenzraum und durchquerte die Stille der Suite, die alle für den Mittelpunkt seines Imperiums hielten. Er kannte all ihre Namen, sie kannten alle seinen Namen, und während er auf den Waschraum der Geschäftsleitung gleich neben dem sagenhaften Eckbüro zuging, tauschte er mit seinen Mitarbeitern ein paar Höflichkeiten aus.

Aber schließlich war er allein und drückte die Taste auf seinem Pager.

»Äh Sir ... ähm ... ich weiß nicht, was das bedeutet«, erklang die monotone Stimme von Duane Peck, Spion und Blödmann, »aber ... ähm ... ich hab heute früh herausgefunden, dass Bob und dieser Junge einen neuen Exhumierungsantrag gestellt haben. Ich bin zum Friedhof gefahren und hab erfahren, dass sie die Leiche geholt haben, die sie wollten, und damit zur Devilin-Leichenhalle gefahren sind. Dieser Doktor ist für sie aus Fayetteville gekommen, um den Toten anzusehen. Weiß nicht, was er ihnen erzählt hat, aber irgendwas hat er ihnen erzählt. Ich weiß nicht so genau, wo sie danach hingegangen sind. Ich bin gerade vor ein paar Minuten zu Bobs Grundstück gefahren, aber da ist niemand, obwohl der Truck noch dasteht. Gut möglich, dass sie in den Wäldern dahinter unterwegs sind oder so. Jedenfalls: So sieht's im Moment aus. Ich schaue später bei dem Alten vorbei, um zu überprüfen, was bei ihm vorgeht.«

Red fluchte nicht, stampfte nicht mit dem Fuß auf oder tat sonst irgendetwas Unbeherrschtes: Er war zu diszipliniert und professionell, um solch eine Show abzuziehen. Aber er wusste jetzt, dass er ein ernsthaftes Problem hatte und sich schnell darum kümmern musste. Sonst verstrich die Frist, innerhalb derer er noch eingreifen konnte.

Als Erstes rief er Duane zurück.

»Ja, Sir?«

»Wo bist du?«

»Äh, auf dem Weg in die Stadt zurück.«

»In Ordnung. Ich will, dass du dich von Swagger und dem Jungen jetzt fernhältst. Bis auf Weiteres wirst du nichts mehr mit ihnen zu tun haben.«

»Ja, Sir.«

»Jemand anders wird sich um sie kümmern. Du konzentrierst dich jetzt auf den alten Mann. Ich muss wissen, was er vorhat. Finde das heraus, hast du mich verstanden? Aber du musst das unauffällig erledigen; du kannst nicht drauflos trampeln wie 'ne gottverdammte Wildsau mit 'nem Maiskolben im Arsch.«

»Ja, Sir«, antwortete Duane. »Ich mach mich gleich an die Arbeit.«

Red legte auf. Ihm gefiel nicht, was als Nächstes kam. Dieses Geschäft lief kompliziert und erforderte, dass man sich immer des Gesetzes der ungewollten Konsequenzen bewusst war, aber Gott sei Dank hatte er vorausgedacht, konnte auf gute Leute zurückgreifen und es sauber und professionell erledigen, mit maximalen Erfolgsaussichten. Sein Vater wäre sicher stolz auf ihn gewesen, denn dies gehörte zu den bewährten Tricks von Ray Bama: Vermeide Gewalt, vermeide Zwang, verhandle immer. Doch wenn Gewalt unvermeidlich ist, dann schlag schnell, unerwartet und mit vollem Einsatz und ganzer Willenskraft zu.

Er wählte eine Nummer. Ein Mann meldete sich.

»Ja?«

»Wissen Sie, wer hier ist?«

»Ja, Sir.« Die Stimme hatte einen vertraut klingenden, spanischen Akzent, wahrscheinlich ein Kubaner.

»Ist das Team bereit?«

»Die Jungs sind alle da. Ist ein gutes Team. Solide Kerle. Haben einiges gesehen. Robust, hart, kennen sich aus. Manche sind ...«

»Ich will keine Namen oder Details. Aber es muss erledigt werden. Geben Sie das Kommando. Ich werde Ihnen die Informationen beschaffen, die Routen, und Sie klären alles über diese Nummer ab. Wenn Sie zum Aufbruch bereit sind, lassen Sie es mich wissen. Ich will Einblick in den Plan bekommen, ich will, dass Sie mir vor Ort Bericht erstatten. Keine Fehler. Dafür werden Sie alle zu gut bezahlt.«

»Es wird keine Fehler geben«, antwortete der Mann.

Der Mann am anderen Ende der Leitung, der sich in einem Farmhaus kurz vor Greenwood im weit entfernten Sebastian County befand, drückte die Gabel herunter. Das Freizeichen ertönte. Er schaute auf eine Karte und fing an, Nummern von Pagern zu wählen.

Insgesamt neun Geräte piepten. Zwei, einer nach dem anderen, gingen im Blood-Sweat-and-Tears-Fitnesscenter an der Griffin Park Road in Fort Smith los, wo zwei gewaltige Männer mit Nacken so breit wie Lampenschirme an verschiedenen Kraftmaschinen scheinbar Tonnen an Gewicht stemmten. Beide hatten olivfarbene Haut, glänzendes, schwarzes Haar und dunkle, tiefliegende, wachsame Augen. Selbst die Tattoos, die ihre gigantischen Arme zierten, schienen identisch zu sein, obwohl sich bei einem von ihnen eine sichelförmige, runzlige, violett verfärbte Narbe über die halbe Breite des Halses zog – das Überbleibsel irgendeiner grotesken Auseinandersetzung, nach der man ihn wahrscheinlich besser nicht fragte. Ihre Körpermasse war wirklich immens – nicht die schön proportionierten, narzisstisch in Form gebrachten Muskeln von Bodybuildern, sondern die imposanten, dicht mit Muskeln bepackten Körper von Männern, die ihre Kraft beruflich benötigten, etwa die inneren Linemen beim Football, die Handlanger von Drogendealern der Mafia in New Orleans und Auftragskiller.

Ein weiterer Pager vibrierte im Hinterzimmer einer Wohnung kurz hinter der Staatsgrenze in Sequoyah County, Oklahoma, wo ein eleganter Schwarzer sich von einer etwa 30-jährigen blonden Frau oral befriedigen ließ. Er wusste, dass es sich bei ihr in Wirklichkeit um einen Mann handelte, aber das war ihm egal; ein Mund war schließlich ein Mund.

Noch ein Pager summte am Schießstand der On-Target-Indoor-Firearms-Anlage in Van Buren, während sein Besitzer mit einer individuell angepassten Para-Ordnance P16 im Kaliber 40 S&W ruhig und stabil wie ein Fels dastand und ein immer breiter werdendes, zerfleddertes Loch in eine B-27-Silhouettenzielscheibe schoss, die in 25 Metern Entfernung an einem Kabelzug hing. Er leerte das 16-Schuss-Magazin, holte die Zielscheibe ein und untersuchte die Öffnung, die er geschaffen hatte. Dann lächelte er, legte sein Gewehr in den Koffer und verließ die Anlage. Auf dem

Parkplatz verstaute er den Gewehrkoffer umständlich im Kofferraum seines Wagens und schob dafür geschickt die 40er in ein Alessi-Holster an der Innenseite seines Hosenbunds, nachdem er natürlich zuerst ein neues Magazin mit 16 Schuss hineingesteckt, gespannt und gesichert hatte.

Andere Orte: Der Harley-Davidson-Shop Ben & Jackie's in der South 271, wo ein riesiger Mann in schwarzem Leder mit der üppigen Mähne eines Rocksängers, die er zum Pferdeschwanz gebunden hatte, einen verchromten, vergrößerten Auspuff begutachtete; das Central-Mall-Trio-Kino an der Rogers Avenue, in dem sich zwei schlaksige Männer, die Baseball-Schlagmänner hätten sein können, einen extrem brutalen, aber idiotischen Film ansahen; Nick's Chicken Shack an der Route 71, wo ein großer, schwarzer Mann mit teigigem Gesicht und einer gewaltigen Menge an Ringen und Halsketten eine zweite, extra scharfe Hühnerbrust aß; und schließlich der vietnamesische Markt an der Rogers, auf dem ein schlangenartig dünner Asiate, ebenfalls mit Pferdeschwanz und einem Netz von Tätowierungen, die sich von seinem Hals hinunter über einen Arm erstreckten (und den Standbesitzern eine Höllenangst einjagten), gerade versuchte, sich für den Schichtsalat, den er an diesem Abend essen wollte, zwischen gewürfelten Champignons und Spargel zu entscheiden. Er war Vegetarier.

Der Anführer des Teams, ein Marisol-Kubaner, hinter dem eine spektakuläre Laufbahn in Miami lag, nannte sich Jorge de la Rivera. Ein außergewöhnlich gut aussehender Mann, der in seinem leichten spanischen Akzent zu der vor ihm versammelten Einheit sprach.

»Hauptsächlich geht es darum, ihn aus dem Wagen heraus zu töten. Aber nicht einfach im Vorbeifahren, nicht bei diesem Kerl, sondern in einem geplanten Hinterhalt auf dem Highway, koordiniert und choreografiert, mit guter Führung und Kontrolle. Drei Autos, ein Fahrer und zwei Schützen in jedem. Schutzwesten. Und eine Menge Feuerkraft. Diesem

Kerl nähert man sich am besten nur hinter einer verfickten Wand aus Neun-Millimeter-Kugeln.«

Er wartete. Sie alle beschäftigten sich gerade damit, ihre Waffen zusammenzusetzen, eine Auswahl von Maschinenpistolen, die vor drei Wochen bei einem Überfall aus der Requisitenkammer der Stadtpolizei von New Orleans verschwunden waren. Er sah ein paar kurze M16s, drei MP5, eine davon mit Schalldämpfer, eine weitere mit einem Laservisier, eine Smith & Wesson M76 mit einem etwa 30 Zentimeter langen Schalldämpfer. Den Rest bildeten Exemplare der Allzweckwaffe in den Drogenkriegen, so hässlich und zuverlässig wie eine alte Hure: die israelische Uzi.

Diejenigen, die sich vom ordnungsgemäßen Zustand ihrer Waffe überzeugt hatten, luden die Magazine mit Munition: Vollmantelgeschosse von Federal, 7,45 Gramm, glatt und golden, für die Maschinenpistolen, Winchester .223 für die M16s.

»Ihr seid sehr, sehr gut bezahlt worden. Wenn ihr sterbt, geht das Geld an eure Familie, wenn ihr eine habt, sonst an eure Freundin. Wenn ihr erwischt werdet, bekommt ihr gute Anwälte gestellt. Wenn ihr in den Knast kommt, wird es ein guter Knast sein. Ihr werdet nicht von Wärtern und Niggern schikaniert, oder von dreckigen Weißen, je nachdem, welche Hautfarbe ihr habt. Guter Knast, einfacher Knast. Das ist so, weil ihr die Besten seid. Warum brauchen wir die Besten? Weil dieser beschissene Kerl der Beste ist.«

Er legte ihnen ein Foto hin. Es wurde von Schütze zu Schütze weitergegeben und zeigte einen dünnen Mann, der hübsch gewesen wäre, wenn er nicht so grimmig dreingeschaut und nicht so ein wettergegerbtes Gesicht besessen hätte – mit schmalen Augen, den Augen eines präzisen Schützen.

»Dieser Typ ist ein großer, beschissener Held in diesem kleinen Krieg gewesen, den sie drüben im verfickten Schlitzaugenland ausgefochten haben.«

»Hey, *Hor-hey,* so redest du nicht über mein Land, Mann«,

schimpfte der Asiate mit dem Pferdeschwanz, während er die Arretierung eines M16 zuschnappen ließ.

»Hey, wir können doch Freunde sein, oder? Kein Scheiß. Ich sag euch was, hört mal gut zu. Nigger, Latinos, Cowboys, Motorradrocker, Spaghettifresser, Schlitzaugen und verfickte weiße Arschtreter aus dem Süden, wir müssen bei dieser Sache alle zusammenarbeiten. Das ist wie in 'nem beschissenen Film über den Zweiten Weltkrieg. Wir sind Amerika, der Schmelztiegel. Niemand hat hier mit irgendwem ein Problem, richtig, hab ich nicht recht? Ich weiß, dass ihr bisher hauptsächlich alleine oder in kleineren Teams gearbeitet habt. Wenn ihr in einem Stück nach Hause zurückkommen wollt, hört auf Jorge und macht es so, wie ich sage.«

»Der Schlitzaugen-Scheiß gefällt mir nicht.«

»Dann lass das an diesem Kerl aus. Er hat 87 von euch getötet. Das war damals, '72. Sie hatten einen Spitznamen für ihn: *Bob, der Henker,* weil man schon so gut wie tot war, wenn man ihm zu nahe kam. Ihr glaubt, er hat vergessen, wie man das macht? 1992 glaubte so 'ne beschissene salvadorianische Kommandoeinheit, die von Green Berets ausgebildet worden war, dass sie seinen Arsch auf der Spitze von 'nem kleinen Hügel festgenagelt hätten. Er hat 44 von ihnen kaltgemacht. Hat einen verfickten Hubschrauber abgeschossen. Hat sie heulend zurück nach Hause zu ihrer *mamasita* geschickt. Dieser Kerl ist gut. Man sagt, er sei der beste Schütze, den dieses tolle Land je hervorgebracht hat. Und man sagt, wenn die Leute anfangen, sich in die Hosen zu scheißen, weil die Luft voller Blei ist, wird dieser Typ einfach immer cooler, bis er so kalt ist wie Eis. Der macht sich nicht in die Hose. Sein Herz schlägt nicht mal schneller. Vermutlich ist der zum Teil ein beschissener Indianer. Nur Indianer sind so.«

»Er ist ein alter Mann«, warf der schlaksige Cowboy ein. »Seine Zeit ist abgelaufen. Er ist nicht mehr so schnell oder so schlau, wie er es mal gewesen ist. Ich hab sie im Corps über ihn reden hören, die hielten ihn für einen Gott. Aber er ist kein Gott. Nur ein Mann.«

»Bist du in Vietnam gewesen?«, hakte Jorge nach.

»Zweiter Golfkrieg, Mann. Ist verfickt noch mal dasselbe.«

»Tja, egal. Wie auch immer. Jedenfalls halten wir die ganze Sache über sichere Handys zusammen. Wir fahren heute Nachmittag nach Süden. Wie ich schon sagte, drei Wagen, drei Männer in jedem Wagen, und ich. Ich werde einen Pick-up fahren, die ganze gottverdammte Sache zusammenhalten, während ich mit dem Boss spreche. Wir wissen, wo er lebt, aber da will ich es nicht erledigen. Wir jagen ihn auf den Straßen. Wir bewegen uns in Jäger-Killer-Teams. Wenn ihr ihn gesichtet habt, nehmen wir uns die Karten vor, finden seine Route raus, fangen ihn ab. Ganz professionell. Als ob wir das verfickte FBI sind. Wir erwischen ihn und seinen Kumpel auf einer gottverdammten Landstraße, und dann ist Dritter Weltkrieg angesagt. Wir werden diesem *cabrón* schon zeigen, wie man schießt.«

# KAPITEL 21

Jetzt war er mit Graben an der Reihe. Er sah sich um, um ganz sicher zu gehen. Ja, ja, genau hier. Die umgestürzte, moosbewachsene Weihrauchkiefer da drüben war der erste Markierungspunkt, der graue Felsbrocken in drei Metern Entfernung der zweite – er konnte sich gut daran erinnern, auch wenn die Jahre ihn etwas in Mitleidenschaft gezogen hatten. Wo er in der hoch gelegenen Kammlinie des Black Fork Mountain durch eine Lücke zwischen den Kiefern eine Kerbe erkennen konnte, befand sich der dritte Punkt. Als er die drei Punkte triangulierte, wusste er: Dies war die richtige Stelle.

Bob machte sich an die Arbeit, und mit den gleichen sicheren Spatenstichen, die einen Sarg freigelegt hatten, der nicht der seines Vaters, sondern der irgendeines armen jungen Mannes gewesen war, ging er auf die Erde los. Die Erde leistete Widerstand, doch er befand sich in Kampfstimmung. Der Spaten schnitt und grub sich in den Boden, hob ihn an; Bob begann zu schwitzen, während er einen Rhythmus fand und sich neben ihm ein Erdhaufen auftürmte.

Es war noch früh. Er hatte sich vor dem Morgengrauen auf den Weg gemacht, während der Junge noch schlief, um diesen Pfad hinaufzugehen, eine Meile von seinem Wohnwagen entfernt. Er war früher oft mit seinem Hund Mike hier raufgekommen, doch Mike lebte nicht mehr. Bob fand sich also allein mit dem Spaten und der Erde wieder. Die Sonne kletterte am Himmel hoch und schickte Lamellen aus Licht durch die Zweige der Fichtenkiefern, in denen der Staub aufblitzte, den seine Bemühungen aufwirbelten – genug, um einen Mann zum Husten zu bringen. Er arbeitete weiter, genoss die Kraft seiner Bewegungen.

Doch er legte keinen Sarg frei, sondern eine Plastikröhre mit fast 30 Zentimetern Durchmesser, beinahe 1,20 Meter lang. Als er sie schließlich aus dem Boden zog, spürte er ihr beachtliches Gewicht, selbst als ihr Inhalt sich ein wenig verlagerte. Er holte sie aus der Erde und stand für einen Moment nur da und atmete schwer. Um ihn herum blieb alles still. Seine Aktion hatte die Vögel verscheucht. Keine Tiere wagten sich in die Nähe, für Insekten war es noch zu kühl.

Er wischte sich die Stirn mit einem Taschentuch ab. Dann stellte er sich mit dem Stiefel auf den Zylinder, um ihn im Gleichgewicht zu halten, und stieß das scharfe Blatt des Spatens gegen die Kappe, schlug nach der Schicht aus Loc-Tite-Kleber, der die Kapsel versiegelte, bis sie endlich nachgab. Mit den Händen zog er die Kappe vollständig ab; dann verlagerte er den Zylinder so, dass er leichter an den Inhalt herankam und begann, ihn auszuräumen.

Zunächst kam ein Doskosil-Waffenkoffer zum Vorschein. Er öffnete ihn, wischte die Schutzschicht aus Trockenmittel ab und nahm einen Colt Commander .45 heraus, pechschwarz mit Novak-Zielvorrichtung und Biberschwanz-Handballensicherung. Er zog den Schlitten zurück und enthüllte das Messing einer Federal Hydra-Shok. Acht weitere steckten im Magazin. Die Waffe lag gut in der Hand, schmiegte sich fast hinein. Er hatte seit Jahren keine Schusswaffe mehr angerührt, hatte geglaubt, er sei fertig mit Waffen. Aber nun fühlte sich die Pistole angenehm und vertraut an, beinahe als ob sie seine Geschichte kannte. Extrem griffig; das war zugleich das Problem mit den Dingern: fast schon zu griffig. Er spannte den Hahn und schob den Sicherungshebel nach oben – gespannt und gesichert, so musste es sein. Irgendwo dort drin lagen auch ein Holster und ein paar weitere Magazine, doch fürs Erste klemmte er sich die Pistole einfach im mexikanischen Stil oberhalb der rechten Niere in den Gürtel.

Als Nächstes kam ein größerer Waffenkoffer zum Vorschein, und als er ihn herausgeholt und geöffnet hatte, lag ein Ruger Mini-14 vor ihm; eine Art geschrumpfte Version des alten M14, die fast zerbrechlich wirkte, leicht und handlich. Er packte die Waffe, lud durch und ließ den Schlagbolzen gegen eine leere Kammer klicken. Ein semiautomatisches

Gewehr im Karabinerstil, in der Lage, 5,56-Millimeter-Patronen abzufeuern, die sich durch Metall oder durch Menschen fraßen, je nachdem, worauf man zielte. Noch dazu war es schön anzusehen, auch wenn es sich nach drei Jahren unter der Erde ziemlich ölig anfühlte. Der Schutzfilm und die Packungen mit Trockenmittel, die er in der Röhre verteilt hatte, hatten ihren Zweck erfüllt.

Er zog eine letzte Trophäe hervor: einen Leinensack, in dem vier Mini-14-Magazine, eins davon ein übergroßes für 40 Patronen, das Galco-Holster für den Commander, sechs Schachteln mit Federal Hydra-Shoks im Kaliber 45, fünf Schachteln 5,56-Millimeter-Vollmantelgeschosse und fünf Schachteln M196-Leuchtspurmunition steckten.

Er lehnte sich zurück, dann drehte er sich um.

»Warum kommen Sie nicht hier runter und schaufeln dieses Loch für mich wieder zu?«, rief er.

Schweigen.

»Russ, Sie wissen nicht genug darüber, wie man sich leise durch einen Wald bewegt. Kommen Sie raus.«

Kleinlaut kroch der junge Mann aus seinem Versteck.

»Ich hab Sie weggehen sehen. Ich bin Ihnen gefolgt. Hab gehört, wie Sie gegraben haben.«

»Sie sollten sich nicht an einen bewaffneten Mann anschleichen.«

»Sie waren nicht bewaffnet, als Sie aufgebrochen sind.«

»Tja, aber jetzt bin ich's.«

»Was zum Teufel ist los? Sie müssen es mir sagen. Das sind Sie mir schuldig.«

»Was los ist? Ich will, dass Sie nach Hause fahren. Diese Sache wird vielleicht brenzlig. Ich hatte vor, mit Ihnen darüber zu sprechen. Gestern ist es mir klar geworden. Ich hätte es schon viel früher merken müssen.«

»Bob, ich geh nicht weg. Das hier war von Anfang an meine Idee. Ich muss dabei bleiben.«

»Ich will nicht Ihren Vater anrufen und sagen müssen: ›Ich habe Ihren Jungen sterben lassen, für nichts‹.«

»Lassen Sie meinen Vater aus dem Spiel.«

»Dann Ihre Mutter. Es würde sie umbringen.«

»Es wäre nicht das erste Mal, dass sie etwas umbringt.«

Bob sagte nichts.

Russ kam zu ihm herüber und fing an, Erde in das Loch zu schaufeln.

»Ich gebe Ihnen keine Waffe«, sagte Bob. »Ich habe keine Zeit, Sie auszubilden, und ich will nicht in der Nähe eines untrainierten Mannes sein. Wenn geschossen wird, Junge, dann ziehen Sie einfach den Kopf ein und hoffen auf das Beste.«

»Werde ich.«

»Nun, wir warten ab, wie es sich entwickelt. Beim ersten Anzeichen, dass ein Sturm heranzieht, schicke ich Sie nach Hause. Das hier ist kein Spaziergang. Fragen Sie Ihren Vater. Er wird es Ihnen bestätigen. Es ist so beängstigend, wie es nur sein kann. Jetzt lassen Sie uns aufbrechen. Sie tragen die Munition. Die ist am schwersten.«

Sie stapften den Pfad entlang. Ein schöner Morgen. Die Sonne war inzwischen aufgegangen und leuchtete durch die Kiefern; zwischen den Stämmen erkannte Russ schemenhaft die grünen Höhen der Ouachitas, die den Horizont dominierten. Eine der Stärken seines Verstandes bestand in seiner hohen Empfänglichkeit für Ironie. Daher fühlte er sich durch dieses unschuldige Waldidyll provoziert, durch dieses smaragdgrüne Panorama natürlicher Güte – hier marschierte er neben einem schwer bewaffneten und sehr gefährlichen Mann, brach zu einer Mission auf, von der dieser Mann auf einmal annahm, dass sie gewalttätig enden könnte. Er schüttelte den Kopf. Er war *Schriftsteller!* Was tat er bloß hier?

»Was ist so komisch?«, wollte Bob wissen.

»Das Ganze ist einfach lächerlich.«

»Was auch immer es ist, es ist nicht lächerlich«, versetzte Bob. »Es mag schmutzig sein, vielleicht auch hässlich oder bösartig. Aber es ist definitiv nicht lächerlich, und die Leute, die dafür verantwortlich sind, sind nicht lustig. Das sind Profis.«

»Der Scharfschütze, der Ihren Vater getötet hat?«

»Er ist nur ein kleiner Teil des Ganzen. Er arbeitet für jemand anderen. Jemand hat den Befehl gegeben, ein anderer hat es geplant und noch ein anderer hat es sehr sauber und verlässlich in die Tat umgesetzt.«

»Woher *wissen* Sie überhaupt, dass es einen Scharfschützen gegeben hat?«, fragte Russ schließlich.

»Es fing mit dem Gewicht der Kugeln an«, verkündete Bob mit finsterer Miene, als ob er es hasste, diese Sache einem Idioten erklären zu müssen. »Sie haben in meinem Vater drei Kugeln gefunden. Zwei davon wogen 8,42 Gramm. Eine wog 7,13 Gramm. Die 8,42-Grammer stammten eindeutig aus Jimmys 38er Super. Aber die 7,13er? Denkbar, dass ihn eine dritte 8,42-Gramm-Kugel getroffen hat und zerbrochen ist, weswegen sie nur 7,13 Gramm gefunden haben, aber darüber steht nichts in der gottverdammten Liste. Also bringt mich das zum Nachdenken: Wo zum Teufel hätte plötzlich eine 7,13-Gramm-Kugel herkommen sollen? Und was *ist* eine 7,13-Gramm-Kugel? Wissen Sie das?«

»Nein.«

»Ihr Vater wüsste es sicher.«

»Scheiß auf den.«

»Es ist eine Karabinerkugel. Ein M1-Karabiner – handliches, kleines Teil, das man im Zweiten Weltkrieg benutzt hat. Nicht viel Durchschlagskraft, aber dafür sehr praktisch.«

»Okay. Und? Was verrät uns das?«

»Ich sag's Ihnen, wenn ich so weit bin. Die nächste Sache ist der Überfall auf den Lebensmittelladen. Vergessen Sie das Warum. Lassen Sie das Warum beiseite. Sehen Sie sich einfach den Überfall selbst an: zu clever. Der richtige Laden, die richtige Tageszeit, sehr professionell. Jimmy war ein kleiner Fisch, ein Autodieb. Wie hätte er sich das so schnell ausdenken können?«

Russ erwiderte nichts.

»Dann noch die Flucht. Sogar Ihnen ist das aufgefallen. Wie konnten sie 60 Meilen weit nach Süden kommen, an all den Straßensperren vorbei? Ich schätze, man könnte das alles darauf schieben, dass sie eben Glück hatten – aber nicht, wenn man einen sorgfältigen Blick auf das Ganze wirft. Wie konnten sie so ein verdammtes Glück haben? Andererseits stellt es kein Problem dar, dieses Auto in einen Sattelschlepper zu laden, um es hier runterzuschleppen. Man hätte ihn einfach durchgewunken. Lastwagen werden immer durchgewunken.«

Russ sagte nichts.

»Die 38er Super. Das ist eine Waffe für Profis, eine Waffe für Kriminelle. Eine, die Menschen tötet. Bankräuber lieben sie, Mafiakiller, diese Art von Leuten. Ist doch wirklich verdammt seltsam, dass ausgerechnet die Pistole, die am besten auf der Welt dazu geeignet ist, Menschen zu erschießen, zufällig in Jimmy Pyes Händen landet, und das am selben Tag, an dem er aus dem Knast kommt.«

Russ nickte.

»Und dann der Ort, an dem die Schießerei stattgefunden hat«, fuhr Bob fort. »Ich bin ein professioneller Schütze. Das Töten von Menschen ist mein Beruf – zumindest war er es mal. Man muss sich in einer erhöhten Position befinden, weil bei einem Schuss auf gleicher Höhe der Mais im Weg ist. Er muss also in den Bäumen gelauert haben, um die 100 Meter entfernt, wahrscheinlich auf einem Hochsitz. Seine Aufgabe ist es zunächst, einfach nur zu beobachten. Der ursprüngliche Plan lautet, dass Jimmy Pye meinen Vater mit der 38er Super töten soll. Aber wer auch immer die Fäden zieht, er muss sich Sorgen gemacht haben, ob Jimmy wirklich der richtige Mann für diesen Job ist. Und das war Jimmy nicht. Also hat er diesen anderen Kerl eingespannt, nur für den Fall der Fälle. Er schießt leicht abwärts auf eine sitzende Zielperson in einer windstillen Nacht. Ein ziemlich simpler Schuss.«

»Es war nachts. Es war *nachts!*«, rief Russ. »Konnte er im Dunkeln sehen?«

»Ja, das konnte er«, erwiderte Bob. »Darum hat er den Karabiner benutzt und keine Waffe mit günstigeren ballistischen Eigenschaften. Erinnern Sie sich an die Klapperschlange?«

»Die Schlange?« Warum hatte Russ das Gefühl, dass ihm das bekannt vorkam? Wer hatte noch mal von Schlangen gesprochen? Doch dann, ja, er erinnerte sich. Der alte Mann hatte jemanden namens Mac Jimson erwähnt, der auf der Straße auf eine Schlange schoss. Er hatte betont, so etwas noch nie zuvor erlebt zu haben.

»Schlangen sind nachtaktive Kaltblüter«, erklärte Bob. »Sie reagieren empfindlich auf Hitze. So jagen sie. Mit anderen Worten: Sie reagieren empfindlich auf Infrarotstrahlung.«

»Ich verstehe n...«

*»Infrarot«,* wiederholte Bob.

Russ schluckte. *Infrarot?*

»Infrarotlicht ist Licht unterhalb des sichtbaren Spektrums, die Helligkeit, die von Hitze ausgeht. Es gibt verschiedene militärische Anwendungen dafür. Wenn man Hitze abgibt, strahlt man Licht in dieser Wellenlänge aus, und wenn man ein elektrisches Gerät hat, das dieses Licht verstärken kann, kann man im Dunkeln sehen. Oder einen Lichtstrahl auf dieser Wellenlänge aussenden und mit so einem Gerät erkennbar machen. Unseres nannte man das M3-Sniperscope. 1955 befand sich das so ziemlich auf dem neuesten Stand der Technik. Ein Zielfernrohr gepaart mit einem Infrarotscheinwerfer, beides auf einen Karabiner montiert. Funktionierte am besten in klaren, dunklen Nächten. Der Scheinwerfer schickt einen Infrarotstrahl raus. Dieser erfasst meinen Daddy. Mein Daddy merkt nichts davon. Ein Schuss. Nur die Schlange hat etwas mitbekommen. Sie hat die Hitze gespürt; Schlangen verfügen über Grubenorgane in ihrer Haut, Hitzerezeptoren – und als das Licht darauf fiel, hat sie sich bewegt, gerasselt. Dann tat sie, was jeder Jäger tut: Sie hat sich auf die Quelle des Infrarotlichts *zubewegt*. Deshalb hat sie die Straße überquert, obwohl sich die ganzen Polizisten dort aufhielten. Sie hat Jagd auf den Scharfschützen gemacht.«

»Aber das können Sie nicht *wissen*«, erwiderte Russ. »Das sind alles abstrakte Theorien. Es gibt keinen wirklichen Beweis dafür.«

»Doch, den gibt es«, antwortete Bob. »Das Einschussloch in der Brust meines Vaters. Es hatte einen Durchmesser von 0,311 Zoll und einen Wundkanal, den eine Kugel aus einem M1-Karabiner hinterlassen hätte. Jimmy hatte eine 38er Super. Ihr Geschossdurchmesser war etwas größer als der einer Kugel im Kaliber 357. Bub trug eine 44er Special mit sich herum, die nicht abgefeuert wurde. Mein Vater *ist* also mitten in der Nacht von einer Karabinerpatrone im Kaliber 30 getötet worden.«

»Du lieber Gott«, sagte Russ.

»Sehen Sie, es ging bei der ganzen Sache darum, meinen Vater umzubringen. Ich weiß nicht, warum sie es getan haben. Mein Vater muss irgendetwas *gewusst* haben, aber an seinem Verhalten in dieser letzten Woche gab es nichts, was darauf schließen ließ, dass etwas Ungewöhnliches vorging. Aber diese Leute sind sehr clever vorgegangen. Machen Sie sich das mal klar: Sie haben Nachforschungen über Earl angestellt und seinen Schwachpunkt entdeckt – dass er ein Herz für eine kleine weiße Rotznase namens Jimmy Pye hatte. Also haben sie sich im Knast an Jimmy herangemacht, ihm irgendein Angebot gemacht, das so gut war, dass er es annehmen und ihnen alles erzählen musste, was er wusste.

Anschließend haben die Kerle ihm einen Überfall auf den Lebensmittelladen in den Kopf gesetzt, der Jimmy unter Garantie berühmt gemacht hätte, durchgeplant inklusive des Zwischenstopps, um einen Hamburger zu essen! Sie haben ihn in den Süden des Staates gebracht; er ist mit Daddy zusammengetroffen, um sich zu ergeben. Sie besaßen Zugang zu Ausrüstung auf dem aktuellsten Stand der Technik und hatten einen Militärschützen, der verflucht gut wusste, was er tat – nur um ganz sicher zu gehen. Gründlich, professionell, wohlüberlegt, alle Eventualitäten berücksichtigt. Und das alles, um sich einen kleinen Sergeant von der Landespolizei im ländlichen Arkansas so vom Hals zu schaffen, dass niemand lästige Fragen stellte. Ins Grab mit ihm, ein paar Gebete gesprochen, und weiter im Takt.«

Russ fügte hinzu: »Und es geht immer noch weiter. Die vertauschten Grabsteine. Duane Peck.«

»Ja, so ist es.«

»Nur die Schlange hat es gewusst«, wiederholte Bob. »Sie hat Jagd auf den Scharfschützen gemacht. Und jetzt jage ich ihn.«

Sie brauchten ein Telefon. In Bobs Wohnwagen gab es keines. Als er und Russ gegessen und sich umgezogen hatten und Bob die Ruger samt Munition in die hinten an seinem Pick-up festgeschraubte Box eingeschlossen hatte, stiegen sie ein und fuhren los. Nicht in die Stadt, sondern zum Days Inn. Dort mietete Bob ein Zimmer – wegen des Telefons und der Privatsphäre, die das Motel ihnen bot.

Jorge traf an der Spitze eines Konvois aus Killern bei Bobs Trailer ein, 40 Minuten nach der Abfahrt. Der Truck war nicht in Sicht.

»Gottverdammt«, schimpfte er.

Er ging zurück zu den Männern seiner Einheit. Er ließ einen Mann mit einem Fernglas und einem Telefon in den Bäumen gegenüber des Wohnwagens zurück; die verbleibenden Fahrzeuge wies er an, auf vorher festgelegten Routen in Blue Eye und dem benachbarten Umland von Polk County Patrouille zu fahren und nach dem Truck Ausschau zu halten: einem grünen Dodge mit unlackiertem Kotflügel, Kennzeichen Arizona SCH 2332. Die Anweisungen waren simpel. Sie sollten nicht mit ihnen in Kontakt kommen, ihnen nicht einmal folgen, sondern bei Sichtkontakt lediglich einen Anruf tätigen. Jorge selbst wollte dann, nachdem er telefonisch den Boss konsultiert hatte, herausfinden, wohin Bob unterwegs war. Der Grundgedanke bestand darin, den Hinterhalt weit im Voraus zu planen und mit dem gesamten Team durchzuführen, genau wie im Vorfeld abgesprochen.

Ohne davon etwas zu wissen, begann Bob seine Jagd mit einem Anruf beim Pentagon, Dienststelle der Army, Archivabteilung, Sergeant Major Norman Jenks.

»Jenks.«

»Na, Norman?«

»Bob Lee, du alter Gauner! Teufel noch eins, dich gibt's immer noch?«

»Scheint so.«

Der alte Sergeant, dem Bob zuerst bei seinem zweiten Vietnameinsatz begegnet war, als er Aufklärungstrupps in die Nähe von Kambodscha geführt hatte und Jenks beim S2-Stab gewesen war, plauderte mit ihm ein wenig in der vulgären Ausdrucksweise ehemaliger Unteroffiziere. Doch schließlich kam Bob zu seinem Anliegen.

»Kannst du mir 'nen Gefallen tun?«

»Sag's einfach, Kumpel. Wenn ich dazu in der Lage bin, werd ich's tun. Ich bin zu alt, als dass die mir jetzt noch an den Kragen gehen könnten.«

»Und zu kopflastig.« Damit bezeichnete man in der Sprache der Sergeants jemanden, der zu viele Orden bekommen hatte.

»Tja. Raus damit, Partner. Schieß los.«

»Erinnerst du dich, dass ihr damals diese elenden Teile mit der offiziellen Bezeichnung *Set No.1/M3 20.000 Volt* im Einsatz hattet?«

»Diese Scheißdinger? Bei meinem ersten Einsatz hat die ARVN die verwendet. Die waren damals schon alt, und angeblich hätten sie pilzresistent sein sollen, aber wer auch immer das behauptet hat, dürfte nie die Pilze in Vietnam gesehen haben. Das Mistzeug konnte einen zum Frühstück verspeisen!«

»Ja, in den 60ern waren die schon total veraltet.«

»Die stammten echt noch aus dem Zweiten Weltkrieg. Basierte auf irgendeiner Entwicklung der Deutschen, die ein

OSS-Team nach dem Krieg mit zurückgebracht hat, wenn ich mich richtig entsinne.«

»Tja, jedenfalls, mir geht's um das Jahr 1955. Nehmen wir mal an, so ein Kerl brauchte 1955 ein Nachtsichtgerät und er hielt sich im westlichen Arkansas auf. Wie hätte er an eins herankommen können? Wo wurden die Dinger damals gelagert? Hat man sie im großen Stil an die Truppen verteilt? Hätte es, sagen wir mal, bei der 101. Luftlandedivision oben in Campbell welche gegeben? Oder in Bragg bei den Jungs von der 82.? Oder lagen sie gar in diesem ballistischen Entwicklungslabor in Rhode Island rum? Ich versuch bloß, mir ein Bild davon zu machen, wie verbreitet sie gewesen sind und ob man sie nach Arkansas über weite Entfernungen hätte heranschaffen müssen. Und wer kannte sich damit aus? Wer setzte sich für sie ein? Wer bildete andere im Umgang mit den Teilen aus und kannte ihre Feinheiten? Ich hab den Eindruck, man brauchte eine spezielle Ausbildung, um richtig mit ihnen umgehen zu können.«

»Das stimmt. Kam mir immer so vor, als ob man in ein Aquarium schaut. Die Schlitzaugen sind nie dahintergekommen, wie sie funktionierten. Egal ... bis wann musst du das wissen?«

»Am besten bis gestern.«

»Verdammt, Bob, worum zum Teufel geht's hier eigentlich?«

»Ich arbeite da zusammen mit einem Schriftsteller an etwas.«

»Oh, ein Buch! Das wird ein Bestseller, das kann ich dir garantieren. Wirst du ihm von An Loc erzählen?«

»Möglich.«

»Okay, ich habe heute einen lockeren Zeitplan und mir ist gerade ein neuer Spec 4 zugewiesen worden. Ich werd diesen Jungen direkt darauf ansetzen. Nummer?«

Bob gab ihm die Nummer.

»Nur die Ruhe. Ich werd sehen, was wir für dich herausfinden.«

Er legte auf.

»Was jetzt?«, fragte Russ.

Bob öffnete sein Portemonnaie und zog 300 Dollar heraus.

»Ich will, dass Sie mit dem Truck losfahren und eine Abfahrt vom Etheridge Parkway nehmen. Die Abfahrt nach Y City. Ich glaube mich zu erinnern, dass es da ein Outdoor-Geschäft gibt. Sie fahren hin und kaufen zwei Schlafsäcke, eine Coleman-Laterne, etwas Coleman-Benzin, etwas Unterwäsche zum Wechseln, Zahnbürsten und so weiter. Denken Sie an das Benzin, ohne funktioniert die verdammte Laterne nämlich nicht! Wir werden für eine Weile nicht zu meinem Trailer zurückkehren.«

»Wovon reden Sie überhaupt?«

»Es ist gut, von Zeit zu Zeit die Operationszentrale zu wechseln. Wir sind eine Woche im Wohnwagen gewesen. Jetzt werden wir für ein paar Tage oder so woandershin gehen.«

»Aber ich *hatte* einen Schlafsack. Im Wohnwagen. Ich *hatte* Unterwäsche. Ich *hatte* ...«

»Schon gut, machen Sie nicht so ’n Wind. Mann, jedes Mal winseln Sie rum wie ein Welpe. Wir werden das Zeug dalassen. Falls jemand, zum Beispiel Mr. Duane Peck, dort herumschnüffelt, wird er es sehen und annehmen, wir kämen jeden Moment zurück. Kapiert?«

»Sie sind paranoid.«

»Para-was?«

»Ach, egal.«

Russ ging. Bob lehnte sich zurück und ruhte sich aus. Er wartete, bis Russ losgefahren war, verließ das Zimmer und ging den Gang runter zum Münztelefon, um ein R-Gespräch mit seiner Frau zu führen.

»Na, hallo.«

»Na, howdy, Fremder«, sagte Julie. »Dachte schon, du hättest eine Schauspielerin geheiratet und wärst nach Kalifornien abgehauen.«

»Ich doch nicht. Nie im Leben. Äh ...«

»*Äh* ... den Tonfall kenne ich. Du willst mir was sagen, das ich nicht hören will.«

»Süße, es ist nichts. Es wird bloß ein bisschen länger dauern, als ich dachte. Vielleicht noch eine Woche oder zwei.«

»Habt ihr eine gute Zeit?«

»Vor allem interessant. Ich bin an seinem Grab gewesen. Ich hatte einen Moment mit ihm. Wir haben uns alte Dokumente angesehen. Alles sehr lehrreich. Hab Sam getroffen. Solche Sachen eben.«

»Wie geht's ihm?«

»Er ist alt. Älter. Ich weiß nicht, ab und zu verhält er sich ein bisschen merkwürdig. Ich mach mir Sorgen um ihn.«

»Wir werden alle älter.«

»Wie geht's meiner Kleinen?«

»Der geht's gut. Vermisst ihren Daddy.«

»Ich komm nach Hause, sobald ich kann.«

»Du steckst doch nicht in irgendwelchen Schwierigkeiten, oder?«

»Nichts, womit ich nicht fertig werde.«

»Du liebst den Ärger. Das ist dein Problem.«

Bob kaufte sich eine Cola und die Zeitung aus Little Rock und ging ins Zimmer zurück. Etwa um 14 Uhr klingelte das Telefon.

»Hallo?«

»Mit Daunen oder Polyester?«

»Hm?«

»Wollen Sie die mit Daunen gefüllten oder einfache aus Polyester? Die Schlafsäcke? Sicher ist es zu warm für die mit den Daunen. Übrigens musste ich ganz bis nach Booneville fahren. Dieser andere Laden ist inzwischen pleite.«

»Polyester ist in Ordnung. Und eine Kühlbox. Was meinen Sie?«

»Alles klar.«

Er legte auf und ließ im Raum wieder Stille einkehren. Die Minuten zogen vorbei. Schließlich klingelte das Telefon erneut. Es war etwa 15:30 Uhr.

»Hallo.«

»Bob?«

Es war Sergeant Major Jenks.

»Ja, Sir.«

»In Ordnung, ich hab ein paar Informationen für dich. Du hast mit den M3s weitgehend richtig gelegen. Zu keinem Zeitpunkt hatte die Army mehr als 2000 von diesen Einheiten in ihren Inventarlisten stehen. Sie waren verdammt teuer, schwierig zu bedienen und äußerst empfindlich, also wurden sie hauptsächlich von Eliteeinheiten eingesetzt; an Truppen auf Kompanie- oder Zugebene wurden sie nie ausgehändigt. Zum Teufel, man konnte sich noch nicht mal in einem PX-Laden so ein Monstrum kaufen! Die wurden hauptsächlich an Spezialeinheiten in Europa vergeben, an die großen Luftlandedivisionen auf Brigadeebene oder S2-Regimente, an die 4. Army-Division in Washington und die 3. Gebirgsjägerdivision oben in Alaska. Der größte Teil des Bestands befand sich bei der 9. und der 23. Infanteriedivision an der entmilitarisierten Zone am 38. Breitengrad in Korea. Ein weiteres Gerät ging an die Dschungelkriegsschule in Panama. Genau, was man erwarten würde.«

*Verflucht,* dachte Bob.

»Okay, gut, Norman, ich ...«

»Wart 'ne Sekunde, ich bin noch nicht fertig. *Das* hier toppt wirklich alles. Nach unseren Aufzeichnungen wurden drei solcher Geräte aus der Panamakanalzone, der Dschungelkriegsschule, im späten Juni 1954 nach Camp Chaffee, Arkansas geschickt.«

Bob wartete einen Augenblick ab.

»Wofür?«

»Tja, eins der Probleme mit den gottverdammten Dingern bestand darin: Es gab keine festen Grundsätze für ihren Einsatz. Sie wurden in Korea nicht effektiv genutzt, weil niemand sich allzu große Gedanken über die beste Verwendungsmethode machte, und man überlegte schon ernsthaft, die Teile komplett zu verschrotten. Dann kam ein brillanter, junger First Lieutenant daher und schrieb eine Arbeit über den taktischen Einsatz von Nachtsichtgeräten, die er ans *Infantry Journal* schickte. Das Blatt veröffentlichte sie auch, und man wurde auf ihn aufmerksam. Also wurde er zeitlich befristet nach Camp Chaffee abkommandiert, wo er etwas leitete, was sie Experimentelles Nachttaktisches Entwicklungsprogramm tauften, Codename *Black Light.* Sie führten eine Menge Nachteinsätze durch und loteten die besten Möglichkeiten aus, das Teil einzusetzen, während sie gleichzeitig an seiner technischen Optimierung arbeiteten. Sie hatten ein paar Forscher, ein paar Leute vom Geheimdienst, allen Anzeichen nach sogar ein paar CIA-Jungs mit an Bord.«

»Das klingt nach einer Geheimoperation. Diese Technologie wäre noch für einen ganzen Haufen anderer Leute nützlich, nicht nur für Kompanieführer, die ein Gebiet zu verteidigen haben.«

»Da hast du recht.«

»Gib mir einen Namen, Norman.«

»Ich dachte schon, dass du mich nach einem Namen fragst«, erwiderte Jenks. »Und ich hab einen höllisch interessanten für dich: Preece.«

»Preece!«

»Japp. Damit hat das ganze Nachtscharfschützenprogramm der Army angefangen. Mit *Black Light* und dem First Lieutenant, späteren Major und jetzigen Brigadier General im Ruhestand James F. Preece. Jack Preece, weißt du noch?«

Bob nickte. Der Name weckte alte Erinnerungen.

»Tigercat.«

»Tigercat. Genau von dem Kerl rede ich.«

»Hast du die Adresse des Generals?«

»Ich bin für dich an den Computer gegangen, Bob. Von mir hast du das nicht gehört, und deshalb rufe ich auch von einem Münztelefon in Arlington an.«

»Ist klar.«

»Er ist jetzt Vorstandsvorsitzender und Direktor der Forschungsabteilung bei einer Firma namens JFP Technology Inc. in Oklahoma City.«

»Und was ist JFP Technology?«

»Eines dieser kleinen, nicht gekennzeichneten Gebäude, die in Wirklichkeit Geheimlabors für gefährliche Spielzeuge sind. Ihre Spezialität sind Schalldämpfer und Nachtsichtgeräte für die Armeen und Spezialeinheiten der Welt. Unsere Delta-Leute setzen deren Kram ein, genau wie die SEALs. Das hat man davon, wenn man Tigercat auf die zivilisierte Welt loslässt.«

Norman gab ihm die Telefonnummer.

»Danke, Norman«, sagte Bob und trennte die Verbindung. Er wartete eine Sekunde, um den Kopf klarzubekommen. Tigercat war der Codename der Scharfschützenschule der 7. Division in Vietnam gewesen, in die die Army ihre Scharfschützen geschickt und ihnen ihre Doktrin vermittelt hatte. Natürlich gab es da ein Problem: Die Doktrin der Army war eine andere als die Doktrin der Marines. Nicht schlechter, nicht besser, nur anders. Und sie funktionierte, zumindest, wenn man es nach den Abschusszahlen beurteilte. Die Scharfschützen der Army hatten in Vietnam weit höhere Werte erreicht als die der Marines.

Ging es also um einen Konflikt zwischen den Streitkräften? Um die Tatsache, dass die Scharfschützen dieser beiden Kampfeinheiten weder damals noch heute besonders gut aufeinander zu sprechen waren? Möglich. Aber nicht zwangsläufig. Bob wusste es nicht. Was er wusste, war, dass Preeces Tigercat-Programm sehr schnell eine Anzahl erstklassiger Schützen hervorgebracht hatte; und schon nach kurzer Zeit hatten die Army-Scharfschützen überall in Vietnam Leichen hinterlassen. Selbst der Army schien dieser Triumph ein wenig unangenehm zu sein; ihre riesige und effiziente PR-Maschinerie hatte die Geschichte nie an die große Glocke gehängt. Keine Bücher wurden darüber geschrieben und keiner von den Kerlen mit den höchsten

Abschusszahlen wurde in der Öffentlichkeit so bekannt wie er und Carl Hitchcock. Es war … nun, einfach anders.

Die Tür öffnete sich und Russ kam herein.

»Wollen Sie, dass ich den Truck auslade?«

»Nur einen Augenblick«, erwiderte Bob. »Hören Sie mal zu.«

Er wählte die Nummer, während Russ gegenüber von ihm Platz nahm. Nach einer Weile wurde der Anruf von einer jungen Frau entgegengenommen.

»JFP Technology«, sagte sie.

»Ja, hallo, ich möchte mit General Preece sprechen.«

»Darf ich fragen, wer Sie sind?«

»Ja, ich bin Bob Lee Swagger, Gunnery Sergeant im Ruhestand, USMC. Ich bin mit den Operationen des Generals in Vietnam vertraut; er vermutlich auch mit meinen.«

Für einen Moment wurde es still in der Leitung, dann meldete sich eine Stimme: »Gunnery Sergeant Swagger?«

»Ja, Sir, der bin ich.«

»Bei Gott, ist es denn die Möglichkeit? Der legendäre Bob der Henker. Ich hätte nie gedacht, dass mir einmal dieses Vergnügen zuteilwird. Sie haben im Einsatz ganze Arbeit geleistet.«

»Danke, Sir. Ich hab nur die Arbeit erledigt, die das Corps mir aufgetragen hat.«

»Ihnen ist das vielleicht nicht bewusst, aber erinnern Sie sich, wie Sie '71 den Wimbledon Cup gewonnen haben, nach Ihrem zweiten Auslandseinsatz?«

»Ja, Sir, ich erinnere mich.«

»Tja, ich war damals Dritter!«

»Mein Gott!«

»Ja, Sir. An dem Tag hatten Sie alles im Griff, Sergeant. Nichts hat Sie aus der Bahn werfen können. Nicht der Wind, nicht die Sonne, nicht die Luftspiegelungen. Sie haben einfach weitergeschossen.«

»Das ist unser gutes Marine-Corps-Training, Sir!«

»Sergeant, lassen Sie den Sir weg, in Ordnung? Ich bin

mittlerweile im Ruhestand. Das liegt alles hinter uns. Was haben Sie auf dem Herzen?«

»Nun, Sir, ich habe mich bereit erklärt, an einem verdammten Buch mitzuarbeiten. ›Ich war dort‹, so was in der Art.«

»Klingt nach einem verflucht guten Buch. Ich kann nicht abwarten, es zu lesen. Nach allem, was ich über das An-Loc-Tal gehört habe ...«

»Ein höllischer Kampf«, antwortete Bob. »Wie dem auch sei: Ich arbeite mit einem jungen Schriftsteller zusammen, und er hat mich davon überzeugt, dass wir uns um etwas kümmern müssen, was er Kontext nennt. Sie wissen schon, Hintergründe, das Gesamtbild, wie alles zusammenpasst. Also dachte ich mir, dass ich dann das Scharfschützenprogramm der Marines zu dieser Zeit beschreiben müsste. Und er wollte die ganze Geschichte in den Fokus rücken. Auch die Army-Scharfschützen, damit man den großen Überblick bekommt, sagt er. Nun, Sir, ich dachte mir, Sie sind der Mann, den ich danach fragen sollte.«

»Gunny, Sie wissen, dass vieles davon immer noch geheim ist. Und die Army ist mit ihren Scharfschützen nie so sehr an die Öffentlichkeit gegangen, wie das Corps es getan hat. In Washington sind sie zu liberal dafür, schätze ich.«

»Ja, Sir.«

»Ganz inoffiziell?«

»Teufel, ja, vielleicht könnten Sie uns einfach ein wenig in die richtige Richtung lenken.«

»Sind Sie in der Stadt?«

»Ich bin gerade daheim in Arkansas. Vielleicht acht Fahrstunden entfernt. Könnte heute Nacht rüberfahren.«

»Kommen Sie morgen früh. Lassen Sie mich mal sehen. Verflucht, ich hab ein Meeting mit der Verkaufsabteilung. Ach, Scheiße, ich werd's verschieben. Jean, rufen Sie beim Verkauf an, sagen Sie denen, dass wir das Meeting morgen Nachmittag abhalten!«

»Wunderbar«, sagte Bob. Der General nannte ihm eine Adresse.

»Bis morgen.«
Bob legte auf.
»Fahren wir.«
*»Jetzt?«*
»Ich werde schließlich nicht jünger.«

In manchen Nächten lief es gut und in anderen Nächten mehr als gut, beinahe schon großartig. Heute Nacht lief es großartig. Als er fertig war und sie ihm die rituellen Komplimente gemacht hatte, stieg er aus dem Bett und ging nach unten. Im riesigen Haus am Cliff Drive herrschte mehr oder weniger Stille, abgesehen von den Geräuschen, wenn sich seine schlafenden Kinder im Bett umdrehten. Das Licht ging aus und sie legte sich schlafen. Er goss sich ein Glas Jim Beam ein, trat auf die Terrasse hinaus und bemerkte tief unten die blinkenden Lichter von der Landebahn des Flughafens. Er trank einen Schluck Whiskey und genoss für einen kurzen Moment die Illusion, dass in seinem Reich alles in bester Ordnung war.

Dann begann der Piepser in der Tasche seines Bademantels zu vibrieren. Red sah nach der Nummer und erkannte, dass diesmal nicht Duane Peck störte, sondern Jorge de la Rivera. Schnell rief er ihn an.

»Und?«

»Sir, wir haben nichts. Gottverdammt, wir sind schon überall in diesem Kaff gewesen. Einer unserer Männer hat seinen Wohnwagen beobachtet. Er bekam sie den ganzen Tag nicht einmal zu Gesicht. Wahrscheinlich sind sie abgehauen.«

Red dachte einen Moment nach.

»Wollen Sie, dass wir in einem Hotel einchecken, Sir?«

»Nein, nein, das sähe komisch aus – zehn Männer in drei Wagen und einem Truck, die alle auf einmal bei einem Holiday Inn eintreffen. Nein, fahren Sie wieder da rauf, zum Farmhaus zurück. Über den Parkway ist das ja bloß eine Stunde.«

»Ja, Sir. Gehen wir morgen wieder auf die Jagd?«

»Äh, warten wir erst mal ab. Die Männer sollen sich ordentlich ausschlafen. Keine wilden Saufgelage. Wenn wir sie brauchen, brauchen wir sie ausgeruht und schnell.«

»Ja, Sir.«

Red wartete eine Sekunde, dann wählte er Duane Pecks Nummer.

»Hallo? Wer ist ...«

»Was glaubst du denn, wer hier ist?«

»Ja, Sir.«

»Wo bist du?«

»Ich bin vor dem Haus des Alten, genau wie Sie gesagt haben. Er hat heute die verrücktesten Sachen angestellt. Ich schwör Ihnen, der alte Mann muss den Verstand verloren haben. Er ...«

»Erstatte deinen Bericht, wenn ich nicht mehr am Telefon bin. Hör zu, Duane, morgen gehst du als Erstes in Uniform zu jedem Motel, jedem Restaurant, jeder Tankstelle und jedem Campinggeschäft in der Gegend von Blue Eye und findest raus, ob jemand Swagger und den Jungen gesehen hat. Sie sind verschwunden. Wir müssen sie finden, und zwar schnell.«

»Ja, Sir. Und den Alten dafür links liegen lassen?«

»Vorerst schon. Hinterher rufst du mich an. Sobald du was rausfindest, rufst du mich sofort an, verstanden?«

»Ja, Sir.«

Red legte auf, leerte seinen Bourbon und ging mies gelaunt ins Bett.

# KAPITEL 22

Sam wachte voller Wut auf, doch er wusste nicht recht, was ihn so wütend machte.

Sein unbestimmter Zorn schwebte schwarz durch seinen Verstand, auf der Suche nach einem Ziel.

»Mabel!«, schrie er. »Wo ist mein verfluchter Kaffee?«

Dann entsann er sich, dass Mabel 1967 seine Sekretärin gewesen war, sieben Monate lang, bevor sie gekündigt und ganz im Stillen einen Nervenzusammenbruch erlitten hatte. Er glaubte sich zu erinnern, dass sie irgendwann in den 80er-Jahren gestorben war, aber er wusste es nicht genau.

Mabels vorzeitiger Tod bedeutete jedenfalls eines: kein Kaffee. Also stand er auf, mühte sich ab, seine Brille zu finden – nein, die hatten sie ihm noch nicht weggenommen –, und durchstreifte das Haus, bis er die Küche fand. Irgendwie gelang es ihm, Kaffee aufzusetzen; manches verlernt ein Mann nie. Als das Wasser kochte, schlurfte er zurück in sein Zimmer, duschte und zog sich an, obwohl er eine weiße und eine blaue Socke tragen musste. Dann kehrte er zum Kaffee zurück.

Gut fand er, dass die Post gekommen war. Weniger gut fand er, dass sie aus dem Jahr 1957 stammte. Für eine Weile bemühte er sich, eins und eins zusammenzuzählen und konnte nicht begreifen, warum dieser Brief, abgefasst in feiner, säuberlicher Frauenhandschrift, hier auf dem Tisch lag. Er betrachtete die Unterschrift: *Lucille Parker.* Wer zum Teufel war Lucille Parker?

Dann hatte er es, natürlich: Die Erkenntnis traf ihn wie ein Blitz.

»Diese gottverdammte Frau!«, bellte er. *»Diese gottverdammte Frau!«*

Er packte seine Autoschlüssel, die in der Diele direkt neben seiner Meerschaum-Pfeife und seiner Sonnenbrille lagen und ...

*Seine Meerschaum-Pfeife!*

Wo zur Hölle kam die denn jetzt her?

Wie auch immer, er packte sie und stürmte zu seinem Cadillac in die Garage hinaus. Er ließ den Motor anspringen und setzte zurück. Offenbar hatten die Nachbarn in boshafter Absicht ihre Mülltonnen in seiner Einfahrt abgestellt, denn ein Poltern ertönte, und als er in den Rückspiegel schaute, konnte er sehen, wie sie auf die Straße rollten und ihren Inhalt überall verteilten. Warum taten die so etwas Dummes?

Er fuhr in Richtung Niggertown.

West Blue Eye nannte man es jetzt. Man durfte nicht mehr Nigger sagen. Man durfte nicht einmal mehr Neger sagen. Das war verboten.

Die Straßen schienen sich zu füllen. Leute starrten ihn an, und er wusste nicht, weshalb. Er fühlte sich wie eine Maikönigin auf einem Schauwagen bei einer Parade. Leute hupten, Kinder schrien. Warum nur zum Teufel?

Plötzlich schoss ein Streifenwagen mit plärrender Sirene und flackerndem Blinklicht an ihm vorbei, verfolgte wohl irgendeinen Übeltäter. Aber seltsamerweise drängte ihn der Wagen an den Straßenrand.

Ein großer, schlaksiger Mann mit blassen Augen stieg aus, spuckte einen Schleimbatzen auf den Boden und kam auf ihn zu.

»Was ist los, Mr. Sam?«

»Wer zum Teufel sind Sie?«, wollte Sam wissen. Er las das Namensschild auf der Hemdtasche: *Peck,* stand da.

»Duane Peck, Mr. Sam. Sie kennen mich so gut wie Ihren eigenen Namen.«

»Ich weiß verdammt noch mal gar nichts. Was zur Hölle wollen Sie von mir?«

»Mr. Sam, das war eine rote Ampel, die Sie da hinten überquert haben, und Sie wären fast mit zwei Autos zusammengestoßen. Einige Leute mussten rennen, um nicht von Ihnen überfahren zu werden. Sie müssen fast 100 Sachen draufgehabt haben.«

»Ich hab's eilig, Mann. Was soll das Ganze?«

»Nun, Sir, ich mache mir ein wenig Sorgen um Ihre Sicherheit und um die Sicherheit des Straßenverkehrs.«

»Wollen Sie mir jetzt einen Strafzettel verpassen?«

»Nein, Sir, nicht nötig. Wenn Sie mir sagen, wo Sie hinwollen, folge ich Ihnen gerne, um sicherzustellen, dass Sie nicht zu schnell fahren. Noch besser ist es vielleicht, wenn Sie sich von mir fahren lassen. Was meinen Sie?«

»Na, so was hab ich ja noch nie gehört. Peck, gehen Sie mir verdammt noch mal aus dem Weg, sonst rufe ich den Sheriff und Sie schieben für den Rest Ihres Lebens Nachtschicht. Wissen Sie überhaupt, wer ich bin?«

»Jeder weiß, wer Sie sind, Mr. Sam. Sir, ich schätze, Sie können jetzt weiterfahren, aber ich werde Ihnen folgen, damit es keine Probleme gibt, in Ordnung? Passen Sie auf, dass Sie keine Ampeln mehr überfahren, hören Sie?«

Sam murmelte finster vor sich hin, aber Peck hatte sich schon auf den Rückweg zu seinem Auto gemacht. *Arroganter Hurensohn!* Sam erinnerte sich an eine Zeit, als ihn noch alle Deputys wie einen Kaiser behandelt hatten.

Schließlich fuhr Peck los und Sam ließ den Motor an. Er achtete sorgfältig darauf, nicht zu schnell zu fahren und alle Verkehrsschilder zu beachten. Niemand hupte ihn an, obwohl er selbst eine Dame anhupte, die sich unheimlich viel Zeit dabei ließ, mit ihrem Baby die Straße zu überqueren. Was glaubte die eigentlich – dass ihr die Straße gehörte und alle anderen auf sie zu warten hatten?

Er überquerte die Schienen und fuhr die staubigen Straßen von Nig… von West Blue Eye entlang. Diese Leute lebten immer noch wie Bantus. Warum machten sie nicht sauber? Wenn sie vollwertige Bürger sein wollten, konnten sie doch wenigstens ihren Rasen mähen. Für so etwas gab es keine Entschuldigung, überhaupt keine.

Aber neben seiner Wut verspürte er auch Traurigkeit: Sie machten ihn immer traurig. Wer kümmerte sich um sie? Wer wies ihnen den Weg? Warum mussten sie sich *ständig* danebenbenehmen? Konnten sie denn nicht einsehen, dass das nicht ging? Er schüttelte den Kopf.

Er kam an der Kirche und dem leeren Haus vorbei, das einmal Fullers Bestattungsinstitut beherbergt hatte, aber jetzt nur noch eine Ruine war. Nach einer Weile gelangte er zu der Adresse, die auf dem Brief angegebenen war. Dieses Haus wirkte hübsch und gepflegt; Blumen rankten an einem Spalier hoch. Als er den Wagen an der Straße parkte, kamen zwei kleine Negerkinder angelaufen und betrachteten ihn mit ihren großen Augen.

»Macht schon, husch, verschwindet hier!« Er winkte sie beiseite und stieg die Holzstufen zur Veranda hinauf.

Er klopfte laut an die Tür.

Eine Frau in den 40ern öffnete und schaute ihn fragend an.

»Haben Sie das geschrieben?«, wollte er wissen.

Sie nahm den Brief entgegen und schaute ihn sich an.

»Sir, ich bin fünf Jahre alt gewesen, als das hier geschrieben wurde. Es ist von Mrs. Parker.«

»Lassen Sie mich mit ihr reden.«

»Sir, sie wohnt nicht hier. Wer sind Sie?«

»Sie kennen mich nicht? Jeder kennt mich. Ich bin Sam Vincent, der Oberstaatsanwalt.«

»Nein, Sir, ich kenne Sie nicht.«

»Sie müssen neu in der Stadt sein.«

»Ich lebe hier seit fünf Jahren.«

»Verflucht! Ich kann nicht glauben, dass Sie mich nicht kennen.«

Die Frau schüttelte den Kopf, und ein bekannter Ausdruck trat in ihre Augen. Er wusste, dass die Gedanken, die ihr durch den Kopf gingen, mit den Worten ›diese Weißen‹ anfingen, gefolgt von irgendeiner Eigenart, die ihr vollkommen unbegreiflich schien. Aber er kümmerte sich nicht darum.

»Nun, und wo ist sie?«

»Wo ist wer?«

»Mrs. Parker.«

»Sir, glauben Sie wirklich, dass *jede* schwarze Person weiß, wo jede *andere* schwarze Person steckt?«

»Nun, das habe ich nicht behauptet. Hab nicht groß drüber nachgedacht. Ich will ihr helfen. Deshalb bin ich hier. Sie hat *mir* geschrieben, verstehen Sie nicht?«

»Sie sagen, Sie arbeiten fürs Gesetz?«

»Ja, gewissermaßen. Aber ich bin nicht hier, um Farbige festzunehmen. Es geht um ihre kleine Tochter. Sie ...«

»Oh«, erwiderte die Frau. »Ja, ich weiß. *Das* werden wir nie vergessen. Warten Sie hier.«

Sie verschwand und kehrte nach fünf Minuten zurück.

»Sie ist bei ihrer anderen Tochter. Draußen in Longacre Meadows, der Wohnsiedlung.«

Es wäre Sam nie in den Sinn gekommen, dass Neger sich Häuser in Longacre Meadows leisten könnten, einer ziemlich netten Wohnsiedlung östlich von Blue Eye, in der auch Connie Longacre gelebt hatte.

»Haben Sie eine Adresse?«

Sie gab sie ihm.

»Tut mir leid, dass ich so laut geworden bin«, sagte er. »Ich hab's nicht so gemeint.«

»Oh, Mr. Sam«, sagte sie, »ich war ja nicht dabei, aber Sheila« – wer zum Teufel war das denn nun wieder? – »hat mir erzählt, wie Sie diesen weißen Mann Jed Posey dafür vor Gericht gebracht haben, dass er den armen Mr. Fuller erschlagen hat. Kein Weißer hat je vorher einen anderen Weißen vor Gericht gebracht, weil der einen Schwarzen verletzt hat.«

Die Sache hatte Sam eine Wiederwahl und einen Job gekostet, den er mehr geliebt hatte als jeden anderen.

»Oh, das«, sagte er. »Er verdiente den Stuhl. Ich habe versucht, das zu erwirken, aber der Staat Arkansas wollte im Jahr 1962 noch keinen weißen Mann für den Mord an einem Schwarzen hinrichten. Wenigstens sitzt er immer noch in der Strafanstalt und verrottet dort langsam. Der Tod erschien mir geeigneter, aber das Verrotten hat auch etwas für sich.«

»Irgendwie glaube ich, dass Sie versuchen, ein guter Weißer zu sein. Ich hoffe, Jesus ist mit Ihnen.«

»Der ist wahrscheinlich heute beschäftigt, aber ich danke Ihnen trotzdem für die netten Worte.«

Mit einem seltsamen Gefühl verließ Sam Blue Eye über die Arkansas 88 in östlicher Richtung. Dieser Idiot von Duane Peck folgte ihm die gesamte Strecke. Sam versuchte, sich darauf zu konzentrieren, nicht zu rasen und auf der richtigen Straßenseite zu bleiben – ein Unterfangen, das voraussetzte, dass er überhaupt wusste, auf welcher Seite er zu fahren hatte. Für gewöhnlich war das auch so, außer wenn er es vergaß, wie es in diesem Moment gerade vorkam.

Duane hupte, und als Sam aufblickte, sah er ein Auto direkt auf sich zukommen. Dieser Trottel! Warum bremste der nicht? Dann sah er, dass *er* auf der falschen Straßenseite fuhr. Hatten sie das etwa kürzlich geändert? *Aaah!* Während Wut, Frustration und Angst in ihm aufstiegen, fuhr er zurück, wo er hingehörte. Der Fahrer zeigte ihm den Mittelfinger. Na, wofür war der denn?

Schließlich hatte er die Stadt hinter sich gelassen. Erst fuhr er durch eine beschauliche, offene Landschaft, dann kam er an den zwei Steinpfeilern und dem Maschendrahtzaun vorbei, hinter dem Mountaintop lag, wie das Haus von Boss Harry genannt wurde. Inzwischen verunstaltete es als weitere Ruine die Landschaft, weil dieser verflucht ehrgeizige Sohn von ihm Präsident werden wollte und sich kaum noch in Arkansas blicken ließ. Und wenn doch, hielt er sich in Fort Smith auf und nicht hier unten in Polk.

Dann spürte er etwas – keinen Schock, aber eine furchtbare Schwermut, und er erinnerte sich, warum er nicht mehr hier langfuhr. Er tat es nicht mehr, seit sie das alte Heim der Longacres abgerissen hatten. Früher war es einmal ein so prachtvolles Haus gewesen; der alte Longacre hatte dort gelebt und sein Sohn Rance war 1932 mit seiner Braut Connie dort eingezogen, und dort hatte Connie auch ihren Sohn großgezogen und ihren Mann begraben. Dann musste sie auch ihren Sohn und dessen junge Frau unter die Erde bringen und hatte ihr Cottage an Edie White Pye verleihen müssen, bis diese ebenfalls starb.

Als schließlich der Landkreis Edies Kind in seine Obhut nahm und nicht zuließ, dass Connie es selbst aufzog, weil sie keine direkte Verwandte war, ging es an die Pye-Familie, um anschließend quasi von der Bildfläche zu verschwinden. Da schien Connie, deren Herz nun endgültig gebrochen war, schließlich aufzugeben und sich einzugestehen, dass Arkansas nichts Gutes für sie bereithielt, auch wenn sie die Gegend noch so sehr liebte.

Wohin mochte Connie gegangen sein? Zurück nach Baltimore? Er ging davon aus. Sie hatte es ihm nicht sagen wollen.

Er hatte sie an diesem letzten Tag zur Bushaltestelle gefahren, nachdem sie das Haus abgeschlossen hatte.

»Es ist so schön hier«, sinnierte Connie. »Und die Männer sind so stark. Rance natürlich. Und mein Sohn, Stephen. Und Earl, der arme, schöne, tapfere, verfluchte Earl. Und du, Sam. Du bist ein solcher Mann. Ich glaube nicht, dass ich einen wie dich im Osten finden werde.«

»Connie, du musst nicht gehen, weißt du.«

»Doch, muss ich. Wenn ich hier draußen noch einen Mann verliere, erhole ich mich vielleicht nie mehr davon.«

Sie war immer noch schön, und Sam war seit vielen Jahren heimlich in sie verliebt.

»Tut mir leid, dass ich nicht erreichen konnte, dass der Junge dir zugesprochen wird.«

»Armes Kind. Er wird aufwachsen, ohne seinen Vater zu kennen.«

»Tja, das ist eine Sache, um die ich mir keine Sorgen mache«, erwiderte Sam. »Er ist besser dran, wenn er Jimmy nicht kennt.«

Sie starrte ihn bloß an und kurz kam etwas in ihren Augen

zum Vorschein, doch was immer es auch sein mochte, sie ignorierte es.

»Tut mir leid«, wiederholte er. »Das mit der Anhörung. Ich hatte mit größerem Verständnis des Richters gerechnet.«

Er meinte die Anhörung zum Sorgerecht: Das Kind, das sie nach ihrem eigenen Sohn Stephen genannt und drei Monate lang betreut hatte, während Edie dahinsiechte, das sie gehalten und getröstet und geliebt hatte, als Edie dann starb, war den Pyes zugefallen. Sie hatten das Kind Lamar getauft, es ihr weggenommen und waren in einem klapprigen, alten Truck davongefahren, eine Schar raubeiniger Männer und dürrer Frauen.

»Der Staat macht da keine feinen Unterschiede«, sagte sie. »Er glaubt an den Wert von Familie und Verwandtschaft. Ich empfinde im Großen und Ganzen genauso. Aber gelegentlich macht der Staat einen Fehler. Nun ja. Wenn sie ihn lieben, wird es ihm schon gut gehen, nehme ich an.«

Sam traute dieser Brut nicht viel Liebe zu, aber er sagte nichts dazu. Der Bus rollte heran. Miss Connie war natürlich reich. Sie hätte keinen verdammten Bus nehmen müssen. Doch sie war nicht eingebildet – wenn der Bus gut genug für die armen weißen und schwarzen Menschen war, die sie geliebt hatte und die sie geliebt hatten, dann benutzte sie ihn ebenfalls.

Sie lächelte gequält und stieg an Bord, während der Fahrer ihr beachtliches Gepäck in den Laderaum verfrachtete. Sam sah sie an, während sie sich einen Sitzplatz suchte. Der Bus zitterte, als der Fahrer den Gang einlegte, und gerade als er sich in Bewegung setzte, drehte sich Connie um und ihre Blicke trafen sich. Sams Mundwinkel zogen sich zu einem kleinen Lächeln in die Höhe. Connie lächelte zurück und verschwand dann für immer. Er hatte sich später oft die Frage gestellt, was wohl passiert wäre, wenn er in diesem Moment gerufen hätte: »Connie geh nicht weg, verdammt, bleib bei mir. Connie, ich liebe dich, geh nicht, bitte! Wir finden einen Weg.«

Aber das hatte er nicht, und er wusste, dass er das Richtige getan hatte. Er war verheiratet, hatte drei Kinder und eine schwangere Frau; was konnte er daran ändern? Nichts. Also fuhr Connie mit dem Bus davon, und damit endete ihre gemeinsame Geschichte.

Wo ihr Haus gestanden hatte, standen jetzt 50 Häuser, und davor, an der Stelle des früheren Briefkastens der Longacres, ein geschmackvoll gestaltetes Schild mit der Aufschrift ›Longacre Meadows, eine Tochtergesellschaft der Bama Group‹. Die weiß gestrichenen Häuser wirkten geräumig und wohnlich, obwohl sie sich mit einer derart starren Orthodoxie entlang des neuen Straßennetzes verteilten, dass nichts an ihnen wirklich spontan oder lebendig sein konnte.

Sam bog ab und beobachtete im Rückspiegel, wie der verdammte Duane Peck ebenfalls abbog. Doch er vergaß den Hilfssheriff bald, als er versuchte, sich in diesem Gewirr von Straßen mit niedlichen Namen zurechtzufinden. Es überstieg beinahe seine Kräfte: Er bekam das Gefühl, in einen Wirbel aus Häusern hineingezogen zu werden, die alle *exakt gleich* aussahen. *Wann ist das hier passiert?,* fragte er sich.

Wie durch ein Wunder – das einzige, das er mit seinen 86 Jahren je erlebt hatte –, gelangte er zur Barefoot Boy Garth, wie die Straße lächerlicherweise bezeichnet wurde, und bald darauf zu einem Haus mit der Nummer 10.567, das sich kaum von den anderen unterschied. Wie um alles in der Welt konnten entlang dieser kleinen Fahrspur noch 10.000 andere Häuser stehen? Wie auch immer, er bog in die Einfahrt ein und blieb noch für einen Moment sitzen.

Jetzt, wo er sie wohl am dringendsten brauchte, überkam ihn eine Welle der Klarheit. Er fühlte sich fokussiert, lebendig, energisch. Er wusste genau, weshalb er hier war und was er herausfinden musste. Er stieg aus und klopfte an die Tür. Eine junge, schwarze Frau öffnete. Sie blickte ihn feindselig an.

»Ja?«

Er war ein wenig perplex: Die meisten Leute in dieser

Gegend redeten ihn grundsätzlich mit ›Sir‹ an, möglicherweise, weil sie ihn erkannten oder aus Respekt vor seinem Alter.

»Äh, ich suche Lucille Parker.«

»Weswegen?«

»Ist eine alte Angelegenheit. Geht um einen Brief, den sie mir geschrieben hat.«

»Sie sind doch wohl nicht irgend so ein segregationistisches, Bibeln verscherbelndes Weißbrot, das ihr erzählen will, dass der Herr ihre andere Tochter zu sich genommen hat?«

»Ma'am, ich bin ein Absolvent der Yale Law School und der Princeton University. Obwohl ich die Bibel respektiere, würde ich nie mit ihr hausieren gehen. Es geht um Shirelle, ja, aber ich glaube nicht, dass Gott etwas damit zu tun hatte.«

»Dann müssen Sie Mr. Sam sein. Gehen Sie nach hinten«, forderte die Frau ihn auf. »Wir wussten ja, dass Sie kommen. Mama wartet schon auf Sie.«

Sie führte ihn durch das schön eingerichtete Haus – Sam staunte, dass Neger sich so hübsch einrichteten. Hatte er etwas verpasst? – in den hinteren Garten, wo eine alte Dame auf einem Klappstuhl unter einem buschigen kleinen Baum saß. Der Stuhl erwies sich als zerbrechliches, fast hauchzartes Ding, das sich unter seiner Last durchbog; die Frau war korpulent, gelassen und rangierte majestätisch mit ihrer Körpermasse. Weise und ruhig saß sie in ihren besten lila Kleidern da.

»Mrs. Parker«, sagte er, »ich bin Sam Vincent.«

»Mr. Sam«, erwiderte sie. »Ich kann mich an Sie aus dem Prozess erinnern.«

»Ja, Ma'am. Ich erinnere mich auch an Sie.«

»Nein, tun Sie nicht«, versetzte sie. »Sie haben uns kein einziges Mal angesehen oder sich überhaupt um uns Farbige gekümmert. Sie haben nie mit uns geredet. Niemand hat uns je besucht. Wir bekamen einen Anruf von jemandem vom Leichenschauhaus, der uns sagte, dass Shirelles Leiche abgeholt werden kann. Das war alles; zu mehr ist niemand bereit gewesen.«

»Ma'am, ich habe nicht vor, Sie anzulügen. Damals betrachteten wir Farbige kaum als menschliche Wesen. So war es nun einmal. Ich war der Mann, der ich war, und jetzt bin ich der, der ich bin. Aber wenn ich sage, dass ich mich an Sie erinnere, dann ist das so. Sie trugen ein schwarzes Kleid, weil sie noch trauerten. Sie trugen einen weißen Hut mit einer Kamelie darauf und einen Schleier. Ihr Mann trug einen dunklen Anzug und eine Hornbrille. Er hinkte, ich glaube von einer Kriegsverletzung, die er in Nordafrika erlitten hat. Ich bin deswegen hier.«

Er reichte ihr den Brief.

»Ja.«

»Ich kann mich nicht erinnern, ihn je gesehen zu haben. Ich glaube, eine Sekretärin muss ihn einfach in die Akte abgelegt haben.«

»Weil sie ihn nicht für wichtig hielt.«

»Ma'am, wenn ich ihn gesehen hätte, hätte ich ihn wahrscheinlich ebenfalls einfach abgelegt. Er enthält keinerlei Beweise.«

»Nur ein Weißer hat mir je die Wahrheit gesagt«, meinte Mrs. Parker. »Und zwar Earl Swagger. Ein fairer Mann. Der Tag, an dem dieser Mann getötet wurde, war ein trauriger Tag für diesen ganzen Landkreis. Aber Mr. Earl hat mir damals versprochen, dass er herausfinden wird, was mit meinem Baby passiert ist. Und ich weiß, dass er das auch getan hätte, wenn er am Leben geblieben wäre, offen und ehrlich, ganz egal, was passiert ist und wer es getan hat.«

Sam versuchte, behutsam vorzugehen.

»Ma'am, wir haben herausgefunden, was mit Shirelle geschehen ist. Reggie Fuller hat sie umgebracht. Und er hat dafür bezahlt. Es ist ein abgeschlossener Fall. Heutzutage werden Fälle nicht mehr so leicht abgeschlossen. Aber diesen haben wir abgeschlossen.«

»Nein, Sir«, antwortete die alte Lady. »Ich *weiß,* dass dieser

Junge es nicht getan hat, wie ich es schon in dem Brief geschrieben habe.«

Sam blickte auf den Brief. Nach all diesen Jahren zitierte sie sich selbst beinahe wörtlich: ›Mr. Sam, ich weiß, dass dieser Junge meine Shirelle nicht getötet haben kann‹, hatte sie 1957 geschrieben – eine Woche vor der Hinrichtung.

»Mrs. Parker, alles ist wissenschaftlich überprüft worden. Ich schwöre es Ihnen. Ich bin vielleicht kein Vorreiter der Bürgerrechtsbewegung, aber ich bin auch kein Mann, der Beweismittel unterschlägt.«

»Mir ist egal, was das Beweismaterial ergeben hat. Dieser Junge Reggie war in meinem Haus, als meine Shirelle verschwunden ist. Im Haus. Er hat mit mir über sie gesprochen. Er hat mir in die Augen gesehen. Gott hätte nicht zugelassen, dass er mir in die Augen sieht und sagt, dass er Shirelle vermisst, wenn er sie in der Nacht zuvor getötet hätte.«

»Mrs. Parker, ich habe mein ganzes Leben lang Kontakt zu Mördern gehabt. Ob schwarz oder weiß, sie ticken einfach anders. Sie können Ihnen ins Gesicht sehen und Ihnen sagen, dass sie Sie lieben und es Sie glauben machen, und wenn Sie ihnen den Rücken zukehren, schlagen sie Ihnen mit einem Klauenhammer auf den Kopf, stehlen Ihre Uhr, trinken Ihr Blut und strafen all ihre früheren Aussagen Lügen. Die sind nicht *normal* wie Sie oder ich. Es macht ihnen überhaupt nichts aus, andere zu täuschen.«

»Das mag schon sein, Sir, aber Reggie war nicht so. Verstehen Sie denn nicht?«

»Ma'am, Fakten sind Fakten.«

»Mr. Sam, Mr. Earl hat angekündigt, dass die Kriminalbeamten kommen und mit uns reden. Aber es kamen nie irgendwelche Kriminalbeamte. Wie nennt man das, wenn man ein Verbrechen aufklärt? Das, was Columbo macht.«

»Columbo ist eine Fantasiefigur. Ermitteln. Man nennt es Ermitteln.«

»Sie haben nie eine Ermittlung durchgeführt. Sie haben ein

Hemd gefunden, Sie haben Blut gefunden und dann einen Negerjungen auf den Stuhl gesetzt.«

»Er war schuldig. Wer nähme denn die Mühe auf sich, einen Jungen so zu verleumden?«

»Der Mann, der mein Baby Shirelle getötet hat und all diese Jahre frei herumgelaufen ist und darüber gelacht hat.«

»Madam: Denken Sie darüber nach, was Sie da sagen. Ein Mann hätte Reggie finden müssen, hätte in sein Haus einbrechen, sein Hemd holen, damit zum Tatort gehen und es in das Blut Ihrer Tochter tauchen müssen, dann die Tasche herausreißen, sie in die Hand Ihrer toten Tochter legen, wieder in Reggies Haus zurückkehren, noch einmal einbrechen und das Hemd unter der Matratze verstecken müssen. Also, wer sollte eine derartig verrückte Sache tun? Wenn er *gar nichts* tut, finden wir bloß die Leiche, und es gibt keinerlei andere Beweise, die uns zu einem Verdächtigen führen. Ohne diese verdammte Hemdtasche und dieses blutige Hemd hätte es keine Beweise gegeben, keinen Fall, kein gar nichts. Nur ein totes Mädchen.«

Sie blinzelte nicht und sah nicht weg, sondern blickte ihm direkt ins Gesicht.

»Ich *weiß* das alles. Aber … die Zeit hatte er. Es ist ja nicht so, dass es für ihn irgendeinen Zeitdruck gegeben hätte. Ihm blieben vier volle Tage zwischen dem Zeitpunkt, als er mein Mädchen getötet hat, und dem, als Mr. Earl die Leiche fand. Es wäre machbar gewesen.«

Dieses verdammte Fernsehen! Jeder hielt sich inzwischen für Columbo, Matlock oder sonst jemanden, und wenn Menschen getötet wurden, die ihnen nahestanden, musste immer irgendeine *Bedeutung* dahinterstecken. Sam blickte in Mrs. Parkers wirre, alte Augen: Diese Theorie hatte sich über Jahrzehnte hinweg in ihr zusammengebraut. Sie hatte eine gottverdammte *Verschwörungstheorie* um den Tod ihrer Tochter gesponnen. Niemand sah gern der schmutzigen, einfachen, irrationalen Wahrheit ins Gesicht, die da lautete: Ein farbiger Junge hat die Kontrolle über sich verloren und deine arme, kleine Tochter mit einem Stein totgeprügelt.

»Mrs. Parker, auf diese Weise passiert so etwas nie. So läuft das einfach nicht.«

»Mr. Sam, ich sehe in Ihren Augen, was Sie denken. Sie denken: *Diese verrückte, alte, farbige Frau, sie gibt einem* Weißen *die Schuld. Sie schiebt es auf die* Rasse, *so wie alle Farbigen ... das ist alles, was ihnen in den Sinn kommt.* So denken Sie doch, richtig?«

Sie musterte ihn mit grimmigen, glänzenden Augen.

»Schwester, ich ...«

»Das denken Sie doch, nicht wahr? Los, sagen Sie es!«

Er seufzte.

»Ich schätze, Sie haben recht. Es gibt ein paar Denkweisen, die ich nicht überwinden kann. Einige Vermutungen über euch Leute. Ich bin nicht so gereift, wie ich es sein sollte.«

»Dann lassen Sie mich Ihnen etwas sagen, was Sie überraschen wird. Ich glaube *nicht,* dass es ein Weißer getan hat. Ich glaube, ein farbiger Mann hat es getan.«

Das warf Sam aus der Bahn. Es war das Letzte, womit er gerechnet hätte. Die alte Frau hatte ihn mächtig aufs Kreuz gelegt.

»Was meinen Sie damit, Schwester?«

»Damals pflegten wir eines zu unseren Mädchen zu sagen, und Shirelle muss ich es Dutzende Male gesagt haben: Steig *niemals* zu einem weißen Jungen ins Auto. Weiße Jungs wollen nur das eine von dir, und das willst du ihnen nicht geben. Er mag vielleicht freundlich oder nett wirken, sieht vielleicht gut aus, kann aber genauso gut ein ganz gerissener Teufel sein. In jedem Fall will er nur *eins* von dir, Mädchen, und wenn du es ihm gibst, hasst er dich, und all die schwarzen Jungs erfahren davon, und dann hassen *sie* dich auch. Aber sie werden dann versuchen, es auch von dir zu bekommen und wirklich wütend werden, wenn du es ihnen nicht gibst. Daher *weiß* ich, dass sie zu keinem weißen Mann ins Auto gestiegen ist. Irgendein Farbiger hat ihr das angetan.«

Sam blinzelte verwirrt. Die alte Dame war *schlau.* Nicht auf die Art der Weißen schlau, ohne schön formulierte Sätze, doch irgendwie durchschaute sie die Dinge. Sie war direkt zum Kern der Sache vorgedrungen. Er hatte viele Kommissare gekannt, die weniger gerissen vorgingen.

»Mr. Sam, Sie sind der klügste Mann in diesem Landkreis. Sie sind sogar klüger als der alte Ray Bama oder Harry Etheridge und sein Sohn, Sie sind klüger als Mr. Earl. Sie haben seinen Jungen, Bob Lee, rausgehauen, als die ganze US-Regierung ihn für einen Mörder hielt. Sie haben dafür gesorgt, dass Jed Posey den Rest seiner schwarzen, bösen Tage im Gefängnis verbringt. Jetzt sind Sie ein alter Mann und ich eine alte Frau. Wir werden beide bald nicht mehr sein. Können Sie sich den Fall nicht bitte einfach noch einmal ansehen? Bloß damit Sie, wenn Sie von uns gehen, wissen, dass Sie Ihren Job am Ende Ihrer Tage immer noch so ernst genommen haben wie früher?«

»Nun ...«

Er dachte darüber nach. Sein Leben steckte voller Gewissheiten. Sein Glaube war absolut. Er hasste den Revisionismus, das Erkennen im Nachhinein, die losgelöste Einzeluntersuchung, den ganzen Geist der Mehrdeutigkeit und der ironischen Ambivalenz, der in den 90ern in das amerikanische Ermittlungssystem Einzug gehalten hatte. Er *hasste* ihn. Diese gottverdammte Negerin wollte, dass er sich mit dem auseinandersetzte, was er hasste.

Aber ... Zeit für eine solche Täuschung hätte es gegeben. Das konnte er nicht abstreiten. Es war technisch nicht unmöglich. Er konnte sich zwar nicht vorstellen, warum jemand so etwas tun sollte, aber im technischen Sinn, nach den Gesetzen der physischen Welt, ließ es sich realisieren. Und die Tatsache, dass sie glaubte, ein schwarzer Mann sei der Täter gewesen – das machte es interessant.

Rein als Rätsel betrachtet, als pure intellektuelle Herausforderung, reizte die Sache ihn gewaltig.

»Mein Verstand ist nicht mehr, was er einmal war. Er

vernebelt sich manchmal. Die Wut lässt mich nicht mehr klar denken. Ich kann meine Socken nicht finden. Ich bilde mir ein, es kämen Leute, um meine eigenen Sachen vor mir zu verstecken. Aber wenn ich wieder so einen klaren Tag habe wie heute, werde ich mir die Dokumente zu dem Fall noch einmal anschauen, oder das, was davon noch übrig ist. Ich werde sie mir ansehen, aber erwarten Sie nichts. Ich möchte nicht, dass Sie sich davon irgendwas versprechen, Mrs. Parker.«

»Gott segne Sie, Sir.«

»Na, nennen Sie mich doch nicht Sir. Nennen Sie mich Sam. So wie alle anderen auch.«

# KAPITEL 23

Der Football-Traum schlechthin in einer seiner aktuellen Varianten: Lamar Pye und Russ' Vater, Bud, kamen, um sich sein Spiel anzusehen. Man schrieb das Jahr 1981. Russ war gerade acht Jahre alt und kein sonderlich guter Footballspieler. Tatsächlich trainierte er erst seit einem Jahr.

Lamar meinte: »Ich glaube, in diesem verdammten Jungen steckt zu viel Mädchen drin.«

»Er ist kein Athlet, so viel ist sicher«, stimmte Bud ihm zu. »Du solltest seinen jüngeren Bruder sehen. Der kleine Kerl ist ein ganz Ehrgeiziger. Man kann ihn kaum dazu bringen, aufzuhören.«

»Das mag ich bei einem Mann und bei einem Jungen. Wenn er nicht hinschmeißt. Der alte Russ hier«, erklärte Lamar, »der schmeißt nicht nur zu oft hin, der fängt noch nicht mal richtig an.«

Die beiden alten Kumpels brachen an der Seitenlinie in raues Gelächter aus und es schien, als ob alle Anwesenden den armen, kleinen Russ anstarrten und darauf warteten, dass er einen Fehler machte.

Es dauerte nicht lange. Weil er zu klein war, um die Line zu spielen, und nicht schnell genug, um im Backfield eingesetzt zu werden, hatte man ihm die Position des Linebackers zugewiesen. Diese erforderte eine Menge taktisches Wissen über Football, das ihm schlicht fehlte, und die Trainer schrien ihn immer an, wenn er an der falschen Stelle stand oder zu langsam reagierte. Nie, einfach nie fühlte er sich dabei wohl. Wenn er auf die Line zurannte, zischte unvermeidlich ein Pass an genau die Stelle, die er gerade verlassen hatte; wenn er blieb, wo er war, und den Pass abwartete, stürmte jemand über die Line und sauste durch die Lücke, die er eigentlich schließen sollte. Es war eine schreckliche Saison und er sehnte sich danach, aufzuhören, weil er nicht mit diesem kühlen Instinkt zur Welt gekommen war, den sein jüngerer Bruder in höchstem Maße besaß, sondern sich einfach nur ungeschickt verhielt.

»Komm schon, Russ, halt sie auf«, rief sein Vater.

»Komm schon, Russ, du kannst das«, rief der große, alte Lamar. Er trug seine Haare zum Pferdeschwanz gebunden, besaß Charme und Charisma, große, weiße Zähne und hielt eine große Sichel in den Händen, die er an einem Arkansas-Abziehstein zu schärfen pflegte. Mit Gänsehaut erzeugenden, schleifenden Geräuschen zog er den Stein an der bedrohlich gekrümmten Klinge entlang.

Russ konzentrierte sich so sehr auf die beiden, dass er den Anfang des Spiels verpasste, und als er schließlich zu sich kam – die Trainer riefen seinen Namen –, hatte ein großer, schwarzer Junge von der anderen Mannschaft einen Haken nach links angetäuscht, war dann ausgebrochen und hatte bereits die hintere Spiellinie überquert. Und niemand befand sich in seiner Nähe, nur der arme Russ in seiner unvorteilhaften Linebacker-Position.

Russ zwang sich zum Laufen, fand einen überraschend guten Winkel zu dem Running Back und stürmte auf ihn zu. Doch im Näherkommen sah er, wie groß der Junge war, wie energiegeladen und voller Entschlossenheit, wie seine Beine pumpten, und irgendwie dämpfte das seinen Überschwang. Obwohl alle riefen »Triff ihn unten!« traf er ihn oben. Sie rangen kurz miteinander und Russ hatte den Eindruck, helle Lichter zu sehen – Sterne? –, das Rauschen des Windes zu hören, und dann gab es da nur noch Leere.

Als er blinzelnd wieder zu sich kam, lag er auf dem Boden. Das Schutzgitter seines Helms wurde von einer Dreckschicht überzogen, sein ganzer Körper krümmte sich vor Schmerz. Als er sich umdrehte, konnte er durch den Schmerz hinter seinen Augen erkennen, wie der Läufer seinen Weg an den Seitenlinien fortsetzte, getragen von den Jubelrufen der Menge, bis er die Ziellinie überquerte und mit Kränzen und Bändern geschmückt wurde.

Er wollte aufstehen, aber sein Dad und Lamar ragten über ihm auf.

»Russ, du solltest ihn *unten* treffen«, stieß sein Vater voller Verachtung aus.

Lamar hob die Sichel. Auf ihrer Klinge spiegelte sich filmreif ein Sonnenstrahl. Er war Jason, Freddy Krueger, der Kerl aus *Halloween,* alles auf einmal. Er lachte laut.

»Tut mir leid, Junge«, sagte er, »aber du hättest auf deinen Daddy hören sollen. Sag deinen Eiern Auf Wiedersehen!«

*Wuuusch!* Die Klinge sauste herab.

Russ erwachte in einem kitschigen Hotelzimmer in Oklahoma City. Sein Kopf schien mit Glassplittern, Schotterklumpen und grenzenloser Reue gefüllt zu sein. Irgendjemand hackte *wirklich* auf ihn ein – nein, es war die Tür. Jemand klopfte.

»Russ, kommen Sie«, rief jemand, »Sie sind spät dran! Es wird Zeit, aufzubrechen.«

*Oh.* Es war sein *anderer* Vater, Bob Lee Swagger. Noch ein echter Kerl, den er ständig enttäuschte.

Russ quälte sich aus dem Bett.

»Ist das nicht illegal?«

»Nicht, wenn man es von außen sehen kann.«

»Aber man kann es nicht von außen sehen.«

»Oh je, oh je, da ist es mir doch glatt vom Gewehrhalter gerutscht.«

Bob zeigte auf den leeren Gewehrhalter über dem Sitz seines Trucks. Hinter dem Sitz hatte er gerade die Mini-14 im Gewehrkoffer verstaut, dazu eine Papiertüte mit drei bestückten 20-Schuss-Magazinen und dem riesigen 40-Schüsser, einem gebogenen Monstrum, das aussah wie eine abgeflachte Zinnbanane. »Welcher Polizist soll mir deswegen schon Stress machen? Wir sind hier in Oklahoma.«

»*Das* ist nicht legal«, erwiderte Russ. »Wenn mein Dad Sie damit erwischt, würden Sie in den Knast wandern.«

»Tja, ich käme nie auf die Idee, mich mit Ihrem alten Herrn

anzulegen, also lassen Sie sich am besten schon mal einfallen, wie Sie ihm das ausreden«, antwortete Bob. Er schob auch den im Holster steckenden 45er Commander hinter den Sitz, zusammen mit den Zusatzmagazinen.

»Ich weiß nicht«, sagte Russ. »Die Geschichte fängt so langsam an, heikel zu werden.«

»Die wird sogar noch wesentlich heikler. Sie fahren.«

Sie stiegen ein. Der Wagen parkte auf dem Parkplatz des Holiday Inn, und sie standen im Begriff, General Jack Preece von JFP Technology einen Besuch abzustatten.

»Wie war noch mal die Adresse?«, erkundigte sich Russ.

Bob nannte sie.

»Ich glaube, das ist in der Nähe des Flughafens.«

»Dann mal los, Junior.«

Für eine Weile fuhren sie schweigend. Dann meinte Russ: »Sie sollten mir besser ein paar Sachen erklären.«

»Warum?«

»Wenn Sie und ich angeblich ein Buch über Scharfschützen schreiben und sich herausstellt, dass ich einen Scheiß darüber weiß, wird dieser Kerl uns mit einem Tritt in den Hintern vor die Tür befördern. Dann bekommen wir überhaupt nichts aus ihm heraus. «

»Was wollen Sie denn wissen? ›Wie fühlt es sich an?‹ Das hat man mich oft gefragt. ›Wie fühlt sich das an?‹«

»Wie fühlt sich das an?«

»Vorlauter Schlaumeier.«

»Also gut. Warum hassen Sie ihn?«

»Wen, Preece?«

»Ja.«

»Ich hasse ihn nicht. Er ist ein guter Mann.«

»Sie hassen ihn. Das merke ich. Trotz Ihrer legendären Swaggerschen Selbstbeherrschung sehe ich Ihnen an, dass Sie ihn hassen.«

»Er ist ein guter Offizier gewesen. Er hat ein überragendes Programm geleitet. Seine Leute hatten Hunderte, vielleicht Tausende Abschüsse. Sie haben Hunderten, vielleicht

Tausenden amerikanischen Soldaten das Leben gerettet. Er ist ein guter Mann, ein Patriot, wahrscheinlich ein Vater und ein Republikaner. Warum glauben Sie, dass ich ihn hasse?«

»Sie hassen ihn eben.«

»Tja … ist bloß so eine Sache. Sie können das nicht verstehen. Darüber kann ich nur mit einem anderen Scharfschützen reden, mit niemandem sonst. Was ich Ihnen gerade gesagt habe, ist das, was zählt. Er ist ein guter Mann, ein großartiger Offizier.«

»Sie müssen es mir sagen. Ich kann das hier nicht durchziehen, wenn Sie es mir nicht sagen.«

Bob hielt inne. Er fragte sich, ob er die Fähigkeit besaß, in Worte zu fassen, was ihm auf dem Herzen lag. Oder die notwendige Energie. Dieser verfluchte Junge mit seiner klugscheißerischen Art und seinem Hang, ständig mit irgendeiner verflucht guten Frage anzukommen.

»Wenn Sie wirklich ein Buch schreiben, dann können Sie *auf keinen Fall* über das hier schreiben. Niemals. Haben Sie verstanden?«

»Ja, Sir.«

»Ich will nicht, dass die Leute sagen *Bob Lee Swagger hat schlecht geredet über einen amerikanischen Soldaten, der guten Glaubens und aus Pflicht- und Ehrgefühl sein Leben für sein Land riskiert hat.* Das kann ich nicht zulassen. Das ist Dreck. Das ist das, was unser Land umbringt.«

»Ich schwöre es.«

»Dann erzähle ich Ihnen das jetzt, und danach will ich nie wieder etwas davon hören.«

»Ja, Sir.«

»Es geht ums Töten.«

Russ schwieg.

»Im Krieg«, fuhr Bob fort, »kommt der Tod auf drei Arten. Für gewöhnlich kommt er von weit weg, verursacht von Männern, welche die Leichen, die sie zurücklassen, nie zu sehen bekommen. So gingen die meisten unserer Tötungen in

Vietnam vonstatten. Die B52s haben den Großteil davon erledigt. Mann, die haben diesen gottverdammten Dschungel zu Brei geschossen und im Umkreis von einem Quadratkilometer alles geplättet. Und die Artillerie. Am Boden tötet die Artillerie die meisten Feinde. Man nennt sie die Könige der Schlacht. Es gefällt einem zwar nicht, aber so läuft das.«

»Ja«, sagte Russ.

»Die zweite Art ist die Hitze des Gefechts. In einer Schießerei. Sie sehen, wie sich Gestalten bewegen, Sie feuern. Ein paar von ihnen hören auf, sich zu bewegen. Sie sehen sie vermutlich nie aus der Nähe, Sie erfahren vermutlich nie, ob Sie getroffen haben oder nicht. Oder doch: Sie sehen, wie der kleine Scheißer umfällt, Sie sehen, wie die Leuchtspurgeschosse ihn zerfetzen, so was in der Art. Was sich da abspielt, ist ein echter Kampf. Entweder Sie oder er. Es gefällt Ihnen zwar nicht, aber gottverdammt, Sie tun es, denn wenn Sie es nicht tun, sind Sie derjenige, der in einem Leichensack nach Hause verschifft wird.«

»Ja, verstehe.«

»Die dritte und letzte Art ist das kaltblütige Töten. Das ist es, was wir tun. Wir, das heißt: die Scharfschützen. Wir zielen mit einem Fernrohr aus einer halben Meile Entfernung auf einen Mann, wir drücken ab und sehen, wie er zu Boden geht. Nicht schön, aber ich behaupte mal, dass es notwendig ist. Ich habe zumindest *geglaubt,* dass es notwendig ist. Ich weiß, dass es die Leute nervös macht. Wir sind der Tod. Wir werden als *Mordkommando* bezeichnet und Gott weiß, was noch hinter unserem Rücken über uns geredet wird. Die Leute glauben, dass wir krank oder verrückt oder so etwas sind, dass wir Spaß dran haben.«

»Und Sie gehörten dazu.«

»Ja. Aber man kann immer noch Unterscheidungen treffen. Irgendwie *muss* man Unterscheidungen treffen. Ich habe keine Frauen oder Kinder erschossen und ich habe niemanden erschossen, der nicht darauf aus war, mich zu töten. Wenn jemand damit ein Problem hat, tja, sein Pech. Ich bin ein

*Jäger* gewesen. Es ist das, was man eine faire Jagd nennt. Sie gehen in den Dschungel oder in die Reisfelder. Sie jagen Ihren Feind und versuchen, sich in eine Position zu bringen, aus der er Sie nicht erwischen kann. Sie schalten ihn aus. Wenn Sie ihn treffen, schießt er zurück.

Wir haben viele Männer verloren. Auf unsere Köpfe waren Belohnungen ausgesetzt. Der Vietcong hat 10.000 Piepen auf mich ausgesetzt, und schließlich hat ein russischer Bastard sie eingestrichen, aber das ist eine andere Geschichte. Was wir getan haben, war Krieg. Den Feind finden und vernichten. Ihn erschießen. Versuchen, heil heimzukehren. Die Mission zu erfüllen. Und die Army …«

Er hielt inne. Etwas in ihm schreckte davor zurück, aber er musste es loswerden.

»Das war eine andere Doktrin, zuerst entwickelt in diesem Projekt *Black Light* und dann umgesetzt durch Tigercat, die Scharfschützenschule der 7. Infanteriedivision. Was die getan haben, war Folgendes: Sie haben Vier-Mann-Teams nachts in eine Zone gebracht, drei Sicherheitsmänner mit Sturmgewehren und einen Scharfschützen mit einer Büchse. Am liebsten haben sie das direkt nach einem Angriff getan. Charlie war also unterwegs und fühlte sich sicher. Er war der Meinung, die Nacht gehöre ihm.

Der Scharfschütze trug eine Waffe, die sie ihr M21 nannten: ein M14 7.62 NATO-Gewehr – Kaliber 30, Russ –, überarbeitet und präziser gemacht von der Schützeneinheit der Army. Es verfügte über einen sogenannten Mündungssignaturreduzierer – in Kinofilmen würden Sie es als Schalldämpfer bezeichnen – und ein Nachtsichtgerät, ein AN/PVS-2, Starlight-Teleskop genannt.

Also richten sich diese Jungs im Dschungel ein und warten einfach; der Scharfschütze am Fernrohr, die anderen Kerle mit Nachtsicht-Feldstechern. Sie sichten etwas und der Schütze bringt sich in Position. Er legt das Fadenkreuz über sie. Es sieht zwar aus, als ob sie sich durch grünes Wasser bewegen, aber er kann sie sehen, selbst auf 800 Meter

Entfernung. Die Schlitzaugen waren tot, bevor sie wussten, wie ihnen geschieht. Sie konnten das Versteck des Scharfschützen nicht ausmachen, weil es kein Geräusch gab. Sie konnten nicht glauben, dass er sie sehen konnte, aber durch sein Fernrohr konnte er das, wie am helllichten Tag, und sie niedermachen. Viele Abschüsse. Ganz einfach.

Einer der Jungs kam in etwa fünf Monaten auf 115 Tötungen. Die haben in einer Nacht sechs, sieben Leute erwischt. Waren das Soldaten? Zum Teufel, wer kann das schon genau sagen, aus 800 Metern Entfernung durch ein Starlight? Wenn sie nachts im Dschungel umherstreiften, gehe ich mal davon aus, dass es Soldaten waren, aber vielleicht waren es auch Kinder, die mal austreten gingen oder Familien, die versuchten, nachts zu reisen, um nicht von unserer Luftwaffe bombardiert zu werden. Wer weiß das schon? Dann, gegen sieben Uhr, holte ein Heli das Team da raus und schaffte ihre Ärsche ins Camp zurück, wo es Pfannkuchen gab, und die Leichenfabrik sagte wieder einmal Gute Nacht.«

»Ich verstehe«, sagte Russ. »Sie haben nicht ... es war nicht ...«

»Ich weiß nicht. Ich bin mir noch nicht ganz im Klaren darüber. Aber es ist anders.«

»Es ist kein Krieg«, sagte Russ, »und wenn Sie es nicht über sich bringen, sage ich es. Es waren die reinsten Hinrichtungen.«

»Tja, nun, lassen Sie sich das nicht anmerken. Verstanden? Lassen Sie es sich nicht anmerken, und urteilen Sie nicht voreilig darüber, weil Sie nie in der Haut eines solchen Mannes gesteckt haben. Also, wir werden es auf folgende Weise durchziehen: Ich erzähle ihm, wie sehr wir alle im Marine Corps die Art, wie die Army die Angelegenheit erledigt hat, *bewundert* haben. Sie haben so viel mehr Abschüsse erzielt als wir. Verdammt, ist das nicht wirklich beachtlich? Dann wird er sich mächtig wichtig vorkommen.«

»Er wird merken, dass Sie nur so tun.«

»Den Teufel wird er! Er ist doch ein General, oder nicht? Er ist daran gewöhnt, dass man ihm Honig ums Maul schmiert. Er wird seine historische Bedeutung klarstellen wollen. Er wird uns ein bisschen Ausrüstung zeigen wollen. Junge, ich bin 14 Jahre lang Sergeant beim Marine Corps gewesen. Ich weiß, wie diese Kerle ticken.«

»Da«, sagte der General. »Da, sehen Sie sie?«

Er sah sie. Die Trugbilder erhoben sich in der grünen Dunkelheit – zwei, drei, dann vier. Ganz leicht schienen sie dahinzutänzeln; ihre Bewegungen wurden von weißglühendem Phosphor in der Röhre des Geräts beleuchtet, einem thermosensitiven Magnavox-Zielfernrohr. Der neueste Schrei: mit einer Linse, die die Dunkelheit wirklich durchdringen konnte. Kein Lebewesen konnte sich ungesehen an ihm vorbei durch die Nacht bewegen.

Die Gestalten tanzten, und eine von ihnen erreichte schließlich das rote Laser-Fadenkreuz in der Mitte des Bildes.

»Nur zu«, sagte der General. »Erledigen Sie sie.«

Es ging zu einfach. Bob verschmolz förmlich mit dem Zielfernrohr; er spürte den Kolben des Gewehrs, wie er gegen seinen Körper drückte, hatte den Finger am Abzug. Es war eine Art M16, bloß unnatürlich aufgeplustert, vergrößert. Man hatte sie felsenfest im Griff, zumal die Waffe durch die Sandsäcke darunter stabilisiert wurde. Er drückte ab und das Gewehr gab einen Laut von sich, der irgendwo zwischen einem Husten, einem Niesen oder einem Schluckauf lag. Es gab keinen Rückstoß, kein Gefühl davon, gerade gefeuert zu haben, doch der Verschlussmechanismus drehte sich, eine leere Patronenhülse wurde ausgeworfen und das erste Ziel ging zu Boden. Er bewegte den roten Laserpunkt um eine Winzigkeit und schoss erneut: Dasselbe geschah noch einmal. Dann zwei weitere Male.

»Ende der Mission«, verkündete der General und knipste das Licht an, das auf eine lange Schießbahn vor Bobs mit

Sandsäcken versehener Stellung fiel. »Sehen wir mal, wie Sie sich geschlagen haben.«

Er drehte sich zu einem Computerterminal um und hämmerte einen Befehl in die Tasten. Der Computer reagierte sofort.

»Hervorragend geschossen«, kommentierte der General. »Genau, wie ich es von Ihnen erwartet habe. Bei den ersten beiden haben Sie genau ins Schwarze getroffen, beim Dritten eine Linie angekratzt und beim Vierten wieder genau ins Schwarze. Vier Abschüsse. Die verstrichene Zeit betrug 3,2 Sekunden. Der registrierte Geräuschpegel ... äh, unter 100 Dezibel, etwa die Lautstärke von jemandem, der ein Luftgewehr abfeuert.«

Der General streckte die Hand aus, betätigte einen Schalter und das thermosensitive Zielfernrohr schaltete sich aus. Bob legte das Gewehr, das mit der riesigen, metallisch grauen Röhre darauf ungewohnt groß wirkte, auf den Sandsäcken ab. Er betrachtete die Schussbahn entlang zu seinen Zielen und bemerkte am Ende des Korridors abgeflachte Silhouetten aus Metall, die sich offensichtlich auf einer Art ruckelndem Förderband befanden, was ihnen die unregelmäßigen Bewegungsmuster patrouillierender Menschen verlieh.

»Wie funktioniert das?«, wollte Bob wissen.

»Im Wesentlichen haben Sie gerade auf ganz gewöhnliche Haushaltsgegenstände geschossen. Sie haben vier Toaster erledigt. Oder vielmehr, ihre Heizelemente. Herzlichen Glückwunsch.«

»Diese Waffe hat doch gar keine Infrarotlichtquelle«, merkte Bob an.

»Nein, Sir«, bestätigte der General. »Darüber sind wir hinaus. Wir sind selbst über das Umgebungslicht hinaus, die Starlight-Zielfernrohre. Die nutzten passives Infrarot; sie verbreiteten keinen Infrarotstrahl und waren nicht auf Beleuchtung angewiesen. Das Problem mit den Umgebungslichtgeräten bestand allerdings darin, dass sie nicht in völliger Dunkelheit funktionierten. Sie funktionierten auch nicht bei

Rauch, Nebel oder Regen, nicht einmal bei Tageslicht. Es gab zu viele Einschränkungen.

Das Magnavox bündelt sämtliche Infrarotenergie aus der Zielzone mit einer einzigen, asphärischen Silikonlinse. Der austretende konvergente Strahl wird von einem Schwenkspiegel horizontal gescannt und auf eine vertikale, lineare Anordnung von 64 magnetischen Detektorelementen aus Blei fokussiert, welche die Infrarotenergie in elektrische Signale umsetzen. Das Ausgangssignal jedes Detektors wird im Anschluss in einen High-Gain-Vorverstärker eingespeist. Die Signale der 64 Vorverstärker lassen sich zu einem einzigen Videosignal zusammensetzen. Dieses Signal lenken wir erneut verstärkt zu einer Miniatur-Kathodenstrahlröhre um, die das generierte Bild im Okular sichtbar macht. Das ist MTV für Scharfschützen.«

»Ganz schön gewieft«, sagte Bob. Die Kiste sah tatsächlich wie ein Fernseher aus, eine lange, rechteckige 6x6-Röhre mit dem riesigen, runden Auge an der Front, das als Bildschirm diente, und auf der Rückseite das Okular.

»Nun, es hat sich viel getan. Die Deutschen haben damals auf die Insassen der Konzentrationslager geschossen. So haben sie die erste Generation ihrer *Vampir*-Zielgeräte getestet. Wir schießen auf ausrangierte Toaster.«

»Kann der Junge es mal ausprobieren?«

»Nein, ist schon gut«, wehrte Russ ab.

»Sind Sie sicher, Sohn?«, fragte der General.

»Ja, nicht nötig«, erwiderte Russ.

Der General wandte sich erneut an Bob. »Es ist nicht nur so, dass das thermosensitive Zielfernrohr den höchsten Grad möglicher Verfeinerung in der Nachtsichtelektronik darstellt. Was wir verkaufen, ist ein komplettes System. Wir kaufen die Bauteile bei Magnavox ein, montieren sie ans Gewehr, ergänzen es um unsere eigenen Schalldämpfer, verpacken alles zu einem Set und stellen Trainer, eine ständig erreichbare technische Hotline und Notfallhilfe zur Verfügung. Das ist übrigens kein M16.«

»Hat sich schwerer angefühlt.«

»Es ist ein Knight-Stoner SR-25 im Kaliber 308, das Unterschallmunition verschießt. Und unser JFP-MAW-7-Schalldämpfer. Unglaublich leise, präzise, tödlich, nicht wahr? Der Mündungsknall entsteht durch Hochdruckgase, die abrupt aus dem Ende des Laufs austreten, wenn das Geschoss abgefeuert wird. Reduziert man den Druck, reduziert sich auch der Geräuschpegel. Wir reduzieren den Druck, indem wir das Volumen für die Gasausdehnung erhöhen, die Gastemperatur verringern und den Austritt des Gases durch Einfangen und Verwirbelung verzögern. Verdammt, das ist ein gutes Gerät!«

»Ja, das ist es«, bestätigte Bob.

»Nichts gegen Ihre alte Remington 700?«

»Ich würde ungern mit meiner alten Büchse gegen einen Kerl mit dieser Ausrüstung antreten.«

»Sie hätten keine Chance. Die Nacht gehört dem Mann, der im Dunkeln sehen kann. Stellen Sie sich vor, wie viele Abschüsse Sie im Kampf mit dieser Ausrüstung erzielt hätten.«

Bob stand auf. Die Demonstration war beendet.

»Kommen Sie wieder mit nach hinten«, sagte der General. »Wir unterhalten uns in meinem Büro weiter.«

Jack Preece war ein untersetzter Mann mit einem kurzen Nacken, wie er ihn von so vielen Meisterschaftsschützen kannte. Ein attraktiver und ziemlich aalglatter Bursche mit silbergrauer Haarpracht und einer überraschend sanften Art. Er strahlte Selbstvertrauen und Charme aus. Seine Haut war gebräunt und seine überkronten Zähne weiß und makellos.

Er führte sie vom Schießstand durch Werkstätten, in denen das System – das Knight-Gewehr, das Nachtsichtgerät, der Schalldämpfer – zu Sets zusammengestellt wurden. Nach dem Zusammensetzen, Justieren und erneuten Demontieren verpackten die Arbeiter es in einem Plastikkoffer, in dem es, zweifellos für eine erkleckliche Summe, an die Elite-Scharfschützeneinheiten der Welt verschickt wurde – an die Delta Force, verschiedene Spezialeinheiten, das SEAL Team Six, ein Ranger-Bataillon, das HRT des FBI und verschiedene Sondereinsatzkommandos in Großstädten.

»Dieses Knight-Gewehr verschafft uns einen enormen Vorteil selbst gegenüber dem M21. Wir können Präzision auf Bogenminute mit einem halbautomatischen Gewehr erreichen; wir bekommen Zweit- und Drittschüsse mit der Genauigkeit eines Gewehrs mit Geradezugverschluss hin, ohne die Körperhaltung des Schützen zu beeinträchtigen. Bob, die Tage der Büchsen mit Drehzylinderverschluss sind gezählt. Bis Ende des Jahrzehnts werden alle Elite-Scharfschützenteams der Welt mit halbautomatischen Waffen schießen.«

»Ich schätze, ich behalte meine Büchse noch eine Weile«, erwiderte Bob, und der General lachte.

Er führte sie in sein Büro – eine kleine, getäfelte Kammer, deren eine Wand Schützentrophäen aus 100 vergessenen Meisterschaften im Hochleistungsgewehrschießen überall auf der Welt zierten, dazu Fotos von Männern, die sich um die gewonnenen Pokale versammelten, jeder von ihnen mit einem schicken Matchgewehr in der Hand. Bob warf einen Blick darauf und sah die Geschichte eines Schützen vor sich, geprägt auf Messingschilder: Interzonenmeister der US-Army-Meisterschaft 1977; Panama-Spiele, Stehendanschlag, 1979; NRA High Master; Alabama-Hochleistungsschießen, Meister im Sitzendanschlag 1978; und so ging es immer weiter.

»Da hängt kein Wimbledon Cup«, warf der General ein. »In meinem besten Jahr haben Sie den geholt. 1971.«

»Sir, wenn ich gewusst hätte, dass Sie noch eine Lücke in Ihrem Trophäenschrank haben, hätte ich den einen oder anderen Schuss danebengehen lassen!«

Der General lachte. »Ist natürlich alles Schwachsinn. Aber ich habe ständig Kunden hier zu Besuch. So was beeindruckt sie. Also, was haben Sie auf dem Herzen, meine Herren?« Er steckte sich eine Zigarre an und lehnte sich behaglich in seinem Stuhl zurück, als ob er sich auf etwas Angenehmes freute.

»Sir«, sagte Russ, »ich bin von Presidio Press in San Francisco engagiert worden, um als Koautor für Bob Lee Swaggers Geschichte zu fungieren. Wir wollen den größeren Kontext der Geschichte zumindest nicht unberührt lassen: das heißt, die amerikanischen Scharfschützenprogramme in Vietnam und wie sie den Krieg beeinflusst haben. Es gibt nicht viele Informationen über das Army-Programm, obwohl ich gehört habe, dass die Army-Scharfschützen viel höhere Abschusszahlen erzielt haben als die Marines.«

»Das hatte nichts mit der Qualität der Männer zu tun«, antwortete der General mit der eingeübten Souveränität einer Führungskraft. »Auf der Ebene leitender Unteroffiziere sind in allen amerikanischen Streitkräften extrem talentierte und motivierte Individuen zu finden. Die Marines sind der Schießkunst als dem Herzstück ihres Dienstes verpflichtet geblieben; das ist auch gut so, wie die Geschichte wieder und wieder bewiesen hat. Der Army wurde die Aufgabe übertragen, an der vordersten Front der Bodenkampftechnologie zu bleiben. Das war mein Job. Daraus ist Tigercat entstanden. Wir haben in den frühen 50er-Jahren begonnen, eine Technologie zu entwickeln, die dem amerikanischen Scharfschützen die totale Kontrolle über die Nacht verleiht.«

»Das M3-Sniperscope«, warf Bob ein.

»Ein Schrottding«, erwiderte der General und stieß eine lange, gekräuselte Rauchwolke aus. »Klobig, unhandlich, umständlich, und es besaß die nervige Eigenschaft, die Vegetation klarer zu zeigen als den Feind. Außerdem war es so schwer, dass es nur auf ein leichtes Gewehr wie den mickrigen Karabiner montiert werden konnte. Aber … zumindest ein Anfang.«

»Ja, Sir«, sagte Bob. »Kein Zweifel, wenn wir in Vietnam Ihre Ausrüstung benutzt hätten, hätten wir dem Gegner mächtig in den Arsch treten können.«

Der General hörte gar nicht richtig hin.

»Wissen Sie, worin der Unterschied zwischen den Scharfschützenprogrammen der Marines und der Army bestand?

Ich meine, ganz offen gesprochen. Ich liebe den Kampfgeist der Marines, aber unsere Abschusszahlen sind *so* viel höher gewesen. Wissen Sie, warum?«

Russ erbleichte innerlich. Er wusste, dass es das Letzte war, was Swagger von diesem grinsenden, sich selbst beweihräuchernden Affen hören wollte.

»Nein, Sir«, erwiderte Bob mit unbewegter Miene.

»Die Marines konnten sich auf konzeptioneller Ebene nicht zur Dominanz der Technologie bekennen. Auf eine fundamentale Weise hielten sie immer noch am romantischen Bild von individuellem Heldentum fest. Irgendwie weigerten sie sich, in die Moderne einzutreten. Die Marine-Scharfschützen erinnerten mich immer an Piloten aus dem Ersten Weltkrieg oder Revolverhelden aus dem Wilden Westen. Sie zogen auf eigene Faust los, um sich mit dem Feind zu bekriegen, ihm Auge in Auge gegenüberzutreten. Wir dagegen glaubten an Teamgeist, ausgeklügelte Technologie und an Abschusszahlen. Unsere Zahlen lagen *so viel* höher. Wir haben uns auf den Kern unseres Jobs konzentriert: Es ging darum, den Feind zu töten, nicht darum, sich mit ihm zu duellieren. Und unsere Scharfschützenteams rückten vor und hinterließen nichts als Fußabtreter. Wenn wir einen Vietcong erledigten, zählten wir ihn nicht, bevor wir ihm am nächsten Morgen unseren Stiefel auf die Brust setzen konnten. Wir nannten sie Fußabtreter.«

»Ja, Sir«, quittierte Bob seine Ausführungen, ohne dass sich in seiner verbindlichen Miene eine Regung zeigte. »Ich wünschte, ich hätte die Chance gehabt, mit dieser Art von Ausrüstung im Dschungel zu arbeiten.«

Da Bob seinen Teil zur Unterhaltung beigetragen hatte, fuhr der General fort, über waffentechnische Mysterien zu sprechen.

»Das M3 markierte einen großen Fortschritt gegenüber dem M2-System aus dem Zweiten Weltkrieg, obwohl die Truppen in Korea es hassten und die Army selbst es nicht wirklich verstand oder weiterverfolgte. Es war meine Idee, das Teil im Nachtkampf auf die Probe zu stellen und dafür

Richtlinien zu entwickeln. Glücklicherweise las jemand im Infanteriejournal von meiner Idee und ich erhielt die Chance, meine Theorien in der Praxis zu erproben. Wir tauften das Projekt *Black Light* und leiteten es von Camp Chaffee aus, wo wir versuchten, eine Datenbank für Einsätze bei Dunkelheit unter Einsatz von Nachtsichtgeräten aufzubauen. Wir hatten immer noch die gottverdammten M3s. Aber wenigstens versetzte uns das in die Lage, den Jungs von der Forschung zu *zeigen,* was in einer nächtlichen Kampfumgebung benötigt wurde. Bis zu dieser Zeit wusste das keiner so richtig. Sie kopierten einfach die deutsche Ausrüstung.«

»Erzählen Sie uns von *Black Light.*«

Der General stürzte sich in eine ausufernde und vor Eigenlob triefende Beschreibung des Projekts, und bald wurde klar, dass das Problem nicht darin bestand, ihn zum Reden zu bringen, sondern eher darin, ihn zum Schweigen zu bringen. Sein Geschwätz verwandelte sich bald in eine künstlerische Darbietung, einen Monolog, letzten Endes in eine One-Man-Show, das Ganze garniert mit theatralisch ausgestoßenen Rauchwölkchen. Er inszenierte sich wie der Gott des Krieges, Mars höchstpersönlich, wie er mit seinem vernünftig wirkenden grauen Haar dasaß, während der Rauch sich kräuselte und er Erläuterungen abspulte.

Große Teile seiner Darstellung schienen sich um unbedeutende Aspekte zu ranken, etwa darum, die richtige Zahl von Männern zu ermitteln, die sich unter einem Kommando versammeln ließen und trotzdem ausreichten, um für den Schutz des Scharfschützen zu sorgen. Man hatte Monate damit zugebracht, zu testen, ob sechs, acht oder zehn Leute besser waren und entschied sich schließlich für vier, angesichts der Tatsache, dass der Scharfschütze selbst im Fall eines Schusswechsels eine doppelte Aufgabe übernehmen und mit der ›Fettpresse‹ schießen konnte. Das Befehlsvokabular für Nachteinsätze war getestet worden; man hatte das Kartenlesen in völliger Dunkelheit und die Nachtnavigation perfektioniert und unterschiedlichste Funktechniken erprobt. Das Schießen selbst kam erst relativ spät hinzu.

»Etwa um '55 rum begannen wir dann mit Schießübungen.«

»Was haben Sie als Ziele benutzt? Sie erwähnten, die Deutschen hätten dafür auf Menschen zurückgegriffen.«

»Offiziell? Offiziell hielt man Hitze erzeugende Ziele nicht für zwingend notwendig, da wir gerade erst anfingen, das Prinzip des Umgebungslichts zu verstehen, also passive Nachtsicht. Wir benutzten die aktiven Infrarotgeräte des M3, das heißt, einen Infrarot-Suchscheinwerfer. Wir hätten auf alles Mögliche schießen können. Aber das Projekt besaß eine ballistische Komponente, die Munitionstests an lebenden Organismen erforderte. Inoffiziell haben wir auf Schafe und Ziegen geschossen. Rinder hätten sich am besten geeignet, weil ihr Atmungssystem dem menschlichen am nächsten kommt, aber ich hatte nicht die Nerven zu versuchen, einen Ochsen mit einem Geschoss auszuschalten, das bestenfalls eine Mündungsenergie zwischen der eines 38er Special und einer leichten .357 Magnum aufwies.«

So ging es weiter und weiter, von der Zusammensetzung der Einheiten über Probleme mit den Klemmen, die sie zusammenhielten bis hin zu Schwierigkeiten mit dem Gurtband, das sie halten sollte, und so weiter und so fort. Russ hatte das Gefühl, bald einzudösen.

»Ich bin bloß neugierig«, hakte Bob schließlich ein – und Russ wusste, dass er nur deshalb den langen Weg hierhergekommen war und die Eitelkeiten und das Ego dieses Mannes bedient hatte, dass er nur deshalb den blödsinnigen Vortrag über individuellen Heroismus versus Teamgeist und Abschusszahlen über sich hatte ergehen lassen, um endlich auf diesen Punkt zu sprechen zu kommen: »Welcher Art von administrativer Kontrolle konnten die Geräte selbst unterliegen? War es die Standardverwaltung der Waffenkammern? Wurden sie stringenter kontrolliert? Wer hat tatsächlich über die Einheiten *verfügt?* Über die M3s?«

»Technisch gesehen, ich, obwohl die eigentliche Verwaltung

des Projekts in den Händen meines First Sergeants lag. Der Mann hieß Ben Farrell. Sehr guter Unteroffizier. Wurde ’64 bei Da Nang getötet.«

»Wer hatte die Schlüssel zur Waffenkammer?«

»Nanu … was hat denn das mit Ihrer Geschichte zu tun?«

Eine unangenehme Pause trat ein.

Dann warf Russ ein: »Die Wahrheit ist, wir glauben, dass dieses Buch das Potenzial zu einer Verfilmung hat. Und der Grund, weshalb ich über Nachtsichtgeräte sprechen wollte, war, dass ich eine Idee für eine lustige Szene hatte. Junge Soldaten brechen in die Waffenkammer ein und stehlen ein paar Nachtsichtgeräte. Sie benutzen sie, um ein Lager des Woman’s Army Corps auszuspionieren, ein paar Mädchen mit schönen Titten. Titten und Ärsche. So was Verrücktes zeigen sie gerne in den Filmen.«

»Ach Gott«, antwortete der General. »Warum erfinden Sie das nicht einfach? Wozu brauchen Sie da meine Hilfe?«

»Sergeant Swagger hat darauf bestanden, dass alles zumindest auf realen Sachverhalten basieren könnte.«

»Nun, ich kann Ihnen versichern, dass niemand *unsere* Ausrüstung benutzt hat, um die WAC-Lager der 50er-Jahre auszuspionieren, und wenn Sie irgendetwas über die Frauen im WAC der 50er wüssten, nähmen Sie von dieser Idee ganz schnell wieder Abstand.«

»Wir könnten Krankenschwestern aus ihnen machen«, sagte Russ. »Wäre das besser?«

Der General verzog angewidert das Gesicht. »Hollywood«, sagte er. »Nein, das ist unmöglich. Es gab nur zwei Schlüssel für die Waffenkammer. Drei – ich nehme an, der Stützpunktkommandeur hatte noch einen, aber der schenkte unserer Arbeit kaum Beachtung. Wir hatten unsere Werkstatt, unsere Kasernen und Zugang zu drei Übungsanlagen und verschiedenen Feldübungsgeländen. Die einzigen beiden Schlüssel waren in den Händen von First Sergeant Farrell und mir, und er war ein richtiger Preuße, was Disziplin anging. Niemand benutzte diese Waffen ohne unsere Erlaubnis oder unser Wissen. Was bedeutet, dass niemand sie benutzt hat, Punkt.«

Bob wechselte das Thema.

»Fanden Sie die Einheiten alle gleich effektiv?«

»Nein«, antwortete der General, entspannte sich etwas und stieß eine lange Fahne dunklen Rauchs aus. Dann machte er sich daran, die Unterschiede zwischen den Einheiten zu erläutern, die Unterschiede bei den Munitionslieferungen, die Unterschiede der drei Karabiner selbst.

So ging es weiter. Russ tat, als ob er sich Notizen machte und Bob stellte behutsam Fragen, die von der erstaunlich erfolgreichen Leitung der Tigercat-Scharfschützenschule durch den General bis zu den Rekordabschusszahlen reichten, die erzielt worden waren, als man die Montageprobleme des Starlight und des M21 erst einmal in den Griff bekommen hatte. Bla bla bla.

Spät am Nachmittag wagte Bob einen weiteren Vorstoß.

»Könnten wir nur noch einmal kurz auf *Black Light* zu sprechen kommen, Sir?«, fragte er.

»Aber sicher, Sergeant«, gab der General zurück.

»Wir haben uns geeinigt, der junge Mann und ich, dass dieses Buch besser wird, wenn darin einige reale Persönlichkeiten vorkommen. Also frage ich mich: Dort in Chaffee in den Jahren '54 bis '55, waren da irgendwelche herausragenden Charaktere beteiligt? Wie groß war das Team? Wer waren sie?«

»Die Üblichen. Gute Männer. Zum Ende hin Vertreter von Varo und Polan Industries, die schließlich den Zuschlag für die Herstellung der ersten Starlight-Fernrohre erhielten. Ein paar entsandte Zivilisten von Army Warfare Vision in Fort Devens. Warten Sie, ich habe ein Foto. Ist das von Interesse für Sie?«

»Ja, Sir. Ich würd's gern sehen.«

»Es hängt hier drüben an der Wand.«

Er führte sie hinüber und deutete auf die Aufnahme. So wie auf den anderen konnte man darauf ebenfalls eine gemischte

Gruppe aus Zivilisten und Soldaten sehen, stehend und kniend. Preece selbst, viel dünner, aber irgendwie grobschlächtiger, hockte in der ersten Reihe und hielt den Karabiner, auf dem die riesige optische Apparatur montiert war. Er trug einen Tarnanzug in Armee-Grün mit einem weißen Schildchen, auf dem sein Name stand, sowie eine dieser albernen Türmchenmützen, die in den 50ern zum üblichen Outfit gehörten. Die Männer um ihn herum wirkten dicklich, wenig imposant, leicht zu vergessen: Sie sahen aus wie NASA-Fluglotsen, ein klein wenig lächerlich in ihrer zeitgenössischen Freizeitkleidung, die überwiegend aus kurzärmeligen, weißen Hemden, langen Hosen und klobigen Oxfords bestand.

»Ich hätte sie ihre Namen notieren lassen sollen«, meinte der General mit einem Lachen. »Ich kenne nur ein paar davon. Das hier ist Ben Farrell. Das ist Bob Eadings von Polan.«

»Wer ist der da?«, fragte Bob und zeigte auf eine kniende Gestalt am Rand des Fotos. Ein junger Mann, der mit seinem eckigen, kantigen Kopf kampflustig wirkte. Unter seiner Kleidung schien er eine kräftige Statur zu besitzen. Die Augen funkelten wild.

»*Dieser* Kerl«, sagte Preece. »Gott, an den erinnere ich mich. Der kam von Motorola, glaube ich. Er war bloß zwei Wochen lang an dem Projekt beteiligt, aber das waren zufällig die zwei Wochen, in denen wir das Foto geschossen haben. Ich weiß beim besten Willen nicht mehr, wie er hieß.«

»Sind alle diese Männer Schützen gewesen?«, fragte Russ.

»Nein, eigentlich nicht. Ben Farrell war ein sehr guter Schütze. Nicht außergewöhnlich, aber exzellent.«

»Wer war fürs Schießen zuständig? War es ein Team?«

»Oh, es gab nur einen Schützen«, sagte der General und stieß eine lange Rauchwolke aus wie ein Drache. »Mich.«

Nachdem sie gegangen waren, saß der General für eine lange Zeit sehr still da. Seine Zigarre brannte herunter, aber er rührte sie nicht an. Er rief weder seine Freundin noch seine Tochter noch seine Exfrau an, auch nicht seinen Anwalt oder einen der Männer aus seinem Firmenvorstand, weder seinen Chefingenieur noch einen der alten Jungs aus seinem Scharfschützenkader.

Irgendwann stand er auf, öffnete den Schrank hinter seinem Schreibtisch, nahm eine Flasche Wild Turkey heraus und goss sich ein großes Glas ein. Er setzte sich hin, betrachtete das Glas eine Zeit lang an und griff schließlich danach. Als er es an die Lippen hob, stellte er fest, dass seine Hände nach wie vor zitterten.

# KAPITEL 24

An manchen Tagen konnte man einfach nicht gewinnen. Duane hatte nur wenige Stunden Schlaf bekommen, nachdem er den ganzen Vortag damit verbracht hatte, den alten Sam kreuz und quer durch Polk County zu verfolgen, zusätzlich zu ein paar unvermeidlichen Polizeieinsätzen, um die er sich hatte kümmern müssen. Nun fühlte er sich wie gerädert. Trotzdem war er an diesem Morgen früh aufgestanden und hatte sich an die Arbeit gemacht, an den ihm befohlenen Streifzug durch alle geschäftlichen Einrichtungen, die er entlang des Etheridge Parkway finden konnte.

Und schon recht früh stieß er auf eine Spur.

*Gottverdammt,* dachte er, als ihm die indische Teilzeitangestellte im Days Inn an der Parkway-Ausfahrt 7 bestätigte, ja, ein älterer und ein jüngerer Mann hätten gestern etwa um zehn Uhr ein Zimmer genommen. Ob etwas nicht in Ordnung sei?

Duane blies sich auf und tat, als sei er ein ungeheuer wichtiger Ermittler. Er nötigte die arme Frau geradezu – sie war Ausländerin, mit so einem verdammten *Punkt* auf der Stirn, also was machte es schon für einen Unterschied? –, ihm alles darüber zu erzählen. Sie hatten um zehn eingecheckt; der Junge war für den Großteil des Tages verschwunden, der Mann hatte die ganze Zeit Ferngespräche geführt, und ungefähr um sechs waren sie in einem mit Schlafsäcken bepackten Truck weggefahren. Technisch gesehen belegten sie das Zimmer immer noch, zumindest bis zum Ablaufen der offiziellen Check-out-Frist gegen Mittag.

Sie konnte sich an die beiden erinnern, weil sie für gewöhnlich vor 13 Uhr keine Zimmer vermieteten. Doch der groß gewachsene Mann hatte darauf bestanden.

Duane bat darum, die Telefondaten einsehen zu können, obwohl er keine schriftliche Befugnis dazu hatte. Zu seinem Glück war die Frau zu dumm, um darüber Bescheid zu wissen, oder zu gleichgültig, sich darum zu kümmern. Er kritzelte die Nummern in seiner ungelenken Handschrift, die wie die eines Kindes wirkte, in sein Notizbuch.

Er bedankte sich, nutzte die Gelegenheit, sich eine kostenlose Tasse Kaffee zu genehmigen, und saß um zehn Uhr am Telefon.

Er sprach seinen Bericht auf den Anrufbeantworter, einschließlich der Telefonnummern, lehnte sich zurück und wartete auf Lob. Es kam keins.

Das Telefon klingelte.

»Peck, wo bist du jetzt?«

»Na ja, Sir, äh, ich stehe auf dem Parkplatz vom Days Inn.«

»Fahr zurück nach Blue Eye. Du bleibst heute bei dem alten Mann, hast du verstanden? Lass mich wissen, was er vorhat.«

Das war alles: Kein *Gut gemacht! Weiter so! Gute Arbeit!*, sondern bloß: *Mach dich wieder an die Arbeit.*

Verflucht, manchen Leuten konnte man es einfach nicht recht machen.

Red Bama hatte überall Experten. Das gehörte zu den erfreulichen Begleiterscheinungen, Red Bama zu sein. Also rief er einen Kommunikationsexperten an, der einmal bei Southwestern Bell gearbeitet hatte und für ihn Telefonprobleme löste. Nach einer halben Stunde wusste er, wen Bob angerufen hatte.

Ein Anruf war ans Pentagon gegangen, an das Büro des Historischen Archivs der Army. Der andere an eine Firma in Oklahoma namens JFP Technology. Er musste noch ein paar Gefallen einfordern, bis er dahinterkam, welche Produkte JFP Technology herstellte und welche Bedeutung die Firma hatte.

Als er es herausfand, pfiff er durch die Zähne.

Dieser beschissene Swagger war *schlau.* Er stand kurz davor, die Sache zu durchschauen und sich Geheimnissen zu nähern, die man vor 40 Jahren so sorgfältig und professionell begraben hatte. Ein mächtiger Gegenspieler – der beste, der sich seit vielen Jahren gegen Red stellte.

Als Nächstes kontaktierte Red einen ihm bekannten Anwalt in Oklahoma City, einen guten Mann, der – wie man so schön sagte – *im Geschäft* war. Der Anwalt heuerte für eine nicht unbeträchtliche Summe ohne nennenswerte Wartezeit einen lizenzierten Privatdetektiv an und dieser Detektiv leitete im Handumdrehen eine Überwachungsaktion bei JFP ein, nachdem er auf dem Parkplatz einen grünen Dodge Pick-up mit einem merkwürdigerweise unlackierten Kotflügel und dem Kennzeichen SCH 2332 aus Arizona bemerkt hatte.

Der Anwalt gab diese Nachricht an Red weiter, der sich einen Moment Zeit ließ, um das Erreichte zu genießen – *Hab ich dich, du gerissener Bastard!* –, und dann weitere, sehr genaue Instruktionen erteilte.

»Was ich will, ist Folgendes und nichts anderes: Ich will wissen, zu welcher Zeit die beiden dieses Büro verlassen, und der Punkt, von dem aus sie das beobachten, sollte sich so weit davon entfernt befinden wie nur möglich. Ich will *nicht,* und lassen Sie mich das noch einmal sagen, weil ich den Klang meiner eigenen verdammten Stimme so liebe, ich *will nicht,* dass sich jemand an seine Fersen heftet oder es sonst irgendeine mobile Überwachung gibt. Niemand soll ihm folgen. Dieser Kerl ist zu raffiniert«, erklärte er dem Anwalt. »Ich weiß nicht, was für Männer Sie in Oklahoma City haben ...«

»Gute Männer, Mr. Bama.«

»Ja, na ja, jedenfalls nicht *so* gut. Dieser Junge ist sehr, sehr schlau und er hat ein Gespür für Ärger, wie Sie es sich kaum vorstellen können. Ich garantiere Ihnen: Dem entgeht keine Art von Verfolgung, und wenn er jemanden bemerkt, versaut uns das alle weiteren Schritte. Haben Sie mich verstanden?«

»Ja, Sir«, antwortete der Anwalt.

»Der Zeitpunkt ist extrem wichtig. In der Zwischenzeit lasse ich mir die ganze Sache durch den Kopf gehen«, fuhr Bama fort, »und wenn ich Ihre Dienste benötige, rufe ich Sie wieder an. Ich erwarte, dass Sie erreichbar sind.«

»Mr. Bama, Sie haben noch nie mit einem besser erreichbaren Mann gesprochen.«

»Dann bringt Oklahoma City wohl wirklich gute Männer hervor«, erwiderte Bama.

Er legte in seinem kleinen Büro den Hörer auf, trank einen weiteren Schluck ranzigen Bar-Kaffee und bemerkte dann, dass sich eine ausgesprochen seltene Regung in seinem Gesicht ausbreitete.

Bei Gott, ein Lächeln.

Er war *glücklich.* Er hatte das Gefühl, seit Jahren nicht mehr so glücklich gewesen zu sein. Abgesehen von den Erfolgen seiner Kinder erfüllte ihn nichts mit größerer Freude als eine anständige Herausforderung. Und, meine Güte, dieser Bob Lee Swagger erwies sich als eine richtig harte Nuss.

Er versuchte, sich dem Problem mit klarstem Verstand zu widmen.

Die Schlüsselfrage lautete, zu welcher Zeit sie von diesem Besuch bei JFP aufbrachen. Wenn sie bald losfuhren, könnten sie es leicht vor Einbruch der Dunkelheit zurück nach Blue Eye schaffen. Er hoffte, dass das nicht passierte, weil er bezweifelte in diesem Fall schnell genug die entsprechenden Fäden ziehen und vorbereiten zu können, was er geplant hatte. *Und es musste alles bereit sein.* Wenn sie später zurückkehrten, mussten sie bei Nacht fahren. Diese Aussicht schmeckte ihm ebenso wenig. Einen Angriff bei Dunkelheit wollte er nicht riskieren. Das wäre auf offener Straße zu gefährlich. In der Stadt funktionierte das, aber auf dem offenen Highway, auf dem Land, in der Nacht, bei einem verschlagenen Mistkerl wie Bob Lee Swagger, konnte das wirklich heikel werden, und wer wusste schon, wann er danach eine neue Chance bekam?

Insgeheim hoffte er, dass sie noch eine Nacht in Okie City verbrachten und erst am nächsten Morgen aufbrachen. Dann würden sie gegen Nachmittag dort eintreffen, und in diesem Fall blieb ihm noch jede Menge Zeit für seine Vorkehrungen.

Okay, sie fuhren also nicht vor morgen aus Oklahoma City zurück nach Blue Eye, beschloss er. Nächste Frage: Welche Strecke nahmen sie? Jeder normale Mann würde das Normale tun und nähme die Route mit dem Knick: Erst auf der US 40 auf direktem Weg nach Fort Smith, dann südlich über den Parkway, den Hollis nach seinem Daddy benannt hatte, runter nach Blue Eye. Vielleicht ließ Bob auch aus Sentimentalität die neue Straße links liegen und entschied sich für die langsamere, umständlichere Route 71. Swaggers Vater war an dieser Straße gestorben, vielleicht tat er es ihm gleich. Aber Red bezweifelte, dass Bob so sentimental war. Er hielt ihn für eine von Grund auf praktische Natur. Sentimentalitäten sparte sich ein Kerl wie er für die späten Abendstunden auf, wenn das Tagwerk hinter ihm lag.

Red wünschte sich, ihre genaue Route zu kennen; Swagger gehörte nicht zu den Männern, die denselben Weg zweimal nahmen. Er grübelte über der Karte und sehnte sich nach etwas Aussagekräftigerem, Aufschlussreicherem. Er wollte Daten, Informationen, Zahlen, Fakten. Er wollte in ihnen baden können.

Recht bald erkannte er, dass es eigentlich bloß zwei andere Strecken nach Blue Eye gab. Bei beiden handelte es sich mehr oder weniger um direkte Ost-West-Verbindungen, wenn auch viel kleiner als die Fort-Smith-Straße. Beide erforderten, dass man von der US 40 südlich nach McAlester fuhr und dann in östlicher Richtung auf einer zweispurigen Asphaltstraße in Richtung Talihina. Kurz danach teilte sich die Straße: Die eine Spur wurde zur Oklahoma 1 und folgte der Kammlinie der Ouachitas 70 Meilen weit nach Arkansas hinein, wo sie in die Arkansas 88 überging. Eine Höhenstraße, einige Hundert Meter über null, auf der man weithin sichtbar war. Ihr Name setzte sich aus den beiden Städten an ihren Endpunkten zusammen: Taliblue Trail. Der Staat hatte sie als landschaftlich besonders schöne Route ausgewiesen, weil sie auf beiden Seiten von Bergpanoramen gesäumt wurde. Red war selbst schon mal mit einem Porsche, den er damals besessen hatte, dort langgefahren und hatte es total genossen.

Die andere Straße, die Oklahoma 59, kreuzte die Oklahoma 1 etwa auf halber Distanz, verwandelte sich dann in die Route 270, während sie nach Osten vorstieß und verlief parallel zur 1/88 auf der Talsohle, die sich unterhalb von dieser befand. Ein kleines Stück nördlich von Blue Eye vereinigte sie sich schließlich mit der 71. Red fiel ein, dass dies die Straße sein musste, an der Bobs Grundstück in Blue Eye lag. Dort stand auch der Wohnwagen des Mannes. Denkbar, dass er sich für diesen Weg entschied und wieder in seinem Trailer einrichtete. Das schien ihm am logischsten zu sein. Oder etwa nicht?

Er betrachtete das Problem aus allen Blickwinkeln. Es lief auf eine grundsätzliche Frage hinaus: Die hohe Straße oder die tiefe Straße? Er hatte nicht genug Leute, um für beide Möglichkeiten Vorkehrungen zu treffen, zumindest nicht, wenn er auf maximale Feuerkraft zurückgreifen wollte.

Die hohe oder die tiefe Straße?

Und dann kannte er die Antwort.

*Er ist ein* Scharfschütze. *Ein* Schütze. *Er arbeitet mit dem, was er sehen kann. Sein ganzes Leben basiert auf dem, was er sieht. Alle Informationen, die er der Welt entnimmt, die er verarbeitet und auf Grundlage derer er seine Entscheidungen trifft, sind visuell. Er sieht alles schon von Weitem kommen und so gefällt es ihm am besten. Er mag keine Überraschungen. Er mag es, wenn* er selbst *die Überraschung ist.*

Die hohe Straße.

In seinem Geist nahm ein Plan Gestalt an. Drei Autos und ein Truck, die aus verschiedenen Richtungen kamen, Bob in die Zange nahmen, ihn von der Straße abdrängten und mit vollautomatischem Feuer eindeckten. Zehn Männer, die in der ersten Sekunde nach dem ersten Zusammenstoß mit vollautomatischen Waffen schossen.

Das Telefon klingelte.

»Hallo.«

»Sir?«

Der Anwalt aus Oklahoma City.

»Ja?«

»Sie sind gerade bei JFP losgefahren.«

Red schaute auf seine Armbanduhr. Herrgott, schon nach fünf. Sie fuhren in dieser Nacht nicht mehr zurück. Er hatte gewonnen!

»Gute Arbeit.«

»Sir, wir haben die Zimmer gefunden, die sie gebucht haben. Das Holiday Inn beim Flughafen.«

»Ich sagte doch ...«

»Wir sind sehr diskret vorgegangen, Mr. Bama. Es wurden keine direkten Fragen gestellt. Es ist uns gelungen, in die Datenbanken der Hotelkette einzudringen. Sie haben ihre Zimmer für zwei Nächte reserviert. Check-out-Zeit ist morgen um zehn Uhr.«

»Gute Arbeit«, wiederholte Bama. »Suchen Sie zufällig einen Job?«

»Mr. Bama, ich bin mit dem, was ich momentan mache, sehr zufrieden.«

»Na gut, Ihr Scheck ist auf dem Weg.«

»Ich weiß, dass man sich auf Ihr Wort verlassen kann.«

»Das kann man in jeder Stadt in diesem Land«, erwiderte Red und legte auf. Schnell wählte er die Nummer von Jorge de la Rivera.

»Ja?«

»Ist das Team bereit?«

»Ja, Sir. Alle ausgeruht und entspannt. Die Mädchen, die Sie geschickt haben, haben ihnen gutgetan. Sie haben alle gefickt oder einen geblasen bekommen, sie sind alle satt und ihre Waffen gereinigt.«

»Folgendermaßen wird es laufen. Es wird morgen passieren, am Nachmittag, auf der Oklahoma 1, etwa zehn Meilen östlich der Kreuzung 259. Die Straße nennt sich Taliblue Trail. Hübsche, hohe Bergstraße, nicht sonderlich viel Verkehr, also sollte sich niemand einmischen. Alles gut einsehbar. Sie positionieren Ihre Wagen in entgegengesetzten

Richtungen und lassen ihn zwischen sich kommen; dann nehmen Sie ihn in die Zange, damit er nicht abhauen kann. Drängen Sie ihn von der Straße ab und bringen sofort die Waffen zum Einsatz. Am besten decken Sie ihn mit einem anständigen Patronenhagel ein. Sie werden sowohl den Überraschungsmoment als auch die Feuerkraft auf Ihrer Seite haben.«

»Das klingt sehr gut. *Muy bueno.* Sollte leicht machbar sein. Wir kriegen ihn für Sie. Aber, Sir – woher werden wir wissen, dass er kommt?«

»Oh, ich werde es Ihnen über Funk mitteilen. Ich beobachte ihn.«

»Sie werden sich selbst am Einsatz beteiligen, Mr. Bama?«

»Sie können mich nicht verfehlen«, erwiderte Red. »Schauen Sie einfach nach oben. Ich bin der Typ im Flugzeug.«

# KAPITEL 25

Sam wachte nach einer traumlosen, unruhigen Nacht wie benebelt auf. Er hatte das quälende Gefühl, dass heute etwas Wichtiges anstand. Musste er vor Gericht erscheinen? Einen Antrag einreichen? Wollte irgendein Strafverteidiger von ihm eine Aussage unter Eid für einen Berufungsprozess? Aber nichts davon gelangte zur Klarheit, und das gottverdammte Hausmädchen hatte sowohl den Kaffee als auch das Aufräumen vergessen. Diese Frau wurde schlampiger und schlampiger. Er hatte schon halb den Entschluss gefasst, sie zu feuern, aber er konnte sich nicht mehr an ihren Namen erinnern. Dann fiel ihm ein, dass er sie bereits gefeuert hatte – vor zwölf Jahren. Und dann kam ihm Mrs. Parker in den Sinn.

*Das* war die Frau, die er hätte feuern sollen. Seit wann verhielten sich die Farbigen so dreist? Die hatten keinen Respekt mehr. Ein typisches Beispiel dafür, wie Regeln immer mehr verkamen, bis nichts mehr übrig blieb außer Chaos und Anarchie. Dann erinnerte er sich an die kleine Shirelle.

Er stand auf, duschte kurz und zog sich an, wobei er an sein Unterhemd dachte, jedoch die Unterhose vergaß. So ging es noch mehrere Stunden lang weiter. Er verspürte einen tiefen und trauervollen Schmerz darüber, dass er nicht ganz da war, er *wusste,* dass er nicht ganz da war, doch irgendwie konnte er sich nicht von diesem Verhalten lösen, das aus einer Art kindlicher Einfältigkeit bestand, einer unfreiwilligen Konzentration auf Belanglosigkeiten. Er wollte aufschreien: *Wo ist mein Verstand hin? Wer hat meinen Verstand geklaut?*

Schließlich überkam ihn am Nachmittag ein Welle der Klarheit und alles fügte sich für kurze Zeit sinnvoll zusammen. Er fühlte sich vernünftig, ruhig und klug. Um diesen Vorteil zu nutzen, ging er schnell in den Keller. Dort fiel ihm ein, dass er eigentlich versprochen hatte, für Bob Lee Swagger den

Bericht über die Earl-Swagger-Schießerei herauszusuchen, den er für das Leichenschauhaus geschrieben hatte. Aber das musste warten. Das hier fand er deutlich interessanter. Er schnappte sich die Akte, die er am Vortag durchgesehen hatte, und vertiefte sich dieses Mal wirklich in sie, blätterte mit der Selbstsicherheit eines Profis die Unterlagen durch und ließ den Prozess gegen Reggie Gerard Fuller Revue passieren.

Alles wirkte wasserdicht. Heutzutage vielleicht nicht mehr, weil die Regeln für die Beweisaufnahme inzwischen wesentlich strenger gefasst waren. Die Tatsache, dass Reggies Initialen RGF lauteten und man diese Initialen auf der zerknüllten Hemdtasche in Shirelles Hand gefunden hatte, hätten heute keinen hinreichenden Anlass für einen Durchsuchungsbefehl geliefert. Aber damals war dies eindeutig der Fall gewesen, wie selbst Richter Harrison bestätigte. Sam freute sich für einen Augenblick: *Ich habe es ganz nach Vorschrift gemacht. Ich muss mich rückblickend für nichts schämen, habe keine unerlaubte Abkürzung genommen, nichts unter den Tisch fallen lassen, keine falschen Behauptungen aufgestellt und keine Lügen. Nein, Sir.* Das Gesetz war das Gesetz, und das Gesetz hatte immer recht.

Und das Gesetz hatte sich mit dem Hemd auseinandergesetzt und mit dem Blut und der Tatsache, dass Reggie kein Alibi vorweisen konnte, um zu einem eindeutigen Ergebnis zu gelangen: *Reggie Gerard Fuller hat es getan.*

Er gab sich damit zufrieden. Was sollte er sonst tun? Er besaß keine anderen Akten. Das eigentliche Beweismaterial war 1994 in diesem verdammten Feuer verbrannt. Er konnte nichts Neues mehr in Erfahrung bringen.

Doch dann … oh, leichter Kitzel des Zweifels. Leichtes Unbehagen, leichtes Wanken, leichtes Zittern.

Er dachte an diese Nacht und seine eigenen Handlungen zurück. Was den deutlichsten Schatten über diesen Fall warf, waren die Initialen RGF. Nachdem sie erst einmal die Identität dieses RGF festgestellt hatten – in Wahrheit bereits erledigt, bevor er der Angelegenheit überhaupt seine volle

Konzentration widmete – hatte der Fall eine Eigendynamik entwickelt, die sich nicht mehr aufhalten ließ. Es handelte sich um so ein fettes, bedeutendes Beweisstück – wie der sprichwörtliche 400-Kilo-Gorilla, der sich hinsetzen konnte, wo immer er wollte. Es hatte sämtliche anderen Erklärungsmöglichkeiten überlagert, sämtliche Interpretationen und weiteren Ermittlungen; es war zum zentralen Organisationsprinzip des Falls geworden, zog zwangsläufige Schlussfolgerungen nach sich.

Tatsächlich hatte Sam auch in dieser Hinsicht alle erdenklichen Register gezogen. Er hatte einen ganzen Tag mit Betty Hill, dem Fräulein vom Amt, verbracht, um mit ihr die Telefonlisten durchzugehen und herauszufinden, ob nicht eventuell noch eine andere Person mit den Initialen RGF existierte, ganz gleich welcher Hautfarbe und welchen Geschlechts. Es gab keine. Er war zum Einwohnermeldeamt gegangen und hatte nach anderen RGFs geforscht, die womöglich nicht im Telefonbuch standen. Er hatte jedes Motel im Umkreis von 100 Meilen abgeklappert, um zu überprüfen, ob sich nicht noch ein anderer RGF in der Gegend aufhielt. Fehlanzeige.

Dieser RGF musste das Monster sein.

Dann kam ihm in den Sinn: *Angenommen, es hätte keinen RGF gegeben? Angenommen, wir hätten diesen RGF nie gefunden? Hätten wir dann jemals Reggie mit dem Mord in Verbindung gebracht?* Nein, das hielt er für unwahrscheinlich. Ohne den krampfhaften Griff des sterbenden Mädchens und den Wutanfall des Jungen hätten sie den Fall wohl nie aufgeklärt.

Doch dann überlegte er: *Stell dir eine Ermittlung vor* ohne *die Wucht dieser Entdeckung, eine, die nicht von ihr beeinflusst oder gelenkt worden, sondern auf natürliche Weise vorangeschritten wäre. Eine Ermittlung, die dorthin geführt hätte, wohin sie eben geführt hätte.* Natürlich konnte er sich das nicht vorstellen: *RGF* hatte eine solche Vorgehensweise ausgeschlossen.

Leichtes Prickeln, leichtes Zittern, leichtes Kribbeln. Wo kam das nur her?

Was fühlte er da?

Er konnte es nicht klar in Worte fassen.

*Ach, das ist nichts. Vergiss es.*

Dann hatte er es.

*Earl.*

Earl Swagger hatte die Leiche entdeckt. Earl hatte den Tatort untersucht. Earl hatte sich Notizen gemacht. Earl hatte Beobachtungen angestellt und Vermutungen geäußert. Alles unbefleckt, unberührt, unverführt von der unglaublichen Macht, die in den Initialen RGF steckte, die den Blick ohne Umschweife genau auf Reggie Gerard Fuller lenkte. Earl war gestorben, bevor man irgendeine Verbindung zu Reggie Gerard Fuller hergestellt hatte.

Zu schade, dass Earl nicht lang genug gelebt hatte, um …

Noch eine Alarmglocke schrillte in Sams altem Verstand. Sein Sohn, Bob, hatte Earls Notizbuch mitgebracht. Und einige andere persönliche Gegenstände. Zusammen mit diesem albernen Jungen, Rusty, Rufus ... wie auch immer er hieß. Das Notizbuch. Was immer darin stand, hatte Earl ohne das Wissen um die Existenz eines Reggie Gerard Fuller geschrieben.

Das einzige Problem war: Wo zum Teufel steckte dieses Notizbuch?

Der alte Mann lief verdammt noch mal Amok. Duane hatte ihn noch nie so erlebt. Bei ihm musste eine Leitung durchgeschmort sein oder so. Er nahm sein Haus buchstäblich auseinander.

Duane hatte sich auf die Rückseite des stolzen, betagten Wohnhauses an der Reinie Street geschlichen, das mit seiner stattlichen Veranda unter einem Baldachin aus Ulmen und Ahornbäumen stand wie das Haus, in dem Andy Hardy gewohnt hatte, und spähte durch die Fenster. Obwohl es noch nicht dunkel war, hatte der alte Mann sämtliche Lichter eingeschaltet. Nach und nach kippte er den Inhalt jeder Schublade, jeder Vitrine, jeder Kiste, jedes Schranks und jeder Vase im Haus auf den Boden. Jetzt musste er wohl endgültig übergeschnappt sein. Er befand sich in einer Art Rausch und plapperte wirr vor sich hin.

Nachdem er mit dem Erdgeschoss fertig war, verschwand er nach oben. Obwohl Duane ihn nicht mehr sehen konnte, ging er ein Risiko ein und öffnete die Tür. Drinnen hörte er Geräusche von Möbelstücken, die zersplitterten oder auf dem Boden aufschlugen, Gegenständen, die gegen die Wand geworfen wurden, und Flüche.

»Gottverdammter Hurensohn, wo zum Teufel noch mal *bist* du?«, ertönten die Schreie. Es klang nach einem verzweifelten Mann, einem, der kurz vor einem Anfall stand.

Mr. Bama musste sich um diesen alten Tölpel keine Sorgen machen. Der rieb sich selbst auf, noch bevor der Mond aufging. Irgendeine Ader würde platzen und ihn auf einen Fleischklumpen in einem Plastiksack in einem Leichenschauhaus reduzieren.

Duane lieferte einen Bericht ab, doch er erhielt nicht sofort eine Antwort. Wo zur Hölle trieb sich Bama herum?

*Du nutzloser alter Bock. Du sterbender alter Bastard, du hirnloser, wertloser alter Hund, du bist zu nichts zu gebrauchen. Dich sollte man notschlachten. Sollte dich rausschleppen und dir eine Kugel in den Kopf jagen. Dann wärst du besser dran.*

Sam sah sich um. Er hatte das Haus zugrunde gerichtet, zerschlagen, zerstört. Die Zimmer, in denen seine Kinder gespielt hatten, das Zimmer, in dem er seine Frau geliebt hatte, das Zimmer, in dem sie so viele Thanksgiving-Dinner genossen hatten, das Zimmer, in dem sie so viele Weihnachtsfeste gefeiert hatten: alle verloren, alle ruiniert, alle zertrümmert. Und wofür? Für nichts, denn er konnte sich nicht erinnern, wo er das blöde Notizbuch hingelegt hatte.

Jetzt blieb nur noch die Garage übrig.

Verzweiflung erfüllte ihn. Wie konnte er bloß so alt und schwach, so gebrechlich geworden sein? Er hasste und verabscheute sich: Er – Staatsanwalt, Mann des Gesetzes, Kriegsheld, Hirschjäger, Vater, Ehemann, Liebhaber, Amerikaner. Wie hatte sich das alles verflüchtigen und er in dieses Stadium der Nichtigkeit geraten können? Seine Tochter hatte ihm vor Kurzem gesagt, es werde Zeit, dass er zu ihnen zog, und sogar die Frage gestellt, ob er lieber in eine betreute Wohngruppe oder sogar ein Seniorenheim ziehen wolle. Sein ältester Sohn unterbrach sie: *Nein, Pop kommt schon klar*. Aber jetzt glaubte er, dass sie recht hatte. Er konnte ...

*Das Büro!*

*Du alter Schafskopf! Du hast es gar nicht mit nach Hause genommen!* Jetzt erinnerte er sich – Bob hatte ihm das Buch im Büro ausgehändigt und er hatte es in den Safe eingeschlossen.

Er sah sich nach seinem Mantel um, doch das Einzige, was er auf die Schnelle finden konnte, war der rosa Bademantel seiner Frau, den sie vor vielen Jahren getragen hatte. Er warf ihn sich über die Schultern und fand, wie durch ein Wunder, seine Schlüssel. Dann trat er in die Garage hinaus, ließ den Motor des Cadillac an, setzte mit quietschenden Reifen schlingernd zurück und stieß dabei mit der Stoßstange gegen irgendetwas – er wusste nicht genau, was es war.

Während der Fahrt überfiel ihn eine neue Angst: die Kombination. Wusste er sie? Konnte er sich daran erinnern? Oder war sie ihm entfallen, wie so vieles aus der Vergangenheit?

Er spürte, wie eine Art Winseln oder Schluchzen in seiner Kehle aufstieg, und der Gedanke an die Aufgabe, die vor ihm lag, verlieh ihm ein Gefühl von Schwäche. Ihm fehlte jegliche Zuversicht. Er fühlte sich am Ende, erledigt.

Doch nachdem er den Wagen geparkt und die Treppenstufen bewältigt hatte, seine Bürotür aufschloss und durch das Wartezimmer seine Höhle betrat, schien eine höhere Macht sich zu erbarmen. Sobald seine Finger das uralte Zahlenschloss berührten, tauchten die Nummern groß und deutlich vor seinem geistigen Auge auf. In Sekundenschnelle hatte er den Tresor geöffnet und den Pappkarton herausgezogen.

Er brachte diesen Schatz zu seinem Schreibtisch, knipste das Licht an und hielt für eine Sekunde inne, um seine Pfeife mit Tabak zu stopfen. Er zündete sie an, sog einen warmen Schwall Rauch in seinen Mund, fühlte, wie er sich dort kräuselte, und atmete ihn aus. Für einen kurzen Moment befand er sich wieder im guten Teil seines Lebens, hatte alles im Griff, war ein respektierter, mächtiger Mann und kein volkstümlicher, hinterwäldlerischer König Lear, der polternd durch die Sümpfe von Polk County streifte.

Der Karton enthielt lediglich zwei Objekte. Da fiel ihm ein, dass Bob und Rusty-Rufus-Ralph-wieauchimmer das dritte mitgenommen hatten: einen braunen Ordner mit ein paar vergilbten Zeitungsausschnitten. Aber egal. Was hier war, war das, was zählte, nicht das Buch mit alten Strafzetteln voller Verkehrsdelikte und Geschwindigkeitsüberschreitungen, sondern diese Notizen – Earls Aufzeichnungen vom Morgen des 23. Juli 1955. Es hatte einen bräunlichen Striemen auf dem Umschlag, wie einer dieser Farbkleckse, denen Jackson Pollock seinen legendären Ruf verdankte; und bei der Hälfte der Seiten im Inneren ließ dieselbe braune Substanz die Ecken spröde werden.

Sam wich zurück. Earls Blut. Als er im Sterben gelegen hatte, musste Earls Blut im Wagen auf das Notizbuch getropft sein. Mit einem Schaudern schlug er es auf.

Als Allererstes traf ihn der Schock: Über einen Zeitraum von zehn Jahren hatten sie in der Strafverfolgung zusammengearbeitet und Sam hatte von Earl eingereichte Berichte gelesen; die Handschrift des Mannes war ihm so vertraut gewesen wie seine eigene – danach 40 Jahre lang nichts mehr. Nun kehrte sie zu ihm zurück, mit ihren vertrauten Schlaufen und Kringeln, ihrer Akribie, den gelegentlichen Unterstreichungen, den gelegentlichen Rechtschreibfehlern. Das Blut, die Handschrift: Es kam ihm vor, als ob Earl höchstpersönlich den

Raum betreten hätte, so überwältigend spürte er seine Präsenz.

Ein weiterer kleiner Schauder durchlief Sam, als er versuchte, sich in Earls Kopf hineinzuversetzen. *Earl, wie bist du vorgegangen? Was war dein übliches Prozedere?* Alle Ermittler hatten einen eigenen Stil – Kleinigkeiten, auf die sie besonders achteten und auf die sie sich konzentrierten bei dem Versuch, Ordnung ins Chaos zu bringen. Und bei Earl? Er versuchte, sich zu erinnern. Dann dachte er an Earls Werkbank im Keller zurück, wo jedes Werkzeug an seinem Platz gelegen und es eine klare Sortierung für alles gegeben hatte. Earl hatte keinen Bedarf an kreativem Chaos gehabt; sondern stets an die Allmacht der Ordnung geglaubt.

Also hätte sein Verstand folgendermaßen funktioniert: Tatort. Leiche. Beweise. Schlussfolgerungen.

Nein, nein, nein, Blödsinn. Er hätte vielmehr nach jedem einzelnen Schritt Schlussfolgerungen gezogen. Dann hätte er die Schlussfolgerungen am Ende aufgelistet und zusammengeführt. So hätte er es gemacht; so hatte er es immer gemacht.

Zunächst stieß Sam auf eine Zeichnung der Leiche in exakt jener Haltung, in der Sam sich erinnerte, sie am nächsten Tag gesehen zu haben, mit gepunkteten, diagonalen Linien, die sie zwischen Orientierungspunkten verorteten (›Baum‹, ›Felsen‹) und Entfernungsschätzungen. Außerdem hatte Earl hinter der Leiche eine Art Kreuzschraffur eingezeichnet und sie als ›Bachbett‹ identifiziert, dahinter in Klammern der Vermerk: ›keine Spuren‹.

*Hmmmm.* Sam dachte darüber nach. Hier bekam er es mit einem neuen Detail zu tun. Welche Art von Tatortuntersuchung war ursprünglich durchgeführt worden? Er strengte seine Erinnerung an. Er selbst war dort nicht vor dem späten Nachmittag des Folgetages eingetroffen, nach der ganzen Sache mit Earls Tod, und er hatte kaum geschlafen, war reizbar und deprimiert gewesen. Ihm fiel der einsame Deputy wieder ein, der ihm erzählte, dass die Gerichtsmediziner von der Landespolizei auf sich warten ließen und eine Menge

Leute aus der Stadt aufgetaucht waren, um das tote Niggermädchen anzugaffen. Also hatte es ganz offensichtlich keine ausgiebige Tatortuntersuchung gegeben, von Earls einmal abgesehen. Der Tatort musste hoffnungslos verunreinigt gewesen sein.

Er blätterte um und fand die *SCHLUSSFOLGERUNG* – Earls Kommentar zum Tatort. Dort stand nur: ›Leiche bewegt? Abgelegt, wo keine Spuren zurückbleiben konnten?‹

*Leiche bewegt?* Das war neu. Leiche bewegt? Warum hätte Reggie ...

Doch dann fiel ihm ein: Man war Reggie zu diesem Zeitpunkt *noch nicht* auf die Schliche gekommen. Niemand hatte gefragt, warum Reggie die Leiche an einen anderen Ort hätte schaffen sollen, ebenso wie die Ermittler sich später die Mühe ersparten, über einen möglichen Transport der Leiche nachzudenken, da sie Reggie ja bereits überführt hatten.

Er blätterte um: die Leiche selbst.

Er stieß auf Beschreibungen der unterschiedlichsten Gewalttaten, die an der armen Shirelle verübt worden waren, einschließlich sichtbarer Schrammen und Abschürfungen im ›Intimbereich‹, wie Earl es sittsam ausgedrückt hatte. Er beschrieb ebenfalls eine ›graue Färbung der Haut, was nahelegt, dass seit Eintritt des Todes mehrere Tage vergangen sind‹ sowie ›leichte Aufgedunsenheit‹. Er hatte die tödliche Wunde beschrieben: ›Sieht nach einem massiven Hämatom im rechten vorderen Quadranten des Schädels aus.‹ und daneben notiert: ›Blutverschmierter Felsbrocken als mögliche Mordwaffe.‹

Doch dann kam etwas Merkwürdiges: ›Todesursache? Vielleicht nicht Schlag; Schwellungen und Blutergüsse im Bereich der Kehle legen Strangulation nahe?‹

Sam lehnte sich zurück. Auch das war ihm neu: Strangulation.

Wie war Earl denn *auf diese Idee* gekommen?

Vielleicht hatte er unrecht gehabt. Andererseits waren weitere zwei Tage vergangen, bis der Leichenbeschauer Shirelle untersucht hatte: Möglicherweise war sie weiter angeschwollen und die Schwellungen und Blutergüsse nicht mehr so deutlich sichtbar gewesen. Oder niemand hatte sich der Leiche mehr so sorgfältig angenommen, nachdem Reggie bereits festgenommen war und man einiges Blut an den Beweisstücken gefunden hatte.

Was sollte das mit der Strangulation bedeuten?

Sam stürzte sich mit aller Kraft auf diese Frage und dann wusste er es: Falls er sie erwürgt hatte, hätte es kein Blut gegeben. Oder zumindest nicht viel. Aber Reggies Hemd war eindeutig mit Shirelles Blut besudelt gewesen.

Das gefiel Sam nicht im Geringsten. Dann dachte er: *Reggie erwürgt sie. Er ist sich nicht sicher, ob sie tot ist. Er erschlägt sie mit dem Felsbrocken.*

Ja, das könnte es erklären.

Aber es handelte sich dennoch um einen Störfaktor, etwas Unpassendes, Ungewisses, wo es zuvor nur absolute Überzeugung gegeben hatte.

Seine Pfeife war leer. Er kratzte die Kruste mit seinen Schlüsseln heraus, füllte sie neu, steckte sie an und zog daran. Sie gluckerte, wurde zu heiß und brannte zu stark, der Tabak war zu feucht – ein sicheres Zeichen dafür, dass ihn etwas aufwühlte und er den schönen Tabakrausch durch zu hastiges Stopfen etwas abschwächte. Er sah sich um. Es war jetzt dunkel und ziemlich still. Er stand auf, ging zum Fenster und blickte auf eine Kleinstadt bei Nacht – hier und dort durch ein Fenster erhellt, aus dem Wärme und Licht strömten, doch alles in allem herrschte absolute Ruhe. Das Einzige, was er sehen konnte, war ein Streifenwagen, der am Randstein parkte. Schon wieder dieser gottverdammte Duane Peck? Was zum Teufel mochte der von ihm wollen? Hielt er Sam etwa für so tattrig, dass er ihn rund um die Uhr überwachen wollte?

Er kehrte an seinen Schreibtisch zurück.

Na, das war ja eine schöne Bescherung. Wie lange dauerte das denn noch? Der alte Bock musste komplett übergeschnappt sein. Jetzt befand er sich in seinem Büro. Duane schaute auf die Uhr. Fast neun. Er war seit sieben Uhr morgens auf Achse, und das, nachdem er nach den Streifzügen am Vortag nur drei Stunden Schlaf bekommen hatte.

Es gab nur einen Vorfall, der die Monotonie durchbrach. Am Nachmittag hatte er über Funk einige Aufregung über eine große Schießerei drüben auf dem Taliblue Trail in Oklahoma mitverfolgt, etwa 40 Meilen entfernt. Er konnte sich keinen Reim darauf machen, irgendein Quatsch von der Autobahnpolizei von Oklahoma. Erst forderten sie Rettungswagen und Feuerwehr an, später dann auch Leichenbestatter, aber das ging ihn alles nichts an.

Im Moment wartete er bloß. Von seinem Beobachtungsposten aus konnte er nicht viel erkennen – nur das Licht, das durch das Fenster aus dem Büro des Alten drang. Vor ein paar Sekunden war der alte Mann an die Scheibe getreten, hatte an seiner Pfeife gezogen und eine Weile vor sich hingestarrt.

Duane hatte den Alten nicht ganz im Blickfeld, was ihm Sorgen machte. Er parkte parallel zur Bordsteinkante, ein Stück die Straße hinunter auf der anderen Seite. Also stieg er aus und lief auf den Platz, vorbei an der Statue von General George F. James, dem Eisernen General von Vicksburg, ursprünglich in Polk County geboren, auch wenn der Tod ihn im Alter von 81 Jahren in einem Bordell in Savannah, Georgia, ereilt hatte, umgeben von geschminkten Huren. An der gegenüberliegenden Seite des Platzes stellte er sich auf eine Bank. So konnte er durch sein Fernglas die obere Hälfte von Sams Körper beobachten, während der Alte sich über etwas beugte und es untersuchte. Er arbeitete beharrlich drauflos und weckte Vergleiche zu Perry Mason, abgesehen natürlich vom rosa Bademantel.

Sam betrachtete die Zeichnung. Sie schien ein Fenster in einem einstöckigen, runden Gebäude darzustellen und eine Linie verlief von der oberen Ecke des Fensters zu einer Beschriftung, doch hier kapitulierten seine Deutungskünste vor den Mysterien von Earls Handschrift. ›Rohr Strd.‹, schien dort zu stehen. Na, was zum Teufel konnte das denn bedeuten?

Er betrachtete die Worte: ein Rätsel. Was war das für ein Gebäude, was war dieser ›Rohrstandard?‹ Er durchwühlte sein Gedächtnis, ob er darin irgendwo einen 40 Jahre alten Hinweis fand, aber vergeblich. Er starrte wieder auf die Zeichnung. Vielleicht war es kein Gebäude, sondern ein Fernseher. Aber 1955 hatte es in ganz Polk County nicht mehr als zehn Fernseher gegeben. Die Leinwand eines Autokinos? Unsinn, das nächstgelegene Autokino befand sich seit jeher in Fort Smith. Das Sky-Vue, das Sam manchmal mit seinen Kindern besucht hatte.

Seine Pfeife ging aus. Er drehte sie um und klopfte sie auf den Aschenbecher, ließ die verbrannten Klumpen hineinfallen. Er sah sich nach seinem Tabakbeutel um, arbeitete langsam und genoss das Ritual und die reinigende Wirkung, die diese Tätigkeit auf seinen Geist ausübte. Er wollte den Tabak gerade in die Kammer stopfen, als ihm einfiel, dass er zunächst die Rückstände beseitigen musste. Aber er hatte seine Schlüssel nicht griffbereit – sie lagen am anderen Ende des Raums, wie er vage wusste –, also kratzte er mit seinem dicken, verhornten Daumennagel klebriges Zeug aus dem Pfeifenkopf und wischte ihn an seiner Hose ab. So, nun war die Kammer wieder frei. Er stopfte ein Bündel Tabak hinein, klemmte die Pfeife zwischen seine alten Zähne, riss ein Streichholz an und hob es an den Pfeifenkopf. Er zog und sah, wie der Sog die Flamme nahm, sie einzog und – *ah*. Ein Schwall Rauch, der nach Wald schmeckte. Solch ein ...

Sein Fingernagel!

Unter seinem Fingernagel zeichnete sich eine halbmondförmige Ablagerung von Asche ab.

Er blickte zurück auf die Zeichnung: Sie zeigte die Fingerspitze des Mädchens, ihren Nagel. Die Linie verlief vom Rand des Nagels bis zu der Inschrift, die, wie ihm jetzt klar wurde, ›Roter Staub‹ und nicht ›Rohr Strd.‹ lautete, denn der

Punkt hinter ›Staub‹ war eine kleine Unregelmäßigkeit des Papiers und stammte nicht von Earls Stift.

Roter Staub unter ihren Nägeln.

Aber an dieser Stelle an der US 71 gab es keinen roten Staub. Damals nicht und heute nicht.

Roter Staub bedeutete, dass man die Kleine an einem anderen Ort getötet und anschließend dorthin gebracht hatte.

Roter Staub bedeutete ... Little Georgia.

Er blätterte zur nächsten Seite um; oben, unter seine Schlussfolgerungen, hatte Earl ›Little Georgia?‹ geschrieben.

Little Georgia lautete der Name einer Lagerstätte für roten Lehm, die sich nicht an der Route 71 nördlich der Stadt, sondern an der 88 im Nordosten befand, kurz vor Ink.

Wenn Shirelle roten Staub unter ihren Nägeln gehabt hatte, konnte das bedeuten, dass man sie dort umgebracht hatte. Und weiter? Wer hätte sie 14, 15 Meilen weit wegschleppen sollen? Welchen Sinn hätte das gehabt?

Dennoch konnte Sam verstehen, wie unwichtig der rote Lehm unter den Nägeln einem Leichenbeschauer vorgekommen sein musste, der bereits wusste, dass man Reggie Gerard Fuller festgenommen und des Mordes beschuldigt hatte. Vielleicht war es aber auch gar kein roter Lehm gewesen, sondern Blut. Das Blut von Reggie. Doch über forensisches Material dieser Art war nichts bekannt geworden.

Sam fluchte über sich selbst. Möglicherweise war er nicht beharrlich genug gewesen. Er hätte den Leichenbeschauer auffordern sollen, besonders gründlich zu arbeiten und auf jede Kleinigkeit zu achten. Warum war *er* sich so sicher gewesen, dass Reggie es getan hatte?

Nun, wegen der Tasche, der übereinstimmenden Blutgruppen, der ...

Doch noch mehr hatte es an einer Beschränktheit des Vorstellungsvermögens gelegen. Es war schließlich das Jahr 1955 gewesen. Die Welt präsentierte sich damals um vieles simpler. Es hatte einen geradlinigen Präsidenten gegeben, einen bekannten, roten Feind mit der Wasserstoffbombe und

Weiße und Farbige, die strikt voneinander getrennt wurden. Nichts vermischte sich, jeder wusste, wo er stand. Man konnte allem auf den ersten Blick ansehen, was es damit auf sich hatte.

Und dann diese ganze Geschichte mit Reggie und Shirelle? Niemand hätte sich so etwas vorstellen können. Damals hatte es im Bewusstsein der Amerikaner keinen Raum für solche Ideen gegeben. Das kam erst später, nach der Ermordung von John F. Kennedy, nach Vietnam und Watergate – da erst fingen die Leute an, überall Verschwörungen zu wittern.

Denn wenn man das Konzept einer Verschwörung erst einmal akzeptiert hatte, veränderte sich das komplette Weltbild. Dann regierte die Paranoia. Es gab keine klaren Grenzen mehr. Es gab keine Gewissheit. Das war es, was er an der modernen Zivilisation, zu deren Erschaffung er selbst beigetragen hatte, so sehr hasste: Sie kannte keine Sicherheit mehr.

Falls es wirklich eine Verschwörung um den Tod von Shirelle Parker gegeben hatte, ein armes Negerkind im West Arkansas von 1955 – wer wusste schon, wie weit diese gereicht und was sie noch alles mit eingeschlossen hatte? Zum ersten Mal begann Sam zu ahnen, dass der Vorfall mit dem seltsamen Verhalten von Jimmy Pye und dem Tod von Earl Swagger zu tun haben könnte, wenn er auch nicht verstand, wie und wieso. Und wenn man darüber hinaus annahm, dass ein schwarzer Mann darin verwickelt gewesen war – aufgrund der Tatsache, dass kein farbiges Mädchen zu einem weißen Mann ins Auto gestiegen wäre –, machte das die Umstände noch verzwickter und verkomplizierte alles ohne Ende. Und schon glich die Sache irgendeinem dieser schrecklichen, modernen Romane von der Sorte, wie Sam sie nicht lesen konnte: verdreht, verrückt, paranoid, hässlich, grausam.

Er wusste, dass er einer großen Schweinerei auf der Spur war; es machte ihm Angst, es beschwingte ihn, es machte ihn wütend, es machte ihn traurig. Schnell kritzelte er ein paar

Notizen auf einen großen, gelben Block, damit er nichts vergaß, doch er wusste, dass das in diesem Fall nicht passierte. Er fühlte sich mit einem Mal dynamisch, kraftvoll, brillant.

*Bei Gott,* dachte er, *ich werde dieser Sache auf den Grund gehen, und Earls Sohn und dieser verdammte Junge Rusty werden mir dabei helfen.*

Duane Peck rief an und lieferte seinen Bericht ab.

»Sir, ich weiß nicht genau, aber dieser Alte ist an irgendwas dran. Er ist ganz aufgeregt, das sehe ich. Er hat etwas entdeckt, und ich weiß nicht, was es ist. Er sucht schon seit drei Tagen nach etwas, und bei Gott, jetzt scheint er es gefunden zu haben. Was soll ich machen?«

Der Rückruf kam fast sofort. Bama klang niedergeschlagen, deprimiert, verärgert. Hatte er einen schlechten Tag gehabt?

Er ließ sich von Peck alles noch einmal erzählen, ganz langsam. Er dachte nach, und dann sagte er ihm, was er zu tun hatte.

# KAPITEL 26

Sie standen auf einem kleinen, gelben Hügel unter der blendenden Sonne. Im Osten ragte, wie eine Stadt mit weißen Wänden aus einem Märchen, ein komplexes Gebäude mit Türmen und Mansarden und Nebengebäuden in den Himmel: das McAlester-Staatsgefängnis. Im Westen wartete die einfache Hügellandschaft von Oklahoma. Hier standen Grabsteine, kahl und schmucklos.

»Das ist es also?«, fragte Bob. »Sie haben mich den ganzen Weg hierhergebracht, um mir das zu zeigen?«

»Ja, habe ich«, erwiderte Russ. »Das ist es, was aus Jimmy Pyes einzigem Sohn geworden ist. Das ist das, was auf dieser Welt übrig ist von den Ereignissen des 23. Juli 1955.«

Die Inschrift lautete schlicht: ›Lamar Pye, 1956-1994‹. Einen bis zwei Meter weiter befand sich noch ein Stein. ›Odell Pye‹ stand dort. Und: ›1965-1994‹.

»Sein Cousin«, erklärte Russ. »Der Sohn von Jim Pyes Bruder. Hoffnungslos zurückgeblieben. Gehörte eigentlich in eine Anstalt, wo ihn niemand behelligen kann. Da sehen Sie, was das Blut der Pyes den beiden eingebracht hat.«

»Russ, ich sehe lediglich zwei Grabsteine auf einem nackten Hügel irgendwo in der Pampa von Oklahoma. Sieht aus wie ein Soldatenfriedhof aus einem gottverdammten Cowboyfilm. Das hat nichts zu bedeuten.«

»Es ist so offensichtlich«, sagte Russ. »Sehen Sie das denn nicht? Alles da: Mord, eine Familie aus geistesgestörten Ungeheuern, das böse Erbe, das von Vater zu Sohn weitergereicht wird. Es ist wie *The Brothers K* in Oklahoma und Arkansas über zwei Generationen verteilt.«

»Sohn, ich hab keine Ahnung, wovon zum Teufel Sie da reden. Aber wenn es Ihnen hilft, wenn ich komme, es mir anschaue und sage, ›Japp, er ist tot‹, von mir aus. Gern geschehen.«

Russ streifte ihn mit einem wütenden Blick.

»Sie schreien im Schlaf, Russ«, sagte Bob. »Manchmal zwei-, dreimal pro Nacht. ›Lamar‹, schreien Sie, oder ›Dad, Dad‹. Da herrscht wohl ein ganz schönes Chaos in Ihrem Oberstübchen. Am besten besorgen Sie sich Hilfe. Besuchen mal den Kaplan, wie wir im Corps zu sagen pflegten. Reden mit jemandem.«

Russ schüttelte den Kopf. »Mir geht's gut. Ich will diese Sache einfach nur erledigt haben.«

»Es geht dabei nicht um Sie und Lamar Pye. Darum hat sich Ihr Daddy gekümmert, in Ordnung? Lamar liegt unter der Erde. Er ist erledigt. Es ist vorbei. Das ist das Geschenk, das Ihr Dad Ihnen gemacht hat: der Rest Ihres Lebens.«

»Und seine Freundin war das Geschenk, das er sich selbst gemacht hat. Das Ende unserer Familie und zugleich sein Geschenk an sich selbst.«

»Russ, es ist nicht so einfach, wie Sie es sich zurechtlegen. Nichts ist so eindeutig.«

»Es fühlt sich aber eindeutig an«, antwortete Russ verbittert.

»Kommen Sie klar? Diese Sache könnte jeden Moment aus dem Ruder laufen. Vielleicht sollten Sie besser hier in McAlester bleiben und später den Bus zurück nach Oklahoma City nehmen. Sie könnten wieder in Ihrem alten Job anfangen und von dort aus an dem Buch arbeiten. Ich lasse Sie dann wissen, was ich am Ende herausgefunden habe.«

»Nein, das hier ist mein Projekt. Ich habe es aus der Taufe gehoben. Wir ziehen das gemeinsam durch.«

»Okay, Russ, wenn es das ist, was Sie wollen.«

Sie liefen den Hügel hinab. Ein schwarzer Hilfsarbeiter des Gefängnisses winkte ihnen zu.

»Haben Sie gefunden, was Sie wollten?«

»Ja, Sir«, antwortete Bob.

»Das war doch das Grab von Lamar Pye, vor dem Sie stehen geblieben sind, oder?«

»Ja, war es«, sagte Russ. »Kannten Sie ihn?«

»Ooooh, nein«, erwiderte der Mann, als ob Russ gerade ein

Tabu gebrochen hätte. »Nein, Lamar hatte für Schwarze nichts übrig. Das war ein mieser Hund, wie er im Buche steht. Aber eins muss man ihm lassen: Er ist ein tapferer Mann gewesen. Im Knast hat er sich nicht unterkriegen lassen, und als seine Zeit kam, ist er gestorben wie ein Mann. Hat zwei Bullen kaltgemacht.«

»Eigentlich nur einen. Der andere hat überlebt«, versetzte Russ.

»Donnerlittchen, was Sie nicht sagen«, gab der Alte milde zurück.

Sie liefen die restlichen 15 Meter bis zum Truck und standen nun in einer Art Senke, sodass sie die weißen Wände des Gefängnisses nicht länger sehen konnten.

»Sie fahren«, sagte Bob.

Russ stieg in den einige Meter weiter geparkten Truck.

»Fahren wir zurück zur US 40?«

»Himmel, nein«, sagte Bob und konsultierte eine Landkarte. »Wir nehmen den Weg mit der schönen Aussicht. Ich muss ein bisschen nachdenken. Wir fahren zurück nach Hawthorne und dann rüber nach Talihina. Dort gibt's einen wirklich hübschen Bergpass, der führt uns über die Hügel nach Blue Eye zurück. Der Taliblue Trail. Wird Ihnen gefallen. Zum Abendessen sind wir zu Hause.«

Um die Mittagszeit legte Red einen Flugplan fest, dem zufolge er einen Kurs von 240 Grad Süd-Südwest in Richtung Oklahoma City nehmen wollte. Er brauchte noch eine halbe Stunde, um die Cessna 425 Conquest zu betanken, und dann noch zehn Minuten, um eine Starterlaubnis zu erhalten, weil die American-Eagle-Linienmaschine von Dallas nach Fort Smith um 12:45 Uhr gerade zur Landung ansetzte. Aber schließlich war er in der Luft.

Als Red langsam den Steuerknüppel zurückzog, stieg das Flugzeug nach oben, schien in einen kleinen Aufwind zu geraten und rauschte schneller himmelwärts. Er pendelte sich bei etwa 7000 Fuß ein, weit unter der Flughöhe der

Passagiermaschinen, und jagte in südwestlicher Richtung auf die grünen Hügel der Ouachitas zu, die sich am Horizont abzeichneten. Der erste Teil der Strecke nahm alles in allem 20 Minuten in Anspruch und ließ sich leicht bewältigen. Das Land unter ihm war ein blauer Nebel, gewellt und vage, nicht sonderlich detailliert erkennbar und alles andere als prägnant.

Er liebte es zu fliegen, und er war ein ziemlich guter Pilot: vollkommene Einsamkeit, die Faszination der komplizierten Maschine, die ihn durch ihren cleveren Kompromiss zwischen dynamischen Kräften und einem endlosen Strom numerischer Daten in der Luft hielt. Doch trotz dieses mechanistischen Gleichgewichts schwang gleichzeitig die Wildheit des Unkalkulierbaren mit, das Gefühl, wahrhaftig der Herrscher über das eigene Schicksal zu sein. Außerdem war es etwas, das hauptsächlich Reiche taten, und das gefiel Red ziemlich gut.

Als er zehn Meilen nördlich von Blue Eye war, ließ er den Flieger auf 4000 Fuß absinken. Nun konnte er wesentlich deutlicher Einzelheiten ausmachen und problemlos die parallel verlaufenden Straßen 270 und 88 identifizieren, wie sie knapp hinter Blue Eye ihre Bahn nach Westen zogen. Die Stadt selbst präsentierte sich wie ein Haufen über das unebene Land verstreuter Dominosteine, Bauklötze und Spielkarten. Als er nach Westen flog, verschwand sie aus seinem Blickfeld und er sah nur noch die zwei asphaltierten Linien, die über die Berge und durch die Täler führten. Auf beiden herrschte sehr wenig Verkehr.

Er beugte sich über seine Funkkonsole, schaltete auf den Sicherheitsmodus des digitalen Verschlüsselungssystems um und gab den Code ein, den er aus 720 Abermillionen von Möglichkeiten ausgewählt hatte. Der gleiche wie in de la Riveras Funkgerät am Boden; die Verbindung war nun abhörsicher.

Er nahm das Mikrofon, drückte den Sendeknopf und sagte: »Hier ist Air, bitte kommen.«

Das Funkgerät rauschte und knisterte. De la Rivera meldete sich mit seinem leichten spanischen Akzent zurück.

»Ja, ich höre Sie laut und deutlich.«

»Dieser Verstärker funktioniert ja wunderbar«, sagte Red. »Ich kann Sie auch laut und deutlich hören. War es schwer, ihn einzubauen?«

»Nein, Sir. Einer von den Jungs war Funker bei der Army.«

»Gut. Lagebericht bitte.«

»Ah, ich kann Sie sehen, Sie sind gerade über meine Position weggerauscht. Ich stehe am Straßenrand kurz nach der Staatsgrenze zu Oklahoma. Ich habe einen Wagen mit drei Männern im Schlepptau. Meine anderen beiden Einheiten sind etwa 25 Meilen weiter vorn, genau an der Stelle, an der die 259 die 1 kreuzt.«

»Welche Einheiten sind das?«

»Wir nennen sie bloß Alpha und Baker. Mein Wagen hier ist Charlie, ich bin Mike.«

»Alpha und Baker, sind Sie da?«

»Ja, Sir«, ertönte eine Stimme.

»Können Sie mich sehen?«

»Ich sehe Sie am Horizont. Sie sind noch ein paar Meilen entfernt.«

»Okay, ich werde nach Talihina und zurück fliegen. Ich bin also unterwegs. Wenn ich sie gesichtet habe, werde ich das durchgeben. Dann folge ich ihm, bis er in Ihre Reichweite gelangt. Wenn Sie mich sehen, werden Sie wissen, dass er kommt.«

»Ja, Sir«, kamen die Bestätigungen.

Red ging 1000 Fuß tiefer. Nun ließen sich die Typen und Farben der Fahrzeuge auf der Bergstraße leicht ausmachen, wenn auch nicht unbedingt die genauen Modelle. Er hielt Ausschau nach einem grünen Pick-up mit unlackiertem Kotflügel. Aber was, wenn er einen fand, ihn in den Hinterhalt fahren ließ und es sich dann bloß um eine mexikanische Familie handelte, die von Bohnenernte zu Bohnenernte reiste, oder irgendeine Gruppe zarter, junger Collegegirls, die zum

Pearl-Jam-Konzert in Little Rock fuhren? Er hatte ein 10x50-Fernglas von Zeiss dabei, das Beste, was er auf die Schnelle in Fort Smith hatte auftreiben können, und aus umgerechnet 900 Metern Höhe ließ sich so eine sehr zufriedenstellende Nahansicht von Fahrzeug und Insassen erhaschen. Sie konnten sich keine Fehler leisten.

Er flog weiter, genoss die Freiheit und das Gefühl, auf der Jagd zu sein. Weit zu seiner Linken, nahezu 1000 Fuß höher, konnte er ein weiteres Flugzeug ausmachen: ein Learjet, offenbar in südlicher Richtung nach Dallas unterwegs. Davon abgesehen gab es keinen weiteren Luftverkehr. Auch die Straße unter ihm lag wie ausgestorben da, obwohl er vereinzelte Wagen bemerkte: einen Kombi, in dem Touristen dem Verlauf der malerischen Route über den Kamm der grünen Berge folgten, und dann noch eins dieser lächerlichen Wohnmobile, ein paar Privatwagen und einen am Straßenrand abgestellten schwarz-weißen Oklahoma Smokey, in dem ein Polizist nach Rasern Ausschau hielt oder einfach nur in der Sonne döste. Er wechselte vom sicheren Kanal auf die Frequenz der Autobahnpolizei von Oklahoma, hörte aber nichts außer ein paar kauzigen Gesprächen zwischen Streifenpolizisten aus der Gegend. Kaum der Rede wert.

Er überflog die Kreuzung 259. Die Aussicht darauf, das Zielobjekt aufzuspüren, ließ ihn immer tiefer gehen, bis auf 2500 Fuß. Eigentlich war das zu tief; er konnte keine FAA-Beschwerde gebrauchen, die ihn seinen Flugschein kostete. Aber es waren keine anderen Maschinen in Sicht. Die Straße unter ihm, hell in der Nachmittagssonne, bedeckte die Erde wie ein Band. Er flog weiter, den ganzen Weg bis nach Talihina, ohne etwas zu entdecken.

Er wechselte die Richtung und flog entlang des Highway zurück. Er hatte sich jetzt wieder auf 4000 Fuß nach oben geschraubt und raste zurück zur Todeszone, in welcher der Hinterhalt stattfinden sollte. Er überblickte noch einmal die Straße, nur für den Fall, dass er etwas übersehen hatte, aber nirgends fuhr ein grüner Truck.

»Okay, Jungs«, sagte er in sein Mikro, als er sich in Reichweite befand. »Bislang habe ich nichts. Bei euch alles okay?«

»Bei uns ist alles gut«, gab de la Rivera zurück.

»Keine neugierige Polizei oder so?«

»Hab den ganzen Tag noch keinen Cop gesehen, Sir.«

Er schielte auf seine Rolex. Es war jetzt bereits 15:30 Uhr. Wo zum Teufel blieben die beiden? Langsam gewann er den Eindruck, die ganze Sache sei ein Schlag ins Wasser. Er hatte Swagger falsch eingeschätzt.

Er gab etwas Seitenruder nach links, sank dann wieder auf 2000 Fuß und flog mit wachsamen Blicken die Straße entlang. Der Verkehr hatte sich noch weiter verringert. Es war nicht ...

Grünes Fahrzeug.

Er ging ein wenig tiefer.

Pick-up-Truck.

Er überflog den Wagen und meldete sich über Funk.

»Ich hab ihn vielleicht. Hab ihn vielleicht.«

»Verstanden, Air.«

»Okay, ich seh mir das mal genauer an.«

Er flog eine weite Linkskurve; die linke Flügelspitze sank, die rechte hob sich und die ganze Welt stand Kopf, während die zwei großen Motoren die Propeller durch die Luft wirbeln ließen. Als er die Fluglage wieder stabilisiert hatte, befand er sich etwa 800 Meter rechts von der Straße und hatte den Truck direkt vor sich. Er streckte die Hand nach dem Gashebel aus, schob ihn zurück. Das Geräusch auf Hochtouren laufender Motoren war meilenweit hörbar. Er wollte sie auf keinen Fall auf sich aufmerksam machen.

Nach und nach näherte er sich, versuchte, nichts zu erzwingen und nicht zu hastig vorzugehen.

Als er schließlich beinahe parallel zu ihnen flog, schaltete er das Flugzeug auf Autopilot, setzte das Fernglas an und regelte den Fokus nach.

Grüner Pick-up. Unlackierter linker Kotflügel vorne. Ein Dodge.

*Hab ich dich,* triumphierte er.

Er betätigte leicht das rechte Seitenruder, ein kleines Querruder, und flog sanft nach rechts, auf einen Kurs von 180 Grad nach Süden. Er hielt den Kurs für eine Minute, flog gemütlich mit 80 Knoten, ganz unauffällig, und brachte etwas Entfernung zwischen sich und das Ziel. Zwei Minuten. Er trommelte mit den Fingern auf die Oberschenkel. Zwei Minuten, 40 Sekunden. Länger konnte Red sich nicht gedulden. Rasch setzte er die Trimmruder zurück, erhöhte die Steigung und schob den Gashebel nach vorne.

Als die Drehzahl anstieg, vollzog er eine harte Aufwärtswende nach links, kämpfte darum, an Höhe zu gewinnen. Er schwitzte.

»Air an Mike, Air an Mike. Sind Sie da, sind Sie da?«, fragte er in der Hoffnung, noch in Reichweite zu sein.

»Ja, Sir«, erwiderte de la Rivera.

»Ich hab sie gesichtet, etwa 20 Meilen westlich von der Abkürzung über die 259. Sie kommen in Ihre Richtung. Voraussichtliche Ankunft 15 Uhr 55.«

»Ich sag Ihnen mal was, worüber ich nachgedacht hab«, meinte Russ. »Eine Theorie. Ich hau sie einfach mal raus.«

Bob sagte nichts, wartete nur. Sie fuhren den Taliblue Trail entlang, eine zweispurige Asphaltstraße, die dem Kamm der Ouachitas folgte, und waren gerade an der Kreuzung zur Oklahoma 259 vorbeigesaust. Vor ihnen erstreckte sich die leere Piste, grobkörnig und staubig aufgrund der mangelhaften Instandhaltung. Auf beiden Seiten ging es bergab; keine Klippen, sondern steile Hänge. Dahinter breiteten sich zu beiden Seiten tiefe, grüne Täler aus. Zur Rechten konnte er die kleineren Bergketten der Ouachitas ausmachen, die Jack Forks, die Kiamichis, die Winding Stairs. Irgendwo, fast am Rand seiner Wahrnehmung, hörte er etwas, das er nicht einordnen konnte. Er achtete nicht weiter darauf.

»Nur zu«, antwortete er schließlich.

»In Filmen oder Büchern gibt es keine Zufälle. Niemand

bezahlt einen müden Cent dafür, einem Typen zuzusehen oder über ihn zu lesen, der einfach irgendwas findet, oder dem aus heiterem Himmel irgendwas passiert.«

»*Forrest Gump* beweist, dass Sie mir gerade Scheiße erzählen.«

»Nein nein, ich meine *normalerweise. Forrest Gump* ist die berühmte Ausnahme von der Regel. Sie können nicht ...«

»Russ, ich hab nur einen Witz gemacht. Haben Sie denn überhaupt keinen Sinn für Humor?«

»Hm«, machte Russ und dachte nach. Nein, nein, wahrscheinlich hatte er keinen. »Jedenfalls, im echten Leben kommen Zufälle gelegentlich vor, egal wie absurd oder irrational sie sein mögen. Mir fällt jedenfalls auf, dass es ein Army-Programm für Scharfschützeneinsätze bei Nacht, das versucht, Taktiken für Nachtsichtgeräte zu entwickeln, in etwa der gleichen Gegend gibt, in der Ihr Vater nachts erschossen wurde. Es steckt vielleicht nicht gleich eine Verschwörung dahinter, eher einer dieser verrückten, lachhaften Zufälle.«

»Wollen Sie mir damit sagen, dass es Forrest Gump gewesen ist?«, fragte Bob lachend.

Russ stieß ein frustriertes Schnauben aus.

»Und jetzt nehmen wir mal an«, fuhr er fort, »dass die auf Patrouille gewesen sind oder so und sich verlaufen haben, die Orientierung verloren haben. Sie sind nicht auf ihren Posten. Und sie beobachten diese Schießerei durch das Infrarotfernrohr, durch das sie die Einzelheiten nicht klar erkennen können. Sie sehen, wie ein Kerl zwei andere tötet. Und dann steigt er in ein Auto; er wird davonkommen. Vielleicht kann der Scharfschütze sich nicht zurückhalten: Er drückt ab, und damit hat es sich.«

»Das haut aber nicht hin«, erwiderte Bob. »Er hat auf einem Baum gehockt. Auf einem Hochsitz. Wie auch immer. Zwangsläufig, sonst hätte er das Maisfeld nicht überblicken können. Und sonst hätte das Einschussloch nicht diese leicht ovale Form aufgewiesen.«

Russ nickte. *Gottverdammt! Er hält sich für so schlau!*

»Okay, okay. Also dann, Sie wissen schon – damals hatte man zu vielem eine andere Einstellung. Die Presse erhielt wenig Einblick, weil alle glaubten, sie befänden sich auf einer Art Kreuzzug gegen die Kommunisten. Man *hat* schließlich Atombombenstrahlung, biologische Kriegsführung, LSD und einiges anderes Zeug an nichts ahnenden Zivilisten ausgetestet. Könnte das nicht irgendein Test gewesen sein? Sie mussten auf ein menschliches Ziel schießen. Also sind sie Jimmy und Bub auf den Fersen, weil sie wissen, dass sie die beiden sauber und ohne Probleme erledigen können. Aber dann wird ein schrecklicher Fehler gemacht und Ihr Vater ist derjenige, der getroffen wird.«

»Nicht schlecht«, erwiderte Bob nach einer Pause. »Nicht schlecht. Falsch, aber nicht schlecht.«

»Warum falsch?«

»Ich sag Ihnen, warum. Erinnern Sie sich an diesen kleinen Kerl auf dem Foto, der, an den Preece sich nicht erinnern konnte?«

»Ja.«

»Sich nicht erinnern, am Arsch. Ich kannte diesen kleinen Giftzwerg. Und jeder, der ihn kannte, hätte sich an ihn erinnert.«

»Wer war er?«

»Er hieß Frenchy Short. Der war CIA durch und durch. Ein Cowboy. Bei meinem zweiten Einsatz wurde ich zeitweise eingeteilt, um zusammen mit der Agency Aufklärungsteams in die Nähe von Kambodscha zu führen. Frenchy begleitete uns damals. Man bezeichnete uns intern als SOG: Studien- und Observationsgruppe. Im Schlepptau hatten wir einige ziemlich gemeine Kerle. Frenchy war in Kambodscha in einen Kleinkrieg mit irgendeinem chinesischen Söldner verwickelt, den man den Nung nannte, und ein Offizier der Marines namens Chardy war federführend.

Frenchy hielt sich für eine Art Lawrence von Kambodscha. Er gehörte zu diesen durchgeknallten Angebern, die sich nicht an die Regeln halten und glauben, sie agieren jenseits aller Gesetze, selbst jenen von Militär oder CIA. Zum Teufel, der hielt sich für wichtiger als den beschissenen Krieg. Er hat zwar zufällig für uns gearbeitet, aber er hätte wohl auch für jeden anderen gearbeitet. Er liebte diese Arbeit, betrachtete sie nicht etwa als Mittel zum Zweck. Der entscheidende Punkt ist aber, und das habe ich schon mal gefragt: Wer konnte so schnell und spontan eine Operation anleiern, die die kriminelle Unterwelt, Jimmy Pye, einen gut geplanten Raub und eine gewagte Flucht einschloss und deren Resultat am Ende lautete, dass mein Vater ausgeschaltet wurde, ohne dass ihm jemand auf die Schliche kam? Tja, vielleicht zwei oder drei Leute auf der Welt. Einer davon war Frenchy Short. Das zählte zu seinen Spezialitäten. Und da gibt es noch was.«

»Ja?«

»Als ich aus der SOG ausschied und endlich zurück nach Hause konnte, zurück in die Welt, hat mich Frenchy zur Seite gezogen und gebeten, ihm 500 Schuss zivile Munition zu schicken.«

»Ich verstehe n...«

»Er trug einen Colt Automatik in einem Schulterholster über seinem Tarnanzug. Ich hatte einfach angenommen, dass es ein 45er sein musste, der gleiche wie meiner. Aber nein, es war ein 38er Super. Er hat mir erzählt, wie sehr er den 38er Super liebt, weil er so viel weniger Rückstoß hat als der 45er, aber die gleiche tödliche Wirkung und noch dazu Extrakugeln im Magazin. Er nannte ihn eine Profiwaffe.«

»Mein Gott«, sagte Russ.

»Das ist mehr als ...«

Aber dann hielt Bob inne.

Ein Flugzeug. Das war es. Das Geräusch eines Flugzeugmotors, beständig, nicht an Geschwindigkeit zunehmend, gerade eben tief genug und weit genug entfernt, fast so leise wie das Summen einer Fliege.

»Reden Sie weiter«, sagte Russ.

»Halten Sie den Mund«, gab Bob zurück.

»Was ist denn ...«

»Schauen Sie sich nicht um, werden Sie nicht schneller, werden Sie nicht langsamer, bleiben Sie jetzt einfach ganz ruhig«, wies Bob ihn an.

Auch er sah sich nicht um. Stattdessen schloss er die Augen und lauschte, konzentrierte sich vollständig darauf, das Geräusch des Flugzeugmotors vom Röhren des Trucks, dem Pfeifen des Windes und den Vibrationen der Straße zu separieren. Bald hatte er es.

Ganz langsam wandte er den Kopf und gähnte dabei gelangweilt.

Etwa eine Meile entfernt auf der rechten Seite. Eine zweimotorige Maschine, er tippte auf eine Cessna. Diese Biester flogen 380 Kilometer pro Stunde. Entweder heulte da ein gewaltiger Gegenwind aus dem Osten oder der Pilot blieb genau auf Überziehgeschwindigkeit, um sich grob parallel zum Truck und gleichzeitig in derselben Geschwindigkeitszone zu halten.

»Das ist mehr als ein Zufall«, fuhr Bob schließlich fort, »dass wir da den einen Mann in Amerika haben, der so etwas zustande bringen kann und der auch noch ein großer Anhänger des 38er Super ist – genau die Waffe, mit der Jimmy geschossen hat. Die Sache riecht geradezu nach Frenchy. Ich glaube, Frenchy hat das alles damals angeleiert. Wirklich clever, ausgesprochen schnell, von Anfang bis Ende eine CIA-Geschichte. Aber wahrscheinlich nicht für die CIA ausgeführt, sondern für jemand anderen. Jemanden, der über eine Menge Macht verfügt, das kann ich Ihnen garantieren.«

Er schielte beiläufig aus dem Fenster. Das Flugzeug drehte träge in eine andere Richtung ab.

»Tja, nun – ist es wieder gut? Ich meine, Sie sind gerade ganz schön angespannt gewesen, aber jetzt sind Sie wieder locker. Ist doch alles okay, stimmt's?«

»Oh, alles ist absolut wunderbar«, gab Bob mit einem

weiteren Gähnen zurück, »abgesehen davon, dass sie uns gleich überfallen werden.«

»Luft an Alpha und Baker.« Red hielt den Flieger stabil auf 2500 Meter Höhe und flog nach Osten, einmal mehr im Bummeltempo, gefährlich nah an der Überziehgeschwindigkeit.

»Hier Alpha«, ertönte eine Stimme.

»Was ist mit Baker?«

»Oh, ja, äh, ich bin auch hier. Ich dachte, wenn er sagt, dass er da ist, wissen Sie, dass ich auch da bin.«

»Lassen Sie das Denken. Sagen Sie mir genau, was ich wissen will. Verstanden?«

»Ja, Sir«, antwortete Baker zerknirscht.

»Okay, ich will, dass Sie die Verfolgung aufnehmen. Er ist etwa vier Meilen vor Ihnen, fährt mit etwa 80 Kilometern pro Stunde. Keine Streifenwagen, kein anderer Verkehr auf der Straße. Sie folgen ihm so schnell wie möglich. Aber ich beobachte Sie, und auf mein Signal verringern Sie das Tempo auf 85 Kilometer pro Stunde. Ich will nicht, dass er Sie mit Volldampf anrauschen sieht, ist das klar?«

»Ja, Sir.«

»Dann drücken Sie auf die Tube, Mann!«

»Ja, Sir.«

»Sie halten sich zurück, Mike und Charlie. Es ist nicht nötig, dass Sie mit erhöhtem Tempo fahren. In etwa vier Minuten treffen Sie so oder so mit ihnen zusammen. Alpha und Baker nehmen ihn in die Zange, dann bringe ich Sie und Charlie ins Spiel, Mike. Verstanden?«

»Ja, Sir.«

Er blickte über die Straße zurück und beobachtete aus der Ferne, wie zwei große Sedans mit über 160 Sachen über den Highway röhrten, eine Staubwolke hinter sich herzogen und die Distanz zu dem wesentlich langsamer fahrenden Truck schnell zusammenschrumpfte.

»Oh, ich rieche Blut. Ich rieche den Tod. Es sieht sehr gut

aus. Alpha, ich sehe Sie und Ihren Kumpel näher kommen. Fahren Sie einfach weiter, Sie kommen schon ganz nahe, okay, jetzt fahren Sie ein gutes Stück langsamer. Mike, Sie und Charlie, okay, Sie machen sich auf den Weg, ganz gemächlich, ungefähr 90, wir haben noch zwei Minuten und Sie sind beide im Spiel.«

Irgendjemand hielt versehentlich die Sprechtaste gedrückt und Red hörte merkwürdige Dinge über das Funkgerät – ein raues, nervöses Kratzen und etwas, das sich anhörte, als ob jemand einen Fernseher systematisch immer wieder ein- und ausschaltete. Dann wurde ihm klar: Dabei handelte es sich um das trockene Atmen von Männern, die ein Feuergefecht vorbereiteten und ihre Waffen luden und sicherten.

Die Worte sprudelten aus Russ heraus, als ob er die Kontrolle über sie verloren hätte, und er konnte auch den Tonfall seiner Stimme nicht kontrollieren: hoch, schrill, fast mädchenhaft.

»Sollen wir anhalten?«, stöhnte er. »Sollen wir an den Straßenrand fahren und die Polizei rufen? Gibt es eine Abzweigung? Sollen wir ...«

»Bleiben Sie einfach sitzen, nicht schneller werden, nicht langsamer werden. Wir haben zwei Autos hinter uns. Ich wette, uns kommt gleich jemand entgegen. Und wir haben ein Flugzeug ein Stück weiter rechts, das alles koordiniert. Sie werden uns gleich rammen, und zwar mit Schwung.«

Russ sah Bob auf dem Sitz hin und her rutschen. Er konnte erkennen, dass er sich anstrengte, etwas hinter dem Sitz hervorzuholen, ohne seine aufrechte Sitzhaltung zu verändern. Er schaute in den Rückspiegel. Die beiden Wagen tauchten hinter einer Straßenbiegung auf.

»Das hier ist die erste und einzige Regel«, verkündete Bob mit fester Stimme. »In Deckung gehen, nicht verstecken. Ich will, dass Sie aus dem Truck steigen und den vorderen Radkasten und den Motorblock zwischen sich und die bringen. Sonst bohren sich deren Kugeln einfach durch den Truck und erwischen Sie.«

Russ' Verstand verwandelte sich in eine Kaskade silbriger Blasen. Er konnte kaum atmen. Sein Herz schien eine Tonne zu wiegen und hämmerte wie verrückt. Er bekam nur mit Mühe Luft.

»Ich schaff das nicht«, jammerte er. »Ich hab solche Angst.«

»Sie kriegen das hin«, erwiderte Bob ruhig. »Wir sind besser dran, als Sie denken. Die haben mehrere Männer und glauben, dass sie die Überraschung auf ihrer Seite haben, aber wir sind im Vorteil. Der Weg aus dieser Falle ist der gleiche, wie der aus jeder brenzligen Lage: Wir schlagen so hart und so schnell mit dermaßen viel Feuerkraft zu, dass die sich wünschen, sie hätten sich einen anderen Job ausgesucht.«

Vor ihnen tauchte erst ein und dann ein zweites Fahrzeug aus der flimmernden Hitze auf. Das erste entpuppte sich als Pick-up, schwarz und etwas mitgenommen wirkend, und dahinter fuhr, einen regelmäßigen Abstand von etwa 50 Metern einhaltend, ein Sedan. Im Rückspiegel beobachtete Russ, wie die zwei Wagen näher kamen, ohne wild drauflos-zurasen. Er konnte vier große Gestalten ausmachen, die reglos im ersten Fahrzeug saßen.

»Starren Sie die nicht an, Junge«, mahnte Bob, während er die Gegenstände freibekam, an denen er zerrte. Am Rand seines Sichtfelds nahm Russ wahr, dass es sich um die Ruger Mini-14 und die Papiertüte handelte. Bob zog etwas Kompaktes aus der Tüte: der kurze 45er-Automatik, den Bob schnell auf der rechten Seite im Gürtel verschwinden ließ. Dann griff er noch nach etwas anderem.

Russ blickte auf. Der Truck kam immer näher, war jetzt weniger als 400 Meter entfernt. Es schien nur noch eine Frage von Sekunden zu sein, bis er sie erreichte.

»Wo ist es?« murmelte Bob nervös. Seine Stimme klang kratzig, deutlich von Angst erfüllt, während er in der Tüte kramte. Seine Angst löste bei Russ eindeutig mehr Schrecken aus als die näher kommenden Fahrzeuge.

*Wonach sucht er?,* fragte er sich verzweifelt.

Red sah zu, wie sich sein Meisterstück unter ihm in feierlicher Pracht entfaltete. Es kam alles auf das Timing an, und das Timing war exzellent. De la Rivera im Mike-Truck, gefolgt von den vier Männern in Charlie, kam mit etwa 60 Stundenkilometern von vorne. Währenddessen näherten sich die Alpha- und Baker-Fahrzeuge mit maximaler Geschwindigkeit und verringerten stetig die Distanz zwischen sich und Swagger. Sie dürften sich etwa 50 Meter hinter ihm befinden, wenn de la Rivera Swaggers Truck rammte und von der Straße fegte.

»Ihr macht das genau richtig, Alpha und Baker«, lobte Red mit einschmeichelnder Stimme. »Sieht gut aus, Mike.«

*Sie hatten ihn!*

*Es klappte!*

Red hielt die Luft an, spürte, wie ihm das Herz schwoll und der Blutdruck anstieg.

Nun übernahm de la Rivera das Kommando.

»Okay, *muchachos,* alles läuft wirklich *muy bueno,* lasst uns jetzt sehr, sehr ruhig bleiben, lasst uns ruhig und cool bleiben. Ich sehe euch, Alpha, alles ist bestens, überprüfen wir alle noch einmal unsere Knarren und stellen sicher, dass unsere Magazine eingesteckt, die Kammern verriegelt und die Sicherheitshebel im roten Bereich sind. Lasst uns *muy glace* bleiben, eiskalt, eiskalt, sehr eisig, sehr cool. Jetzt ist es so weit, oh, es wird für uns alle *so gut* werden.«

Die Wagen kamen näher.

Sie hatten einen flachen, hoch gelegenen Abschnitt der Straße erreicht, in dem auf beiden Seiten knorrig und verkrüppelt die zwergenhaften, mit Eis verzierten Weißeichen standen und schon bald den Ausblick auf weitere Bergketten freigaben.

»Hören Sie zu«, meinte Bob grimmig. »Der Fahrer des Trucks wird probieren, Sie zu rammen. Kurz bevor Sie auf gleiche Höhe mit ihm kommen, will ich, dass Sie in den zweiten Gang runterschalten und an diesem Drecksack vorbeisausen. Dadurch sollten wir seinem Stoß entgehen und den beiden Jungs hinter uns den Weg abschneiden. Danach brauche ich eine harte Linkskurve. Sie rammen den Wagen, der ihm folgt, an der Hinterseite, und zwar mit voller Wucht. Dadurch werden die Jungs da drinnen ordentlich durchgeschüttelt.

Okay? Im Anschluss machen Sie eine Vollbremsung, wir schlittern über die Straße und kommen am Straßenrand auf dieser Seite zum Stehen, damit wir uns dort zwischen die Bäume und den Hang runter zurückziehen können, wenn es nötig wird. Sie klettern auf *meiner* Seite des Fahrzeugs raus und verziehen sich nach links hinter den vorderen Radkasten, gehen dort in Deckung. Sie nehmen die Tüte mit. Ihre Aufgabe besteht darin, mir Magazine aus der Tüte zu geben, wenn ich sie brauche. Sie behalten mich im Auge. Sobald ich ein Magazin auswerfe, reichen Sie mir das nächste, mit den Patronen nach oben, damit ich es einstecken und weiterschießen kann.«

»Ja, Sir«, erwiderte Russ und bemühte sich, das alles im Kopf zu behalten, voller Panik, es zu vergessen, doch gleichzeitig verblüfft, dass es bereits einen Plan gab, was ihn auf gewisse Weise beruhigte. Und auch Bob machte einen ruhigen Eindruck.

»Sie müssen locker bleiben, Sie müssen cool bleiben«, mahnte er.

»Ich komm schon klar«, entgegnete Russ und er glaubte selbst daran.

*»Ah«,* sagte Bob, »da ist das elende Ding ja.« Mit diesen Worten zog er etwas aus der Tüte. Russ konnte sehen, dass es sich um ein langes, gebogenes Magazin handelte, anders als die anderen. Eine Patrone mit roter Spitze lauerte zwischen den Magazinlippen.

Der Truck kam auf sie zu. Es passierte jetzt, genau in diesem Moment.

»Was ist das?«, hatte Russ noch Zeit zu fragen, als sich das Universum von der Realität entkoppelte und alles in eine traumähnliche Zeitlupe überging. Er hörte, wie Bob das Magazin einschob und mit einem *Klack!* einrasten ließ.

»40 Schuss M196-Leuchtspurmunition«, gab Bob zurück. »Wir machen diesen Jungs richtig Feuer unterm Hintern.«

Red sah voller Erwartung zu, wie sich sein präzise geplantes Zangenmanöver anbahnte. Dabei drehte er gleichzeitig nach links ab und erhöhte die Schubkraft, sodass er das Spektakel unter sich betrachten konnte, während er über ihren Köpfen kreiste wie eine Möwe. Die Fahrzeuge schienen sich zu vereinigen. Es kam ihm beinahe wie Magie vor, dass sich alles in der Realität genau so abspielte wie in der Planungsphase vor seinem geistigen Auge.

Doch irgendetwas war da …

Es passierte blitzschnell. Staub wirbelte auf, so viel Staub. Er konnte nicht …

Verwirrung. Außer im Film hatte er noch nie einer Schlacht beigewohnt, aber in den Filmen lief immer alles wie erwartet. Darin bestand ja auch der *Sinn* von Filmen. Hier lief überhaupt nichts wie erwartet. Es kam zu einem Höllenritt, einem wirren Tanz. Die Realität erfand sich neu.

Er hörte über Funk zu, wie sich das Drama innerhalb von Sekundenbruchteilen abspielte.

»Ah, nein, gottverdammt ...«

*Krräng!* Der kreischende Zusammenprall von Metall mit Metall.

»Mein Gott, was ist ...«

»Vorsicht, er schießt, er ...«

»Oh Scheiße, wir brennen. Herrgott, *wir brennen!*«

»Ich bin getroffen, ich bin getroffen, oh Scheiße, ich bin getroffen!«

»Die Flammen, die Flammen.«

*BIIIIAAAAAAAUUUUUUU –*

Ein hoher Schrei schrillte in Reds Ohren, als er abdrehte. Er zuckte zusammen, schauderte und fragte sich, was zur Hölle gerade abging. Als er das brennende Benzin wie einen

Geysir emporschießen sah, wusste er, dass ihr Mikrofon geschmolzen sein musste.

Es passierte tatsächlich. Der Kotflügel des Trucks mit dem zyklopenhaften Scheinwerfer kam ihm so groß vor wie ein auf ihn herabstürzendes Haus, doch in derselben Sekunde betätigte Russ ruckartig die Gangschaltung und trat aufs Gaspedal. Mit einer überraschenden, schwindelerregenden Leichtigkeit schoss das Fahrzeug vorwärts. Der einfältige Rammbock verfehlte ihn, versuchte, seinen Kurs zu korrigieren und verlor die Kontrolle. In eine abrupt aufwallende, riesige Staubwolke gehüllt, fiel der Wagen wild schlingernd zurück.

Bob griff mit der Hand ins Lenkrad und riss es nach links. Mit einem fürchterlichen Ruck krachte der Pick-up in das nachfolgende Fahrzeug, schwankte wie verrückt und kreiselte, ließ einen Staubschleier aufsteigen, während er herumschleuderte. Dann kam er zum Stehen – in seltsam schräger Position, halb im Straßengraben und halb außerhalb.

Während der ganzen Zeit hatte Russ das schaurige Gefühl, Geister zu sehen, als von Wut und Überraschung erfüllte Gesichter im Nachfolgewagen an ihnen vorbeitrieben, so nah und doch gleichzeitig so weit entfernt. Er gewann den Eindruck, Männer unter einer Eisdecke zu betrachten, in einer anderen Welt. Ihre Münder plapperten wie irrsinnig und ihre Augen traten in einer Art und Weise aus den Höhlen hervor, dass sie an die gefüllten Eier erinnerten, die seine Mutter in seiner Kindheit so oft aufgetischt hatte. Dann verwirbelte und verschwamm alles und wich der seltsamen Aussicht auf die schräge Windschutzscheibe und die rollende Staubwolke.

Er blinzelte.

Sollte er nicht irgendetwas *tun?*

»Raus hier, Junge!«, blaffte Bob, und Russ grapschte nach seinem Sicherheitsgurt, war froh, dass er ihn angelegt hatte, spürte, wie er ihn freigab und begann, über den Sitz zu rutschen, dem bereits verschwundenen Bob hinterher und aus der Tür. Er hatte die Tüte nicht vergessen und hörte, wie die geladenen Magazine darin klapperten, während er aus dem Wagen kletterte. Flott huschte er am vorderen Kotflügel des Trucks entlang zum Radkasten, wo Bob sich bereits in einer straffen, gekrümmten Schützenhaltung eingerichtet hatte. Aber Russ konnte nicht in die Deckung abtauchen. Er musste es doch *sehen.*

Als er über die Motorhaube spähte, verblüffte ihn das Spektakel, das er zu Gesicht bekam.

Der schwarze Pick-up hatte sich überschlagen, lag kopfüber in seiner eigenen Staubwolke auf der anderen Straßenseite und versperrte die Fahrspur. Die zwei Wagen, die Bob und Russ verfolgt hatten, waren nach einer wilden Rutschpartie hinter ihnen zum Stehen gekommen und hatten gerade erst ihre eigenen Vollbremsungen und Schleudermanöver beendet. Scheinbar waren sie dabei miteinander zusammengestoßen; der Hintere war in den Vorderen gekracht.

Auch der Wagen, der dem Truck gefolgt war, hatte gebremst, um einen Zusammenprall mit dem zerstörten Fahrzeug zu vermeiden. Er befand sich von Russ aus gesehen fast direkt gegenüber auf der anderen Straßenseite. Für einen Moment herrschte eine gelähmte Stille. In den Autos tasteten die Männer verwirrt umher, bemühten sich, einander nicht gegenseitig zu erschießen und ihr Ziel zu finden, das sie aber nicht dort vorfanden, wo sie es vermuteten.

Dann eröffnete Bob direkt hinter Russ das Feuer.

Selbst im hellen Tageslicht markierten die Leuchtspurgeschosse über die kurze Entfernung deutlich ihre Flugbahn. Sie waren wie Erscheinungen in einem physikalischen Experiment, glühende Fäden, so gerade wie mit dem Lineal gezogen, unerträglich schnell, schneller als ein Herzschlag oder ein Blinzeln, möglicherweise bloß Illusionen. Bob gab drei Schüsse innerhalb einer Sekunde tief in den Wagen ab, der direkt gegenüber von ihm stand. Worauf zielte er? Nicht auf die Männer, denn er zielte nicht auf das Führerhaus, sondern auf eine Stelle oberhalb des Hinterrads, und Russ ...

Dann ging das Auto in einer riesigen Stichflamme auf, als die Leuchtspurpatronen den Benzintank in Brand setzten. Der Krach toste wie ein Donnerschlag und warf Flammenzungen überallhin. Für eine fieberhafte Sekunde wirkte es, als ob es Feuer regnete. Überall um sie herum geriet die Welt in Brand und eine Welle niederschmetternder Hitze schwappte Russ entgegen. Durch das Dröhnen konnte er Schreie hören und ein brennendes Gespenst rannte auf ihn zu; doch dann brach es unter der Wucht seiner eigenen Zerstörung auf der Fahrbahn zusammen.

Russ nahm eine Bewegung am Rand seines Blickfelds wahr. Einer der nachfolgenden Wagen kam hinter dem kopfstehenden Truck hervorgeschossen.

»Andere Seite, andere Seite«, brüllte er.

Doch als Russ schrie, feuerte Bob bereits. Die Leuchtspuren zuckten schnell und bösartig wie Peitschenhiebe und schienen die Windschutzscheibe des herannahenden Wagens zu verflüssigen. Sie löste sich in einem Eisregen aus Kristallen auf, als der Wagen außer Kontrolle geriet, mit Wucht in Richtung Straßengraben sauste und dabei eine Staubwolke aufwirbelte.

»Magazin! Magazin!«, schrie Bob und Russ klatschte ihm ein 20-schüssiges Magazin mit den Patronen nach oben in die Hand. Swagger schob es in sein Gewehr und ließ den Verschluss einrasten, gerade als das dritte Auto waffenstarrend angerast kam. Doch Bob erwischte es frontal, durchlöcherte die Windschutzscheibe mit einer Salve aus Vollmantelgeschossen und stellte dann das Feuer ein, um den restlichen Inhalt des Magazins in Fenster und Türen zu entleeren, während der Wagen vorbeifuhr. Das Auto wich nicht vom Kurs ab, sondern raste mit Vollgas an ihnen vorbei, als ob es eher versuchte zu entkommen, als ihnen Schaden zuzufügen. 100 Meter weiter bemerkte es offenbar, dass seine Ladung nur noch aus Toten bestand. Es rutschte in den

Graben und schlingerte in einer Welle aus Dreck und Gras noch ein Stück weiter, bis es schließlich verheert zwischen zersplitterten Weißeichen zum Stillstand kam.

Und plötzlich herrschte Stille, einmal abgesehen vom trockenen Peitschen des Windes und dem Zischen der Flammen.

»Mein Gott, Sie haben sie alle erwischt«, flüsterte Russ verblüfft und andächtig. Doch Bob stand bereits neben ihm und hielt seinen 45er in der Hand. Er hatte etwas gesehen. Zwei Männer mit Maschinenpistolen hatten sich aus dem Wrack im Straßengraben genau vor ihnen befreit und stiegen die kleine Böschung hinauf. Doch Bob erwartete sie bereits und zog seine Pistole so schnell, dass seine Bewegungen vor den Augen verschwammen. Bemerkten sie ihn bereits? Einer tat es und versuchte, seine Waffe auf ihn zu richten, aber Bob feuerte so schnell, dass Russ für eine Sekunde glaubte, er setze irgendeine Art von Maschinengewehr ein.

Sechs leere Patronenhülsen segelten durch die Luft und die zwei Schützen gingen zu Boden wie Stoffpuppen. Einer von ihnen war ein gewaltiger Mann in einem teuren Overall, der Goldketten um den Hals trug. Er lag flach auf dem Boden und seine Augen waren weit aufgerissen und ausdruckslos, während erdbeerrotes Blut sein Sweatshirt tränkte. Ein merkwürdiges Detail fiel Russ ins Auge: Narbengewebe bedeckte seinen Hals, als habe sich jemand mit einer Kettensäge über die Kehle hergemacht, aber auf halbem Weg beschlossen, es doch nicht zu tun.

Ein weiterer Augenblick der Stille schloss sich an. Bob nutzte ihn, um das Magazin zu wechseln.

Russ blickte sich um.

»Jesus Christus«, sagte er. Es erinnerte ihn an die Fernsehbilder des Highway of Death vor Kuwait, nachdem Warthogs und Blackhawks ihr blutiges Werk verrichtet hatten. Vier zerstörte Fahrzeuge, eins auf dem Dach liegend, eins, aus dem die schwarzen, öligen Rauchwolken brennender Petroleumprodukte in den Himmel aufstiegen, überall Leichen und Blutlachen und Glassplitter und fallen gelassene Waffen.

»Wie findest du das, du Dreckschwein?«, rief Bob plötzlich. Russ sah, dass sein Ruf einem weißen Flugzeug galt, das in etwa 800 Metern Entfernung niedrig dahinflog und in Richtung Süden abdrehte.

»Sie haben alle erwischt«, sagte Russ. »Sie müssen 20 Männer getötet haben.«

»Wohl eher zehn. Das sind Profis gewesen. Haben ihre Chance genutzt. Jetzt schauen wir mal, ob wir uns vielleicht eine Trophäe geschossen haben.«

Damit schritt er über die trümmerbedeckte Fahrbahn zu dem Truck, der versucht hatte, sie zu rammen und jetzt auf dem Dach lag, zur Hälfte im Straßengraben. Der Gestank von Benzin hing in der Luft.

Bob öffnete die Wagentür und spähte hinein. Russ sah ihm über die Schulter.

Im Wageninneren saß in einer Haltung, die ein Mensch unmöglich ertragen konnte und die signalisierte, dass etwas Entscheidendes gebrochen sein musste, ein abgebrüht wirkender Latino mit öligem, silbrigem Haar, der einen teuren Anzug über einem offenen Seidenhemd trug. Die Art, wie er sich den Nacken hielt, deutete darauf hin, dass er gebrochen war. Schmerz lag wie ein Tuch auf seinem attraktiven Gesicht und verlieh seiner Haut unter ihrer olivbraunen Färbung einen Grauton. Seine Augen wirkten glasig und sein Atem ging schwer.

Bob richtete den 45er auf ihn.

Der Mann lachte und seine Augen wurden wieder klar. Er hielt ein Feuerzeug in der linken Hand.

»Fick dich, Mann«, sagte er. »Ich bin schon tot, du weißes Arschloch.« In seinen Worten lag ein leicht trällernder kubanischer Akzent, eine eigenwillige Beimischung von *ch*-Lauten. »Ich lass mein Bic fallen, dann kommen wir alle in den Himmel.«

»Es wird nicht explodieren, Kumpel, sondern bloß brennen.«

»Fick dich!« Der Kubaner starrte ihn grimmig an.

»Wer ist der Mann in dem Flugzeug?«, wollte Bob wissen.

Der Mann lachte erneut; seine Zähne leuchteten blendend weiß. Er machte eine kleine Bewegung mit seiner freien Hand und Russ zuckte zusammen, aber Bob schoss nicht. Stattdessen beobachteten beide, wie die Hand des Südamerikaners an sein Hemd wanderte und er es aufriss, ein- oder zweimal hielt er wegen der Schmerzen kurz inne. Seine braun gebrannte Brust war mit extravaganten Tattoos bedeckt.

»Was soll das denn jetzt bedeuten?«, fragte Bob.

»Ich bin Marisol-Kubaner, du *norteamericano cabrón*. Du *puta!* Der beschissene Castro hat mich in seinen Gefängnissen nicht kleingekriegt, Mann, glaubst du, dass ich dann mit so einem Hinterwäldler wie dir rede?« Er lachte.

»Du bist ein ganz schön zäher Kerl«, meinte Bob, »das muss ich dir lassen.«

Er steckte den 45er ins Halfter.

»Gehen wir«, sagte er zu Russ.

»Hey«, schrie der Mann in dem Truck. »Ich sag dir, du Drecksack, du hast Eier, mein Freund. Bist du *cubano?* Vielleicht hat Desi Arnez deine Mama gefickt, als dein Daddy unterwegs war, um die Ziegen zu ficken.«

»Glaub ich nicht«, gab Bob zurück. »Wir hatten keinen Fernseher.«

Sie wandten sich ab und gingen zu ihrem Truck zurück, als der Kubaner sich von seinem Elend erlöste. Der Wagen verging in einer Stichflamme und die Hitze schlug Bob und Russ entgegen.

Es war schon fast dunkel, als Red wieder in Fort Smith landete. Er fuhr die Conquest zum Hangar und wies seinen Mechaniker an, den Motor zu warten. Dann ging er zum Parkplatz, wo seine beiden Leibwächter, immer aufmerksam, immer loyal, immer gelangweilt, in ihrem Wagen warteten. Er stieg in seinen Mercedes und fuhr nach Hause.

»Schatz«, sagte Miss-Zweiter-Platz-von-1986, »wie ist es heute gelaufen?«

»Oh, so weit in Ordnung«, erwiderte er. »Du weißt schon. Ein paar Probleme sind noch nicht gelöst, aber das ist nicht schlimm.«

Später schaute er sich mit seinen zwei jüngsten Kindern *Black Beauty* auf Video an, ein Lieblingsfilm der Kleinen, und – wenn er ehrlich zu sich selbst war – ein Film, den auch Red gut leiden konnte.

Nachdem die Kinder ins Bett gegangen waren, schaltete er auf die Nachrichten um. Der große Aufmacher war natürlich die Schießerei zwischen Drogendealern, nur ein paar Hundert Meilen entfernt auf dem Taliblue Trail in Oklahoma. Zehn Tote, zwei Kilogramm unverschnittenes Kokain. Ein Sprecher der Landespolizei von Oklahoma sagte, dass die Behörden immer noch versuchten, herauszufinden, was genau passiert war. Doch die nicht verbrannten Leichen habe man allesamt als professionelle Kriminelle mit Verbindungen nach Miami, Dallas und New Orleans und langen Vorstrafenregistern voller Gewaltverbrechen identifizieren können. Man vermute vor diesem Hintergrund, dass eine Art Überfall auf einen Drogentransport zu einem regelrechten Massaker auf einem von Oklahomas schönsten Highways geführt hatte. »Gott sei Dank«, betonte der Polizist, »wurden keine Unschuldigen verletzt.«

Erst nachdem die Nachrichten vorbei und die Kinder im Bett waren, konnte er der Tatsache ins Auge blicken: Dieser Swagger gehörte zu den Besten, die sich je mit ihm angelegt hatten, und zumindest in den zehn Jahren seit dem Tod seines Vaters hatte es immer wieder Männer gegeben, die ihn verfolgten. Er hatte sie alle in ihre Schranken verwiesen.

Er wusste, dass er jetzt sehr clever, sehr raffiniert und extrem professionell vorgehen musste, ansonsten drohte er alles zu verlieren. Er betrachtete sein Haus und dachte an seine Kinder – sowohl die aus seiner aktuellen Ehe als auch die aus seiner ersten. Er fragte sich, was aus ihnen wurde, falls dieser Swagger ihn zu fassen bekam. Der Gedanke entsetzte ihn.

Er genehmigte sich einen Drink und noch einen. Das Signal seines Pagers ertönte.

Er wählte die Nummer und hörte Pecks Bericht ab.

Dann rief er Peck an.

»Ist er jetzt weg?«, fragte er.

»Ja, Sir. Was soll ich tun?«

»Peck, ich *muss* wissen, was er im Schilde führt. Kommst du in dieses Büro rein?«

»Ja, Sir«, antwortete Peck.

»Okay, ich will, dass du einbrichst und dir sorgfältige Notizen über seine Dokumente machst. Ich muss wissen, was er weiß, hast du verstanden?«

»Ja, Sir.«

»Noch mehr Überraschungen kann ich nicht gebrauchen«, fügte Red hinzu.

Er legte auf. Sonst wäre er jetzt ins Bett gegangen, doch heute Nacht hatte er irgendwie keine Lust auf Miss-Zweiter-Platz-von-1986, ob ihre Titten nun echt waren oder nicht.

Stattdessen machte er einen weiteren Anruf und reservierte eine schwarze Crackhure, um sich noch schnell einen blasen zu lassen. Das brachte seine derzeitige Stimmung perfekt auf den Punkt.

# KAPITEL 27

Er beobachtete, wie der alte Mann endlich das Licht ausschaltete und 45 Sekunden später aus dem Büro kam, immer noch im Bademantel seiner Frau, in den Cadillac stieg und mit einem zittrigen Bremsenquietschen und zu starker Beschleunigung davonfuhr. Duane spähte auf die Uhr. Eine Viertelstunde vor Mitternacht. Er beschloss, noch bis Anbruch des neuen Tages zu warten, hielt aber nur sieben Minuten durch, bevor er langsam eindöste. Er wusste, dass er gefährlich übermüdet war. Also stieg er aus dem Auto, lief mit seiner Taschenlampe die Straße entlang und leuchtete mit dem Lichtstrahl in die Mauerecken, als ob er sich gerade auf Patrouille befand und nach einem Herumtreiber Ausschau hielt. Er versetzte der Tür einen kräftigen Stoß. Natürlich hatte der alte Mann sie offen gelassen. Er ging hinein und folgte dem Strahl der Taschenlampe die Treppe zum Büro hinauf. Verflucht, *diese* Tür hatte er abgeschlossen.

Er griff in seine Brieftasche und hantierte mit einer Kreditkarte aus Plastik herum. Wie so viele Polizisten hatte er sich über die Jahre einige kriminelle Kniffe angeeignet. Er musste nur ein paar Sekunden mit der Karte und dem Türknauf herumprobieren, bis er das Schloss geknackt hatte und den Vorraum des Büros betrat. Schnell schritt er hindurch in die Höhle des Alten. Der süßliche Geruch von Pfeifenrauch hing nach wie vor in der Luft.

Er huschte rasch zum Safe hinter dem Schreibtisch und rüttelte leicht an der Tresortür; manchmal ließ jemand sie zuschnappen, ohne am Einstellrad zu drehen und sie damit zu verriegeln. Aber nein, so verrückt der alte Knacker auch sein mochte, der alte Sam hatte das Drehen nicht vergessen. Fest verschlossen. Ein Safeschloss zu knacken, gehörte nicht zu Duanes Fähigkeiten. Also trat er stattdessen an die Fensterfront und zog die Vorhänge zu. Er schaltete das Licht ein.

Es herrschte das blanke Chaos! Der alte Bastard schien auf irgendeiner selbstzerstörerischen Mission unterwegs zu sein: Er zertrümmerte systematisch alles, was er besaß und was ihm wichtig war. Überall lagen Papiere verstreut; den Inhalt einer der Schubladen aus dem Aktenschrank hatte er auf dem zerschlissenen Teppich ausgeleert.

Duane setzte sich an den Schreibtisch, auf dem alte Akten und Berichte verstreut lagen. Er blätterte sie durch. *Hmmmm.* Die meisten schienen mit 1955 zu tun zu haben. Ein Brief von irgendeiner Frau. Er steckte ihn sich in die Tasche, schob Dokumente hin und her und stieß auf den Bericht einer Anhörung, datiert auf den 29. Juli 1955. Reggie Gerard Fuller, des Mordes ersten Grades angeklagt. *Hmmmm.* Was zum Teufel hatte es denn *damit* auf sich? Wahrscheinlich existierte ein Zusammenhang mit den Niggern, die der alte Mann besucht hatte. Warum besuchte er Nigger? Was plante er? Hatte es etwas mit Swagger zu tun?

Er bemerkte einen Notizblock. Nicht beschrieben, aber jemand hatte die erste Seite herausgerissen und auf dem Blatt darunter zeichnete sich der Abdruck eines Stifts ab. Er hielt den Bogen ins Licht, bewegte ihn, bemühte sich, den richtigen Blickwinkel zu finden. In einer knorrigen Handschrift zeichneten sich Worte ab: ›Leiche bewegt? Little Georgia? Stranguliert?‹

Und noch einmal *hmmmm.*

Ein selbstgefälliges kleines Triumphgefühl überkam ihn. Das dürfte Mr. Bama gefallen!

Er hörte ein lautes Klappern, schnelle Schritte und die Tür flog auf.

»Was zum Teufel treiben Sie hier, verdammt?«, fragte Sam Vincent.

In großer Aufregung fuhr der alte Mann nach Hause. Sein Vorstellungsvermögen scheiterte an einem bedeutenden Problem: Wer um alles in der Welt hätte sich 1955 in West Arkansas die Mühe gemacht, eine große Verschwörung ins

Werk zu setzen, um einem unschuldigen, schwarzen Jungen die Schuld am Tod eines jungen Mädchens zu geben? Was ergab das für einen Sinn?

Er konnte keinen erkennen. Aber er versuchte, das Problem in kleinere Teilstücke zu zerlegen, um zu prüfen, wie sie zusammenpassten. Immer wieder stieß er auf einen Umstand: Jemand wollte unbedingt verhindern, dass andere herausfanden, dass Shirelle in Little Georgia getötet worden war. Little Georgia musste der Schlüssel sein.

Dass man die Leiche bewegt hatte, deutete darauf hin, dass irgendwo, irgendwie Beweise existierten, die den Mörder mit Little Georgia in Verbindung bringen konnten.

Wenn jemand die Leiche bei Little Georgia gefunden hätte, bei Gott, dann wohl in Verbindung mit einem offensichtlichen, greifbaren Hinweis auf diesen Ort, der unvermeidlich auf die Spur des Mörders führte. Was für ein Hinweis mochte das sein? Was verband jemanden unweigerlich mit Little Georgia?

Er grübelte, was er tun konnte, um der Sache auf den Grund zu gehen und diesen entscheidenden Hinweis zu finden. Es musste ein Dokument geben, oder zumindest etwas, das jemandem aus dieser Zeit im Gedächtnis geblieben war.

Eine Bodennutzungsgenehmigung?

Oder ein Prüfbericht von einem Ingenieur oder einer Architekturfirma.

Vielleicht eine Verkaufsurkunde.

Er dachte über alle Dokumente nach, die sich auf ein Stück Land oder einen Abschnitt des Landkreises beziehen konnten.

Plötzlich blieb er mit quietschenden Bremsen stehen.

Panik ergriff ihn.

Was, wenn er diese Idee vergaß? Was, wenn sie am Morgen in diesem großen, schwarzen Nebel verschwunden war, der sich so oft über seinen Verstand legte? Sein Zuhause lag immer noch zehn Minuten entfernt. Zum Büro zurück waren es nur fünf.

Er vollzog einen U-Turn, holperte über einen Bordstein, überfuhr etwas, wobei es sich wohl um die Büsche eines Anwohners handelte, und fuhr mit Vollgas zurück.

»Was zum Teufel treiben Sie hier, verdammt?«, fragte der alte Mann fordernd. »Wer zur Hölle sind Sie überhaupt?«

»Äh ... Mr. Sam, ich bin Duane Peck, der Hilfssheriff. Ich, äh, hab gesehen, dass bei Ihnen noch Licht brennt, und bin raufgekommen. Himmel, Sie haben die Tür weit offen und alle Lampen angelassen. Ich wollte bloß sichergehen, dass hier nichts wegkommt und sich niemand unbefugt in den Räumen herumtreibt.«

Der Alte blinzelte nicht, gab nicht nach, ließ nicht zu, von der Verwirrung übermannt zu werden.

»Was Sie nicht sagen! Ich bin absolut sicher, dass ich das nicht getan habe. Ich habe meine verfickten Lampen ausgemacht und mein Büro abgeschlossen. Was haben Sie hier zu suchen, warum sitzen Sie an meinem Schreibtisch, als ob Sie hier zu Hause sind?« Kampflustig kam er näher. Seine schlauen alten Augen verschlangen Duane. Ihm fiel auf, dass Duane den Notizblock in der Hand hielt.

»Was zum Teufel haben Sie damit vor?«

»Nichts«, entgegnete Duane.

»Sie haben rumgeschnüffelt! Sie haben spioniert! Sie verfluchter Spion, was zur Hölle machen Sie?«

Dann kniff er die Augen zusammen und setzte ein wissendes Gesicht auf.

»Für wen arbeiten Sie? Sie arbeiten für *die,* nicht wahr, Sie nichtsnutziges Stück Abschaum?«

»Sir, ich arbeite für niemanden«, protestierte Duane und stand unbeholfen auf. Der Mann kam weiter auf ihn zu.

»Sie arbeiten nicht für den Sheriff. Nein, Sir, ich kenne den Sheriff, und Sie arbeiten nicht für ihn. Für wen arbeiten Sie? Sie verraten es mir besser, Sie räudiger Köter, sonst, bei Gott, prügele ich es aus Ihnen raus und ziehe Ihnen die Hammelbeine lang!«

»Sir, ich arbeite für niemanden«, wiederholte Duane, den das feurige Temperament des Alten verunsicherte.

»Tja, das werden wir schon herausfinden, das können Sie mir glauben. Ja, Sir, wir werden der Sache auf den Grund gehen.«

Er drehte sich zur Seite, um den Telefonhörer abzunehmen. Dann wählte er die Nummer des Notrufs.

Wie vor den Kopf geschlagen sah Duane ihm zu. Es passierte alles so schnell. Verzweifelt überlegte er, was er tun konnte. Sein Verstand wirkte wie ausgebrannt, ein gähnendes Loch.

Würde man ihn zwingen, etwas über Mr. Bama zu sagen? Was war mit dem Geld, das er seinem Auftraggeber schuldete – schuldete er es Mr. Bama dann immer noch? Und was wurde aus seinem neuen Job, den er bislang so gut erledigt hatte? Gefiel es ihm, für Mr. Bama persönlich zu arbeiten?

Die Taschenlampe lag in seiner Hand, fast, als sei sie aus eigenem Willen dorthin gelangt, und Duane ließ sie mit einem wuchtigen Schlag auf den Nacken des alten Mannes niedersausen. Er spürte die Erschütterung, als der stumpfe Gegenstand auf Haut und Knochen traf, und glaubte zu hören, wie etwas Sprödes brach.

»Sheriff's Department«, kam eine Stimme aus dem Telefonhörer.

Der alte Mann erstarrte, griff nach hinten, um nach seiner Wunde zu tasten und drehte sich um. Sein Gesicht wirkte düster und verloren, die Augen bildeten Tümpel der Leere. Duane traf ihn erneut, diesmal an der Stelle, wo der Nacken in die Schulter überging – ein kraftvoller Abwärtsschlag, der Sams Kopf krampfartig zucken ließ. Das Telefon landete mit einem lauten Knall auf dem Fußboden. Der Alte machte einen schwachen Schritt rückwärts. Sein Gesicht wirkte grau; seine alte Zunge bewegte sich jämmerlich in seinem alten Mund. Dann stürzte er und verdrehte bei der Landung die Augen.

»Sheriff's Department? Ist da jemand?« Duane erkannte die Stimme von Debbie Till, der Nachtdienst-Koordinatorin.

Er legte den Hörer auf die Gabel.

Er atmete schwer. Seine Knie fühlten sich schwach an. Der alte Mann lag still, atmete aber noch.

Duane überlegte, was er als Nächstes unternehmen sollte. Er könnte einfach gehen, dann fand man Sam irgendwann und schob seinen Zustand wahrscheinlich auf einen nächtlichen Herumtreiber. Aber das führte zwangsläufig zu einer Ermittlung. Was, wenn jemandem aufgefallen war, dass sein Wagen draußen parkte?

Dann kam ihm die rettende Idee.

Er wischte das Telefon mit dem Taschentuch ab – für den Fall, dass er Fingerabdrücke hinterlassen hatte. Rasch schaltete er das Licht aus, nahm sich kurz die Zeit, auch die Lichtschalter mit dem Taschentuch abzuwischen. Er stopfte den Block mit der durchgedrückten Notiz unter sein Hemd. Dann griff er Sam unter die Arme und zog ihn in eine aufrechte Position. Er spürte, wie leicht und zerbrechlich der Alte sich anfühlte. Er regte sich kurz, erschlaffte dann aber wieder. Duane schleppte ihn, denn er wusste, wenn er ihn durch den Raum schleifte, hinterließ das eine verräterische Spur im Staub. Er brachte ihn zum oberen Treppenabsatz, hielt dort für einen kleinen Moment inne.

*Mr. Bama will es so,* redete er sich ein.

Er atmete tief durch, sammelte seine ganze Kraft und schubste den alten Mann die Treppe hinunter. Sam kam auf der vierten Stufe auf, die seine Zähne zerschmetterte, und kullerte mit schlackernden Armen und Beinen hinunter. Er gewann im Sturz noch an Geschwindigkeit und Wucht, bis er unten gegen den Türpfosten krachte und liegen blieb.

Duane atmete schwer.

Er ging ins Büro zurück, zog die Tür zu und hörte, wie sie ins Schloss sprang. Er wischte seine Fingerabdrücke vom Knauf ab.

Anschließend lief er die Treppe hinunter und stieg über die Leiche.

# KAPITEL 28

Nach dem Kampf ließ Bob Blue Eye links liegen, fuhr auf den Boss Harry Etheridge Parkway und geradewegs nach Norden in Richtung Fort Smith. Er wollte so viel Entfernung wie möglich zwischen sie und den Ort der Schießerei bringen.

»Von jetzt an verhalten wir uns, als ob wir jeden Augenblick angegriffen werden können. Haben Sie verstanden? Die jagen uns. Wir haben es nur geschafft, weil der Boss seiner Truppe nicht getraut hat, die Angelegenheit aus der Luft überwachen musste und ich das Flugzeug gehört habe. Ohne diesen Vorteil hätte ich keine Zeit gehabt, mir einen Plan zurechtzulegen, und dann wären wir jetzt tot.«

Russ nickte ernst, als ob er es verstand, als ob er normal funktionierte. Aber das tat er nicht. Er befand sich immer noch halb im Schockzustand. Ein derartiges Gemetzel, so schnell, so viel Lärm, so viel Rauch.

»Ich fand das alles so … verwirrend.« Mehr fiel ihm dazu zunächst nicht ein, doch dann sprudelte es nur so aus ihm heraus: »Ich meine, mein Gott, es ist einfach passiert, die Schüsse sind dermaßen laut gewesen. Mensch, die Explosionen, wir hatten so ein *Glück!* Die ganze Geschichte ist komplett aus dem Ruder gelaufen. Ich wusste nicht, dass das Universum so psychopathisch, so verdreht sein kann. Und Sie waren so unglaublich ruhig. Wie *Eis.* Ich konnte kaum atmen.«

Bob hörte nicht zu. Er dachte laut nach. »Ich will diesen Truck so bald wie möglich loswerden. Die Polizei wird zwei Tage brauchen, bis ihre forensischen Untersuchungen ihnen verraten, dass noch ein weiteres Fahrzeug in den Vorfall verwickelt gewesen ist, und eine weitere Waffe. Sie werden auf das Profil unserer Reifen stoßen und auf die Lackspuren, die wir beim Rammen an einem der Wagen zurückgelassen haben. Dann werden sie eine Fahndung nach uns einleiten.«

»Ich glaube nicht, dass von dem Auto noch genug übrig ist, dass sie auch nur eine Probe von dessen *eigenem* Lack nehmen könnten, geschweige denn von unserem«, wandte Russ ein.

»Man kann nie wissen. Ich miete einen Langzeitparkplatz am Flughafen und wir nehmen uns einen Mietwagen. Als Nächstes muss ich diesen Frenchy Short finden.«

Es wurde 18 Uhr, bis sie bei einem Ramada Inn an der 271, südlich der Stadt, eingecheckt hatten. Der Truck befand sich bereits in einem Versteck. Bob kümmerte sich darum, Frenchy Short zu finden. Zuerst rief er einen Freund bei der Vereinigung für Offiziere des Marine Corps im Ruhestand in Los Angeles an, einen pensionierten Gunnery Sergeant, der dort im Büro arbeitete. Auf diese Weise brachte er schnell die Nummer eines ehemaligen Captains namens Paul Chardy in Erfahrung, der Bobs Erinnerung zufolge in der SOG mit Frenchy zusammengearbeitet hatte. Er wählte die Nummer in einer Stadt namens Winnetka, Illinois, und zuerst nahm niemand den Hörer ab, bis sich nach mehreren Versuchen gegen halb neun Uhr abends endlich jemand meldete.

Eine Frau war am Telefon.

»Hallo.«

»Ma'am, ich versuche, Captain Paul Chardy zu erreichen, USMC, im Ruhestand.«

»Darf ich fragen, worum es geht?«

»Ja, Ma'am. Er und ich haben zusammen 1969 im zentralen Hochland gedient. Ich versuche, einen dritten Mann zu finden, den wir beide kannten.«

»Eine Sekunde, bitte.« Er hörte sie rufen: »Paul, Paul, Schatz. Da ruft jemand wegen so einer Marines-Sache an.«

Eine andere Stimme meldete sich.

»Hallo?«

»Captain Chardy?«

»Tja, so hat mich schon eine ganze Weile keiner mehr genannt. Ich bin jetzt Basketball-Coach an der High School.«

»Sir, ich weiß nicht, ob Sie sich an mich erinnern. Ich

bin Unteroffizier im Basiscamp Alice in der Nähe von Kambodscha gewesen und hab Sie eingewiesen, als Sie im August '68 ins Land kamen. Ich habe sechs Monate mit Ihnen gedient, bevor ich nach Hause geschickt wurde. Mein Name ist Gunnery Sergeant Bob Lee Swagger und ...«

»Bob der Henker! Mein Gott, ja, ich erinnere mich an Sie. Sie sind der beste Anführer von Aufklärungsteams gewesen, den die SOG je hatte, und als Sie zu Ihrem dritten Einsatz zurückkehrten – tja, Gunnery Sergeant, es ist mir eine Ehre, mit Bob dem Henker zu sprechen. Teufel, ja, ich erinnere mich.«

»Danke, Sir.«

»Ich danke *Ihnen,* Gunnery Sergeant. Sie haben denen einen Mordskampf geliefert. Haben dem Rest von uns gezeigt, wie man es richtig macht.«

»Sir, der Grund, aus dem ich anrufe, ist, dass ich versuche, einen anderen Mann zu finden, der mit uns in Vietnam gewesen ist. Ein Zivilist, ein Spion. Sie waren damals näher an ihm dran als ich. Sie und er haben zusammen eine Reihe von Missionen durchgeführt, wenn ich mich recht erinnere.«

»Frenchy.«

»Ja, Sir.«

»Oh, Herrgott, ich hab seit Jahren nicht mehr an Frenchy gedacht. Der arme, alte Frenchy.« Bob glaubte, in der Stimme des Mannes etwas zu hören, einen seltsamen Beiklang: Reue, tief vergrabener Schmerz, zurückkehrende Erinnerungen, die man am besten unberührt im Dunkeln gelassen hätte.

»Sir?«

»Tja, Gunnery Sergeant, der Frenchman hat es nicht geschafft. Seine Abenteuer haben ihn das Leben gekostet.«

Bob fluchte stumm vor sich hin.

»Frenchy war ein waschechter Spion, das kann ich Ihnen sagen. Der hat so viel erlebt wie andere in mehreren Hundert Jahren nicht.«

»Ja, Sir.«

»Ja, nun, er hat mich rekrutiert. Ich habe ... na ja, ist nicht weiter erwähnenswert. Eine lange Geschichte, und keine sehr schöne. Nach dem Krieg habe ich vier Jahre mit der Durchführung eines Jobs für die CIA verbracht und Frenchy war der für mich zuständige Offizier. ’82 bin ich noch mal für einen Sondereinsatz auf Zeit zurückgekehrt. Aber Frenchy, tja ...«

Er hielt inne. Bob konnte seinen Schmerz fühlen.

»Ich sollte Ihnen das nicht erzählen. Das ist alles inoffiziell, Sie haben nie mit mir gesprochen. Frenchy ist von einem sowjetischen GRU-Colonel 1974 in Wien gefangen genommen und getötet worden. Zu Tode gefoltert. Keine schöne Geschichte.«

»Tut mir leid, Sir«, sagte Bob, und dann musste er die nächste Frage einfach stellen: »Was ist aus dem Colonel geworden?«

»Jemand hat ihn aus den Socken gepustet«, antwortete Chardy mit einer Stimme, die besagte, dass er keine weiteren Fragen beantworten wollte.

»Kann ich Sie mal was fragen?«

»Nur zu, Gunnery Sergeant.«

»Wozu war Frenchy Short fähig? Auf Befehl oder nicht auf Befehl, wie weit wäre er gegangen?«

Chardy dachte eine Weile nach.

Schließlich sagte er: »Er war zu allem fähig. Die Wahrheit ist, obwohl sein Name auf einer Tafel an der Wand in Langley steht, hat Frenchy mich 1974 an die Russen verraten, als ich in Kurdistan diente. Das hatte unangenehme Folgen. Er hatte kein Gewissen. Er war ein großer Mann, zu großen Übeltaten fähig, keine ungewöhnliche Kombination. Was immer Sie glauben, das er getan hat, hat er wahrscheinlich getan. Und noch weitaus Schlimmeres.«

»Hat er jemals etwas von einem Auftrag in Arkansas in den 50ern erwähnt? Eine CIA-Gaunerei, etwas streng Geheimes, das mit Infrarotgeräten zu tun hatte.«

»Gunnery Sergeant, er hat nie über die Vergangenheit geredet. Und falls Sie ihm bei der Arbeit zugesehen hätten, würden Sie auch nichts über die Vergangenheit wissen wollen.«

»Ja, Sir. Vielen Dank.«

»Alles in Ordnung bei Ihnen, Gunnery Sergeant? Brauchen Sie Hilfe oder so?«

»Nein, Sir. Alles gut. Sie haben mir erzählt, was ich wissen musste.«

»Dann wünsche ich Ihnen noch viel Glück, Sergeant. *Semper fi.*«

»*Semper fi,* Sir.«

Er wandte sich zu Russ um. »Guter Mann. Aber verdammt noch mal, wo gehen wir jetzt hin?«

»Wie wär's mit ... Abendessen?«

»Ja, ja«, willigte Bob ein.

Sie gingen ins Restaurant des Motels und suchten sich einen Tisch. Bob bestellte Cheeseburger, Russ nahm den Thunfischsalat. Doch Bob wollte oder konnte nicht reden. Russ hatte noch nie einen Mann gekannt, der sich so verhielt: Er kapselte sich völlig ab, verharrte in einer fast vollständigen Ruhehaltung, das Gesicht düster und misstrauisch, die Augen wachsam, während die Miene eindeutig signalisierte: Zutritt verboten. Er tat nur so, als ob er sich mit dem Essen beschäftigte. Russ nahm an, dass ihn etwas bedrückte, das mit Chardy oder Frenchy oder diesem verlorenen Krieg und den Männern, die er verschlungen hatte, zusammenhing.

»Äh, ich hab eine Idee«, sagte Russ.

»Was?«

»Ich sagte, ich hab eine Idee.«

»Gott schütze uns!«

»Frenchy Short ist nicht mehr unter uns. Von der CIA werden Sie nichts erfahren, das ist Fakt. Also müssen wir uns auf das beschränken, was wir haben. Unsere erste Erkenntnis lautet: Ihr Vater *wusste* etwas. Und deshalb hat man ihn umgebracht. Na ja, meine Überlegung ist, dass wir die Leute, mit denen er am letzten Tag gesprochen hat, ausfindig machen sollten – jedenfalls die, die noch leben. Nicht bloß Bekannte, sondern seine Freunde. Ihre Mutter ist nicht mehr. Sam, mit Sam haben wir geredet, er hat nichts gesagt. Aber hat er nicht erwähnt ...«

Bob nickte.

»Miss Connie«, meinte er und erinnerte sich daran, wie sie vor all den Jahren gewesen war: eine imponierend schöne Frau Mitte 50, aus dem Osten gekommen, um Rance Longacre, einen Aristokraten aus dem County, zu heiraten, der sie schließlich zur Witwe machte. Sie hatte einen Sohn gehabt: Auch er war jung gestorben. Und offenbar lastete ein Fluch auf ihr: Jeder, den sie gekannt oder geliebt hatte, kam früher oder später ums Leben. Er konnte sich entsinnen, dass er irgendwann in den frühen 60er-Jahren, vor dem Krieg, auf Urlaub nach Hause gekommen war und jemand – seine Mutter? – ihm erzählte, dass Miss Connie wieder im Osten lebte. Nein, seine Mutter hatte damals schon nicht mehr gelebt. Sam. Sam hatte sie gekannt.

»Sie muss inzwischen über 90 sein«, sagte Bob. »Das heißt, wenn sie überhaupt noch lebt und geistig gesund ist, wenn wir sie finden, wenn sie mit uns reden will.«

»Weiß Sam, wo sie hingegangen ist?«

»Dann hätte er etwas erwähnt. Ich hab den Eindruck – keine Ahnung, warum –, dass zwischen ihnen was vorgefallen ist, das ein böses Ende genommen hat. Er spricht nie über sie.«

»Mh«, machte Russ und stocherte in seinem Salat herum.

»Verdammt, Junge, essen Sie denn nie Fleisch?«

»Das ist nicht gesund.«

»Herrgott, mir hat's nie geschadet. Ich bin inzwischen 50 Jahre alt, und wenn ich Glück habe, werden's sogar noch zwei, drei Tage mehr.«

Schließlich lächelte er und Russ begriff, dass er wieder einen Witz gemacht hatte.

»Aber das ist 'ne gute Idee«, fuhr Bob fort, »das ist sogar eine verdammt gute Idee. Vielleicht wird Sam es wissen, das wär doch schön. Wir werden ihn gleich anrufen. Er könnte auch diesen Obduktionsbericht gefunden haben ... oder was auch immer das gewesen ist.«

Sie gingen zurück ins Zimmer und riefen an, aber niemand ging ans Telefon. Russ probierte es noch zehnmal.

»Ich frag mich, wo dieser alte Bastard steckt«, sagte Bob.

»Er könnte doch eine neue Freundin haben«, überlegte Russ.

Schließlich, gegen Morgen, nahm jemand bei Sam den Hörer ab.

Die Stimme, die ihm vage bekannt vorkam, verwirrte Bob.

»Sam? Äh, ich wollte mit Sam Vincent sprechen.«

»Wer ist da, bitte?«, fragte der Mann.

»Äh, mein Name ist Bob Lee Swagger und ...«

»Bob! Bob, hier ist John Vincent, Sams ältester Sohn.«

John arbeitete als Arzt in Little Rock, wie Bob wusste, und er kannte auch diesen Tonfall, diesen gehetzten, erschöpften Ton, der in seiner Distanziertheit schlechte Nachrichten ankündigte.

»Stimmt etwas nicht?«

»Bob, Dad ist letzte Nacht gestorben.«

»Oh Gott«, sagte Bob, der tatsächlich daran geglaubt hatte, dass Sam ewig lebte. Wie ein prächtiger, alter Löwe mit schwarzer Mähne, der zahnlos den Mond anheulte. Die Nachricht traf ihn wie ein körperlicher Schmerz, ein Verlust von Atemluft und Standfestigkeit. Er setzte sich auf das Bett.

»Was ist passiert?«, fragte er schließlich.

»Wissen Sie, Dads geistige Gesundheit war nicht mehr stabil. Tja, und letzte Nacht ist er wegen eines unsinnigen Vorhabens noch einmal ins Büro gefahren, so wie er es eben manchmal getan hat. Er trug den Bademantel meiner Mutter, hatte keine Socken und zwei verschiedene Schuhe an. Am oberen Ende der Treppe ist er ausgerutscht und gestürzt, hat sich an zwei Stellen das Genick gebrochen. Wenigstens ging es schnell und dürfte nach einem Augenblick vorbei gewesen sein.«

»John, ich verdanke Ihrem Vater mein Leben.«

»Er war ein verdammt guter Mann, aber er ließ sich einfach nichts sagen. Ich habe auf ihn eingeredet, dass er zu uns ziehen soll. Es hätte genug Platz für alle gegeben. Er hätte zu jedem seiner Kinder ziehen können. Sie wissen schon, es war Geld da für eine Pflegerin, ein Heim, für alles, aber Dad wollte seine Gewohnheiten nicht ändern.«

Bob konnte nichts erwidern.

»Sie haben ihn heute Morgen um sieben gefunden. Um halb acht bin ich angerufen worden und eben gerade hier eingetroffen. Gott, ich weiß nicht, was in ihn gefahren ist. Er hat sein Haus verwüstet und er hat sein Büro verwüstet. Er muss etwas gesucht haben.«

Bob wusste auch, was: das Dokument des Leichenbeschauers.

»Ich hab ihn gerade erst vor ein, zwei Tagen getroffen. Da wirkte er noch putzmunter.«

»Wissen Sie, er hat Ihren Vater geliebt. Er hielt Ihren Vater für den besten Mann, der je gelebt hat. Und er liebte Sie, Bob. Ich bin froh, dass Sie noch etwas Zeit mit ihm verbringen konnten, bevor es passiert ist. Die Beerdigung wird in ein paar Tagen stattfinden. Am Freitag, glaube ich. Und danach halten wir mit der Familie eine Totenwache. Wir hätten Sie wirklich gern dabei.«

»Ich werde da sein«, versprach Bob.

Er saß auf dem Bett. *Paint it black. Hallo, Dunkelheit.* Der Tod war kein Fremder für ihn. Er war ihm in vielen Formen begegnet und hatte ihn anderen häufiger beschert, als ein Mann es je tun sollte. Doch dieser Tod traf ihn besonders schwer. Er saß da und schaute an die Wand, bis die Wand verschwand und einem großen Nichts Platz machte.

Russ kam pünktlich aus seinem Zimmer herüber, angezogen und abmarschbereit. Er fragte, ob etwas nicht stimmte, und Bob erzählte es ihm. Dann zog er sich erneut in seine Leere zurück.

Nichts schien sich zu rühren. Bob saß einfach nur da,

schlaksig und still und abgeschottet. Wer konnte schon sagen, was ihm durch den Kopf ging? Russ fühlte sich an Achilles in seinem Zelt erinnert, der mürrisch vor sich hin brütete und seine Wut in einen Zorn verwandelte, der so rein war, das nichts vor ihm bestehen konnte.

»Die Beerdigung?«, fragte er schließlich.

»Nein«, erwiderte Bob. »Nicht, solange wir gejagt werden. Dort werden sie bestimmt nach uns suchen.«

Er schüttelte niedergeschlagen den Kopf. »Sie haben mir meinen Vater genommen. *Dann* haben sie seine Leiche gestohlen, die Erinnerung an ihn. Und jetzt haben sie sich Sam geholt.«

»Glauben Sie ...«

»Sie haben Sam gesehen. Was auch immer er gewesen ist, gebrechlich jedenfalls nicht. Er hatte keine Gleichgewichtsprobleme. Er wäre keine Treppe hinuntergefallen. Jemand muss ihn hinuntergestoßen haben. Weil er etwas herausgefunden hat. Er befand sich auf der Suche nach diesem Obduktionsbericht, hat ihn gefunden, wurde dabei von jemandem beobachtet, der glaubte, ihn aufhalten zu müssen. Irgend so ein Held hat ihn die Treppe runtergeschubst.«

Russ erkannte, auf welches Terrain sie sich nun begaben: ins Land der Paranoia, tief in den Sphären der Verschwörungstheorien, dort, wo alles Teil eines größeren Plans war, ein Beweis für die finsteren Absichten des Universums.

»Er könnte einfach nur gestürzt sein. Er *war* ein alter Mann.«

»Er ist nicht einfach gestürzt. Manche Männer stürzen. Nicht Sam. Halten Sie mich für verrückt? Glauben Sie, ich denke mir das alles bloß aus? Dann sagen Sie mir eins, Bürschchen: Gab es nun bezahlte Söldner mit Maschinenpistolen, die uns in Oklahoma den Arsch aufreißen wollten, oder gab es sie nicht?«

»Ja, schon. Aber um ...«

»Wohin ist dieser gottverdammte Hilfssheriff, der uns ständig hinterhergeschnüffelt hat, verschwunden? Dieser

Deputy heftet sich an unsere Fersen. Dann taucht er ab und die Jungs mit den Knarren erscheinen auf der Bildfläche. Also, wo ist er hin? Wir werden nicht zur Beerdigung gehen, aber wir werden zur Totenwache gehen. Und Sie, Russ, schnüffeln herum. Sie finden raus, ob jemand in den letzten Tagen diesen Deputy zu Gesicht bekommen hat. Das ist Ihre Aufgabe. Aber er ist nur ein kleiner Fisch. Da steckt jemand hinter dieser Sache, das sage ich Ihnen, der uns beobachtet und alles einfädelt. Und bei Gott, ich werde ihn finden, ihm gegenübertreten, und dann werden wir schon sehen, wer am Ende übrig bleibt.«

»Ja, Sir«, antwortete Russ, der erkannte, dass es zwecklos gewesen wäre, Einwände gegen Bobs eisernen Zorn vorzubringen.

»Aber das Begräbnis findet erst am Freitag statt. Heute ist Dienstag. Heute ist der Tag, an dem Sie Connie Longacre finden. Verstanden?«

Russ nickte. Dann sagte er: »In Ordnung. Das kriege ich hin.«

# KAPITEL 29

»Nein, Sir«, sagte Duane Peck. »Nein, Sir, überhaupt nicht, Sir. Ich hab ihn nicht gesehen. Ich bin da reingegangen, hab geholt, was ich konnte und Ihnen gerade übergeben habe, und bin anschließend wieder raus. Das war alles.«

Wie viele Polizisten konnte er gut lügen. Er verfügte über die wichtigste Gabe eines Lügners: Er konnte sich selbst absolut davon überzeugen, dass er die Wahrheit sagte, sein Atmungssystem davon überzeugen, und es schließlich selbst voll und ganz glauben. Er schluckte oder zitterte nicht, er atmete nicht rau, berührte nicht seinen Mund. Es bereitete ihm auch keine Schwierigkeiten, jemandem in die Augen zu sehen, seine Pupillen verkleinerten sich nicht und seine Gesichtsfarbe veränderte sich nicht verräterisch.

»Dann hattest du also nichts mit dem Tod des alten Mannes zu tun?«, fragte Red Bama. Sie saßen im Hinterzimmer von Nancy's Flamingo Lounge, wohin er Duane zitiert hatte, nachdem er von der Neuigkeit erfuhr.

»Nein Sir, hatte ich nicht. Himmel, ich täte einem alten Mann doch nichts an. Ich hab Respekt vor dem Alter. Genau das macht dieses Land kaputt, Sir. Mangel an Respekt.«

Sein Gesicht blieb vollkommen unbewegt, während er sprach. Seine Stimme klang ruhig, ehrlich, kontrolliert, in seiner Kehle steckte kein Schleim. Sein Puls ging flach und regelmäßig.

»Du kannst nicht einfach Leute umbringen, wie es dir gerade passt«, meinte Red. »Es gibt da etwas, das sich das Gesetz der ungewollten Konsequenzen nennt. Es kann alles zu Fall bringen. Außerdem ist er ohnehin schon *uralt* gewesen.«

»Ich schwöre Ihnen«, erwiderte Duane, »Sir, ich *schwöre* Ihnen, ich hatte nichts damit zu tun.«

»Na gut«, sagte Red, der ihm irgendwie glauben wollte, sich aber nicht ganz dazu durchringen konnte.

»Sir, er muss verrückt geworden sein. Ich hab Ihnen doch schon gesagt, der hat seine Sachen auseinandergenommen. Ist im Bademantel von seiner Frau ins Büro gekommen und dort diese Treppe runtergefallen. Himmel, was für eine Tragödie. Der alte Herr hätte einen Menschen gebraucht, der sich um ihn kümmert. Es ist eine Schande, dass seine verdammte Familie nichts für ihn getan hat, nach allem, was er ihnen gegeben hat.«

Bama nickte.

Er untersuchte die vor ihm liegenden Beweisstücke – ein Fetzen von einem Anhörungsbericht aus dem Jahr 1955, ein Brief in zierlicher Handschrift von irgendeiner Frau namens Lucille Parker, datiert auf das Jahr 1957, und ein gelber Schreibblock, auf dem sich etwas, das jemand auf das nun fehlende Titelblatt geschrieben hatte, durchdrückte –, dann sah er wieder zu Duane.

»Sir, wenn Sie diesen Block ins Licht halten, können Sie mehr oder weniger erkennen, was zum Teufel da draufsteht. Ich seh das Wort ...«

»In Ordnung, Duane, das genügt. Ich will, dass du nach Blue Eye zurückgehst und nichts tust. Du wartest, bis ich dich kontaktiere. Ist das klar? Du solltest Bob Lee Swagger jetzt auf keinen Fall an den Hacken kleben. Fürs Erste hältst du dich von ihm fern. Er könnte sonst etwas an dir wittern. Ich brauch dich vielleicht später noch wegen ihm, falls ich eine Möglichkeit finde.«

»Ja, Sir. Äh, Sir, äh … wegen meiner Spielschulden ...«

»Sind vergessen, Duane. Du bist nicht mehr in den roten Zahlen. Du bist in den schwarzen. Vermassele dir das nicht. Die Bezahlung beträgt 500 die Woche, für den Anfang. Vollständige medizinische Versorgung. Natürlich behältst du deinen Job als Deputy. Der ist schließlich der Grund, warum du überhaupt zu was zu gebrauchen bist.«

»Ich wette, ich könnte Bob Lee für Sie kriegen.«

»Denk nicht mal dran«, versetzte Red. »Er wird es merken und umgekehrt dich kriegen. Da liegen zehn regelrecht gegrillte Männer draußen auf dem Highway, die auch geglaubt haben, er sei leicht zu erwischen. Jetzt geh. Raus mit dir.«

Nachdem Peck gegangen war, ging Red hinüber und füllte sich eine Styroportasse mit dem ranzigen Kaffee. Ein wichtiger Moment für ihn. Er hatte einige Entscheidungen zu treffen.

Er musste Bob Lee Swagger töten, und zwar schnell. Aber Feuerkraft und die besten Profikiller, ein Dream-Team aus Mördern, hatten nicht gereicht. Ihm wurde nun klar, dass pure Gewalt nicht die Lösung war. Es ging um Heimlichkeit. Schläue, Planung, Nervenstärke und die korrekte Durchführung.

Und wieder, bei Gott, fühlte er sich trotz seiner Melancholie und seiner ätzenden Abneigung gegenüber Duane Peck auf eine seltsame Weise glücklich. Swagger. Ein brillanter Kämpfer. Der Beste, gegen den Red je angetreten war. Klug und tapfer und ruhig und einfallsreich. Wenn viele Gewehre das Problem nicht lösen konnten, was dann?

*Hmmm.* Vielleicht war es doch machbar. Wie sollte man einen Scharfschützen sonst töten, wenn nicht durch einen Distanzschuss?

In seinem geordneten Geist legte er eine Liste der Vorteile an, die er auf seiner Seite hatte. Zunächst einmal: Obwohl Swagger natürlich wusste, dass man Jagd auf ihn machte, wusste er doch nicht, wer es tat oder aus welchen Grund – abgesehen von einem allgemeinen Verdacht, dass es etwas mit 40 Jahre zurückliegenden Angelegenheiten zu tun haben musste, zu denen er derzeit Nachforschungen anstellte. Das ließ Red freie Hand für so ziemlich jede Herangehensweise. Und je länger er darüber nachdachte, desto mehr begriff er, dass der Schlüssel zum Heute im Gestern zu finden war. Es musste eine Möglichkeit geben, Swagger etwas vorzusetzen, das ihn anlockte und dem er nicht widerstehen konnte, etwas, dessen Ruf er folgte, obwohl er genau wusste, dass es ihn im schlimmsten Fall umbrachte. Auf diese Weise ließ sich dieser vorsichtige und wachsame Mann vernichten.

Red befand sich in einer sonderbaren Verfassung: Er schwappte förmlich über vor Kreativität. Er besaß ein Verständnis für Form, Ausmaße und Sprengkraft des Projekts, das er anging, er kannte nur noch nicht die Einzelheiten, die Verbindungslinien. Doch um die Details konnte man sich auch später kümmern. Er genoss das aufregende Gefühl, etwas zu erschaffen, das ihn derart überwältigte.

Er machte sich ans Werk. Er musste *alles* begreifen, was sich da vor 40 Jahren abgespielt hatte. Die Vergangenheit hielt die Antworten bereit.

Mit diesem Vorhaben im Sinn betrat er einen anderen Raum, in dem sich ein uralter Wandsafe befand. Er enthielt die Schätze und Geheimnisse des Imperiums, das sein Vater aufgebaut hatte. Hier wurde er für einen Augenblick sentimental, als seine Finger den abgewetzten, alten Knauf des Kombinationsschlosses berührten. Er wusste, dass sein Vater ihn Tausende Male angefasst hatte. Er dachte an seinen Vater: diesen scharfsinnigen und disziplinierten Mann, der sich alles selbst beigebracht und über ein breites Wissen verfügt hatte, der zum Teil ein Tyrann, zum Teil ein Genie gewesen war, förmlich aus dem Nichts gekommen.

Ja, genau darum ging es: Der Mann war aus dem Nichts aufgestiegen. 1916 bettelarm in der Hütte eines Farmpächters in Polk County zur Welt gekommen, unter haarsträubenden Umständen wie Mangelernährung, Verarmung, Brutalität und generell der Derbheit eines Lebens an diesem Ort zu dieser Zeit. Man hatte ihn brutal geschlagen, weshalb er seinen eigenen Sohn niemals schlug. Er war ausgelacht und von den feinen Leuten als Hinterwäldler, als weißer Abschaum beschimpft worden. Sie schienen ihn insgeheim zu fürchten, so, wie sie alle hochgewachsenen, helläugigen Mitglieder des ländlichen Proletariats fürchteten.

Und doch war er 1930, als 14-jähriger Junge, ganz allein nach Fort Smith gekommen, weil er klug genug gewesen war, zu erkennen, dass sich in Polk County nichts erreichen ließ und die Zukunft, wenn es denn eine gab, in der Stadt liegen musste. Er hatte einen Job als Geldeintreiber und Laufbursche beim Glücksspiel ergattert und für Colonel Tyree gearbeitet, der die Stadt damals aus einer Suite im alten Ward Hotel heraus regiert hatte. Kein großartiger Job – keiner, der sonderliche Aufstiegschancen bot. Seine einzige Aufgabe hatte darin bestanden, Glücksspielschulden für eine kriminelle Organisation einzutreiben, die keine Sekunde um ihn getrauert hätte, falls er unter die Räder eines Zugs geraten oder von einem der Mehrspänner zu Brei zermatscht worden wäre, die zu jener Zeit noch das Straßenbild auf der Garrison Street dominierten.

Doch eine Gabe, die Ray Bama an seinen Sohn Red weitergegeben hatte, war sein Talent für Zahlen, für blitzschnelle Berechnungen, und er hatte verstanden, dass sich die Geheimnisse des Universums in Zahlen verbargen. (Keines von Reds eigenen Kindern besaß eine derartige Begabung, doch andererseits hatten sie das Glück, diese gar nicht zu *brauchen.*) Misstrauisch und schlau, wie er war, hatte sein Dad den Aufstieg eines klassischen amerikanischen Gangsters vollzogen. Er knüpfte an den Mythos von Horatio Algers an, der auf den Großteil der Bevölkerung einen starken Einfluss ausübte: den Mythos, dass in der Welt des Verbrechens, ebenso wie in der Wirtschaft, der härteste, unermüdlichste Arbeiter und der ausgebuffteste, fähigste Rechner am Ende als Sieger den Ring verließ. Vom Geldeintreiber war er über das Betreiben von Pfandhäusern zum Kredithai aufgestiegen, über die Leitung von Casinos und Bordellen an Investments herangekommen; immer hatten drei oder vier schützende Schichten zwischen ihm und der von ihm ausgehenden Gewalt gelegen, während drei Meuchelmörder versuchten, ihn auszuschalten.

Sein Vater hatte Menschenhandel betrieben, war jedoch selbst nicht zu den Huren gegangen; er hatte Geld verliehen, sich jedoch selbst keines geliehen; er hatte Drogen verkauft, sie jedoch nicht genommen und dies auch niemandem in seinem Umfeld erlaubt. Er hatte die Dynamik zwischen den voneinander separierten schwarzen und weißen Volksschichten verstanden. Obwohl er, wenn auch bloß indirekt, ein Mörder gewesen war, hatte er nie gewisse andere Verbrechen begangen, die manche Menschen noch schärfer verurteilten: Er war weder Rassist gewesen, noch hatte er mit schwarzen Gangstern Geschäfte gemacht, wobei er deren Organisationen schließlich übernommen hatte, nicht aus Furcht, sondern auf Grundlage von Vertrauen.

Sein Dad war auch kein Psychopath gewesen und hatte nur getötet, wenn es ihm nötig erschien. Er hatte nie Familienmitglieder und Geschwister umgebracht, nie wahllos gemordet oder Folter angewandt. Er wurde zu etwas, das man von einem armen Hinterwäldler wohl nie erwartet hätte: zu einem ehrenhaften Bandenchef, einem Gentleman.

Doch in letzter Zeit drängte sich Red zunehmend der Gedanke auf, dass er seinen Vater nicht allein auf seine beruflichen Triumphe reduzieren durfte. Es ging nicht darum, dass er schließlich erfolgreich gewesen war; es ging darum, dass er die Fantasie besessen hatte, diesen Erfolg überhaupt erst anzustreben, und auch darum, dass das wertvollste Geschenk, das er seinem einzigen Kind gemacht hatte, kein Unternehmen, kein Erbe, kein Netzwerk von Beziehungen war, auch wenn er all das natürlich gerne mitnahm. Nein, seine wertvollste Hinterlassenschaft war ... das Leben, das er nun führen durfte.

Wenn Red in seinem Mercedes über die Highways brauste, sah er sich selbst manchmal in einem verschmierten Overall vor sich, niedergedrückt von Hoffnungslosigkeit, zahnlos und dürr, bar jeden Selbstvertrauens. Dann dachte er bei sich: So müsste ich leben, wenn Dad nicht gewesen wäre.

Die tapferste Tat seines Vaters hatte darin bestanden, vom Land in die Stadt zu ziehen und sich als Stadtmensch neu zu erfinden. Wenn man darüber nachdachte, war das eine beträchtliche Leistung: keine Kumpels, niemand, der auf ihn achtgab, keiner, der ihm den Weg ebnete, ein magerer, armer Prolet aus den weit entfernten Ouachitas, barfuß und ohne Erfahrungen mit irgendeiner Form von Kultur, beinahe ein

Analphabet. Und doch war es ihm innerhalb weniger Jahre gelungen, seinem Sohn eine ganz andere Welt zu eröffnen: Unterricht an einer Privatschule, acht Semester an der Universität von Arkansas, die Chance, mit Ideen, Möglichkeiten, Anreizen in Kontakt zu kommen.

Sein Sohn hatte nie um vier Uhr morgens aufstehen müssen, um die Schweine zu füttern, oder um fünf Uhr, um Brennholz für den Ofen zu sammeln, hatte nie von der Morgen- bis zur Abenddämmerung auf den Feldern arbeiten müssen, um genug Baumwolle zu pflücken oder genug Mais anzupflanzen, damit der Grundbesitzer der Familie ein paar Körnchen übrig ließ, von denen sie sich ernähren konnten. Und die Kinder seines Sohnes waren von diesen Zuständen so weit entfernt, dass sie sich eine solche Existenz nicht einmal mehr vorstellen konnten. Für sie war das ganze wie diese miese Fernsehserie: die *Beverly Hillbillies,* kein bisschen lustig, bloß die Abenteuer von grobschlächtigen, zurückgebliebenen, dummen, verwahrlosten Leuten.

*Ich hoffe, dass ich dich nicht enttäuschen werde, alter Mann,* dachte Red. *Ich werde tun, was ich kann, um mich für das, was du mir hinterlassen hast, als würdig zu erweisen.*

Reds Vater war 1975 bei einer Bombenexplosion vor dem Nancy's ums Leben gekommen. Red hatte zu dieser Zeit als Vizepräsident der Firma gearbeitet, die später Bama Trucking, Inc. heißen sollte. Seine unmittelbare Reaktion bestand nicht in Trauer, sondern in der Vorbereitung auf den Angriff auf seine Macht, seine Position und seine Organisation, welchen die Ermordung eines Bosses unausweichlich nach sich ziehen musste. Doch dieser Angriff hatte merkwürdigerweise nie stattgefunden, obwohl sich einige Jahre später, und dann einige Jahre danach noch einmal, zwei Eindringlinge in die Organisation gegen ihn gestellt hatten, die er beide mit Leichtigkeit hatte besiegen können.

So war das Rätsel um den Tod seines Vaters zu seiner größten Obsession geworden. Er hatte mehr als 200.000 Dollar in private Nachforschungen investiert, um dieses

Mysterium zu lösen. Als Lieutenant Will Jessop, der Ermittler der Mordkommission von Fort Smith, dem man den Fall zugeteilt hatte, 1988 in Rente ging, arbeitete er auf Reds Rechnung weiter (für schlappe 50.000 Dollar jährlich) und setzte die Ermittlungen auf privater Basis fort. Red selbst hatte durch allerlei Listen seine Unterweltkontakte spielen lassen und sich nach all dieser Zeit schließlich doch eingestehen müssen, mit all der Zeit, all dem Aufwand und all dem Geld nichts erreicht zu haben.

Das Problem mit dem Fall bestand einfach darin, dass er nur eine einzige Antwort auf die uralte Frage *Cui bono?* zuließ. Der Einzige, dem die Ermordung seines Vaters genutzt hätte, war Red selbst. Und er hatte es nicht getan (obwohl andere ihm das, wie er sich denken konnte, durchaus unterstellten). Da es kein klares Motiv gab, ergab keine andere Erklärung einen Sinn. Beispielsweise hatte kein Abteilungsleiter der Organisation davon profitiert und keine Telefonüberwachung oder private Überwachung auch nur den Hauch eines Hinweises darauf geliefert. Auch schien niemand von außerhalb von seinem Tod zu profitieren. Es konnte sich höchstens um Rache für eine lange zurückliegende Tat handeln, doch solche Racheakte wurden für gewöhnlich chaotisch und emotional ausgeübt, und hinter dem Anschlag auf seinen Dad steckte ein erstaunlich hoher Grad an Effektivität, Kontrolle und Präzision. Das Werk eines echten Profis, zumindest was die Bombe betraf. Das legte nahe, dass der Täter über ausgeprägtes Fachwissen verfügte.

Genau dasselbe hatte ihm auch Lieutenant Jessop schließlich mitgeteilt.

»Red, dieser Junge wusste, was er tut. Das war verdammt noch mal die beste Bombe, die je in Arkansas gezündet wurde, das kann ich dir sagen. Das muss ein gottverdammter Spezialist gewesen sein.«

Mit der Zeit waren alle Ermittlungen eingestellt worden und auch Reds eigene Nachforschungen über den Tod seines Vaters verliefen nach anderthalb Jahrzehnten im Sand. Red hatte es schließlich aufgegeben und versucht, Frieden mit der klaffenden Lücke in seinem Leben zu schließen, mit der Tatsache, dass wer auch immer seinen Vater umgebracht hatte, aus welchen Gründen auch immer, ungestraft davongekommen war und wohl selbst jetzt noch darüber lachte.

*Ich hab's versucht, Daddy,* dachte er, wenn er sich spätnachts dem Bourbon hingab, wenn alle Kinder schon schliefen und Miss-Zweiter-Platz-von-1986 zufrieden in ihrem 500-Dollar-Frisiermantel schlummerte. *Ich habe es wirklich versucht.*

Mit dieser schwer auf seinen Schultern lastenden Melancholie der Erinnerung drehte er das Kombinationsschloss und öffnete den alten Tresor. Die Vergangenheit wurde nach all diesen Jahren geordnet in Wirtschaftsbüchern zusammengefasst. Lange Kolonnen von Zahlen, die für Einnahmen und Ausgaben standen. Sämtliche Kosten waren vermerkt, alle Summen ausgewiesen. Etwa jede dritte Seite füllten erläuternde Notizen. Sein Vater hatte mit seiner korrekten, perfekten Handschrift leidenschaftslos die Details festgehalten.

Auf diese Weise konnte Red in kürzester Zeit alles in Erfahrung bringen, was es über die letzten beiden Wochen des Juli 1955 zu wissen gab – oder zumindest alles, von dem sein Vater gewollt hatte, dass es festgehalten und erfahren wurde. Er lernte bemerkenswerte Leute kennen: einen Frenchy Short zum Beispiel und einen jungen First Lieutenant in Camp Chaffee namens Jack Preece, doch auch andere, einen ganzen Haufen cleverer, flinker Kerle, Männer mit Eifer und Hingabe. Jimmy Pye befand sich darunter, ebenso wie führende Knackis und Bullen im Gefängnis von Sebastian County, die zur Bama-Organisation gehörten. Und natürlich Earl Swagger. Als er untersuchte, was vor ihm lag, erkannte Red die Logik hinter den Entwicklungen, die er bislang ohne darüber nachzudenken einfach zur Kenntnis genommen hatte, und er staunte über die Professionalität der daran Beteiligten.

Ein Name fehlte natürlich. Das musste so sein, denn dieser

Name durfte niemals zu Papier gebracht werden. Doch Red begriff instinktiv, was diese Einträge dokumentierten: den Schlüsselmoment in der Familiengeschichte der Bamas, als die Bama-Bande aufhörte, eine Bande zu sein und sein Vater aufhörte, ein Gangster zu sein, als die Familie ihren Aufstieg zu Legitimität, öffentlichem Einfluss und Ruhm begann und die Bastionen des Respekts und der Bewunderung einnahm, über die sie – er – nun verfügte.

Red goss sich noch eine Tasse Kaffee ein. Er rief im Büro an, hörte seine Mailbox ab, sprach mit seiner Sekretärin. Er rief Miss-Zweiter-Platz an und sagte ihr, dass er sich verspäten würde, und sie erinnerte ihn daran, dass sein Sohn Nick an diesem Abend an einem Schwimmwettbewerb teilnahm. Er versprach, direkt zur Sporthalle zu kommen. Es musste eigentlich zu schaffen sein, rechtzeitig zu Nicks Start im 100-Meter-Rückenschwimmen dort einzutreffen. Das gab ihm Zeit bis etwa 21:30 Uhr. Auf dem Rückweg konnten sie dann Steaks essen gehen.

Schließlich schob er all diese Gedanken beiseite und nahm sich die Unterlagen vor, die Duane Peck beschafft hatte. Es schien klar zu sein, dass sie sich auf ein anderes Ereignis von 1955 bezogen, das sich beinahe zur selben Zeit ereignet hatte wie der Mord an Earl Swagger. Wie hing das alles zusammen? Nein, halt: Das spielte keine Rolle. Wichtig war vielmehr, was Bob Lee Swagger und der Junge für die Verbindung zwischen beiden Ereignissen *hielten,* denn das gab den Ausschlag für ihr Verhalten.

Das eine Dokument entpuppte sich als vorläufiger Bericht der Staatsanwaltschaft von Polk County zu einer Anhörung über die Festsetzung einer Kaution für einen gewissen Reggie Gerard Fuller, schwarz, 17 Jahre alt, wohnhaft in Blue Eye, dem man Mord ersten Grades an einer Shirelle Parker, schwarz, 15 Jahre alt, wohnhaft in Blue Eye, zur Last legte. Shirelle musste die Tochter von Lucille gewesen sein, der Verfasserin des Briefes. Der Staatsanwalt Sam Vincent – Red zuckte zusammen, als er an Sam auf diesen Treppenstufen dachte; ein alter Mann, dessen Zeit abgelaufen war – hatte die Ansicht vertreten, dass für das Verbrechen aufgrund seiner Schwere keine Freilassung auf Kaution ermöglicht werden sollte, und der Verteidiger, ein James Alton, der vom Landkreis gestellte Pflichtverteidiger, begegnete der Forderung des Staatsanwalts mit *nolo contendere* – also blieb der Verdächtige ohne Kautionszahlung weiter in Gewahrsam.

Also: ein Mord, vermutlich an einem schwarzen Kind durch einen jungen, schwarzen Mann verübt, im Juli 1955.

Dann las er den Brief selbst: Zwei Jahre später flehte die Mutter des ermordeten Mädchens Sam an, den Fall neu aufzurollen, weil dieser Reggie, wie sie behauptete, es nicht getan haben konnte.

War das nicht seltsam? Man erwartete von einer Mutter doch eher, dass sie sich Rache wünschte, nicht Gerechtigkeit.

Perplex konsultierte Red sein Rolodex und fand den Namen des lokalen Redaktionsassistenten des *Southwest Times Record.* Er rief ihn an, wurde auf den Anrufbeantworter weitergeleitet, hinterließ eine Nachricht und erhielt nach sieben Minuten einen Rückruf.

»Mr. Bama, was kann ich für Sie tun?«

»Jerry, bewahrt ihr nicht all eure alten Zeitungen auf?«

»Ja, Sir. Die ab 1993 in Dateiform, und die aus der Zeit davor befinden sich drüben in der Bibliothek auf Mikrofilm.«

»Sehr schön. Können Sie für mich etwas heraussuchen, dauert etwa eine halbe Stunde?«

»Ja, Sir. Sie wissen, dass ich das kann.«

»Geht es den Kindern gut, Jerry?«

»Bestens, Sir.«

»Wo machen Sie denn dieses Jahr Urlaub?«

»Äh, nun, Sir, wir hatten an Florida gedacht. Daytona Beach.«

»Oh, Jerry, Sie wissen doch, mir gehört ein Teil des Blue Diamond Resort auf Sanibel Island. Ist sehr schön dort.«

»Ja, Sir. Sanibel könnte ich mir nie leisten. Dieses Jahr

wird es Daytona sein. Ich hab eine Zahnspange zu bezahlen und –«

»Jerry, wollen Sie mit Ihrer Frau und den Kindern ins Blue Diamond? Eine Meile Strand. Drei beheizte Pools. Sehr hübsche Zimmer.«

»Tja, ich ...«

»Jerry. 1955. Juli. Ein Mord. Polk County. Shirelle Parker. Begangen von einem Reggie Gerard Fuller. Ich will alles darüber wissen, und ich will es schnell wissen. Klar?«

»Ich werde mich sofort drum kümmern, Sir.«

»Jerry. Sie kennen ja meine Faxnummer. Und, Jerry?«

»Ja, Sir?«

»Meerseite oder Poolseite?«

»Äh ... na ja. Meerseite. Die Kinder lieben das Meer.«

»Die letzten beiden Augustwochen?«

»Nun, das wäre *prima,* Sir.«

»Sie haben die Reservierungen morgen in der Post.«

Er lehnte sich zurück und wartete. Eine Stunde verging. Dann fing das Faxgerät zu summen an. Bald darauf hatte es vier dicht gedrängte, handbeschriebene Seiten ausgespuckt: eine Chronologie des Shirelle-Parker-Falls, die von der Entdeckung der Leiche über das Gerichtsverfahren und die Berufung bis hin zur Exekution reichte.

Er las sie sorgfältig, im Anschluss ein zweites, dann ein drittes Mal. Die größte Auffälligkeit bestand darin, dass Earl Lee Swagger die Leiche entdeckt hatte, am Tag seines eigenen Todes. Der *Times Record* ging 1957 in einem kurzen Leitartikel mit Genugtuung auf die Hinrichtung von Reggie Gerard Fuller und damit den Abschluss dieses letzten Falls des heldenhaften Staatspolizisten und Kriegshelden von Arkansas ein.

Doch das blieb nicht die letzte Meldung im Rahmen der Berichterstattung. Fünf Jahre später veröffentlichte der *Record* eine kurze Notiz, dass ein weißer Mann namens Jed Posey eine lebenslängliche Freiheitsstrafe für die vorsätzliche Tötung des Vaters des verurteilten Mörders

Reggie Fuller erhalten hatte, eines ehemaligen Bestatters namens Davidson Fuller, der in der Bürgerrechtsbewegung von West Arkansas verstärkt aktiv geworden war. Zum ersten Mal in der Geschichte des Bundesstaates wurde ein weißer Mann für einen Mord ersten Grades an einem Neger verurteilt, hieß es im Bericht, der den zuständigen Staatsanwalt, Sam Vincent, dafür beglückwünschte, den Prozess weiter vorangetrieben zu haben, selbst angesichts von Morddrohungen und der sicheren Aussicht, dadurch seine eigene Wiederwahl zu verhindern. Immerhin kostete ihn das einen Job, den er 18 Jahre lang ausgeübt hatte.

Red ließ sich all das durch den Kopf gehen. Offenbar war Sam zu dem Schluss gelangt, dass eine Verbindung zwischen Earls Tod und dem Tod des Mädchens existierte. Hatte er es ihnen gesagt? Waren sie selbst darauf gekommen? Was wussten sie überhaupt?

Er hatte keine Ahnung. Aber es gab etwas, das er unbedingt in Erfahrung bringen musste.

Jed Posey. Was war aus ihm geworden?

Nach einem Anruf fand er heraus, dass der alte Jed Posey nach 35 Jahren im Gefängnis immer noch im Zellenblock D der staatlichen Justizvollzugsanstalt bei Tucker hockte.

Nun, das war wirklich nützlich. Das war *ausgesprochen* nützlich.

In seinem Geist nahm ein Plan Gestalt an.

Je mehr er darüber nachdachte, desto aufgeregter wurde er. *Das gefällt mir!*

# KAPITEL 30

Er war etwas zu früh dran, aber er hielt es für besser, nicht zu spät zu kommen. Er hatte auch schon bessere Anzüge getragen, aber wenn man beim Walmart in Fort Smith um elf Uhr einen Anzug kaufte, um ihn für einem Termin um 13 Uhr zu tragen, konnte man nicht erwarten, es damit ins *GQ*-Magazin zu schaffen.

*Bekomme ich das hin?,* grübelte Russ.

*Ja, ich schaffe das.*

Bob setzte ihn um fünf vor eins dort ab. Vor einem unscheinbaren Gebäude mit neuer Außenverkleidung, die alle Fenster überschattete und darauf schließen ließ, dass es drinnen dämmrig und feucht sein musste. Über dem einzigen, grimmig wirkenden Eingang hing ein Schild mit der seltsamen Aufschrift DONREY HOUSE. Das Ganze verbreitete nicht im Geringsten die Atmosphäre einer alten Zeitungsredaktion, und nichts daran ließ einen an die glorreichen alten Zeiten zurückdenken, als auf Zigarren oder Kautabak herumkauende Reporter sich durch Klugscheißereien oder Übertreibungen einen landesweiten Ruf erarbeiteten und dabei verflucht viel Spaß hatten.

Nein, das Büro des *Southwest Times Record* wirkte wie die Redaktionsbüros der meisten Provinzzeitungen in Amerika – eher wie die Hauptverwaltung einer kleineren Versicherung, ein Lager für Sanitätsartikel oder ein Katalogversand.

Er betrat ein Foyer, das auf ausdruckslose Weise effizient, wenn auch ungemütlich wirkte und ließ den Mann an der Rezeption wissen, dass er um 13 Uhr eine Verabredung mit dem Lokalredakteur und dem Chef vom Dienst hatte. Er wurde gebeten zu warten, bis eine sehr junge, schwarze Frau herunterkam, ihn kühl und professionell begrüßte und nach oben führte. Nur ein Stockwerk höher. Der Weg führte sie durch die Nachrichtenredaktion – von hellen Neonlampen beleuchtet, wie er schon vermutet hatte, unaufgeräumt, voller

Troglodyten und Mutanten, die schliefen oder planlos auf Videoterminals einhackten wie Schimpansen auf ein Spielzeugklavier, eben das Gleiche, was man in *jeder* Nachrichtenredaktion zu sehen bekam – und schließlich in das Büro des Lokalredakteurs. Da erlebte er die erste Überraschung: Die Frau stellte ihn niemandem vor, weil da niemand sonst war. Stattdessen trat sie selbst hinter den Schreibtisch.

*Ah! Wie war ihr Name noch mal? Ach ja, Longly, Longly, Longly. Claudia Longly.*

Sie überflog seinen Lebenslauf.

»Wie lange haben Sie beim *Oklahoman* gearbeitet, Mr. Pewtie?«

»Ein Jahr lang. Ich habe bei den Features angefangen und meine Arbeit schien ihnen zu gefallen. Nach einem halben Jahr wurde ich Redaktionsassistent im Lifestyle-Ressort.«

»Und Sie haben aufgehört, weil …?«

»Nun, ich hatte eine großartige Idee für ein Buch und hielt es für unrealistisch, beide Karrieren parallel zu verfolgen. Also habe ich den *Oklahoman* vor zwei Monaten verlassen, um ausschließlich an dem Buch zu arbeiten. Ich hatte mir für das Projekt etwas Geld zur Seite gelegt. Meine Recherchen haben mich hierhergeführt und ich bin jetzt seit drei Wochen hier. Aber es wird länger dauern, und mir geht das Geld aus. Also dachte mir, wenn Sie eine freie Stelle an Ihrem Newsdesk haben und interessiert sind, könnte ich für Sie arbeiten. Ich *bin* ein guter Redakteur. Ich arbeite schnell und fehlerfrei, bin ziemlich intelligent und arbeite hart.«

»Aber es geht Ihnen nicht um die Karriere? Sie haben nicht vor, beim *Record* Karriere zu machen?«

»Oh, um ehrlich zu sein, liegt mein Schwerpunkt bei dem Buch. Ich will Sie nicht anlügen. Aber falls Sie mir eine Stelle anbieten würden, erachte ich es als Selbstverständlichkeit, mindestens sechs Monate zu bleiben.«

»Sie haben in Princeton studiert, wie ich sehe.«

»Ja. Ich hatte Glück, ich habe ein Stipendium bekommen. In der High School war ich ein Superhirn, aber ich hatte genug vom Osten und wollte nach zwei Jahren unbedingt eine Luftveränderung. Ich habe ein Praktikum beim *Miami Herald* absolviert. Wenn Sie möchten, kann ich Ihnen ein paar Leute dort nennen, bei denen Sie sich nach mir erkundigen können.«

»Darf ich fragen, worum es in Ihrem Buch geht?«

»In Polk County hat sich 1955 eine Gewalttat ereignet, die in direktem Zusammenhang mit einer anderen Gewalttat in Oklahoma stand, von der meine eigene Familie betroffen ist. Meine Idee besteht darin, über beide zu recherchieren, sie dramatisch aufzuarbeiten und die Verbindung zwischen zwei Vorfällen aufzuzeigen. Ich habe bloß Schwierigkeiten, Leute ausfindig zu machen, die zur Zeit des Vorfalls lebten. Es wird mehrere Monate in Anspruch nehmen, nicht nur mehrere Wochen.«

»Für den Fall, dass Sie interessiert sind, sollte ich Ihnen sagen, dass wir der Zeitungsgilde angeschlossen sind. Ich werden Ihnen eine Kopie des Vertrags geben. Wir stufen Sie gehaltstechnisch wie jemanden mit einjähriger Berufserfahrung ein. Sie bekämen 350 die Woche für die Abendschicht, wahrscheinlich von 16 Uhr bis Mitternacht. Wir erwarten harte Arbeit, Professionalität und eine entsprechende Einstellung. Ich habe etwas gegen Nachrichtenredaktionen, in denen zu viel gequatscht wird.«

»Das ist in Ordnung«, erwiderte er.

»Tja, dann wollen wir Sie mal Bruce Sims vorstellen, unserem Chef vom Dienst. Wir werden Ihnen den Test geben und dann sehen wir mal, wie Sie sich schlagen.«

»In Ordnung, vielen Dank.«

Bruce Sims erwies sich als leutseliger, älterer Kerl, ungefähr 45, mit dünner werdendem Haar und der typischen Redaktionsblässe. Er plauderte ein wenig mit Russ, zeigte ihm den Redaktionsraum, die Cafeteria, den Kommunikationsraum, Dons Büro – Don war der Redaktionsleiter, der über seine Einstellung entscheiden würde – und schließlich das Archiv.

Darauf hatte Russ gewartet.

»Welche Datenbanken benutzen Sie hier?«

»Nexus, Entertainment Data Service und On-Line Search.«

»Cool. Was ist mit Telefonbüchern? Als ich beim *Oklahoman* aufhörte, hatten sie gerade ein landesweites Verzeichnis auf CD-ROM gekauft.«

»Oh, ja. Das haben wir auch. Phone Disk Power Finder.«

»Ja, ich glaube, das ist dasselbe, das wir hatten. Sehr nützlich.«

Mittlerweile waren sie bei einem kleinen Raum angelangt, der vom Flur abging.

»Sind Sie soweit?«

»Ja, bin ich.«

»Okay, es ist zehn nach zwei. Ich komme um zehn nach drei zurück.«

»Prima«, antwortete Russ.

Bruce verließ das Zimmer und Russ begann um 14:11 Uhr mit dem Test. Er war um 14:26 Uhr fertig. Von den 100 Fragen zur Allgemeinbildung war er sich bei 97 sicher, richtig geantwortet zu haben. Raten musste er nur beim Jahr, in dem die Schlacht am Little Big Horn stattgefunden hatte (er tippte auf 1873, in Wirklichkeit war es 1876), beim Prozentsatz der Stimmen, die Upton Sinclair 1936 bei der Wahl zum Gouverneur von Kalifornien erhalten hatte (45, richtig) und bei der Frage, ob Willa Cather oder Edith Wharton *My Antonia* geschrieben hatte. Nachdem er einen Film gesehen hatte, der auf einem Roman von Wharton basierte und wusste, dass sie ein Mädchen war, das gut nach New York passte, tippte er auf Cather – wieder richtig.

Es folgte eine schlecht geschriebene Meldung, die er verbessern sollte. Nachdem er erst einmal die Schlagzeile in korrektes Englisch übersetzt hatte, fand sich der Rest wie von selbst. Die letzte Seite blieb für ein Kurzessay zum Thema ›Warum ich für den *Record* arbeiten will‹ reserviert *(gähn)*.

Mit einem Blick auf die Uhr stand er auf, zog seinen Mantel aus, lockerte seine Krawatte und trat unauffällig in den Flur hinaus. Niemand, mit dem man ihn bekannt gemacht hatte, ließ sich blicken. Er versuchte, so zu wirken, als ob er dazugehörte, ging zu einer Kaffeemaschine im Redaktionsraum und holte sich eine halbe Styroportasse voll. Er nahm sich einen Kugelschreiber und ein Notizbuch von einem unbesetzten Schreibtisch. Er ging dabei nicht allzu unauffällig vor, aber er wusste, wie es in Redaktionsräumen zuging: Alles wurde von allen gelesen, niemand beachtete irgendetwas.

Er betrat das Archiv, warf einen schnellen Blick hinein und sah, dass auch hier niemand war, den man ihm vorgestellt hatte. Die Luft war rein. Er ging zu einem Tisch, auf dem ein Schild mit der Aufschrift ›Information‹ stand.

»Hi, ich bin Russ, ich kenne mich noch nicht mit Metro aus«, sagte er und hoffte, dass sie ihr Telefonverzeichnis Metro nannten. Doch wie sollten sie es sonst nennen? Es wurde *immer* Metro genannt.

»Oh, äh, hi«, erwiderte eine Frau mittleren Alters, die über den Rand ihrer Halbglas-Lesebrille zu ihm aufsah.

»Ich suche ein paar Nummern. Könnten Sie die CD-ROM für mich starten, bitte?«

Sie wandte sich um und öffnete eine Schreibtischschublade, in der sich eine Reihe CDs in kleinen Klarsichthüllen befand.

»Welcher Landesteil?«, wollte sie wissen.

Gute Frage. Bob hatte an diesem Morgen sein Gedächtnis durchwühlt und den Einfall gehabt, dass Miss Connie aus Baltimore oder zumindest aus Maryland stammen könnte. Er hatte nicht gewusst, warum er das dachte; es war nur ein Eindruck gewesen, der sich unwiederbringlich in seinem Kopf festgesetzt hatte. Aber hatte sie sich nach Baltimore zurückgezogen? War sie nach ihren 25 tragischen Jahren in Arkansas wieder dorthin gegangen? Vielleicht war sie auch erst in den 80ern zurückgekehrt und dort gestorben. Oder sie hatte bis ins hohe Alter dort gelebt, um auf ihre letzten Tage ins Warme nach Florida zu ziehen. Oder nach Mexiko. Kalifornien. Arizona. Oder ...

»Nordwestregion. Maryland.«

Sie suchte eine CD heraus und ging mit ihm zu einem großen Computerterminal am angrenzenden Tisch. Sie legte den Datenträger ins Laufwerk, der sie mit einem Surren in den Rechner einzog, der brummte, klickte und flackernd zum Leben erwachte (›Phone Disk Power Finder, von Digital Directory Assistance, Inc.‹) und ein Menü einblendete.

»Wissen Sie, wie's geht?«, fragte sie.

»Ab hier schon, glaube ich.«

»Prima. Rufen Sie mich, wenn Sie fertig sind.«

Er setzte sich hin und klickte sich durch die Auswahlpunkte, bis eine leere Eingabemaske vor ihm auftauchte.

Er tippte: ›Constance Longacre‹.

Der Rechner summte und flackerte und piepste, und nach ein paar Sekunden erschien auf dem blauen Bildschirm in weißer Schrift eine endlose Liste von C. Longacres, Constance Longacres, Conny Longacres und Connie Longacres, insgesamt 59 Namen, überall zwischen Maine und Virginia verteilt.

Er ging die Liste durch. Die Gesuchte konnte jede von ihnen oder keine von ihnen sein. Was sollte er jetzt machen? Alle 55 Nummern aufschreiben und sie abtelefonieren, eine nach der anderen?

Tja … gab es denn keine anderen Möglichkeiten?

Er startete einen neuen Suchauftrag und grenzte ihn diesmal auf Maryland ein. In Maryland lebten nur 13 Longacres. Immerhin etwas. Die konnte er sich aufschreiben. Das tat er auch, in das Notizbuch, das er gerade an sich genommen hatte. Jetzt konnte er diese 13 anrufen und …

Ihm fiel ein, dass die CD-ROM noch eine andere Möglichkeit bot: Man konnte die Daten nach Telefonnummern, nach Adressen oder Branchen durchsuchen. Er kehrte ins Menü zurück und rief ein Eingabefeld für die Suche im Branchenverzeichnis auf. Er tippte ›Pflegeheim‹ ein und begrenzte die Ergebnisse erneut auf Maryland.

*Klickedi-klick, klapperdi-klapp.* Der Bildschirm flackerte.

Plötzlich wimmelte es auf ihm von Namen und Adressen; der hilfreichen Anzeige im oberen Bereich zufolge handelte es sich in der Summe um 87.

Er überprüfte die 13 Longacres und stellte fest, dass es bei ihnen bloß fünf verschiedene Vorwahlen gab. Diese notierte er sich und glich sie mit den 87 aufgelisteten Adressen und Nummern ab. Er fand elf Übereinstimmungen. Nun verglich er jede der 13 Nummern mit diesen elf Nummern von Pflegeheimen.

Er fand eine exakte Übereinstimmung.

›C. Longacre, 401-555-0954‹ und ›Downy Marsh, St. Michaels, Md., 401-555-0954‹.

Russ atmete tief durch.

Er sah sich um. Niemand beachtete ihn.

Es gab ein Telefon. Er nahm den Hörer ab, wählte die 9 für ein externes Gespräch und gab die Ziffern ein.

Jemand nahm den Anruf entgegen.

»Downy Marsh.«

»Ja, hier ist Robert Jones, ich bin Rechtsanwalt in Fort Smith, Arkansas. Ich wollte mit einer Miss Connie Longacre sprechen.«

»Mrs. Longacre schläft gerade.«

»Nun, dann stören Sie sie bitte nicht. Sie wird hier in einem Testament erwähnt, oder zumindest *eine* Connie Longacre, die zwischen 1931 und 1956 in Polk County gelebt hat. Ich versuche gerade, sie ausfindig zu machen. Hat Ihre Mrs. Longacre jemals erwähnt, dass sie einmal in Arkansas lebte?«

»Ich fürchte, diese Information ist vertraulich.«

»Tja, ich schätze, sie wäre verärgert, wenn sie nicht bei der Testamentseröffnung anwesend sein kann. Die Geldsumme, um die es geht, ist beträchtlich.«

»Mrs. Longacre ist keine bedürftige Frau, Mr. Jones.«

»Verstehe. Nun, es geht nicht nur um Geld, sondern auch um Nachrichten. Nachrichten von den Menschen, die sie 25 Jahre lang gekannt und geliebt hat und die sie dann aus Gründen im Stich ließ, die hier niemand je begriffen hat.«

Eine lange Pause entstand.

»Sie redet nie über Arkansas. Ich weiß nur, dass sie dort gewesen ist, weil ihr Fotoalbum voll mit Bildern von der Gegend ist und ich sie einmal darauf angesprochen habe. ›Oh‹, meinte sie damals nur, ›das war in einem anderen Leben. Weit, weit weg. Arkansas, ob Sie's glauben oder nicht.‹ Und ich wusste, dass sie das sehr mitgenommen hat, denn in dieser Nacht hat sie geweint.«

»Haben Sie vielen Dank für die Information.«

»Sie werden ihr nicht wehtun?«

»Nein, Ma'am. Ganz bestimmt nicht.«

»Sie hat so viel durchgemacht. Sie ist jetzt 95 und sehr gebrechlich.«

»Ja, Ma'am.«

»Und sie ist blind. Schon seit zehn Jahren.«

Völlig euphorisiert von seinem Triumph fuhr Russ den Rechner herunter und brachte der Archivarin die CD zurück. Mit leichten Schritten eilte er zur Tür hinaus. Dort lief er geradewegs seinem neuen Freund Bruce Sims in die Arme, der ihn überrascht ansah.

Russ spürte, dass er ziemlich dumm aus der Wäsche schaute, doch dann fragte er in einem vorgetäuschten Anfall von Verzweiflung: »Toilette?«

»Doch nicht im *Archiv!* Den Gang runter.«

»Danke. Der Test liegt auf dem Tisch. Ich bin fertig. Tut mir leid, aber wenn man muss ...«

Und damit stürzte er den Flur hinunter.

»... dann muss man eben«, ergänzte Bruce lachend.

Russ versteckte sich zehn Minuten lang in einer Toilettenkabine, dann wusch er sich lange und umständlich die Hände. Als er herauskam, erwartete Bruce ihn bereits.

»Tut mir leid, ich hätte den Raum nicht verlassen sollen. Aber ich bin nicht zurückgegangen, um ...«

»Schon okay, keine Sorge. Ich habe den Test mitgenommen.«

»Und wann, glauben Sie, werde ich von Ihnen hören?«

»Tja, können Sie uns eine Woche geben oder so? Wir werden es uns anschauen und dann sehen, wie Ihr Profil zu uns passt. Haben Sie ein Telefon?«

»Nein, ich bin momentan ständig auf dem Sprung. Ich rufe besser Sie an. In einer Woche?«

»Ja, das passt.«

Sie holten noch Russ' Mantel und schlenderten zurück durch die Nachrichtenredaktion. Russ fiel auf, dass fast alle ihre Schreibtische verlassen und sich um einen Fernseher versammelt hatten, der in der Nähe des Kommunikationsraums von der Decke hing.

»Oh Gott«, sagte Bruce.

»Willie hat gerade angerufen. Ich glaube, das hier ist es, Bruce«, sagte jemand im Vorbeigehen. »Wenn es das ist, findet das Meeting heute um drei, nicht um vier, statt.«

»Was ist los?«, erkundigte sich Russ.

»Kommen Sie mit, sehen Sie es sich an. Das dürfte Ihnen gefallen.«

Russ folgte Sims zu der Horde von Reportern und Redakteuren, die wie gebannt schienen von einem leeren Podium, einem Mikrofon und dem tristen Anblick eines Bankettsaals in einer Motelkette in der Nähe der Interstate. Eine Einblendung auf dem Bildschirm konkretisierte die Lokalität: *Hauptquartier der Etheridge-Kampagne, Los Angeles, Kalifornien.*

»Los geht's, C-SPAN!«, johlte jemand.

Kurz darauf näherte sich ein dürrer Mann mit silbergrauem Haar und einem berufsmäßig vornehmen Gesichtsausdruck in Begleitung von Helfern und einer hübschen, aber unnahbaren Frau dem Podium. Er schien etwa 65 Jahre alt zu sein und trug einen dieser blauen Anzüge, die fast so perfekt wirkten wie eine Uniform, dazu eine rote Krawatte und ein weißes Hemd. Nichts davon wirkte deplatziert, nichts davon wirkte interessant.

Die Gruppe erreichte das Podium. Es gab Geraschel, Geplauder, ein umständliches Gewühl.

»Zwei Jahre, und er ist *immer noch* nicht vernünftig organisiert«, lästerte jemand.

»Was für ein hoffnungsloser Wichser«, kommentierte jemand mit britischem Akzent äußerst professionell.

»Wer zum Teufel ist das?«, flüsterte Russ Sims zu, obwohl die Gesichtszüge des Mannes ihm bereits auf einnehmende Weise vertraut vorkamen, wie die eines Charakterdarstellers, den man in Filmen ständig in der Rolle des besten Freundes bewundern konnte.

»Hollis Etheridge«, antwortete Sims. »Sie wissen schon, der frühere Senator Hollis Etheridge. Er hat vor zwei Jahren beschlossen, nicht für eine Wiederwahl zu kandidieren und hat die vergangenen 24 Monate damit zugebracht, den unbeholfensten Präsidentschaftswahlkampf seit Ed Muskie zu führen.«

»Ja, klar, ich erinnere mich«, sagte Russ. »Ist das nicht der, der diese Straße für seinen Dad gebaut hat?«

»Den Etheridge Porkway. Wer sagt, dass man in Amerika nirgendwo umsonst ein Mittagessen bekommt? Wer Harry und dann noch Holly gekannt hat, ist dadurch sehr reich geworden.«

»Meine Freunde«, verlas Hollis Etheridge steif eine vorbereitete Ansprache, »und Mitglieder der Presse, die sich entschieden haben, mich mit ihrer Aufmerksamkeit zu beehren. Viele Jahre lang hatte mein Vater einen Traum. Er träumte davon, dass sein einziger Sohn eines Tages zum Präsidenten der Vereinigten Staaten gewählt wird. Das scheint nicht zu viel verlangt. Schließlich kam er aus dem Hinterland von Arkansas, um unserer Nation 30 Jahre lang als Abgeordneter zu dienen. Nach seinem Empfinden ist in diesem großartigen Land, in dem wir leben, alles möglich und kein Traum zu groß.«

Russ glaubte, den Mann im Laufe der Jahre in einigen Talkshows erlebt zu haben. Er fungierte dort jeweils als Lückenfüller, ein irgendwie orthodoxer Mann, in dessen Mund Englisch wie eine Fremdsprache klang.

»Und noch was zum alten Holly«, flüsterte Bruce anzüglich, »er hat mehr Muschis abgekriegt als die meisten Klobrillen.«

»Ich teilte diesen Traum«, leierte Hollis weiter. »Ich habe unablässig gearbeitet, um ihn wahr zu machen. Ich gab meine Stellung in dem ehrwürdigen Organ, das man den Senat der Vereinigten Staaten nennt, auf, um ihn zu verwirklichen. Ich habe Gelder beschafft, an Banketten teilgenommen und Reden gehalten. Doch wie meine Position an vierter Stelle bei den Vorwahlen in Kalifornien in der letzten Woche deutlich gemacht hat, kann dieser Traum nicht wahr werden.«

Im Publikum stöhnten einige Leute vernehmlich auf. Russ nahm an, dass es sich aus Wahlkampfmitarbeitern und wahren Gläubigen zusammensetzte. Aber was war an Holly Etheridge, an das man wirklich hätte glauben können, abgesehen davon, dass er das Handwerk eines professionellen Politikers beherrschte?

»Dies, zusammen mit einem dritten Platz in New York und einem vierten in New Hampshire, hat mich einsehen lassen, dass die Partei sich einen anderen Standartenträger suchen wird und meine fortgesetzte Präsenz nur von der Botschaft der zwei Kandidaten ablenkt, von denen Sie einen wählen werden.«

Er hielt inne und ließ sie für eine Weile stöhnen.

»So viel zu meinem Pulitzerpreis«, sagte jemand und erntete Gelächter.

»Du hättest eh nie einen Pulitzerpreis bekommen«, meinte eine andere Stimme. »Du arbeitest weder für die *Washington Post* noch für die *New York Times* oder wenigstens den *Miami Herald.*«

»Auch wieder wahr«, bestätigte der erste Sprecher. »Ich hätte wohl besser gesagt, so viel zu meiner *Fantasie,* einen Pulitzerpreis zu bekommen.«

Seine Kollegen johlten. Jemand bewarf ihn mit einem zusammengeknüllten Papierball. Russ lächelte. Journalisten.

Zyniker, Klugscheißer, die alles zuerst mit Blick auf ihre Karriere und erst danach mit Blick auf die Story betrachteten.

»Scheiße«, sagte Sims zu Russ. »Little Rock hatte für einen kurzen Augenblick seinen Platz an der Sonne. Wir dachten, dass der alte Holly in Fort Smith vielleicht mehr aus sich herauskommt. Aber nichts da: zu gewöhnlich, zu langsam, zu orthodox.«

»Der könnte Koffein in Valium verwandeln«, fügte jemand anderes hinzu, »wenn er nicht gerade einer Stewardess nachstellt.«

»Ich hab gehört, seine Spezialität sind Krankenschwestern«, ätzte ein anderer. »Er mag angeblich diese Outfits mit den weißen Strümpfen.«

»Seht euch seine Frau an«, ergänzte jemand. »Ich glaub, die hat 'nen Schokoriegel im Arsch.«

Die Frau stand direkt hinter Etheridge und hatte ein wie gemalt wirkendes Lächeln aufgesetzt, obwohl der Rest des Gesichts wie versteinert wirkte.

»Gott, Dotty«, sagte einer. »Die lässt Pat Nixon wie Mary Tyler Moore aussehen. Neben der sähe Pat ... *frech* aus.«

»Ein Schokoriegel ist das *Einzige,* was die je im Arsch hatte.«

»Und so«, fuhr Hollis Etheridge fort, »kündige ich hiermit meinen Rücktritt als Präsidentschaftskandidat an. Ich möchte meiner Frau Dorothy danken, Paul Osteen, meinem Wahlkampfmanager, und Ihnen allen, meinen loyalen Mitarbeitern. Sie haben gearbeitet wie die Wilden, und ich weiß das wirklich zu schätzen. Nun wird dieser Sohn von Arkansas sich wieder seinem Privatleben widmen. Ich danke Ihnen vielmals.«

»Senator«, kam eine Frage, »was werden Sie mit Ihren Abgeordneten machen? Und mit Ihrer Kriegskasse? Sie sind immer noch führend, was die erhaltenen Spendengelder angeht.«

»Das wird zu einem späteren Zeitpunkt in Absprache mit

den wichtigsten Mitgliedern meines Teams entschieden«, antwortete Etheridge.

»Der ist ja doch noch zu was zu gebrauchen«, meinte jemand.

»Der ist am Ende, der ist erledigt«, kam prompt Widerspruch. »Der soll einpacken und nach Hause gehen.«

»Gott segne Amerika, und Gott segne den Staat Arkansas«, verabschiedete sich Etheridge, machte auf dem Absatz kehrt und ging steif davon.

»Jetzt haben wir keinen Holly Etheridge mehr, auf dem wir rumhacken können«, bemerkte irgendein Witzbold.

»Zum Teufel, auf dem konnte man doch sowieso nie so richtig rumhacken«, fügte ein weiterer Schlaumeier hinzu.

# KAPITEL 31

Es war ein guter Tag für den General gewesen. Um elf hatte er endlich den Vertrag mit Colonel Sanchez von der honduranischen Armee abgeschlossen. Colonel Sanchez war der *comandante* des Bataillon 316, den von Amerikanern ausgebildeten Antiterror- und Aufstandsbekämpfungsspezialisten. Obwohl die Honduraner eine Menge Geld zum Ausgeben hatten, hielt der General es nicht für angebracht, ihnen das Nr. 1-System, wie es genannt wurde, zu verkaufen. Das SR-25 mit dem thermosensitiven Magnavox-Zielfernrohr und dem JFP-MAW-7-Schalldämpfer war das ausgefeilteste System der Welt, aber seine Wartung galt als arbeitsintensiv, und er bezweifelte, dass ein Dritte-Welt-Land ohne fortschrittliche technische Kultur die Einheiten bei häufigem Einsatz angemessen in Schuss halten konnte. Und häufiger Einsatz ließ sich absehen: Beim derzeitigen Guerillakrieg war kein Ende in Sicht; er verlagerte sich vielmehr in die städtischen Gebiete, in denen sich, wie das Bataillon 316 und der Militärgeheimdienst zu Recht annahmen, die Möglichkeit des Einsatzes von Scharfschützen mit Nachtsichtgeräten als unschätzbarer Vorteil erweisen würde.

Nach längerem verhandlungstaktischem Tauziehen hatte der General Colonel Sanchez schließlich davon überzeugt, dass ein System, das auf einem umgebauten AN/PVS-2 Starlight-Fernrohr der Army basierte, genau das war, was er brauchte. Darauf wurde ein dem neuesten Stand der Technik entsprechendes McMillan M86 montiert, das man wiederum durch den M14SS-1-Schalldämpfer von JFP Technology ergänzte. 20 dieser Einheiten wollte er im Kaliber 308 Winchester liefern, zehn in .300 Winchester Magnum und zehn in .223 Remington, womit das Bataillon 316 einiges an taktischer Flexibilität hinzugewann.

Natürlich würde das JFP-Scharfschützenkader einige ausgewählte Schützen im Gebrauch des Waffensystems ausbilden und für eine Übergangszeit als Berater und Ansprechpartner für den Einsatz im Kampfgebiet zur Verfügung stehen. Der General verfügte über einen Talentpool aus einigen Ex-Scharfschützen der Spezialkommandos und Green Berets, die solche Aufgaben übernahmen und dafür ausgesprochen großzügig entlohnt wurden, sowohl mit Geld als auch mit dem ein oder anderen kleinen Mord, den sie im Zuge ihres Einsatzes begehen durften.

Dann gingen der General und der Colonel zusammen zum Mittagessen, wobei sie gewaltige Mengen blutiges Roastbeef in einem der besten Restaurants von Oklahoma City vertilgten, und der General setzte den Colonel vor seinem Hotel ab, damit dieser sich auf den Rückflug vorbereiten konnte. Der General selbst fuhr in seinen Club, wo er drei schnelle Runden Squash gegen seinen Anwalt und eines seiner Vorstandsmitglieder spielte. Er verbrachte eine Stunde im Dampfbad, duschte und kehrte gegen 16 Uhr zurück ins Büro. Er stellte sich darauf ein, noch etwa zwei Stunden lang Papierkram zu erledigen und mit der Arbeit an einer Präsentation zu beginnen, die er in einem Monat für die deutsche GSG 9 abhalten wollte. Falls er *die* aus den Fängen von Heckler & Koch und deren verdammter, überschätzter PSG1 holte, hätte er anschließend eine wunderbare neue Feder, mit der er sich schmücken konnte!

Er setzte sich an seinen Schreibtisch. Judy, seine Sekretärin, kam herein, um ihn auf den neuesten Stand zu bringen.

»Irgendwas Wichtiges?«

»Nein, Sir. Aber Ihre Frau wartet auf die Zahlung.«

»Verflucht, den Scheck habe ich doch schon *abgeschickt*«, erwiderte er.

»Zwei Anrufe von Jeff Harris vom FBI.«

»Ja, ja. Die interessieren sich auch für Nachtsichtgeräte. *Das* wäre doch mal was, oder?«

»Ein Mr. Greenaway, der für Beschaffungen zuständige Beamte von der städtischen Polizei von Cleveland.«

»Oh, darum werde ich mich sofort kümmern.«

»Ein Ferngespräch, Mr. Arrabenz aus Salvador.«

»Dieser alte Pirat. Okay, ich melde mich bei ihm. Eigentlich könnten Sie jetzt schon anfangen, die Verbindung herzustellen. Das dürfte wieder Stunden dauern.«

»Ja, Sir. Und Mr. Short.«

Der General glaubte, er habe sich verhört.

»Wie bitte?«

»Mr. Short. Er sagte, es ginge um Arkansas. Er sagt, er wird noch einmal anrufen. Frenchy Short lautete der Name.«

Der General lächelte kurz und dankte ihr.

Sie verließ den Raum.

Er saß da und hatte Schwierigkeiten zu atmen.

Es kehrte alles zurück. Erst Swagger, und nun das.

*Gottverdammt.*

Er wartete und wartete. Seine Techniker gingen gegen fünf, wie gewöhnlich, und Judy verabschiedete sich pünktlich um 18 Uhr in den Feierabend, doch der General blieb in seinem Büro. Das Telefon klingelte zweimal, nachdem Judy gegangen war. Ein Anrufer hatte sich verwählt und ein anderer legte einfach auf.

*Du Bastard,* dachte er und klammerte sich an seinem Glas Scotch fest. *Du Bastard.*

Endlich, um 20:27 Uhr, klingelte das Telefon.

Er schnappte sich den Hörer.

»Hallo.«

»Jack! Jack Preece, du alter Hund, wie zum Teufel geht's dir? Hier ist dein alter Kumpel Frenchy Short.«

Der Sprecher hatte einen Südstaatenakzent und sprach in einem heiteren Tonfall voller falscher Herzlichkeit.

»Wer sind Sie?«, fragte Preece. »Sie sind nicht Frenchy Short. Frenchy Short ist tot. Er ist 1974 in Wien gestorben. Ich habe den CIA-Bericht gelesen.«

»Details, Details«, wiegelte der Anrufer ab. »Wie geht's dir denn dieser Tage, Jack? Diese Scheidung kostet dich immer noch 'nen Haufen Geld, möchte ich wetten. Deiner Tochter gefällt es an der Penn, oder? Die Geschäfte laufen gut, nicht wahr? Das Bataillon 316? *Ausgezeichnet,* Jack. Ist ja ein florierendes, kleines Unternehmen, das du da leitest.«

»Wer sind Sie?«

»Ich bin Frenchy Short.«

»Verflucht noch mal, *wer sind Sie?*«

Der Mann am anderen Ende der Leitung ließ ihn noch eine Weile zappeln.

»Jack, du hast recht. Frenchy ist tot. Man könnte sagen, ich bin sein Thronfolger.«

»Was zum Teufel soll das alles?«

»Jack, Frenchy Short war das Beste, was dir je passiert ist. Dein Leben lief wie verzaubert ab, seit du ihm begegnet bist. Du bekamst die Kommandos, die du wolltest. Du bist im Rang aufgestiegen. Du bekamst Einfluss, Macht, Prestige. Du hast diese Scharfschützenschule geleitet, das führende Scharfschützenkommando in der westlichen Welt. Deine taktische Doktrin zum Nachtkampf wurde von der Army übernommen. Du hast die Brust voll mit Bändern und Medaillen hängen. Du bist zu einem wohlhabenden Mann geworden. Jack, du hast Frenchy Short eine ganze Menge zu verdanken.«

»Hören Sie auf mit dem Blödsinn. Kommen Sie verdammt noch mal auf den Punkt.«

»Der Punkt ist folgender, Jack: 1955 hast du Frenchy einen großen Gefallen getan. Du hast für uns einen Schuss abgefeuert, den niemand sonst auf der Welt hätte übernehmen können. Das hat uns alle möglichen Vorteile verschafft. Und auch dir hat es alle möglichen Vorteile verschafft. Und jetzt, über 40 Jahre später, hat jemand diesen Fall wieder auf den Tisch gebracht. Jemand macht Jagd auf uns. Du musst noch einen Schuss abfeuern. Du musst ihn unter die Erde bringen. Ein Nachteinsatz. Distanzschuss. Deine Spezialität.«

»Nein«, antwortete Jack. »Das ist die einzige Sache, die ich bereue. Dieser Mann war ein Polizeibeamter, der niemandem etwas getan hatte. Ein Held. Das ist die einzige Sache, für die ich mich schäme. Die Konsequenzen sind mir egal.«

»Jack, ich hatte ganz vergessen, wie tapfer du bist. Du hast den Bronze Star bekommen, nicht wahr? In Ordnung, Jack, dann spiel vor deinem alten Kumpel Frenchy Short den Edelmütigen. Du sagst, du stellst dich den Konsequenzen? Du wirst alles aufgeben, deinen guten Namen, deine Firma, deine Familie? Du wirst den Skandal ertragen? Aber das sind nicht die Konsequenzen, um die es geht. Nein, nein, wenn er hinter mir her ist, egal wie die Sache ausgeht, dann werde ich ganz sichergehen, dass er deinen Namen bekommt, Jack, und dann wird er hinter dir her sein. Er ist der Beste. Einen Besseren gibt's nicht.«

»Swagger?«

»Und wie, drei Meter hoch und mächtig angepisst. Immer noch der Beste. Nach wie vor. Hat neulich zehn Profis plattgemacht, eventuell hast du was darüber in der Zeitung gelesen?«

Das hatte Preece, verdammt noch mal.

»Jack, ich werd dich Swagger überlassen und der wird dich auseinandernehmen. Oder ich locke ihn dir vor die Flinte. Ein Schuss und er ist tot.«

Der General schwieg. Er schaute sich im Raum um und betrachtete seine Schützentrophäen, das holzgetäfelte Büro, die Medaillen an der Wand. Wenn Swagger ihn in die Finger bekam, wäre alles vorbei.

»Und dann bin ich raus aus der Sache?«

»Ehrenwort. Du kehrst in *dein* Leben zurück und ich in *meins.*«

»Wie?«

»Morgen rückst du mitsamt deiner Ausrüstung aus. Du gehst zu einer Farm, weit draußen an einem Schotterweg an der County 70, kurz nach der 71, ein kleines Stück nördlich von Blue Eye. Es ist weit, weit ab vom Schuss, in der Nähe eines kleinen Anwesens namens Posey Hollow. Deine Kontaktperson wird ein Kerl namens Duane Peck sein. Der wird dich einweisen. In der Zwischenzeit kümmere ich mich darum, dass Swagger in den Wald geht. Man muss ihn langsam und vorsichtig anlocken. Man darf nicht zu hastig vorgehen, aber ich rechne mit ein paar Tagen, höchstens einer Woche. Wenn es so weit ist, musst du schnell und leise vorgehen. Ich bereite dir den Schuss vor. Und du schießt besser nicht daneben, General Jack, sonst stellt er dich kalt, verlass dich drauf.«

»Ich schieße nie daneben«, erwiderte der General.

# KAPITEL 32

Hinter der Brücke veränderte sich das Land. Es wurde flach und karg und gab nach einer Weile Ausblicke auf Gewässer frei, deren Ränder dicht mit Schilf bewuchert waren – riesige Panoramen einer nahezu farblosen Sumpflandschaft, nur hier und da von Baumgruppen unterbrochen. Das Wasser glitzerte in der Sonne.

»So viel Wasser gibt's im gesamten Staat Oklahoma nicht«, bemerkte Russ.

Sie befanden sich an der Ostküste von Maryland und fuhren in Richtung St. Michaels, einer Karte zufolge eine kleine Stadt auf einem Kap, das in die Chesapeake Bay hineinragte. Die Gegend wirkte, als sei sie nur teilweise dem Meer abgetrotzt worden: Das Wasser schimmerte hinter Bäumen oder Äckern hervor, lauerte schwarz und still in tiefen Tümpeln, die an dunkle, sich scheinbar bis in die Unendlichkeit erstreckende Bäume schwappten, oder es sammelte sich in den Flüssen und Bächen, die das Land kreuz und quer zerteilten wie Säbelhiebe.

»Nass«, war alles, was Bob dazu einfiel.

»Vielleicht will sie uns nicht sehen«, meinte Russ.

»Oh, ich denke schon.«

»Sollen wir ihr überhaupt von Sam erzählen? Das regt sie vielleicht auf.«

»Wir sollten ihr in allen Punkten die Wahrheit sagen. Soweit ich mich erinnere, ist sie eine verdammt kluge Dame. Schon damals, als noch niemand glaubte, dass eine Frau klug sein kann, haben alle gesagt: Miss Connie ist *klug*. Das sagt eine ganze Menge über sie aus. Ich glaube, dass die Hälfte aller Männer damals heimlich in sie verliebt gewesen sind, mein eigener Vater und Sam Vincent eingeschlossen.«

»Sie ist 95«, wandte Russ ein.

»Ich wette, dass sie immer noch schlau wie ein Fuchs ist. Sie werden schon sehen.«

Sie fuhren durch St. Michaels, eine Stadt, die so urig wirkte, als ob sie ins Schaufenster eines Antiquitätenhändlers gehörte. Dann entdeckten sie an der Route 33, ein Stück weiter in Richtung Chesapeake Bay, ein diskretes Schild, teuer und zurückhaltend gestaltet, auf dem DOWNY MARSH stand. Ein Pfeil gab ohne weitere Erklärungen die Richtung vor.

Russ fuhr durch die Zufahrt und gelangte an ein Tor unter überhängenden Ulmen. Ein Wachmann hielt sie an.

»Besuch«, erklärte Russ, »für Miss Longacre. Mrs. Longacre.«

Der uniformierte, schwarze Wachmann nickte und ließ sie passieren.

Es musste früher einmal das Anwesen eines Räuberbarons, eines Stahlmagnaten oder Eisenbahntycoons gewesen sein. Eine Asphaltstraße wand sich durch eine Vegetation, die immer spärlicher wurde, während sie zwischen hohem, im Wind raschelndem Schilf herumkurvten. Schließlich erweiterte sich der Blick auf eine Anlage aus Gärten und Rasenflächen, die sich sichelförmig aus dem Sumpf erhob, überragt von einem Herrenhaus mit Ziegelmauern.

Das Gebäude wirkte gigantisch, monströs, mit einem Mansardendach bedeckt – grünes Kupfer im Sonnenlicht – und auf mehreren Etagen mit mehrfach verglasten Fenstern und Balkonen versehen, jeweils mit kunstvollen Eisengittern verziert. Die unerträgliche Hässlichkeit des Ganzen kündete von der Brutalität und Unausweichlichkeit des Kapitals. Russ kam der Bau wie ein Relikt aus dem 19. Jahrhundert vor, erfüllt von schwarzem Rauch und mahlenden Zahnrädern, ein arroganter Schandfleck mit Blick auf fünf Meilen stilles Sumpfland. Jenseits davon schloss sich die verschlagene, wie hinter Glas liegende Stille der Bucht an. Es vermittelte den Eindruck eines Orts, an den sich reiche Menschen zum Sterben zurückzogen.

Russ fuhr auf einen Parkplatz, vor dem ein Schild mit der Aufschrift BESUCHER aufgestellt war. Er stellte fest, dass es außer ihrem kein einziges Auto gab. Draußen in der

Gartenanlage sah er uralte Menschen, die krumm in ihren Rollstühlen saßen und von schwarzen Pflegerinnen oder Pflegern herumgeführt wurden.

Es war 14 Uhr. Die Sonne schien hell und der Himmel erstrahlte in klarstem Blau. Hoch oben flog eine Schar Gänse vorbei und seitlich des Hauses stand ein Reiher auf einem Bein neben einem kleinen Teich.

»Überlassen Sie mir das Reden«, sagte Bob. »Ich glaube, sie wird sich an mich erinnern.«

Sie gingen hinein, beide mit Anzügen bekleidet, und hörten ihre Schuhe in der Stille auf dem Linoleum knirschen. Das Haus hatte keine medizinische Atmosphäre, eher eine andächtige. Es kam Russ wie ein religiöser Wallfahrtsort vor.

Sie gelangten an einen Tresen, hinter dem zwei vornehm gekleidete Damen sie argwöhnisch beäugten.

»Hallo«, begrüßte Bob sie. »Ich wollte fragen, ob es möglich ist, eine Ihrer Patientinnen ...«

»Bewohnerinnen«, wurde er eisig korrigiert.

»... Bewohnerinnen namens Connie Longacre zu besuchen. Ich bin der Sohn eines alten Freundes von ihr.«

»Wie heißen Sie, Sir?«

»Swagger. Bob Lee Swagger. Sagen Sie ihr, ich sei der Sohn von Earl Swagger. Sie wird sich an mich erinnern.«

Sie setzten sich und warteten eine Ewigkeit, bis schließlich eine Frau zu ihnen kam.

»Sie ist gebrechlich. Aber sie ist wach, klar im Kopf und robust. Ich kann Ihnen nicht mehr als eine halbe Stunde geben. Versuchen Sie, sie nicht aufzuregen.«

»Ja, Ma'am«, versicherte Bob.

Die Angestellte führte sie durch eine Flügeltür in weitläufige Räume, die größtenteils leer standen, danach hinaus auf eine Veranda mit Blick auf die Bucht, so hoch gelegen, dass man von dort aus das feine Netz aus Inseln, Sumpfland und vielen Meilen blaues Wasser überblicken konnte. Die gegenüberliegende Küste befand sich außer Sichtweite, doch in der Ferne stachen grüne Inseln zwischen den Wellen hervor.

Die alte Dame saß mit Blick auf dieses Panorama in einem Rollstuhl. Sie war in Decken eingewickelt, trug eine dunkle Sonnenbrille und hatte stark eingefallene Wangen, welche die straffe, gepuderte, von Falten zerklüftete Haut hervortreten ließen. Doch zwei helle Tupfer Rouge brachten etwas Farbe auf ihre mageren Wangen und ihr schneeweißes Haar saß auf dem Kopf wie ein Pillbox-Hut.

»Miss Connie?«, fragte Bob.

»Gott, diese Stimme würde ich überall wiedererkennen«, sagte sie fröhlich und wandte sich zu ihnen um. »Ich habe sie 40 lange Jahre lang nicht mehr gehört, und doch höre ich sie jede Nacht, bevor ich schlafen gehe. Er war ein wunderbarer Mann, Ihr Vater. Wissen Sie das, Bob Lee? Die meisten Männer sind nicht wunderbar, meiner Erfahrung nach, doch von Ihrem Vater konnte man das definitiv behaupten.«

»Ja, Ma'am. Ich wünschte, ich könnte mich besser an ihn erinnern.«

»Haben Sie je geheiratet, Bob Lee? Und Kinder bekommen?«

»Ja, Ma'am, endlich. Ich habe eine tolle Frau kennengelernt, eine Krankenschwester in einem Indianerreservat in Arizona. Ich arbeite jetzt als Pferdepfleger. Wir haben eine Tochter namens Nicole, Nicki. Sie ist vier. Wir lieben die Kleine sehr.«

»Da bin ich froh. Earl hat ein Enkelkind verdient. Ich wünschte, er hätte es noch erfahren.«

»Ja, Ma'am«, erwiderte Bob. »Ma'am, ich bin mit einem Partner hier, einem jungen Schriftsteller. Sein Name ist Russ Pewtie.«

»Ist mir ein Vergnügen, Mrs. Longacre.«

»Hier, nehmen Sie meine Hand, junger Mann. Ich will mir von Ihnen ein bisschen Wärme klauen.«

Russ streckte ihr die Hand entgegen. Sie packte sie mit festem Griff. Ihre Finger fühlten sich kalt an, wirkten aber trotzdem energiegeladen.

»Gut. Und jetzt, Russ, beschreiben Sie, was vor mir liegt,

bitte. Ich bestehe darauf. Ich möchte mir Ihre Augen ausleihen. Man hat mir zwar gesagt, dass es schön ist, aber ich kann es ja nicht mehr sehen.«

Russ lieferte eine holprige Beschreibung der Szenerie und fühlte sich dabei nicht besonders wortgewandt.

Aber sie nahm es nachsichtig hin.

»Sie können sich gut ausdrücken«, lobte sie.

»Er ist Schriftsteller«, sagte Bob.

»Was schreibt er denn? Ihre Lebensgeschichte, Bob Lee? Das wäre ein spannendes Buch.«

»Nein, Ma'am. Er schreibt ein Buch über meinen Vater und darüber, wie er gestorben ist.«

»Eine furchtbare Tragödie«, erwiderte Miss Connie. »Ein furchtbarer Tag. Schlimmer als jeder Tag im Krieg. In mancher Hinsicht schlimmer als der Tag, an dem mein Sohn und seine Frau gestorben sind. Mein Sohn war ein Trinker. Wenn man trinkt und mit schnellen, kleinen Autos fährt, muss man mit bestimmten Folgen rechnen. So sei es. Aber Ihr Vater hat eine Arbeit verrichtet, die wichtig für die Gemeinschaft gewesen ist. Er galt als moralisches Vorbild. Er hätte etwas viel Besseres verdient als einen Straßenbengel wie Jimmy Pye.«

»Ja, Ma'am«, bestätigte Bob. »Wir sind gekommen, um darüber zu sprechen. Über das, was an diesem Tag passiert ist. Was gesagt wurde, der zeitliche Ablauf, alles, was Sie noch wissen. Wäre das in Ordnung, Miss Connie?«

»Darf ich fragen, warum?«

»Ich möchte einfach wissen, wie mein Vater gestorben ist«, sagte Bob.

»Das ist das Recht jedes Sohnes. Nur zu. Stellen Sie Ihre Fragen.«

»Sie haben ihn gesehen?«

»Ja, das habe ich. Er kam etwa um zwei Uhr nachmittags zum Landhaus. Er verscheuchte einen grässlichen Hilfssheriff, der dort herumlungerte. Die meisten Männer taten, was Earl ihnen sagte; er hatte so eine bestimmende Art an sich. Aber Earl war aufgebracht. Er zeigte es nicht, denn Ihr Vater zählte zu den Männern, die sich immer unter Kontrolle hatten. Er redete nicht viel, aber er handelte umso entschlossener. Ein ruhiger Mann, ein Beobachter. Wenn er sprach, hatte er so eine tiefe, raue Stimme, genau wie Ihre. Aber die Sache mit Jimmy setzte ihm zu. Er konnte es nicht verstehen. Er *glaubte* an Jimmy.«

»Warum, meinen Sie, hat er das getan?«, erkundigte Russ sich.

»Wenn ich mir diese beiden anschaue, Jimmy Pye und Earl Swagger, dann sehe ich die beiden Gesichter Amerikas. Earl ist das alte Amerika, das den Krieg gewonnen hat. Wenn ich ›den Krieg‹ sage, junger Mann, meine ich natürlich den Zweiten Weltkrieg.«

»Ja, Ma'am.«

»Bei den jungen Leuten von heute kann man nie ganz sicher sein, was sie wissen. Jedenfalls war Earl ein harter Knochen, geduldig, er arbeitete hart, war stur und ausgesprochen mutig. Jimmy dagegen verkörperte das neue Amerika. Er wusste nichts. Aber er sah gut aus, war aalglatt, clever, hübsch anzusehen und bösartig. Er dachte nur an sich selbst. Seinem Weltbild nach zu urteilen, drehte sich die Erde allein um ihn, und damit hatte es sich. Er machte sich nicht einmal etwas aus Edie White, abgesehen davon, dass er sie besitzen wollte, damit er der Welt verkünden konnte: ›Niemand außer mir kann dieses schöne Wesen haben‹. Edie war ein schönes, wirklich schönes Mädchen. Earl wollte sich die Wahrheit über Jimmy nicht eingestehen. Darin lag sein Fehler, seine Hybris. Und deshalb ist es auch eine Tragödie und kein Melodram.«

»Hat mein Vater ... woran hat er in diesen letzten paar Tagen gearbeitet? Gab es da irgendein Ermittlungsverfahren, ein Projekt? Ich muss wissen, womit er sich beschäftigt hat.«

»Ich bin an diesem letzten Tag nur eine halbe Stunde mit ihm zusammen gewesen, eher noch weniger. Dann bin ich gegangen und er blieb allein mit Edie zurück. Ich habe ihn danach nie mehr wiedergesehen. Als ich zurückkam, schlief sie. Aber ... an eins kann ich mich erinnern. Er hatte früher an diesem Tag eine Leiche gefunden.«

»Das junge, schwarze Mädchen«, sagte Russ. »Ja, davon haben wir gehört.«

»Shirelle Parker hieß sie. Man hatte sie ermordet. Die Sache nahm Ihren Vater sehr mit. Ich konnte ihm ansehen, wie sehr es ihn beschäftigte. Ich kann mich noch genau daran erinnern. Er erwähnte, dass an der ganzen Angelegenheit ›irgendetwas faul‹ sei. Was genau, hat er mir nicht erklärt.«

»Aber soweit ich weiß, war da nichts faul«, wandte Bob ein. »Nach einem oder zwei Tagen wurde ein schwarzer Jugendlicher festgenommen. Sam erhob Anklage. Ein wasserdichter Fall. Zwei Jahre später hat man den Jungen hingerichtet. Und damit war die Sache erledigt.«

»Ja«, sagte Miss Connie, »damit war die Sache erledigt.«

»Also hat mein Vater sich geirrt«, schloss Bob.

Sie wandte ihr Gesicht ab, als ob sie einen Blick über die Bucht werfen wollte.

»Ihr Vater hatte recht. Reggie Gerard Fuller hat dieses Mädchen nicht getötet. Das habe ich viele Jahre später herausgefunden.«

»Wer hat es getan?«

»Das weiß ich nicht. Aber ich weiß, was passiert ist und warum es passiert ist. Am Abend, an dem dieses Mädchen verschwand, gab es ein Treffen in der Kirche.«

Russ erinnerte sich an eine entsprechende Notiz in dem Buch, das Earl Swagger hinterlassen hatte: ›Kirchentreffen? Was für eins? Wer ist noch dort gewesen?‹

»Damals wurde der Süden auf die Bürgerrechtsbewegung vorbereitet, und was immer Sie darüber zu wissen glauben – die ist nicht einfach aus dem Nichts gekommen. Ein Jahrzehnt lang zogen ungemein tapfere, junge schwarze Pfarrer und junge weiße Freiwillige von Kirche zu Kirche und versuchten dort, die Menschen auf die gefährliche Arbeit vorzubereiten, die vor ihnen lag. In der Nacht, in der Shirelle verschwand, hatte so ein Treffen in der Kirche stattgefunden. Shirelle war dort gewesen. Reggie ebenfalls. Nach dem Treffen brachte er Leute im Leichenwagen seines Vaters nach Hause – Leute, die von überall aus Polk County und aus den benachbarten Countys Scott und Montgomery stammten. *Deshalb* hatte er nie ein Alibi. Er hat Shirelle nicht nach Hause gefahren, weil sie bloß zwei Häuserblocks entfernt wohnte.«

»Ich verstehe n...«

»Der weiße Mann war ein jüdischer Radikaler aus New York. Saul Fine. Ich glaube, er ist Kommunist gewesen. Später wurde er in Mississippi getötet. Einige weiße Jugendliche, die ihn als Niggerfreund beschimpften, schleiften ihn vor die Tür und erschossen ihn. In dieser Nacht hatte er eine leidenschaftliche Rede vor einigen der jüngeren Gemeindemitglieder gehalten, denen der Reverend vertraute. Schließlich gingen sie nach Hause und Saul zog weiter. Doch als Shirelle gefunden und Reggie angeklagt wurde, musste er zu dem Schluss gelangt sein, dass es Konsequenzen hätte, wenn er von dem Treffen erzählte. Dann wäre herausgekommen, dass eine Revolution geplant wurde und ein kommunistischer Agitator aus dem Norden in den Süden gekommen war, um die Farbigen aufzustacheln. Die Weißen hätten sich aufregt, das hätte Gewalt gegen die Kirche nach sich gezogen und die ganze Unternehmung gefährdet. Der Klan wäre wieder geritten. Soweit ich mich erinnere, waren die Weißen damals sehr ängstlich.«

Sie wandte ihr Gesicht der Bucht zu und nahm die Brille ab. Man konnte immer noch das Blau ihrer Augen sehen, obwohl sie mittlerweile blind und trüb waren. Eine Träne lief ihr über die Wange.

»Ihr Vater ist ein tapferer, tapferer Mann gewesen, Bob Lee Swagger. Er hat die Ehrenmedaille bekommen und mit keiner Seele darüber gesprochen. Aber er ist nicht der tapferste Mann, von dem ich je gehört habe. Der Tapferste, von dem ich je hörte, war ein 19 Jahre alter schwarzer Junge, der still auf dem elektrischen Stuhl saß, während man ihn festschnallte und anschließend tötete. Er hat nie einen Mucks von sich gegeben. Denn er glaubte an etwas. Er hat keine Medaillen oder irgendwelchen Ruhm dafür erhalten und auch nie den Präsidenten getroffen. Aber er begriff, dass alles, was man tut, Konsequenzen hat, stellte sich ihnen ohne Umschweife und ist dem Kurs, auf den sie ihn führten, bis ans bittere Ende gefolgt. Denn das hatte Saul Fine ihnen angekündigt: Menschen werden ums Leben kommen. Der Kampf fordert blutige Opfer. Niemand wird sich an die erinnern, die sterben. Das ist der einfache, brutale Prozess des Fortschritts.«

Sie hielt einen Augenblick inne. »Niemand hat je davon erfahren, abgesehen von den Leuten, die an diesem Treffen teilgenommen haben, und die konnten es niemandem erzählen. Seine Mutter wusste es nicht, sein Vater wusste es nicht und selbst viele der Schwarzen in Blue Eye hatten keine Ahnung. Sam auch nicht. Sam hat die Anklage gegen ihn vertreten und geglaubt, dass er Gottes Werk tat. Ich dachte, dass der Gerechtigkeit genüge getan worden sei. Als ich die Wahrheit erfuhr – 1978, als ich George Tredwell begegnete; dem schwarzen Pfarrer, der damals mit Saul Fine zusammen reiste – hätte ich beinahe Sam angerufen. Aber dann dachte ich mir: Welchen Sinn hätte das? Es hätte Sam umgebracht, herauszufinden, dass er einen so tragischen Fehler begangen hat. Das ist also das einzige Geschenk gewesen, das ich ihm gemacht habe, so sehr ich ihn auch liebte.«

»Jetzt kann es ihm nichts mehr anhaben. Sam ist vorletzte Nacht gestorben.«

»Ich habe bereits an Ihrer Stimme gehört, dass Sie mir eine Todesnachricht überbringen.«

»Er ist eine Treppe hinuntergestürzt. Mit 86. Zäh und lebhaft wie eh und je.«

»Auch er ist ein guter Mann gewesen. Ich habe ihn über die Jahre so vermisst. War er mit einem Fall beschäftigt?«

»Ja, Ma'am. Er hat sich nie wirklich zur Ruhe gesetzt.«

»Arkansas: Dieses Land hat einige furchtbare Männer

hervorgebracht. Es hat Jimmy Pye und Boss Harry Etheridge und seinen idiotischen Sohn Hollis hervorgebracht, der Präsident werden wollte. Holly, so nennt man ihn doch? Ich glaube, es ist immer ein Fehler, einem Mann einen Mädchennamen zu geben. Wie ich gehört habe, hat er auch einige Mädchen dafür büßen lassen. Aber Arkansas brachte auch Earl Swagger und Sam Vincent hervor.«

»Ja, Ma'am.«

»Habe ich Ihnen geholfen?«

»Ja, Ma'am, ich glaube, das haben Sie. Wir werden uns jetzt auf den Weg machen.«

»Jetzt habe ich mal eine Frage an Sie.«

»Ja, Miss Connie.«

»Ich bin nicht ganz sicher, ob ich den Mut habe, sie zu stellen.«

»Niemand hat je bezweifelt, dass Miss Connie Mut hat. Mit Ihrer Hilfe haben wir Daddys Begräbnis überstanden.«

»Nun gut. Das Kind. Was ist aus dem Kind geworden?«

»Tut mir leid, ich glaube, ich ...«, hob Bob zu sprechen an.

»Sie meint Edies Jungen. Den Sohn von Edie und Jimmy.«

»Ja. Mein Gott, ich wollte dieses Kind retten. Ich habe versucht, ihn nach Edies Tod zu adoptieren. Sam hat mich in diesem Fall vertreten. Ich habe mich drei Monate lang um dieses Kind gekümmert. So ein starker, wachsamer und kluger Bursche! Aber in den 50er-Jahren ließ kein Gericht in Arkansas eine Witwe aus dem Norden ein neugeborenes Kind von einer Mutter aus Arkansas adoptieren, solange es noch Angehörige gab. Ich habe ihn Stephen genannt, nach meinem eigenen Sohn. Sie zwangen mich dazu, ihn an Jimmys Familie abzugeben. Das brach mir damals das Herz. Ich habe nie erfahren, was aus ihm geworden ist.«

Sie quittierten ihre Frage mit Schweigen.

»Oh«, sagte sie schließlich. »Es ist also nichts Gutes aus ihm geworden.«

»Die Pyes kümmerten sich nicht um ihn«, erklärte Russ, »und sie schlugen ihn. Je mehr sie ihn schlugen, desto schlimmer wurde es. Schließlich geriet er in die Mühlen der Erziehungsheime. Mit zwölf Jahren galt er bereits als hoffnungsloser Fall. Am Ende schickten sie ihn weg und er zog zu Jimmys älterem Bruder in Oklahoma. Er wurde …«

Russ hielt inne.

»Nur weiter, junger Mann. Ich musste schon genug gute Männer begraben, also kann ich mittlerweile alles ertragen.«

»Er wurde zum Gewaltverbrecher. Er hat viele Menschen umgebracht und noch viele, viele weitere traumatisiert. Er hat im Staatsgefängnis gesessen, wo er noch gewalttätiger wurde. Ein notorischer Krimineller der übelsten Sorte. Lamar Pye, so nannte er sich zu dieser Zeit. Ein Polizist hat ihn 1994 getötet.«

»Dieser Tag hat nichts Gutes gebracht, nicht wahr?«, fragte Miss Connie. »Ich hoffe, dass so einer nie wieder kommt. Ein böser Tag.«

# KAPITEL 33

Die Häuser unterschieden sich kaum voneinander, aber Duane kannte die Adresse und erinnerte sich, wie es dort aussah, daher bereitete ihm die Suche keine Probleme. Er bog in die Einfahrt ein. Die Straße war ein amerikanischer Traum, ein Traum von einem Amerika, dem er nie, niemals angehören würde.

Nigger.

Nigger lebten hier – und er in irgendeinem Wohnwagen abseits der Interstate?

Doch dann sagte er sich, dass er sich beruhigen, dass er einen Gang zurückschalten musste. Das hatte Mr. Bama gesagt: *Du musst ruhig bleiben, Peck. Du gehst da nicht rein, um ihnen in den Hintern zu treten und zu zeigen, was für ein harter Kerl du bist. Du musst kriechen und katzbuckeln.* Dann hatte er jemanden namens Niehtsche zitiert: *Was dich nicht umbringt, macht dich stark, Peck.*

Also atmete er tief durch, stieg aus dem Streifenwagen, schob sein Haar unter den Stetson und lief zum Haus. Die Tatsache, dass jemand ihn durch ein Fenster nervös beobachtete, bereitete ihm ein gewisses Vergnügen. Sie bekamen also *immer noch* Angst, wenn sie Besuch von der Obrigkeit erhielten.

Er klopfte an die Tür.

Er wartete. Von drinnen ertönte Geraschel und hektisches Gewühl.

Schließlich wurde die Tür geöffnet und eine junge, schwarze Frau spähte zu ihm hinaus. Ihr Gesicht wirkte angespannt und ängstlich. Das gefiel Peck sehr.

»J-ja?«, fragte sie.

Er lächelte. »Ma'am?«, fragte er so charmant, wie er konnte, »Ma'am, ich bin Deputy Duane Peck vom Sheriffbüro. Ich bin hier, um mit einer Mrs. Lucille Parker zu sprechen.«

»Das ist Mama. Worum geht es, wenn ich fragen darf?«

»Ma'am, ich stelle Ermittlungen über den Tod von Sam Vincent an, den früheren Oberstaatsanwalt. Er ist vorletzte Nacht gestorben. Am letzten Tag seines Lebens kam er hierher und hat mit Mrs. Parker gesprochen. Ich habe ihn zufällig hier gesehen. Ich komme bloß vorbei, um sicherzugehen, dass alles in Ordnung ist. Ich weiß, dass sie eine alte Dame ist, Ma'am, und ich habe nicht vor, sie länger zu belästigen. Ich habe bloß ein paar Fragen. Bin in null Komma nichts wieder weg.«

»Einen Augenblick«, erwiderte die Frau mit steinerner Miene und schloss die Tür.

Die Wut stieg in Duane auf wie eine Rauchwolke. Dass ein Niggermädchen ihn so behandelte! Ließ ihn einfach in der prallen Sonne stehen! Aber er schluckte seinen Ärger hinunter und befahl sich, ruhig zu bleiben, da diese verfluchte Sache hier ihm einen besseren Job einbringen konnte, als den Lakaien für Mr. Bama zu spielen. Und dann behandelte ihn nie wieder jemand wie Abschaum. Niehtsche hatte es gesagt!

Die Minuten vergingen, und schließlich wurde die Tür erneut geöffnet.

»Mama wird Sie empfangen. Der Tod von Mr. Sam hat sie sehr mitgenommen. Gehen Sie schonend mit ihr um, haben Sie gehört? Sie ist 82 Jahre alt.«

Duane betrat das Haus. Es verblüffte ihn, wie geschmackvoll es eingerichtet war – fast wie bei Weißen. Er hatte immer geglaubt, dass diese Leute wie in einem Schweinestall hausten.

Die Frau – die Tochter, wie er jetzt wusste – führte ihn durch ein Wohnzimmer zur rückwärtigen Veranda, wo die alte Dame in fürstlicher Pracht und Herrlichkeit thronte wie eine Dorfkönigin.

»Ma'am, ich bin Deputy Peck. Hoffe, ich störe Sie nicht, aber wir müssen ein paar Nachforschungen anstellen. Ich werde versuchen, es kurz zu machen.«

Sie nickte.

»Äh, wissen Sie, dass der arme Sam Vincent vorletzte Nacht in seinem Büro eine Treppe hinuntergefallen und gestorben ist?«

Sie nickte.

»Der arme Sam«, sagte Duane. »Nun ja, es sieht zwar eindeutig nach einem Unfalltod aus, aber ich muss trotzdem die ein oder andere Frage stellen.«

»Nur zu, Deputy.«

»Ma'am, wirkte er wegen irgendetwas aufgebracht? Hatte er sich unter Kontrolle? Wovon hat er gesprochen?«

»Meine Tochter wurde vor über 40 Jahren in dieser Stadt umgebracht«, sagte die stolze alte Lady. »Er hat die Anklage gegen den Jungen geführt, von dem man behauptete, er habe es getan. Ich hatte ihm vor einigen Jahren einen Brief über dieses Verbrechen geschrieben. Er kam vorbei, um darüber zu reden, das ist alles.«

»Verstehe. Aber ging es ihm gut? Ich meine, hat er sich in so einer dieser *Phasen* befunden, wie auch immer man das nennt. Also irgendwie aufgedreht, oder so, als ob er hinfallen könnte. Gleichgewichtsprobleme. Hatte er Gleichgewichtsprobleme?«

»Er war ein guter Mann. In dieser Gegend scheinen die guten Leute zu sterben und die schlechten immer weiter zu leben.«

»Ja, Ma'am, so scheint's einem manchmal. Aber körperlich fehlte ihm nichts, oder? Ist es das, was Sie mir sagen wollen?«

»Ich glaube nicht, dass Mr. Sam eine Treppe runtergefallen wäre, nein, Sir«, antwortete die Frau. »Er war stark wie ein Bulle und äußerst klar im Kopf. Von Gleichgewichtsproblemen habe ich nichts bemerkt.«

»Ja, Ma'am.«

»Sein Tod ist eine schreckliche Tragödie. Er war ein guter Mann.«

»Das sehe ich genauso, Ma'am. Der alte Sam war wie ein Daddy für mich.«

»Der einzige Mann in diesem Staat, der den Mumm hatte,

einen weißen Mann für den Mord an einem Schwarzen anzuklagen. Dazu brauchte man Mut.«

»Ja, Ma'am«, sagte Duane und versuchte, sich sein Entzücken nicht anmerken zu lassen. Die Frau hatte das Gespräch genau an den Punkt gebracht, auf den er hinauswollte.

»Ich habe es nachgeschlagen«, erklärte er. »Jed Posey, für schuldig befunden und zu einer lebenslangen Gefängnisstrafe verurteilt für den Mord an Davidson Fuller, damals im Jahr 1965. Hat ihn mit einer Schaufel erschlagen.«

Die alte Dame schüttelte den Kopf. Sie dachte über die verwickelte Vorgeschichte des Mordes an ihrer Tochter Shirelle nach. Shirelle war, wie das Gericht gesagt hatte, von Reggie Fuller getötet worden, den man daraufhin zum Tode verurteilt hatte. Davidson Fuller, sein Vater, hatte *alles* verloren bei dem Versuch, seinen Sohn zu befreien. Doch irgendwie hatte diese schwere Prüfung ihn stark gemacht, und in den frühen 60er-Jahren hatte er sich zu einem der einflussreichsten und furchtlosesten Anführer der Bürgerrechtsbewegung in Arkansas aufgeschwungen. Er hatte in der Nähe von Nunley zum Tanken gehalten, und ein furchtbarer weißer Mann war aus der Tankstelle gekommen und hatte ihm drei Schläge mit einem Spaten versetzt – für nichts, einfach nur wegen seiner Hautfarbe. Nach der Tat war der Kerl zurück auf die Veranda gegangen, um einen Cherry Smash zu trinken, bis die Polizei eintraf. Mr. Sam hatte kein Todesurteil erwirken können, aber er hatte dafür gesorgt, dass Jed Posey für den Rest seines Lebens ins Gefängnis kam.

Als ob sie beide gleichzeitig diesen Gedankengang verfolgt hätten, trafen sich ihre Blicke. Und Duane überbrachte ihr die Nachricht, wegen der man ihn geschickt hatte.

»Schon gehört, dass sie den alten Jed Posey nun doch auf Bewährung rauslassen?«

Sie starrte ihn entsetzt an.

»Jepp, er kommt heute raus. Man sagt, dass er in die Hütte seines Bruders Lum zurückkehren will, irgendwo oben in den verdammten Bergen. Eine Schande, dass man einen Kerl wie den nicht im Knast sterben lässt, wo er hingehört.«

Er lächelte.

»Also, ich danke Ihnen vielmals, Ma'am. Sie haben mir sehr geholfen.«

Jack Preece öffnete die Waffenkammer und trat ein. Es handelte sich um einen geräumigen, extrem kostspieligen Tresorraum, der ausreichend Platz für 200 Gewehre bot. Doch er enthielt nur etwa 30, allesamt versandfertig, verschiedene Produkte zur Lieferung an Brennpunkte auf der ganzen Welt.

Er dachte noch einmal in Ruhe darüber nach.

Ein Schuss bei Nacht. Infrarot oder passives Umgebungslicht? Entfernung: 180 Meter oder weniger. Was sollte er nehmen? Er brauchte eine Waffe, die zur Mission passte.

Auf dem neuesten Stand der Technik befand sich natürlich das Knight SR-25 mit dem thermosensitiven Magnavox-Zielfernrohr, fertig montiert und justiert, dazu ein JFP-Schalldämpfer, das System Nr. 1. Zu diesem Zeitpunkt war es das beste Scharfschützengewehr der Welt. Doch der Geschäftsmann in ihm richtete den Blick auf die eine Einheit, die in einem Waffenschrank eingeschlossen lag: die Demonstrationswaffe. Sie stellte eine Investition von etwa 18.000 Dollar dar – für das Gewehr, das sehr teure Thermalfernrohr, den Schalldämpfer und die komplexe Palette waffentechnischer Fertigkeiten, die nötig waren, um all diese Elemente in einem einzigen System zu vereinen.

Es bestand stets die Möglichkeit, dass die Einheit beschädigt wurde oder sogar im Kampfgebiet verloren ging. Konnte er einen derartigen finanziellen Verlust verkraften? Noch schlimmer war, dass das Gewehr immer noch die Seriennummer von Knight trug und das Magnavox-Gerät ebenfalls mit der des Herstellers versehen war; beide ließen sich zu ihm zurückverfolgen. Falls irgendeine Wendung des Schicksals dazu führte, dass er zwar entkam, aber die Waffe zurücklassen musste und diese von den Behörden gefunden wurde, führte sie geradewegs zu ihm, buchstäblich innerhalb von Stunden. Natürlich hatte er mächtige Verbündete in Geheimdienst und Militär, und es gab stets die Möglichkeit, das hilfreiche Mantra der nationalen Sicherheit anzustimmen, doch das übte heute längst nicht mehr so viel Macht aus. Man konnte nicht länger sicher sein, ob es überhaupt funktionierte: Die Zeitungen sahen sich keinem höheren Gut namens nationale Sicherheit mehr verpflichtet, sie glaubten kaum noch an das Konzept der Nation, geschweige denn an Sicherheit! Seine Freunde verfügten lediglich über begrenzte Möglichkeiten, ihn zu schützen; die Realpolitik in Washington konnte dazu führen, dass er feierlich geopfert wurde, damit jemand den Pulitzerpreis bekam. Das Stoner schied also aus.

Als Nächstes nahm er sich das Regal mit den kleineren halbautomatischen Gewehren vor, größtenteils mit ausrangierten M14s oder Springfield M1As gefüllt, alle im NATO-Kaliber 7,62 Millimeter, die man für den Einsatz in Vietnam zum Standard-Scharfschützengewehr M21 der Army umgerüstet hatte. Dadurch verfügten sie über eine erhöhte Präzision und waren mit einem Umgebungslicht-Nachsichtgerät ausgestattet, für gewöhnlich mit dem AN/PVS-2 Starlight-Fernrohr in Kombination mit einem JFP-Schalldämpfer. Schöne Waffen, denen Hunderte handwerkliche Kniffe zu höherer Treffsicherheit und Verlässlichkeit verhalfen, als sie die gewöhnlichen M14 bieten konnten.

Doch sie verband eine Gemeinsamkeit mit der Knight-Waffe: Ihre Spur konnte ebenfalls zu ihm zurückverfolgt werden, auch wenn das Problem in diesem Fall nicht ganz so gravierend war, da die Gewehre älter waren, eine viel längere Vorgeschichte hatten und von vielen Quellen über unterschiedlichste Kanäle besorgt worden waren. Das hieß, dass die Dokumentation ihrer Herkunft komplex ausfiel und mit Sackgassen und falschen Fährten gespickt war, je nachdem, um welche Waffe es sich handelte. Komplex genug, um ihn zu schützen, falls die Waffe verloren ging und gefunden wurde? Er konnte es nicht wissen, und die Aussicht, die nächsten zehn Jahre seines Lebens in der Erwartung zu verbringen, dass irgendein Regierungscomputer die Verbindung zwischen ihm und der Seriennummer ausspuckte, gefiel ihm überhaupt nicht. Damit schieden die M21 ebenfalls aus.

Nun kamen die Gewehre mit Geradezugverschluss an die Reihe. Auch diese stammten aus verschiedenen Quellen, viele von Zivilisten. Alle waren im Prinzip dieselbe Büchse, die Remington 700, von Subunternehmen überarbeitet worden, in manchen Fällen vom Remington Custom Shop, in anderen hatten sich Robar, McMillan oder ProFiber daran versucht, aber auch kleinere Büchsenmacher wie Tank's Rifle Shop, D&L Firearms oder Fulton Armory. Manche hatte er mit dem Nachtsichtgerät bestückt, eine oder zwei verfügten über Laser-Zielvorrichtungen, eine oder zwei mussten sich mit simplen Polizei-Zielfernrohren von Leupold oder Unertls mit zehnfacher Vergrößerung begnügen, wie sie vom Marine Corps verwendet wurden. Auch hier bestand die Möglichkeit, die Spur der Waffen zu ihrem Besitzer zurückzuverfolgen, obwohl die Gefahr nicht allzu groß ausfiel, wenn er im Vorfeld die Dokumente konsultierte und seine Wahl sorgfältig traf. Doch bei diesem System gab es eine andere Schwierigkeit, diesmal taktischer Natur.

Preece wusste, dass er zwei Zielpersonen treffen musste, zuerst Swagger und dann diesen Jungen. Der Geradezugrepetierer zählte zu den höchst präzisen Waffen, wie Swagger selbst in Vietnam sowie Hunderte von Spezialeinsatzkommandos, die Delta Force oder Geiselbefreiungstrupps vom FBI seitdem bewiesen hatten. Es war *die* Waffe schlechthin im Sinne der Devise des professionellen Scharfschützen: Ein Schuss, ein Treffer. Aber es war nicht das ideale System für die Ausschaltung mehrerer Ziele. Man musste nach dem Schuss den verdammten Verschluss öffnen und erneut verriegeln, wobei man den Lauf verzog: 2,5 Zentimeter nach oben, 7,5 zurück, 7,5 wieder vor und dann 2,5 nach unten.

Peter Paul Mauser hatte den Verschluss im Jahre 1882

ausgetüftelt, ein mehr als 100 Jahre altes Konstrukt. Ein guter, trainierter Gewehrschütze konnte den Verschluss in weniger als einer Sekunde betätigen, und es hatte einmal eine Zeit gegeben, in der Preece mit dieser Geschwindigkeit durchaus mithalten konnte. Doch diese Zeit gehörte der Vergangenheit an. Er wollte keinen Verschluss öffnen und schließen, um dann nach Zielperson Nummer zwei suchen zu müssen; falls einer der beiden entkam, drohte die ganze Unternehmung zu scheitern.

Was er wollte, war also eine sehr saubere Waffe, nicht rückverfolgbar, er wollte eine Halbautomatik und er wollte Präzision.

Es gab eigentlich nur eine mögliche Wahl.

Es handelte sich zwar um eine veraltete Waffentechnologie, so viel stand fest, doch der Waffe haftete der verführerische Reiz einer langen Tradition von Geheimoperationen an. Er betrachtete sie eher als Kuriosität denn als Verkaufsobjekt. Wer hätte schon etwas so Antiquiertes erwerben wollen? Die CIA hatte das Gewehr nachweislich in Vietnam eingesetzt, bei der von der SOG durchgeführten Operation Phoenix, dem Programm zur Zerschlagung der Infrastruktur, bei dem Spezialkommandos hochrangige Vietcong eliminiert hatten. In den Folgejahren war es Gott weiß wohin verschwunden und für Gott weiß was benutzt worden: Wenn Waffen reden könnten, hätte dieses geschmeidig geformte Gewehr genug auszuplaudern, um einen Bestseller darüber zu schreiben. Gewiss hatte es einige Einsätze in Süd- und Zentralamerika miterlebt, vermutlich sogar in Afrika und Europa.

Preece hatte es vertraulich von einem Mitglied seines eigenen Scharfschützenkaders übernommen, einem sehr erfahrenen Mann. Ein einziger Blick in die lichtlosen Jägeraugen dieses Mannes und das unbewegte, leblose Gesicht, und der General hatte gewusst, dass jedes weitere Nachfragen sinnlos gewesen wäre. Der Mann hatte damals vor seiner dritten Scheidung gestanden und dringend Geld für den Anwalt benötigt. Er verkaufte dem General die Waffe für

4000 Dollar, ohne Fragen zu stellen, ohne dass die Transaktion dokumentiert oder auf irgendeine Weise schriftlich festgehalten worden wäre. Eine Waffe, die es nicht gab – bis man damit auf jemanden schoss.

Es handelte sich um eine M16, die das kleine Kaliber 5,56 Millimeter verwendete, doch auf ihrer Laufmündung prangte ein alter, langer, dünner Sionics-Schalldämpfer, der HEL-H4A, und in einer Spezialhalterung wartete die letzte vom amerikanischen Militär jemals eingesetzte Infrarot-Zielvorrichtung: das AN/PAS-4. Sie spielte nicht in derselben Liga wie ein Umgebungslichtgerät und erst recht nicht in der eines Magnavox-Thermalfernrohrs, doch es war um Längen besser als die Zielfernrohre der alten Karabiner. Zudem hatte man das Batteriepack stark verkleinert. In den Spezifikationen wurde es als ›batteriebetriebenes Zielgerät, bestehend aus Infrarotlichtquelle, infrarotsensitivem, bildgebendem Fernrohr (4,5x) mit integrierter, miniaturisierter Hochspannungs-Stromversorgung und Stromversorgung für die Lichtquelle (sechs am Gürtel montierte, aufladbare Nickel-Cadmium-Gleichspannungsbatterien)‹ beschrieben. Das Zielfernrohr besaß eine Länge von 33 Zentimetern; Fernrohr und Lichtquelle zusammen etwa 35 Zentimeter; die gesamte Zieloptik wog insgesamt circa 5,4 Kilogramm. Es wirkte beim ersten Hinsehen wie ein Zielfernrohr, auf das man einen Suchscheinwerfer montiert hatte – umständlich und plump, aber überraschend einfach zu handhaben.

Es besaß nur einen Nachteil: die Lichtquelle. Es handelte sich um aktive Infrarotstrahlung, im Gegensatz zum passiven Gerät von Magnavox. Ein Strahl Infrarotlicht musste von der Lichtquelle auf das Ziel projiziert werden, damit das infrarotempfindliche Zielfernrohr es erfassen konnte. In einer technologisch fortschrittlichen Einsatzumgebung war so ein System grundsätzlich gefährlich, da der Feind mit Sicherheit ein Infrarot-Spektiv besaß, wodurch der abgegebene Lichtstrahl den Standort des Schützen verriet, was die Einleitung von Abwehrmaßnahmen mit maximaler Feuerkraft zur Folge hatte. Also setzte man das System bevorzugt in unterentwickelten Krisengebieten der Welt ein, beispielsweise in Zentralamerika, Afrika oder im westlichen Arkansas.

Er nahm die Waffe aus dem Regal und überprüfte rasch die Batterie. Alles in Ordnung. Er zog den Lademechanismus zurück und ließ ihn los, spürte, wie er mit einem satten *Klack!* einrastete. Der Abzug gab mit einem trockenen, leichten Knacken nach wie ein zerbrechender Glasstab. Preece legte das Gewehr ab, ging zum Munitionsschrank und wählte sechs Schachteln M193-Vollmantelgeschosse im Kaliber 5,56 Millimeter aus – zuversichtlich, dass die Nacht damit ihm gehörte.

# KAPITEL 34

Die Beerdigung fand am späten Vormittag statt, aber sie schafften es nicht rechtzeitig, weil der Flug von Baltimore nach Dallas und die Chartermaschine von American Eagle nach Fort Smith sie nicht vor der Mittagszeit zurückbrachten. Doch um vier Uhr nachmittags sollte in Sams altem Haus eine Totenwache stattfinden, und sie wussten, dass sie bei einer schnellen Fahrt über den Parkway spätestens um 16:30 Uhr dort sein würden.

Russ fuhr. Bob war noch stärker in sich gekehrt als sonst. Die Ruhe des Scharfschützen. Ein Teil der Legende. Seine Verbitterung, seine unterdrückte Wut, seine Isolation – sie gehörten alle zum Gesamtpaket. Doch Russ wusste, dass hinter diesen ruhigen, dunklen Augen etwas vor sich ging.

»Worüber denken Sie nach?«, fragte Russ schließlich.

»Dass wir gerade einen vollen Tag verschwendet haben und ich 1300 Kröten für Tickets ausgegeben habe.«

»Ich werde es Ihnen ...«

»Darum geht's nicht, ich will Ihr Geld nicht. Es war bloß Verschwendung. Wir rennen in die falsche Richtung.«

»Nein, Sir«, widersprach Russ. »Ich glaube wirklich, dass es zwischen dem Tod dieses Kindes und dem Tod Ihres Vaters eine Verbindung geben *muss.*«

»Sie Holzkopf«, erwiderte Bob grob, ohne ihn auch nur anzusehen. »Das ist unmöglich. Mein Vater wurde am selben Tag getötet, an dem man dieses Mädchen fand. *Nie im Leben* hätten sie das so schnell einfädeln können. Selbst wenn Frenchy auf Hochtouren wirbelt, braucht er für solch eine Aktion vier bis fünf Tage. Und zweitens: *Nie im Leben* hätte jemand vorhersagen können, ob mein Daddy diese Leiche an diesem oder an irgendeinem anderen Tag findet. Das war verflucht noch mal reines Glück oder was auch immer. Ihre Mama kam zu ihm, und er hat sich auf die Suche gemacht. Angenommen, er hätte sie nicht gefunden? Dann wäre er trotzdem um elf

Uhr nachts gestorben. Diese Leiche hätte da noch Wochen liegen können, bis sie jemand findet, und inzwischen wäre sie so verwest gewesen, dass es noch einmal Wochen bis zur Identifizierung gedauert hätte. Nein, was diesem Mädchen angetan wurde, ist ein Verbrechen, und wenn der arme Reggie Fuller dafür sterben musste, ist das eine Schande und traurig, aber für uns hat das einen Scheiß zu bedeuten.«

Russ glaubte immer noch, dass es einen Zusammenhang gab.

»Es muss so sein. Was hätte sonst 1955 in Polk County vorgehen können, das es wert gewesen wäre, solch eine raffinierte Verschwörung auszuhecken? Frenchy Short hätte so etwas doch nicht aus ...«

»Das stimmt natürlich«, bestätigte Bob. »Also, ich glaube Folgendes: Ich glaube, mein Vater arbeitete in einem Ermittlungsteam im Auftrag der Landespolizei mit. Möglicherweise hatte es etwas damit zu tun, was in Camp Chaffee vorging. Und dabei hat er etwas herausgefunden und musste aufgehalten werden.«

»Das klingt wie in einem schlechten Film«, meinte Russ.

»Ich weiß, und dabei schaue ich gar keine Filme«, sagte Bob mürrisch.

»Na ja, vielleicht ...«

»Langsamer fahren«, verlangte Bob. »Auf keinen Fall hektisch umdrehen.«

Einige Augenblicke verstrichen.

Bob zog seinen 45er aus dem Holster an der Innenseite seines Gürtels, das Russ ihn nicht einmal hatte anlegen sehen.

»Was zum Teufel ...«

»Ruhig, ganz ruhig.«

Russ bemerkte einen blauen Van, der im toten Winkel fuhr, wodurch er im Rückspiegel unbemerkt blieb.

Der Kleinbus beschleunigte plötzlich und fuhr parallel zu ihnen.

»Nicht hinschauen«, sagte Bob, »und wenn ich *los* sage, treten Sie *hart* auf die Bremse, verstanden?«

Russ schluckte und hatte den Geschmack von Kupfer im Mund. Sie waren wieder da.

Doch der Van fuhr lediglich an ihnen vorbei. Russ konnte nicht länger widerstehen. Er drehte langsam den Kopf und sah ein niedliches kleines Mädchen auf dem Rücksitz des anderen Wagens sitzen, das ihn aufmerksam anstarrte. Sie streckte ihm die Zunge heraus.

»Scheiße«, sagte Russ. »Haben Sie mir eine Angst eingejagt.«

»Vielleicht verliere ich langsam den Verstand«, erwiderte Bob und ließ die Pistole wieder im Hosenbund verschwinden. »Ich hab den Kerl nicht näher kommen sehen; er fuhr im toten Winkel. Ich muss verdammt noch mal besser aufpassen.«

»Also, was machen wir als Nächstes?«, erkundigte sich Russ.

»Sie haben doch in Princeton studiert. Sagen Sie's mir.«

»Tja«, sagte Russ, und dann wurde ihm klar, dass er es ebenfalls nicht wusste.

Die Komplexität von Sam Vincents Persönlichkeit spiegelte sich in vollem Ausmaß in der seltsamen Gesellschaft wieder, die sich in seinem Haus versammelt hatte, um sein Ableben zu betrauern – oder es vielleicht auch zu feiern oder sich zumindest auf seine Kosten zu betrinken. Afroamerikaner aus dem westlichen Teil der Stadt, Aristokraten aus Little Rock, Kumpane von den Tausenden von Jagdausflügen, die er unternommen hatte, alte Knaben, die ihn beraten hatten, Farmer, die mit ihm Geschäfte gemacht hatten, Politiker, Polizeibeamte, Kinder, verbitterte Sekretärinnen, gegnerische Anwälte, Gefängniswärter, sogar ein paar Männer, die Sam ins Gefängnis geschickt hatte.

Jeder von ihnen wusste eine Geschichte über Sam zu erzählen, doch die Geschichte, welche gerade die Runde machte, als Bob und Russ endlich einen Parkplatz gefunden hatten – die Straße lief über vor Autos, alles vom Mercedes bis zum 40 Jahre alten Pick-up war vertreten – hatte mit Sams

Verfügung über sein Vermögen zu tun, das nach einem Leben voll von äußerst gerissenen Geschäften und Investitionen einen nicht unbeträchtlichen Wert besaß.

Er war clever genug gewesen, die Vermögenssteuer zu umgehen, indem er sein Vermögen in jährlichen 10.000-Dollar-Brocken über einige Jahre hinweg an Kinder und selbst Stiefsöhne und -töchter verteilt hatte – ob geschieden oder nicht, ob wiederverheiratet oder nicht. Ohne Fragen zu stellen. Er schien allein auf Grundlage des Gedankens zu handeln, dass jeder, der ihn innerhalb der Familie ertragen hatte, ein hübsches, kleines Geschenk verdiente. Er hatte darüber hinaus Treuhandkonten im Wert von 200.000 Dollar für jedes Enkelkind angelegt, die jedoch nur an Bildungsinstitute in Form von Schecks für Studiengebühren, Lebensmittel oder Wohngeld ausgezahlt werden durften. Er hinterließ jeder seiner gefeuerten oder aus eigenem Antrieb gekündigten Sekretärinnen 10.000 Dollar, abgesehen von der, die zur Trinkerin geworden war: Die bekam 15.000 Dollar. Übrig blieb die ungerade Summe von 19.450 Dollar.

»Gott, Dad«, sagte Dr. John Vincent mit einer Scotch-Fahne (die Bar war gut bestückt) und einigem Erstaunen in der Stimme. »Er hat dem ILA-Fonds der NRA 9.725 Dollar hinterlassen und Handgun Control Inc. ebenfalls 9.725 Dollar. Ich sehe ihn förmlich vor mir, wie er in sich hineinkichert, während er das ausheckt!«

»Er war ein guter Mann«, sagte Bob, der in der ganzen Schar von Zechern der Einzige zu sein schien, der immer noch trauerte.

»Oh, er ist ein gemeiner alter Bastard gewesen«, widersprach der Doktor, der älteste Sohn, der unter dem aufbrausenden Gemüt seines Vaters besonders gelitten hatte. »Schlau wie ein Fuchs, gemein wie ein Hund. In unserer Jugend hat er uns grün und blau geschlagen. Aber, bei Gott, jeder von uns hat es zu etwas gebracht. Zwei Ärzte, ein Anwalt, eine Reisekauffrau, ein Anlageberater und ein impressionistischer Maler.«

»Wer ist denn der Maler?«, erkundigte sich Bob.

»Jamie.«

»Ich dachte, er sei der Anwalt.«

»Das war er auch. Zehn Jahre lang. Dann hat er schließlich seinen Mut zusammengenommen und das getan, was *er* wollte, nicht was Dad wollte. Ich glaube, Dad hat ihn dafür respektiert.«

»Ein sturer Hund«, sagte Bob.

»Weiß Gott. Und zäh. Wissen Sie, in 22 Jahren zu Hause habe ich ihn bloß einmal weinen sehen. Er hat nicht einmal geweint, als Mom gestorben ist. Er hat nur geweint, als Ihr Vater umgebracht wurde. Ich weiß noch, dass er ganz allein unten gesessen hat, nachdem er nach Hause gekommen ist. Muss schon kurz vor dem Morgengrauen gewesen sein. Er saß da unten und trank. Ich wurde von einem Geräusch geweckt, das ich noch nie gehört hatte. Ich hab mich runtergeschlichen. Er saß auf diesem alten Schaukelstuhl da« – John deutete durch die Menge auf ein abgeschabtes, altes Sitzmöbel, das seit 50 Jahren an derselben Stelle gestanden hatte – »schaukelte vor und zurück und schluchzte wie ein Baby. Er liebte Ihren Vater. Er hielt Earl Swagger für den perfektesten Mann, der je auf Erden gelebt hat: Held, Vater, Polizeibeamter, unbestechliches Symbol für alles, was Amerika groß und stark machte.«

»Ich sage den Leuten immer: Mein Vater war bloß ein Mann.«

»Tja, mein Dad sah das anders. Bob, ich muss einfach fragen: Was ist los? Ich hab da so ein paar Sachen aufgeschnappt.«

»Über den irren Bob Lee, der einen ollen Konföderierten ausgebuddelt hat?«

»Ja. Das. Und kaum sind Sie hier, gibt es drüben in Oklahoma eine Schießerei, bei der zehn Männer ums Leben kommen. So was ist hier nicht passiert, bevor Sie zurückgekommen sind. Es gibt zwar keine Hinweise, dass Sie daran beteiligt waren, aber die Leute erinnern sich noch daran, dass Sie vor ein paar Jahren auf die Jagd gegangen sind und zwei Kerle in Leichensäcken aus dem Wald geholt werden mussten. Dad hat dann vor einem Bundesgericht Ihren Hintern gerettet.«

»Niemand ist je in meinem Beisein in einen Leichensack gestopft worden, der es nicht verdient hätte. Es sind bloß ein paar alte Geschichten. Hat mit meinem Vater zu tun.«

»Hatte es auch mit meinem zu tun?«

»Ich habe ihn gebeten, ein paar rechtliche Angelegenheiten für mich zu klären. Mehr nicht.«

»Das ist alles?«

»Mein junger Freund da drüben. Er ist zu mir gekommen, weil er ein Buch über meinen Daddy schreiben will. Niemand erinnert sich an Earl Swagger, abgesehen vielleicht von Ihrem Vater und der alten Miss Connie. Er ist tot, und sie wird es auch bald sein. Es schien mir die Sache wert zu sein. Besser, als wenn er ein Buch über mich schreibt.«

»Okay. Sie sollten wissen, dass die Leute Fragen stellen. Sie werfen einen langen Schatten, mein Freund. Kommen Sie mit, ich hab etwas für Sie.«

Sie schoben sich durch die Menschenmenge, was einem Gang durch die Bruchstücke von Sams Vergangenheit gleichkam. Er sah Sara Vincent, Sams älteste Tochter, die zweimal geheiratet hatte und sich zweimal hatte scheiden lassen. Sara war jetzt die Reisekauffrau der Stadt, erfolgreich und einsam, und zugleich das einzige der Vincent-Kinder, das nichts von Sams natürlicher Anziehungskraft geerbt hatte. Allerdings hatte sie sich früher mal unsterblich in Bob verknallt und bedachte ihn auch jetzt mit einem unbeholfenen Blick, in dem glühende Verehrung mitzuschwingen schien. Doch außer ihr stellte niemand Blickkontakt her; er wusste, dass die anderen seine Anwesenheit als unangenehm empfanden.

*Ich habe Menschen getötet. Ich bin der Scharfschütze. Ich stehe im Abseits.*

Es war das erdrückende Gefühl, ein Ausgestoßener zu sein.

Jeder Killer bekam es zu spüren, und manchmal ließ ihn das noch mehr zum Killer werden. Jeder wusste es aus der Berichterstattung, die drei Jahre zurücklag: Bob Lee Swagger war nicht bloß ein betrunkener Veteran der Marines, der allein auf seinem Berg lebte, sondern ein Scharfschütze, ein Henker, ein Menschenjäger – der Mann, der 87 Menschen den Tod gebracht hatte.

In Arizona kümmerte sich niemand darum, da man ihn dort von Anfang an als diesen Mann gekannt hatte, aber hier spielte es sich geradewegs zum Skandal hoch. Sie verbanden eine bestimmte Vergangenheit mit seinem Gesicht und fragten sich: Warum er? Was macht *ihn* so anders? Was weiß ein Scharfschütze, das andere Männer nicht wissen? Wie fühlt es sich an, jemandem ein Stück Kupfer und Blei durch den Kopf zu jagen und ihm das Hirn wegzupusten? Der rote Nebel: Der Kopf eines Mannes verwandelt sich in farbigen Regen. Wie fühlt sich das an?

Es hatte da mal ein Mädchen namens Barb Sempler gegeben. In der High School ging er mit ihr aus, aber sie hatte ihn für zu ungestüm gehalten, für einen ungehobelten Jungen vom Land. War ihr Vater nicht Anwalt oder so etwas? Jetzt wirkte sie seltsam aufgedunsen und hatte etwa 20 Kilo zugenommen; ihre früher ebenmäßigen Gesichtszüge waren stark in die Breite gegangen. Ein Kerl da drüben, inzwischen fett, glatzköpfig und gut gekleidet, hatte ihn einmal auf dem Footballfeld von der Blindside geblockt und darüber so lange gelacht, bis Bob sich auf ihn stürzte und der Trainer ihn von dem anderen wegzerren musste. Heute arbeitete er als Versicherungsvertreter, während Bob Menschen getötet hatte. Das Schicksal konnte schon merkwürdig sein.

Und dann diese Frau dort. Cindy ... äh ... Tilford – ganz genau, so hieß sie. Er hatte ihr 1961 eines Nachts auf dem Rücksitz eines Autos an die Titten gefasst. So lange her. Ihre Titten hatten sich paradiesisch angefühlt. Jetzt war sie schlank und hart an den Stellen, wo sie einmal dick und drall gewesen war. Eine geschiedene Frau, Therapie, eine Menge Aerobic.

Sie lächelte und jagte ihm Angst ein. Er sehnte sich nach seiner Frau. Er sehnte sich danach, sich wieder vollständig und geliebt zu fühlen: als Vater, Familienmensch, Besitzer einer Pferdefarm. Julie, YKN4, die Pferde: Er vermisste sie, doch auch das, wofür sie standen: das normale Leben, nicht das Leben eines Scharfschützen. Doch sie hatten ihm Freiraum gegeben, damit er allein sein konnte.

*Ich bin der Scharfschütze. Ich bin allein.*

Sie kamen zur Treppe. Einmal mehr teilte sich die Menge auf magische Weise, und sie gingen in den Keller hinunter, wo Sam sein Büro gehabt hatte. John ging zum Wandschrank, öffnete ihn und nahm etwas aus einem Fach.

»Ich musste Dads Büro ausräumen«, sagte er. »Hier, ich glaube, dieses Zeug gehört Ihnen. Es war im Safe eingeschlossen.«

Er hielt ihm einen Pappkarton hin. Darin lagen die abgegriffene Kladde seines Vaters mit dem blasphemischen, braunen Blutfleck und der halb ausgefüllte Block mit den Strafzetteln.

»Und das hier auch«, fuhr John fort und hielt ein gelbes Blatt Papier im Legal-Format hoch. »Dad hatte sich darauf Notizen gemacht. Er schien an einem Fall zu arbeiten. Vielleicht hilft Ihnen das weiter.«

Russ unterhielt sich mit einem ausgesprochen hübschen Mädchen, das alles über ihn zu wissen oder sich doch zumindest sehr für ihn zu interessieren schien. Langsam dämmerte ihm, dass er in dieser seltsamen, kleinen Welt beinahe als Berühmtheit betrachtet wurde: der Begleiter des berühmten, mysteriösen, gefährlichen und – ja – auch attraktiven Bob Lee Swagger. Er fühlte sich ein bisschen wie Mick Jaggers Laufbursche.

»Princeton also«, sagte das Mädchen gerade, »warum haben Sie dort aufgehört?«

»Oh, meine Mutter und mein Vater haben sich getrennt. Ich wusste, dass das für meine Mutter eine schwere Zeit wird, also wollte ich nicht fast 1000 Meilen von ihr entfernt sein. Das letzte Jahr habe ich in Oklahoma City verbracht und für den *Daily Oklahoman* gearbeitet. Das ist der eine Grund gewesen; der andere war, dass ich den Osten nicht wirklich mochte. Ich habe mein Leben lang versucht, aus Oklahoma rauszukommen, weil ich mich für zu *gut* für Oklahoma hielt. Dann kam ich an eine *Eliteuni* und die Leute dort kamen mir so, Sie wissen schon, *kleingeistig* vor.

Im Grunde genommen waren sie bigott. Sie betrachteten die Welt aus einem so pervertierten Blickwinkel. Jeder außerhalb ihrer Kreise wurde als hinterwäldlerischer Nazi abgestempelt, und jeden, der eine Waffe besaß oder NRA-Mitglied war oder die Republikaner wählte, zählte zu den Untermenschen oder bestenfalls zu den amüsanten Dummköpfen. Ich konnte dieses Gehabe einfach nicht ertragen. Die wussten *gar nichts*. Irgendwie bin ich dann für ein Jahr beim *Oklahoman* gelandet, wo ich herausgefunden habe, dass ich eigentlich … *nirgendwo* hinpasse.«

»Oh, kommen Sie schon. Ich bin sicher, Sie werden Ihren Platz noch finden. Sie sind doch sehr klug.«

»Ich *war* sehr klug. In Oklahoma kam ich mir *dermaßen* schlau vor. Dann kam ich nach New Jersey und war nur noch einer von vielen.«

Sie lächelte.

»Sind Sie nicht so eine Art Schriftsteller?«

»Ja, die *unveröffentlichte* Art. Sehr glamourös.«

»Werden Sie ein Buch über Bob den Henker schreiben?«

»Nein. Bob hat Geheimnisse, die so tief sitzen, dass zehn Jahre Therapie gefolgt von zehn Jahren Folter sie nicht alle ans Tageslicht befördern könnten. Er hat sein Leben lang versucht, den Idealen seines Vaters gerecht zu werden. Und im Gegensatz zu uns anderen behaupte ich, dass er es sogar geschafft hat. Er würde das nie von sich behaupten, aber ich schon. Jedenfalls, das Buch wird von seinem Dad handeln. Earl Swagger ist ein äußerst heroischer Mann gewesen, der bei einer Schießerei mit irgendwelchem weißem Gesindel getötet wurde, nachdem er sich auf Iwojima die Ehrenmedaille verdient hatte. Meine Idee besteht darin, seinen letzten Tag nachzuerzählen und darüber zu schreiben, wie dieser Tag einen ganzer Haufen amerikanischer Pathologien heraufbeschworen hat. Aber alles, was ich bis jetzt erreicht habe, ist herumzurennen und Kaffee zu holen.«

»Das klingt interessant. Ich mag diese Vorstellung einer symbolischen Episode: Man kann so viel über den Makrokosmos lernen, wenn man den Mikrokosmos heraufbeschwört.«

»Wow«, gab er zurück. »Sie haben bestimmt Englisch im Hauptfach.«

»Ich studiere im dritten Jahr an der Vanderbilt.«

»Das ist eine gute Uni.«

»Danke. Ich schreibe meine Abschlussarbeit über Raymond C*arrrrr*« – Russ verstand den Nachnamen nicht ganz.

Raymond? Schriftsteller? Fängt mit *C* an, enthält *R*s? Russ geriet in Panik. Hatte sie *Carver* gesagt? Er hatte nie etwas von Carver gelesen. Aber vielleicht hatte sie auch *Chandler* gesagt. Viel besser. Von Chandler hatte er zwar auch nichts gelesen, aber wenigstens konnte er sich dann durch Bluffen aus der Affäre ziehen.

»Der Kerl mit den Geschichten über Privatdetektive in L.A.? Eine Menge Neon und so was.«

»Ja, aber noch so viel mehr«, erwiderte sie und Russ seufzte erleichtert. »Er konnte wirklich Geschichten erzählen. Vielleicht liegt's daran, dass ich aus dem Süden komme, aber ich liebe es, wenn man in der Sprache eines Buchs förmlich versinkt. Wird Ihr Buch auch so sein?«

»Ja«, sagte Russ und dachte: *Ich hoffe es.*

»Wie weit sind Sie damit?«

»Na ja, eigentlich recherchieren wir noch. Hören Sie, ich bin ein bisschen durcheinander. Wer sind Sie noch mal?«

»Oh«, lachte sie. »Eins der Enkelkinder. Sie kannten Großpapa?«

Jetzt begriff er.

»Kurz vor dem Ende habe ich ihn mit Bob besucht. Ein bärbeißiger alter Kerl, das muss ich sagen. Hat mir die eine oder andere Lektion erteilt.«

»Bärbeißiger geht's nicht. Der prototypische männliche Tyrann auf dem Thron. Aber irgendwie auch ein notwendiger Mann«, sagte sie. »Und lieb. Unter der Oberfläche. Aber er wurde langsam wirr im Kopf.«

»Haben wir gemerkt. Aber die Art, wie er dagegen angekämpft hat, hatte etwas Heroisches an sich. Eine Art König Lear von Arkansas«, verkündete Russ, sehr zufrieden mit seiner Lear-Bemerkung, obwohl er auch dieses Stück nie gelesen hatte.

»Genau so ein Mann. Ein Tyrann, ein Herrscher, aber eben doch ... oh, ich weiß auch nicht ... *notwendig* eben. Leute von seinem Schlag gibt es heute nicht mehr, oder?«

»Nein, heutzutage sind die Leute eher wie *ich*«, erwiderte er – sie lachte – »und ich gebe zu, dass das eine Art Rückschritt ist.«

»Oh, Russ, Sie werden es schon schaffen.«

»Sie sind … wessen Tochter?«

»Mein Vater ist John, Großpapas ältester Sohn. Er ist Arzt in Little Rock, ein Internist. Ich bin Jeannie.«

»Die aus New York? Ich hab gehört, wie Sie jemand ›die aus New York‹ genannt hat.«

»Ach, das. Ich habe letzten Sommer ein Praktikum bei *Mademoiselle* gemacht.«

»Oh«, entgegnete Russ. Scheiße, sie war ihm einen Schritt voraus!

»Ich hab bloß Kaffee geholt für Arschlöcher mit zu viel Make-up, die zu viele Drogen genommen hatten und jetzt zu viel Aerobic machen. Nicht besonders hilfreich.«

»Auch so was kann hilfreich sein. Hab ich zumindest gehört.«

»Haben Sie schon den großen Skandal mitbekommen?«

»Nein, welchen?«

»Die Schwarzen sind alle in heller Aufregung. Ich habe es

gerade von meiner Freundin Tenille erfahren. Sie steht da drüben mit ihrer Mutter.«

»Ich verstehe n...«

»Mein Großvater hat für seinen Einsatz bei der Ardennenoffensive den Silver Star bekommen, aber das Tapferste, was er je getan hat, war, dass er einen weißen Mann für den Mord an einem schwarzen Mann angeklagt hat. Der Weiße hieß Jed Posey.«

Bei dem Namen klingelte etwas bei Russ, aber er kam noch nicht ganz darauf.

»Er hat 1962 einen Anführer der Bürgerrechtsbewegung an einer Tankstelle mit einem Spaten totgeschlagen.«

»Ach ja«, fiel bei Russ der Groschen. »Ein Nebeneffekt dieser ganzen Sache ist, dass ich mich langsam zum Experten für die Faulknersche Unterschicht von Polk County, Arkansas, entwickle.«

»Faulkner hätte *zwei* Nobelpreise bekommen, wenn er hier zur Welt gekommen wäre – das heißt, wenn er sich nicht vorher zu Tode gesoffen hätte. Jedenfalls, Großpapa hat die Anklage gegen ihn geführt, und wenn er auch nicht die Todesstrafe für ihn herausgeholt hat, kam Jed Posey doch lebenslänglich hinter Gitter.«

»Ja?«, fragte Russ.

»Es hat Großpapa die Wiederwahl gekostet und er musste sein Amt zwölf Jahre lang ruhen lassen, nachdem er es vorher 18 Jahre lang ausgeübt hatte. Schließlich, im Jahr 1974, wurde er wiedergewählt und übte das Amt für weitere acht Jahre aus. Da hatte er sich bereits in einen Liberalen verwandelt, der gegen die Verschärfung der Waffengesetze stimmte, falls Sie sich so etwas vorstellen können.«

»Mit Mühe und Not«, gab Russ zurück.

»Jedenfalls haben sie ihn gerade auf Bewährung freigelassen, diesen Jed Posey. Zwei Tage, nachdem Großpapa gestorben ist, lassen sie ihn raus.«

»Mein Gott«, sagte Russ. »Das ist respektlos.«

»Nein«, widersprach sie. »Das ist Arkansas.«

Doch Russ war plötzlich mit den Gedanken woanders. Alles rückte in den Hintergrund: die Totenwache, der Lärm, die Menge, sogar die unglaublich kluge und hübsche Jeannie Vincent, die vor ihm stand.

Er sah diesen Namen in einer kindlichen Handschrift vor sich, doch er kam nicht darauf, wo er ihn gesehen hatte. Jed Posey.

Er hatte auf einer Liste gestanden.

Lem Tolliver.

Lum Posey.

Pop Dwyer.

Wo?

»Russ? Fallen Sie jetzt in Ohnmacht?«

»Äh, nein, ich habe nur ...«

Auf einmal fiel es ihm wieder ein. Jed Posey. Der Name stand auf der Umschlagsseite des Notizbuchs von Bobs Vater. Er hatte zu der Gruppe gehört, die Shirelle Parker gefunden hatte. Er und Miss Connie waren die einzigen noch lebenden Menschen, die an Earl Swaggers letztem Tag, dem 23. Juli 1955, Zeit mit ihm verbracht hatten.

»Wissen Sie, wo dieser Jed Posey jetzt ist?«

»Ich ... was ist denn los?«

»Wir müssen ihn finden. Wir *müssen!*«, rief er und wollte es ihr gerade erklären, als Bob ihn unvermittelt packte und mit einem Gesichtsausdruck von der jungen Frau wegzog, als breche jeden Moment ein Krieg aus und es wurde höchste Zeit, die verdammten Gewehre zu laden.

# KAPITEL 35

Manchmal beeindruckte er sogar sich selbst!

Nur für einen kurzen Moment lehnte Red Bama sich zurück und dachte über die erstaunliche Leistung nach, die er vollbracht hatte, und darüber, wie schnell er den Klauen der Niederlage einen offensichtlichen Sieg entrissen hatte.

Jetzt wollte er sich am liebsten auf das Dach des Nancy's stellen und laut jubeln. Der geheime Krieg, den er ausgetragen hatte, dürfte sich nun bald auszahlen.

Sein Anwalt erstattete ihm Bericht: Die Freilassung von Jed Posey wurde eifrig vorangetrieben. Posey selbst hatte man gut vorbereitet, zunächst durch einen Bullen, den Red kontrollierte, und dann durch einen Privatdetektiv, der für Red arbeitete: Man hatte ihm gesagt, dass er auf Bewährung freikam und, um draußen zu bleiben, gewisse Verpflichtungen gegenüber einem (nicht näher benannten) Mann erfüllen musste, der das alles eingefädelt habe. Er sollte ihn in seiner alten Hütte treffen, knapp eine Meile abseits der alten Kreisstraße 70 am Fuß der Iron Fork Mountains, im dichtesten Laubwald von Arkansas.

Mittlerweile zählte Jed Posey mit über 30 Jahren Knasterfahrung zu den erfahrenen, professionellen Sträflingen: Er hatte überlebt und war schließlich sogar aufgeblüht; er galt als geschickter Lügner, scharfsinniger Manipulator, feiner Deuter menschlicher Schwächen – ein abgehärteter, hagerer, tätowierter alter Knastbruder, der selbst beim Anblick brutalster Gewalt nicht mal mit der Wimper zuckte. Das Leid anderer Menschen bedeutete ihm überhaupt nichts. Das Gefängnis hatte ihm auch den letzten Rest von Einfühlungsvermögen ausgetrieben. Tatsächlich hing er von all seinen Erinnerungen am liebsten jener an den segensreichen Tag im Jahr 1962 nach, an dem er den Spaten im Kopf des Niggers versenkt und sich dann hingesetzt und einen letzten Cherry Smash getrunken hatte, bis die Polizei eintraf.

Die Freiheit bedeutete ihm nicht viel: eine Chance, den Swaggers, diesen gottverdammten Arschlöchern, eins auszuwischen, machte ihn auf seine alten Tage glücklich genug.

Seine Aufgabe empfand er als leicht zu erfüllen. Man kündigte ihm an, dass irgendwann in der kommenden Woche Bob Lee Swagger zu ihm in den Wald käme. *Frag nicht, wie und warum, er wird es eben tun. Vertrau uns! Deine Aufgaben, Jed, sind zweierlei. Erstens, tritt auf ein präpariertes Bodenbrett, das ein Funksignal auslösen wird. Zweitens, sorg dafür, dass er bis zum Einbruch der Dunkelheit oder wenigstens bis zur Dämmerung dort bleibt. Das ist alles, was du zu tun hast. Bei Tageslicht ist Bob Lee ein Respekt einflößender Mann. Bei Nacht ist er nichts als eine weitere Zielscheibe.*

Jed wusste, dass er das schaffen konnte. Mit einem boshaften Kichern seines zahnlosen Mundes dachte er bei sich, dass er schon noch den einen oder anderen Trick auf Lager hatte, wenn es darum ging, diese Jungs für eine Weile zu beschäftigen.

Der Scharfschütze stellte den zweiten Teil von Reds Plan dar. Jack Preece befand sich jetzt unter Aufsicht von Duane Peck auf einer Farm auf der anderen Seite der 70 und hatte die letzten paar Nächte mit Einsatzübungen verbracht. Duanes Bericht zufolge blieb er bis zu einer Entfernung von 180 Metern extrem tödlich. Regelmäßig schritt er, bei Tag und bei Nacht gleichermaßen, das Gelände ab, auf dem der Angriff stattfinden sollte; Vertrautheit mit dem Terrain gehörte schließlich zu den wichtigsten Verbündeten eines Scharfschützen.

Sobald er Meldung erhielt, dass Swagger bei Jed Posey eingetroffen war, wollte er schnell durch das vertraute Gelände vorrücken, um ihn abzufangen. Den Ein- und Ausgang zu der Senke, in der die schäbige, alte Hütte der Poseys stand, bildete ein schmaler Durchgang an einer Stelle, an der ein Bach zwischen zwei Hügeln verlief. Unter Gefechtsbedingungen hätte Swagger natürlich nie einen so offensichtlichen Weg gewählt; doch an solche Details würde er nicht denken, sondern vollkommen besessen sein von dem Rätsel, das er zu lösen versuchte. Noch dazu würde es dunkel sein, was es für ihn riskant und zeitraubend machen würde, die Hügel zu überqueren oder zu umgehen.

Preece richtete sich sein Versteck in etwa 130 Metern Entfernung ein, schräg links gelegen, mit einem gut einsehbaren Schussfeld, einem Gesichtsfeld von über 40 Grad. Die M16 besaß nicht viel Rückstoß. Wenn sie in den Kegel des Infrarotlichts gerieten, sichtbar wie am helllichten Tag, wollte er zuerst den Mann und dann den Jungen erledigen. Jeder kassierte ein 3,6 Gramm schweres Vollmantelgeschoss in die Brust, mit einer Geschwindigkeit von etwa 900 Metern pro Sekunde, was einer Energie von etwa 1080 Joule entsprach. Der Mann wäre tot, bevor der Junge wusste, dass jemand einen Schuss abgefeuert hatte; der Junge wäre tot, noch bevor der Mann zu Boden fiel.

Als er Red das erklärte, stellte dieser es sich wie einen Doppelschuss beim Tontaubenschießen vor: Zwei Scheiben, die direkt auf einen zukamen. Beim ersten und eventuell auch beim zweiten Mal geriet man in Panik, aber man lernte schnell, von der zweiten Taube zur ersten zu schwenken und in dem Augenblick zu schießen, wenn die Scheibe vor den Lauf geriet. Es handelte sich um einen Schuss, der recht einfach zu meistern war und eher Aggressivität und Zuversicht als Talent erforderte.

Ein schöner Plan. Er baute auf Bobs vorhersehbares Verhalten, sobald dieser erfuhr, dass Jed Posey frei war. Schließlich hatte Red dafür gesorgt, dass die schwarze Frau zeitnah davon erfuhr. Dann würde Swagger darüber nachdenken, Nachforschungen anstellen und sicherstellen, dass er es nicht mit einer Falle zu tun hatte. Die ganze Angelegenheit beschnüffeln, betasten, zögern, überlegen, doch am Ende, weil er daran glaubte, doch handeln. Es lag in seiner Natur zu agieren statt zu reagieren – heroisch bis zum Schluss, in diesem Fall durch den eigenen Heroismus zugrunde gerichtet.

Nur eine Sache bekümmerte Red ein wenig: Der Mann war,

wie schon sein Vater, ein echter Held, wagemutig, schlau, gewaltbereit und aggressiv. Solche Männer fand man heutzutage immer seltener; Bob zählte vielleicht zu den letzten dieser Art in Amerika, abgesehen von ein paar Army Rangers oder Green Berets. Red respektierte Heldentum, aber es ließ ihn nicht sentimental werden. Wenn sich ihm etwas in den Weg stellte, musste er es zerstören, um das Ziel nicht zu gefährden. So simpel lief das.

Das Telefon klingelte.

»Bama.«

»Mr. Bama?«

Ein Bama-Lieutenant, der offiziell als Sicherheitsberater für Redline Trucking arbeitete, Red aber tatsächlich als Troubleshooter für alle Fragen der Kommunikation zur Verfügung stand, die seine Unternehmungen mit sich brachten.

»Ja, ich höre, Will.«

»Sir, Sie wissen ja, dass wir die Anrufe, die von diesem Motel an das Archiv der Army und an diese JFP-Technology-Leute gingen, für Sie analysiert haben?«

»Ja, ich weiß, Will. Gute Arbeit.«

»Nun, Sir, ich hab mir gedacht, wenn dieser Junge so schlau ist, wie wir glauben, benutzt er für private Anrufe sicherlich kein Telefon, das man zurückverfolgen kann.«

»Aha«, machte Red.

»Für so etwas benutzt man ein Münztelefon. Also bin ich gestern bei diesem Hotel vorbeigefahren und habe mir die Nummern aller öffentlichen Telefonzellen im Empfangsbereich notiert.«

»Ja«, sagte Red und fragte sich, worauf sein Mitarbeiter hinauswollte.

»Dann habe ich ein Softwareprogramm für den Zentralrechner der Telefongesellschaft entworfen – wissen Sie, ich verfüge immer noch über Zugang zu deren System.«

»Ja.«

»Nun, es hat sich herausgestellt, dass von einem dieser Telefone ein R-Gespräch nach Ajo, Arizona, geführt wurde.«

»Hmmmm«, machte Red.

»Also hab ich die Nummer zurückverfolgt, um die Adresse zu bekommen. Sie sagten, dass er aus Arizona stammt. Nun, Sir, das ist sein Zuhause. Er hat dort eine Frau und eine Tochter. Wissen Sie, Sir, ich weiß, wie wichtig das für Sie ist. Und nun könnten Sie das gegen ihn einsetzen. Die Frau und das kleine Mädchen.«

Red nickte. *»Ausgezeichnet«,* lobte er. »Sie sind ein cleverer Kerl, Will. Ich bin Ihnen dafür dankbar und werde mich bei Ihnen revanchieren.«

»Danke, Sir. Wollen Sie, dass ich die Jungs benachrichtige?«

»Das mache ich schon«, erwiderte Red. »Keine Sorge.«

Er legte auf.

Sehr verlockend: Er konnte Swaggers Familie ins Visier nehmen. Damit hätte er ihn wirklich in der Tasche.

Aber er spielte nicht allzu lange mit dieser Idee.

Er dachte an seine eigenen kleinen Racker und an den warmen, sicheren Ort, den er für sie geschaffen hatte. *Nein, wir vergreifen uns nicht an Familienmitgliedern. Es geht nicht um Familien. Wir halten die Familien da raus. Die Familien sind keine Option.*

Er war kein Idealist, aber – er vergriff sich eben einfach nicht an Familienmitgliedern. Es war die einzige Regel, an die er sich hielt.

# KAPITEL 36

Bob war immer noch stinksauer und fühlte sich verfolgt. Er strahlte eine gewisse Feindseligkeit aus, saß krumm und angespannt da, schwieg die meiste Zeit und kommunizierte nur durch Grunzlaute. Er wollte nicht zurück zum Wohnwagen, wollte keine Motelzimmer mehr anmieten – nichts, was dazu führte, dass man sie leichter finden konnte. Sie hockten im flackernden Schein einer Coleman-Laterne tief in den Ouachitas, und das Schweigen wirkte noch düsterer als gewöhnlich.

»Was beschäftigt Sie?«, fragte Russ schließlich. »Sie sind angepisst. Das sehe ich. Was ist los?«

Bob erwiderte, wie üblich, nichts. Einmal mehr sah er wie Achilles aus und Russ fand, dass sich seine strengen Gesichtszüge hervorragend unter einem trotzigen griechischen Bronzehelm gemacht hätten, den bereits Kratzer von vielen Kämpfen vor den Mauern Trojas zierten.

»Sie haben irgendetwas erfahren«, versuchte Russ es noch einmal.

Bob stieß eine kleine Dampfwolke aus, die wie gasförmiger Zorn wirkte – womöglich reichte das aus, um ihn noch einen oder zwei Momente am Leben zu lassen, bevor seine inneren Dämonen ihn in Stücke rissen. Seine Wut schien ein Geschwür zu sein – ein riesiger Blutegel, der seine Seele aussaugte.

»Ich bin einer Nachbarin begegnet«, gab er schließlich zurück. »Konnte sie nicht mehr loswerden. Und dann hat sie gesagt: ›Ich frage mich, wo dieser wunderbare Deputy steckt? Es überrascht mich, dass er nicht hier ist.‹ Scheint, als ob unser Freund Duane Peck sich in Sams Nachbarschaft herumgetrieben hat. Sie hat sein Auto dort schon seit zwei, drei Tagen stehen sehen, und als Sam später durch die Stadt gefahren ist, hielt sich Duane dicht hinter ihm. Wir werden uns schon bald mit diesem Cop auf einen kleinen Plausch treffen.«

»Das sollten Sie noch einmal überdenken«, riet Russ.

»Wozu?«, wollte Bob wissen und warf Russ einen wütenden Blick zu, der geradewegs aus der Bronzezeit stammte.

»Wenn Sie ihn herausfordern und umbringen, sind Sie ein Mörder. Was soll das beweisen?«

»Es beweist, dass Duane Peck tot ist.«

»Aber dadurch kommen Sie nicht an den Mann oder die Männer heran, die Ihren Vater umgebracht haben, und für den Duane, wie wir glauben, arbeitet. Sie müssen warten, bis Duane konkret etwas gegen Sie unternimmt. Dann können Sie ihn erledigen und besitzen eine Rechtfertigung; niemand regt sich darüber auf, und Sie können nach Hause, zu YKN4 und Julie. Verdrängen Sie Ihre Wut, bis der richtige Zeitpunkt gekommen ist.«

Bob starrte in die Dunkelheit hinaus. Er runzelte die Stirn und seine Augen wurden hell und verbittert. Russ wusste, dass er gerade die unverhüllte Seele eines Killers zu Gesicht bekam. Ihm wurde zum ersten Mal bewusst, wie viel Zorn in Bob brodelte und zu welchen schrecklichen Taten dieser Mann fähig war.

Doch irgendwie hielt sich Bob unter Kontrolle.

»Wir kümmern uns um Peck, wenn die Zeit reif ist, verflucht noch mal«, meinte er schließlich.

»Gut, ich habe nämlich etwas, worum ich mich kümmern muss.«

»Und was?«

Russ berichtete ihm von Jed Poseys Freilassung auf Bewährung.

Bob wollte wissen, wie sie sich genau ausgedrückt hatte. Woher stammte die Information? Konnte die Sache getürkt sein? Eine Falle?

Nun, wohl kaum. Das Gespräch hatte sich offenbar spontan ergeben. Jemand aus der schwarzen Gemeinde hatte von der Sache gehört. Die *sprachen* darüber nicht einmal mit Weißen, aber eine von Jeannies Freundinnen, eine schwarze

Studentin an der Vanderbilt, hatte ihre Mutter darüber reden hören.

»Wie hätten die Schwarzen davon erfahren sollen?«, fragte Bob.

»Sie wissen schon, die tauschen sich untereinander aus. Ein schwarzer Gefängniswärter erzählt seiner Frau, dass der gottverdammte Jed Posey auf Bewährung rauskommt, anschließend erzählt seine Frau es ihrer Schwester, die erzählt es ihrer Freundin, die erzählt es ihrem Mann, der erzählt es ihrem Bruder. Das läuft wie bei diesem Spiel. Stille Post. Und hier unten erfahren sie so etwas wahrscheinlich schneller als anderswo. Nur so kann eine unterdrückte Gesellschaftsschicht überleben; sie entwickelt extrem differenzierte Fähigkeiten zur Kommunikation und Nachrichtenübermittlung.«

»Aber wer hat *ursprünglich* davon erfahren? Das ist es, was ich wissen will. Von wem ging die Information aus?«

»Ich weiß es nicht. Das ist nicht mehr herauszubekommen, schätze ich.«

»Das kann nicht sein«, sagte Bob gereizt.

»Wollen Sie in Blue Eye von Haus zu Haus gehen und an die Türen klopfen?«, fragte Russ verzweifelt. »Schauen Sie, es ist ganz einfach. Dieser Kerl ist einer von zwei noch lebenden Menschen, die Ihren Vater an seinem letzten Tag gesehen haben. Vielleicht hat er etwas Wichtiges zu sagen. Die haben nach Shirelle Parker gesucht. Soweit wir wissen, sind sie dabei fast drei Stunden lang zusammen gewesen. Das ist eine lange Zeit. Möglicherweise kann er sich daran erinnern.«

Bob gefiel die Sache trotzdem nicht.

»Warum jetzt? Warum lassen sie ihn jetzt frei?«

»Er sitzt seit 1962 im Gefängnis. Das sind über 30 Jahre. Es wurde Zeit. Wollen Sie morgen nach Tucker fahren und sich nach den Gründen erkundigen? Wollen Sie, dass ich bei der Zeitung anrufe« – *die Zeitung!,* dachte Russ. Was wurde nun eigentlich aus diesem Job? – »und mich erkundige, was deren Polizeireporter dazu sagt? *Oder* wollen Sie sich die Sache morgen selbst ansehen, direkt zu Jed fahren und herausfinden, was er zu sagen hat?«

Es kam ihm vor, als ob er sich mit einem störrischen, alten Mann stritt. Bob bestätigte nichts und bestritt nichts, sondern setzte einfach einen leeren Gesichtsausdruck auf, der einen strategischen Rückzug bedeutete, damit er seine Optionen überdenken konnte. Nichts konnte ihn zu einer Reaktion veranlassen, nur er selbst, und er glaubte lediglich an das, was er selbst sah oder angefasst hatte.

»Wir wissen nicht einmal, wo er ist«, erwiderte er schließlich.

»Ich habe Connie gefunden«, sagte Russ. »Ich *werde* auch Jed finden.«

»Na schön«, antwortete Bob. »Gehen Sie erst mal schlafen.«

Bob selbst ging nicht schlafen. Stattdessen lag er im zischenden Licht der Coleman-Laterne, mühte sich ab, zur Ruhe zu kommen, seinen Zorn an einen weit entfernten Ort zu schicken und ihn dort wegzusperren. Er nahm sich noch einmal die Dokumente vor, die John Vincent ihm ausgehändigt hatte: den alten Strafzettelblock, das blutverschmierte Notizbuch, vom Alter vergilbt und rissig, und – neu hinzugekommen – der großformatige gelbe Zettel mit Sams Schlussfolgerungen darauf.

Er ging sie sorgfältig durch. Auf den ersten Blick schien klar zu sein, dass Sam neue Untersuchungen über den letzten Fall seines Vaters angestellt hatte. *Warum ist ihm das wichtig gewesen?,* fragte sich Bob. *Was hat ihn dazu veranlasst? Was hat das mit der restlichen Geschichte zu tun?* Er war ratlos und konnte sich einfach keinen Reim darauf machen, wie die beiden Ereignisse miteinander zusammenhingen. Zeitlich passte es einfach nicht zusammen. Die Leiche von Shirelle hatte man am Tag von Earls Ermordung gefunden. Das ließ der anderen Seite nicht genug Zeit, um gezielt einen Hinterhalt zu planen.

Aber nichtsdestotrotz las er weiter. Sam hielt unter anderem fest, wie Earls Notizen sich von der späteren, offiziellen Darstellung des Verbrechens unterschieden.

Sam hatte geschrieben: ›Leiche transportiert. Wozu?‹ Dann darunter, mit entschlossenem Schwung: ›Um den wahren Tatort zu verschleiern!‹

Bob dachte darüber nach. *Natürlich. Aber wieso?*

Er las weiter: ›Fingernagel: roter Staub unter Fingernagel!‹

War damit Shirelles Fingernagel gemeint? Und falls ja, was hatte es *damit* nun wieder auf sich?

Doch Sam hatte das Rätsel bereits selbst gelöst: LITTLE GEORGIA, hatte er in großen Blockbuchstaben geschrieben und hinzugefügt: ›Muss der wirkliche Tatort sein.‹

Bob wusste, dass es sich bei Little Georgia um eine Lagerstätte für roten Lehm ein paar Meilen westlich der Stadt handelte – ein verruchter Ort, an den die Teenager zum Knutschen gingen, kurz hinter der Stadtgrenze. Na und? Sogar *er* war schon einmal dort gewesen.

Dann: ›Mrs. Parker behauptet: Es muss ein schwarzer Junge gewesen sein. Kein schwarzes Mädchen wäre 1955 zu einem weißen Jungen ins Auto gestiegen.‹ Sams Kommentar dazu: ›Verflucht!‹

Bob konnte das nachvollziehen. Wäre Shirelle mit einem Weißen gegangen, hätte irgendeine Verschwörungstheorie wohl tatsächlich funktioniert, vor allem dann, wenn sie diese Tatsache zum Bestandteil ihrer Verschwörung gegen seinen Vater gemacht hätten (auch wenn er sich noch nicht genau vorstellen konnte, wie). Aber wenn sie mit einem schwarzen Jungen weggefahren war, ergab nichts mehr einen Sinn. Denn wenn der Mord an Shirelle Parker ebenfalls eine ausgeklügelte Verschwörung darstellte, wer profitierte in der *black community* davon, und wer verfügte über die Mittel, solch einen ausgefeilten Plan auf die Beine zu stellen, der Reggie Gerard Fuller schließlich zum Sündenbock abstempelte?

Darin lag der Knackpunkt: Shirelle wäre im Jahr 1955 nicht zu einem Weißen ins Auto gestiegen. Und Bob wusste auch, weshalb. Selbst fünf Jahre später stiegen schwarze Mädchen noch nicht in die Wagen weißer Jungs ein. Sie taten das wahrscheinlich *immer noch* nicht, denn die weißen Jungs wollten immer nur das eine.

Er rollte sich auf die Seite, immer noch verwirrt, und versuchte, etwas Schlaf zu bekommen.

Bob umrundete den Rathausplatz insgesamt sechsmal. Russ hatte ihn noch nie so angespannt erlebt. Swaggers Augen suchten unablässig die Landschaft ab, das Gelände, die Gebäude, die Spiegel. Seine Muskeln waren gestrafft und sein Hals so steif und starr, dass Russ schon befürchtete, er müsse ihn sich jede Sekunde brechen.

»Geht's Ihnen gut?«

»Bestens, verflucht noch mal«, antwortete Bob schwer atmend.

»Hier ist niemand«, sagte Russ. »Es ist nur eine amerikanische Kleinstadt um zehn Uhr morgens.«

Bob hörte nicht einmal hin und kundschaftete stattdessen weiter die Umgebung aus. Schließlich meinte er: »Okay, Sie gehen da rein, erledigen, was zu erledigen ist, und kommen wieder raus. Kein Rumtrödeln, kein Flirten mit den hübschen Frauen, nur die Arbeit. Sie gehen nicht auf Toilette, behalten jeden im Auge, der hereinkommt, halten nach einem Fluchtweg Ausschau.«

»Verstanden«, entgegnete Russ.

»Sie bitten nicht um Hilfe. Sie lassen niemanden dabei zusehen, was Sie tun. Sie lassen nichts zurück. Sie finden, was Sie finden müssen, treten den Rückzug an und bleiben die ganze Zeit über wachsam.«

»Mann«, sagte Russ, »Sie sind ja ganz schön auf 180.«

»Ich bleibe hier draußen und halte die Augen offen«, entgegnete Bob bloß.

»Wissen Sie ...«

»Da können Sie Gift drauf nehmen«, unterbrach ihn Bob. »Die sind hinter uns her.«

Russ stieg aus. Natürlich kam er sich lächerlich vor: Dieses Leben im roten Bereich, den Bob Alarmstufe Eins nannte – es kostete zu viel Energie und Hingabe. Es ließ einen außer Atem zurück und, wie er glaubte, tatsächlich auch stumpfsinniger als vorher. Man fühlte sich ungeheuer paranoid und befand sich in einer merkwürdigen Alarmbereitschaft, weil diese Dame da vorn mit dem Kinderwagen jederzeit hineingreifen und eine AK47 hervorziehen oder dieser freundliche Postbote in seine Tasche langen und eine abgesägte Schrotflinte zutage fördern konnte. Er wollte so nicht leben. Niemand, der nicht irgendeine Schraube locker hatte, wollte das.

Also schlug er sich diese Gedanken aus dem Kopf, legte die neun oder zehn Meter zur Treppe zurück und ging einfach schwungvoll hinein. Niemand schoss auf ihn. Niemand schien ihn auch nur zu bemerken.

Es dauerte eine Weile, aber keine Ewigkeit. Die Poseys standen in keinem Telefonbuch, aber er bat um die gebundenen Ausgaben des *Polk County Star* aus dem Jahr 1962, erhielt den dicken Wälzer nach einer angemessenen Wartezeit ausgehändigt und blätterte ihn durch, bis er schließlich auf die große Schlagzeile stieß:

MANN AUS DEM COUNTY ERSCHLÄGT NEGER

Unter der Headline, die den oberen Teil der Seite einnahm, fand sich eine Aufnahme des mürrischen, schäbigen Jed Posey mit eingefallenen Wangen, während er die winzigen, zerklüfteten Zähne fletschte und seine Augen unheilvoll und dunkel den Fotografen musterten. Unter seinem Kinn fand sich die Identifikationsnummer des Sheriffbüros von Polk County. Seinem Gesicht haftete eine seltsame Ungleichmäßigkeit an, als habe es jemand zertrümmert und dann falsch wieder zusammengesetzt.

Direkt daneben gab es ein Bild von Davidson Fuller, einem verhärmten Schwarzen Mitte 60 mit kurzem, grauem Bürstenschnitt und dem bedrückten Blick eines Vaters, der immer noch den Verlust seines Kindes betrauerte. Beide Bilder wurden von einer Aufnahme der Tankstelle begleitet, offenbar kurz nach Eintreffen der Einsatzkräfte angefertigt. Neben einem alten Truck lag eine Leiche auf dem Rücken, die obere Hälfte des Körpers notdürftig mit einem alten Laken abgedeckt. Ein schmieriges, schwarzes Rinnsal floss darunter hervor und Russ begriff, dass es sich um das Blut des alten Davidson handeln musste.

Er erschauerte und las den Bericht, der Poseys Adresse mit County Road 70 angab. Er ging zu einer Karte des Landkreises, die an der Wand hing, und stieß recht schnell auf eine Straße mit der Bezeichnung RR 70 – aber war das *dieselbe* 70? Er schaute sich um, ob er eine ältere Person in der Nähe fragen konnte, aber dann erinnerte er sich an den Straßenatlas des Federal Writer's Project aus den 30er-Jahren. Im Register wurde die Signatur aufgeführt und er fand den Band in Sekundenschnelle in einem der frei zugänglichen Regale. Er blätterte ihn durch, County für County, bis er schließlich bei Polk anlangte und eine Karte aus dem Jahr 1938 entdeckte: Ja, damals hatte man diese Straße schlicht ›die 70‹ genannt.

Als Nächstes ging er zu den Aktenschränken mit den Flurkarten des Countys und durchsuchte sie. Wieder stand das Glück, oder was auch immer ihn da heimsuchte, auf seiner Seite: Die Flurkarten ermöglichten ein weit detaillierteres Studium des Geländes. Er stieß auf das richtige Gebiet und verfolgte die County Route 70, eine gerade Linie, die im rechten Winkel zur 271 nach Osten abzweigte, vorbei am Iron Fork Lake. Sie führte tiefer und tiefer in das unbestimmte Terrain der Karte hinein, wie ein Pfeil, eine Route, die nirgendwohin führte außer zu den äußersten Grenzen der bekannten Welt. Offensichtlich hatte sich die Zivilisation nicht so weit in die dunklen Wälder vorgewagt; anscheinend fehlte dort sogar ein Anschluss an die Kanalisation. Aber das spielte keine Rolle. Stattdessen konzentrierte er sich auf die Ortsbezeichnungen entlang der Straße. Weit, weit hinten – etwa nach 20 Meilen – stieß er auf eine ›Posey-Senke‹ im Schatten des Iron Fork Mountain. Dort offenbarte die

Karte nichts bis auf das unheilvolle Wort *Wald.* Eine verschnörkelte Linie markierte eine einfache Schotterpiste, die sich zwischen den Bäumen in Richtung Nichts zu schlängeln schien.

Er skizzierte sich eine kurze Wegbeschreibung, so gut er konnte, und zeichnete den entsprechenden Bereich der Karte ab. Dann begab er sich mit einem guten Gefühl zurück nach draußen. Er hatte ihn gefunden. Ganz schnell, ganz einfach.

Sie fuhren auf der 271, bis sie den Schotterweg namens County 70 erreichten. Ein Schild zeigte die Richtung an, in der sich der Iron Fork Lake befand.

»Da! Da!«, rief Russ.

Aber Bob bog nicht ab.

»Immer mit der Ruhe«, meinte er.

Als der Verkehr es zuließ, vollzog er eine 180-Grad-Wendung und fuhr zur nächstgelegenen Stadt zurück, die Acorn hieß. Ein heruntergekommener Gemischtwarenladen verlor sich hinter ein paar Zapfsäulen, direkt gegenüber von einer schmalen Straße mit abgehalfterten Geschäften und einem Postamt in Form eines Wohnwagens. Bob lenkte den Wagen auf den Parkplatz des Gemischtwarenladens.

»Ich brauch 'ne Cola«, sagte er, »kommen Sie.«

Sie gingen hinein. Bob nahm eine Plastikflasche aus dem Kühlschrank, nahm auch eine für Russ mit und näherte sich dem Verkaufstresen, hinter dem eine schwarze Frau stand und sie missmutig musterte. Russ musste zweimal hinsehen, ehe er seinen Augen traute: Bob lächelte! Ein großes, strahlendes *Hallo wie geht's*-Lächeln.

Sie erwiderte es.

»Sicher können Sie mir helfen«, begann er. »Ich habe ein paar Freunde, die bald aus Little Rock hier durchkommen, um sich ein Grundstück für ein Jagdcamp anzusehen. Verdammt, ich glaube, ich hab mich verfahren. Haben Sie eine Gruppe von Fremden gesehen, Jungs aus der Stadt, sehr vorsichtige Typen? Um ehrlich zu sein, wir sind Cops aus

Little Rock. Sie wissen ja, wie Polizisten so sind: Die Art, wie ihre Augen ständig in Bewegung sind, und einer bleibt immer ein Stück zurück, um sich alles genau anzuschauen. Die Art, wie sie nie laut reden und lieber unter sich bleiben. Haben Sie meine Freunde hier gesehen, sagen wir mal, in den letzten paar Tagen?«

»Mister, in der Jagdsaison sieht man hier ständig solche Kerle. Aber ich hab hier seit Monaten keinen gesehen, von dem ich nicht die Mutter, den Vater und seine Brüder kenne.«

»Keine Fahrzeuge mit Allradantrieb? Sonnenbrillen, teure Stiefel, Klamotten, die ganz neu aussehen?«

»Sie suchen gar keine Cops.«

»Nein, tu ich nicht, ehrlich gesagt. Ich mach mir Sorgen um diese verdammten Kerle und wär Ihnen dankbar, wenn Sie für 'ne Sekunde drüber nachdenken.«

»Nein, Sir. So welche hab ich nicht gesehen.«

»Okay, trotzdem vielen Dank.« Er ließ einen Fünfdollarschein auf dem Tresen liegen.

Sie gingen zum Truck zurück.

»Mann, sind Sie vorsichtig«, sagte Russ.

»Ich bin am Leben«, erwiderte Bob, »und ich will, dass das auch so bleibt.«

Sie fuhren über die 271 zur Schotterstraße zurück, nahmen die Ausfahrt und näherten sich ihrem Ziel. Von Zeit zu Zeit hielt Bob an, stieg aus und suchte den Weg auf Spuren ab. Er fand keine frischen. Weit zu ihrer Rechten befand sich ein See: flaches, zinnfarbenes Wasser vor der begrünten Kulisse eines Berges.

Sie fuhren und fuhren. Der Wald verschluckte sie, das Blätterdach der Bäume verdeckte zunehmend die Sonne und den blauen Himmel, als ob sie durch einen grünen Tunnel auf absolute Schwärze zuhielten. Alle ein, zwei Meilen fuhr Bob an den Rand, stieg aus, wartete, bis der Staub sich gelegt hatte, hielt nach Spuren Ausschau und lauschte aufmerksam. Russ ging seine Beharrlichkeit und Geduld so langsam ernsthaft auf die Nerven.

*Nicht schon wieder,* dachte er.

Sie krochen an verlassenen Farmen vorbei, abgeholzten oder abgebrannten Feldern, ab und zu an einer Wiese, doch schon bald wurde der Wald dichter – Hickorybäume und Ulmen, ein dichter Vorhang aus Laubbäumen, durchsetzt von Dornensträuchern und Yucca.

Schließlich kam ein zerklüfteter Pfad an der rechten Straßenseite in Sicht.

»Hier ist es«, sagte Russ. »Zur Hütte geht es da lang.«

Doch Bob fuhr noch mindestens eine Meile weiter. Schließlich bog er von der Straße ab und ließ den Wagen so tief wie möglich in den Wald hineinrollen.

»Es wäre einfacher, über die Straße hinzugehen«, gab Russ zu bedenken.

»Es geht nicht darum, was einfacher ist. Es geht darum, was sicherer ist.«

Bob stieg aus und wartete, bis sich der Staub legte.

»Bob, ich ...«

»Schhh«, machte Bob mahnend. »Benutzen Sie Ihre Ohren. Schließen Sie die Augen und lauschen Sie.«

Russ hörte nichts. Bob konzentrierte sich gut fünf Minuten lang, wartete, ob er das ferne Summen eines Wagens hörte, der ihnen folgte. Doch es kam nichts. Die Welt lag still da, abgesehen vom gelegentlichen Krächzen eines Vogels und dem leisen Zischen des Windes in den Bäumen.

»Okay ...« Bob betrachtete die grobe Karte, die Russ abgezeichnet hatte. »Sind Sie sicher, dass die genau ist?«

»Ist so gut wie durchgepaust«, versprach Russ.

»Sieht aus, als ob die Straße nach Südosten verläuft. Demnach muss die Hütte etwa anderthalb Meilen entfernt sein, querfeldein ein bisschen weniger.«

Bob peilte mit einem kleinen Kompass, den er aus der Tasche seiner Jeans zog, die Richtung an, schnappte sich ein Fernglas und sie brachen auf. Der Wald verschluckte sie. Er wuchs dicht und in sattem Grün. Licht sickerte durch das

Laubdach herein und Russ fühlte sich eher wie in einem Dschungel als wie in einem Wald.

Von Zeit zu Zeit nahm Bob eine neue Richtungsmessung mit dem Kompass vor und schlug dann verrückterweise eine völlig andere Richtung ein. Schon nach kurzer Zeit verstand Russ nicht mehr, was der andere tat. Sie schienen einfach nur in der Hitze durch den dichten Bewuchs zu wandern, während die Insekten sie stachen und die Vögel zwitscherten. Er hatte völlig die Orientierung verloren.

»Wissen Sie, wo wir hingehen?«

»Jupp.«

»Und Sie können uns hier auch wieder rausbringen?«

»Jupp.«

»Wir müssen schon meilenweit gelaufen sein.«

»Wir sind fast drei Meilen gelaufen, ja. Aber Luftlinie ist es gerade mal eine. Im Dschungel sollte man nie auf direktem Weg irgendwo hingehen, wenn man nicht abgeknallt werden will.«

Russ dachte: *Er hat das alles schon einmal erlebt. Er hat schon einmal Männer abgeknallt.*

*Seht ihn euch an,* dachte er. *Eine Naturgewalt.* Bob bewegte sich so leichtfüßig und leise zwischen den Bäumen hindurch, rutschte nie aus, stolperte oder grunzte nicht ein einziges Mal, bewegte sich einfach mit der leichten Grazie eines Mannes, der das alles schon häufiger getan hatte. Sein Gesicht blieb ausdruckslos und die Augen suchten den Horizont ab. Sein gesamtes Verhalten wirkte äußerst ruhig und konzentriert. Lederstrumpf. Natty Bumpo. Daniel Boone. Davy Crockett. Der verdammte John Wayne, genau wie bei seinem Vater, dem immer alle gesagt hatten, er sehe wie John Wayne aus. Bald zeichnete sich Schweiß auf seinem blauen Jeanshemd ab, aber Bob achtete nicht darauf, sondern trottete stur immer weiter. Der Griff seines 45ers ragte oberhalb der Niere aus der Jeans.

Nach einiger Zeit gelangten sie an einen kühlen, dunklen, schnell dahinfließenden Bach. Russ kletterte über die Felsen und schlürfte einen Mundvoll von dem Wasser, das leicht metallisch schmeckte.

»So machen Sie zu viel Krach«, mahnte Bob. »Schöpfen Sie es mit den Händen, heben Sie sie an den Mund und trinken Sie es dann. Sie sind nie ein Marine gewesen, oder?«

»Wirklich nicht, nein.«

»Okay, gehen wir. Es ist nicht mehr weit.«

Sie passierten einen Pfad, der zwischen zwei niedrigen Hügeln verlief und zu einer Lichtung zwischen den düsteren, verwilderten Bäumen führte, doch Bob wählte nie den leichtesten Weg. Stattdessen führte er sie, als sie diese kleine Senke halb durchquert hatten, vom Pfad hinunter durch das dichte Unterholz, bis sie auf einer kargen Anhöhe unter einem Gestrüpp aus Kiefernzweigen herauskamen. Vor ihnen nahm Russ das Licht der offenen Landschaft wahr. Doch Bob ging in die Hocke und schlich gebückt voran, bis er den Rand der Anhöhe erreichte und sich hinter einen Baum drückte. Russ tat es ihm nach und kam sich dabei wie ein schlechter Schauspieler vor.

Etwa 200 Meter unter ihnen stand in einer Senke neben dem Bach die Hütte. Sie war aus Baumstämmen gebaut, niedrig und primitiv, und mit einem Holzstoß, einem Plumpsklo und einem Futtertrog für die Schweine ausgestattet, die in einem Pferch herumwuselten. In der Nähe parkte ein klappriger Chevy, verrostet und mit abgeschabtem Kotflügel. Doch dem Anblick haftete nichts Anheimelndes oder Rustikales an. Vielmehr wirkte es bedrohlich, verwahrlost und ärmlich.

»Keine Telefonleitung«, stellte Bob fest. »Keine verdammte Fernsehantenne. Keine Stromkabel.«

»Eine Frage«, sagte Russ. »Wenn er gerade erst aus dem Gefängnis gekommen ist, wie kommt es dann, dass das Haus so bewohnt aussieht?«

»Er hatte einen Bruder namens Lum«, erklärte Bob. »Der Bruder hatte einen Sohn, der auch hier lebt. Was Sie sehen, ist das Werk des Sohnes, nicht das vom alten Jed.«

»Okay«, sagte Russ. »Dann gehen wir mal und schauen, ob er mit uns reden will.«

»Nichts da«, widersprach Bob. »Sie bleiben hier und behalten das Haus im Auge. Eine Stunde bleibt Ihnen dafür noch. Dann steht die Sonne zu tief im Westen und das Licht spiegelt sich auf den Linsen. Haben Sie eine Armbanduhr?«

»Ja.«

»Es ist jetzt 14:45 Uhr. Sie beobachten bis viertel vor vier. Wonach halten Sie Ausschau?«

»Äh, nach allem, was irgendwie ungewöhnlich ist.«

»Und wie?«

»Öh ...« Eine gänzlich unerwartete Frage. Russ druckste herum.

»Aufmerksam«, fiel ihm schließlich ein.

»Nein, Dummkopf. Teilen Sie das Gebiet in Quadranten ein. 30 Sekunden pro Quadrant. Dann blinzeln Sie und nehmen sich den nächsten vor. Sie halten für zehn Minuten die gleiche Reihenfolge ein, dann drehen Sie diese um oder verändern sie sonst irgendwie. Legen Sie regelmäßig Pausen ein und beobachten Sie den Wald in der Umgebung. Gehen Sie vorsichtig mit dem Fernglas um. Heben Sie es nie zu hoch, sonst hat das vielleicht eine Reflexion zur Folge. Sie suchen nicht nach Männern und Gewehren, weil Sie keine sehen werden und das keinen Zweck hätte. Sie halten nach regelmäßigen Konturen Ausschau. In der Natur ist nichts regelmäßig. Wenn Sie im Wald eine gerade Linie bemerken, wissen Sie, dass etwas nicht stimmt. Kapiert? Eine Stunde. Dann legen Sie das Fernglas weg und benutzen stattdessen die Augen.«

»Wo werden Sie sein?«

»Ich werde im Kreis gehen und Ausschau nach Spuren im Wald halten. Ich will wissen, ob eine Gruppe von Männern hier entlang zu diesem verdammten Haus gelaufen ist. Wenn ich nichts finde und Ihnen auch nichts aufgefallen ist, gehen wir runter.«

»Okay«, sagte Russ. »Dann kommen wir nicht vor Sonnenuntergang hier weg.«

»Mach dir darüber keine Sorgen, Donnie. Behalt einfach das Haus im Auge.«

Damit kroch er zurück und verschwand in Sekundenschnelle – die Gabe des Scharfschützen.

*Wer zum Teufel ist Donnie?,* fragte sich Russ.

# KAPITEL 37

Jack Preece arbeitete am Etatentwurf für 1998. Das gehörte zu seinen Lieblingsaufgaben. Er mochte den stetigen Fluss der Zahlen über die Seiten, den Anschein von Ordnung, den sie in das Chaos brachten, die Einkünfte und Ausgaben, die Vermehrung seines Reichtums. Es stillte ein Bedürfnis tief in seinem Inneren.

Bataillon 316, honduranische Armee
Salvadorianische Finanzpolizei
Spezialeinheit Detroit
Schnelle Eingreiftruppe Baltimore County
FBI-Geiselbefreiung
Sicherheitsteams der Atomenergiekommission
Sondereinsatzgruppe der Library of Congress
Navy SEAL Team Six

Eine wirklich erstaunliche Sache. Niemand hatte es je unter diesem Aspekt betrachtet, aber beim Scharfschützentum handelte es sich definitiv um eine Wachstumsindustrie. Der Anstieg des Terrorismus in den 70er-Jahren, seine hässliche Neuauflage in den 90ern, die Ausbreitung schwer bewaffneter Drogenkartelle mit paramilitärischer Schlagkraft, das Spektrum bewaffneter, rechtsgerichteter Milizen, der immer lauter werdende Ruf der Liberalen nach ›differenzierten‹ Polizeieinsätzen (also chirurgisch genau geplanten Zugriffen mit möglichst wenigen Toten), das alles bedeutete vor allem eins: Der Präzisionsschütze sowie die Gerätschaften und die richtigen Praktiken, um ihn auszurüsten und zu trainieren, wurden in den 90ern gewaltig nachgefragt und blieben sicher auch nach der Jahrtausendwende ein begehrtes Gut. Wenn er darüber nachdachte, überraschte es ihn, dass das *Wall Street Journal* noch keinen Artikel darüber veröffentlicht hatte.

Jedes Dorf, jede Stadt, jedes Bundesland, jede Behörde, jedes Land benötigte gut ausgebildete Gewehrschützen mit Weltklasse-Ausrüstung. Das Leben entwickelte sich zunehmend psychotisch. Die Rationalität bröckelte weg. Zerschmettert von Enttäuschungen politischer, häuslicher oder ökonomischer Natur wurden viele Männer gewalttätig. Der Amokläufer am Arbeitsplatz, der Mann, der Familienmitglieder als Geiseln nahm, die organisierte kriminelle Bande, die Schlägertrupps der Drogenhändler, sie alle liefen schwer bewaffnet herum. Wer konnte sie aufhalten? Nicht der Streifenpolizist oder der gewöhnliche Sicherheitsmann, sie waren nicht gut genug ausgebildet und hatten zu schwache Nerven. Nein, das konnte nur einer wie er selbst: Ein Mann mit der Abgeklärtheit, der Erfahrung und letzten Endes dem Willen, im Dunkeln zu liegen, zu warten, bis die Zeit kam und dann seine Pflicht zu erledigen. Den Vorzug wegnehmen, kontrolliert atmen, absolutes Vertrauen in das Waffensystem zeigen – kein Funken Zweifel, kein Zögern oder Zucken. Der Abzug wird durchgezogen. 90 Meter weiter dringt ein Stück Metall mit Überschallgeschwindigkeit in ein Schädelgewölbe ein, öffnet sich wie eine Faust zu einer ausgestreckten Hand und tritt an der Rückseite in einer roten Wolke wieder aus. Es ist vorbei.

Er, Jack Preece, hatte das früher begriffen als sonst jemand und fühlte sich bestens gerüstet, um auf dieser Welle in eine bessere, sicherere Zukunft zu reiten.

»General?«

Es war Peck, langgliedrig, helläugig und schäbig wie der Tod persönlich. Er trug seine Deputy-Uniform und seinen hell schimmernden, goldenen Sheriffstern.

»General«, sagte er, »es wird Zeit. Gerade wurde das Signal gegeben.«

»Geben Sie mir einen LB, bitte.«

»Hä?«

»Einen Lagebericht, Sie Idiot.«

»Oh. Ja, Sir. Sie sind da, sie müssen jeden Moment bei ihm

eintreffen. Der alte Mann muss sie genau gesehen haben, sonst hätte er das Signal nicht geschickt.«

»Dann satteln wir mal auf.«

Preece trug bereits seine Ghillie-Montur, eine garstige Erscheinung von einem Overall, in mühseliger Kleinarbeit mit Tausenden von Stofffetzen in Tarnfarben behängt, die ihrerseits in Tausenden von Schlaufen steckten. In einem Gebäude verlieh er ihm das Aussehen eines großen, zottigen, grünen Hundes, der auf zwei Beinen ging und gerade aus dem Sumpf geklettert war. Aber in einer natürlichen Umgebung verhalf er ihm zu einer sofortigen, formlosen Unsichtbarkeit. Er stand auf, hörte das Geraschel der Stoffstreifen und ging noch schnell ins Badezimmer. Vor ihm auf dem Waschbecken standen vier breite Schminkstifte – Schwarz, Braun, Oliv und Dschungelgrün.

Er hasste die Masken, die manche der Jungs trugen: zu heiß, und sie beschränkten das periphere Blickfeld. Er trug schnell seine Tarnbemalung auf, etwa zweieinhalb Zentimeter breite, diagonale Streifen. Die Finsternis des Dschungels verschlang die rosige Farbe seines Gesichts wie ein Löwe, der einen Kuchen fraß: Sie verschwand, diese rosige, nichts sagende, eckige, gut aussehende Visage, aus der er der Welt entgegensah und hinter der er seine innere Natur versteckte. Ein Krieger starrte ihn aus dem Spiegel an, uralt und furchterregend, das Weiß seiner Augen übernatürlich hell zwischen den Tarnfarben, die seine Haut verdeckten.

Er schnappte sich seinen Boonie Hat – das Original, das er in Vietnam während seiner zwei Jahre als Kommandant von *Tigercat* getragen hatte – und eilte hinaus, nur kurz innehaltend, um die geladene und gesicherte Browning Hi-Power mitzunehmen, die er in einem Schulterholster unter der Ghillie-Montur verstaute. Duane Peck hatte bereits den Motor eines Quads mit Allradantrieb angelassen. Ein länglicher Plastikkoffer, der das Waffensystem enthielt, war am Lenker befestigt.

Jack Preece stieg auf. Peck ließ das Fahrzeug mit einem

kräftigen Ruck am Gashebel losschießen. Bei ihren vorherigen Erkundungen des Gebiets hatten sie das Fahrzeug nicht eingesetzt, aber einen Pfad durch den Wald gebahnt, der Jack Preece innerhalb von zehn Minuten bis auf 800 Meter an einen der Hügel heranbrachte, von wo aus er den Bach und den Pfad überblicken konnte. Das kleine Fahrzeug brachte sie ihrem Ziel stetig näher, obwohl Peck mit gedrosselter Geschwindigkeit fuhr, damit das Motorengeräusch nicht zu laut wurde.

Sie erreichten ihren Bestimmungsort und Preece stieg ab, nahm den Gewehrkoffer und öffnete ihn. Das M16 mit der riesigen Linse am Ende des ebenso riesigen, auf den Systemkasten montierten Zielfernrohrs prangte wie ein schwarzer Schatten im Dämmerlicht. Der Schalldämpfer saß vor der Mündung wie eine Art elegante Schnauze, ein schlanker, 30 Zentimeter langer Zylinder. Das Metall wurde komplett von Teflon ummantelt. Es glänzte matt und fühlte sich bei Berührung irgendwie stumpf an. Er bückte sich und befestigte rasch das winzige Batteriepack am Gürtel, hob das Gewehr und ließ ein 20-schüssiges, vergrößertes Magazin mit nur 19 geladenen Patronen einrasten – immer eine sinnvolle Vorsichtsmaßnahme bei Waffen mit Magazin. Mit einem ›Ratsch!‹ zog er den Ladehebel zurück und ließ ihn zurück nach vorne schnellen, wodurch die Waffe nun geladen und gespannt war. Mit dem Daumen aktivierte er den Sicherungshebel. Er warf sich den Tragegurt über die Schulter, stand auf und hob die Waffe an; insgesamt weniger als acht Kilogramm, ausgesprochen leicht zu handhaben.

»Hauen Sie hier ab, Peck. Kommen Sie um Mitternacht zum Treffpunkt. Falls ich nicht da bin, sehen Sie einmal pro Stunde nach mir.«

»Ja, Sir.«

Der General wandte sich ab und ging den Hang hinauf. Er hörte das tiefe Brummen des Motors langsam in der Ferne verschwinden, als Pecks Geländefahrzeug schlingernd davonfuhr.

Er marschierte zehn Minuten lang, bis er vor sich ein breites, flaches, nadelbedecktes Stück Waldboden wahrnahm, lediglich unterbrochen vom Labyrinth der Baumstämme, das am entgegengesetzten Rand von der untergehenden Sonne erhellt wurde. Er überquerte die Fläche zügig, wobei er immer mehrere Meter am Stück zurücklegte, sich zu Boden warf und aufmerksam lauschte. Er erreichte den Rand, platzierte sich hinter der kleinsten Kiefer, die er finden konnte und spähte in die Tiefe. Durch das Fenster konnte er die Gestalten von Männern ausmachen, die sich angeregt zu unterhalten schienen. Aber sie ließen sich schwer erkennen. Mit einem Fernglas hätte er sie besser sehen können, aber die Sonne stand gerade tief genug, dass dies möglicherweise Lichtreflexionen hervorgerufen hätte. Er brachte stattdessen das Gewehr in Position, schaltete mit dem Daumen zuerst die Lichtquelle und dann das Zielfernrohr ein und wechselte in den Infrarotmodus.

Die Hütte lag 180 Meter weit entfernt, etwas außerhalb der Reichweite des Suchscheinwerfers, sodass er keine besonders gute Ausleuchtung bekam. Als weiterer Störfaktor erwies sich die Tatsache, dass noch keine vollständige Dunkelheit herrschte. Aber die Sicht reichte aus: Im trüben grünen Licht konnte er drei Gestalten erkennen. Sie schienen sich zu bewegen. Einzelheiten erkannte er nicht; einer schien groß und dünn zu sein – möglicherweise Bob Lee Swagger, wie er ihn von seinem Besuch vor zwei Wochen kannte. Ein anderer musste der Junge sein.

*Erledige sie,* dachte er.

*Jetzt sofort, warum noch warten? Erledige sie, und die ganze Angelegenheit ist beendet.* Er konnte 19 Kugeln in weniger als zwei Sekunden durch das Fenster jagen. Die Patronen des Kalibers 223 waren, wenn sie auch keine allzu schwere und präzise Distanzschussmunition darstellten, wahre Geschwindigkeitswunder und erreichten auf diese Entfernung immer noch mehr als 760 Meter pro Sekunde. Sie wären tot, bevor sie auf dem Boden aufschlugen.

Aber Jack ging vor wie ein Profi. Man musste sich an den Plan halten, den man sorgfältig vorbereitet hatte. Wenn man improvisierte, zog das stets unvorhersehbare Konsequenzen nach sich.

Er deaktivierte Lichtstrahl und Fernrohr und zog sich zurück, kroch am Boden entlang, bis er die Stelle zwischen den Bäumen erreichte. Dann stand er auf und verfolgte seinen Weg entlang der Kammlinie zurück, ohne Lärm zu verursachen oder Staub aufzuwirbeln. Als er bei seinem Versteck anlangte, war es fast vollkommen dunkel.

Eine grüne Plastikplane, deren Farbe nie ganz ins Braune überging, was ihre Position hätte verraten können, lag darüber ausgebreitet. Jack zog sie beiseite. Das Versteck war weniger ein konventionelles Schützenloch als vielmehr ein langer, schmaler Graben, tief genug, um einen auf dem Bauch liegenden Mann zu verbergen, aber auch leicht genug wieder zu verlassen, wenn es Ärger gab. Die beim Graben aufgeworfene Erde lag pingelig im Wald verteilt, um keine unnötige Aufmerksamkeit zu erregen.

Preece kroch in Stellung und zog die Plane über sich. Nach kurzer Zeit fand er eine stabile Schussposition, wobei er die Waffe auf einem Sandsack abstützte.

Er schaltete auf Infrarot-Modus, und sofort leuchtete alles vor ihm in einem trüben Grün auf: das weiße, gewundene Band des Pfades, die schwankenden Stämme und Stiele der Pflanzen sowie – in etwas hellerer Farbe – die Felsen. Der Pfad führte dort unten in nur 45 Metern Entfernung an seiner Position vorbei: Dort konnte er sie erwischen. Er wollte das Fadenkreuz über die Brust der größeren Gestalt legen, eine lautlose Kugel abfeuern und die Waffe dann ein ganz kleines Stück zu der anderen Gestalt herumschwenken. Das hatte er schon Hunderte von Malen geübt.

Er knipste das Infrarotlicht aus. Die Batterien hielten noch gut acht Stunden, doch er wusste, dass er sie hörte, wenn sie den Pfad heraufkamen, und es gab keinen Grund, Energie zu verschwenden. In diesem Geschäft überließ man nichts dem

Zufall, und wenn es etwas gab, worauf er keinerlei Einfluss hatte, dann war es die Zeit, die verging, bis die beiden Zielpersonen in Reichweite gerieten.

Er nahm eine entspanntere Haltung ein und zog ein in Tarnfarben gehaltenes Band zurück, um auf seine Armbanduhr schauen zu können: 19:10 Uhr. Er nahm an, dass er sich noch etwa eine Stunde lang gedulden musste, eventuell auch länger. Aber er musste wachsam bleiben.

Preece war eigentlich eher Visionär, Anführer, Verwalter, Trainer und Coach als wirklicher Scharfschütze. Doch bereits in Vietnam hatte er die Auffassung vertreten, dass ein Kommandant die gleichen Wagnisse eingehen musste wie seine Männer, und sei es nur, um ein vollständigeres Verständnis der Probleme zu gewinnen, mit denen sie konfrontiert wurden. Daher hatte er sich jede Woche an Einsätzen beteiligt. Im Verlauf seiner zwei Jahre dort brachte er es auf 32 Abschüsse, von denen natürlich keiner in einer offiziellen Statistik auftauchte, weil von Offizieren erwartet wurde, dass sie so etwas nicht taten. Und doch lebten diese 32 Männer zweifellos nicht mehr. Eines Nachts hatte er sogar vier Gegner innerhalb von zwei Minuten erwischt. Ein unglaubliches Ereignis, ein unglaubliches Gefühl.

Doch wie man zu sagen pflegte, erinnerte man sich immer an seinen ersten Toten am besten, und das traf auch bei Jack Preece zu. Während er so in der sich verdichtenden Dunkelheit in seinem Unterschlupf lag und der nächtliche Wald um ihn herum zum Leben erwachte, tauchte vor seinem geistigen Auge das Bild auf, wie er in einem anderen Wald in Arkansas (nicht weit von hier, weniger als 20 Meilen Luftlinie) im Dunkeln auf einem Jagdhochsitz gehockt hatte. Er hatte die Waffe gehasst: Ein unglaublich schweres Teil mit einem gewaltigen Infrarot-Suchscheinwerfer unterhalb des Laufs und einem riesigen Zielfernrohr oberhalb davon. Außerdem hatte er ein schweres Batteriepack auf dem Rücken geschleppt, dessen Gurte ihm ins Fleisch schnitten, und all das für ein mickriges Vollmantelgeschoss im Kaliber 30 mit einem Gewicht von 7,10 Gramm, das nur wenig mehr Durchschlagskraft besaß als eine .38 Special. Es war das gute Gewehr gewesen, eins der drei funktionierenden M3-Sniperscope-Systeme, und er hatte es mit Munition aus der präzisesten Charge geladen. Frenchy Short hatte ihm vorher erklärt, dass er wahrscheinlich gar nicht schießen musste. Er sei lediglich zur Absicherung dabei.

»Kumpel, du musst was für uns erledigen«, hatte Frenchy Short zu ihm gesagt. »Da gibt's so einen elend abgebrühten Landespolizisten, der ein Verbindungsmann der Russen ist.«

»Hä?«, hatte der damals 24 Jahre alte First Lieutenant Preece gefragt. Zu diesem Zeitpunkt war er nur ein unreifer Junge gewesen, dessen Berühmtheit als Verfasser des Artikels ›Scharfschützeneinsätze bei Nacht: Theorie und Doktrin‹, veröffentlicht im *Infantry Journal,* bereits langsam verblasste.

Als er später darüber nachdachte, begriff Preece, was für einen Haufen Blödsinn Frenchy ihm da aufgetischt hatte. Aber für einen 24-jährigen Infanterieoffizier, mit dem Virus des Antikommunismus infiziert, wie ihn die politische Kultur des Jahres 1955 verbreitete, der Joe McCarthy vergötterte und gerade eben – *verflucht noch mal!* – den Koreakrieg verpasst hatte, hatte das alles irgendwie einen Sinn ergeben. Zum Teil hatte auch Frenchy selbst dazu beigetragen, der wie so viele Verrückte ausgesprochen überzeugend sein konnte. Frenchy hätte selbst die Gefangenen eines Gulags zum Stalinismus bekehren können. Er besaß das Talent, wie ein Chamäleon in die Persönlichkeit seines Gegenübers zu schlüpfen, quasi zu ihm zu *werden* und damit in dessen Unterbewusstsein einzudringen, während er ihn grimmig niederstarrte und seinen Arschkriecher-Charme spielen ließ, gepaart mit der äußersten Rücksichtslosigkeit eines Gauners.

»Wir dachten immer, wir seien den Roten um Jahre voraus, was Infrarot angeht«, hatte Frenchy, der ursprünglich aus Pennsylvania stammte, Preece im beruhigenden Tonfall seines eigenen South-Georgia-Akzents ins Ohr gehaucht,

»aber verdammt noch mal, wir haben Berichte erhalten, denen zufolge sie Infrarotlicht mit einem experimentellen Scharfschützengewehr eingesetzt haben, und zwar mit einer effektiven Reichweite von bis zu 180 Metern.«

»Scheiße«, hatte der junge Preece erwidert.

»Also, Sie und ich, wir wissen beide, dass die nicht so gut sind. Also wie kommt's, dass sie das trotzdem hingekriegt haben?«

»Spione.«

»So sieht's aus. Scheint, als ob dieser alte Streifenpolizist ein paar Spielschulden hätte, also hat ihn so ein alter Spionagechef von der Roten Armee ausfindig gemacht und diesem Arsch ein Angebot unterbreitet: entweder er beschafft ihnen Informationen über *Black Light,* oder er ist geliefert. Also nimmt dieser Kerl einen Corporal unter einer falschen Anschuldigung fest und droht damit, sein Leben zu zerstören. Aber er verspricht, ihn gehen zu lassen, wenn dieser ihm bestimmte Dokumente besorgt. Die Kripo hat die Zeugenaussage dieses Corporals aufgenommen und ihn in den Bau gesteckt. Und jetzt müssen wir den Roten eine Botschaft schicken: Das hier passiert, wenn ihr euch mit der US Army anlegt. Wir machen keine Gefangenen.«

Wenn Preece das geglaubt hatte, dann weil er es hatte glauben wollen – und natürlich, weil man allgemein wusste, dass der Geheimdienst der Roten Armee sämtliche Institutionen unterwanderte, überall lauerte und sowieso zu allem fähig war. Oder, wie Frenchy zu sagen pflegte: »Diese Jungs glauben nicht mal an *Gott,* und wenn man erst mal sein geistiges Erbe aufgegeben hat, ist man zu *allem* in der Lage.«

Und so kam es, dass er vier Nächte später auf dem Hochsitz saß und Zeuge wurde, wie sich vor seinen Augen ein Drama abspielte. So, wie er es verstand, hatte Frenchy einige Mühen auf sich genommen, um eine Festnahme zu inszenieren, bei der die eigentlichen Schützen den Cop erschießen sollten. Der Sinn hinter dieser Aktion bestand darin, den Mord offiziell in Zusammenhang mit der Festnahme zu bringen, damit ausschließlich die Russen die beabsichtigte Botschaft erhielten. Es musste getan werden. Es war ihre Pflicht. Doch was, wenn die Profis danebenschossen? Nun, dann kam Jack ins Spiel.

Vom Baum aus sah er, wie der Streifenwagen in den Feldweg einbog, wendete und sich in Position brachte. Jack nahm den Mann ins Visier, aktivierte das Nachtsichtgerät und ließ die langweilige Szenerie in einem neuen Licht erglühen. Der Polizist saß in seinem Auto, hinterließ einen traurigen und nervösen Eindruck. Er setzte seinen Hut ab und blieb geduldig sitzen. Einmal überprüfte er seinen Suchscheinwerfer. Jack befand sich in einer weit genug erhöhten Position und hatte freie Sicht über das Maisfeld. Der Mais stellte ein Problem dar, weil die Staudenblätter das Licht zu hell reflektierten. Trotzdem wusste er: Dieser Schuss würde ihm leichtfallen.

Nach einer Weile bog ein anderer Wagen in den Weg ein. Er stand gegenüber vom Polizeiauto, als der abtrünnige Polizist ihn mit dem Suchscheinwerfer erfasste. Zwei junge Männer stiegen aus, einer von ihnen ein James-Dean-Klon mit zu einem gewellten Berg nach hinten gegeltem Haar, frech im Mundwinkel baumelnder Zigarette und eng anliegenden sexy Jeans, der andere ein bulliger, mürrischer Bauernjunge im T-Shirt. Er befand sich zu weit weg, um verstehen zu können, was gesprochen wurde, doch die zwei Jugendlichen hoben die Hände und der Cop stieg aus seinem Wagen. Scheinbar wollten die beiden sich ergeben. Der Polizist rief ihnen Anweisungen zu. Der Gewieftere der beiden Jungs warf etwas auf die Erde. Preece betrachtete es durch sein Zielfernrohr und erkannte sofort, dass er es mit einem Schraubenschlüssel zu tun hatte, nicht mit einer Pistole.

Der stämmige Junge lief auf den Polizisten zu. Mit düsterem Entsetzen sah Preece zu. Die Nacht hielt regelrecht den Atem an. Es gab einen schrecklichen Moment, in dem die Zeit kurz stillzustehen schien, und in diesem Augenblick wechselte Preece vollständig die Seiten: Sein natürlicher

Respekt vor der Uniform und dem, was sie repräsentierte, überwältigte den rationalen Teil seines Verstands.

*Er hat eine Waffe,* wollte er dem Polizisten zuschreien. Er legte das Fadenkreuz auf die Brust des aalglatten Jungen und hätte beinahe geschossen. Beinahe. Er nahm den Vorzug weg.

*Schieß!*

*Nein.*

Er senkte die Büchse und stellte fest, dass er schluchzte. Er starrte weiter hin. Im nächsten Augenblick zog der aalglatte Junge seine Pistole. Das aufblitzende Mündungsfeuer erhellte die Nacht, doch die Schussgeräusche klangen dumpf und weit entfernt. Staub stieg auf, als Männer rannten und zur Seite sprangen. Preece hob das Gewehr an, und im grünen Licht des Fernrohrs sah er den mürrischen Bauernjungen flach auf dem Rücken liegen, während sich ein großer, dunkler Fleck auf dem grünlich schimmernden Weiß seines T-Shirts ausbreitete. Staub oder Pulverdampf hing in der Luft. Der Cop war hinter seinem Fahrzeug in Deckung gegangen und lud nach. Der andere Junge hatte sich ins Maisfeld abgesetzt.

*Bleib, wo du bist!,* rief Jack dem Polizisten in Gedanken zu. *Fordere Verstärkung an! Der kommt nicht weit!*

Aber der Polizist hatte seine Waffe nachgeladen und stand auf. Jack konnte sehen, dass auch er einen Treffer kassiert hatte. Er bewegte sich mit der gequälten Langsamkeit eines Mannes, den Kräfte an seine Pflicht fesselten, zu umfassend, als dass andere Männer es begreifen könnten.

*Bleib, wo du bist!,* befahl Jack ihm erneut.

Doch der Cop musste entweder stur wie ein Rindvieh oder zu stolz sein, zu sehr ein gottverdammter, authentischer, amerikanischer Ausnahmeheld, um in Deckung zu bleiben. Mit einem schlaff herunterhängenden Arm schleppte er sich am Rand des Feldwegs entlang – in der langsamen Gangart eines Mannes, der zwar Blut, aber nicht seinen Mut verlor, wie ein Fanatiker der Pflicht. Jack verlor ihn in den Lichtreflexionen der Maispflanzen. Er legte den Karabiner ab und wartete. Die Minuten verstrichen. Jack hörte Geschrei, verstand jedoch wieder nicht, worum es ging. Das Krachen und Blitzen von Schüssen im Mais folgte.

Es wurde still. Er wartete. In der Nähe des Wagens kam eine Gestalt aus dem Schutz des Maisfelds hervor. Jack war nicht in der Lage, die Gestalt zu identifizieren, bis er sie schließlich allein am Gehrhythmus erkannte.

Es war der Polizist, der jetzt so von Schwermut überwältigt wirkte, dass er sich kaum noch bewegen konnte. Er schaffte es bis zu seinem Auto und schob sich seitwärts auf den Fahrersitz. Er fummelte an irgendetwas herum und sprach in sein Funkgerät. Er legte das Mikrofon weg, wartete kurz und probierte es erneut. Ein drittes Mal. Er legte es wieder weg, zuckte unvermittelt zusammen, als ob ihn etwas erschreckt hätte. Er packte das Mikrofon und sprach lebhaft hinein, legte es erneut hin. Er schien jemanden erreicht zu haben.

Der Polizist blieb im Wagen sitzen.

Jack richtete das Gewehr auf ihn und schaltete das Zielfernrohr ein. Der Infrarotlichtstrahl griff nach dem Polizisten, um ihn zu packen.

Er verlagerte das Fadenkreuz exakt in die Mitte der Brust. Der Gesetzeshüter atmete schwer und schien Selbstgespräche zu führen.

*Tu es,* befahl Jack sich.

*Er ist ein Roter,* redete er sich ein, obwohl er nicht länger daran glaubte.

*Tu es,* appellierte er erneut an seinen Körper.

Das Gewehr wurde schwer in seinen Händen. Das Fadenkreuz wankte, verließ die Brust, fuhr am Bein entlang in Richtung Boden.

*TU ES!*

Er hob die Waffe erneut, bis sie die breite Brust in vier Segmente zerteilte. Der Abzug gab nach. Die Büchse sonderte durch den Schalldämpfer ein gedämpftes Husten ohne Mündungsfeuer ab. Kein Rückstoß, zumindest fast keiner. Jack betrachtete, wie die Gewehrkugel traf, der Körper unter dem Aufprall zuckte, zur Seite kippte und vom Lenkrad aufgehalten wurde.

Er schaltete das Fernrohr ab, sicherte die Waffe und hängte sie sich über die Schulter. Es war nur ein kurzer Abstieg bis zum Boden, selbst mit dem elend schweren Akku auf dem Rücken. Er wandte sich ab und hatte den Abstieg auf der anderen Hügelseite bereits zur Hälfte absolviert, als er die erste Sirene hörte.

Stimmen.

Jack kehrte ruckartig in die Gegenwart zurück.

Er schaltete das Zielfernrohr ein.

Da gingen sie und unterhielten sich angeregt: der große Mann, der kleinere Junge. Ihm bot sich eine ausgezeichnete Sicht. Er konnte sie ganz deutlich erkennen, wie sie entlang des Bachs, in der Senke zwischen den beiden Hügeln, den Waldpfad entlanghuschten, rund 60 Meter entfernt, jetzt nur noch 50.

Jack schob mit dem Daumen den Sicherungshebel auf Aus. Er schwenkte das Gewehr ganz leicht, ganz sanft herum und verfolgte den großen Mann, ein grünes Phantasma im glimmenden Sichtfeld des Fernrohrs, hervorgehoben von der daran befestigten Infrarotlampe. Er spürte, wie sein Abzugsfinger den Vorzug wegnahm, während das Fadenkreuz sich auf die Brust des anderen legte – bis es für einen magischen Moment dort zu verharren schien.

# KAPITEL 38

Sie traten aus dem Wald heraus in ein plötzliches, spätes Aufglimmen von Sonnenlicht. Russ fühlte sich wie befreit von der grünen Düsternis des Waldes. Vor ihnen lag die heruntergekommene Hütte. Wildblumen, die irgendwie nicht hierher passten, blühten um das verdreckte Haus herum und auf dem Vorplatz.

»Er beobachtet uns«, sagte Bob. »Ich kann es spüren und habe gerade gesehen, wie sich hinter dem Fenster da was bewegt.«

Als sie näher kamen, trat ein Mann halb aus dem Schatten der Tür heraus und blieb dann stehen, versteckte sich in der Dunkelheit. Er beobachtete sie mit uralten, verbitterten Augen. Während sie auf ihn zuliefen, huschte er hinein und holte eine Schrotflinte.

»Verschwindet hier!«, rief er und funkelte sie an. »Wir sind hier nicht im Zirkus! Ihr seid auf meinem Grundstück und haut jetzt besser ab, sonst verpass ich euch 'ne Ladung Schrot.«

Jed Poseys Äußeres entsprach dem eines Mannes, den die Wut ein Leben lang verzehrt hatte. Dürr, ledrig und zahnlos. Seine Jeans-Latzhose schlackerte an seinem drahtigen Altmännerkörper. Er bestand nur aus Sehnen und Hass. Seine nackten Arme übersäten Knast-Tattoos aus dreieinhalb Jahrzehnten und in seine straffe Gesichtshaut waren zwei Tränen tätowiert, obwohl seine Augen trocken zu sein schienen und grimmig dreinblickten. Sein graues Haar trug er im typischen Bürstenschnitt der Gefangenen.

»Weg mit euch«, knurrte er und hob das Gewehr. »Sonst puste ich euch aus euren elenden Socken!«

»Wir haben etwas zu besprechen«, sagte Bob.

»Wir haben gar nix zu besprechen, Mister. Arbeitet ihr für die Nigger? Möchte wetten, dass euch die verdammten Nigger hergeschickt haben. Ich sagte: stehen bleiben, bei

Gott, sonst schick ich euch in die Hölle, wo ich auch diesen gottverdammten Nigger hingeschickt hab!«

»Wir arbeiten für niemanden«, sagte Bob. »Ich bin Bob Lee Swagger, der Sohn von Earl Swagger. Ich bin hier, um mit dir über den Tag zu sprechen, an dem mein Vater gestorben ist, Jed. Alles andere ist mir scheißegal.«

Jed senkte die Schrotflinte. Doch die Aggression, die seinen gesamten Körper durchflutete und ihn angespannt und zittrig wie einen Terrier machte, ließ kein bisschen nach. Seine kleinen, dunklen Augen verengten sich vor Wut und seine Gesichtsfarbe wurde, falls das überhaupt möglich war, noch röter, seine Haltung noch verkrampfter.

»Dein elender Vater hat mir aufs Maul gehauen«, sagte er. »Deswegen ist mein Gesicht jetzt kaputt. Ich hab 40 Jahre lang Schmerzen gehabt wegen deinem Hurensohn von Vater!«

»Wenn mein Daddy dir eine verpasst hat, Jed, dann, bei Gott, war das sicher ein Schlag, den du verdient hattest, und ich wette, du hast ihn nie vergessen.«

Jed schien einen Schritt zurückzuweichen. Etwas flackerte in seinen kleinen Augen auf und verriet ihnen: Ja, ja, weiß Gott, egal, was passiert sein mochte – Jed Posey hatte nie den Tag vergessen, an dem Earl Swagger ihm den Kiefer brach.

»Was wollt ihr?«, fragte er. »Das ist alles lange her. Jimmy Pye hat deinen Daddy getötet und dein Daddy hat Jimmy Pye und seinen Cousin Bub getötet.«

»Ich hab ein paar Fragen.«

»Wieso zum Teufel sollte ich ’nem gottverdammten Swagger ’ne gottverdammte Frage beantworten? Es gibt kein Gesetz und nix, das mir vorschreibt, dass ich mit dir reden muss.«

Er spuckte einen giftigen Batzen Tabak in den Staub.

»Nein, müssen tust du nicht«, sagte Bob. »Aber es gibt was, das einen alten Raffzahn wie dich umstimmen kann. Geld. Gibst du mir ’ne Stunde deiner Zeit, geb ich dir 20 Dollar.«

»Zwanzich Dollar! Mister, du hältst mich wohl für blöd.

20 Dollar! Kostet dich *40* Dollar, Swagger. Für 40 Dollar sag ich dir alles, was du verdammt noch mal wissen willst.«

Russ machte einen Schritt vorwärts, doch Bob hielt ihn auf.

»Ich hab 20 Dollar gesagt, und ich hab auch 20 Dollar *gemeint.* Ich verhandle nicht mit Abschaum. Komm, Russ!« Damit wandte er sich ab und zog den Jungen hinter sich her.

Russ warf ihm einen *Was soll das*-Blick zu, doch Bob zerrte weiter an seinem Arm. Sie näherten sich dem Wald.

»Zur Hölle mit dir, Swagger. *30* Dollar.«

Bob drehte sich um. »Ich hab doch gesagt, ich verhandle nicht mit Gesindel. Du nimmst, was ich dir anbiete, sonst ist das Gespräch beendet. Das gilt heute genauso wie in 100 Jahren, und dann kriegst du eben keine 20 Dollar.«

»Zur Hölle mit dir, Swagger.«

»Wenn du mich noch einmal zur Hölle wünscht, du alter Mistkerl, dann komm ich zu dir auf die Veranda, schlag dir die *andere* Seite vom Gesicht auch noch ein und bring zu Ende, was mein Daddy angefangen hat.«

»Zeig mir den Zwanziger.«

»Wenn du dich an was festkrallen willst, versuch's mal mit deinem Schwanz, du verkommenes Stück Dreck. Ich behalt das Geld so lange, bis ich mit dir fertig bin, und *hinterher* werd ich es dir geben. Du weißt, dass kein Swagger hier oder anderswo je sein Wort gebrochen oder 'ne Vereinbarung nicht erfüllt hat.«

»Gibt für alles 'n erstes Mal«, knurrte Jed bitter. »Na, dann kommt her. Aber kommt mir ja nicht zu nah.«

Bob und Russ stiegen die klapprigen Stufen zu der dunklen Behausung hinauf. Russ staunte häufiger, weil sich etwas von den Vorstellungen unterschied, die er sich machte, doch diesmal hatte er vollkommen richtig gelegen: Sie betraten einen einzigen, abweisend wirkenden Raum ohne Überraschungen, erfüllt mit einem widerlichen Gestank. Ein schäbiges Hirschgeweih war an einen Querbalken genagelt; der alte Ofen stank nach kaltem, ranzigen Fett; das Bett, eine

Pritsche in der Ecke, wurde von einem hässlichen Nest zerknüllter Laken in Beschlag genommen. Unter fleißigem Einsatz von Reißnägeln hatte Jed die Wand zu seiner Ruhmeshalle umgestaltet und das Titelblatt einer Zeitung ans Holz gepinnt, wo es jetzt vergilbt und altersbrüchig hing: MANN AUS DEM COUNTY ERSCHLÄGT NEGER, stand über dem Artikel, der ihm und Davidson Fuller zu journalistischer Unsterblichkeit verholfen hatte. Der Geruch von ungewaschener Kleidung, von toten Tieren, menschlichem Elend und Einsamkeit hing überall in der dicken Luft.

»Äh, könnte ich einen koffeinfreien Cappuccino und einen Mokka für meinen Sohn bekommen?«, fragte Russ. »Und die Schokoladen*biscuits,* bitte.«

»Seien Sie still, Russ«, wies Bob ihn zurecht, als Jeds kleines Wieselgesicht sich vor Wut verzerrte. »Das ist jetzt nicht die Zeit für Klugscheißereien.«

Der alte Mann ließ sich vor einem mit einem Wachstuch bedeckten Tisch auf einen Stuhl plumpsen, wobei er weiterhin die Schrotflinte umklammert hielt. Bob setzte sich ihm gegenüber. Es gab keine Sitzgelegenheit für Russ, und kein Geld der Welt hätte ihn dazu bringen können, sich auf dieses Bett zu setzen – *brrrr,* der Gedanke brachte ihn zum Schaudern –, also lehnte er sich einfach gegen die nächste Wand.

»Erzähl mir von diesem Tag«, forderte Bob den Mann auf.

Jed zog eine Packung Red Man aus der Tasche, stopfte sich etwas von dem strähnigen Tabak in den Mund und nestelte mit seiner Zunge daran herum, bis er das Stück rechts zwischen Wange und Zahnfleisch eingeklemmt hatte, wo es eine Beule bildete wie ein Tumor. Er lächelte und entblößte braunes Zahnfleisch.

»Da gibt's verdammt noch mal nicht viel zu erzählen. Die ham mich in der Ausnüchterungszelle von Blue Eye geweckt, zusammen mit meinem Bruder Lum, Gott hab ihn selig, und dieser fette alte Hilfssheriff Lem sagte mir, er hätte Arbeit für uns. Ich hatte so 'nen Kater, ich wusste gar nicht, wo wir sind, bis wir dort ankamen. Und ich sag dir, Swagger, ich hatte ganz sicher keinen Bock, da in der Hitze im Wald rumzustapfen und irgendein Niggermädchen zu suchen.«

»Was ist *passiert?*«, fragte Bob. »Erzähl's mir, eins nach dem andern.«

Jed blickte umher, spuckte in eine bereits überquellende Maxwell-House-Kaffeedose auf dem Boden und gab dann einen langwierigen Bericht über den Ablauf jenes Tages zum Besten, über die Hitze und den Staub im Wald, selbst so weit oben in den Bergen, über die Qual, sich durch die Dornensträucher und Farne zu wühlen, über die Moskitos und anderes Getier, das summte und einen stach, über den Gestank der Hunde und dann, zu guter Letzt, über das Mädchen.

»Scheiße«, sagte er. »Die war schon überreif, ganz aufgebläht, wie 'n Ballon. Man konnte ihre kleine Möse sehen, ich sag's euch. Einfach so. Heute zeigen sie so was in den Zeitschriften. Aber damals, Junge, da bekam man nie 'ne Möse zu sehen. He he.« Er gluckste geistesabwesend, während er sich an diese diebische Freude erinnerte. Russ bemerkte, wie Zorn in Bobs Miene aufflackerte, aber sofort wieder verflog.

»Warum hat mein Vater dir eine verpasst?«

»Weil er 'n mieser Hurensohn war, deshalb«, erwiderte Jed, ohne Bob in die Augen zu sehen.

»Mein Vater ist vieles gewesen, aber ganz sicher kein gemeiner Schläger. Warum hat er dich geschlagen, alter Mann?«

»Ich hab mir nix dabei gedacht, nur 'nen kleinen Spruch drüber abgelassen, über die Kleine mal drübersteigen zu wollen, das ist alles. Bastard. Er hatte keinen Grund dafür. Sie war 'n Niggermädchen und ich hatte recht. Ein Niggerjunge hatte sie umgebracht. Das hab ich damals schon gesagt, und so war's dann auch. Dann ist der Daddy von dem Niggerjungen überall rumgelaufen und hat getan, als sei er 'ne ganz große Nummer. Tja, ich hab's ihm gezeigt. Ich hab ihm den Schädel mit 'nem verfluchten Spaten gespalten. Das beste Gefühl, das ich je hatte, ja, das war's, bei Gott, und jeden verdammten Tag im Gefängnis wert. Im Knast haben Nigger versucht, mich umzubringen, wisst ihr. Japp, schaut euch *das* mal an.«

Er zog einen Hosenträger seiner Latzhose beiseite und der obere Teil klappte nach unten. Russ' Blick fiel auf eine lange, lila verfärbte Sichel aus Narbengewebe, ein einfältiges Grinsen in Runzelform, das von einer Brustwarze bis fast zum Blinddarm hinunter verlief.

Jeds Augen glühten vor Zorn. »Das haben Nigger mir angetan. 235 Stiche! Der Arzt hat mich zusammengenäht wie 'nen Leinensack. Aber die konnten mich nicht zum Verbluten bringen. Oh nein. Ich hab verdammt noch mal mehr Blut in mir als 'n Mastschwein. Bei Gott, keine Nigger und kein Earl *Seht-her-ich-hab-die-Ehrenmedaille* Swagger können mich unterkriegen!«

Er lehnte sich zurück, etwas erschöpft, und belohnte sich, indem er zur Entspannung einen Batzen Tabakschleim wie eine Rakete in hohem Bogen durch die Luft sausen ließ, bis er mitten in der Dose aufprallte und eine winzige Wolke aufsteigen ließ. Russ schauderte vor Ekel und sah in eine andere Richtung. Aber Jed war noch nicht fertig.

»Ich hatte auch recht, was die Nigger angeht. Ich sagte, wenn man diesen Leuten alles gibt, dann fangen sie als Nächstes an, überall rumzuballern, rumzuficken und zu morden. Und genau das tun sie doch, oder etwa nicht? Den Niggern geht's gut in Amerika. Haben sie hier rübergebracht, und jetzt schaut euch an, was es uns gebracht hat. Nigger. Die sind das Ende Amerikas, so viel ist mal sicher.«

Bob schwieg während der Schimpftirade, als ob er geduldig abwartete, bis ein dunkler Sturm sich legte. »Erzähl mir von meinem Vater. Wie ist er so gewesen? Was hat er getan? Wie hat er sich verhalten?«

»Er war den Niggern gegenüber zu weich, darin lag sein Problem«, sagte Jed. »Das konnte ich riechen an ihm. Dieses kleine, verschwundene Mädchen: Teufel, fast konnte man glauben, sie ist *sein* kleines Mädchen und nicht das von irgendeinem Nigger. Er war *traurig*. Den ganzen verfickten

Morgen lang. Zumindest, wenn er sich nicht gerade mies gegen mich benommen hat. In 'nem fairen Kampf hätt ich's mit ihm aufnehmen können.«

»Nicht mal in deinen Träumen, du alter Sack. Frag mal die Japaner. Die kannten ihn gut«, schoss Bob zurück. »Mit wem hat er geredet? Was hat er gesagt?«

»Hauptsächlich mit dem alten Lem. Und mit Pop Dwyer, der die Hunde geführt hat. Er mochte Pop, aber er mochte die Hunde nicht. Ich weiß nicht, warum, aber ich hab's ihm angemerkt. Er hielt sich von den Hunden fern. Aber hauptsächlich hat er auf mir rumgehackt. Dieser hohe Herr. Der hat mich schon von Anfang an auf dem Kieker gehabt«, sagte Jed. »Hat deine Frau Mama ihn nicht rangelassen? Der führte sich immer auf, als hätte er seit Wochen keinen mehr weggesteckt.«

Bob funkelte ihn bloß an.

»Er scheucht uns also die Straße rauf und runter und in den Wald rein, verflucht noch eins, das war Niggerarbeit in dieser Hitze. Und die ganze Zeit mault er mich an, wie ich schon gesagt hab. Und als er dieses verdammte Mädchen findet, hör ich, wie er zum ollen Lem sagt, dass er diesen ganzen Schnickschnack anfordern soll. Teams und so 'n Scheiß, aus Little Rock. Als ob's verdammt *wichtig* wäre oder so. Zum Teufel, das war doch bloß ne Niggerschlampe.«

Bob hörte sich das alles mit unbewegter Miene an. Sein Gesicht wirkte abgehärmt und unnahbar.

»Woher wusste er, dass er dort suchen musste? Was hat ihn an diese Stelle geführt? Weißt du das noch?«

Jeds Gesicht legte sich vor Konzentration in Falten. Als ob er damit eine Erinnerung heraufbeschwören könnte, sammelte er einen Klumpen Rotz und spuckte ihn in Richtung Dose, die er allerdings um ein gutes Stück verfehlte. Russ bemerkte, dass die Klumpen ihm mit jedem Mal näher kamen.

»Da gab's irgendwas mit 'ner Lady, die angerufen und gesagt hat, dass sie vier Tage vorher beim Texaco-Schild 'nen Niggerjungen rumlungern sah, der sich ›sonderbar‹

benommen hat. Dein verdammter Daddy hat ständig seine Nase in die Angelegenheiten anderer Leute gesteckt. Als er hörte, dass das Mädchen vermisst wird, hat er die Leute zusammengetrommelt, und deshalb zogen wir da draußen rum.«

Bob nickte. Es passte alles zusammen: Der schwarze Junge musste, der verbreiteten Meinung zufolge, Reggie Fuller gewesen sein.

Doch er war es eben nicht gewesen, weil er Leute von dem geheimen Treffen in der Kirche nach Hause gefahren hatte. Aber wenn es wirklich ein schwarzer Junge gewesen war, der das Mädchen getötet hatte, dann hatte jemand einen ausgeklügelten Plan verfolgt, um Reggie ans Messer zu liefern. Warum? Warum? Was hätte dieser Jemand davon gehabt?

»Hat er was von *anderen* Ermittlungen oder Fällen erwähnt?«, fragte Russ. »Gab es noch etwas anderes, das ihn beschäftigte?«

»Er kam mir müde vor«, antwortete Jed. »Das ist alles, müde. Er schien die ganze Zeit müde zu sein.«

»Müde wovon?«, wollte Russ von Bob wissen.

»Er hatte keine regulären Dienstzeiten«, erinnerte Bob sich. »Manchmal war er 15, 16 Stunden am Stück unterwegs, manchmal auch zwei oder drei Tage. Er hat morgens und nachmittags gearbeitet, kam höchstens für ein paar Stunden zum Abendessen nach Hause, hat hinterher ein kurzes Nickerchen gemacht. Und schon war er wieder unterwegs, verfolgte den Polizeifunk, hielt Ausschau nach Rasern und Unruhestiftern, erledigte Anrufe, so was eben. Er hat geschuftet wie ein Hund.«

Bob verstummte und ließ die Worte melancholisch im Raum verklingen.

»Ist das alles, Swagger?«, fragte Jed.

Bob sah ihn nur an.

»Das ist alles, was du wolltest? Ha! Das ist keine zwanzich Dollar wert! Dir fallen keine Fragen mehr ein, dabei komm ich grad erst in Fahrt!«

Er lachte, als habe er einen großen Sieg errungen.

»Ihr Jungs habt hier rumgesessen, bis es dunkel geworden ist! Ha! Und was habt ihr rausgekriegt? Nicht das kleinste bisschen! Ha! Hast du mein Geld, Swagger?«

Bob warf den Zwanziger auf den Tisch.

»Nicht alles auf einmal ausgeben, Posey.«

Es war jetzt vollständig dunkel. Russ fühlte sich gleichzeitig erschöpft und befreit, als er endlich Luft einatmen konnte, in der nicht der Gestank von Speck und abgestandenem Schweiß mitschwang.

»Viel haben wir nicht erfahren«, räumte er ein, während sie von der Veranda hinunterstiegen.

»Ich hab Ihnen doch gesagt, dass es darauf hinausläuft«, sagte Bob. »Sie versuchen immer noch, diese Verbindung zwischen der armen Shirelle und dem, was meinem Vater passiert ist, herzustellen. Sie lassen sich nicht davon abbringen, aber es funktioniert weder zeitlich noch von der Logik her.«

»Nun ja«, setzte Russ an. Doch dann hielt er inne. »Betrachten Sie es mal so. Erstens geht's um Zufälle. Ist es denn logisch, dass innerhalb von ein paar Tagen im abgelegenen Hinterland von West Arkansas gleich *zwei* raffinierte Verschwörungen ausgeheckt werden? Ich meine, so etwas passiert im wirklichen Leben fast nie. Ist es nicht sinnvoller, wenn man annimmt, dass beide auf irgendeine Weise miteinander zusammenhängen, dass es also eigentlich nur *eine* gegeben hat?«

Bob sagte nichts.

»Und dann bedenken Sie noch«, fuhr Russ fort, »dass beide Verschwörungen, obwohl sie sich hinsichtlich ihrer *Ziele* unterscheiden, doch nach dem gleichen Mechanismus oder Muster aufgebaut sind. In beiden Fällen gibt es zwei verschiedene Ebenen. Auf der ersten haben wir, scheinbar unabstreitbar, ein ganz klares und einfaches Verbrechen, komplett mit Motiven und extrem offensichtlichen Hinweisen auf den

Täter. Jimmy und Bub Pye rauben einen Lebensmittelladen aus, zehn Stunden später treffen sie auf Sergeant Swagger, der sie niederschießt und selbst ums Leben kommt. Ein eindeutiger Fall.

Shirelle Parker wird etwa zehn Meilen außerhalb von Blue Eye vergewaltigt und ermordet. In ihrer Hand hält sie die mit einem Monogramm versehene Hemdtasche ihres Mörders. In seinem Haus findet man den Rest des Hemds, verschmiert mit ihrem Blut. Ein ebenso eindeutiger Fall. Aber in *beiden* Fällen beginnen sich die Unregelmäßigkeiten zu häufen, sobald man sich auf die Ebene der feineren Details begibt. Wenn man sich nicht mit dem Offensichtlichen zufrieden gibt, kommt man nicht umhin zu erkennen, dass in jedem dieser Fälle ein genialer Planer alles eingefädelt hat – der Einsatz eines Nachtsichtgeräts bei Ihrem Dad, der Abtransport der Leiche vom eigentlichen Tatort an eine andere Stelle im zweiten Fall. Begreifen Sie das denn nicht?«

»Jetzt begreifen *Sie* mal was«, entgegnete Bob. »Der Junge, der Shirelle getötet hat, war schwarz, Sie Traumtänzer. Shirelles Mama hat Sam gesagt, dass das Mädchen so erzogen wurde, dass sie zu keinem weißen Jungen ins Auto steigt. Und jetzt stellen Sie sich mal die Frage: Wenn es ein anderer schwarzer Junge getan haben sollte, wer zum Teufel hätte es dann im Arkansas von 1955 überhaupt erst nötig gehabt, die Sache ihm anzuhängen? Einem schwarzen Jungen? Das ergibt überhaupt keinen Sinn. Wenn es ein weißer Junge gewesen wäre, vielleicht. Aber so? Nein!«

»Scheiße«, fluchte Russ.

»Ich bin überzeugt, dass mein Daddy versucht hat, ein Verbrechen aufzuklären, und dass er deshalb getötet wurde. Er hat etwas erfahren, etwas Großes, und mächtige Männer wollten dem einen Riegel vorschieben. Wer sonst hätte über solche Mittel verfügt? Die steckten mit der CIA unter einem Hut, außerdem mit einem Scharfschützen aus der Army. Und sie haben Ausrüstung auf dem neuesten Stand der Technik eingesetzt.«

Russ rief entnervt: »Ich bin der Sohn eines Sergeants der Landespolizei. Mein Dad wäre nicht mal in der Lage gewesen, im Dunkeln den eigenen Arsch zu finden!«

»Ruhe jetzt, wir sind gerade an unserem Zielpunkt vorbeigekommen.«

»Was?«

»Ich zähle.«

»Was?«

»Schritte. Sobald wir 240 Schritte von diesem großen Felsbrocken entfernt sind, verlassen wir diesen verdammten Pfad, biegen nach links ab und fangen an, im Zickzack zurückzulaufen. Wir bewegen uns in Etappen von 240 meiner langen Schritte, immer scharf nach links und nach rechts, dem Kompass nach, dann kehren wir zum Auto zurück.«

Aber Russ hörte gar nicht richtig zu. Sie hatten inzwischen die Senke erreicht, in der das Bachbett zu ihrer Linken zwischen den beiden Hügeln hindurchführte. Über ihnen ragten die Bäume auf, eher fühlbar als sichtbar. Sanft durchfuhr sie der Wind und erfüllte die Nacht mit seinem Flüstern. Die Dunkelheit lag wie eine Decke über dem Wald und drohte, Russ zu ersticken. In einem fernen Winkel seines Geistes flackerte Paranoia auf. Er überlegte, wie es sein mochte, alleine hier zu sein, verirrt in einem uralten Labyrinth, nur mit seiner hyperaktiven Fantasie in der undurchdringlichen Schwärze, vollkommen verlassen. Er wäre gestorben.

Dann hörte er etwas Entsetzliches: das raue, trockene, knisternde Rasseln einer Giftschlange ganz in der Nähe. Es löste einen Schub einer geradezu archetypischen Angst in ihm aus.

# KAPITEL 39

Red hatte es in diesen Tagen nicht leicht. Er konnte nur eine begrenzte Anzahl von Faktoren beeinflussen und musste dann loslassen, sich zurücklehnen und darauf vertrauen, dass andere seinen Plan ausführten. Er konnte seinen Hang zum übertriebenen Ehrgeiz, auf den ihn seine Tochter Amy immer hinwies, hier nicht zum Einsatz bringen. Er musste vertrauen. Ob Bob der ausgelegten Spur folgte? Ob er dort auftauchte, wo er erwartet wurde? War der verdammte Duane Peck in der Lage, *seinen* Teil der Aufgabe zu erfüllen, oder brachte die Dummheit und Impulsivität dieses Mannes alles zu Fall? Traf Jack Preece die Ziele, die er treffen musste? Behielt der alte Mann, der verkommene, bösartige Jed Posey, sich bei einer langen Unterhaltung mit Bob im Griff?

Ironischerweise brachte Red von all diesen Männern Posey am meisten Vertrauen entgegen: Er kannte diese Art von Kerl – den Knastbruder, den ein Leben voller Extreme dermaßen abgehärtet hatte, dass er Züge von Nietzsche annahm, sich in ein Wesen verwandelte, das so heftig und einseitig handelte, dass es schlicht nichts anderes mehr kannte als die Erfüllung seiner Pflicht.

Die andere Ironie bestand darin, dass er die ganze Sache als echten Hochgenuss empfand. Sie erwies sich als … ausgesprochen vergnüglich. So ein schlauer Plan, so scharfsinnig ausgeheckt, basierend auf einer intensiven Analyse von Bobs Charakter. Wirklich und wahrhaftig ein Meisterwerk.

»Red, das war’s für dich.«

Die Stimme von Jeff Seward, dem geschäftsführenden Vizepräsidenten von Fort Smith Federal. Das Quartett wurde komplettiert von Neil James aus der Anwaltskanzlei Bristow, Freed, Bartholomew und Jeffers sowie Roger Deacon von der PR-Agentur McCone-Carruthers. Sie hatten sich zum wöchentlichen Golfspiel des Clubs der Reichen Jungs von

Fort Smith im Hardscrabble Country Club am Cliff Drive getroffen.

Und Red stand tatsächlich kurz vor dem Verlieren, was Jeff einiges Vergnügen bereitete.

Sein Ball lag 16 lange Meter von der Flagge entfernt. Zwischen ihm und dem Loch klaffte eine Wildnis aus Erhebungen, Serpentinen, Abhängen und kahlen Stellen. Es war das 18. Loch: Red hatte den Ball flach gespielt und lag bei 71 Schlägen, aber der verdammte Jeff, der ihn noch nie besiegt hatte, kam auf 72 und hatte einen ungewöhnlich schönen Annäherungsschlag gespielt, der ihn bis auf wenige Meter an die Flagge heranbrachte. Er benötigte nur einen Putt, um die Runde mit einer 73 abzuschließen. Red brauchte mindestens zwei Putts, was ihn ebenfalls auf eine 73 brachte – *verflucht!* –, und falls er einen dritten Versuch nachlegen musste, was durchaus im Bereich des Möglichen war, verlor er sogar. Die Vorstellung, wie Jeff dann grinsen würde, erfüllte ihn mit einer düsteren Wut, die er genoss, weil sie das Geflecht der Sorgen durchbrach, die ihn gerade quälten.

Jeff war ein alter Freund und Widersacher; in den frühen 60er-Jahren hatte er gemeinsam mit Red im selben Footballteam der Razorbacks gespielt, und was Ehefrauen betraf, konnte er mehr als nur mithalten, hatte alle 15 Jahre ein älteres Modell durch ein jüngeres ersetzt, auch wenn er nie Beinahe-Schönheitsköniginnen rumbekommen hatte wie Red – und das aller Voraussicht nach auch niemals schaffte. Sie dürften insgesamt bereits ein Dutzend Mal Geschäfte miteinander gemacht haben. Jeder von ihnen konnte dank der Freundschaft und den Beziehungen des anderen, von denen er deswegen profitierte, auf mindestens vier oder fünf zusätzliche Millionen auf dem Konto verweisen. Aber … beim Golf hörte die Freundschaft auf. Red hasste es zu verlieren.

Er näherte sich dem Ball und kniete sich hin, um das Grün zu lesen. Um ihn herum erblühte die Schönheit des Kurses in vollem, schwindelerregendem Glanz – es war der angenehmste Golfplatz in ganz West Arkansas und besser als alle anderen Plätze, abgesehen von einem in Little Rock.

Red spähte also über den Ball hinweg in einen verräterischen Irrgarten der Möglichkeiten. Er schielte auf seine Uhr. Es war schon spät. Plötzlich bekam er das merkwürdige Gefühl, dass sein Wille ihn im Stich ließ. Er fühlte sich, als ob sein Kampfgeist, der ihm all die langen Jahre Kraft gespendet hatte, auf einmal verschwand. Er wollte die Runde nicht zu Ende spielen. Er wollte sich hinlegen und schlafen.

*Ich werde langsam alt,* dachte er.

Red las den Putt als einen Kreuzer von links nach rechts und wusste, dass er einem vor allem Mut abverlangte. Ein halbes Dutzend Mal dürfte es aussehen, als ob der Ball liegen blieb, ins Stottern geriet oder in die falsche Richtung davonschlingerte; ihm stand eine wahre Odyssee bevor, ehe er auch nur in die Nähe des Lochs gelangte. Man musste kräftig abschlagen. Man musste an sich glauben. Man durfte nicht zaghaft sein, nicht zögern, nicht jammern: Man musste die Sache angehen wie ein Mann. Leben oder sterben wie ein Mann.

»Das wäre ein höllisch guter Putt, Red«, sagte Jeff.

»Hast du Lust auf 'ne kleine Wette, Jeff?«

»Hmmmm«, überlegte Jeff. »So im Bereich von ... äh, einem Riesen?«

»Ein Riese, abgemacht, Kumpel«, antwortete Red mit wölfischem Grinsen und bereitete sich auf den Schlag vor. »Hab ich euch Jungs eigentlich schon mal erzählt, wie ich Clinton drei Riesen abgeknöpft hab? Deshalb spielt er nicht mehr mit mir!«

*Verdammt!*

Sein Pager summte.

»Entschuldigt mich, Leute.«

Er verließ das Grün und ließ sich vom Caddie seinen Pager geben. Er rief die Sprachnachrichten ab und hörte Duane Peck atemlos sagen: »Rufen Sie mich an. Schnell.«

Red tippte die Nummer ein.

»Mr. Bama?«

»Ja.«

»Es funktioniert. Ich habe Preece eben abgesetzt. Der alte Mann hat sie jetzt bei sich. Ich bin am Rückzugspunkt und warte, dass Preece sie allemacht. Mein Gott, es wird klappen! Sie sind hier!«

Reds Herz füllte sich mit Freude. Er stand so kurz davor und bald hatte er es geschafft und eine weitere Bedrohung seines Imperiums und seiner kleinen Geheimnisse abgewehrt. Das Leben, dieses schöne Leben, ging weiter und immer weiter. All seine Kinder konnten aufs College gehen, und wahrscheinlich spendierte er seiner Schönheitskönigin in ein paar Jahren, wenn er genug von ihr hatte, einen würdevollen Ruhestand in irgendeinem Landhaus und holte sich das, was er sich mehr wünschte als alles andere: eine echte, authentische Miss Arkansas, jung, heiß und sexy. Das wäre doch was!

»Duane, rufen Sie mich sofort an, wenn es vorbei ist, haben Sie verstanden?«

»Ja, Sir, hab ich.«

Red händigte dem Caddie seinen Pager aus und betrat erneut das Grün.

»Gute Neuigkeiten, Red?«

»Ausgezeichnete.«

»Noch eine Million für Mr. Bama«, sagte Neal James, »und das heißt: weitere 20.000 für mich.«

»Jungs«, sagte Red, »wenn der Boss glücklich ist, dann sind *alle* glücklich.«

Er wandte sich seinem Putt zu, bis in die Haarspitzen von Zuversicht erfüllt.

»Jeff, wie wär's, wenn wir auf fünf Riesen erhöhen?«

»Himmel, Red«, antwortete Jeff, »und ich hatte schon bei dem einen Riesen gehofft, dass du mich nicht beim Wort nimmst!«

Alle lachten, außer Red, der sich für seinen Putt in Position brachte und die ganze Kraft der Bama-Konzentration darauf richtete, bis er glaubte, jeden Augenblick zu explodieren. Dann schlug er den Ball mit einem scharfen Schlag beinahe wie im Reflex ab. Er hielt seine Handgelenke gerade, seinen Kopf nach unten gebeugt, die Schultern locker – ein perfekter Putt, den Red Mut, eiserner Willenskraft und Golfstunden im Wert von 100.000 Dollar verdankte, die er im Laufe der Jahre genommen hatte.

Wie die verirrten Griechen des Xenophon wanderte der Ball durch das Persien des Grüns, hierhin und dorthin, erklomm Anhöhen und stieg in üppige, grüne Täler hinab, schien mindestens zweimal liegen zu bleiben, schaffte es jedoch immer noch über den nächsten Hügelkamm, offenbar von der Illusion geleitet, dass dahinter das Meer lag. Schließlich rollte er abwärts, hüpfte, gewann an Geschwindigkeit, traf den Zylinder, drehte sich mit einem schnurrenden Geräusch und – blieb davor liegen.

»Verdammt!«, fluchte Red.

»Fünf Riesen!« Jeff jubelte.

»Eventuell fällt er ja noch ins Loch«, meldete Neil sich zu Wort.

Red starrte den Ball an, der exakt auf dem Übergang zwischen Loch und Grün balancierte, scheinbar durch nichts am Fallen gehindert als durch einen kleinen Lehmklumpen, der gegen sein Gewicht ankämpfte und Red davon abhielt, einen weiteren Triumph zu feiern.

»Wenn jetzt ein Jet vorbeikommt und die Schallmauer durchbricht, fällt er rein«, meinte Roger Deacon. »Du kannst doch bestimmt was bei der Air Force anleiern, Red.«

»Verdammt!«, fluchte Red noch einmal.

»Du könntest auch eine Autobombe hochgehen lassen«, riet Jeff. »Das setzt ihn sicher in Bewegung.«

Aber die beste Idee hatte Neil.

»Befehl ihm, reinzufallen«, sagte er. »Er weiß, wer du bist.«

»Verdammt richtig«, antwortete Red. »Jeder weiß das.«

Er kniff die Augen zusammen, nahm die Körperhaltung einer besonders kampflustigen Bulldogge ein und erteilte den Befehl: »Ball! Fall rein!«

Und der parierte.

Red saß mit den anderen reichen Jungs an der Bar im Clubhaus. Er ernannte einen sehr teuren, zwölf Jahre alten George Dickel Tennessee Bourbon zum heutigen Gift seiner Wahl, weil er sich in einer übermütigen Stimmung befand. Er bot dem armen Jeff an, dass er ihm seine 5000 Dollar ließ, wenn er dafür die Rechnung übernahm. Jeff willigte ein und Red nahm sich vor, Dickel im Wert von 5000 Dollar zu trinken. Aber es war nicht so, dass er zu früh mit dem Feiern angefangen hätte: Er legte sich lediglich ins Zeug, um einen gewissen Teil seines Gehirns von dem Drama loszueisen, das sich mit Sicherheit genau in diesem Moment 60 Meilen südlich von ihm abspielte – auf einem Schlachtfeld mitten im Wald.

Er ging davon aus, sterben zu müssen, wenn er sich gestattete, darüber nachzudenken. Das Herz würde ihm stehen bleiben, er würde stocksteif vornüber fallen und man hätte ihn aus seinen Golfschuhen schneiden müssen. Ihm drohte ein Ende als Witzfigur: der begnadete Golfer, der in einem hellroten Polohemd (seine Lieblingsfarbe) und zitronengelber Hose starb.

»Alles in Ordnung, Red?«

»Ja. Sag diesem Mädchen: Noch eine Runde.«

»Du gehst aber großzügig mit meinem Geld um, Red«, entgegnete Jeff, klang dabei aber nicht verbittert. »Verflucht, eins muss ich dir lassen. Du windest dich aus allem raus. Ich hatte dich am Haken, verdammt noch mal, und zack, hüpfst du mir runter!« Doch es schwang so etwas wie Respekt in der Art und Weise mit, wie er es sagte.

»Schon viele glaubten, mich am Haken zu haben, nur um hinterher festzustellen, dass *ich sie* am Haken hatte«, erwiderte Red, als die Bedienung ihm noch einen Dickel hinstellte. Er nahm einen Schluck: *Bumm.* Intensiv, klar und kräftig, genau so, wie er es mochte.

»Hey, Red, ich hab mal ’ne Frage an dich.«

»Schieß los, Junge.«

»Hast du schon das Gerücht über Hollis Etheridge gehört?«

»Die kenn ich alle.«

»Nein, ich meine *das* Gerücht.«

»Welches denn?«

»Die ganze Stadt redet drüber. Er ist dein Freund, du solltest das eigentlich wissen.«

»Er ist nicht mein Freund. Er ist in Harvard gewesen und so gut wie *nie* in die alte Gegend zurückgekommen. Zum Teufel, er ging in Washington D.C. auf eine Privatschule, die St. Albans School, glaube ich. Er ist kein Arkansawyer, das sag ich dir. Ich kenn ihn ganz gut.«

»Man sagte, er habe einen Deal mit dem alten Mr. Du-weißt-schon-wer eingetütet, dem Favoriten. Er scheidet früh aus und arbeitet hinter den Kulissen weiter … und wird dafür als Vizepräsident nominiert.«

Roger Deacon schaltete sich in die Unterhaltung ein. »Wir haben ihn 18 Jahre lang in die lokalen Medien eingekauft, und glaubt mir, wenn Hollis Etheridge auf Bundesebene kandidiert, hätten wir längst davon gehört. Man muss sich früh einkaufen, wenn man zur besten Sendezeit laufen will. Sonst kommt man zu spät.«

»Du gehst die Sache falsch an, Rog«, widersprach Red. »Das ist keine Senatorenwahl. Die Sendezeit wird von einer nationalen Parteizentrale gekauft werden, nicht auf seinen Namen. Schau nach, und ich wette, du wirst feststellen, dass die Parteien die Zeit, die sie brauchen, bereits kontingentiert haben, bei einem der großen Läden in Little Rock.«

»Es kommt also *wirklich* dazu, hm, Red?«

»Neil, ich hab rein gar nichts vom alten Holly gehört. Der ist zu sehr mit seinem Versuch beschäftigt, jedes weibliche Wesen zwischen Maine und Südkalifornien zu ficken.

Ich glaube, er hat gerade Illinois durch und fängt jetzt mit Missouri an.«

»Ich glaub nicht, dass er seine nationalen Ambitionen aufgegeben hat«, wandte Jeff ein. »Sein Daddy hat ihm eine Anweisung gegeben, und wenn ich eins über Holly weiß, dann, dass er *immer* auf seinen Daddy hört. Ich denke, ich sollte ihn mal anrufen. Am Ende sucht er gerade einen guten Stabschef. Vielleicht ziehe ich auch bald nach Washington.«

»Scheiße, sein Team ist doch schon komplett«, widersprach Red. »Ich bin vor ein paar Wochen mit Richter Myers beim Tontaubenschießen gewesen, und wenn einer 'nen Draht nach oben hat, dann er. Aber er hat nichts davon gesagt.«

»Möglicherweise ist Holly doch noch für 'ne Überraschung gut.« Neil grinste.

»Wir haben jedenfalls einen Riesenhaufen Geld an dieser verdammten Straße verdient, die er für seinen Daddy bauen ließ«, sagte Red.

»Sehr richtig!«, stimmten die Reichen Jungs ein, denn auch sie hatten, wenn auch nur über Umwege, an den 90 Millionen mitverdient, welche die Bundesregierung nach Arkansas überwiesen hatte, damit der Boss Harry Etheridge Memorial Parkway nach Polk County gebaut werden konnte.

So ging es bis 23 Uhr weiter, bis Red die Zusammenkunft auflöste. Zum Ende hin, als die Wirkung des Alkohols nachließ, merkte er, dass er zunehmend missmutig und übellaunig wurde. Der Vibrationsalarm seines Pagers hatte sich nicht gemeldet.

Was bedeutete das? Was ging da vor? Es war doch so gottverdammt *perfekt*.

Er schob seine Ängste beiseite und lief zum Auto. Zum ersten Mal innerhalb von Jahren gingen ihm seine zwei gehorsamen, diskreten Leibwächter auf die Nerven, obwohl sie mit einer so stählernen Effizienz arbeiteten, dass es eigentlich keine Veranlassung gab, sich aufzuregen. Doch heute Nacht störten sie ihn einfach.

Er sagte: »Ich fahr zur Bar, nicht nach Hause.«

»Ja, Sir«, kam die Antwort frei von jeglicher menschlicher Emotion.

Er stieg in die große S-Klasse und bog nach rechts ab, den Cliff Drive entlang und zurück in Richtung Stadt, anstatt nach links in Richtung seines großen, weißen Hauses mit Aussicht auf den Flughafen. Auf halber Strecke rief er seine Schönheitskandidatin an.

»Hallo?«

»Beth, Schätzchen, mir ist was dazwischengekommen. Ich muss mich noch heute Nacht drum kümmern.«

»Süßer, ist alles okay bei dir?«

»Mir geht's gut. Und mir wird's bald noch besser gehen.«

»Bist du sicher?«

Verdammt noch mal, sogar über *sie* regte er sich heute Nacht auf.

»*Ja!* Ja, alles ist gut. Weißt du, was du mal tun könntest? Einen Urlaub planen. Einen schönen, mit der ganzen Familie, mit beiden Familien, nach Hawaii zum Beispiel. Wir werden eine komplette Insel mieten, nur für uns. Sogar deine Mutter darf mit. Alles klar?«

»Ja, Red, mein Schatz.«

»Dein Bruder, der kann auch mitkommen. Braves Mädchen.«

Er legte auf, als er die Rogers Avenue erreichte, bog in Richtung Innenstadt ab, nahm dann die nächste rechts und folgte dem zunehmend schäbigen Midland Boulevard, bis er schließlich das Nancy's erreichte. Sein Parkplatz war frei, so wie immer, und er stellte den Wagen ab. Als er heraussprang, tauchten seine beiden Bodyguards wie aus dem Nichts auf und postierten sich neben ihm.

Er stieß die Tür auf. Etwa sechs langweilige Säufer und vier langweilige Billardspieler sahen auf, erblickten seine Herrlichkeit und verblassten vor ihr. Er stürmte vorbei und sagte nur ein einziges Wort in Richtung von Fred, dem Barkeeper der Spätschicht: »Kaffee.«

In seiner Höhle konnte er sich etwas besser entspannen.

Wenigstens hier kam ihm die Welt so klein und bekannt vor, dass er sie voll und ganz beherrschen konnte. Er setzte sich an den alten Schreibtisch seines Vater und fühlte sich sofort wohl. Er legte seinen Pager auf die grüne Schreibunterlage vor ihm und forderte ihn auf, zu klingeln: *Telefon! Klingel!* Doch anders als der Golfball es am späten Nachmittag getan hatte, gehorchte das Gerät ihm nicht. Welches Abenteuer mochte es ihm vorenthalten? Welche außergewöhnliche Schlacht, welchen Akt ruchloser Gewalt, welche Befreiung oder Zerstörung?

Er bemühte sich, diese Gedanken auszublenden, indem er einen Plan ausheckte, den er in die Tat umsetzen konnte, falls sein Vorhaben komplett fehlschlug.

*Swagger lebt. Swagger tötet beide Männer. Nein, noch schlimmer, Swagger nimmt den armen Duane gefangen, der ihm alles über die Bama-Connection verrät. Was täte Swagger in diesem Fall als Nächstes?*

*Er verfolgt mich!*, ging ihm auf.

Er beugte sich aus der Tür und gab seinen Leibwächtern ein Zeichen.

»Es ist sehr gut möglich«, sagte er zu ihnen, »dass mich in den kommenden paar Tagen ein sehr zäher Kerl verfolgt. Nicht absolut sicher, aber möglich. Deshalb müsst ihr in absoluter Topform sein. Verstanden?«

»Ja, Sir«, antwortete der Gesprächigere der beiden.

»Wir gehen auf Alarmstufe eins, mit allem, was dazugehört. Wir werden Unterstützungsteams, Luftüberwachung und Bewegungsmelder brauchen – das volle Programm. Ich gebe mich nicht kampflos geschlagen.«

»Wir werden ihn kriegen, Sir.«

Vielleicht, dachte er, war es ratsamer, ihm von Angesicht zu Angesicht gegenüberzutreten und die Sache zu Ende zu bringen. Nur er und Swagger. Von Mann zu Mann.

Dann musste er lachen.

Swagger war zu gut. Genauso gut konnte er Selbstmord begehen.

*Verfluchtes Teil. Klingle endlich!*

Doch es tat ihm den Gefallen nicht.

Die Stunden vergingen. Er las die Zeitungen, vertiefte sich in seine Buchhaltung, trank eine Menge Kaffee, sah auf einem lausigen Schwarz-Weiß-Gerät ein wenig fern. Vermutlich war er sogar für eine Weile eingedöst, denn es schien ihm, als ob im einen Moment noch Dunkelheit herrschte und kurz darauf bereits die Morgendämmerung anbrach. Er trat hinaus und betrachtete den breiten Boulevard, der immer noch wie ausgestorben dalag. Schon seltsam: Selbst ein Slum wie der Nordteil von Fort Smith konnte in den ersten Strahlen des feuchten, taufrischen Sonnenlichts makellos und traumhaft wirken. Doch er wusste, dass es sich bloß um falsche Sentimentalität handelte, eher eine Mischung aus Stress und Erschöpfung als um ein echtes Gefühl.

Nun begann er, in Selbstmitleid zu versinken. Ein unvermeidlicher Vorgang, Ergebnis der langen Nacht des Aussitzens einer Krise, die er zur Zeit nicht selbst beeinflussen konnte, was ihn zu Ersatzhandlungen zwang.

Er trauerte seinem Vater nach, diesem imposanten Mann. Einmal mehr stellte er sich die Frage, die sein Leben verdüsterte: Wer mochte seinen Vater getötet haben? Er vermisste seine zwei Frauen und fünf Kinder. Er vermisste die Jungs vom Hardscrabble Club, die Männer, mit denen er jagte, angelte, zum Superbowl flog und sich gelegentlich betrank. Er trauerte um sein Leben. Nahm es ihm nun jemand weg? Zumindest erfuhren seine Kinder in diesem Fall, wer ihn getötet hatte – mehr, als *er* über den Tod seines Vaters wusste. Er betrachtete Swagger als blassäugigen Rächer, als Gestalt des Todes, gekommen, um ihm alles zu nehmen.

Ein Teil von ihm sehnte sich danach, beide Läufe dieser teuren Krieghoff-Flinte auf Swagger abzufeuern und ihn in Fetzen zu schießen. Er rechnete nach: Zwei Ladungen vom Kaliber Remington 7,5 aus anderthalb Metern Entfernung –

fast 1600 Stücke Vogelschrot, die ihn aus dieser Nähe mit über 360 Metern pro Sekunde trafen, bevor die Schrotgarbe anfing zu streuen, während sie noch mit der Energie und Wucht einer Dampframme den Raum durchquerte. *Wow!* Totale Zerstörung.

Aber letztendlich wurde er schwach. Sein Kampfgeist war ihm ausgegangen. Sein Schwanz wurde schlapp und drohte, nie wieder hart zu werden. Er brauchte Schlaf, er brauchte Hilfe.

Er fixierte das Telefon mit Blicken. Fast sieben Uhr morgens.

*Ich halt's nicht mehr aus.*

*Ich muss es wissen.*

Er wählte Duane Pecks Nummer. Das Telefon klingelte einmal, zweimal, dreimal, und Red befürchtete, dass die Katastrophe eingetreten war. Sein Herz machte vor Schreck einen Satz.

Doch nach dem vierten Klingeln meldete sich Peck.

»Ja?«

»Was ist los, Peck?«

Eine Pause entstand, die ein ganzes Erdzeitalter anzudauern schien. Eiszeiten brachen vom Norden her an, gingen vorüber, ganze Arten entstanden und starben aus, Zivilisationen erhoben sich und gingen unter, und dann sagte Peck: »Es ist vorbei. Er hat sie beide erwischt.«

»*Verflucht noch mal!* Warum haben Sie mich nicht angerufen?«

»Äh ...«, begann Duane.

»Ich habe Ihnen gesagt, Sie sollen meine Anweisungen *exakt* befolgen. Kapieren Sie das etwa nicht?«

»Ja, Sir«, sagte Peck. »Tut mir leid, ich ...«

»Geht es dem General gut?«

»Ja.«

Red ging das Herz auf vor Dankbarkeit und größter Freude.

»Begraben Sie die Leichen, bringen Sie den General nach

Hause und tauchen Sie für eine Woche unter. Rufen Sie mich nächste Woche an. Ich will einen vollständigen Bericht.«

»Ja, Sir«, antwortete Peck.

Red beendete den Anruf und das Freizeichen ertönte. Das schönste Geräusch, das er je in seinem Leben gehört hatte.

## KAPITEL 40

Russ erlebte einen Moment völliger Klarheit: *Jetzt hab ich es endgültig geschafft,* dachte er. *Ich hab ihn so sauer gemacht, dass er die Scheiße aus mir rausprügelt.*

Denn im selben Moment, als sein Hirn das Rasseln der Klapperschlange registrierte, hatte Bob sich schon umgedreht und mit solcher Wucht auf ihn gestürzt, dass er Sterne sah und keine Luft mehr bekam. Er zwang ihn zu einem wilden Sturz in den Abgrund des Bachbetts, und diese abrupte Kapitulation vor der Schwerkraft versetzte ihn in Panik. Doch während er, buchstäblich in Bobs Armen, auf das schwarze, kalte Wasser zustürzte, hörte er trotz aller Furcht noch etwas anderes: das Geräusch eines Peitschenknalls dicht an seinem Ohr.

Ein Surren und Rauschen lag in der Luft, eine Art Präsenz, die Russ nicht identifizieren konnte, da er nichts Vergleichbares kannte. Und während er ins Wasser fiel, bemerkte er außerdem etwas wie Explosionen am gegenüberliegenden Ufer. Geysire aus Erde sprudelten empor und erfüllten die Luft mit Splittern und Dreck, aber *schnellschnellschnellschnell,* so schnell, dass er es nicht glauben konnte, und ...

Das Wasser war kalt. Die Kälte durchbohrte ihn wie ein Messer. Er schüttelte sich wie ein Hund, atmete etwas davon ein (es hinterließ einen Geschmack wie von kalten Münzen in seiner Kehle) und bildete sich ein, schwarze Blasen hochsteigen zu sehen, bevor er sich von Bob befreien konnte und zur Wasseroberfläche nach oben stieß. Doch da packte Bob ihn schon wieder und stieß ihn nach vorne gegen die Uferböschung, während drei weitere leise Explosionen die Erde über ihnen aufwirbelten und zum Klang von drei weiteren Peitschenschlägen die Dunkelheit in ein nebliges, staubiges Grau verwandelten.

Russ blieb im Schutz der niedrigen Böschung liegen. Er

schätzte sie auf etwa 30 Zentimeter Höhe. Sie verwandelte den Bach in eine schmale Schlucht. Das Wasser schwappte über ihn hinweg, flink und betäubend. Er rang nach Luft und versuchte verzweifelt, seine Lage zu begreifen.

»Ein Scharfschütze«, zischte Bob. »Da oben auf der Anhöhe vor dem Pfad. Infrarotlicht. Die Schlange, Russ. Ich hab die Schlange gehört.«

Alles blieb still, abgesehen vom Rauschen des kalten, kalten Wassers, das über sie hinwegschwappte.

»Scheiße«, sagte Bob. »Ich muss schon sagen, das ist ein *schlauer* Kerl.«

»Können Sie ihn sehen?«

»Russ, er hat *Infrarot.* Er kann uns sehen. Wir ihn nicht.«

Russ erhob sich, als ob er über den Rand der Böschung spähen wollte, aber Bob hielt ihn zurück.

»Er kann Ihnen die Augen ausschießen. Er kann Sie *sehen.* Aber Sie können *ihn* nicht sehen.«

»Es klang so nah.«

»Was Sie gehört haben, war der Überschallknall. Er benutzt einen Schalldämpfer. Man kann den Mündungsknall nicht hören.«

Langsam dämmerte Russ, wo sie sich jetzt befanden: nicht länger im Land der Paranoia, in dem alles Lebende eine Bedrohung darzustellen schien, sondern in der Welt der tatsächlichen Verletzungen, in der alles Lebende *tatsächlich* eine Bedrohung darstellte. Das war es also: das ultimative, existenzielle Entsetzen in der Welt des Scharfschützen – in einem dunklen Wald von einem unsichtbaren Feind gejagt zu werden, der einen sah, ohne dass man ihn umgekehrt sehen konnte, der schießen konnte, ohne seine Position zu verraten, während man selbst unbewaffnet war.

Nicht ganz unbewaffnet: Bob hatte seinen 45er gezogen.

»Können Sie ihn erwischen?«

»Unwahrscheinlich. Und er braucht nicht näher ranzukommen. *Scheiße!* So ein gerissener Drecksack.«

»Wer ist er?«

»Was macht das denn für 'n Unterschied, Scheiße noch mal?«

Doch dann wusste er es.

»Preece. Das ist seine Spezialität. *Gottverdammt.* So schlau.«

»Preece! Wie ...«

»Denken Sie da jetzt nicht drüber nach. Denken Sie lieber daran, wo wir gerade sind und was wir tun können.«

»Wir werden sterben, oder?«

»Ich weiß es nicht.«

»Ich will nicht sterben.«

»Willkommen im Club, Söhnchen.«

Im Dunkeln verkrampften sich Bobs Gesichtszüge vor Konzentration. Er suchte das Flussbett in beiden Richtungen ab, widmete sich dem Problem mit aller Energie, durchwühlte sein Hirn, um sich das Gelände vor Augen zu rufen, das zwischen ihm und dem Wagen lag, in dem er sein Gewehr aufbewahrte.

»In Ordnung«, sagte er dann. »So machen wir's. Sie arbeiten sich weiter durch das Bachbett vor, etwa 30 Meter weit. Sie bleiben unten, im Wasser. Er hält jetzt Ausschau nach uns. Ich werde mich in die andere Richtung vorpirschen. In vier Minuten, wenn Sie so weit sind, setze ich mich in Bewegung, um ihn wegzulocken. Wenn ich loslaufe, laut, laufen Sie leise zurück ...«

»Zur Hütte?«

»Nein! Das wäre der sichere Tod. Sie laufen in den Wald und suchen sich eine Deckung. Eine Stelle, an der Sie sich auf den Boden legen können. Ich will nicht, dass Sie in der Dunkelheit herumrennen. Er würde Sie finden. Denken Sie dran: *Er hat Licht.* Es ist zwar Infrarotlicht, aber trotzdem Licht. Wenn Sie nicht im Licht sind, sieht er Sie auch nicht. Bei Tageslicht ist sein Gewehr dann eher ein Problem für ihn, als dass es ihm hilft. Hier.«

Er gab Russ den Kompass.

»Damit finden Sie den Weg durch den Wald. Nach den

ersten Sonnenstrahlen werden Ihre Spuren leicht zu lesen sein. Hinter uns befindet sich ein Hügel; ich will nicht, dass Sie da raufgehen. Sie werden hinter ihm vorbeigehen. Dann halten Sie sich westlich nach dem Kompass, und nach einiger Zeit, ich tippe mal auf 15 Meilen, erreichen Sie den Iron Fork Lake. Noch fünf Meilen weiter kommen Sie zur 271. Sie rufen die Polizei an und erzählen denen, was passiert ist. In der Zwischenzeit unternehme ich einen Versuch, zum Auto zurückzukommen und mein Gewehr zu holen. Und dann jage ich dieses Schwein und mache ihn *fertig.*«

Sein Gesicht trug eine steinerne Maske psychotischer Wut zur Schau.

»Er wird Sie töten«, erwiderte Russ, was schlicht und einfach der Wahrheit entsprach. »Sie haben keine Chance gegen ihn mit seiner Ausrüstung.«

»Es kommt nicht auf das Gewehr an, Sohn. Es kommt auf den an, der es benutzt.«

Preece verspürte weder Zorn noch Panik. Er fluchte nicht über sein Pech und fragte sich nicht, was die beiden in Alarmbereitschaft versetzt haben mochte und dazu veranlasste, unglaublicherweise buchstäblich von der Bildfläche zu verschwinden, als seine erste, brillant gezielte Kugel auf sie zuraste. Er erholte sich schnell von der Überraschung, doch sie sprangen genau in dem Moment ins Bachbett, als er sie von Neuem anvisierte. Seine nächsten vier Schüsse verpufften an der gegenüberliegenden Böschung.

Im Kreis des Zielfernrohrs, im Kegel des Infrarotlichts, war es so hell wie an einem grünen Mittag. Es kam zu ein paar Lichtreflexionen durch die Pflanzen, doch diese hielten sich in Grenzen. Eher gewann er den Eindruck, auf ein gefärbtes Negativ zu schauen – eine verschwommene, fast wie unter Wasser gesetzt wirkende Welt, strahlend erhellt vom Infrarot-Suchscheinwerfer.

Er suchte das Bachbett in beide Richtungen ab, in dem

Wissen, dass Bob begriff, dass es ihren Tod bedeutete, dort zu bleiben. Bob musste irgendetwas tun, musste handeln. Das lag in seiner Natur. Also, wie machte sich ein Kerl wie Swagger wohl davon? Das Bachbett bildete einen schmalen Graben, der an dieser Stelle etwa 90 Meter lang und nur über eine Distanz von rund 30 Metern tief genug war, um Deckung zu bieten. Er konnte auf einer der beiden Seiten herauskriechen oder sich nach hinten zurückziehen und in den Wald verschwinden. Doch dann hätte er ihn am Hang des gegenüberliegenden Hügels so deutlich ausmachen können wie einen aufgespießten Schmetterling auf einem Billardtisch.

Nein, Bob schlich sich eher von der Seite heran, und das stellte Preeces Waffensystem vor ein Problem. Es arbeitete mit einem unsichtbaren Lichtstrahl, der seine Kraft einer Fokussierung verdankte. Er war nicht stark genug, um beide Seiten des Bachs gleichzeitig zu beleuchten. Deshalb musste Preece sein Sichtfeld kontinuierlich absuchen, mal auf der einen, dann auf der anderen Seite des Gewässers – oder sich darüber klar werden, welche Seite Bob für seine Flucht nutzte. Preece kam der Gedanke, ein Stück weiter den Hang hinunterzugehen: Dadurch musste er den Lauf nicht mehr so weit herumschwenken, um von der einen Bachseite zur anderen zu wechseln. Andererseits, was war, wenn Bob sich bewegte, während er sich selbst in Bewegung befand? Blieb er trotzdem in der Lage, rechtzeitig einen Schuss abzugeben?

*Nein. Bleib hier. Harre aus. Du hast den Vorteil auf deiner Seite. Verlier ihn nicht. Sei stark, bleib am Ball. Beobachte in Ruhe.*

Dann sah er ein Ziel am entgegengesetzten Ende des Grabens, in Richtung Hütte. Er legte das Fadenkreuz darüber. *Kopfschuss,* dachte er. Äußerst vorsichtig begann Preece, den Abzug in Richtung Druckpunkt zu bewegen.

Russ sah Bob durch das Bachbett davonschlüpfen. Er wirkte jetzt vollkommen animalisch, wild, erfüllt von Spannung, getrieben. Schnell verschwand er in der Dunkelheit und bewegte sich so geschickt, dass kein Laut zu hören war. Das gehörte zu seinen Talenten: Er konnte einfach verschwinden.

Nun war Russ allein. Ein großes, schmerzhaftes Selbstmitleid überkam ihn. Er wollte nicht hier sein, wollte nicht allein im Dunkeln ausharren, während ein Weltklasse-Scharfschütze mit Weltklasse-Ausrüstung Jagd auf ihn machte. Er spähte in beide Richtungen des Bachbetts, spürte, wie die Kälte ihn betäubte, kämpfte verzweifelt, wenigstens die Energie aufzubringen, die spärlichen Anweisungen zu befolgen, die Bob ihm erteilt hatte – er sollte sich an einen Punkt weiter vorn im Bachbett begeben, warten, bis Bob sich in Bewegung setzte, und dann abhauen.

Zögernd schob er sich vorwärts und entdeckte nun, in seinem 22. wohlgenährten Lebensjahr, was jeder Infanterist bereits in seiner ersten Einsatzwoche lernte: Am Boden zu kriechen, insbesondere durch Wasser und Schlamm, über raue Steine, während jemand versucht, einen umzubringen, ist ziemlich ungemütlich. Tatsächlich handelte es sich um das reinste Elend.

Russ fröstelte, als ihm das Wasser brodelnd und schäumend ins Gesicht schlug. Er bewegte sich hindurch, erzeugte dabei ein leises Plätschern, kämpfte um sein Gleichgewicht, rutschte gelegentlich aus. Seine tauben Finger kratzten sich an den Felsen wund. Ihm war so *kalt!*

Einmal blieb er liegen und schnappte nach Luft. Er schaute zurück über den Bach, bemerkte aber nichts als das Schimmern des Wassers und die klaustrophobischen Wände des Bachbetts. Vor ihm sah es nicht anders aus. Eine gewaltige Depression überkam ihn, lastete schwer auf seinen Schultern. Er wollte sich nur noch zu einem kleinen Ball zusammenrollen und einschlafen. Er wollte, dass seine Mom, sein Dad und Jeff ihm versprachen, dass alles wieder in Ordnung kam. Er wollte wieder in diesem klapprigen, kleinen Haus am Stadtrand von Lawton sein, wo sein dicker, alter Dad auf dem

Sofa saß, Football schaute und Bier trank, seine Mutter in der Küche schuftete und sein Bruder nach Hause kam, nachdem er gerade einen Homerun geschlagen hatte. Er selbst wollte oben in seinem Zimmer sitzen, Nietzsche, Mailer, Malamud oder wen auch immer lesen und sich ihnen unendlich überlegen fühlen, gleichzeitig jedoch unendlich stark mit ihnen verbunden.

*Scheiße,* dachte er. *Ich verwandle mich langsam in Dorothy. Am schönsten ist es zu Hause.*

Er schlug seine Absätze dreimal zusammen, aber es funktionierte nicht: Er blieb im Oz der Ouachitas und eine böse Hexe mit einem Gewehr war unterwegs, um ihn zu finden und zu töten.

Er mühte sich weitere neun oder zehn Meter vorwärts. Aus heiterem Himmel wurde ihm bewusst: *Hier ist das Bachbett zu Ende. Das war's. Hier ist die Stelle, an die ich kriechen sollte.*

Er nahm seine Kräfte zusammen und machte sich bereit, loszurennen, als ihn jemand ansprach:

»Zeit für deinen Cappuccino, du Wichser, he he he.«

Vor ihm stand Jed Posey mit seiner Schrotflinte.

Bob sah auf die Uhr. Die Minuten verflogen. Drei Minuten 30 Sekunden, drei 40, drei 50.

Von dort, wo er lag, halb im Bachbett und halb außerhalb, konnte er nichts erkennen. Doch für einen Scharfschützen besitzt selbst die Dunkelheit leichte Schattierungen und lässt sich lesen wie eine Landkarte. Er wusste, wo auf der anderen Seite des Pfades der Hügel lag, weil die Schwärze dort dicht und undurchdringlich blieb; der Himmel spendete ausreichend Licht, dass er den Horizont über der Hügelkuppe sehen oder zumindest erahnen konnte. Links von ihm erstreckte sich der Wald. Hauptsächlich ging es dort bergab und der Pfad folgte einem Zickzackkurs.

Bob wusste, dass er etwa 180 Meter auf offener Strecke zurücklegen musste – den Hügel hinauf, über die Kammlinie hinweg, zwischen Bäumen hindurch. Viel zu weit. Verdammt noch mal zu weit.

50 Meter schaffte er vermutlich, 100 mit sehr viel Glück. Aber 180 Meter bis zu der Stelle, an der er mit dem Wald verschmolz, die Hügelkuppe überqueren und im Schutz der Bäume geradewegs nach Norden zur Forststraße laufen konnte, wo er das Auto versteckt hatte: nein, zu weit. So viel Glück konnte niemand haben.

Drei Minuten und 55 Sekunden.

Was für ein lausiger Plan. Was für ein unausgegorener Plan. Warum hatte er sich nur darauf festgelegt? Er begriff jetzt, dass er sich lieber genau dort versteckt hätte, wo er jetzt war – an diesem Ende des Bachbetts. In der Morgendämmerung kam dann Preece, oder wer auch immer sich da gegen ihn stellte, um nachzusehen. Und dabei kam er vermutlich dicht genug heran, dass Bob ihn mit dem 45er erwischen könnte.

Aber auch diesen Plan fand er mies. Preece wäre bei Nacht gekommen, wäre mit seinem Infrarotlicht gekommen und Bob und Russ hätten sich nirgends vor ihm verstecken können. Er hätte sie im Wasser kauern sehen und sie beide aus 40, 50 Metern Entfernung erschossen, kurz und schmerzlos.

*Du musst dich in Bewegung setzen, sonst wirst du sterben.*

Er versuchte sich zu erinnern, ob er in Vietnam so viel Angst gehabt hatte. Hatte er überhaupt *jemals* so viel Angst gehabt?

Jeder hielt ihn für einen Helden. Für jemanden, der mitten im Irrsinn der Schlacht einen kühlen Kopf bewahrte. Aber er fühlte sich nicht wie ein Held. Er fühlte sich wie ein kleiner Junge, dem Major Benteen gerade mitteilte, dass sein Daddy gestorben war. Wie ein Junge, der einen Verlust zu verkraften hatte und das Gefühl bekam, ganz allein auf der Welt zu sein.

*Ich bin allein.* Ein Gedanke, der einem Angst einflößte.

*Ich bin so allein,* dachte Bob. Dann fielen ihm seine Frau und seine Tochter ein.

*Ich werde zu ihnen zurückkehren!,* fasste er einen Entschluss, und damit sprang er auf, schrie »Preece!«, so laut er konnte und stürmte los.

»Weißt du, was sie im Gefängnis mit dir machen, Kleiner? Die alten Knackis behandeln dich wie ein Mädchen. Du wärst ein Mädchen im Knast.«

Russ hockte vor ihm, immer noch im rauschenden Wasser, frierend, in der Falle.

»Bitte tun Sie mir nichts«, flehte er. Das hier war nicht länger *Der Zauberer von Oz*. Eher *Beim Sterben ist jeder der Erste*.

»Bitte tun Sie mir nichts«, äffte Posey ihn lachend nach.

»Ich hab Ihnen nichts getan«, wimmerte Russ.

»Tja, verflucht, so läuft das eben«, höhnte Posey. Er wirkte alt und widerwärtig und verbreitete einen so ranzigen Gestank, dass Russ ihn selbst auf diese Entfernung riechen konnte.

»Sag auf Wiedersehen, Kleiner!« Posey hob die Schrotflinte. »Hier kommen zwei Ladungen ...«

Da geschah etwas Interessantes. Während er noch sprach, löste sich die obere Hälfte von Poseys Kopf, von der Nase an aufwärts, einfach in einen Sprühnebel auf, als sei er einem gigantischen Zerstäuber zum Opfer gefallen. Es gab kein Geräusch, keinen gequälten Schrei, keine Todeszuckungen. Ein lebender Mann verwandelte sich schlicht innerhalb von einer Nanosekunde in einen Toten und stürzte zu Boden. Jed Posey fiel in sich zusammen wie ein Gebäude bei einer dieser spektakulären Sprengungen, wenn der Sprengstoff alle tragenden Balken zerstört und das ganze Haus in den Trümmern seiner eigenen Mauern versinkt.

Posey sackte in sich zusammen (»Ich schmelze«, schoss es Russ unpassenderweise durch den Kopf, eine weitere Oz-Assoziation), drehte sich und sauste innerhalb einer Sekunde mit einer so ungebremsten Wucht zu Boden, dass aus seinem halbierten Kopf ein Sprühregen aus Hirnmasse und Plasma in Russ' Gesicht spritzte. Es regnete Gehirn!

*Iiiih!*

Russ wich zurück und kotzte mehrere Sekunden lang.

Dann kauerte er sich ins Wasser.

*Keine zehn Pferde* bekamen ihn jetzt noch von dort weg.

Preece wusste seit seiner Zeit in Vietnam, wie es im Grün eines Nachtsicht-Zielfernrohrs aussah, wenn man getroffen hatte. Er beobachtete, wie der Schuss das Gehirn traf und zerfetzte, erkannte die vollkommene Bewegungslosigkeit wieder, die einen Körper befällt, dem man gerade das Leben entrissen hat. Eine weiße, glimmende Gischt spritzte aus dem getroffenen Schädel. Der Körper leistete für einen Sekundenbruchteil gegen das Unausweichliche Widerstand, dann ergab er sich dem Tod und brach im Bachbett zusammen.

Einer weniger.

Bob?

Wahrscheinlich der Junge.

In diesem Moment rief jemand am anderen Ende des Bachbetts »Preece!« Er fluchte, als er Bobs Stimme erkannte. Schnell versuchte er, den Mann ins Visier zu bekommen. Aber Bob befand sich außerhalb des Schussfelds, das er von seinem Versteck aus kontrollierte – *verdammt!* Preece verlor eine wertvolle Sekunde mit der Entscheidung, was er jetzt tun sollte, und eine oder zwei weitere mit der tatsächlichen Umsetzung seines Entschlusses. Mit einem kräftigen Ellbogenstoß beseitigte er die Plastikplane über seinem Schützenloch und setzte sich aufrecht hin, hob das Gewehr ebenfalls an. Weitere Sekunden verstrichen, während er sich neu orientierte, nachdem sein Ziel sich nun auf dem bewaldeten Hang des nächsten Hügels befand.

*Verdammt!* Nichts zu sehen.

Er blinzelte, rieb sich die Augen, setzte das Gewehr neu an und suchte noch einmal das Gelände ab, wobei er darüber fluchte, dass er aktives Infrarot anstelle von Umgebungslicht oder passivem Infrarot verwendete, weil ihn dies von der Reichweite des Suchscheinwerfers auf seinem Zielfernrohr abhängig machte. Er hielt Ausschau nach Zeichen, die Bobs Anwesenheit verrieten: nach schwankenden Büschen, zertrampeltem Unterholz, Staub in der Luft, nach allem, was signalisieren konnte, dass der Mann gerade eine Stelle passiert hatte.

Dann hatte er ihn. Bob hielt im Zickzack auf die Hügelkuppe zu, befand sich bereits in ihrer Nähe, doch Preece hatte ihn im Visier, fast 180 Meter entfernt, am unregelmäßigen Rand des Bereichs, den der Infrarotscheinwerfer erreichen konnte. Er schob das Fadenkreuz über den Mann, wartete, bis das Bild im Zielfernrohr nicht länger zitterte und er den Punkt zwischen seinen Schulterblättern perfekt im Visier hatte. Dann drückte er ab.

Bob rannte wie ein Verrückter, schlug Haken, wo er nur konnte, und hielt auf einen Hügelkamm im Norden zu. Er stürmte blindlings zwischen den dunklen Bäumen hindurch, ohne noch sonderlich darauf zu achten, dass er seinen Körper schützte. Zweige schlugen ihm ins Gesicht und zerkratzten seine Arme, knorrige Wurzeln versuchten, ihn zu Fall zu bringen, und ließen ihn einmal sogar tatsächlich fast das Gleichgewicht verlieren. Er tobte durch die Dunkelheit und der Schmerz all seiner Wunden schien ihn anzubrüllen. Er rannte voller Angst und all seine Zweifel fingen an, ebenfalls auf ihn einzureden.

Es gelang ihm nicht, seine Fantasie im Zaum zu halten: Er tauchte direkt vor ihm auf. Ein Mann im Ghillie-Overall mit großer, um einen Schalldämpfer erweiterten Büchse von hervorragender Präzision, der ihn anvisierte, den Finger um den Abzug krümmte und ihm eine Kugel durch den Leib jagte. Der Jäger jagte den Jäger. Etwas an diesem Bild versetzte ihn in Wut: *Er* war sonst der Mann am Abzug gewesen, und nun stand er selbst im Fadenkreuz.

Der Mangel an Sauerstoff quälte ihn. Granatsplitter von

einer alten Verletzung schienen sich gelöst zu haben. Glas knirschte und klimperte in seinem Bauch.

Er konnte den Hügelkamm wenige Meter vor sich ausmachen, doch der Baumbestand dünnte aus. Er hasste es, so nackt zu sein, so unbewaffnet, so schrecklich verwundbar. Es war nicht mehr weit, doch als er sich von Baum zu Baum auf die freie Fläche kurz vor der Kuppe vorarbeitete, überkam ihn eine Vorahnung mit aller Macht.

Wenn Preece schoss, dann tat er es genau jetzt.

Unwillkürlich ließ Bob sich zu Boden fallen.

Der Überschallknall erfüllte die Luft. Ein lautes Krachen. Beim Einschlagen in den Boden ließen die Kugeln große Erdbrocken auffliegen. Er hörte das Heulen von Querschlägern.

*Er schießt, verflucht noch mal,* dachte Bob, während er sich dicht an den Boden drückte und mit wachsender Verzweiflung durchs Unterholz kroch.

Er kroch wie ein Wahnsinniger, absolut sicher, dass Preece gerade das Areal absuchte, in dem er sich befand.

Preece konnte ihn zwar nicht sehen, aber es gab eine Alternative: Aufklärung durch Feuer.

Alle drei oder vier Sekunden schoss Preece versuchsweise eine Kugel ab. Kurz darauf folgte der Knall, und die Erde explodierte förmlich, wenn ein Geschoss in sie eindrang.

Bob fand Deckung hinter einem Baum, ohne genau zu wissen, ob dieser eine Kugel aufhalten konnte oder nicht. Er richtete sich auf.

*KRACKkkk.*

Eine Kugel schlug in der Nähe ein und ließ Staub aufsteigen.

Hinter ihm: *KRACK.* Noch eine.

Bob stand hinter dem Baum und hielt still, so gut er konnte.

*WWWWWACKKK.*

Preece schoss eine Kugel in den Baum. Sie trat zwei bis drei Zentimeter vor Bobs Gesicht wieder aus und riss dabei Rindenstückchen und Holzsplitter mit sich. Er blinzelte sich

Blut aus den Augen und kämpfte mit Lichtblitzen, als seine Sehnerven unvermittelt feuerten. Schmerz züngelte durch sein Hirn.

*Oh Gott,* dachte Bob. *Er hat mich gesehen.*

Er stand ganz still.

Schoss der Scharfschütze noch einmal? Wenn er es tat, durchschlug die Kugel zwangsläufig den Baum und traf ihn. Reichte ihre Geschwindigkeit aus, um ihn zu töten?

Er konnte nichts tun.

Er konnte nur dastehen wie eine Zielscheibe. Wenn sein Gegner noch einmal in den Baum schoss, traf die Kugel Bob, und ja, er ging davon aus, dass sie ihn tötete.

*Bitte,* betete er. *Lass mich hier rauskommen.*

*WWWWWACKKK!*

Noch ein Geschoss durchschlug den Baum. Bob spürte ein Stechen im Arm und zuckte heftig zusammen. Die Kugel hatte sich mitten durch den Stamm gebohrt, doch so, wie Kugeln es aufgrund der Alchemie von Geschwindigkeit, Einschlagenergie, Rotation und Dichte des Ziels taten, war sie irgendwie weit genug vom Weg abgewichen, um lediglich eine Kerbe in seinen Arm zu schlagen. Sie hatte seinen Körper höchstens um einen Zentimeter verfehlt.

Ob er noch einmal schoss?

*Lauf,* sagte er sich. *Lauf so schnell du kannst, hau ab.*

Aber er wusste ganz genau, dass es seinen Tod bedeutete, wenn er jetzt losrannte.

*KRACKkkk.*

Neun Meter hinter ihm schlug ein Geschoss in den Boden ein.

Der Scharfschütze feuerte noch einmal, an eine noch weiter entfernte Stelle. Er suchte ihn jetzt in einem anderen Bereich.

Bob hörte noch einen letzten Schuss, knapp 30 Meter entfernt.

Wie groß war sein Lichtkegel? Sicher nicht allzu groß.

Unwillkürlich hielt er auf die Hügelkuppe zu.

*KRACKkkk.*

Die Kugel schlug genau rechts von ihm in den Boden ein und wirbelte Erdbrocken in einer Fontäne auf. Doch er duckte sich und sprang vorwärts, erneut mit diesem schmerzlichen Gefühl von Verwundbarkeit. Er landete hinter der Hügelkuppe, als auch schon – *Krackkk* – eine weitere Kugel einschlug.

Er befand sich auf der anderen Hügelseite.

In Sicherheit. Er blieb liegen und atmete schwer.

*Verflucht!*

Preece glaubte, ihn vielleicht getroffen zu haben, aber er konnte sich nicht darauf verlassen. Das Fadenkreuz hatte genau über ihm gelegen, als der Mann über die Kammlinie gehechtet war, aber ihm drängte sich das Gefühl auf, dass er den Abzug zu schnell betätigt hatte, gerade überhastet genug, um sein Ziel zu verfehlen.

*Was jetzt?*

*Einer ist erledigt, und was jetzt?*

Eine Stimme in ihm forderte: *Zurückziehen. Es ist vorbei. Du hast deinen Vorteil eingebüßt. Er weiß, dass du ihn jagst, kann an Hunderten von Stellen untertauchen und einen Hinterhalt planen.*

Doch eine andere Stimme erinnerte ihn daran, dass Bob seinen Namen gerufen hatte, der andere also genau wusste, wer ihn jagte. Er kam auf jeden Fall zurück.

Preece fasste einen Entschluss: *Rücke aggressiv vor, richte dich auf dem Kamm ein und suche ihn ab. Du hast immer noch den Vorteil der Dunkelheit. Du kannst ihn erwischen, während er flieht, und ihm einen schönen, sauberen Schuss zwischen die Schulterblätter verpassen.*

Er stand auf, zog das Magazin aus der Waffe und lud ein neues mit 19 weiteren 5,56 Millimeter-Patronen. *Zeit, an die Arbeit zu gehen.*

Im Trab überquerte er rasch die 180 Meter zum Hügelkamm und brachte sich erneut in Stellung. Sehr sorgfältig suchte er das Gelände vor sich ab. Er konnte kein Zeichen für Bobs Anwesenheit erkennen, aber auf einer weiter abgelegenen Kammlinie, auf der sich nachts nichts hätte bewegen dürfen, zitterte ein Busch, als ob ihn etwas in blinder Panik gestreift hätte.

*Er läuft davon.*

Seine Vergangenheit flammte in ihm auf, all seine Versäumnisse, seine Fehler, die schrecklichen Sachen, die er getan hatte, die Scham, die er verspürte, seine Schwächen, sein Versagen, seine widerlichen Abartigkeiten. Der Wald bot ein Abbild seines Geistes in all seiner ungehobelten Barbarei und Gefühllosigkeit, seinem Egoismus, seiner Maßlosigkeit und Grausamkeit. Er konnte nicht aufhören zu rennen, und er hasste es, wegzulaufen: Er war in seinem Leben noch nie vor etwas weggelaufen, doch jetzt konnte er nicht anders.

Panik durchströmte ihn. Er wollte nicht sterben. Er hatte eine Frau, er hatte eine Tochter, er hatte ein Leben. Jetzt, nach drei Einsatzzeiten in Vietnam und den schrecklichen Ereignissen im Jahr 1992, ausgerechnet *jetzt* sollte er sterben?

*Bitte lass mich nicht sterben.* Er fühlte sich elend und verzweifelt, überquerte einen Hügelkamm und ließ sich für einen Moment zu Boden fallen. War er zu blind drauflosgelaufen? Hatte er sich verirrt? Konnte er einfach liegen bleiben, auf die Morgendämmerung warten und sich in ein paar Tagen aus der Deckung wagen? Er könnte einfach in einen Mietwagen steigen und in Richtung Arizona davonrasen, all das hier einfach vergessen. Zum Teufel damit. Was hatte es überhaupt für einen Sinn? Was immer auch geschah, nichts davon brachte seinen Vater zurück.

Er stand auf und lief weiter, immer noch orientierungslos.

Doch nein, ganz so war es nicht: Er wusste, dass er sich nach Norden bewegte, denn dort oben prangte der Große Wagen am Firmament und an seinem äußersten Punkt befand sich der Nordstern, der einzige und treueste Freund des Mannes, der sich verirrt hatte.

Er rannte weiter, durch dichten Kiefernwald, vorbei an verschlungenen Eichen, Dornenbüschen und Schlingpflanzen, über Anhöhen, auch durch einen Bach. Einmal fiel er hin, stolperte über eine Wurzel und stürzte mit dem Gesicht voran, wobei er sich die Hand und das Knie abschürfte. Am Rande der Erschöpfung lag er da und fühlte sich ähnlich antik und verflucht wie die alten Ägypter.

*Ich bin 50 Jahre alt,* ging es ihm durch den Kopf, *und ich werde das nicht überstehen.*

Aber irgendwie rappelte er sich wieder auf und lief weiter durch den dunklen, verträumten Wald, einen Hang hinauf, einen anderen hinunter. Vor seinen Augen rückte ein weißer, gewundener Fluss ins Blickfeld, leicht im Dunkel schimmernd. Er hielt auf ihn zu, floh in seine Richtung. Er fühlte den heißen Schweiß auf der Brust und im Nacken, schnupperte den eigenen, verschwitzten Geruch, verfiel in eine Art Links-Rechts-Rhythmus, der ihn an den lang vergangenen Gleichschritt der Rekruten auf einem Übungsplatz auf Parris Island erinnerte – und an die Jodie-Lieder: wie Jodie deine Freundin fickte, weil er selbst keine hatte, dass Jodie der Stolz deiner Mama und deines Daddys war, weil seine Mama und sein Daddy beide nicht mehr lebten. Wer war dieser Jodie überhaupt, von dem sie alle sangen, und was hatte er den armen Rekruten der Marines getan, die auf einem erbarmungslosen Feld in South Carolina versucht hatten, die Feinheiten des Exerzierens in Reih und Glied zu meistern, attackiert von Männern mit eisernen Lungen, die versuchten, ihnen das Gefühl zu vermitteln, nichts als Maden zu sein?

Aber Jodie half, heute wie damals. Jodie zu hassen, setzte irgendwie einen letzten Adrenalinschub aus verborgenen Drüsen seines Körpers frei, und er erreichte den Fluss, nur um festzustellen, dass es sich in Wahrheit um einen Fluss aus Staub handelte – um den Forstweg.

Bob überquerte ihn schnell, ohne an seine Sicherheit zu denken, und mit einem Mal ging ihm auf, dass er seinen

Verfolger abgehängt hatte. Er schlug sich ins Unterholz und hielt eine Distanz von etwa sechs Metern zur Straße ein, wobei er mit jedem Schritt ein wenig Stärke und Feuer zurückgewann.

Endlich sah er ihn vor sich: einen kleinen, braunen, gemieteten Chevy. Wartete er bereits hier? Hatte er noch Unterstützung? Nein, das konnte nicht sein. Nur ein Mann, ein guter Mann, machte Jagd auf ihn, kein Team.

Er rannte zum Wagen, zog den Schlüssel aus der Tasche und öffnete den Kofferraum.

Dort schnappte er sich die Mini-14, zog die Schutzhülle herunter, durchwühlte die Tasche in der festen Annahme, dass er noch eine hatte, ja, eine letzte noch – und fand sie: die letzte Schachtel mit der Aufschrift *Cartridge, 5,56 mm, M196 Tracer*. Seine Leuchtspurmunition. Er riss die Schachtel auf und führte die Patronen rasch in das 40-schüssige Magazin ein, 20 Stück an der Zahl. Im Anschluss öffnete er eine andere Schachtel, *Cartridge, 5,56 mm, M193 Ball* – die gewöhnlichen Vollmantelgeschosse –, und schob fünf davon über die 20 Leuchtspurgeschosse ins Magazin.

Er lud durch und spürte, dass nun eine Kugel in der Kammer lag. Er war wieder bewaffnet.

Schließlich kniete er sich hin, wühlte mit den Fingern in der Erde und schmierte sich reichlich davon ins Gesicht, um es zu tarnen. In der alten Tasche fand er noch ein Tuch, das er sich schnell um den Kopf band, damit die hellen Strähnchen seines immer noch blonden Haars nicht glitzern konnten.

Damit blieb nur noch eine Aufgabe zu erledigen: Wie bekämpfte man Infrarotlicht? Was war Infrarotlicht? Hitze. Es funktionierte nur mit Hitze. Man musste es also mit Hitze austricksen, quasi Feuer mit Feuer bekämpfen. Schließlich fand er, wonach er suchte: einen Kanister mit ein paar Litern Benzin, eigentlich für die Coleman-Laterne gedacht.

Er hob ihn hoch, fühlte, wie das Benzin darin umherschwappte, spürte das Gewicht und die furchtbare Unhandlichkeit, doch die musste er in Kauf nehmen.

Er schlug den Deckel des Kofferraums zu.

*Also gut,* dachte er, *Zeit, auf die Jagd zu gehen.*

# KAPITEL 41

Peck saß im Wald, in der Dunkelheit über das Geländefahrzeug gebeugt. Er steckte mitten in einem ernsthaften Gewissenskonflikt.

In seiner Fantasie malte er sich die schlimmsten Möglichkeiten aus und spürte, wie er zittrig, reizbar und unausstehlich wurde. Er starrte immer wieder auf die Uhr, unternahm den Versuch, die Zeiger mit purer Willenskraft dazu zu bringen, auf dem Zifferblatt vorzurücken. Aber sie blieben stur: Seit dem letzten Blick vor gefühlten zehn Minuten hatten sie sich kaum bewegt. Dies drohte, eine lange Nacht zu werden.

Er saß in einer Senke, etwa 50 bis 60 Meter von dem Pfad entfernt, auf dem er den Scharfschützen in sein Einsatzgebiet gebracht hatte. Um ihn herum ragten riesige Bäume auf, die sich sanft im Wind wiegten. Aber er konnte überhaupt nichts erkennen und ihm fehlte auf einmal jegliches Gefühl für Räume und Entfernungen. Die Bäume in der Nähe wirkten allesamt schwarz, ohne jede Schattierung. Er fühlte sich, als ob er sich unter einer Bettdecke verkrochen hatte und sich jeden Moment jemand anschlich, um ihm eine Kugel zu verpassen. Das gefiel ihm kein bisschen.

Er spuckte einen Klumpen Schleim ins Unterholz. Dann lauschte er. Sein Hörvermögen war das Einzige, das ihn vor dem warnen konnte, was möglicherweise in seiner Umgebung lauerte. Er wusste: keine Nachrichten waren gute Nachrichten. Der Scharfschütze arbeitete lautlos. Wenn Peck anfing, etwas zu hören, bedeutete das nichts Gutes.

Und bisher konnte er sagen: so weit, so gut. Er hörte das Flüstern des Windes, von Zeit zu Zeit den Schrei eines kleinen, pelzigen Tiers, das einen vorzeitigen Tod fand, ab und an den Ruf einer Eule, aber nichts, das metallisch oder mechanisch klang. Prima. Er wusste, dass man Geräusche an diesem Ort und unter diesen Umständen meilenweit hören konnte. Seine schlimmste Befürchtung – dass Bob sich lautlos des Scharfschützen entledigte und dann zu ihm kam – schien sich nicht zu bewahrheiten.

Nun träumte er von einer einfachen Freude: einer Welt ohne diesen Bob Lee Swagger. Das war die Welt, nach der er sich sehnte, denn in dieser Welt hätte er, unter dem Schutz von Mr. Red Bama, endlich seinen Platz gefunden, seine Nische. Er wäre nicht mehr bloß ein Deputy mit wenig Bildung, Spielschulden, Zahnarztrechnungen, null Ersparnissen und einer Amphetaminsucht. Oh nein: In einer solchen Welt *zählte* er. Er könnte sich eine nette Frau suchen, ein echtes *Zuhause* haben und ein Teil von dem werden, was er für sich immer nur als ›es‹ bezeichnet hatte: Leute, die wussten, was sie tun sollten, Leute mit Freunden und Möglichkeiten. Nicht wie er momentan ein unbedeutender Mann, der sich ganz allein durchschlagen musste, niemanden hatte, der ihn auffing, wenn er fiel, niemanden, dem er etwas bedeutete. Niemand trat für ihn ein: Er war nur ein wütender, weißer Mann, und wenn er sich nicht um sich selbst kümmerte, wer sollte es sonst tun?

Und so traute er seinen Ohren nicht, als er das erste Geräusch hörte. Er redete sich ein, es sei gar nicht da. Nein, er hatte nichts gehört. Es musste irgendeine List der Natur sein, die ihn hinters Licht führen wollte. Doch dann ertönte es erneut, und diesmal konnte er die Richtung bestimmen: Es kam aus Norden. Der Klang von Metall, das auf Metall schlug, ein vertrauter, aber doch nicht exakt zuzuordnender Laut.

Er bekämpfte die aufsteigende Panik: Was war das? Er durchwühlte sein Gedächtnis und das einzige Bild, das er mit diesem Geräusch heraufbeschwören konnte, war lächerlicherweise ein Auto. Es klang, als mache sich jemand an einem Auto zu schaffen, öffnete einen Kofferraum, um darin herumzukramen.

Er wartete und lauschte so aufmerksam, dass er glaubte, ihm müsse der Kopf platzen. Wie konnte hier ein Auto in der Nähe sein? Und wie nah war ›in der Nähe‹? Ihm fiel die

Forststraße im Norden ein, etwa 800 Meter entfernt. Er wusste, dass Bob und der Junge mit dem Wagen gekommen sein und ihn irgendwo abgestellt haben mussten, bevor sie in den Wald aufbrachen.

Er schaute auf sein Handgelenk: 21:43 Uhr.

Hätte Swagger überhaupt Zeit genug gehabt, die gesamte Strecke bis zum Auto zurückzulegen? Er wartete auf ein Motorengeräusch, das ankündigte, dass derjenige – wer immer es sein mochte – das Gebiet verlassen würde und ihn in Ruhe seine Mission erfüllen ließ.

Doch dann hörte er, lauter als die Geräusche zuvor, das feste Einrasten eines Metallteils in ein anderes. Sofort identifizierte er es als Kofferraumdeckel, der zugeschlagen wurde.

*Scheiße!*

Von einer Sekunde auf die andere fühlte er sich schrecklich verwundbar. Das Quad kam nicht infrage: Er konnte nicht mit einem vierrädrigen Motorrad durch den Wald rumpeln, Krach und Abgase fabrizieren und sich zu einem leichten Ziel machen. Stattdessen sprang er ab, lokalisierte rasch die ungefähre Quelle des Geräuschs und die Stelle, an der sich der Scharfschütze versteckte und überlegte, wo ihre Wege sich kreuzen würden. Wenn Bob durch den Wald lief, dann um Jagd auf den Scharfschützen zu machen – nicht auf den armen alten Peck, der niemanden interessierte und nun endlich eine Chance erhielt, etwas aus seinem Leben zu machen.

Er wollte es nicht tun. Aber manchmal, das wusste Duane gut, spielte das, was man *wollte,* keine Rolle. Er nahm seinen Hut ab und begann mit seiner nächtlichen Navigation durch den Wald. Er zog seine Glock und wiederholte für sich noch einmal, was dieser Niehtsche gesagt hatte: *Was einen nicht umbringt, macht einen stark.*

Bob grübelte über die Einzelheiten des Geländes nach. Warum schenkte man solchen Details nie Beachtung, wenn es darauf ankam? Er zwang sich dazu, sich zu erinnern, und ihm fiel ein, welches Vorgehen er für die Durchführung seines

Plans als am aussichtsreichsten betrachtet hatte. Gab es nicht weiter links eine Stelle, an der sich der Baumbestand verringerte und am Fuß eines Hügelkamms eine kleine Lichtung schuf, vermutlich das Überbleibsel einer Holzernte? Oder stammte das aus einem seiner beschissenen Träume? Dann drohte er einfach durch die Gegend zu stolpern, bis er dem Scharfschützen genau vor das Visier lief, der mit Bob dem Henker kurzen Prozess machte.

Er bemühte sich, diesen Gedanken zu verdrängen, und konzentrierte sich auf wichtigere Überlegungen: *Was wird Preece tun? Wird er mir folgen? Ja, das muss er, aber wie aggressiv? Er wird trödeln, den Wald absuchen, wird Angst haben, zu nah heranzukommen, weil ich ihn dann überrumpeln könnte. Er weiß, dass er den Vorteil auf seiner Seite hat, solange er ihn sich nicht durch zu aggressives Vorgehen verdirbt.*

*So ginge ich es jedenfalls an seiner Stelle an.*

*Also: Wie kann ich ihn näher an mich heranlocken?*

Es gab nur eine Möglichkeit. Er hob die Mini-14 an die Schulter, zielte wahllos in die Dunkelheit, gab drei schnelle Schüsse ab.

Das Gewehr knallte, blitzte und spuckte leere Patronenhülsen aus. Das Mündungsfeuer erhellte die gebogene Kuppel der Baumkronen über ihm. Der Rückstoß war minimal. Das laute Geräusch ließ einige schlafende Vögel schreien oder in die Luft flattern, was ihm das Gefühl gab, die Nachtruhe des Waldes gestört zu haben.

*Ist er nahe genug, dass er die Mündungsflammen sehen konnte?,* fragte sich Bob.

Er wusste es nicht, doch zumindest hatte er seinem Gegner gerade demonstriert, dass er bewaffnet war. Einer ungefähren Berechnung folgend ging er nach links und betete, dass vor ihm die Lichtung lag, dort, wo sie sich auch in seinem Traum befunden hatte.

Preece hörte drei Schüsse, schnell hintereinander, in weniger als einer Meile Entfernung. Obwohl sie sich flach und kurz anhörten, ohne Struktur und Resonanz, wusste er durch den Peitschenknall, der ihnen folgte, dass es sich um Überschallmunition handelte. Also schoss jemand mit einem Gewehr, nicht mit einer Pistole.

Das musste Swagger sein. Er hatte sein Auto erreicht und sich ein Gewehr besorgt. Dem schnellen Aufeinanderfolgen der Schüsse entnahm er, dass er es mit einer halbautomatischen Waffe zu tun hatte, keiner vollautomatischen, denn für Letzteres folgten sie nicht kurz genug aufeinander und wiesen auch nicht die tödliche, mechanische Regelmäßigkeit einer Maschinengewehrsalve auf. Es klang nach einem M16 oder einem M14 – nichts Großes wie ein '06 oder ein Kaliber 308.

Außerdem wusste er: Bob war in Panik geraten. Er hatte geglaubt, zu sehen, wie sich etwas bewegte, und einfach drauflos geballert. Nun hockte er sicher atemlos da, in Furcht, das Ziel verfehlt zu haben, wahrscheinlich zu ängstlich, um weiterzulaufen. Stattdessen bewegte er sich seitwärts in dem sicheren Wissen, dass jemand, der sich an seine Fersen geheftet hatte, ganz bestimmt auf das Geräusch zugehen würde. Oder aber er hatte bewusst geschossen, um denjenigen, der ihn jagte, anzulocken.

Es spielte eigentlich keine Rolle. An der Lösung des Problems änderte es nichts.

Man lief links oder rechts neben der Geräuschquelle her, ging dort in Position und wartete ab, bis sich die Zielperson der neu entstandenen Front näherte. Je nachdem, wie der Feind lief, kam er entweder direkt auf einen zu oder umrundete dich. Aber in jedem Fall ist er am Ende derjenige, der schreit.

Preece holte einen Kompass aus der Tasche und peilte einen Baum auf einem 180 Meter entfernten Bergkamm an. Er schaltete das Fernrohr ein und beobachtete noch ein letztes Mal die Umgebung, hielt im Infrarotlicht nach Bewegungen Ausschau. Aber er konnte nichts als den Schimmer der Vegetation erkennen.

Er verließ seine Position und ging rasch zu dem Baum. Vom Kamm aus scannte er noch einmal das Gebiet, diesmal mehrere Minuten lang. Nichts. Vor ihm erspähte er durch die Bäume einen weiteren Hügelkamm. Es visierte mit dem Kompass einen anderen Baum an und marschierte darauf zu, ohne hastig zu werden, ohne unnötige Geräusche zu verursachen. Er fühlte sich entspannt, zuversichtlich und aggressiv. Er war der Einzige, der im Dunkeln sehen konnte.

Auf dem Kamm blickte er nach unten: eine Lichtung. Die Bäume endeten auf halber Höhe des Abhangs und gingen in eine Art Wiese über, womöglich das Ergebnis eines Waldbrands oder einer Holzernte. *Hmmm.* Es jagte ihm Angst ein. Im Wald konnte er unsichtbar bleiben, doch hier draußen nahm ihn ein erfahrener Mann im ungünstigen Fall als dunklere Schattierung vor dem Gras wahr und erledigte ihn mit einem gezielten Schuss – sogar ohne Nachsichtgerät.

Das verwirrte ihn. Womöglich spielte Bob irgendein äußerst raffiniertes Spiel mit ihm. Wie auch immer, die Bäume verhinderten eine freie Sicht auf den Kamm. Nachdem er mehrere Minuten mit Beobachten zugebracht hatte, um sicherzugehen, dass Bob sich nicht auf dieser Seite der Lichtung versteckt hielt, schlich er über den Hügel und näherte sich hangabwärts dem Rand der Wiese, wobei er sorgfältig darauf achtete, dass sich stets Baumstämme zwischen ihm und der Lichtung befanden.

Er war schon fast angekommen, als – *krack, krack* – zwei Schüsse über die Lichtung zuckten. Er konnte den hellen Blitz des Mündungsfeuers ausmachen, keine 90 Meter entfernt. Schoss Bob auf ihn? Doch keine Kugeln peitschen durch die Bäume, und über ihm erklang nicht das charakteristische Zischen und Krachen eines Überschallgeschosses. Er warf sich hinter einem Baum zu Boden, nahm mit geübten Bewegungen einen stabilen Liegendanschlag ein und hob rasch die Büchse an die Schulter, während er gleichzeitig auf Infrarot umschaltete. Das Gewehr wurde von seinen

Knochen gestützt, nicht von unzuverlässiger Muskelkraft: Es lag stabil und das Fadenkreuz driftete nicht ab.

Im grünen Licht des Zielfernrohrs konnte er alles erkennen: das hohe Gras der Lichtung, das sich im Wind wiegte, genau wie der Mais damals, die stumpfen, vertikalen Linien der Baumstümpfe und … ja, da lief er … der Mann.

Bob der Henker. Er befand sich auf der anderen Seite, etwa so weit von der Mitte entfernt wie Preece, und bewegte sich unruhig hin und her, rang offenbar mit der Entscheidung, ob er probieren sollte, die freie Stelle zu überqueren, oder besser doch nicht.

Preece nahm ihn ins Visier.

*Hmmm, nein.* Nein, es war ein schwerer Schuss, denn er bewegte sich zwischen den Bäumen umher, geriet immer nur für Sekundenbruchteile in Sicht.

Was zum Teufel tat der Kerl da?

Jetzt, wo er geschossen hatte, wusste er, dass Preece ihm auf den Fersen war, aber er konnte nicht wissen, dass Preece bereits hier auf ihn lauerte. Hatte er den Verstand verloren? War er übergeschnappt?

Dann ging ihm auf, dass Bob wohl hoffte, Preece mit seinen Schüssen anzulocken, um ihn dort auf dem offenen Feld niederzustrecken, wo er ihn halbwegs gut sehen konnte.

*Tut mir leid, Bob. Ich bin bereits hier. Ich hab noch jede Menge Akku übrig, für mehrere Stunden. Ich kann dich einfach beobachten, und wenn du ungeduldig wirst und zwischen den Bäumen hervorkommst, erledige ich dich.*

So einfach lief das.

Der im Infrarotlicht glühende Mann verschanzte sich hinter einem Baum. Bob lugte ständig nervös aus seinem Versteck hervor. Er wartete auf Preece.

*Ich kann länger warten als du, Bob. Ich bleibe genau da, wo ich bin.*

Peck hörte die ersten drei Schüsse aus weiter Ferne, ein trockenes Geräusch, fast wie ein Klopfen. Er glaubte, dass sie rechts von ihm gefallen sein mussten. Langsam bewegte er sich in diese Richtung, huschte von Baum zu Baum, suchte sich stets eine gute Position zum Beobachten, bevor er weiter vorrückte.

Er bewegte sich zügig durch das Gelände. Seine Zuversicht wuchs. Das musste Bob sein, der da geschossen hatte, aber er hatte nicht auf ihn gefeuert. Hatte er Preece getroffen? Er glaubte nicht recht daran. Die Schüsse hatten eher unkoordiniert und panisch geklungen.

Durch die Bäume rückte er von Hügelkuppe zu Hügelkuppe vor, ging auf jedem Gipfel in Deckung und suchte das Gebiet unter sich nach allem ab, was sich bewegte. Aber er bekam nichts zu Gesicht.

Er hatte eine weitere Anhöhe halb erklommen als er – *krack krack* – zwei Schüsse unmittelbar hintereinander hörte, etwa 400 Meter entfernt und links von ihm. Er erreichte den Hügelkamm und konnte nichts erkennen. Doch anstatt in die Senke hinabzusteigen, beschloss er, sich ein Stück seitlich auf dem Kamm entlangzubewegen, bis er schließlich etwas sah – Licht? Nein, kein Licht. Eine Öffnung. Vor ihm schien sich eine Lichtung oder so etwas zu befinden. Er huschte weiter und stieß schließlich auf eine Position, von der aus er das Feld überblicken konnte. Das musste die Stelle sein, an der sich die Schüsse gelöst hatten. Er wurde das Gefühl nicht los: wenn überhaupt etwas passierte, dann hier.

Bob lugte am Baumstamm vorbei. Er fand keinerlei Anhaltspunkte dafür, dass sich im Umkreis von 100 Meilen fremde menschliche Augen oder Ohren befanden. Er gewann das Gefühl, völlig allein auf der Welt zu sein.

*Nein,* korrigierte er sich selbst. *Er ist da. Er hat mich durch die Schüsse aufgespürt, er hat gesehen, wie ich mich zwischen den Bäumen bewegt habe, er ist da. Er ist gut vorbereitet. Genau in diesem Moment lauert er in einem guten, soliden Liegendanschlag, etwa 100 Meter weit weg. Er behält diesen Baum im Visier und weiß genau, dass er mich jetzt hat.*

Doch diesmal gab es keine Schlange, um die Anwesenheit des Scharfschützen zu verraten. Denn schließlich lebten nicht *überall* im Wald Schlangen. In der Vertiefung zwischen den Hügeln hatte er eine Schlange bekommen. Hier bekam er keine. Sein Schlangenglück schien aufgebraucht zu sein. Aber das spielte keine Rolle. Preece war da. So viel stand fest. Er konnte nirgendwo anders sein.

Er sah auf die Uhr. Fast 22 Uhr. *Um diese Zeit ist mein Vater gestorben, oder? Um zehn, nach einem Rückzugsgefecht. Irgendein Kerl, der in 100 Metern Entfernung auf einem Baum sitzt, legt ein Fadenkreuz über ihn, drückt ab und spaziert hinterher nach Hause, um sich ein kaltes Bier und ein paar blutige Steaks zu gönnen.*

*Tja, schauen wir mal, was diesmal passiert.*

Er kam aus der Deckung hervor und rannte schnell zwischen den Bäumen hindurch, hin und her, um das Visier des Scharfschützen auf sich zu ziehen, bis er das Fadenkreuz förmlich spüren konnte. Doch er war sich relativ sicher, dass der Mann keinen Schuss riskierte, weil ihm die Bäume die Sicht verstellten. Warum sollte er zwischen die Bäume feuern, wenn sein Ziel schon in wenigen Sekunden ins Freie trat?

Wie lange mochte es dauern? Wie rasch drückte er ab? Schnell? Ja, ganz bestimmt. Schnell wie ein Blitz würde er ihn anvisieren, das Fadenkreuz über sein Massezentrum legen und mit dem geübten Abzugsfinger eines Meisters innerhalb von einer Sekunde feuern.

Eine Sekunde.

Nein, zwei Sekunden.

*Er wird nicht hektisch handeln. Er hat keinen Grund zur Hektik. Alles, was er braucht, befindet sich genau vor seiner Nase. Er muss sich also nicht beeilen.*

Zwei Sekunden.

*Du hast zwei Sekunden,* sagte Bob sich.

Er lehnte das Gewehr gegen einen Baum und hob den

Kanister mit Coleman-Benzin auf. Er tastete ihn mit den Fingern ab, bis er endlich die Unterseite gefunden hatte. Dann nahm er sein Case-XX-Taschenmesser und klappte die Klinge auf. Er hielt den Kanister kopfüber und durchstach den Metallboden an jeder Seite dreimal. Die Klinge erzeugte ein seltsames, vibrierendes Klirren, während sie das Blech durchbohrte.

Er warf den Kanister auf die Lichtung. Er schlug auf dem Boden auf und blieb seitlich geneigt liegen. Ein Gluckern ertönte, als die flüchtige Verbindung im Inneren durch die Löcher heraussickerte und im Erdreich versickerte. Bob packte sein Gewehr und hörte dem Benzin beim Fließen zu. Es bildete eine Lache und der Dunst begann, sich zu einem fast greifbaren Nebel zu verdichten. Der Gestank stieg ihm in die Nase. Die Wolke blieb noch ein, zwei Sekunden dort hängen – ein Gasballon ohne Außenhaut.

*Es wird Zeit,* dachte er und trat aus der Deckung.

Es fühlte sich so vertraut an. Fast wie beim ersten Mal. Er wartete in 90 Metern Entfernung darauf, dass ein Mann aus seinem Versteck hervorkam. Nur dass der Mann diesmal hinter den Bäumen auf Tauchstation gegangen war und nicht in einem Maisfeld.

Das Wetter unterschied sich kaum von damals, auch die Uhrzeit nicht. Eine fast schmerzhafte Form von Déjà-vu.

Er wusste, dass der Moment unmittelbar bevorstand. Bob konnte nicht noch länger warten. Er musste handeln.

Durch sein Zielfernrohr witterte Preece ihn hinter dem Baum, grün im Infrarotlicht. Er hantierte mit etwas, überprüfte möglicherweise sein Gewehr. Dann ertönte ein merkwürdiges Scheppern. Metall auf Metall. Was hatte das zu bedeuten? Er sah, wie etwas aus der Deckung des Baumstamms herausflog und mit dumpfem Schlag auf den Boden knallte.

*Was zum Teufel ist das denn?*

Langsam wurde er ungeduldig.

*Jetzt komm schon, Marine. Bringen wir's hinter uns. Bringen wir's zu Ende. Es muss sein.*

Endlich trat Bob ins Infrarotlicht, das in Preeces Visier grün leuchtete, wandte ihm die Vorderseite seines Körpers zu und schien direkt auf ihn zuzukommen.

*Hab ich dich!*

Er platzierte das Fadenkreuz mitten auf Bobs Brust und spürte, wie der Abzug sich fast von selbst bewegte und gegen den internen Haltemechanismus stemmte, der ihm nur einen Hauch von Widerstand entgegensetzte. Das Abzugsgewicht betrug 2,27 Kilogramm. Er belastete ihn erst mit etwa einem Kilogramm, dann mit eineinhalb, dann ...

Dann konnte er nichts mehr sehen.

Das Grün des Infrarotlichts verwandelte sich schlagartig in ein grelles Weiß. *Was zum Teufel ...?*

Er kniff die Augen zusammen, zog den Kopf unwillkürlich vom Okular zurück und blickte ins Herz des Feuerballs, der seine Nachtsicht zunichtemachte, seine Sehnerven zum Explodieren brachte und Windräder, Raketen aus Licht, ein wildes Feuerwerk aus Farben auf seiner Netzhaut aufblitzen ließ.

Bob trat auf die Lichtung, die Büchse in der linken Hand, den 45er hinter seinem Rücken in der rechten.

*Warte,* befahl er sich selbst, während ihm die Benzindämpfe in die Nase stiegen.

*Eins.*

*Warte noch,* befahl er sich erneut, während die Dämpfe ihn einhüllten.

Er fühlte sich wie gekreuzigt. Er hing am Balken, war nicht mehr zu retten.

Er feuerte die Pistole ab.

Sie zuckte in seiner Hand. Ihr Mündungsfeuer setzte die Dampfsäule hinter ihm in Brand und er ließ sie fallen. Er spürte das *wwwwuuuussssch,* als die Dunkelheit von einer Feuerklinge gespalten wurde, derart scharf und strahlend, dass sie die Farben von Wald und Feld verblassen ließ, als sie diese für kurze Zeit sichtbar werden ließ. Wie bei der Geburt eines Sterns – einer Nova, einer Supernova, dem feurigen Untergang des Universums.

Die Hitzewelle überrollte ihn und er spürte, wie seine Haut versengt wurde und Blasen warf, als er vornüber stürzte.

Auf der anderen Seite der Freifläche fingen zwei Linsen das Licht des Feuerballs ein und warfen es zu ihm zurück wie die Augen eines Hundes, der in einen Scheinwerfer blickt. Es handelte sich um zwei übereinander angeordnete Kreise: die Optik eines lichtverstärkenden Zielfernrohrs und die Linse eines Infrarotscheinwerfers. So oder so glichen sie den Augen einer Bestie.

Bob schoss über sein Visier, nicht hindurch, zielte instinktiv, folgte der leuchtenden Flugbahn seiner ersten Kugel. Die Leuchtspur flackerte blitzartig und ein wenig zu niedrig auf; die Kugel wirbelte Staub auf. In Sekundenbruchteilen korrigierte er, schoss erneut, und wieder durchzuckte die Leuchtspurkugel die Entfernung so schnell wie ein leuchtender Peitschenknall, flog auf die vermeintlichen Augen zu und schlug zwischen ihnen ein.

*Wirkungstreffer,* dachte er. *Das sind die Grundlagen des Anti-Scharfschützen-Einsatzes: lokalisieren und anschließend mit überlegener Feuerkraft überwältigen.*

Er jagte schnell hintereinander zehn Kugeln in die ›Augen‹. Die Tracer schossen über die Lichtung und trafen die Position des Schützen wie ein Hagelschauer aus Licht. Bob verschoss Lichtpfeile, Lichtbolzen, Lichtraketen. Er verheizte den Rest des Magazins in einem kontrollierten Feuerstoß, drei Kugeln pro Sekunde, und verteilte die Geschosse über die Stelle, an der sich die nun verschwundenen Augen offenbart hatten. Die Leuchtspurkugeln schlugen ein oder tanzten wie kleine Teufel davon, wie Flecken eines explodierenden Sterns.

Als er sich umsah, brannte es überall um ihn herum.

Aber er hatte es geschafft.

*Jesus, Maria und Josef!*

Peck wich zurück, verblüfft von dem, was sich direkt vor ihm abspielte.

Eine Flammensäule wallte zwischen den Bäumen empor wie nach einer Bombenexplosion.

Eine Sekunde danach schoss jemand mit Leuchtspurmunition. Die Kugeln peitschten schnell, flach und hässlich über das Feld und hämmerten gnadenlos in einen Baumstumpf auf der gegenüberliegenden Seite.

In ihm regte sich der furchtbare Verdacht, dass dieses Feuerwerk Jack Preece galt.

Seine an die Dunkelheit gewöhnten Augen konnten nichts mehr erkennen, doch passten sich schnell an die Helligkeit an und registrierten, wie eine dunkle Gestalt vom Flammenturm aus über die Lichtung rannte, die Position am anderen Ende erreichte und sich bückte, um einen leblosen Körper zu untersuchen.

Das reichte ihm.

Peck wusste, dass er keine Chance hatte.

*Es wird Zeit, von hier zu verschwinden.*

Bob fand Preece in seinem Ghillie-Overall vor. Er sah aus wie ein explodiertes Sofa. Er lag auf dem Bauch, und Bob hätte ihm beinahe noch eine Kugel verpasst, doch dann verzichtete er darauf. Der Körper lag still, die Finger waren entspannt.

*Tja, so kann's gehen.*

Er drehte Preece um. Im Licht des Feuers, das über die Lichtung flackerte, zeichnete sich ab, dass der Mann mindestens vier oder fünf Kugeln in Kopf und Oberkörper kassiert hatte. Das Gesicht wirkte vollständig zerschmettert.

Bob stieß die Leiche beiseite. Preece war nur noch ein besserer Fußabtreter. Er kniete sich hin, um die Waffe zu untersuchen, und stellte schnell fest, dass sie ebenfalls nicht mehr zu gebrauchen war. Eine Kugel hatte das Zielfernrohr erwischt, eine andere die Linse des Infrarotscheinwerfers demoliert.

Ihm wurde schließlich bewusst, dass er mitten im hellen Schein des Feuers stand. Vielleicht hielt sich noch jemand anders in der Nähe auf.

Er verspürte kein Triumphgefühl und keine Macht, sondern nur den nackten Drang zu überleben.

Bob setzte sich in Bewegung.

# KAPITEL 42

*Was jetzt?*

Die ersten Strahlen des Morgenlichts drangen durch die schwarzen Bäume, färbten sie erst grau und danach grün.

Russ rührte sich unter Schmerzen. Seine Gliedmaßen fühlten sich taub an. Er hatte die ganze Nacht im Wasser gelegen. Er bemühte sich, Jed Posey nicht anzusehen, dem der Schütze das Hirn aus dem Schädel geschossen hatte, was ihm das Aussehen eines seltsamen, halb aufgeblasenen Ballons verlieh.

Er wusste nicht, was vor sich ging. Irgendwann in der Nacht hatte der Himmel sich für etwa eine Sekunde erhellt. Etwas Riesiges und Heißes schien mit großer Geschwindigkeit zu verbrennen. Es war auch Gewehrfeuer zu hören gewesen: eine schnelle Abfolge pochender Schüsse, ein ähnliches Stakkato wie bei einer Maschinengewehrsalve.

Doch seitdem war alles still geblieben.

Er erinnerte sich an seine Anweisungen: *Bis zum Morgengrauen warten. Das Gewehr des Scharfschützen ist bei Tageslicht ebenso nutzlos wie sperrig und schwer, also kann dir nichts mehr passieren. Dann in westlicher Richtung aufbrechen und schnell sein. Nach sechs oder sieben Stunden gelangst du an die Straße, an die US 71. Lauf in die Stadt, verständige die Polizei, erzähl allen alles.*

Und was war mit Bob?

Von Bob keine Spur.

Vielleicht hatte Bob die ganzen Schüsse abgegeben, vielleicht aber auch nicht. Russ konnte sich eine Welt ohne Bob nicht mehr vorstellen. Irgendwie kam ihm das unmöglich vor.

Er schleppte sich aus dem Bach und erklomm die Uferböschung. Er suchte in seiner Tasche nach dem Kompass, fand ihn und hielt ihn waagrecht, damit die Nadel sich ausrichten konnte. Dann bestimmte er den Kurswinkel nach

Westen, wählte einen Orientierungspunkt am Ende des Laufrichtungspfeils und machte sich auf den Weg dorthin.

Im zunehmenden Licht lag der Wald still, grün und mit anmutiger Schönheit da. Die Frische des Morgentaus, das Gefühl, eine lange und blutige Nacht irgendwie lebend überstanden zu haben. Lieferte das nicht fantastisches Material für sein Buch?

Er fragte sich, ob er die Kraft fand, es zu schreiben. Nun, möglicherweise nicht jetzt, aber nach ein paar Wochen Ausruhen bestimmt. Er sah es bereits vor sich: Er nahm diesen Job bei der Zeitung in Fort Smith an, mietete sich eine kleine Wohnung und arbeitete in seiner Freizeit hart an dem Buch. Er könnte nach Nashville fahren, zur Vanderbilt-Uni, und Sams Enkelin Jeannie besuchen, die ...

Etwas prallte gegen Russ und warf ihn um. Erst glaubte er, es sei Bob, der ihn retten wollte, aber die eiserne Kraft, mit der ihm sein Angreifer das Gesicht in den Matsch drückte und das plötzliche Aufwallen von Schmerz, als ihm ein Knie in die Nieren gerammt wurde, sagten etwas anderes.

Er unternahm einen hoffnungslosen Versuch sich zu wehren, als der größere, stärkere Mann ihn überwältigte und zu Boden drückte. Wieder bekam er ein Knie in die Niere gedonnert, und ein extremer Schmerz durchzuckte seinen Leib. Er konnte nichts mehr sehen und spürte etwas Hartes und Kaltes auf der Haut unterhalb seines Ohrs.

Eine Stimme meldete sich: »Wenn du dich bewegst, du beschissener Welpe, mach ich dich auf der Stelle kalt.«

Duane Peck.

Etwas schnappte um eins seiner Handgelenke, dann um das andere.

Der Cop hatte ihm Handschellen angelegt.

»Komm, Milchbubi«, sagte der Deputy und zog ihn hoch. Peck machte einen wirren Eindruck, wie er so schweißverklebt vor ihm stand. Seine Haare boten ein feuchtes Wirrwarr, die Augen flackerten wild und irrsinnig. »Wir werden jetzt zu deinem Kumpel gehen.«

Bob kroch bei den ersten Sonnenstrahlen aus dem Unterholz. Er dachte angestrengt über seinen nächsten Schritt nach und gelangte zu dem Schluss, dass es ein aussichtsloses Unterfangen darstellte, Russ im Wald abzupassen. Stattdessen beschloss er, zum Auto zurückzukehren, aus der unmittelbaren Umgebung zu verschwinden und irgendwo an der Route 71 zu warten, wo Russ wahrscheinlich um die Mittagszeit auftauchte. Sie könnten sich eine gute, warme Mahlzeit gönnen und zur Basis zurückkehren, um sich gemeinsam den nächsten Schritt zu überlegen, wie auch immer dieser aussehen mochte.

Er sah auf die Uhr. Ungefähr halb sieben.

Einen Zwischenstopp wollte er jedoch noch einlegen: Er musste auf die andere Seite der Lichtung zurück, um die Mini-14 einzusammeln, eine Büchse, die man zu ihm zurückverfolgen konnte und deren leere Patronenhülsen jenen entsprachen, die man am Straßenrand des Taliblue Trail gefunden hatte. Das könnte dazu führen, dass er einiges erklären musste, und darauf legte er keinen gesteigerten Wert.

Argwöhnisch blickte er sich um und konnte im grauen, aber zunehmenden Licht nichts sehen. Es gab auch keine nennenswerten Geräusche, abgesehen vom gelegentlichen Piepsen eines aufwachenden Vogels. Bodennebel bedeckte die Erde. Umso besser.

Er krabbelte aus seiner Deckung, griff nach hinten, um seinen 45er zu überprüfen und bewegte sich gebückt im Zickzackkurs durch den Wald. Sollte er die Leiche noch einmal in Augenschein nehmen?

Nein, er entschied sich dagegen. Falls noch ein anderer Mann im Wald unterwegs war, verfiel dieser vielleicht auf die Idee, ihn dort abzufangen. Er kam zu dem Schluss, dass er kein belastendes Beweismaterial an der Leiche hinterlassen hatte, nichts, das auf seine Spur führte, sobald er die Mini-14 losgeworden war. Die Büchse war das, worauf es ankam.

Er näherte sich der Wiese aus südöstlicher Richtung, schlüpfte hinter einen umgestürzten Baum und beobachtete die vor ihm liegende Fläche. Er konnte keine Anzeichen menschlicher Aktivität erkennen. Nur eine gewellte, wilde Lichtung, etwa 90 Meter breit und einige 100 Meter lang, bewachsen mit kniehohem Gras und vereinzelten Blumen. Schräg gegenüber stand ein verbrannter, geschwärzter Baum dort, wo er den Feuerball erzeugt hatte. Er hatte Glück gehabt, dass der Wald feucht war und die Flammen sich nicht ausgebreitet hatten. Großes Glück. Darüber hatte er letzte Nacht in der Hektik des Augenblicks überhaupt nicht nachgedacht.

*Mehr Glück als Verstand,* dachte er.

Vorsichtig manövrierte er sich um die Lichtung herum, bis er schließlich wieder die Stelle erreichte, an der die nächtliche Schießerei stattgefunden hatte. Es schwelten immer noch ein paar kleine Feuer. Er trat sie aus und stand nun im Zentrum des Feuerballs. Ein geschwärzter Zylinder zeichnete sich zwischen den Bäumen ab, doch er dürfte rasch wieder herauswachsen.

Er ging zu dem Baum, hinter dem er Deckung gesucht hatte. Die Büchse lag ein paar Meter weiter im hohen Glas. Mit ausholenden Schritten lief er dorthin und hob sie auf, sammelte auch die leeren Patronenhülsen ein. Er kam nur auf 19, doch dann erinnerte er sich an das Gefühl, eine gerade nach hinten herausspringende Hülse ins Gesicht bekommen zu haben (so etwas kam manchmal vor), ging zurück und fand die 20. Hülse ein Stück von den anderen entfernt. Ganz in ihrer Nähe lag auch die 45er-Hülse, mit der er das Benzin in Brand gesetzt hatte. Scheiße, die hatte er ganz vergessen. Er ließ sie in seine Hosentasche gleiten, als ihm einfiel, dass er noch zwei weitere Schüsse abgegeben hatte, um die Aufmerksamkeit des Schützen auf sich zu ziehen – etwas weiter hinten im Wald. Er lief dorthin zurück und hatte zunächst leichte Schwierigkeiten, die genaue Stelle zu finden, doch dann sah er Messing funkeln, sammelte die eine Hülse ein und, dicht daneben, auch die zweite.

*Hülsen beim Auto!,* ging es ihm durch den Kopf. *Drei Stück. Die auch noch aufheben.*

Er spähte über die Schulter. Er konnte von hier aus die Stelle, an der Jack Preece lag, schlecht einsehen. Er dachte kurz darüber nach, die Leiche zu verscharren, aber er hatte weder eine Schaufel noch Lust, Preeces Blut und DNA überall an sich kleben zu haben. Außerdem buddelte ihn sowieso irgendein Waldtier wieder aus. Wenn Preece gefunden wurde, wurde er eben gefunden. Das verschaffte irgendjemandem seinen großen Moment. Er konnte sich eine Verschwörungstheorie zurechtlegen, wie der Tote dorthin gelangt war und was er im Schilde geführt haben mochte. Im Zweifelsfall schrieb er sogar ein Buch darüber.

Er hatte seine Aufgabe erfüllt.

Zeit zu gehen.

Er stand auf und setzte sich in Bewegung, doch dann hörte er etwas. Er konnte es nicht genau einordnen: ein Schrei, ein Ruf, ein Krächzen, etwas Tierisches, etwas Menschliches? Bob blieb stehen, zog den 45er und schob den Daumen an den Sicherungshebel. Die leere Mini-14 nützte ihm jetzt nichts mehr.

*Was zum ...?*

Er wartete und dann hörte er es noch einmal.

Ja, ein menschlicher Ruf, verzerrt, aber beinahe verständlich, irgendwo zu seiner Linken.

Seine Augen suchten das Gelände ab.

Gegenüber nahm er eine blitzartige Bewegung zwischen den Bäumen wahr. Die plumpe Gestalt eines ungeschickt dahinstolpernden Mannes geriet in Sicht. Es war Russ, der vorwärtstaumelte, zurückgerissen wurde, um wieder resolut nach vorne gestoßen zu werden. Bob erkannte den zweiten Mann, der hinter ihm lief und ihn führte. Peck. Natürlich.

Peck schrie erneut: »*Scharfschütze!* Komm her und kämpf mit mir, Scharfschütze!«

In der Sekunde, als der Junge auf ihn zugestolpert kam, hatte Duane Peck seine Zukunft vor sich gesehen. Er wollte sich den Jungen schnappen und über ihn auch den Scharfschützen bekommen. So konnte er sich bei Red Bama und der Bama-Organisation beliebt machen und ein Leben mit Respekt, Wohlstand, Besitz und Status genießen – allem, wonach er sich sehnte.

Und der Junge war ihm einfach so in die Arme gelaufen, diese kleine Rotznase, wie sie da durch den Wald stolperte. Duane hatte schon viele Häftlinge gebändigt: Hebelwirkung und kompromissloses Vorgehen waren das ganze Geheimnis. Erstere erreichte er durch das Überraschungsmoment, Letzteres hatte er schon immer besessen, sei es durch genetische Veranlagung oder durch Umwelteinflüsse. Nachdem er den Jungen gefangen, ihm Handschellen angelegt und ihn vor sich hergestoßen hatte, musste er sich überlegen, wie er mit Swagger fertigwerden konnte.

Er brauchte nicht sehr lange, um die Lösung zu finden: Die Glock besaß ein geringes Abzugsgewicht. Wenn er dem Jungen die Mündung an den Kopf hielt und den Abzug bis kurz vor dem Druckpunkt durchzog, sicherte ihn das gegen einen Gewehrschuss ab. Falls man ihn erschoss, würde sein Finger nämlich zucken und der Junge ebenfalls sterben. Und eines wusste er über Swagger: Der Junge war ihm wichtig. Er ließ nicht zu, dass dieser Milchbubi starb.

Er wollte Swagger zu sich kommen lassen, unbewaffnet, und ihn einfach erschießen. Was konnte Swagger schon dagegen tun? Er durfte nicht riskieren, den Jungen zu verlieren, das zählte zu seinen Regeln, zu seinen Schwächen. Und etwas war Duane vertrauter als sein eigener Name: die Schwächen eines Gegners auszunutzen. Er kannte Swaggers Achillesferse. Das verschaffte ihm einen Vorteil, den weder die zehn Profikiller noch der Schütze mit dem Nachtsichtgerät gehabt hatten. Tatsächlich handelte es sich um den Vorteil, den Duane Peck schon immer besessen hatte: Er war bereit, die Drecksarbeit zu erledigen. Er machte sich keine Illusionen, er störte sich nicht an den Blutspritzern und den Schreien. Er konnte alles ertragen. Er wusste, dass er es schaffen konnte. Sein ganzes Leben lang hatte er auf diese Chance gewartet.

Brutal stieß er Russ vor sich her, betrachtete ihn nicht länger als menschliches Wesen. Duanes Wut und Kraft versetzten ihn in die Lage, endlich das zu bekommen, was er verdient hatte. Es kam ihm vor, als habe er sich zu lange mit zu wenig zufriedengegeben.

»Weiter, du kleiner Scheißer«, zischte er, sein Verstand benebelt von Zorn. »Wenn du irgendeinen Mist baust, leg ich dich sofort um.«

»Ich ...«, begann der Junge. Duane versetzte ihm einen harten Schlag mit der Pistole, der ihn zu Boden warf und ein Rinnsal aus Blut über den Nacken in sein Hemd sickern ließ.

Er griff nach unten und bekam mit einer Hand das dichte Haar des Jungen zu packen, riss seinen Kopf heftig zurück und setzte ihm gleichzeitig den Stiefel zwischen die Schulterblätter, als ob er ihm das Genick brechen wollte.

»Ja, riskier ruhig 'ne dicke Lippe, du kleiner Bastard, wirst schon sehen, was du davon hast.«

Er zog ihn auf die Beine und stieß ihn vorwärts.

»Sie Idiot«, schrie der Junge ihn an, »er weiß, dass Sie Sam umgebracht haben. Er hat sich auf das hier schon gefreut. Er wird Sie kaltmachen.«

Duane stockte der Atem. Keine gute Neuigkeit. Er fühlte einen Adrenalinschub und der übermächtige Drang, den Jungen einfach umzuwerfen, ihm in den Kopf zu schießen und zu rennen wie der Teufel, wirbelte durch den tiefsten und angsterfülltesten Teil seines Verstands.

Aber nein, vermutlich hätte der alte Duane Peck das getan, doch nicht der neue. Dies war seine Chance. *Ergreif sie. Sei stark.*

»Beweg dich, du kleiner Bastard«, fauchte er.

Schon nach recht kurzer Zeit erreichten sie die Lichtung. Duane entließ Russ nicht für eine Sekunde aus seinem Griff. Er schaute sich um, fand jedoch nichts. Versteckte sich Bob hier? Zumindest sah er ihn nicht.

Duane trieb den Jungen weiter. Sie gelangten durch das Gras auf die Lichtung. Er fing an zu brüllen: »Komm und kämpf mit mir, Swagger! Komm schon, gottverdammt, sonst bring ich diesen Jungen um! Komm schon, du feiges Arschloch, komm und kämpf mit mir!«

Aber nichts rührte sich.

»Siehst du, er ist eine Memme«, sagte er zu dem Jungen. »Du glaubst, dass er ein Held ist, aber das ist er nicht. Er tötet Leute gern aus großer Entfernung und huscht hinterher davon wie 'ne kleine Kröte. Aber wenn's ans Eingemachte geht, bei Gott, dann schrumpft ihm sein kleiner Schwanz.«

Er hielt inne.

»*Scharfschütze!* Komm her und kämpf mit mir, Scharfschütze!«, schrie er noch einmal.

Und dann sah er, wie sein Wunsch in Erfüllung ging.

Ein Mann kam am anderen Ende der Wiese zum Vorschein, groß und stark, und näherte sich mit dem langsamen, stetigen Gang eines Revolverhelden.

»Jetzt sind Sie erledigt«, meinte Russ.

Bob trug den geladenen und gesicherten 45er Commander direkt oberhalb der Niere, nicht in dem Innenholster für den Gürtel, sondern locker zwischen Jeans und Hemd geschoben, viel zu unsicher für heftigere Bewegungen. Das hatte nur einen Grund: Er wollte ihn schnell ziehen können. Er konnte Peck kaum erkennen, als er sich ihnen näherte. Das Gesicht des Jungen wirkte blass vor Angst, als ob er große Schmerzen hätte. Hin und wieder lugte Peck hinter ihm hervor, zog sich jedoch jedes Mal rasch hinter sein menschliches Schutzschild zurück.

Mit einem guten Gewehr hätte Bob einen Kopfschuss anbringen können, aber er hatte keins dabei, nur den 45er. Pecks verdammte Glock mit ihrem empfindlichen, gefährlichen Abzug, deren schwarze Schnauze er dem Jungen an die Schläfe drückte, gefiel ihm kein bisschen.

Er schien ewig zu dauern, dieser lange, langsame Gang

über die Lichtung. Die Sonne funkelte durch die Baumkronen. Die Vögel zwitscherten. Der Wind zerzauste das Gras. Es versprach ein herrlicher, strahlender Sommertag in Arkansas zu werden.

*Geh nah ran,* sagte er sich. *Geh ganz nah ran und noch drei Meter weiter.*

Er blieb in Bewegung.

*Bin ich schnell genug?,* fragte er sich. *Wir werden sehen, ob ich immer noch schnell genug bin.*

»Das reicht«, rief Peck.

»Was?«, fragte Bob und machte noch ein paar Schritte.

*»Anhalten!«,* bellte Peck, wobei er die Pistole von Russ' Schläfe wegzog und sie stattdessen auf Bob richtete.

Bob blieb stehen und hob die Hände. Peck drückte die Waffe erneut Russ an den Hals, kurz unterhalb des Ohrs. Bob stand anderthalb Meter entfernt, dicht genug, um zu sehen, wie weiß der angespannte Zeigefinger war, während Peck den Abzug bis kurz vor dem Druckpunkt bewegte. Dicht genug, um zu sehen, wie sich die eckige Mündung einen halben Zentimeter tief in die weiche Haut zwischen Kieferknochen und Schädel des Jungen bohrte. Russ' Augen quollen hervor wie Spiegeleier.

»Na, wenn das kein hübscher Anblick ist!«, kommentierte Bob.

»Fick dich, Swagger!« Peck sah grimmig drein. »Du trittst heute ab, Freundchen.«

»Erschießen Sie ihn«, raunte Russ trotz der Waffe, die sich gegen seine Kehle drückte. »Schießen Sie durch mich durch und töten Sie ihn.«

»Jetzt seien Sie mal still, Russ«, antwortete Bob. »Peck, das hier ist eine Sache zwischen mir und dir, nicht wahr? Lass den Jungen gehen. Lass ihn frei. Dann versuchst du dein Glück mit mir und wir werden sehen, wer heute der schnellere Mann ist.«

»Ich hab 'ne bessere Idee. Ich erschieß erst ihn, dann dich, gehe nach Hause und lasse mich als großen Held feiern.«

»Für wen arbeitest du?«

»Das wirst du nie herausfinden.«

Von Zeit zu Zeit lehnte er sich hinter Russ hervor und ein kleiner Bereich von etwa fünf Zentimetern seines Gesichts wurde sichtbar, aber immer nur für eine Sekunde. Wie die meisten dummen Männer verhielt er sich ziemlich gerissen. Er bot Bob keine Angriffsfläche, nichts, worauf er zielen konnte, selbst wenn Bob schnell genug an seine Waffe gekommen wäre.

*»Erschießen Sie ihn!«,* brüllte Russ.

»Ich habe Geld«, sagte Bob. »Hab diese Sache mit Geld aus einem Gerichtsprozess nach einer Schießerei vor ein paar Jahren finanziert. Ich hab noch 16.000 übrig, in kleinen, unmarkierten Scheinen. Die sind hier in der Nähe vergraben. Was sagst du dazu, Peck? Dieses Geld für den Jungen. Dann kommen du und ich ins Geschäft. Der Sieger bekommt alles. Dann kann er doch genauso gut auch die Kohle kriegen.«

Peck dachte darüber nach. Das Geld fand er schon ein wenig verlockend. Aber nichts konnte ihn von der Vorstellung abbringen, sich ein gutes Leben zu sichern.

»Keine Chance«, sagte er. »Dreh dich um. Dreh dich um, oder ich erschieß diesen Jungen und befass mich dann mit dir.«

Darauf lief es also hinaus: Wenn er sich umdrehte, würde Peck ihn erschießen, dann den Jungen. Wenn er seine Pistole zog, traf er Peck eventuell, bevor dieser schoss, aber die Wahrscheinlichkeit dafür erachtete er als gering. Doch er musste handeln. Die Zeit war gekommen. Er sah Russ an, der in seinem blassen Gesicht die Augen zusammenkniff. Er machte seinen Frieden, so wie viele Soldaten es taten, die wussten, dass sie sterben mussten.

Darauf lief es also hinaus.

»Behalt die Hände oben«, brüllte Peck, der immer wirrer klang, zunehmend außer Kontrolle, leicht übergeschnappt, »und dreh dich um, oder bei Gott, ich werde ...«

Ein Telefon klingelte.

Mitten auf der Lichtung, während die Sonne aufging, Russ halb zu Tode gewürgt wurde, Bob die Hände hob und Duane Peck seine höchste Trumpfkarte ausspielte, klingelte völlig unpassenderweise ein Telefon.

Peck beugte sich überrascht hinter Russ hervor und Bob registrierte die Verwirrung in den Augen seines Gegners, als dieser überlegte, was er tun sollte. Für den Bruchteil einer Sekunde richtete der Deputy den Blick nach unten, um das Telefon an seinem Gürtel zu inspizieren. Als er erneut aufblickte, überraschte es ihn offenkundig, nicht länger Bob zu sehen, sondern einen verschwommenen Bob; einen Bob, dessen Hände bereits eine Waffe zu halten schienen, deren Mündung er an der Brust entlang Richtung Kopf hob, so schnell, dass man keine Berechnungen darüber anstellen, kein Foto davon hätte schießen können. Peck versuchte, die Glock rechtzeitig zu ihm herumzuschwenken, aber er wusste, dass die Bewegung zu spät kam.

Die Kugel traf ihn ins rechte Auge, durchbohrte die Pupille, raste durch sein Großhirn, pilzte unterwegs auf und versenkte sich ins dichte Gewebe des Kleinhirns. Der Impuls, abzudrücken, blieb für immer in seinem Nervensystem gefangen, wurde nie an den Finger am Abzug weitergegeben. Steif wie eine Bronzestatue kippte er nach hinten. Seine Knie hatte er so fest durchgedrückt, dass er beim Aufprall einen kleinen Hüpfer machte. Die Glock landete mit einem dumpfen Schlag im Gras.

Russ fühlte sich benommen von dem Knall. Schießpulverflecken verschmierten sein Gesicht, ein Auge glotzte trüb und wässrig in die Gegend. In seinen Ohren meldete sich ein penetrantes Klingeln.

Er wandte sich um und starrte Peck an, oder vielmehr das, was von ihm übrig war.

Nur ein Wort kam ihm in den Sinn.

»Cool«, krächzte er.

Doch Bob kniete bereits neben dem Mann und hatte das klingelnde Mobiltelefon von seinem Gürtel abgenommen.

Er betrachtete es mit Entsetzen. Wie funktionierte dieses Teil?

»Der Knopf unter dem Lautsprecher! Draufdrücken!«, schrie Russ.

Bob fand die Taste blitzschnell.

»Ja?«, fragte er mit gutturaler Stimme.

»Was ist los, Peck?«, ertönte eine Stimme, die er noch nie gehört hatte. Eine Arkansas-Stimme, nicht ohne Charme und Schliff, doch nun voller Dringlichkeit. Bob fiel keine Antwort ein. In einer halbwegs gelungenen Imitation von Pecks Stimme verkündete er: »Es ist vorbei. Er hat sie beide erwischt.«

*»Verflucht noch mal!«,* bellte der Anrufer. »Warum haben Sie mich nicht angerufen?«

»Äh ...«, begann Bob, doch der andere sprach einfach weiter.

»Ich habe Ihnen gesagt, Sie sollen meine Anweisungen *exakt* befolgen. Kapieren Sie das etwa nicht?«

»Ja, Sir«, murmelte Bob in dem Versuch, seine Stimme nichtssagend und schlicht klingen zu lassen. »Tut mir leid, ich ...«

Doch der Anrufer hatte das Interesse verloren und wechselte schnell das Thema: »Geht es dem General gut?«

»Japp.«

»Begraben Sie die Leichen, bringen Sie den General nach Hause und tauchen Sie für eine Woche unter. Rufen Sie mich nächste Woche an. Ich will einen vollständigen Bericht.«

»Ja, Sir«, antwortete Bob.

Der andere legte auf und das Freizeichen ertönte.

# KAPITEL 43

Nicholas Bama, 14 Jahre alt, hatte Angst vor seinem Biologietest, weil er nicht wirklich dafür gelernt hatte – oder zumindest nicht so viel, wie er hätte lernen sollen. Für gewisse Fächer brachte er ein wenig Talent mit – Mathe zum Beispiel –, aber definitiv nicht für Biologie.

Und Mr. Bennington, der an der St. Timothy's den kompletten Fachbereich Biologie repräsentierte, galt als gemeiner, bösartiger Kerl. Selbst in den Sommerkursen, reserviert für diejenigen Jungen, welche das gnadenlose Tempo ihrer Klassen in den fünf Hauptfächern während des regulären akademischen Jahrs womöglich überforderte, triezte er sie ständig.

Nick saß also mit einer Mischung aus Selbsthass und Beklommenheit im Laborraum der Schule, während die Gegenwart von Mr. Bennington, einem großen Mann, der aus matten, hellen Augen über die Halbmonde seiner Lesebrille hinweg in die Welt spähte, ihn ähnlich frustrierte wie eine schlechte Nachricht, die unvermeidlich kommen musste.

Der Test wurde ausgeteilt.

Aus dem Text blitzte ihm ein Wort entgegen, das ihn in Angst und Schrecken versetzte: *Markstrahl.* Was in Gottes Namen war denn ein Markstrahl? Es schien irgendwie mit etwas zusammenzuhängen, das er kannte, irgendwie, irgendwo, aber … *Markstrahl?* Er spürte, wie sich sein Verstand noch der wenigen biologischen Begriffe entledigte, die er sich qualvoll angeeignet hatte, und nur eine große Leere zurückließ.

Doch plötzlich entstand Unruhe. Als er aufblickte, bemerkte er zu seiner Verblüffung den Direktor, Mr. Wilmot, und seine Stiefmutter, die schöne Beth, Miss-Zweiter-Platz-von-1986, wie alle sie hinter ihrem Rücken nannten, in ein ernsthaftes Gespräch mit Mr. Bennington vertieft.

»Mr. Bama?«, verkündete Mr. Bennington in seinem aufgesetzten britischen Akzent. »Es wird nach Ihnen verlangt.«

Nick gab den Test ab und trottete gehorsam nach vorne, beneidet von allen anderen im Labor, die ebenfalls keine Biologiegenies waren.

»Na, haben Sie aber ein Glück«, ätzte Mr. Benningtons herrische Stimme. »Das rettet Sie vor einem weiteren Zusammenprall mit unseren akademischen Anforderungen. Madame, nehmen Sie ihn mit. Er gehört schließlich Ihnen, nicht wahr?«

Beth wusste nicht so ganz, wie sie sich diesem kontinentalen Hochmut gegenüber verhalten sollte, also reagierte sie so, wie sie es am besten konnte: Mit einem Lächeln von so eisiger, schmerzhafter Schönheit, dass die Tatsache, dass Bennington sich davon nicht beeindrucken ließ, ein für allemal bewies, dass der Mann schwul sein musste. Sie nickte dem Jungen zu und schlüpfte mit ihm durch die Tür in den Gang.

»Beth, stimmt etwas nicht?«, fragte Nick. »Ist mit Daddy alles in Ordnung?«

»Zieh weiter ein langes Gesicht, Schätzchen«, sagte sie verschwörerisch, »ich hab denen erzählt, er läge im Krankenhaus. Ihm geht's bestens.«

Beth half Nick beim Abmeldeprozess und dirigierte ihn dann die feuchten, frostigen Korridore entlang. »Hier sieht's aus wie in einem Leichenschauhaus, Nicky«, flüsterte Beth, und für ein Mädchen, das in einer Stadt namens Frog Junction, Arkansas, aufgewachsen war, mochte das sicher zutreffen. Sie traten ins Sonnenlicht hinaus, wo bereits ihr glänzender, schwarzer S-Klasse-Mercedes wartete. Nick sah, dass er der Letzte war, den sie abgeholt hatte: Beths eigene Zwillinge Timmy und Jason saßen auf der Rückbank, verärgert, weil sie ihr Fußballcamp vorzeitig abbrechen mussten. Nicks älterer Bruder Jake lümmelte sich auf dem Vordersitz, sein Haar ein wirres, ungeduschtes Nest, als ob man ihn direkt aus dem Bett geholt hätte (was stimmte), und Nicks älteste Schwester Amy, schnippisch, hübsch und perfekt, wirkte wie üblich sauer – in diesem Fall, weil eine Stiefmutter, die alterstechnisch eher eine Freundin als eine Mutter zu sein schien, sie von ihrem Job im Tennisclub abgezogen hatte.

»Was ist los?«, erkundigte sich Nick.

»Oh, du kennst doch deinen Vater. Er hat mich um neun angerufen und gesagt: ›Hol die Kinder. Alle! Es ist Zeit für eine Party.‹«

»Eine Party?«

»Ja«, bestätigte Beth, »eine Party. Das hat er gesagt. Du weißt ja, wie dein Vater so ist.«

Sie fuhren durch die Stadt, und nach 20 Minuten hatten sie über den Cliff Drive den Hardscrabble Country Club erreicht, dessen Mehrheitseigentümer ihr Daddy war. Das prunkvolle, fürstliche Gebäude aus zackigen, roten Steinen und Giebelfenstern stand am höchsten Punkt eines üppigen Königreichs aus Golfkursen, Tennisplätzen und Swimmingpools. Der Pförtner führte sie hinein.

»Hier entlang bitte«, meinte er geheimnisvoll. »Mrs. Bama, Jeff wird den Wagen parken.«

Der ganze widerborstige, ungewaschene Haufen trottete hinein, durch das Foyer in den Bankettsaal, wobei sie seltsame Laute der Verwirrung und Beunruhigung ausstießen. Was um alles in der Welt …?

Was sie sahen, brachte sie zum Staunen.

Der lange Tisch bog sich unter einem riesigen Buffet: Alle möglichen Arten von Eierspeisen, Würste, Pfannkuchen, bergeweise flockige Grütze, Obst, Gebäck.

»Donnerwetter!«, sagte Nick.

Und daneben … Nick blinzelte. Das musste das Verrückteste sein, was sein Vater je getan hatte. Daneben stand ein dreieinhalb Meter großer, vollständig dekorierter Weihnachtsbaum, vor dem sich zahlreiche Päckchen auftürmten.

»Sind alle da?«, fragte sein Dad, der gerade aus der Küche kam. »Kommt, lasst uns essen. Und dann machen wir die Geschenke auf.«

»Äh, *hallo?*«, warf Amy ein. »Erde an Daddy: Es ist August. Ich dachte immer, Weihnachten ist im Dezember.«

»Oh, dann werden wir auch eine Weihnachtsfeier machen«, erwiderte Red. »Aber ich dachte mir, warum nicht auch heute?«

»Red«, sagte Beth, »seit wann hast du das geplant?«

»Ob ihr's glaubt oder nicht, seit weniger als drei Stunden. Ich habe die Clubbelegschaft angewiesen, den Raum vorzubereiten, bei diesem Weihnachten-das-ganze-Jahr-Laden an der Rogers angerufen und dann noch bei Brad Newton.« Brad Newton gehörte Newton's Jewelry, das exklusivste Juweliergeschäft in Fort Smith und zugleich der einzige Importeur von Rolex-Uhren in der Stadt.

»Aber ich ...«

»Schatz, du hast ja keine Ahnung, was man mit Bargeld alles anstellen kann. Und jetzt kommt, lasst uns reinhauen und danach Bescherung machen.«

Die Familie, alle Kinder, die neue Frau, die alte Frau, die gerade eingetroffen war, und alle Bodyguards gönnten sich eine üppige Mahlzeit, abgesehen natürlich von Amy, die Studienanfängerin an der Smith, die sich nicht daran beteiligen wollte, denn sie hielt eine solch prahlerische Zurschaustellung von Wohlstand und Kapital für …

»Vulgär«, verkündete sie.

»Ich bin ja auch vulgär«, konterte ihr Vater und zog sie auf. »Ich geb's zu. Sogar plump. Oder wie wär's mit ungehobelt, anmaßend, protzig, maßlos, selbstsüchtig und ordinär? Aber, Schätzchen, du musst zugeben: *Vulgarität* sorgt dafür, dass das Essen auf den Tisch kommt. Und zwar eine ganze Menge.«

»Daddy«, sagte sie naserümpfend, »du bist so eklig.«

Hinterher kamen die Geschenke an die Reihe.

»Jeder von euch«, sagte Red, der das Kommando über die Versammlung übernahm, »jeder von euch *sollte* eine Rolex haben. Das Leben ist mit einer Rolex viel besser als ohne. Das Thema unserer heutigen Weihnachtsfeier im August ist also: Rolex für alle. Selbst die von euch, die schon eine Rolex besitzen, haben künftig eben zwei davon.«

Mit einem Arm voller Geschenkkartons lief er zwischen seinen Kindern und Frauen umher.

»Schauen wir mal. Ich glaube, das hier ist für *Timmy.* Oh, und was haben wir denn hier, wir haben eins für *Jason.* Und ich … glaube … das … hier … bekommt … *Jake.*«

Endlich kam er zu Nicholas.

»Na, Nick, ist das nicht besser als Bio?«

»Ja, Sir, auf jeden Fall«, antwortete Nick und starrte zu seinem durchgeknallten Vater hoch.

»Nur zu«, sagte sein Vater, »pack aus.«

Nick öffnete das Kästchen: jawoll, eine Oyster Master Submariner mit Tages- und Datumsanzeige und rot-blauer Einfassung.

»Wenn du die auf einer Bio-Exkursion trägst, verlierst du nie die Orientierung«, scherzte Red.

»Danke, Dad.«

»Ich möchte einfach, dass *alle* glücklich sind.«

Er schenkte jeder Ehefrau, Miss Dritter Platz und Miss Zweiter Platz, eine Diamanten-Halskette. Sie stießen dankbare *Oooohs* und *Aaaahs* aus.

»Red, ich weiß nicht, was du gerade hinter dich gebracht hast«, sagte Susie, seine erste Frau, »aber es muss ein ganz schöner Kampf gewesen sein.«

»Süße, du hast ja keine *Ahnung*«, erwiderte er.

Dann wandte er sich Amy zu.

»Ich weiß, du hast schon eine. Aber die hier ist anders.«

»Oh Gott«, sagte sie.

»Na los, schau rein.«

Sie öffnete das Paket. Und die Uhr *war* anders. Sie bestand aus massivem Gold.

»Ganz schön *vulgär,* nicht wahr?«, meinte Red. »Eins sag ich dir, es *gibt* gar keine, die noch vulgärer ist!«

»Was soll ich denn damit anstellen? Tragen kann ich die unmöglich.«

»Klar kannst du, Schatz. Du bist eine Bama. Die älteste Tochter von Red Bama, du kannst alles tragen, was dir gefällt.

Oder, wenn's dir lieber ist und da es ja deine ist, stell damit etwas anderes an: Bring Sie zum Beispiel zu Brad Newton zurück und spende die 12.000 Dollar an die Obdachlosen.«

»Na ja«, erklärte sie mit einem Blick auf die Uhr, »sie ist *wirklich* schön.« Sie beschloss, noch einmal über die Sache nachzudenken.

Als er davonging, um sich seinen Frauen anzuschließen, schaute Red zu ihr zurück: Und sieh an, sieh an, strahlte da nicht gerade ein Lächeln im Gesicht der mürrischen Ms. Amy?

Jemand berührte seinen Arm.

»Mr. Bama?«

»Ja, was ist denn, Ralph?«

»Telefon.«

»Ralph, ich bin jetzt bei meiner Familie. Das kann warten.«

»Mr. Bama, es ist Washington. Die sagen, es sei dringend.«

# KAPITEL 44

»Ich geh nicht davon aus, dass noch jemand hinter uns her ist«, sagte Bob. »Lassen Sie uns verdammt noch mal was frühstücken.«

Sie hielten vor einem Denny's Diner an der 271 südlich von Fort Smith und gingen hinein. Es war jetzt etwa elf Uhr. Alle ausgeworfenen Patronenhülsen hatte er aufgehoben, die Mini-14 in einem tiefen und abgelegenen Teil des schwarzen Arkansas-Flusses versenkt. Sie befanden sich jetzt eine Fahrstunde nördlich der Ouachitas. Die Leichen würden gefunden, wenn man sie eben fand: nach Tagen, nach Monaten oder auch erst nach Jahren.

Russ fühlte sich vollgepumpt mit Adrenalin. Er hatte den Schock und die Taubheit inzwischen überwunden. Beide wurden nun von einem Schub manischer Energie abgelöst.

»Ich fühle mich *großartig!*«, verkündete er. »Denny's! Gott, ich hätte nie gedacht, dass ich in meinem Leben mal so froh bin, so einen Laden zu sehen! Ich könnte ein ganzes Pferd verdrücken.«

Sie bestellten sich zwei große, nahrhafte Frühstücksteller und ließen nur ein paar Brotkrusten und Fettflecken übrig. Russ kam das Leben nach der Nacht voller Anspannung und Dramatik, die sie gerade überlebt hatten, erfüllt von Gefühlen und tieferen Bedeutungen vor.

Er wandte sich an Bob.

»Zweimal haben Sie mir schon das Leben gerettet. Sie haben verhindert, dass der Scharfschütze uns erwischt. Sie haben Peck in den Kopf geschossen. Un*glaub*licher Schuss! Mein Gott, und ich dachte, mein Vater sei ein guter Schütze. Wirklich un*glaub*lich!«

»Schhh«, machte Bob. »Entspannen Sie sich. Sie haben immer noch massenweise Adrenalin im Körper. In einer Stunde legt sich das und Sie werden sich beschissen fühlen. Wir müssen dafür sorgen, dass Sie etwas Schlaf bekommen, und uns um diese Hautabschürfungen kümmern. Russ, nur damit Sie es wissen, lassen Sie mich Ihnen eins sagen: Sie haben sich gut geschlagen, okay? Es gibt viele, die da draußen den Kopf verloren hätten. Sie haben sich wirklich klasse angestellt. Ihr alter Herr wäre stolz auf Sie.«

Russ schwieg.

»Tja, jedenfalls«, fuhr Bob fort, »worin besteht unser nächster Schritt? Bevor Ihr Adrenalinspiegel sinkt und Sie mir umkippen, verraten Sie mir, was wir als Nächstes tun sollen.«

»Sie sind das Genie.«

»Okay. Wir verpassen dem Gegner noch einen Schlag. Wir müssen ihn finden und den Kampf zu ihm bringen.«

»Wer ist er denn?«

»Wenn ich das wüsste. Ich weiß, dass es ihn gibt. Ich weiß nur nicht, wo zum Teufel er steckt. Irgendeine Idee?«

»Nein. Die Einzigen, die es uns hätten verraten können, liegen jetzt im Wald und verwandeln sich in Dünger. Wir haben nichts.«

»Sind Sie sicher?«

»Am besten wäre es«, überlegte Russ, »wenn wir nach Fort Smith zurückgehen. Das verschafft uns ein paar Tage, in denen er glaubt, dass wir aus dem Verkehr gezogen sind, dass er gewonnen hat. Ich könnte in der Zeitungsredaktion einen Tag lang im Archiv blättern und über das Fort Smith von 1955 recherchieren, als alles angefangen hat. Vielleicht kann ich irgendwie ...«

Aber Bob hörte gar nicht richtig hin.

»Was ist denn?«, wollte Russ wissen.

»Wir haben doch einen Gefangenen«, meinte Bob.

Er hielt Duane Pecks Klapphandy hoch.

»Und ich denke, ich weiß, wie ich ihn zum Reden bringe.«

In der Central Mall an der Rogers Avenue, dieser dunklen Kathedrale des Konsums, fanden sie alles, was sie brauchten. Eine der stillen, kleinen Andachtsstätten im langen Korridor widmete sich Handys, Pagern, Faxgeräten und anderer neuartiger Informationstechnologie. Sie traten ein, und in Sekundenschnelle hatte Bob sich den Blassesten der jungen Männer dort ausgesucht und ein Gespräch mit ihm begonnen. Schon bald hatte er ihn mit seiner väterlichen Autorität und dem schieren Charisma eines Sergeants des Marine Corps in seinen Bann geschlagen.

»Also, wir haben folgendes Problem«, erklärte Bob. »Wir waren im Wald auf der Jagd, und wir haben dieses Telefon hier gefunden. Jetzt hab ich mir gedacht, irgendein wichtiger Mann vermisst es möglicherweise. Ich wüsste gern, wie ich es ihm zurückgeben kann. Haben Sie da vielleicht eine Idee, junger Mann?«

Der Junge nahm das Telefon und inspizierte es: ein Motorola NC-50, das allerneueste und teuerste auf dem Markt.

»Haben Sie es mit Automatikwahl versucht?«, fragte der junge Mann.

»Nein, und Wahlwiederholung habe ich auch noch nicht probiert. Wenn ich jetzt die Wahlwiederholungstaste drücke, verbindet mich das nicht mit der zuletzt von ihm gewählten Nummer?«

»Ja, ganz genau«, bestätigte der junge Mann. »Warum probieren Sie das nicht mal und schauen, was dabei herauskommt?«

»Hmmm«, sagte Bob, »das *würde* wohl funktionieren, oder? Lassen Sie mich noch eine Frage stellen: Haben Sie schon lange beruflich mit Telefonen zu tun?«

»Äh, ein paar Jahre«, antwortete der Junge. »Ich kenn mich ein bisschen damit aus. Ist sehr interessant.«

»Wissen Sie was?«, fragte Bob und kniff die Augen zusammen, als ob ihm gerade eine höllisch gute Idee gekommen sei. »Ich wette, wenn ich Wahlwiederholung drücke und Sie sich die Impulse beim Wählen anhören, könnten Sie mir die Nummer nennen, oder nicht? Sie können doch die Töne den dazugehörigen Zahlen zuordnen, stimmt's?«

Der Junge schien sich etwas unbehaglich zu fühlen.

»Ich glaube, das verstößt gegen das Gesetz.«

»Wirklich?«, fragte Bob. »Verflucht, das war mir gar nicht klar.«

»Es ist ja nur, um das Telefon zurückzubringen, richtig?«

»Ja, natürlich. Wir wollen es auf jeden Fall seinem rechtmäßigen Besitzer wiedergeben.«

Der Junge nahm das Telefon, hielt es sich dicht ans Ohr und drückte die Wahlwiederholungstaste.

Der Apparat piepste eine blecherne Melodie, eine Reihe roboterhafter Töne. Bevor die Verbindung hergestellt werden konnte, brach der junge Mann den Anruf ab.

»Okay«, sagte er, »es ist eine 800er-Nummer. Lassen Sie es mich noch mal versuchen, damit ich mich auf die letzten sieben Zahlen konzentrieren kann.«

Er drückte die Taste noch einmal.

»Ich höre da 045-1643. Moment, nur um sicherzugehen.«

Das Gepiepse ertönte noch einmal.

»Ja, das ist es. 1-800-045-1643.«

»Was sagt Ihnen das?«

»Äh ... nichts. Ich hab noch nie von einer Vorwahl 045 gehört. Ich hab auch noch nie von einer gehört, die mit einer Null anfängt. Die ist nicht aus der Gegend. Ich kenne diese Vorwahl nicht mal.«

»Haben Sie ein Telefonverzeichnis auf CD?«, fragte Russ.

Der Junge nickte und schien jetzt eifrig bei der Sache zu sein.

»Schauen wir mal, was wir da bekommen.«

Es dauerte ein wenig, aber nach etwa einer Minute hatte der junge Mann an einem der Rechner ein digitales Telefonbuch von CD-ROM gestartet und fand schnell heraus, dass die Vorwahl 045 in den Vereinigten Staaten nirgendwo gelistet war.

»Was könnte das bedeuten?«, fragte Bob.

»Nun, diese CDs kennen zwar eine Menge ungelisteter Nummern, doch seit der Deregulierung sind überall private Vorwahlen, private Firmen, private Netzwerke aufgetaucht, die eher nachlässig von der Telefonbehörde kontrolliert werden. Ich behaupte mal, das ist die Privatnummer von jemandem, der Öffentlichkeit nicht unmittelbar zugänglich, wahrscheinlich nicht mal der Regierung. Es ist eine sehr, sehr private Nummer. Ich schlage immer noch vor: Rufen Sie einfach dort an.«

»Na ja, vorläufig tun wir das erst mal nicht. Hören Sie, haben Sie vielen Dank.«

»Klar, kein Problem.«

Sie verließen die Mall.

»Das wäre ja auch zu einfach gewesen«, sagte Russ. »Er ist nicht so nachlässig, dass er riskiert, eine Nummer zu benutzen, die einen direkt zu ihm führt.«

»Verflucht«, sagte Bob. »Was wissen wir sonst noch über diesen Kerl?«

»Na ja, er muss reich und mächtig sein und über gute Verbindungen verfügen. Wenn er dafür sorgen konnte, dass Jed Posey auf Bewährung freikommt, und es geschafft hat, ein Team aus Hitzköpfen zusammenzustellen, wenn er Jack Preece auf uns ansetzen konnte ... nun, dann hat er eine Menge Einfluss. Und er hat ein Flugzeug!«

Russ wusste nicht recht, warum er das sagte. Der Gedanke drängte sich einfach aus seinem Unterbewusstsein nach oben.

»Er hat ein Flugzeug«, wiederholte Bob. »Vermutlich hier in der Gegend. Wenn er am Tag der großen Schießerei in der Luft gewesen ist, müsste er dann nicht einen Flugplan eingereicht haben?«

»Ja, das stimmt.«

»Das ist doch ein öffentlich zugängliches Dokument, oder?«

»Ähm, ich glaube, schon«, erwiderte Russ.

»Also, wieso fahren wir nicht zum Flughafen und schauen, ob wir irgendwie Zugang zu den Aufzeichnungen der Luftfahrtbehörde bekommen? Sicher musste er in diesen Flugplan eine Telefonnummer eintragen, unter der er erreichbar ist. Eventuell ist es die gleiche, die wir haben, oder wenigstens fast die gleiche?«

»Gottverdammt«, sagte Russ.

»Selber gottverdammt, Russ. Er hat ein Flugzeug. Sie sind ein gottverdammtes Genie!«

Am Flughafen nahm Russ die Sache selbst in die Hand. Er betrat das Regionalbüro der Bundesluftfahrtbehörde, zeigte seinen Presseausweis vom *Daily Oklahoman* vor und erklärte, dass er an einem großen Artikel über die Zivilluftfahrt arbeite, vor allem über den Konflikt zwischen privaten Flugzeugbesitzern und kommerziellen Fluglinien in stark genutzten Flugkorridoren. Er verbrachte eine Stunde damit, sich Notizen zu machen, während ein Administrator ihm einen leiernden Vortrag über die Position der Regierung hielt – gleich zwei- oder dreimal, nur für den Fall, dass ihm irgendetwas entging.

Schließlich erklärte Russ dem Mann, dass eine Möglichkeit, den Artikel zu schreiben, darin bestand, den Kontext zu einem konkreten Tag in der amerikanischen Luftfahrt herzustellen (warum war ihm das nicht schon früher eingefallen?) und es hilfreich sein könnte, festzustellen, wer sich an diesem Tag jeweils in der Luft befunden hatte, um dem Leser eine Art Querschnitt des Problems zu liefern. Er nannte vermeintlich wahllos ein Datum, das in Wahrheit dem der Schießerei auf dem Taliblue Trail entsprach. Ob er wohl die dazugehörigen Aufzeichnungen untersuchen und mit einigen privaten Flugzeugbesitzern in Kontakt treten könne, die an diesem Tag geflogen seien, fragte er den Angestellten?

Wieder vergingen die Minuten schleppend, doch nach einer Weile hielt er eine dicke Akte mit Flugplänen in der Hand. Er blätterte sie durch und stieß zunächst nicht auf die gesuchte Information. Schließlich stolperte er über einen Eintrag für eine zweimotorige Cessna 425 Conquest, CN13467, registriert auf die Firma Redline Trucking, deren Pilot am fraglichen Tag den Plan für einen Flug nach Oklahoma City eingereicht hatte, Abflug um 10:25 Uhr, Landung um 17:20 Uhr. Das allein fand er schon sehr interessant, doch was wirklich Russ' Aufmerksamkeit erregte, war die Telefonnummer, die der Pilot auf dem Plan eingetragen hatte: Sie lautete 045-1640, wich also nur bei der letzten Ziffer von ihrer mysteriösen Rufnummer ab und hatte ebenfalls die seltsame Vorwahl mit der Null.

Russ begriff, dass Redline Trucking für seine verschiedenen Unternehmen eine ganze Reihe von 1600er-Nummern betreiben oder gemietet haben musste, unter Nutzung einer privaten 045er-Vorwahl, und die 1643 musste eine davon sein. Er schaute nach dem Namen des Piloten.

»Bama«, las er laut vor. »Randall Bama.«

Am nächsten Tag besuchten Russ und Bob, extrem ausgeruht nach einem 18-stündigen Marathonschlaf in einem Ramada Inn südlich der Stadt, die örtliche Bibliothek, in der sie sämtliche auffindbaren Informationen über Randall ›Red‹ Bama aus Fort Smith sammelten, über Bama Construction, Redline Trucking, das Immobilienentwicklungsprojekt der Bama Group, den Hardscrabble Country Club, die Handelskammer (dieser hatte er von 1991-93 sowie von 1987-88 als Präsident vorgesessen), den Rotary Club, die Opera Guild und so weiter und so fort.

Es erklärte viel: etwa, wie drei Autoladungen professioneller Schützen, ein Hilfssheriff und ein Weltklasse-Scharfschütze auf sie angesetzt werden konnten. Aber erklärte es genug?

Sie gingen die Unterlagen weiter durch und stießen auf ebenso viele Erwähnungen seines Vaters. Der große und berüchtigte Ray Bama (1916-75), Pfandleiherkönig von Fort Smith, Stammgast in Nancy's Flamingo Lounge, bekannter Mittelsmann der großen Mafiaorganisation von Little Rock und Hot Springs sowie gerüchteweise ihr Drahtzieher, der Verbindungen zu Santa Trafficante und Carlos Marcello in New Orleans und zu Big Jim Westwood in Dallas unterhielt. Seinem Leben war im Jahr 1975 durch eine mysteriöse Autobombe ein jähes Ende gesetzt worden.

Doch als sie am späten Nachmittag ihre Recherchen abschlossen, hielten sie immer noch nichts als Spekulationen in der Hand, die immerhin einen konkreten Schluss nahelegten: dass Earl Lee Swagger dem alten Gangster irgendwie auf die Schliche gekommen sein musste und man ihn deshalb zum Abschuss freigegeben hatte. Doch nichts in den letzten Wochen von Earls Leben ergab vor diesem Hintergrund einen Sinn: Er hatte als Polizeisergeant auf dem Land gearbeitet – ein guter Cop, aber kein Spezialermittler für organisiertes Verbrechen oder, soweit sich das im Nachhinein feststellen ließ, Mitglied einer Eliteeinheit von Ermittlern die sich gegen Ray Bama gewandt hätte, sei es auf Kreis-, Staats- oder Bundesebene. Bama selbst hatte damals am Beginn seiner blühenden Karriere gestanden.

Und nirgends fand sich ein Hinweis auf eine mögliche Verbindung zum Tod von Shirelle Parker, die am 23. Juli 1955 von Earl selbst tot aufgefunden worden war, am letzten Tag seines eigenen Lebens.

Als sie später beim Abendessen saßen, erklärte Bob: »Ich denke, wir sollten trotzdem etwas gegen ihn unternehmen. Wenn wir eine Waffe auf ihn richten, wird er uns schon erklären, was er da treibt.«

»Herrgott, der Kerl wird sicher schwer bewacht. Er ist ein Gangster, verflixt noch mal, egal wie gemeinwohlorientiert, philanthropisch und offen er sich gibt. Man kann nicht einfach bei ihm zu Hause reinspazieren und mit einer Pistole auf ihn zielen.«

Und damit schien das Thema geklärt zu sein.

»In Ordnung«, erwiderte Bob etwas ruhiger. »Wir haben noch einiges zu tun. Wir müssen jemanden finden, der '55 bei der Landespolizei gewesen ist und herausfinden, was meinen Vater möglicherweise auf die Spur von Ray Bama gebracht hat.«

Russ schüttelte den Kopf.

»Ich glaube, dass Sie den Beruf Ihres Vaters *überbewerten.* Sie wollen aus ihm so eine Art Superermittler auf heißer

Fährte machen, damit sein Tod nachträglich an Bedeutung gewinnt. Aber die Wahrheit ist, dass Ihr Vater auch nichts anderes als meiner war: Ein Landespolizist in der Provinz. Mein Dad hat in seinem Leben wahrscheinlich nicht mehr als zwei Ermittlungen durchgeführt. Er ist kein Ermittler, solange er nicht einer Spezialeinheit zugeteilt wird, und Ihr Vater ist mit Sicherheit keiner Spezialeinheit zugeteilt worden.«

Bob überdachte seine Worte.

»Na gut.« Seine Stimme klang bitter. »Sie sind der Experte. Was macht ein Landespolizist? Das ist die entscheidende Frage. Ich schätze, ich habe sie ihm nie gestellt. Was *macht* ein Landespolizist eigentlich? Sagen Sie's mir. Das könnte uns helfen, die Antwort zu finden.«

Russ überlegte.

»Na ja, er fährt Streife, nimmt Gerichtstermine wahr, schiebt Dienst in der Telefonzentrale, klärt Unfälle auf, erstattet seinem Revierchef Bericht. Er trainiert, bildet sich weiter, stellt Strafzettel aus.«

Er hielt inne und lächelte.

»Er stellt Strafzettel aus«, wiederholte er. »Wenn mein Vater in den letzten 30 Jahren etwas getan hat, dann hat er nicht Lamar Pye und seine Bande gejagt, sondern Strafzettel geschrieben. Er hat im Verlauf seines Berufslebens wahrscheinlich Zehn*tausende* davon geschrieben.«

Der Augenblick schien sich endlos auszudehnen. Bob hatte das Gefühl, endlich etwas Konkretes vor Augen zu haben – etwas Leuchtendes und Schweres, etwas Greifbares und Dichtes, etwas Großes.

Er schaute Russ an.

Russ erwiderte den Blick.

»Was hat dieser Gesichtsausdruck zu bedeuten?«, wollte Russ wissen.

»Äh ...« Bob dachte nach. »Strafzettel«, sagte er schließlich. »Strafzettel.«

»Und? Ich ...«

Endlich dämmerte es auch ihm.

»Bei den Sachen meines Vaters. Wissen Sie noch?«, fragte Bob. »Ein letzter Strafzettelblock, halb aufgebraucht. Bis ganz zum Schluss hat er Strafzettel verteilt.«

*Strafzettel,* überlegte er: *Strafzettel.*

# KAPITEL 45

»Los!«

Tontauben flogen ihm entgegen. Sie kamen aus der Trapmaschine geschossen, immer zwei gleichzeitig, und rasten auf ihn zu, als ob sie ihn vernichten wollten.

Aber heute war Red gut in Form. Der Lauf der Krieghoff zeichnete sich als schwarzer Schemen ab, als er anlegte, um auf die tiefere Scheibe zu zielen – Feuer! –, und ihn dann instinktiv ein Stück nach rechts oben bewegte, um auf die höhere zu zielen. Er feuerte noch einmal. Die zwei Scheiben explodierten spektakulär vor dem Grün des Waldes, zerstäubt, buchstäblich ausgelöscht von den Schrotladungen im Kaliber Remington 7,5.

»Du hast eine Gewinnsträhne, Red!«, kommentierte sein Begleiter.

»Hab ich, hab ich«, bestätigte er freudig.

Er hatte 38-mal nacheinander getroffen. Kein einziges Mal daneben. Die teure Schrotflinte fühlte sich in seinen Händen lebendig und schön an, mordlustig. Wie von sämtlichen Hemmungen befreit suchte sie die Beute, wie ein reinrassiger, wilder Hund, den man gerade von der Leine gelassen hatte, und holte sie gnadenlos vom Himmel, zerstäubte sie zu orangenen Pulverwolken.

»Ich fühl mich gut«, sagte Red. »Nächste Woche fliege ich mit der Familie nach Hawaii. Mit allen. Beide Frauen, alle Kinder, außer der verdammten Amy, die mich auf den Tod nicht ausstehen kann, meine Leibwächter, die ganze Truppe eben. Selbst die *Mutter* meiner ersten Frau, Mann. Und dazu der nichtsnutzige *Bruder* von Miss Zweiter Platz. Wir werden eine Menge Spaß haben.«

»Du hast viel durchgestanden«, erwiderte sein Begleiter. »Du musst mal ausspannen.«

»Ja, das stimmt.«

Sie spazierten durch den Wald zur nächsten Station. Ein

schöner Tag in West Arkansas, an dem die Bäume majestätisch grün und dicht vor dem klaren, blauen Himmel und dem umliegenden Gebirge aufragten. Der Pfad führte gelegentlich auf eine Lichtung, von wo aus sie die Buckel der Ouachitas vor sich liegen sahen, oder, im Westen, das Flachland von Oklahoma.

»Es ist schön, am Leben zu sein«, sagte Red.

Vor ihnen huschte der Trapper in die Trapstation. Red blieb einen Schritt zurück, während sein Freund den nächsten Stand schoss. Erst eine steigende Scheibe, weit entfernt, ein schwieriger Schuss, im Anschluss noch eine einzelne, dann ein Paar und danach ein parallel abgefeuertes Paar. Als er sich schussfertig machte, schloss Red geistesabwesend den Kipplauf des Gewehrs, holte seinen Schraubenschlüssel hervor und ersetzte seine Improved-Cylinder- und Skeet-I-Läufe durch einen Modified- und einen Modified-Improved-Lauf für die längere Distanz.

Sein Freund schoss mit einer teuren Perazzi und war ein exzellenter Schütze, doch heute reichte er nicht an Reds Fähigkeiten heran. Er feuerte, traf die Einzelscheibe, doch nur eine des nachfolgenden Paars.

»Ganz ruhig«, rief Red ihm zu.

»Ich bin *zu* ruhig«, rief der andere zurück und befahl: »Los!« Die beiden Ziele flogen von der Baumlinie in den blauen Himmel empor. Er folgte ihnen mit dem Lauf und schoss, doch nur einer von ihnen verwandelte sich zu Staub.

»Verdammt!«, fluchte er.

»Du machst dir zu viele Gedanken«, sagte Red. »Du musst innerlich frei sein, im Einklang mit dir selbst. Du musst deinen Instinkten vertrauen.«

Sein Freund lachte.

»Immer, wenn ich meinen Instinkten vertraue, komme ich in Schwierigkeiten«, antwortete er.

Red verschwand in den Bunker, einen kleinen Holzpavillon, der ihn durch eine lang gezogene, gelbliche Senke zu einer Ansammlung von Büschen zwischen zwei goldenen Hügeln führte, schob eine Remington-Patrone in den unteren Lauf und machte sich bereit.

»Los!«, gab er das Zeichen. Die Tontaube kündigte ihren Aufstieg durch das Knarren der Trapmaschine an und schoss kurz darauf in sein Blickfeld. Gemächlich und souverän folgte Red ihr und pulverisierte sie.

Das fühlte sich so gut an!

Er warf die Hülse aus, ließ zwei weitere Patronen in die Kammern gleiten und nahm erneut seine Schusshaltung ein. Er nahm sich eine Sekunde, um über die Reihenfolge nachzudenken: Sehen, den Lauf bewegen, dem Anstieg folgen, schießen, dann noch mal. Er atmete durch, suchte in sich nach kleinsten Anzeichen von Panik oder Zweifel, fand aber keine.

»Los!«

Mit einem *Wäng* knallte das Zielobjekt gen Himmel. Er wartete, bis sie zum Stillstand kam, dieser wundersame Augenblick, in dem Schwerkraft und Beschleunigung in völliges Gleichgewicht gerieten, und schoss sie ab. Er senkte den Lauf leicht, um den Aufstieg des nächsten Targets verfolgen zu können, und da tauchte es schon auf. Er hob den Lauf, folgte dem fliegenden Objekt, drückte ab und zerstörte es.

*Ah!* Ein warmes, wohliges Gefühl überkam ihn. Er hatte noch nie 50 Punkte erreicht. Er hatte siebenmal 49, Dutzende Male 48 und Hunderte Male 47 und 46 Punkte geschafft, aber noch nie 50. Und er war noch nie so nah dran gewesen. Das nachfolgende, parallele Paar bot die letzte wirklich schwierige Herausforderung. Wenn er das schaffte, wurde der Rest zum Kinderspiel.

Er kippte die Läufe und sah die kleine Wolke aus Pulverdampf aus den Kammern aufsteigen, als die beiden Hülsen herausfielen. Er lud zwei weitere Patronen.

Er machte sich bereit, wollte sich dabei jedoch nicht zu viel Zeit lassen, denn es war durchaus möglich, sich durch zu viel Nachdenken beim Schießen um eine Erfolgssträhne zu bringen. Er fühlte sich so, wie es sein sollte: völlig locker, bereit, gut aufgewärmt, geschmeidig, schnell, hoch konzentriert.

»Los!«, rief er

Nichts geschah.

Kein *Wäng,* keine Tontaube, nichts.

*Verflucht.* Er hasste es, wenn das passierte. So etwas kostete einen die Konzentration. Er nahm sich vor, dem Trapper nach Abschluss der Runde den Marsch zu blasen.

»Sind Sie so weit?«, schrie er.

Er deutete das Schweigen als Zustimmung, nahm erneut Haltung ein, konzentrierte sich und rief noch einmal: »Los!«

Auch diesmal kamen keine Vögel.

»Mike«, rief er den Trapper beim Namen. »Was zum Teufel ist los?«

Er bekam keine Antwort.

Er schaute zurück zu seinem Freund und ...

An seiner Hüfte summte der Vibrationsalarm seines Pagers.

*Verdammt!* Das bedeutet, dass Peck ihn anrief. Was sollte *das* denn jetzt? Er zog in Erwägung, den Anruf einfach zu ignorieren, in Ruhe die Runde zu Ende zu schießen ... aber wie konnte man dieses Summen ignorieren?

*Ruf ihn an, kümmer dich darum, dann kannst du die Runde immer noch beenden.*

Er lehnte die Schrotflinte gegen die Mauer des Bunkers und trat ins Freie.

»Muss einen Anruf machen«, murmelte er seinem Begleiter zu.

Er wählte die Nummer der Mailbox, hörte, dass er eine neue Nachricht hatte und spielte sie ab.

»Rufen Sie noch mal nach den Vögelchen«, sagte jemand.

*Na schön,* dachte er, trat zurück in den Bunker und nahm die Flinte.

Dann begriff er, was die Nachricht zu bedeuten hatte.

Er hatte das Gefühl, dass jemand ein furchtbar unfaires Spiel mit ihm trieb. Er hob die Schrotflinte, packte sie fest, doch er konnte nichts sehen.

Er stellte die Waffe ab, blickte zu seinem unbesorgt wirkenden Partner zurück und nahm den Pager vom Gürtel. Schließlich wählte er Pecks Nummer. Er hörte den Wählton an seinem Ohr … und in sechs Metern Entfernung.

Er schnappte sich das Gewehr und stürmte aus dem Bunker nach links. Dort hing Pecks Telefon klingelnd am Ast eines Baums.

»Peck hat es nicht geschafft«, sagte jemand.

Er wandte sich um und sah sich seinem schlimmsten Albtraum gegenüber: der Scharfschütze, in kompletter Tarnung, ein uralter Rachegott, sein Gesicht nicht länger menschlich, sondern das eines Kriegers, das mit den wirbelnden Farben des Waldes verschmolz, die Haare fest in ein mit Tarnfarben versehenes Kopftuch gehüllt, die Augen schmal und dunkel. Er war einfach so aus dem Nichts in Reds Leben getreten. Er hob einen 45er-Automatik und zielte damit direkt auf Reds Gesicht.

»Legen Sie die Flinte weg, Bama, sonst werde ich Sie töten, und das wissen Sie.«

Red legte die Flinte weg.

»Wachen«, schrie er. *»Wachen!«*

»Die liegen gefesselt zwei Stationen weiter vorn«, eröffnete ihm der Mann. »Ist wohl heute nicht ihr Tag.«

Red wandte sich ihm zu.

»Swagger«, sagte er, weil es das Einzige war, was ihm einfiel.

»Höchstpersönlich«, bestätigte Bob. Er schwenkte die Waffe herum und zielte auf Reds Begleiter.

»Das hier hat nichts mit mir zu tun«, protestierte der Mann. »Ich hab nichts gesehen. Ich bin an der ganzen Sache überhaupt nicht beteiligt.«

»Dann werfen Sie diese Waffe weg, Sir, und nicht Ihr Leben. Ich bin nicht zu Späßen aufgelegt.«

Die Perazzi fiel zu Boden.

»Sie glauben, ich hätte Angst vor Ihnen, Swagger«, sagte Red, dessen Gesicht sich vor Wut verzerrte. »Aber das hab ich nicht. Mich wollten schon früher Leute umlegen. Und wenn heute der Tag ist, an dem ich den Löffel abgebe, dann ficken Sie sich doch! Meine Familie ist versorgt und meine Kinder lieben mich. Also ficken Sie sich, Swagger, und tun Sie, was Sie tun müssen.«

»Sie haben Mumm, Red, das muss ich Ihnen lassen.«

»Reden Sie mit ihm!«, schrie der Begleiter. »Verhandeln Sie mit ihm. Machen Sie ihm ein Angebot. Es muss nicht dazu kommen.«

»Seien Sie still«, sagte Bob zu dem Mann. »Ich hab da draußen in 90 Metern Entfernung einen Jungen sitzen, der mit einem 308er mitten auf Ihre Brust zielt. Halten Sie den Mund und sitzen Sie still, bis ich mit Ihnen rede.«

Der Mann verstummte wie vom Blitz getroffen. Die Vorstellung, dass jemand mit einem Gewehr auf ihn zielte, ließ ihm das Blut in den Adern gefrieren. Er saß so still, als ob er sich eine Kugel einfing, wenn er sich auch nur um den Bruchteil eines Zentimeters bewegte.

»Also, Red«, fuhr Bob fort, »ich will tatsächlich, dass Sie mit mir reden. Warum hat Ihr Vater damals im Jahr 1955 meinen Vater umgebracht?«

»Ich scheiß auf Sie und auf alles, was Sie von mir wollen, Swagger. Ich habe Verbündete. Ich habe Leute, die wissen, dass ich hinter Ihnen her gewesen bin. Wenn Sie mich töten, jagen die Sie und schalten Sie aus.«

»Tja, das mag schon sein. Aber für Sie wird das keinen Unterschied mehr machen, Red, das garantiere ich Ihnen. Also, werden Sie mir nun antworten, oder muss ich Ihnen erst eine Kniescheibe wegschießen?«

»Wer nimmt hier wen auf den Arm?«, fragte Red wütend. »Sie haben nicht den Nerv dazu, mir die Kniescheibe wegzuschießen. Sie sind ein Soldat, kein elender Folterknecht.«

*»Reden Sie mit ihm!«,* schrie der entsetzte Begleiter. »Sagen Sie ihm, was er wissen will. Unterbreiten Sie ihm ein Angebot. Bieten Sie ihm Geld an.«

»Scheiß auf Geld«, sagte Red. »Er ist keiner, der Geld

will.« Er sah Swagger an und in seinen Augen loderten glühende Verachtung und Zorn.

Schließlich sagte er: »In Ordnung. Ich werde es Ihnen einmal erzählen. Dann ist es vorbei. Dann tun Sie, was Sie tun müssen.«

»Reden Sie.«

»Ihr Vater hatte vor, ein Stück Land zu kaufen. Er hat sich in den Grundbüchern von Polk County und im Schadensbüro über Grundstücke informiert und dabei erfahren, dass eine Organisation namens Southland Group das meiste Land in Polk County aufgekauft hat. Weil er neugierig war, ist er der Sache nachgegangen und fand heraus, was niemand wissen durfte: dass es sich bei Southland um eine Scheinfirma handelte, die meinem Vater und einem Mann namens Harry Etheridge gehörte, einem Kongressabgeordneten. Beide hatten eine Menge Geld hineingesteckt mit dem Ziel, dass Etheridge den Bau eines Parkway oder Highway durchsetzt und damit die Region für Investitionen aus der Wirtschaft zugänglich macht. Das versprach Gewinne in Millionenhöhe.

Nun, Ihr werter Herr Vater ist über diese Information gestolpert. Er war der Einzige, der von der geheimen, mächtigen, *äußerst profitablen* Verbindung zwischen den Etheridges und den Bamas wusste. Vom Dreh- und Angelpunkt der Macht und des Einflusses, über die mein Vater verfügte. Ihr Dad musste aufgehalten werden. Also haben der Kongressabgeordnete und mein Vater einen Plan geschmiedet, der mit ein paar unserer Kontaktpersonen im Gefängnis zu tun hatte. Sie rekrutierten einen Jungen namens Jimmy Pye, der kurz vor der Entlassung stand. Sie haben ihm erzählt, dass Sie ihm, wenn er es schafft, den Einstieg in Hollywood erleichtern. Er wollte der nächste Jimmy Dean werden. Aber wir machten uns Sorgen, dass er den Job nicht gut genug erledigt, also hat Harry Etheridge, der im Kontrollausschuss für die Geheimdienste saß, sich mit der CIA unterhalten und einen Sachbearbeiter namens Frenchy Short dazu gebracht, einen

Plan B einzufädeln. Der zweite Schütze hat Ihren Dad erwischt, und niemand ist aus der Sache schlau geworden. Ende der Geschichte. Tut mir leid, aber Geschäft ist Geschäft.«

»Und das ist die Wahrheit?«

»So wahr ich hier stehe. Und jetzt ficken Sie sich ins Knie und tun Sie, was Sie wollen.«

»Wissen Sie was, Red?«

»Was?«

»Sie liegen falsch.«

Ein langer Moment des Schweigens entstand. Dann wandte Red sich dem Scharfschützen zu und starrte ihn an.

»Ficken Sie sich.«

»Nein, ficken *Sie* sich, denn Sie liegen falsch. Man hat Sie nämlich hinters Licht geführt, genau wie Ihren Daddy.«

Eine weitere lange Pause.

»Gestern«, fuhr Bob fort, »hätte ich Ihre Geschichte geglaubt. Ich hätte Sie abgeknallt und wäre seelenruhig nach Hause gefahren. Aber heute nicht mehr.«

»Wovon reden Sie?« Red kniff angestrengt die Augen zusammen.

»Es ging nicht um Land. Ich wette, wenn man wollte, könnte man diese Geschichte ganz leicht auseinandernehmen. Ich wette, die Daten passen nicht zusammen, die Geldbeträge passen nicht, alles haut nicht so ganz hin. Es ist das, was man Ihnen erzählt hat, es ist das, was Ihre Familie in die Sache hineingezogen hat, aber es entspricht nicht der Wahrheit. Es ist eine Tarnung. Nicht zuletzt deshalb, weil mein Dad das Land, auf dem er lebte, geliebt hat und um nichts in der Welt woanders hingezogen wäre.«

»Worum ging es dann?«, wollte Red wissen.

»Es ging um einen Jungen, der seinen Strafzettel nicht bezahlen wollte.«

Wieder trat ein längerer Augenblick der Stille ein, während Red Bob intensiv musterte. Sein Zorn wurde nun ein wenig durch Neugier besänftigt.

»Wovon sprechen Sie?«

»Am 19. Juli 1955 hat mein Vater um 12:28 Uhr einem 19-jährigen Jungen einen Strafzettel wegen Geschwindigkeitsüberschreitung ausgestellt, weil er in einer 80er-Zone 130 gefahren ist. Das passierte an einer Stelle, die den Namen Little Georgia trägt, in der Nähe der Route 88, zwischen Blue Eye und einer Stadt namens Ink. Was mein Daddy nicht wusste, war, dass der Junge so schnell fuhr, weil er gerade ein kleines, 15-jähriges schwarzes Mädchen namens Shirelle Parker vergewaltigt und ermordet hatte, in Little Georgia, einer Lagerstätte für rote Tonerde. Er hatte sie auf dem Rückweg von einem Kirchentreffen in Blue Eye mitgenommen. Und warum ist sie zu einem weißen Jungen ins Auto gestiegen, obwohl ihre Mama ihr doch immer eingeredet hatte, dass sie *nie* zu einem Weißen ins Auto steigen soll? Weil es ein Treffen der Bürgerrechtsbewegung gewesen ist und sie dort einen Weißen getroffen hat, der an sie und ihre Interessen glaubte. Das hat ihr gezeigt, dass sie weiße Jungs *nicht* hassen muss, und es hat ihr gleichzeitig den Tod beschert.«

Red starrte ihn an.

»Wer war der Junge?«, fragte er.

Bob antwortete: »Ein Harvard-Student. Aufgewachsen in Washington, D.C. Der Sohn eines mächtigen Politikers. Selbst voller Ambitionen.« Dann drehte er sich um und deutete auf den Mann auf der Bank.

»Er«, sagte er.

Red wandte sich seinem Freund zu, dem Sohn des Freundes seines Vaters.

»Hollis?«

Hollis Etheridge stand auf.

»Hollis, du? *Du?*«

»Er lügt«, widersprach Hollis.

»Er ist in Panik nach Hause gegangen und hat seinem Vater davon erzählt. Da es sich bei seinem Vater um den Kongressabgeordnete Harry Etheridge handelte, Boss Harry Etheridge, und da er die Sorte Mann war, die er war, konnte er nicht zulassen, dass ein kleiner Zwischenfall mit einem schwarzen Mädchen das Leben seines Jungen ruinierte. Also ist er seine Kontakte durchgegangen und hat sich an Frenchy Short gewandt, der die Leiche des Mädchens von Little Georgia wegholte und ein Komplott ausheckte, um den dünnhäutigsten schwarzen Jungen zum Sündenbock zu machen, den er finden konnte: einen Jungen namens Reggie Gerard Fuller, der schließlich für den Mord hingerichtet wurde.

Das Problem war der Streifenpolizist. Sie konnten den Strafzettel zwar aus den Gerichtsakten entfernen, aber sie konnten ihn nicht aus dem Kopf des Polizisten entfernen, und sie wussten, dass der Polizist eins und eins zusammenzählen würde. Sie wussten von Anfang an, dass sie ihn töten mussten, aber auf eine Art und Weise, die keinen Verdacht erregte und keine genauere Untersuchung der letzten Tage seines Lebens nach sich zog. Sie brauchten also ein passendes Motiv und einen passenden Mörder. Und so kamen Jimmy Pye, der nächste Jimmy Dean, und Jack Preece, der Scharfschütze, ins Spiel. Alles nur für Hollis. Für den nächsten Vizepräsidenten der Vereinigten Staaten.«

»Dafür gibt es keine Beweise«, meldete sich Hollis zu Wort. »Das sind alles Lügen. Alle politischen Figuren sind an Gerüchte dieser Art gewöhnt. Vor Gericht wird man Sie auslachen. Red, das ist Unsinn. Es ist nichts. Er hat nichts in der Hand.«

»Ich habe das hier«, sagte Bob.

Er hielt den alten Block mit Strafzetteln hoch.

»Ihre Unterschrift. Die Uhrzeit, das Datum, der Ort. Jedes kriminaltechnische Labor kann das Alter des Strafzettels und der Tinte bestätigen. Er erfüllt seinen Zweck heute genauso wie damals: Er beweist, dass Sie zur Tatzeit am Tatort gewesen sind. Er bringt sie heute noch genauso auf den elektrischen Stuhl wie vor 40 Jahren. Und diesmal ist Ihr gottverdammter Vater nicht zur Stelle, um Sie mit seinem Einfluss aus der Sache rauszuboxen. Und wenn mein Vater einen Tag länger gelebt hätte, dann hätte er den Zusammenhang erkannt und Sie in den Todestrakt geschickt.«

Er hob die Pistole und zielte damit auf Hollis' stattliches Haupt.

Hollis senkte den Kopf.

»Bitte ...«, flehte er.

»Wissen Sie, wie viel Böses aus dieser Nacht hervorgegangen ist? Wissen Sie, wie viele Leute gestorben sind? Wissen Sie, was für eine Spur der Zerstörung Sie hinterlassen haben? Wie viele Leben ruiniert, beendet, in die Verbitterung getrieben wurden durch das, was Sie in dieser Nacht getan haben? Warum? Warum? Hat sie gelacht?«

»Ich wollte es nicht«, sagte er. »Sie hat angefangen zu schreien. Ich musste dafür sorgen, dass sie aufhört zu schreien. Ich wollte das nie.«

Bob senkte die Waffe.

»Mein Freund ist Reporter bei einer Zeitung«, sagte er. »Wir werden zur Presse gehen und das öffentlich machen. Wir werden den Fall neu aufrollen. Es sind schon genug Menschen gestorben.«

Er schob den 45er ins Halfter zurück und wandte sich Red Bama zu, der nun die geladene Krieghoff in den Händen hielt.

Durch die Gläser sah Russ aus 90 Metern Entfernung, wie Red Bama die Schrotflinte aufhob. Er sah, wie der Mann die Flinte hob, sah, wie er ihre Läufe langsam herumschwenkte.

*Tu doch was!,* wies er sich selbst an.

Sein Finger legten sich unwillkürlich um einen Abzug. Doch es gab keinen Abzug. Er hatte kein Gewehr.

*Warum haben Sie mir kein Gewehr gegeben?,* schrie er Bob Lee Swagger in Gedanken zu, während er seine entsetzten Augen nicht vom Fernglas lösen konnte. *Ich hätte es tun können!*

»Red, Gott sei Dank«, sagte Hollis.

»Ja«, erwiderte Red, »Gott sei Dank«, und er feuerte beide

Läufe ab, *eins-zwei,* so schnell, wie man sie nur abfeuern konnte.

Die Schrotladung im Kaliber Remington 7,5 traf ihr Ziel: die Garbe fand keine Zeit, sich zu öffnen und zu streuen, sondern entfaltete eine Wirkung ähnlich der eines Elefantengewehrs aus dem 19. Jahrhundert: eine gewaltige Ladung Gewicht, Geschwindigkeit, Dichte. Der erste Schuss zerfetzte buchstäblich die Brust, das Herz und die Lunge, die Wirbelsäule; der zweite traf knapp über dem Mund und zerstörte den Schädel, die ganze Struktur des Gesichts, Knochen, Haare. Der Körper wurde nach hinten gestoßen und stürzte der Länge nach ins Gebüsch.

Pulverdampf hing in der Luft.

Russ, der aus 90 Metern Entfernung zusah, krümmte sich und kotzte.

»Guter Schuss«, sagte Bob.

»Es wird mich eine Million Dollar kosten, das aus der Welt zu schaffen«, sagte Red. »Und es ist der erste tödliche Unfall in der Geschichte des Tontaubenschießens.« Er schüttelte den Kopf. »Er wäre bald Vizepräsident geworden, wissen Sie. Wir hatten alles arrangiert. Eventuell wäre er später sogar mal Präsident geworden.«

»Jeder muss seine Schuld begleichen. Heute kam er an die Reihe«, antwortete Bob.

»Ja, aber wissen Sie, warum ich das getan habe? Um mir den Prozess zu ersparen? Um mir die Demütigung zu ersparen? Die Anwaltskosten? Um dieses arme Mädchen zu rächen, weil er gegen die Regeln verstoßen und sich an einem Kind vergriffen hat? Möglich. Aber der wahre Grund ist ein anderer. Mir ist klar geworden, dass er nicht bloß Ihren, sondern auch meinen Vater umgebracht hat. Mein Vater muss der einzige noch lebende Mann außerhalb der Etheridge-Familie gewesen sein, der das Geheimnis kannte. Und als Boss Harry starb, hat sein Sohn Hollis angefangen, sich Sorgen darüber zu machen. Also: Da haben Sie's nun. Haben wir unseren Vätern etwas zurückgeben können für das, was sie für uns getan haben? Nicht wirklich. Aber immerhin, Swagger: Wir haben es definitiv versucht.«

»Verdammt richtig«, bestätigte Bob.

Aber Red hatte noch eine letzte Überraschung für ihn auf Lager.

Er sah auf und seine Augen verengten sich in einem Ausdruck von Verschlagenheit.

»Und ich weiß, dass Sie sich für viel klüger als mich halten, weil Sie all das herausgefunden haben und nicht ich. Das muss ich Ihnen lassen. Aber ich habe auch eine Überraschung für Sie.«

Bob sah ihn an.

»Wenn Sie nach Hause kommen, grüßen Sie Julie und YKN4 von mir.«

Eine lange Pause entstand.

»Meine Familie?«, fragte Bob.

»Das Münztelefon. Wir haben Ihr R-Gespräch zurückverfolgt. Ich hatte Ihre Frau und Ihre Tochter, Swagger. Ich hätte sie benutzen können, um Sie zu kriegen. Sie haben einen Fehler begangen.«

Bob durchschaute augenblicklich, wie das hatte passieren können.

»Aber ich vergreife mich nicht an Familien. Das ist mein Grundsatz. Sie haben jetzt bei mir und meiner Familie nichts mehr zu suchen, ich nichts bei Ihnen und Ihrer. Sie haben Ihre Rechnung beglichen, ich meine. Es ist vorbei, es ist erledigt, es ist getan. Wir sind wieder freie Männer, richtig?«

»Klingt nach einem Deal«, erwiderte Bob.

# KAPITEL 46

Eine ganze Legion von Ermittlern der Landespolizei strömte zum Unfallort, zusammen mit Hunderten von Medienvertretern, und für ein paar Tage wurde die kleine Tontauben-Schießanlage in West Arkansas zum berühmtesten Ort der USA, dominierte sämtliche Nachrichtensendungen. Die Zeitungen waren voll mit Berichten über die Etheridge-Tragödie. Die Staatsanwälte von Sebastian County stellten rasch eine Grand Jury zusammen.

Doch am Ende der Woche hatte man immer noch keine richtige Anklageschrift verabschiedet und die Staatsanwälte verkündeten ihre Zustimmung zur unvermeidlichen Einstufung des Vorfalls als Unfalltod. Es gab einfach keine Beweise für das Gegenteil: Red Bama hielt an seiner Schilderung fest, und seine beiden Leibwächter und der Trapper, alle Augenzeugen des Ereignisses, bestätigten seine Version. Er hatte gerade die Krieghoff geladen, als sein Mobiltelefon klingelte, sich umgedreht, um aus dem beengenden Bunker herauszukommen und es vom Gürtel zu nehmen, wobei er vorübergehend vergaß, dass er die geladene Schrotflinte in der Hand hielt. Er stieß mit dem Kolben gegen den Bunker und die Schüsse lösten sich – auch wenn es den Ermittlern nicht gelang, diesen Unfall mit der Waffe im ballistischen Labor nachzustellen.

Genau das ist die Tragödie der Schusswaffe: So verlockend, so faszinierend, so verführerisch, so verdammt vergnüglich ist das Gewehr, doch wenn man mit ihm einen Fehler begeht, zieht das Konsequenzen nach sich, deren Ausmaß in keinem Verhältnis zur Fehlhandlung selbst steht. Ein Mann, der ein Gewehr in der Hand hält, gerät in Verwirrung, dreht sich um, stößt gegen eine Wand und ... *bummbumm!* Das Ende einer vielversprechenden und schon heute sehr beachtlichen Karriere.

Bundesweit erschienen Leitartikel, die das Dahinscheiden

von Hollis Etheridge betrauerten, dem früheren Senator über zwei Amtszeiten, respektierten Abgeordneten, geliebten Ehemann, Sohn eines der mächtigsten Politiker des Staates Arkansas – ein Mann, der darauf bestanden hatte, es ohne fremde Hilfe zu schaffen und sich nicht vom Einfluss seines Vaters abhängig zu machen. Er gehörte zu den Amerikanern, die viel unternommen hatten, um vielen Menschen zu helfen. Die Köpfe seiner Partei veröffentlichten Erklärungen, schmeichelhafte Nachrufe tauchten in allen Zeitschriften und Fernsehsendungen auf. Im Parlament des Staates Arkansas wurde ein Antrag gestellt, den derzeit nur nach seinem Vater benannten Parkway in ›Hollis und Harry Etheridge Memorial Parkway‹ umzutaufen, und innerhalb von nur einer Woche wurde er angenommen, obwohl im Haushalt des Bundesstaats kein Geld vorhanden war, um die Schilder austauschen zu lassen – weshalb das wohl warten muss, bis Arkansas ein besseres Jahr erlebt.

Was Red Bama betrifft: Nachdem die Grand Jury sich weigerte, ihn unter Anklage zu stellen, verbrachte er den Rest des Sommers mit seiner Familie in Hawaii. Sie hatten dort eine wunderbare Zeit und kehrten erst im Herbst zurück, fit, gebräunt und erholt. Seine Kinder sind erfolgreich, selbst der arme Nicholas; Amy plant, an die Law School in Yale zu gehen und will als Staatsanwältin arbeiten. Red hat ihr versprochen, dass er das arrangieren kann, doch sie rümpft immer noch die Nase über ihn. Ab und zu trägt sie trotzdem diese goldene Rolex. Schließlich ist er ihr Vater. Er ist immer noch mit Miss Zweiter Platz verheiratet, doch hartnäckige Gerüchte besagen, dass er in einigen diskreten Clubs mit einer wahrhaftigen Miss Arkansas aus den frühen 90ern gesichtet wurde.

Bob und Russ verließen Arkansas noch am selben Nachmittag. Sie fuhren die ganze Nacht durch, nachdem sie den Mietwagen zurückgegeben und eine saftige Strafzahlung entrichtet hatten, um den grünen, ziemlich in Mitleidenschaft gezogenen Pick-up vom Flughafenparkplatz abzuholen. Spät am Nachmittag erreichten sie Oklahoma City, wo Russ nach wie vor seine Wohnung in einem alten Haus angemietet hatte.

Bob hielt vor dem Gebäude.

»Okay, Kumpel, da sind wir.«

»Gott«, meinte Russ, »ich kann noch gar nicht glauben, dass es vorbei ist.«

»Vorbei und erledigt. Oder zumindest so erledigt, wie es nur sein kann.«

»Meine Güte.«

»Sie sind ein toller Kerl, Russ. Schreiben Sie dieses Buch. Ich bin sicher, es wird ein Erfolg.«

»Ich habe immer noch nicht genug zusammen. Keine ausreichenden Fakten, keine ausreichenden Dokumente. Aber es hat sich genau so entwickelt, wie ich es erwartet habe, oder? Eine endgültige Bestätigung meiner Theorie, dass sich das menschliche Verhalten auf Vererbung zurückführen lässt. Gute Väter, gute Söhne. Schlechte Väter, schlechte Söhne, durchgängig. Fast wie bei einem Laborexperiment.«

»Schreiben Sie es doch als Geschichte.«

Russ fragte sich, was das heißen sollte: *als Geschichte.* Dann begriff er, was Bob damit meinte: als *fiktive* Geschichte.

»Sie meinen als Roman?«

»So sieht's aus. Erfinden Sie die Namen, versetzen Sie die Handlung an einen anderen Ort, so was alles. Das tun diese Kerle doch alle, gibt keinen Grund, warum Sie's nicht auch machen können.«

»Hmmmmm. Gute Idee.« Es war *wirklich* eine gute Idee.

»Und lassen Sie mich Ihnen noch einen letzten Ratschlag geben, in Ordnung?«

»Okay«, sagte Russ.

»Schließen Sie Frieden mit Ihrem Vater. *Sie* werden dann viel glücklicher sein. *Er* wird viel glücklicher sein. Er ist der einzige Vater, den Sie haben. Man hat nur einen. Ich gäbe alles dafür, noch ein paar Minuten mit meinem zu verbringen.«

Russ stieß ein zynisches Lachen aus. Dann überkam ihn wieder die Verbitterung.

»Tja, nun«, erwiderte er. »Ihr Dad ist ein Held gewesen. Ein großer Mann, ein bedeutender Sohn Amerikas. Bessere gibt's nicht. Aber mein Dad ist bloß ein gewöhnlicher Mann. Er ist ein Arschloch. Er hat sich letztlich seiner Selbstsucht hingegeben. Mehr gibt's da nicht zu sagen.«

Bob schwieg für eine Sekunde, dann sagte er: »Wissen Sie, Sie sind ein sehr kluger Junge. Bei so vielen Sachen hatten Sie recht. Zum Beispiel mit dem Parker-Mord und seiner besonderen Bedeutung. Ich lag falsch, völlig falsch. Sie sind dagegen richtig schlau gewesen, haben so viel geahnt. Sie haben schnell und tapfer gehandelt. Sie gäben einen höllisch guten Marine ab.«

»Ich ...«

»Aber Sie haben was übersehen, Russ. Sie haben was Bedeutendes übersehen.«

Russ wandte sich ihm zu. Was mochte er übersehen haben? Was konnte es jetzt noch für eine Überraschung geben?

»Wovon reden Sie?«

»Fragen Sie sich mal Folgendes: Wenn das Kind, aus dem Lamar Pye geworden ist, neun Monate nach Jimmys Tod auf die Welt kam … *wann* hat Jimmy seine junge Frau denn geschwängert?«

Russ hielt inne und dachte darüber nach.

»Er hat es nie zurück nach Blue Eye geschafft«, fuhr Bob fort. »Mein Vater hat ihn in diesem Maisfeld aufgehalten. Edie Pye sah ihren Mann nie wieder lebend, nachdem sie ihn einen Monat davor im Gefängnis besucht hatte.«

Russ schüttelte den Kopf. Was sollte …? Wohin führte das alles?

»Ich glaube, dass Miss Connie es gewusst haben könnte, aber dann war sie die Einzige. Wenn sie es wusste, hat sie es sich zumindest nicht anmerken lassen.«

»Ich verstehe nicht ...«, begann Russ.

»Oh doch, das tun Sie.«

Russ sah zu ihm auf.

»Mein Daddy ist an diesem letzten Tag mindestens eine Stunde lang mit Edie allein gewesen«, sagte Swagger. »Er mochte sie sehr. Sie mochte ihn sehr. Später, als er das Haus verließ, um sich mit Jimmy zu treffen, hat er mit mir über zwei Arten, ein schlechter Mensch zu sein, gesprochen. Die Bosheit, wenn man beschließt, etwas Falsches zu tun und einfach sagt ›scheiß drauf‹, und Fehler, die entstehen, obwohl man eigentlich das Richtige tun will – aber manchmal ist im Leben alles so festgefahren und verwirrend, und ehe man sich versieht, hat man einen Schlamassel angerichtet, ohne es gewollt zu haben. Er hat wohl von sich selbst gesprochen.«

»Wollen Sie damit sagen …?«

»Genau, Russ. Der große, böse, alte Lamar Pye? Er war mein Bruder.«

# KAPITEL 47

Russ hörte nicht sofort auf, Lamar-Pye-Träume zu haben. Tatsächlich hatte er zwei Wochen nach seiner Rückkehr einen schrecklichen, den schlimmsten bisher, einen echten Schocker. Lamar und Schrotflinten kamen darin vor, und diesmal tauchte auch noch Jeannie Vincent darin auf. Die Waffe seines Helden Bob war leer und ließ sich nicht abfeuern. Ein wahres Monstrum von einem Traum. Doch im Verlauf der nächsten Wochen schienen sich die Abstände zwischen den Träumen zu vergrößern. Eines Tages im späten September fiel ihm, nachdem er so beschäftigt mit seinen Vorbereitungen und Abschieden gewesen war, plötzlich auf, dass fast ein ganzer klarer, traumloser Monat hinter ihm lag.

Er wusste, dass es Zeit wurde, eine letzte Sache in Angriff zu nehmen.

Es war ein kleines Haus, viel kleiner, als er erwartet hatte, und er schaute zweimal nach, um sicherzugehen, dass die Adresse stimmte. Ja, das tat sie. Es herrschte gutes Wetter, vielleicht etwas kühl wegen des bevorstehenden Herbstes, aber sehr klar. Die stetige Brise aus Richtung Oklahoma strich durch die Bäume und schüttelte die Blätter von den Zweigen.

Russ stieg aus dem Truck, ging zum Haus, erklomm die Stufen zur Veranda und stand vor der Haustür.

*Ich komme mir wie ein Idiot vor.*

Aber er klopfte trotzdem an. Nach kurzer Zeit wurde die Tür geöffnet – er befand sich eben immer noch im Mittleren Westen, und die Leute öffneten ihre Türen, ohne erst nachzusehen, wer draußen stand – und eine junge Frau tauchte vor ihm auf. Sie mochte Ende 20 sein, äußerst attraktiv, dünn, mit roten Sommersprossen auf der blassen Haut und rotblondem Haar.

»Ja?«

»Sie sind Holly?«

»Ja. Entschuldigen Sie, aber wer ...«

»Ich bin Russ.«

Sie blickte ihn immer noch ausdruckslos an. Sie verstand nicht.

»Russ *Pewtie*«, sagte er. »Mein Dad wohnt hier.«

»Russ! Russ! Oh Gott, Russ, ich hab dich nicht erkannt, es ist so viele Jahre her und du bist damals noch ein Teenager gewesen. Komm rein, komm rein, er wird sich so *freuen!*«

Sie zog ihn förmlich ins Haus, das bescheiden, aber sauber wirkte. Eine Menge Bücher und Zeitschriften lagen herum. Ihm fielen ein paar kleinere, vertraute Gegenstände auf, die ihm innerlich einen Stich versetzten: eine Fernsehbeilage des *Lawton Constitution,* ein Paar Nike-Laufschuhe, die der Größe nach zu urteilen seinem Vater gehörten, einen Tisch mit einem Scheckbuch und einem Stapel Rechnungen, die jemand wohl gerade bezahlt hatte, einen Bilderrahmen mit Auszeichnungen der Oklahoma State Police. Aber er schluckte die Verbitterung und die Schmerzen hinunter.

*So ist es nun mal.*

Irgendwo im Haus dröhnte ein Fernseher. Die Live-Übertragung eines Footballspiels.

»Bud, Bud, Bud, Schatz, rate mal, wer da ist?«

»Gottverdammt, Holly«, drang die gereizte Stimme seines Vaters von der Glasveranda herein, wo offenbar der Fernseher stand, »es läuft gerade das vierte Quarter. Wer zum ...«

»Bud, es ist Russ.«

*»Russ!«*

Sein Vater kam zur Tür hereingerannt und stand da, groß und John Wayne ähnlicher als je zuvor. Er trug das Haar kürzer, doch es war immer noch genauso grau, und es lag nicht mehr diese Blässe und Grimmigkeit in seinem Gesicht, die man ihm noch so deutlich angesehen hatte, als er sich vor einigen Jahren, in Russ' erstem Collegejahr, von seiner Verletzung erholte. Er wirkte nicht mehr so zögerlich und verwirrt.

»Oh, Russ, es ist toll, dich zu sehen«, meinte er strahlend. Sein Gesicht rötete sich vor Freude.

»Hi, Dad.« Russ trat verlegen von einem Bein aufs andere und fühlte sich wieder, als sei er 14 Jahre alt.

»Das hier macht ihn so glücklich«, sagte Holly und weinte ein wenig. »Er hat gerade vor Kurzem noch zu mir gesagt: *Ach Mensch, wie gerne würde ich Russ mal wiedersehen.*«

»Holly, bring dem Jungen ein Bier. Nein, bring dem Mann ein Bier. Gott, wie er gewachsen ist und wie stark er geworden ist. Ich hab mit deiner Mutter telefoniert: Sie sagt, dass du zurück an die Uni gehst.«

»Vanderbilt. In Tennessee.«

»Das ist eine gute Schule, hab ich gehört.«

»Sie ist wirklich gut. Sie ist besser für mich, weil sie nicht so weit im Osten liegt. «

»Meinst du, dass du weiter für Zeitungen arbeiten wirst?«

»Na ja, Sir, ich werd's zumindest versuchen. Ich will Englisch als Hauptfach studieren und arbeite nebenbei an einigen Projekten.«

»Bist du deswegen in Arkansas gewesen?«

»Ja, du wirst es nicht glauben: Ich habe beschlossen, die Lebensgeschichte von Lamar Pye zu schreiben«, antwortete Russ. »Also bin ich dorthin gefahren und habe die Hintergründe recherchiert. In seinem Fall handelt es sich um einen ziemlich erstaunlichen Hintergrund.«

»Russ, warum? Warum? Er ist ein brutaler Dreckskerl gewesen. Hat so gelebt, wie er gestorben ist. Er hat Menschen verletzt.«

»Ja, ich weiß, Dad, und ich wollte wissen, weshalb.«

»Hast du es herausgefunden?«

»Ja«, erwiderte Russ, »das habe ich. Es hat etwas mit Familie zu tun. Wie auch immer … Wie ist es dir ergangen? Du siehst toll aus! Was hast du so gemacht?«

Sie unterhielten sich drei Stunden lang.

Die Sonne verbarg sich an einem grauen und tristen Tag hinter bleichen Wolken. In der Ferne bildete der weiße Gefängnisbau die einzige Lichtquelle bei diesem grimmigen Wetter. Wie immer wirkte es wie etwas, das es nicht war: eine magische Stadt, ein verzaubertes Schloss.

Der große, dünne Mann stieg den schmuddeligen kleinen Hügel hinauf. Um ihn herum erstreckte sich das Flachland von Oklahoma bis zum Horizont. Er ging zwischen den Grabsteinen entlang, las die Namen von lange vergessenen Verbrechern – bösen Männern, die schreckliche Taten verübt hatten und nun unbetrauert in diesem vergessenen Teil von Amerika begraben lagen. Unablässig heulte der Wind und erzeugte Staubwolken, die zwischen den Grabsteinen umherwirbelten.

Endlich gelangte er zu dem Stein, nach dem er gesucht hatte.

LAMAR PYE. Mehr stand nicht darauf. Nur noch die Jahreszahlen: 1956-1994.

»Der da«, sagte jemand. »Das war ein ganz Schlimmer.«

Bob schaute sich um und entdeckte den alten, schwarzen Hilfsarbeiter, der schon damals dagewesen war, als Russ ihm diesen Ort gezeigt hatte.

»Hab ich Sie nicht vor ein paar Monaten schon mal gesehen?«, fragte der Arbeiter und machte ein angestrengtes Gesicht beim Versuch, sich zu erinnern.

»Ja, war ich.«

»Sie haben damals auch schon den alten Lamar gesucht, richtig?«

»Wir kamen wegen Lamar, genau.«

»Hier kommen nicht viele Leute her. Sie waren der Einzige, der je gekommen ist, um den alten Lamar zu besuchen. Ich könnte mich erinnern, wenn es noch andere gegeben hätte. Nee, Sie und dieser Junge waren die Einzigen.«

Bob betrachtete den Grabstein. Da gab es nicht viel zu sehen, nur einen flachen Stein, überwuchert und verstaubt, dem Wind, Staub und Zeit zugesetzt hatten.

»Ein böser, böser Kerl«, wiederholte der Hilfsarbeiter. »Ich glaube, Gott hat ihn zu uns geschickt, um uns zu zeigen, was das Böse ist.«

»Mag sein«, entgegnete Bob, »aber soweit ich weiß, hat sich jemand alle Mühe gegeben, es in ihn hineinzuprügeln. Ich behaupte, Männer haben ihn böse gemacht, nicht Gott. Das passiert, wenn man niemanden hat, der zu einem hält, niemanden, der sich einen Dreck um einen schert.«

Der alte, schwarze Mann starrte ihn an und wusste nicht, was er davon halten sollte.

Das Geräusch von Fahrzeugen nahte. Beide Männer wandten sich um, als ein Traktor mit Hecklader den Gefängnisweg entlanggerumpelt kam. Ihm folgte ein langer schwarzer Leichenwagen.

»Was zum Teufel …?«, fragte der Arbeiter.

Bob griff in seine Jackentasche und zog ein Dokument heraus.

»Hier. Ich soll das dem Aufseher geben, aber der ist nicht hier, also schätze ich, ich gebe es einfach Ihnen.«

Der alte Mann faltete das Schriftstück mit verwirrtem Gesichtsausdruck auseinander, kramte eine Brille hervor und versuchte zu begreifen, was dort geschrieben stand.

»Das ist eine offizielle Exhumierungsanordnung«, erklärte Bob. »Wir bringen Lamar zurück nach Arkansas. Dort wird er bei seinem Vater sein.«

Im Blick des Alten lag Unverständnis, aber es folgte keine weitere Erklärung.

Bob wandte sich ab und ging den Hügel hinunter. Seine Frau und seine Tochter standen dort und warteten auf ihn.

# DANKSAGUNG

Der Autor möchte sich ganz besonders bei Weyman Swagger bedanken, der viel Zeit und Mühe investiert hat. Ebenfalls ausgesprochen hilfsbereit stand mir John Feamster von Precision Shooting zur Seite.

Andere Freunde haben mich ebenfalls unterstützt, insbesondere Bob Lopez, Mike Hill, Lenne Miller, mein Bruder Tim Hunter und Barry Neville. Ein ganzer Haufen von Leuten aus Arkansas hat mir beim Schreiben sehr weitergeholfen, darunter die drei Antiquitätenhändler in Fort Smith, die mir halfen, Landkarten aus den 50er-Jahren zu finden, sowie der Bibliothekar, der den Mikrofilm mit der Ausgabe des *Southwestern Times Record* vom Juli 1955 ausgrub. Die Leute aus Arkansas sind bei meinen Erkundungstouren durch den Bundesstaat stets sehr freundlich zu mir gewesen.

Das Buch *The Long Range War* von Peter R. Senich erwies sich für mich als von unschätzbarem Wert, um die Unterschiede zwischen den Scharfschützenprogrammen der Army und des Marine Corps in Vietnam zu verstehen, obwohl ich betonen sollte, dass sämtliche Einschätzungen und Ausführungen über diese Programme in diesem Roman von mir stammen, nicht von Senich.

Zwei weitere Punkte möchte ich noch ansprechen: Einwohner von Polk County und dem restlichen Arkansas dürften bemerken, dass ich der Versuchung nachgegeben habe, Gott zu spielen und im Erschaffen und Zerstören meinen eigenen Launen zu folgen. Beispielsweise habe ich den Harry Etheridge Memorial Parkway frei erfunden und außerdem die Stadt Mena komplett verschwinden lassen und die vollkommen fiktive Stadt Blue Eye an ihre Stelle gesetzt, weil sie über eine weit tragischere Rassengeschichte verfügt.

Zweitens hofft der Autor, dass einigen Leser auffallen wird, dass es sich bei NACHTSICHT um den Teil einer Trilogie handelt, zu der auch SHOOTER – VOM KRIEGSHELDEN

ZUM STAATSFEIND NR.1 und das (in Deutschland noch nicht erschienene) *Dirty White Boys* gehören. Ich habe mir alle Mühe gegeben, die Handlung mit den anderen beiden Bänden in Einklang zu bringen, wo immer es möglich war. Leider Gottes hat das nicht immer funktioniert, beispielsweise dann, wenn ich Ereignisse in jedem der Bücher an einem anderen Tag stattfinden lassen musste *(Mist!)*.

Schließlich möchte der Autor sich bei seiner großartigen Agentin Esther Newberg für ihren Enthusiasmus, ihr Urteilsvermögen und ihre unermüdliche Unterstützung bedanken; seinem ersten Cheflektor bei Doubleday, David Gernert, für dessen Begeisterung und Hilfe und beim zweiten Lektor des Verlags, Bill Thomas, dafür, dass er das Buchprojekt eingekauft und begleitet hat.

Natürlich ist keiner dieser guten Menschen für Fehler oder Schwächen dieses Buches hinsichtlich Tonfall, Geschmack und Charakterzeichnung verantwortlich, für die ich allein die Verantwortung trage.

www.stephenhunter.net

STEPHEN HUNTER ist vielfacher Bestsellerautor und Filmkritiker (ausgezeichnet mit dem Pulitzerpreis). Er wurde 1946 in Kansas City, USA, geboren und lebt mit seiner Lebensgefährtin und zwei Kindern in Baltimore, Maryland. Anfang der 90er-Jahre begann er mit einer Serie von Thrillern, die sich um die Familiengeschichte des Swagger-Clans ranken. Bisher tritt Bob Lee Swagger in acht, sein Vater Earl Lee Swagger in drei Romanen auf. In *Soft Target* (2011) agiert erstmals Bob Lees unehelicher Sohn Ray Cruz.
In *Point of Impact,* dem ersten Band der Saga, muss der ehemalige Marine-Scharfschütze Bob Lee Swagger bei einer Verschwörung als Sündenbock für den Mord am US-Präsidenten herhalten. Der Roman wurde 2007 als *Shooter* mit Mark Wahlberg in der Hauptrolle verfilmt und ist bei Festa auf Deutsch unter dem gleichen Titel erschienen. Das Projekt bescherte den Produzenten einen Gewinn von über 150 Millionen Dollar. Dennoch wurde ein geplanter weiterer Film um Bob Lee Swagger kürzlich abgesagt, doch eine TV-Serie angekündigt.

Stephen Hunter bei FESTA: *Shooter – Nachtsicht*

## Der 1. SPECIAL X Thriller

ISBN: 978-3-86552-185-9

In Vancouver werden mehrere Frauen brutal ermordet. Die Opfer waren offenbar sehr schön, aber ganz sicher ist das nicht – ihnen fehlen nämlich die Köpfe.
Superintendent Robert DeClercq und seine Kollegen kommen mit ihren Ermittlungen nicht weit. Verfolgt der Mörder einen Plan? Oder treibt ihn unkontrollierte sexuelle Perversion an? Spielt Kannibalismus eine Rolle?
Erst als DeClercq auf einen alten Fluch der kanadischen Indianer stößt und herausfindet, dass Verbindungen zum Voodoo-Kult in New Orleans bestehen, offenbart sich eine entsetzliche und irre Erklärung ...

Infos und Leseprobe: www.Festa-Verlag.de
eBook: www.Festa-eBooks.de

**Eine teuflische Verschwörung.**
**Das Ziel: die Vernichtung der USA.**

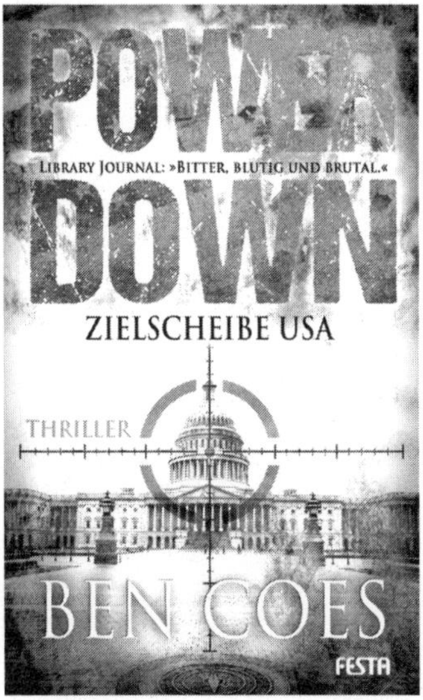


ISBN: 978-3-86552-236-8

Eine Bohrinsel im Pazifik wird in die Luft gesprengt, einige Tage später der weltgrößte hydroelektrische Staudamm vor der kanadischen Küste. Durch ihre Zerstörung wird der Strom in den USA knapp. In Politik und Wirtschaft bricht Chaos aus. Doch dies ist erst der Anfang einer beispiellosen Terrorserie …
Der frühere Elitesoldat Dewey Andreas überlebt einen der Anschläge. Er macht sich auf, die Verantwortlichen zur Rechenschaft zu ziehen. Bei seiner Hetzjagd rund um den Globus kommt er einer ungeheuerlichen Verschwörung auf die Spur.
Doch Andreas läuft die Zeit davon. Denn es droht POWER DOWN – der totale Stromausfall.

Infos und Leseprobe: www.Festa-Verlag.de
eBook: www.Festa-eBooks.de